mtb

Alle handelnden Personen in dieser Ausgabe sind frei erfunden. Ähnlichkeiten mit lebenden oder verstorbenen Personen wären rein zufällig.

Der Preis dieses Bandes versteht sich einschließlich der gesetzlichen Mehrwertsteuer.

Umwelthinweis:
Dieses Buch wurde auf chlor- und säurefreiem Papier gedruckt.

Wild Nights

MIRA® TASCHENBUCH
Band 25925
1. Auflage: Mai 2016

MIRA® TASCHENBÜCHER
erscheinen in der HarperCollins Germany GmbH,
Valentinskamp 24, 20354 Hamburg
Geschäftsführer: Thomas Beckmann

Titel der nordamerikanischen Originalausgaben:
Risky Business

erschienen bei: Silhouette Books, Toronto
The Right Path

erschienen bei: Silhouette Books, Toronto

Published by arrangement with
Harlequin Enterprises II B.V./S.ár.l

Konzeption/Reihengestaltung: fredebold&partner GmbH, Köln
Umschlaggestaltung: büropecher, Köln
Redaktion: Mareike Müller
Titelabbildung: Harlequin Enterprises S.A., Schweiz
Satz: GGP Media GmbH, Pößneck
Druck und Bindearbeiten: GGP Media GmbH, Pößneck
Printed in Germany
Dieses Buch wurde auf FSC®-zertifiziertem Papier gedruckt.
ISBN 978-3-95649-300-3

www.harpercollins.de

Nora Roberts

Heiße Nächte in Mexiko

Roman

Aus dem Amerikanischen von
Sonja Sajlo-Lucich

mtb

1. KAPITEL

„Vorsicht, Stufe. Passen Sie bitte auf. Danke."

Liz nahm das Ticket entgegen, das ihr ein Mann mit Sonnenbrand und Hawaiihemd hinhielt, dann wartete sie geduldig, während die Frau neben ihm in ihrer übervollen Strandtasche hektisch nach ihrer Fahrkarte kramte.

„Du hast sie doch hoffentlich nicht verloren, Mabel? Ich hab dir gesagt, du sollst sie mir geben."

„Ich hab sie nicht verloren", erwiderte die Frau gereizt und zog endlich das kleine blaue Kärtchen hervor.

„Danke. Nehmen Sie bitte Ihre Plätze ein." Es dauerte noch einige Minuten, bevor sich jeder gesetzt hatte und Liz an ihren eigenen Platz am Ruder treten konnte. „Willkommen an Bord der *Fantasie*, Ladys und Gentlemen."

In Gedanken mit mindestens einem Dutzend anderer Dinge beschäftigt, hob Liz zu ihrer Einführung an. Ein lässiges kleines Nicken, und der Mann auf dem Pier löste die Leinen und warf sie auf das Boot. Liz startete den Motor und schaute unauffällig auf ihre Armbanduhr. Schon fünfzehn Minuten hinter dem Fahrplan! Ein letztes Mal ließ sie den Blick über den Strand wandern. Eingeölte Körper lagen ausgestreckt auf den Sonnenliegen und wirkten wie Opferdarbietungen für den Sonnengott. Länger konnte sie nicht mit der Tour warten.

Das Boot schwankte ein wenig, als Liz ablegte und Kurs Richtung Osten einschlug. Auch wenn sie mit den Gedanken meilenweit weg war, lenkte sie das Boot routiniert aufs offene Meer hinaus, ließ die Küste hinter sich. Sie hätte das Boot mit geschlossenen Augen navigieren können. Die leichte Brise spielte mit ihrem Haar und streichelte ihre Wangen warm, obwohl es noch früh am Morgen war. Am Horizont hingen einige harmlose weiße Wölkchen, die Schiffsschrauben wirbelten Gischt auf dem Wasser auf, das genau so blau war, wie die Urlaubsprospekte es versprachen. Selbst nach zehn Jahren nahm Liz nichts davon als selbstverständlich hin, vor allem nicht diese fantastische Art, sich ihren Lebensunterhalt zu verdienen. In dieser entspannten Atmosphäre lockerten sich alle Muskeln, alle Probleme verschwanden.

Hinter ihr in dem langen schlanken Boot saßen achtzehn Fahrgäste auf gepolsterten Bänken. Schon erklangen die überraschten Ausrufe über die Fischschwärme, die durch den Glasboden des Bootes zu sehen waren. Liz bezweifelte, dass auch nur einer von ihren Passagieren jetzt an die Alltagssorgen dachte, die man zu Hause zurückgelassen hatte.

„Wir kommen gleich am Paraiso-Riff vorbei“, setzte Liz mit ihrer tiefen melodischen Stimme an. „Hier kann man zehn bis fünfzehn Meter tief tauchen. Das Wasser ist klar und die Sicht exzellent, Sie werden also nicht nur Seesterne, Fächerkorallen und Schwämme sehen, sondern auch Schwärme von Pintanos sowie Barsche und Papageienfische. So ein Barsch ist zwar nicht immer unbedingt hübsch anzusehen, aber erstaunlich wandlungsfähig. Barsche werden immer als Weibchen geboren, die erst laichen, dann können sie aber ihr Geschlecht ändern und als voll funktionsfähige Männchen weiterleben.“

Liz setzte Kurs und hielt die Geschwindigkeit bei. Sie beschrieb den eleganten Engelfisch, den scheuen Schweinsfisch und den mit Vorsicht zu genießenden Seeigel. Für ihre Kunden würden diese Informationen sehr nützlich sein, wenn sie gleich beim Palancar-Riff anhielten, um zwei Stunden lang zu schnorcheln.

Liz konnte nicht mehr zählen, wie oft sie diese Tour schon gemacht hatte. Ja, es war zur Routine geworden, aber es war niemals langweilig. Sobald sie auf dem Wasser war, überkam sie immer ein Gefühl von Freiheit … der weite blaue Himmel, das endlose Meer und das leise Tuckern der Maschinen, über die sie die Kontrolle hatte. Das Boot gehörte ihr, wie auch noch drei weitere und das kleine niedrige Ziegelsteingebäude gleich am Strand, in dem ihr Tauchgeschäft untergebracht war. Sie hatte dafür geschwitzt und gearbeitet. Geschwitzt vor allem, als die Rechnungen anfangs noch astronomisch hoch waren und die Einnahmen eher spärlich flossen. Aber sie hatte es geschafft. Zehn Jahre Plackerei und harte Arbeit waren ein kleiner Preis für das, was sie jetzt ihr Eigen nennen konnte. Ihrer Heimat den Rücken zu kehren und alles Vertraute zurückzulassen war ein noch kleinerer Preis für den Seelenfrieden, den sie hier gefunden hatte.

Cozumel, das ursprüngliche mexikanische Eiland in der Karibik, tat dem Seelenfrieden gut und förderte die innere Ausgeglichenheit. Die Insel war jetzt ihr Zuhause, das einzige Zuhause, das zählte. Hier kannte man sie, hier wurde sie akzeptiert und respektiert. Niemand auf der Insel wusste von der Erniedrigung und dem Kummer, die sie hatte durchmachen müssen, bevor sie nach Mexiko geflohen war. Liz dachte auch nur selten daran, obwohl ihr eine ständige Erinnerung an diese Zeit geblieben war.

Faith. Allein der Gedanke an ihre Tochter zauberte ein Lächeln auf ihre Lippen. Faith war klein, springlebendig und aufgeweckt – und so weit weg. Nur noch sechs Wochen, dachte Liz, und dann würde sie für den Sommer nach Hause kommen.

Faith nach Houston zu den Großeltern zu schicken war eine gute Entscheidung gewesen. Jedes Mal, wenn Liz die Sehnsucht nach ihrer Tochter überkam, hielt sie sich das vor Augen. Eine gute Ausbildung hatte Vorrang vor den Bedürfnissen einer Mutter. Liz hatte geschuftet und sich abgestrampelt, um Faith alles bieten zu können, was ihr zustand. Worauf sie ein Recht gehabt hätte, wenn ihr Vater …

Entschieden unterbrach Liz sich. Nein, daran durfte sie gar nicht erst denken. Vor zehn Jahren hatte sie sich geschworen, dass sie Faiths Vater aus ihren Gedanken verbannen würde, so wie er sie aus seinem Leben verbannt hatte. Es war ein Fehler gewesen, begangen aus Naivität und Leidenschaft. Ein Fehler, der ihr ganzes Leben verändert hatte. Aber sie hatte etwas unbezahlbar Wertvolles dafür erhalten – Faith.

„Dort unten können Sie jetzt das Wrack einer Convair-Maschine für vierzig Passagiere liegen sehen.“ Liz verlangsamte die Fahrt, damit ihre Fahrgäste sich das Flugzeugwrack genauer ansehen und die Taucher sich ins Wasser hinablassen konnten. „Keine Sorge, hier ist keine Katastrophe passiert, sondern es wurde eine Filmszene gedreht. Das Wrack hat man dann liegen lassen, um Tauchern einen kleinen Nervenkitzel zu bieten.“

Das war auch ihr Job, erinnerte sie sich – nämlich für die Unterhaltung ihrer Gäste zu sorgen. Wenn sie zu zweit auf die Tour gingen, war das auch kein Problem. Doch allein musste sie jetzt das Ruder führen, Informationen in leichtem Plauderton vortragen, sich um die Schnorchelausrüstung kümmern, für den Lunch sorgen und die Anzahl der Köpfe im Auge behalten. Nur hatte sie nicht länger auf Jerry warten können.

Sie murmelte leicht gereizt vor sich hin und erhöhte das Tempo wieder. Vor der zusätzlichen Arbeit hatte sie keine Angst, das war es auch nicht, was sie ärgerte. Aber ihr Grundsatz lautete nun mal, dass ihre zahlenden Gäste ein Anrecht auf das Beste hatten, das sie ihnen bieten konnte. Sie hätte es besser wissen müssen, als sich auf Jerry zu verlassen. Es wäre nicht schwer gewesen, jemand anderen als Begleiter für die Tour zu organisieren. Schließlich hatte sie zwei Männer für die Taucherboote und noch zwei weitere Angestellte im Laden. Da aber das zweite Taucherboot gegen Mittag zur nächsten Tour aufbrechen sollte, war niemand für den Tagestrip mit dem Glasbodenboot frei gewesen. Und Jerry war ja auch schon vorher eingesprungen. Wenn er an Bord war, bezauberte er die weiblichen Passagiere derart, dass die Damen die bunt schillernde Unterwasserwelt wahrscheinlich gar nicht bemerkten.

Und wer sollte es ihnen verübeln können, dachte sie und lächelte jetzt schwach. Wäre sie nicht generell immun gegen Männer, würde sie Jerry vielleicht auch zu Füßen liegen. Die meisten Frauen hatten Probleme damit, dem dunklen forschen Typ zu widerstehen, vor allem, wenn auch noch Attribute wie Grübchen beim Lachen und funkelnde graue Augen hinzukamen. Addierte man zu dem Ganzen noch einen durchtrainierten muskulösen Körper und eine Portion unwiderstehlichen Charme, ergab sich daraus eine Mischung, vor der keine Frau sicher war.

Aber das war nicht der Grund, weshalb Liz Jerry ein Zimmer bei sich im Haus vermietet hatte. Oder warum sie ihm den Aushilfsjob geben hatte. Sie konnte das Extraeinkommen gut gebrauchen, und Bedarf an einem zusätzlichen Paar helfender Hände gab es immer. Außerdem erkannte sie jemanden, der zupacken konnte, wenn sie ihn vor sich sah. Die Erfahrung hatte sie gelehrt, dass es im Geschäftsleben nur nützlich sein konnte, jemanden auf seiner Seite zu wissen, der Dinge in Bewegung setzte. Sie dachte noch, dass Jerry besser eine gute Entschuldigung für sein Nichterscheinen parat haben sollte, doch vorerst war das Thema für sie beendet.

Die Fahrt, die Sonne und die Brise wirkten entspannend auf sie. Liz erzählte weiter über das Leben unter Wasser. Dabei griff sie auf wissenschaftliche Fakten aus ihrem Meeresbiologiestudium zurück und schmückte sie mit ihren eigenen in der Karibik erlebten interessanten und spannenden Erfahrungen aus.

Ab und zu stellte ein Passagier eine Frage, oder jemand stieß einen erstaunten Ausruf aus, weil er etwas gesehen hatte, was unter dem Boot hindurchgeschwommen war. Liz antwortete, informierte und erklärte im leichten Plauderton. Da drei ihrer Passagiere Mexikaner waren, wiederholte sie alles in fließendem Spanisch. Und da Kinder mit an Bord waren, gab sie sich Mühe, die Fakten auf eine lustige Art und Weise zu vermitteln.

Wäre ihr Leben anders verlaufen, dann wäre sie wahrscheinlich Lehrerin geworden. Aber diesen Traum hatte sie schon vor Langem aufgegeben. Sie sagte sich, dass sie besser in die Geschäftswelt passte. Ihre Geschäftswelt. Sie sah zu den Wolken hinauf, die träge über den Horizont drifteten. Die Sonnenstrahlen tanzten golden auf dem Wasser. Unter ihr im Wasser schwenkten Seeanemonen ihre Tentakel hin und her wie eine Fangemeinde bei einem Rockkonzert. Ja, sie hatte sich für diese Welt entschieden, und sie bereute es nicht.

Als eine Frau hinter ihr schrill aufschrie, glitt Liz vor Schreck das Ruder ein Stückchen durch die Finger. Bevor sie sich wieder gefasst hatte, ertönten mehrere Schreie. Sicher nur einer der großen Haie, die sich manchmal kurz ins Riff verirren, dachte Liz zuerst. Doch als sie sich umdrehte, bereit, die Gäste zu beruhigen, sah sie die schockierten Gesichter. Sie ließ den Gashebel los, und das Boot trieb nur noch mit dem leichten Wellengang, schaukelte sanft hin und her. Liz nahm die Sonnenbrille ab und stieg die zwei Stufen in die Kabine hinunter. Eine Frau weinte an der

Schulter ihres Mannes, der den Arm um sie gelegt hatte, eine andere drückte den Kopf ihres kleinen Mädchens schützend an ihre Brust. Die anderen Passagiere starrten mit vor Entsetzen weit aufgerissenen Augen durch das klare Glas.

„Bitte versuchen Sie, ruhig zu bleiben. Ich versichere Ihnen, da unten im Wasser gibt es nichts, was Ihnen gefährlich werden kann. Hier im Boot sind Sie absolut sicher."

Ein Mann mit einer schweren Nikonkamera um den Hals und einer orangefarbenen Schirmmütze auf dem kahlen Kopf sah zu ihr hin. „Miss, ich denke, Sie sollten besser per Funk die Polizei verständigen."

Liz folgte seinem Blick. Durch den Glasboden sah sie in das kristallklare Wasser. Das Herz schlug ihr plötzlich bis zum Hals. Jetzt wusste sie auch, wieso Jerry sie versetzt hatte.

Er lag auf dem hellen sandigen Meeresgrund, eine Ankerkette um den Oberkörper gewickelt.

In dem Moment, in dem die Maschine auf der Rollbahn zum Stehen kam, griff Jonas seinen Kleidersack und wartete ungeduldig darauf, dass die Tür des kleinen Flugzeugs geöffnet wurde. Als es dann so weit war, überwältigten ihn ein Schwall heißer Luft und das laute Dröhnen der Maschinen. Mit einem kurzen Nicken zur Stewardess stieg er die Metallstufen hinunter. Zeit, um die Palmen, die üppig blühenden Blumen und den strahlend blauen Himmel gebührend zu bewundern, hatte er nicht. Er ging mit entschlossenen Schritten, die Augen geradeaus gerichtet und wegen der Sonne zusammengekniffen. So, wie er mit Anzug und Krawatte aussah, hätte er auch ein Geschäftsmann sein können, ein Mann, der auf Cozumel etwas zu erledigen hatte, auf jeden Fall nicht jemand, der hergekommen war, um Urlaub zu machen. Welche Trauer oder Wut er auch immer empfand, die Gefühle wurden hinter einer ruhigen, gefassten Miene verborgen.

Das Terminal war klein und überfüllt. Amerikanische Touristen standen lachend und plaudernd in Gruppen zusammen oder liefen sich suchend umherschauend herum. Zwar sprach Jonas kein Spanisch, dennoch passierte er den Zoll relativ schnell. Er steuerte sofort auf den Schalter der Autovermietung zu und setzte keine fünfzehn Minuten nach der Landung mit einem Kombi rückwärts aus der Parklücke. Die Straßenkarte in die Sonnenblende geklemmt, hielt er auf die Stadt zu. Die Hitze brannte ungehindert durch die Windschutzscheibe.

Vor vierundzwanzig Stunden hatte Jonas noch in seiner mit gediegener Eleganz ausgestatteten und vor allem voll klimatisierten Kanzlei gesessen. Gerade hatte er einen langwierigen und komplizierten Fall gewonnen, der ihm sowohl sein ganzes Können abverlangt als auch endlose Nachforschungen erfordert hatte. Sein Klient war als freier Mann aus dem Gerichtsgebäude gegangen, freigesprochen von den Vorwürfen eines Verbrechens, das ihm mindestens zehn Jahre Haft eingebracht hätte. Jonas hatte den Scheck und den überschwänglichen Dank seines Mandanten angenommen und den Medienrummel weitestgehend gemieden.

Jonas hatte auch schon an Urlaub gedacht, das erste Mal seit achtzehn Monaten. Er war zufrieden mit sich und der geleisteten Arbeit, blickte optimistisch in die Zukunft, aber definitiv erholungsbedürftig. Zwei Wochen in Paris schienen ihm die perfekte Entschädigung nach den Monaten von Zehnstundentagen. Paris mit seiner zeitlosen Schönheit, seinen schattigen Parks, seinen einzigartigen Museen und dem unvergleichlichen Essen war genau das, was Jonas Sharpe jetzt brauchte.

Als der Anruf aus Mexiko kam, hatte es einige Minuten gedauert, bevor er überhaupt verstand, was los war. Nachdem er bestätigt hatte, dass er tatsächlich einen Bruder mit Namen Jeremiah hatte, war sein erster Gedanke, dass Jerry mal wieder in der Klemme steckte, dass er Schwierigkeiten mit den Behörden bekommen hatte und Jonas ihn zum wiederholten Male auslösen musste.

Als er jedoch nach dem Gespräch auflegte, konnte er nicht mehr denken. Sein Kopf war völlig leer. Benommen wies er seine Sekretärin an, die Arrangements für Paris zu stornieren und stattdessen für morgen einen Flug nach Cozumel zu organisieren. Dann hatte er den Hörer wieder abgenommen und seine Eltern angerufen, um ihnen zu sagen, dass ihr Sohn tot war.

Er war nach Mexiko gekommen, um den Leichnam zu identifizieren und seinen Bruder für das Begräbnis nach Hause zu überführen. Eine Welle der Trauer schlug über ihm zusammen, als er das Unvermeidliche akzeptierte. Jerry hatte immer am Rande einer Katastrophe gestanden. Dieses Mal war er über die Klippe gestürzt. Seit der Kindheit hatte er mit dem Desaster geflirtet, dabei auf höchst charmante Art. Irgendwann hatte er scherzhaft bemerkt, dass Jonas nur Jura studiert hätte, um ihm jedes Mal aus dem Schlamassel herauszuhelfen. Vielleicht stimmte das sogar.

Jerry war immer der Träumer gewesen, Jonas der Realist. Jerry war unentschuldbar faul, Jonas ein Workaholic. Sie waren wie die zwei Seiten einer Münze – gewesen. Als Jonas vor dem Polizeigebäude in San Miguel vorfuhr, wusste er, dass ein Teil von ihm nicht mehr existierte.

Der Hafen ähnelte einer Postkartenidylle. Kleine Fischerboote waren auf den Grasstreifen gezogen worden, die großen grauen Kutter lagen draußen auf dem Wasser angedockt, Touristen in bunten Hemden und kurzen Shorts spazierten am Wasser entlang. Die Wellen schwappten leise an Land, es roch nach See.

Jonas stieg aus dem Wagen und ging auf die Polizeiwache zu, innerlich gewappnet, durch einen Morast von Papierkram zu waten, den ein gewaltsamer Tod immer mit sich brachte.

Captain Moralas war ein geradliniger, nüchterner Mann, hier geboren und aufgewachsen und leidenschaftlich entschlossen, seine Insel zu beschützen. Fast vierzig, wartete er jetzt auf die Geburt seines fünften Kindes. Er war stolz auf seine Position, seine Ausbildung und seine Familie, nur die Reihenfolge änderte sich ab und zu. Dem Wesen nach war er ein ruhiger Typ, der klassische Musik hörte und seine Samstagabende gern damit verbrachte, sich einen Spielfilm anzuschauen.

Da San Miguel eine Hafenstadt war und sich in Hafenstädten Matrosen auf Landgang und Touristen im Urlaub tummelten, waren ihm die Schattenseiten der menschlichen Natur nicht unbekannt. Allerdings schrieb er es seinen persönlichen Bemühungen zu, dass die Kriminalitätsrate auf seiner Insel so niedrig war.

Der Mord an einem Amerikaner brachte ihn auf, so wie eine lästige Fliege einen Mann aufregen würde, der zufrieden auf seiner Hollywoodschaukel im Garten döste. Ein Cop musste nicht in der Großstadt Dienst tun, um einen professionellen Mord zu erkennen. Aber hier auf Cozumel hatte das organisierte Verbrechen nichts zu suchen, nicht, solange er Dienst tat!

Da Moralas aber auch ein Familienmensch war, verstand er Gefühle wie Liebe und Trauer. So wie er auch Verständnis dafür aufbrachte, dass es Männer gab, die diese Empfindungen nicht zeigten. In der kalten Leichenhalle stand er in der abgestandenen Luft neben Jonas. Der Amerikaner war gut einen Kopf größer, sehr steif und sehr blass.

„Ist das Ihr Bruder, Mr. Sharpe?", fragte er, auch wenn er die Antwort bereits kannte.

Jonas sah die andere Seite der Münze an – in das Gesicht seines Bruders. „Ja."

Moralas zog sich zurück, um Jonas die Zeit zu lassen, die er brauchte.

Es schien unmöglich zu sein. Jonas wusste, er könnte hier für Stunden stehen und in das Gesicht seines Bruders starren, und nie würde er es als Wirklichkeit akzeptieren können. Jerry war immer den Weg des geringsten Widerstandes gegangen und sicherlich alles andere als ein bewunderungswürdiger Ehrenmann gewesen. Aber er hatte auch immer nur so vor Leben und Energie gestrotzt. Langsam legte Jonas seine Hand auf die des Bruders. Jetzt war da kein Leben mehr, und es gab nichts mehr, was er tun konnte. Genauso langsam zog er seine Hand wieder zurück. Es schien so unwirklich, und doch war es wahr.

Moralas nickte seinem Gehilfen knapp zu. „Mein Beileid", sagte er dann an Jonas gewandt.

Benommen schüttelte Jonas den Kopf. Wie ein stumpfes Messer fuhr der Schmerz durch seinen Schädel. Er versuchte, das stechende Pochen zu ignorieren. „Wer hat meinen Bruder umgebracht, Captain?"

„Das wissen wir noch nicht. Die Untersuchungen laufen."

„Gibt es eine Spur?"

Moralas, der schon auf dem Korridor stand, zuckte ratlos mit den Schultern. „Ihr Bruder kam erst vor drei Wochen nach Cozumel, Mr. Sharpe. Im Moment verhören wir jeden, der während dieser Zeit Kontakt mit ihm hatte." Er öffnete eine Tür und atmete tief die frische Luft ein, den Duft der See und der Blumen. Der Mann neben ihm schien den Wechsel der Szenerie gar nicht zu bemerken. „Ich versichere Ihnen, wir tun alles, um den Mörder Ihres Bruders zu finden."

Die Wut, die Jonas schon seit so vielen Stunden eisern unter Kontrolle hielt, brach sich seinen Weg an die Oberfläche. „Ich kenne Sie nicht." Mit ruhiger Hand holte er eine Zigarettenschachtel hervor und zündete sich eine Zigarette an. Mit zusammengekniffenen Augen musterte er den Polizisten. „Und Sie kannten Jerry nicht."

„Das hier ist meine Insel." Moralas hielt Jonas' Blick stand. „Wenn sich hier ein Mörder herumtreibt, werde ich ihn finden."

„Ein Profi." Jonas blies Rauch aus, der bläulich in der schwülen Luft hängen blieb. „Das wissen wir doch beide, oder?"

Einen Moment lang sagte Moralas nichts. Er wartete noch auf Informationen über Jeremiah Sharpe. „Ihr Bruder wurde erschossen, Mr. Sharpe. Unsere Untersuchungen zielen darauf ab herauszufinden, warum, wie und wer. Sie könnten uns helfen, wenn Sie mir etwas mehr über Ihren Bruder erzählten."

Jonas starrte auf die Tür, hinter der die Treppe und der Korridor lagen, die zum Leichnam seines Bruders führten. „Ich muss mich bewegen", murmelte er.

Moralas schwieg, bis sie den Rasen überquert hatten, dann die Straße. Eine Weile gingen sie wortlos am Wasser entlang. „Weshalb kam Ihr Bruder nach Cozumel?"

„Ich weiß es nicht." Jonas inhalierte tief den Rauch. „Jerry mochte Palmen."

„Was hat er geschäftlich gemacht? Sein Beruf?"

Mit einem trockenen Lachen trat Jonas die Zigarette aus. Sonnenlicht tanzte funkelnd wie Diamanten auf dem Meer. „Jerry zog es vor, sich als Freiberufler zu bezeichnen. In Wahrheit war er ein zielloser Herumtreiber, ein Vagabund." Der ebenso viel

Ärger wie Freude in Jonas' Leben geschaffen hatte. Mit leerem Blick starrte Jonas auf das Wasser hinaus, erinnerte sich an gemeinsame Jahre und unterschiedliche Ansichten. „Für Jerry hieß es immer nur, die nächste Stadt, der nächste Deal. Zum letzten Mal habe ich vor ungefähr zwei Wochen von ihm gehört. Angeblich gab er Tauchkurse für Touristen."

„Der Black Coral Dive Shop." Moralas nickte bestätigend. „Elisabeth Palmer hatte ihn als Aushilfe eingestellt."

„Palmer." Jonas' Aufmerksamkeit galt nicht länger dem Wasser. „Das ist die Frau, mit der er zusammengelebt hat."

„Miss Palmer hatte Ihrem Bruder ein Zimmer vermietet", stellte Moralas nüchtern richtig. „Sie leitete die Tour, bei der der Leichnam Ihres Bruders entdeckt wurde. Sie hat ihre volle Kooperation mit den Behörden zugesichert."

Jonas presste unwillkürlich die Lippen zusammen. Wie hatte Jerry diese Liz Palmer beschrieben? Eine sexy Lady, die tolle Tortillas machte. Sie schien genauso wie all die anderen eine von Jerrys Eroberungen zu sein, immer auf der Suche nach Spaß und dem großen Gewinn. „Ich brauche ihre Adresse." Auf den stumm fragenden Blick des Captain ergänzte er: „Ich nehme an, dass die Sachen meines Bruders noch bei ihr sind?"

„Richtig. In meinem Büro liegen zudem die Dinge, die Ihr Bruder bei sich hatte, als man ihn fand. Sie können sie jederzeit abholen, und natürlich die persönlichen Sachen, die noch bei Miss Palmer sind. Wir haben uns bereits alles angesehen."

Die Wut wollte wieder aufflammen, Jonas unterdrückte sie. „Wann kann ich meinen Bruder mitnehmen?"

„Ich werde versuchen, alles Notwendige heute zu arrangieren, damit er freigegeben werden kann. Ich brauche natürlich Ihre Aussage, und es werden einige Formulare auszufüllen sein." Er musterte Jonas' harte Miene und fühlte das Mitleid an sich zerren. „Noch einmal mein herzliches Beileid."

Jonas nickte nur. „Bringen wir es hinter uns."

Liz schloss die Haustür auf. Während die Tür hinter ihr wieder ins Schloss fiel, drückte sie auf die beiden Schalter neben dem

Eingang. Zwei große Deckenventilatoren setzten sich in Bewegung. Für den Moment war das leise Brummen Gesellschaft genug. Seit vierundzwanzig Stunden saß ein unablässiges dumpfes Pochen hinter ihren Schläfen. Sie ging ins Bad und nahm zwei Aspirin mit etwas Wasser ein, bevor sie die Dusche anstellte.

Es hatte noch eine Tour mit dem Glasbodenboot auf dem Programm gestanden, ein weiteres Dutzend Fahrgäste hatte sie abweisen müssen. Es passierte nicht jeden Tag, dass eine Leiche auf dem Meeresgrund gefunden wurde. Die Sensationslust hatte Scharen von Schaulustigen herbeigetrieben. Makaber, dachte sie, zog sich aus und stellte sich unter den kalten Wasserstrahl. Wie lange würde es wohl dauern, bevor sie das grausige Bild von Jerry da unten im nassen Sand vergessen konnte?

Sicher, sie hatte ihn kaum gekannt. Aber er war ein amüsanter Kerl gewesen, und sie hatte gerne Zeit mit ihm verbracht. Er hatte im Bett ihrer Tochter geschlafen, in ihrer Küche gesessen und mit ihr zusammen gegessen. Mit geschlossenen Augen ließ sie sich das Wasser auf das Haar prasseln. Hoffentlich vergingen die Kopfschmerzen bald. Ihr würde es auf jeden Fall besser gehen, wenn die polizeilichen Untersuchungen erst abgeschlossen waren. Es war schwer gewesen, sehr schwer, als die Beamten hier angerückt waren und Jerrys Sachen durchsucht hatten. Und die vielen Fragen …

Wie viel hatte sie eigentlich über Jerry Sharpe gewusst? Er war Amerikaner, jemand, der mit anpackte, ein Frauenliebling. Alle drei Eigenschaften waren von Vorteil gewesen, wenn er seine Tauchkurse abgehalten oder auf den Touren als ihr Bootsmaat fungiert hatte. Ihrer Einschätzung nach war er harmlos – sexy, attraktiv und ohne großen Ehrgeiz. Er hatte damit angegeben, bald den großen Deal zu landen und dann für immer ausgesorgt zu haben. Sie hatte es für leeres Geschwätz gehalten. Ausgesorgt hatte man nur nach Jahren harter Arbeit oder vielleicht natürlich, wenn man eine große Erbschaft machte.

Aber jetzt erinnerte sie sich daran, wie Jerrys Augen aufgeleuchtet hatten, jedes Mal, wenn er davon redete. Gehörte sie noch zu den Frauen, die träumten, hätte sie ihm wahrscheinlich sogar geglaubt. Aber Träume waren etwas für die Jungen und Naiven. Mit einem kleinen traurigen Stich wurde ihr klar, dass Jerry Sharpe beides gewesen war.

Jetzt gab es ihn nicht mehr, und was er hinterlassen hatte, lag im Zimmer ihrer Tochter verstreut. Sie würde es wohl zusammenpacken müssen. Entschieden drehte sie das Wasser ab. Das war wenigstens etwas, das sie für ihn tun konnte. Ja, sie würde Jerrys Sachen einpacken und dann Captain Moralas fragen, was sie damit tun sollte. Sicher würde seine Familie die Dinge haben wollen. Jerry hatte von einem Bruder gesprochen, den er liebevoll als „geschniegelten Langweiler" bezeichnet hatte. Jerry Sharpe war alles andere als ein Langweiler gewesen.

Auf dem Weg ins Schlafzimmer wickelte Liz sich das Handtuch fester um den Kopf. Sie sah wieder die Szene vor sich, wie Jerry versucht hatte, sich in ihr Bett einzuladen, nur ein paar Tage, nachdem er bei ihr eingezogen war. Schmeicheleien und flinke Hände. Er hatte sie im Türrahmen festgehalten, ihr den Durchgang blockiert und sie geküsst, bevor sie ihn daran hatte hindern können. Doch er hatte keine Gewalt angewendet, nach dem Kuss hatte Liz ihn ohne Schwierigkeiten von sich schieben können. Und ihren Korb hatte er gut gelaunt hingenommen, wie sie sich erinnerte, ohne beleidigt zu sein. Sie waren auch weiterhin bestens miteinander ausgekommen, ohne dass zwischen ihnen eine angespannte Stimmung geherrscht hatte. Liz zog ein Hemd über, das ihr bis zur Mitte der Schenkel reichte.

Genau genommen war Jerry Sharpe ein gutmütiger, freundlicher Mann gewesen, der seine Zeit damit verbracht hatte, Luftschlösser zu bauen. Und nicht zum ersten Mal fragte sie sich, ob diese großen Träume nicht vielleicht etwas mit seinem Tod zu tun hatten.

Aber sie durfte jetzt nicht ihre ganze Zeit und Kraft darauf verwenden, darüber nachzugrübeln. Das Beste war, Jerrys Sachen in seinen Koffer zu verstauen und alles zur Polizei hinüberzufahren.

Eine grausige Aufgabe. Das wurde ihr schon nach wenigen Minuten klar. Das Einzige, was sie je besessen hatte, war Privatsphäre, und in der Intimsphäre eines anderen Menschen herumzukramen behagte ihr ganz und gar nicht. Liz faltete ein verwaschenes braunes T-Shirt zusammen, auf dem stand, dass sein Träger durch den Grand Canyon gewandert sei. Angestrengt bemühte sie sich, nicht darüber nachzudenken. Sie versuchte, überhaupt nicht zu denken, aber immer wieder tauchten Bilder von Jerry vor ihrem inneren Auge auf. Sie sah ihn vor sich, wie er Witze darüber riss, dass er ab jetzt mit einer Unmenge süßer Puppen schlafen würde – Faiths Puppensammlung im Regal. Sie sah wieder, wie er das verklemmte Fenster reparierte. Oder wie er Paella für sie beide zubereitete, um seinen ersten Gehaltsscheck zu feiern.

Ohne Vorwarnung schossen Liz die Tränen in die Augen. Er war so voller Leben gewesen, so überzeugt von sich, dass er es schaffen würde, so voller Optimismus. Es war wirklich nicht genug Zeit gewesen, um ihn als Freund zu bezeichnen, aber er hatte im Zimmer ihrer Tochter geschlafen, und seine Sachen hingen in Faiths Schrank.

Sie wünschte, sie hätte ihm interessierter zugehört, wäre freundlicher zu ihm gewesen, hätte sich zugänglicher und offener gezeigt. Er hatte sie des Öfteren zu einem Drink eingeladen, und sie hatte ihn abgewimmelt, weil sie die Buchhaltung oder irgendeinen anderen Papierkram zu erledigen hatte. Wie kleinlich und kalt ihr das jetzt erschien. Hätte sie ihm nur eine Stunde ihres Lebens geschenkt, hätte sie vielleicht von ihm erfahren, wer er war, woher er kam, warum er sterben musste.

Als das Klopfen an der Haustür ertönte, presste sie die Handflächen an die Wangen. Es war albern von ihr zu weinen. Tränen hatten noch nie geholfen. Jerry Sharpe lebte nicht mehr, und es hatte absolut nichts mit ihr zu tun.

Auf dem Weg zur Tür wischte sie sich die Tränen ab. Immerhin waren die Kopfschmerzen nicht mehr so schlimm. Liz beschloss, Moralas gleich anzurufen. Er sollte jemanden vorbeischicken und Jerrys Sachen abholen lassen. Schließlich hatte sie wirklich nichts mit all dem zu tun.

Das sagte sie sich in Gedanken und zog die Tür auf.

Einen Moment lang stand sie wie vom Donner gerührt da und konnte nur starren. Das T-Shirt, das sie noch in den Händen hielt, glitt ihr aus den Fingern zu Boden. Sie taumelte einen Schritt zurück, ein ungutes Summen setzte in ihrem Kopf ein. Ihr wollte schwarz vor Augen werden, deshalb blinzelte sie angestrengt. Der Mann auf ihrer Türschwelle sah vorwurfsvoll auf sie herunter.

„Jer…Jerry", brachte sie mühsam hervor und hätte fast aufgeschrien, als der Mann einen Schritt vorwärts machte.

„Elizabeth Palmer?"

Sie konnte nur stumm und benommen den Kopf schütteln. Panik wollte in ihr aufsteigen, sie ermahnte sich, dass sie nicht an übernatürliche Dinge glaubte, sondern mit beiden Beinen fest im Leben stand. Sie war praktisch veranlagt, war eine realistische Frau … Wenn jemand starb, kehrte er nicht unter die Lebenden zurück. Und doch … Hier stand sie in ihrem Wohnzimmer unter den sich drehenden Deckenventilatoren und schaute zu, wie Jerry Sharpe ihr Haus betrat. Sie hörte auch, wie er sie wiederholt ansprach.

„Sind Sie Liz Palmer?"

„Ich hab dich doch gesehen!" Sie hörte ihre eigene Stimme, fremd und seltsam schrill, ihre Augen hafteten aufgerissen auf seinem Gesicht. Dieses attraktive Gesicht, das Grübchen im Kinn, die grauen Augen unter den schwarzen Brauen. Ein Gesicht, das jede Frau zu einem Wagnis einlud – oder sich zumindest mehr Risikobereitschaft wünschen ließ. „Wer sind Sie?"

„Jonas Sharpe. Jerry war mein Bruder. Genauer, mein Zwillingsbruder."

Ihr wurde bewusst, dass ihre Knie zitterten, also setzte sie sich lieber. Nein, Jerry war das ganz sicher nicht, versuchte sie sich zu beruhigen. Das Haar war ebenso dicht und ebenso dunkel, aber die ungekämmte Unordnung von Jerrys Haaren fehlte völlig. Das Gesicht war ebenso attraktiv, ebenso markant, aber Jerrys Augen hatten sie niemals so hart und kalt glitzernd angesehen. Die ganze Haltung dieses Mannes strahlte eisern gezügelte Gefühle und Ungeduld aus. Es dauerte nur einen Moment, bevor ihr Ärger aufflammte.

„Das haben Sie mit Absicht getan." Weil ihre Handflächen feucht waren, strich sie auf und ab mit ihren Händen über die Knie. „Das war gemein von Ihnen. Sie mussten doch wissen, was ich denken würde, sobald ich die Tür öffne."

„Ich wollte Ihre Reaktion sehen."

Sie lehnte sich zurück und atmete tief durch. „Sie sind ein Mistkerl, Mr. Sharpe."

Zum ersten Mal seit Stunden verzogen sich seine Lippen zu einem angedeuteten Lächeln. „Darf ich mich setzen?"

Sie deutete auf einen Sessel. „Was wollen Sie hier?"

„Ich möchte Jerrys Sachen abholen. Und mich mit Ihnen unterhalten."

Er setzte sich und schaute sich um. Es war nicht der flüchtige, höfliche Blick eines fremden Besuchers, der zum ersten Mal das Heim eines anderen betrat, sondern eine intensive und gründliche Bestandsaufnahme all dessen, was Liz Palmer gehörte. Dieses Wohnzimmer war relativ klein, nicht größer als sein Büro. Während er gedämpften Farben und geraden Linien den Vorzug gab, schien Liz Palmer eher eine Vorliebe für leuchtende, sich teilweise beißende bunte Farben und Krimskrams zu besitzen. Mehrere Mayamasken hingen an den Wänden, Teppiche und Läufer in den verschiedensten Größen und mit den verschiedensten Mustern bedeckten den Boden. Die Strahlen der untergehenden Sonne fielen durch eine knallrote Jalousie, auf dem Tisch stand auf einer gewebten Strohmatte eine große blaue Tonvase, die goldgelben Blumen darin verloren bereits ihre Blütenblätter. Der Tisch selbst war keineswegs blank poliert, sondern bedeckt mit einer dünnen Staubschicht.

Der erste Schock, der ihr den Magen zusammengezogen hatte, ließ langsam nach. Liz sagte kein Wort, betrachtete ihn nur, während er sich in dem Zimmer umsah. Er sah aus wie Jerrys perfektes Ebenbild. Dennoch wirkte Jonas Sharpe nicht wie ein Mann, mit dem man viel Spaß haben konnte. Seltsam, aber woher kam dieses unerklärliche Bedürfnis, ihn so schnell wie möglich aus ihrem Haus hinauszubefördern, ein für alle Mal? Absolut lächerlich, sagte sie sich. Er war nur ein Mann und hatte mit ihr überhaupt nichts zu tun. Außerdem hatte er soeben den Bruder verloren.

„Mein herzliches Beileid, Mr. Sharpe. Es muss schwer für Sie sein."

Abrupt wandte er den Kopf zu Liz und blickte ihr fest in die Augen. Augenblicklich stieg ihre Anspannung von Neuem. Wenn er ihr Heim Zentimeter für Zentimeter durchleuchten wollte, machte ihr das nichts aus. Aber sie hatte etwas dagegen, wenn er das Gleiche bei ihr versuchte.

Sie war nicht das, was er erwartet hatte. Sie hatte ein herzförmiges Gesicht mit breiten Wangenknochen, einer langen schmalen Nase und einem Kinn, das ihr einen energisch wirkenden Ausdruck verlieh.

Schön im üblichen Sinne war sie nicht, aber auf eine höchst beunruhigende Art faszinierend. Vielleicht lag es an diesen exotisch mandelförmigen braunen Augen – ein tiefes, intensives Braun. Oder vielleicht auch an dem Mund, voll und verletzlich zugleich. Sie ertrank schier in den Stoffmassen des Hemdes, das sie trug und das ihre langen gebräunten Beine freigab. Ihre Hände, schlank, schmal und ohne einen Ring, ruhten auf den Armlehnen des Sessels, auf dem sie saß. Jonas hatte immer gedacht, er würde den Geschmack seines Bruders so gut kennen wie den eigenen. Liz Palmer entsprach Jerrys Vorliebe für das Auffallende, Schillernde überhaupt nicht. Allerdings auch nicht der diskreten Eleganz, die er selbst bei Frauen bevorzugte.

Und doch hatte Jerry mit ihr zusammengewohnt. Grimmig dachte Jonas, dass sie den Mord an ihrem Liebhaber wahrhaft gelassen hinnahm. „Es muss auch für Sie eine schwere Zeit sein."

Seine intensive Musterung hatte an ihren Nerven gezerrt. Das war weit über die normale Neugier hinausgegangen und hatte ihr das Gefühl gegeben, ein interessantes Studienobjekt zu sein, etikettiert und abgeheftet, um für weitere Forschungszwecke zur Verfügung zu stehen. Sie versuchte daran zu denken, dass Trauer die unterschiedlichsten Formen bei den verschiedenen Menschen annahm. „Jerry war ein netter Mann. Es ist nicht leicht …"

„Wie haben Sie ihn kennengelernt?"

Da ihre Worte des Mitgefühls so abrupt abgeschnitten wurden, setzte sie sich gerader im Sessel auf. Da ihr Gegenüber offenbar keinen gesteigerten Wert auf ihre Anteilnahme legte, würde er sie auch nicht bekommen. Wenn er also nur die Fakten hören wollte, würde sie ihm auch nur diese liefern. „Jerry kam vor ein paar Wochen in meinen Laden. Sagte, er interessiere sich fürs Tauchen."

Jonas hob die Augenbrauen, eine scheinbar höfliche Nachfrage, aber seine Augen blieben eiskalt. „Fürs Tauchen?"

„Ja. Mir gehört der Taucherladen am Strand. Man kann dort Ausrüstungen leihen, Kurse machen, Tagesausflüge mit dem Boot buchen. Jerry suchte Arbeit. Da er ganz offensichtlich Erfahrung hatte, heuerte ich ihn als Aushilfskraft an. Er fuhr mit auf dem Taucherboot raus, gab Tauchkurse für die Touristen ... sowas in der Art eben."

Touristen zu zeigen, wie man Sauerstoffflaschen anlegte und die Zufuhr am Mundstück regulierte, passte überhaupt nicht zu dem letzten Gespräch, das er mit seinem Bruder geführt hatte. Jerry hatte von dem großen Deal geschwärmt, vom großen Geld. „Er hat sich also nicht als Partner eingekauft?"

Etwas huschte über ihr Gesicht – Stolz, Verblüffung, Entrüstung, Jonas wusste es nicht zu sagen. „Ich nehme mir keinen Partner, Mr. Sharpe. Jerry hat für mich gearbeitet, mehr nicht."

„Mehr nicht?" Wieder zog er die Augenbraue nach oben. „Immerhin hat er hier gewohnt."

Es war unmissverständlich, worauf er hinauswollte. Bereits bei der Polizei hatte sie sich mit dieser Unterstellung herumschlagen müssen. Liz entschied, dass sie alle Fragen beantwortet und Jonas Sharpe mehr als genug von ihrer Zeit gewährt hatte. „Jerrys Sachen sind hier in diesem Zimmer." Liz stand auf und verließ das Wohnzimmer. An der Tür zu Faiths Raum blieb sie stehen und wartete, bis Jonas ihr nachgekommen war. „Ich hatte damit angefangen, seine Sachen zusammenzupacken. Vermutlich möchten Sie das lieber selbst übernehmen. Lassen Sie sich so viel Zeit, wie Sie brauchen."

Als sie sich umdrehen wollte, fasste Jonas nach ihrem Arm. Er sah sie nicht an, sondern in das Zimmer hinein. Starrte auf die Regale mit den Puppen, die rosa gestrichenen Wände, die Rüschenvorhänge mit dem Blümchenmuster. Und auf die persönlichen Sachen seines Bruders, die auf dem weißen Schaukelstuhl und der Tagesdecke mit dem gleichen Blümchenmuster lagen. Es tat weh, musste Jonas erneut feststellen.

„Ist das alles?", fragte er. Es schien so wenig zu sein.

„In den Schubladen und im Wandschrank habe ich noch nicht nachgesehen. Die Polizei aber schon." Plötzlich ausgelaugt, zog sie das Handtuch vom Kopf. Dunkelblondes Haar, noch immer feucht, umrahmte ihr Gesicht und fiel über ihre Schultern. Es ließ sie weicher und verletzlicher aussehen. „Ich weiß nichts über Jerrys private Angelegenheiten oder sein Leben. Das hier ist das Zimmer meiner Tochter." Sie wandte sich nur so weit um, dass sie ihn ansehen konnte. „Während der Schulzeit ist sie nicht da. Jerry hat hier geschlafen." Damit ließ sie ihn stehen und ging.

Zwanzig Minuten, mehr brauchte er nicht. Jerry war nie mit viel Gepäck gereist. Den gepackten Koffer stellte Jonas im Wohnzimmer ab, dann ging er durch das Haus. Groß war es nicht. Das nächste Schlafzimmer lag im Halbdunkel der Abenddämmerung. Auf einem Rattanbett lag eine orangefarbene Tagesdecke, und er konnte einen Schreibtisch erkennen, auf dem Aktenmappen und Papiere verstreut lagen. Es roch leicht nach Parfüm und Körperpuder. Jonas ging weiter und fand sich kurz darauf in der Küche wieder – bei Liz.

Als ihm der Duft von frischem Kaffee in die Nase stieg, fiel ihm ein, dass er seit heute Morgen nichts mehr gegessen hatte. Ohne sich zu ihm umzudrehen, goss Liz eine zweite Tasse ein. Auch ohne dass er etwas sagte, wusste sie, dass er den Raum betreten hatte. Sie bezweifelte, dass er ein Mann war, der lautstark auf sich aufmerksam machen musste. „Milch oder Zucker?"

Jonas fuhr sich mit den Fingern durchs Haar. Er hatte das unwirkliche Gefühl, in einem bösen Traum gefangen zu sein. „Weder noch, schwarz."

Als Liz sich dann zu ihm umwandte, um ihm die Tasse zu reichen, zuckte sie leicht zusammen. „Tut mir leid“, murmelte sie. „Es ist nur … Sie sehen genau aus wie er.“

„Und das stört Sie?“

„Es macht mich nervös.“

Der erste Schluck Kaffee vertrieb etwas von der seltsamen Stimmung. „Sie waren nicht in Jerry verliebt.“

Leicht verblüfft blickte sie ihn an. Dass er sie für die Gespielin seines Bruders gehalten hatte, wusste sie, aber dass er noch einen Schritt weiter gegangen war, hatte sie nicht vermutet. „Ich kannte ihn nur ein paar Wochen.“ Dann erinnerte sie sich an eine andere Zeit, an ein anderes Leben. Sie lachte leise. „Nein, ich war nicht in ihn verliebt. Unsere Beziehung war rein geschäftlich. Aber ich mochte ihn. Er war keck, charmant und sich seiner Wirkung auf die Damenwelt sehr bewusst. Es war auffällig, dass in den letzten Wochen immer wieder dieselben weiblichen Kunden auftauchten. Jerry muss ein ziemlicher Windhund gewesen sein …“ Sie unterbrach sich und schaute entsetzt auf. „Entschuldigen Sie.“

„Nein, schon gut.“ Interessiert trat Jonas näher. Sie war eine große Frau, fast auf gleicher Augenhöhe mit ihm. Sie roch nach Körperpuder und war ungeschminkt. Definitiv nicht Jerrys Typ, dachte er noch einmal. Aber ihre Augen … „Das war er tatsächlich. Nur haben die meisten Menschen das nicht gemerkt.“

„Ich habe andere getroffen.“ Ihre Stimme klang plötzlich matt und tonlos. „Andere, die nicht so harmlos und gutmütig waren. Ihr Bruder war ein netter Mann, Mr. Sharpe. Und ich hoffe wirklich, dass die, die ihn … Ich hoffe, man findet sie.“

Deutlich konnte sie erkennen, wie ein eisiger Ausdruck in seine grauen Augen trat. Das ungute Flattern in ihrem Magen erinnerte sie daran, dass Kälte oft viel gefährlicher als Hitze war.

„Man wird sie finden. Vielleicht werde ich mich noch einmal mit ein paar Fragen an Sie wenden müssen.“

Es war eine einfache und durchaus verständliche Bitte, dennoch blockte Liz sofort ab. Sie wollte nicht noch einmal mit ihm reden, sie wollte nichts mit der ganzen Sache zu tun haben. „Es gibt nichts, was ich Ihnen noch sagen könnte.“

„Jerry hat in Ihrem Haus gewohnt, er hat für Sie gearbeitet."

„Ja, aber ich weiß trotzdem nichts." Ihre Stimme war lauter geworden, sie drehte sich um und starrte aus dem Fenster. Sie hatte die Fragen satt, war es leid, dass die Leute mit dem Finger auf sie zeigten – *Das ist die Frau, die die Leiche gefunden hat!* Ihr Leben war durch den Tod eines Mannes auf den Kopf gestellt worden, den sie kaum gekannt hatte. Und sie war nervös, weil Jonas Sharpe ihr wie der Typ Mann erschien, der ihr Leben weiterhin auf dem Kopf stehen lassen konnte, solange es ihm beliebte. „Ich habe es schon der Polizei immer und immer wieder gesagt. Jerry hat für mich gearbeitet. Was er in seiner Freizeit getan hat, weiß ich nicht. Ich hab keine Ahnung, wohin er nach Feierabend gegangen ist, mit wem er sich getroffen hat, was er unternommen hat. Es ging mich nichts an, solange er die Miete für das Zimmer bezahlte und pünktlich zur Arbeit erschien." Als sie sich wieder zu ihm umdrehte, spiegelte sich Entschlossenheit in ihrem Gesicht wider. „Das mit Ihrem Bruder tut mir leid. Ich bedauere Ihren Verlust. Aber das alles geht mich nichts an."

Er sah das Zittern ihrer Hände, als sie die Finger ineinander verschränkte, und interpretierte es auf seine Weise. „Genau da sind wir unterschiedlicher Meinung, Mrs. Palmer."

„Miss Palmer", korrigierte sie ihn kühl und sah sein knappes Nicken. „Ich kann Ihnen leider nicht helfen."

„Das wissen Sie nicht, bevor wir uns nicht unterhalten haben."

„Na schön. Dann eben … ich werde Ihnen nicht helfen."

Er legte den Kopf leicht schief und zog seine Brieftasche hervor. „Schuldet Jerry Ihnen noch etwas für die Miete?"

Seine beleidigenden Worte trafen sie wie eine Ohrfeige. Ihre Augen, meist sanft und traurig, funkelten ihn verärgert an. „Er schuldet mir nichts, und Sie schulden mir erst recht nichts. Wenn Sie Ihren Kaffee dann ausgetrunken haben …"

Jonas stellte die Tasse auf den Tisch. „Ja, ich bin fertig. Für den Moment."

Ein letztes Mal musterte er sie. Nein, ganz bestimmt nicht Jerrys Typ. Und seiner auch nicht. Aber irgendetwas musste sie wissen, auch wenn es ihr nicht bewusst war. Falls er sie benutzen musste, um etwas herauszufinden, würde er es tun. „Gute Nacht."

Liz rührte sich nicht von der Stelle, bis das Schlagen der Haustür zu ihr drang. Dann schloss sie die Augen. Nein, es ging sie nichts an, sagte sie sich noch einmal.

Aber noch immer sah sie Jerry im nassen Sand unter ihrem Boot liegen. Und jetzt sah sie zusätzlich noch Jonas Sharpe vor sich und seine harten grauen Augen, in denen die Trauer stand.

2. KAPITEL

Liz beschloss, den Tag im Laden zu verbringen, statt sich einen Tag freizunehmen. Ein wirklich freier Tag, also ein Tag, den sie weder im Laden noch auf den Booten verbrachte, war ein Luxus, den sie sich nur selten gönnte, und dann auch nur, wenn Faith die Ferien zu Hause verbrachte. Heute erlaubte sie es sich immerhin, keine Bootstouren zu übernehmen, sondern sich ausschließlich um den Laden zu kümmern. Das hieß, dass sie allein sein konnte. Bis Mittag würden die Taucher ihre Ausrüstung gemietet haben, ab dann gab es nur noch sporadisch Kunden zu betreuen. Was Liz die Möglichkeit geben würde, die Ausrüstung in Ruhe zu überprüfen und eine aktuelle Inventarliste aufzustellen.

Das Gebäude, in dem sich ihr Laden befand, war aus einfachen grauen Ziegeln gebaut. Sie hatte schon öfter mit dem Gedanken gespielt, die Fassade verputzen und streichen zu lassen, aber irgendwie schienen ihr die Kosten für so einen „Luxus" zu hoch. Es gab ein winziges Nebenzimmer, das sie hochtrabend „Büro" nannte, auch wenn es diese Bezeichnung kaum verdiente. Aber sie hatte einen alten grauen Metallschreibtisch hineingezwängt und einen Drehstuhl, der restliche Platz wurde von noch mehr Taucherausrüstungen in Beschlag genommen – auf dem Boden gestapelt, in Regalen gelagert oder von der Decke an Haken herunterhängend. Ihr Schreibtisch mochte zwar eine riesige Beule haben, aber die Ausrüstung, die sie vermietete, war bestens gepflegt und hundertprozentig gewartet.

Masken, Schwimmflossen, Sauerstoffflaschen und Schnorchel konnten einzeln oder in jeder beliebigen Kombination gemietet werden. Liz hatte schnell gelernt, dass ein großes Angebot es nicht nur vereinfachte, kaputte Geräte auszusortieren und zu ersetzen, sondern auch für Stammkunden sorgte. Das Vermieten der Ausrüstung war praktisch das Fundament, auf dem ihr Geschäft aufgebaut war. Neben dem Ladeneingang, der nur nachts mit einem schweren, soliden Stück Holz versperrt wurde, stand ein Schild in englischer und spanischer Sprache, das über Preise und angebotene Leistungen informierte.

Als Liz vor acht Jahren anfing, hatte sie zwölf Taucherausrüstungen angeschafft. Jeden gesparten Penny hatte sie investiert. Jeden Penny, den Marcus dem jungen, blauäugigen Mädchen, das schwanger mit seinem Kind war, gegeben hatte. Das Mädchen hatte schnell zur erwachsenen Frau heranwachsen müssen, und diese Frau führte nun ein Geschäft, mit dessen Ausstattung sie fünfzig Taucher und Dutzende von Schnorchlern komplett ausrüsten konnte, einschließlich Unterwasserkameras. Sie konnte Touristen einen entspannenden Ausflug auf dem Meer bieten oder auch die Bedürfnisse derer erfüllen, die mit ungezügeltem Tatendrang zum Hochseefischen aufbrechen wollten.

Das erste Boot, das sie kaufte, taufte sie auf den Namen *Faith*, nach ihrer Tochter. Mit achtzehn, auf sich selbst gestellt und völlig verängstigt, hatte sie sich geschworen, dass es dem Kind, das sie unter dem Herzen trug, nie an etwas mangeln sollte, dass es immer nur das Beste von ihr bekommen würde. Jetzt, zehn Jahre später, schaute Liz sich in ihrem Geschäft um und konnte mit Gewissheit behaupten, dass sie ihr Versprechen gehalten hatte.

Mehr noch. Die Insel, auf die sie damals geflohen war, war zu ihrem Zuhause geworden. Hier hatte sie neue Wurzeln geschlagen, hier galt sie etwas, hier brauchte man sie. Sie starrte nicht länger auf das Meer hinaus und sehnte sich nach Houston oder einem hübschen Häuschen mit grünem Rasen. Sie dachte nicht mehr an die Ausbildung, die sie kaum begonnen schon abgebrochen hatte, sie fragte sich nicht länger, was sie mit dieser Ausbildung hätte werden können. Und sie hatte längst aufgehört, dem Mann nachzuweinen, der weder sie noch das Kind, das sie zusammen geschaffen hatten, wollte. Sie würde nie wieder dorthin zurückkehren. Aber Faith konnte das. Faith konnte Französisch lernen, spitzenbesetzte Seidenkleider tragen und gepflegte Konversation über guten Wein und klassische Musik betreiben. Eines Tages würde Faith heimkehren und sich sicher in den Kreisen ihrer unbekannten Verwandten bewegen.

Das ist mein Traum, dachte Liz und füllte sorgfältig die Sauerstoffflaschen nach. Sie wollte ihre Tochter in den Kreisen akzeptiert sehen, aus denen sie ausgestoßen worden war. Nicht aus Rache, sondern um der Gerechtigkeit willen.

„Hallo, Missy."

Liz hockte auf dem Boden am hinteren Ende des Raumes und drehte sich um. Sie musste die Augen gegen die hereinscheinende Sonne zusammenkneifen. Im Eingang stand ein korpulenter Mann in einem schwarz-roten Taucheranzug, einen fetten Zigarrenstummel im Mundwinkel.

„Mr. Ambuckle. Ich wusste gar nicht, dass Sie wieder auf der Insel sind."

„Bin von Cancún für ein paar Tage rübergekommen. Hier kann man besser tauchen."

Lächelnd richtete sie sich auf und ging auf den Eingang zu. Ambuckle war Stammkunde, der zwei-, dreimal im Jahr nach Cozumel kam und immer bei ihr seine Sauerstoffflaschen mietete. „Das hätte ich Ihnen vorher sagen können. Haben Sie die Ruinen besichtigt?"

„Meine Frau hat mich nach Tulum geschleift." Er zuckte mit den Achseln und grinste sie aus verquollenen blauen Augen an. „Ich kann Ihnen sagen … da bin ich doch jederzeit lieber zehn Meter unter Wasser, als den ganzen Tag über Felsen zu klettern. Ein bisschen geschnorchelt habe ich. Aber ein Mann fliegt schließlich nicht den ganzen weiten Weg von Dallas hierher, um dann im Wasser zu planschen. Ich dachte mir, ich sollte mal einen Nachttauchgang ausprobieren."

Ihr Lächeln war echt, es ließ Liz zugänglicher erscheinen und machte ihre Augen, die sonst immer so traurig blickten, sanfter. „Sicher, ich suche Ihnen alles zusammen. Wie lange bleiben Sie diesmal?", fragte sie und überprüfte eine Sauerstoffflasche.

„Zwei Wochen. Ein Mann braucht schließlich auch mal Abstand von seinem Schreibtisch."

„Auf jeden Fall." Liz konnte nur dankbar sein, dass viele in Texas, Louisiana und Florida das gleiche Bedürfnis verspürten.

„Ich hab schon von der ganzen Aufregung gehört, was hier passiert ist, während wir auf der anderen Seite waren."

Eigentlich müsste Liz inzwischen an solche und ähnliche Kommentare gewöhnt sein, trotzdem rann ihr ein kalter Schauer über den Rücken. Das Lächeln erstarb, ihr Gesicht hatte wieder diesen distanzierten und argwöhnischen Ausdruck. „Sie meinen den Amerikaner, der hier ermordet wurde?"

„Meine Frau war richtig entsetzt. Hat mich eine Menge Überredungskunst gekostet, damit sie überhaupt mitkommt. Haben Sie ihn gekannt?"

Nein, dachte sie, nicht so gut, wie ich ihn hätte kennen sollen. Um sich weiterhin zu beschäftigen und ihren Händen etwas zu tun zu geben, griff sie nach einem Mietformular und begann es auszufüllen. „Um genau zu sein, er hat eine Weile hier gearbeitet."

„Was Sie nicht sagen!" Seine blauen Augen leuchteten interessiert, aber auch an diese Reaktion sollte sie sich längst gewöhnt haben.

„Vielleicht erinnern Sie sich sogar an ihn. Er begleitete das Taucherboot, mit dem Sie und Ihre Frau letztens rausgefahren sind."

„Nein, ehrlich?!" Ambuckle zog die Augenbrauen zusammen und kaute auf seinem Zigarrenstummel herum. „Doch nicht etwa dieser gut aussehende junge Mann … Johnny … nein, Jerry", erinnerte er sich. „Meine Frau war völlig hingerissen von ihm."

„Ja, Jerry, so hieß er."

„So eine Schande", murmelte Ambuckle, dabei schien er durchaus entzückt, das Opfer gekannt zu haben. „Ein ziemlich forscher junger Kerl."

„Ja, das dachte ich auch." Liz hievte die Sauerstoffflaschen auf die Schwelle. „Da, damit sind Sie wieder startklar, Mr. Ambuckle."

„Legen Sie noch eine Unterwasserkamera drauf, Missy. Ich will ein Foto von einem dieser Kraken schießen. Hässliche Kreaturen."

Erstaunt nahm Liz eine Kamera aus dem Regal und notierte sie auf dem Formular. Ein Blick auf ihre Armbanduhr, um die genaue Uhrzeit aufzuschreiben, dann drehte sie das Papier um, damit Ambuckle seine Unterschrift daruntersetzen konnte. Erst unterschrieb er, dann reichte er ihr ein Bündel Geldscheine. Ambuckle zahlte immer bar und in amerikanischen Dollar, etwas, das Liz sehr schätzte.

„Danke. Schön, Sie wieder bei uns begrüßen zu dürfen, Mr. Ambuckle."

„Ihr werdet mich eben nicht los, Missy." Mit einem Ächzen hob er sich die schweren Flaschen auf die Schulter. Liz sah ihm nach, bis er auf der anderen Straßenseite angekommen war, erst dann heftete sie das Formular ab und verstaute das Bargeld in der Kasse.

„Das Geschäft läuft also gut."

Sie zuckte zusammen, als sie die Stimme hörte. Ihr Kopf schnellte in die Höhe, und sie sah sich Jonas Sharpe gegenüber.

Nie wieder würde es ihr passieren, dass sie ihn mit Jerry verwechselte, auch wenn seine Augen dieses Mal hinter einer Sonnenbrille versteckt waren. Statt eines Anzugs trug er Shorts und ein offen stehendes Hemd. Um seinen Hals lag eine lange goldene Kette, an der eine kleine Goldmünze baumelte. Sie erinnerte sich daran, dass Jerry auch eine Münze an einer Kette getragen hatte. Aber etwas an Jonas' Haltung, die Art, wie er dastand, und der Zug um seinen Mund ließ ihn größer und vor allem härter erscheinen als den Mann, den sie gekannt hatte.

Da Liz nichts von geistreichen Wortwechseln hielt, schloss sie erst die Kasse, dann wandte sie sich um, um die Tauchermasken auf dem Regal zu überprüfen. Nichts ging bei ihr über die Ladentheke, bevor es nicht genauestens kontrolliert worden war. „Ich hatte nicht damit gerechnet, Sie wiederzusehen."

„Hätten Sie aber." Jonas beobachtete sie dabei, wie sie Maske um Maske auf dem Regal durcharbeitete. Sie schien selbstsicherer, machte einen weniger verletzlichen Eindruck als letzte Woche, als er bei ihr zu Hause gewesen war. Ihre Augen blickten kühl, ihre ganze Haltung strahlte Distanz aus. Das machte es ihm leichter, das zu tun, weshalb er hergekommen war. „Sie haben einen ziemlich guten Ruf auf der Insel."

Sie hielt gerade lange genug mit ihrer Inspektion inne, um über ihre Schulter zu ihm herüberzuschauen. „So?“

„Ich habe mich erkundigt“, erwiderte er leichthin. „Sie leben seit zehn Jahren hier, haben diesen Shop praktisch vom Grundstein an allein aufgebaut und zu einem der erfolgreichsten Geschäfte auf der Insel gemacht.“

Sie studierte die Maske, die sie in der Hand hielt, genauestens. „Wollen Sie eine Ausrüstung mieten, Mr. Sharpe? Das Schnorcheln im Riff kann ich wärmstens empfehlen.“

„Mag sein. Ich tauche lieber.“

„Auch gut. Bei mir bekommen Sie alles, was Sie brauchen.“ Sie legte die Maske ins Regal zurück, nahm die nächste. „In Mexiko braucht man keinen Tauchschein, dennoch rate ich zu Übungsstunden, bevor Sie runtergehen. Wir bieten zwei verschiedene Kurse an – Gruppen oder individuell.“

Zum ersten Mal lächelte er sie an, es war ein sehr anziehendes Lächeln, das ihn weicher erscheinen ließ.

„Vielleicht komme ich darauf zurück. Etwas anderes ... wann schließen Sie hier?“

„Wenn ich so weit bin.“ Dieses Lächeln veränderte etwas, und das durfte sie nicht zulassen. Sie verlagerte das Gewicht auf ein Bein und schaute ihn mit mildem Spott an. „Wir sind hier in Cozumel, Mr. Sharpe. Hier gibt es keine festen Öffnungszeiten. Wenn Sie nichts mieten und auch keine Tour mit einem der Boote buchen wollen, werden Sie mich jetzt entschuldigen müssen.“

Er lehnte sich über den Tresen und griff nach ihrer Hand. „Ich bin nicht zurückgekommen, um einen Ausflug zu buchen. Gehen Sie heute Abend mit mir essen. Wir können uns unterhalten.“

Sie versuchte nicht, ihre Hand zurückzuziehen, sah ihn nur ruhig an. Der erste Grundsatz, wenn man ein Geschäft führte, war, immer höflich zu bleiben, unter allen Umständen. „Nein, danke.“

„Dann auf einen Drink.“

„Nein.“

„Miss Palmer ...“ Jonas war berüchtigt für seine schier endlose Geduld. Es war eine Waffe, wie er erkannt hatte, im Gerichtssaal und außerhalb. Jetzt stellte er erstaunt fest, dass er bei Liz Schwierigkeiten hatte, geduldig zu bleiben. „Bisher habe ich nicht viel Neues in Erfahrung bringen können, und die Polizei ist mit ihren Untersuchungen auch noch nicht weitergekommen. Ich brauche Ihre Hilfe."

Jetzt zog sie ihre Hand doch zurück. Nein, sie würde sich nicht da hineinziehen lassen, nicht von schönen Worten und auch nicht von bohrenden Blicken, das hatte sie sich geschworen. Sie hatte ihr Leben, musste ein Geschäft führen, und vor allem hatte sie eine Tochter, die in ein paar Wochen nach Hause kommen würde. „Ich will damit nichts zu tun haben. Es tut mir leid, aber selbst, wenn ich dazu bereit wäre, wüsste ich nicht, wie ich helfen könnte."

„Dann kann es doch auch nichts schaden, mit mir zu reden."

„Mr. Sharpe." Für ihre Geduld war Liz nicht unbedingt bekannt. „Zeit ist bei mir immer Mangelware. Ein Geschäft zu leiten ist kein Hobby, das man nach Lust und Laune betreibt, sondern harte, disziplinierte Arbeit. Die zwei Stunden, die am Abend mir selbst gehören, werde ich nicht damit verschwenden, um von Ihnen verhört zu werden. Wenn Sie also dann bitte ..."

Sie machte Anstalten, hinter der Theke hervorzukommen, um ihn hinauszuwerfen, als ein kleiner Junge in den Laden rannte. Er trug nur eine Badehose und glänzte vom Sonnenöl. Einen völlig zerknüllten Zwanzigdollarschein in der Hand, brachte er hastig seinen Wunsch in schnellem Spanisch vor. Er wolle Schnorchelmasken mieten, für sich und seinen Bruder. Als Liz sich umdrehte, um das Gewünschte aus dem Regal zu holen, fragte er sie aufgeregt, ob denn dort im Wasser auch Haie zu sehen waren.

Als sie den Geldschein annahm und dem Jungen die Masken überließ, antwortete sie ihm ernst: „Im Riff leben keine Haie, aber manchmal statten sie dem Riff einen kurzen Besuch ab." Sie konnte die Abenteuerlust in seinen Augen leuchten sehen. „Ihr werdet auf jeden Fall viele Papageienfische beobachten können." Wild gestikulierte sie in der Luft herum, um ihm zu zeigen, wie groß die Fische waren. „Und wenn ihr Brotkrumen oder Cracker mitnehmt, werden euch die Barsche nachschwimmen und betteln. Sie kommen dann so nahe, dass ihr sie beim Füttern sogar anfassen könnt."

„Beißen die?"

Sie grinste. „Nur in die Cracker. *Adiós.*"

Der Junge spurtete davon und wirbelte mit jedem Schritt Sand auf.

„Sie sprechen Spanisch, als wäre es Ihre Muttersprache", bemerkte Jonas und dachte dabei, dass das durchaus nützlich sein könnte. Ihm war auch aufgefallen, wie ihre Augen während des Geplauders mit dem Jungen lustig zu funkeln begonnen hatten. Da war nichts Trauriges oder Gehetztes mehr zu sehen gewesen, kein Argwohn mehr. Seltsam, dachte er, ihm war vorher nie wirklich klar gewesen, wie stark Augen als Gefühlsbarometer fungieren konnten.

„Ich lebe hier", erklärte sie schlicht. „Also, Mr. Sharpe ..."

„Wie viele Boote?"

„Was?"

„Wie viele Boote haben Sie hier?"

Sie holte tief Luft und beschloss, dass sie genauso gut noch fünf Minuten ihrer Zeit für ihn opfern konnte. „Vier. Das Glasbodenboot, zwei Taucherboote und eines fürs Hochseefischen."

„Hochseefischen." Das war es, entschied Jonas still. Ein Boot, das Privatsphäre bot und somit Diskretion. „Ich habe schon ewig nicht mehr auf dem offenen Meer geangelt, bestimmt fünf oder sechs Jahre. Also gut, morgen." Er zog seine Brieftasche hervor. „Wie viel?"

„Fünfzig Dollar pro Tag und Person. Aber für einen Einzelnen fahre ich mit dem Boot nicht raus, Mr. Sharpe." Sie lächelte unverbindlich. „Das wäre kein gutes Geschäft."

„Ab wie vielen Passagieren fahren Sie raus?"

„Mindestens drei, sonst lohnt es sich nicht. Und ich fürchte, es hat sich kein anderer gemeldet. Daher ..."

Er legte vier Fünfzigdollarscheine auf den Tresen. „Die zusätzlichen fünfzig Dollar sind dafür, um zu garantieren, dass Sie das Ruder übernehmen." Mit gerunzelter Stirn sah Liz auf die Geldscheine. Zweihundert Dollar ... die könnte sie gut für die

Aquabikes gebrauchen, an die sie schon öfter gedacht hatte. Ein paar von den anderen Taucherläden boten sie bereits an, und natürlich behielt sie die Konkurrenz immer im Auge. Aquabiking und Windsurfing wurden immer populärer, und wenn sie im Geschäft mithalten wollte … Sie sah in Jonas Sharpes düster entschlossene Miene und entschied, dass es die Sache nicht wert war.

„Mein Tagesplan für morgen steht bereits fest. Ich fürchte, da bleibt keine …"

„Es ist keine gute Geschäftspraktik, wenn man leicht zu machenden Profit einfach ablehnt, Miss Palmer." Als sie nur nachlässig mit den Schultern zuckte, lächelte er wieder, doch dieses Mal war es ein alles andere als freundliches Lächeln. „Ich würde mich nur ungern im Hotel darüber beschweren, dass ich als Kunde im Black Coral nicht bedient wurde. Schon erstaunlich, welche Auswirkungen Mundpropaganda, sowohl positive als auch negative, auf einen kleinen Laden haben kann."

Sie nahm die Geldscheine auf, einen nach dem anderen. „In welchem Gewerbe sind Sie tätig, Mr. Sharpe?"

„Jura …"

Sie stieß einen Laut aus, der einem trockenen Auflachen ähnelte, und zog das Buchungsformular hervor. „Hätte ich wissen müssen. Ich kannte mal jemanden, der Jura studierte." Sie dachte an Marcus mit seiner glatten, manipulierenden Art. „Er hat auch immer das bekommen, was er wollte. Da unterschreiben", sagte sie brüsk und legte den Finger auf die gestrichelte Linie. „Wir fahren um Punkt acht los. Lunch an Bord ist im Preis enthalten. Falls Sie Bier oder anderen Alkohol wollen, müssen Sie ihn sich selbst mitbringen. Da draußen auf dem Wasser ist die Sonne sehr intensiv, Sie sollten sich also besser Sonnenschutzmittel besorgen." Sie sah an ihm vorbei. „Eines meiner Taucherboote kommt zurück. Entschuldigen Sie mich bitte."

„Miss Palmer …" Er hatte keine Ahnung, was er eigentlich zu ihr sagen wollte. Oder warum es ihm unangenehm sein sollte, dass er sie erfolgreich ausgetrickst hatte. Letztlich steckte er nur seine Quittung ein. „Sollten Sie Ihre Meinung hinsichtlich des Essens ändern …"

„Das werde ich nicht."

„Ich wohne im El Presidente."

„Eine ausgezeichnete Wahl." Sie ging an ihm vorbei nach draußen, um ihre Crew und ihre Kunden in Empfang zu nehmen.

Um Viertel nach sieben stand die Sonne bereits hoch am Himmel und brannte den leichten Morgendunst weg. Mehr als harmlose dünne Wolkenfetzen waren dort oben in dem Blau nicht zu sehen.

„Mist!" Liz trat den Anlasser ihres Motorrads durch und lenkte die Maschine auf die Straße. Sie hatte so sehr auf Regen gehofft …

Er zog sie in diese Sache mit hinein. Selbst jetzt konnte Liz diesen ruhigen grauen Blick spüren, hörte die leise, aber unnachgiebige Stimme. Jonas Sharpe war ein Mann, der zwar ein Nein als Antwort akzeptierte, aber dann geduldig so lange wartete, bis daraus ein Ja wurde. Unter anderen Umständen hätte sie diese Eigenschaft zu schätzen gewusst. Ausdauer und Beharrlichkeit hatten ihr bei der Gründung ihres Geschäfts geholfen und es erfolgreich gemacht, auch wenn so viele sie kopfschüttelnd davor gewarnt hatten. Aber sie konnte es sich nicht leisten, Jonas Sharpe zu bewundern. Es war unerlässlich, mit ihren Gefühlen ebenso sparsam zu wirtschaften wie mit ihrem Budget.

Sie konnte ihm nicht helfen. Davon war sie überzeugt, als der laue Fahrtwind ihr Gesicht streichelte. Alles, was sie über Jerry wusste, hatte sie schon mehrere Male erzählt. Natürlich tat ihr das alles leid, sie hatte sogar um einen Mann getrauert, den sie kaum gekannt hatte. Aber die Aufklärung eines Mordes war Sache der Polizei. Jonas Sharpe überschritt bei Weitem seine Kompetenzen.

Ihre Muskeln lockerten sich, und Liz begann die Fahrt zu genießen. Die Straße war holprig, Schlaglöcher nur notdürftig ausgebessert. Liz kannte diese Straße in- und auswendig, wusste genau, wann sie ausweichen und einen Schlenker machen musste. Häuser mit tiefgrünem Rasen in den Vorgärten und üppigen Kletterpflanzen an den Mauern säumten die Straße. Wäsche hing zum Trocknen auf den Leinen. Aus einem offen stehenden Fenster drangen die Frühnachrichten zu ihr, Kinder wurden ermahnt, sich fertig zu machen und zu frühstücken, bevor sie in die Schule gingen. Liz bog ab und beschleunigte wieder leicht.

An dieser Straße lagen ein paar Geschäfte, noch alle sicher verschlossen. Beim Supermarkt steckte Señor Pessado gerade seinen Schlüssel in die Eingangstür. Liz hupte kurz und winkte ihm zu. Ein Taxi überholte sie, offensichtlich auf dem Weg zum Flughafen, um die ersten Neuankömmlinge abzuholen. Nur ein Stückchen weiter konnte Liz schon das Meer riechen. Sie atmete tief durch. Die salzige Luft roch immer so frisch. Bevor sie um die letzte Kurve fuhr, schaute sie kurz in den Rückspiegel. Seltsam, dachte sie. Hatte sie diesen blauen Wagen nicht schon gestern gesehen? Doch als sie auf den Hotelparkplatz abbog, raste der Kombi weiter geradeaus.

Von dem Arrangement, das Liz mit dem Hotel getroffen hatte, profitierten beide Seiten. Ihr Laden grenzte an den Hotelstrand, somit konnte man sich gegenseitig die Kunden empfehlen. Doch wie jedes Mal, wenn sie das Hotel betrat, um den vorbereiteten Lunch für den Angeltrip abzuholen, erinnerte Liz sich an die zwei Jahre, in denen sie hier Böden geschrubbt und Betten bezogen hatte.

„*Buenos días*, Margarita."

Ein Lächeln zog auf das Gesicht der jungen Frau, die Wischmopp und Eimer trug. „*Buenos días*, Liz. *Cómo esta´s*?"

„*Bien.* Wie geht's Ricardo?"

„Er wächst und wächst. Die Hosen sind ihm schon wieder zu kurz", berichtete Margarita von ihrem Sohn und drückte den Rufknopf für den Aufzug. „Faith kommt bald nach Hause, nicht wahr? Da wird er froh sein."

„Ich auch." Die beiden Frauen gingen in verschiedene Richtungen. Liz waren die Monate, in denen sie zusammengearbeitet und die Hotelzimmer sauber gemacht hatten, gut in Erinnerung. Margarita war eine Freundin gewesen, wie auch so viele andere, die sie auf der Insel kennengelernt hatte, Freunde gewesen waren. Sie hatten der jungen Frau, die ein Kind unter dem Herzen, aber keinen Ehering trug, Güte und Verständnis entgegengebracht.

Sie hätte auch lügen können. Selbst mit achtzehn war ihr der Gedanke gekommen, dass sie einen billigen Goldreif kaufen und sich eine rührselige Geschichte über Scheidung oder einen tödlich verunglückten Ehemann hätte einfallen lassen können. Dafür war sie jedoch zu stolz gewesen. Das Baby, das in ihr heranwuchs, gehörte ihr. Ihr allein. Sie schämte sich deswegen nicht, und daher gab es auch nicht den geringsten Anlass zu lügen.

Um Viertel vor acht ging Liz mit zwei Kühlboxen über den Strand auf ihren Laden zu. In einer war der Lunch, ausreichend für zwei Personen, verstaut, in der anderen die Köder. Draußen auf dem Wasser sah sie vereinzelt Leute auf ihren Luftmatratzen sanft im Rhythmus der Wellen hin und her schaukeln, obwohl es noch so früh am Morgen war. Aus eigener Erfahrung wusste Liz, dass das Meer bereits jetzt angenehm warm war. Und noch war kaum ein Mensch am Strand. Gerne hätte sie sich ein oder zwei Stunden freigenommen, um ein wenig zu schnorcheln.

„Liz!“ Der drahtige schlanke Mann, der auf sie zukam, schüttelte tadelnd den Kopf. Über seiner Oberlippe saß ein bleistiftschmaler Bart, seine dunklen Augen lächelten. „Du bist doch viel zu zart, um diese großen Boxen zu schleppen.“

Sie schnappte nach Luft und musterte ihn übertrieben von Kopf bis Fuß. Außer einer knappen Badehose trug er nichts weiter. Und sie wusste, dass die neugierigen Blicke der Frauen am Strand ihm durchaus gefielen. „Du auch, Luis. Aber lass dich von mir nicht aufhalten.“

„Du fährst also heute mit dem Hochseeboot raus?“ Er nahm ihr die größere Kühlbox ab und ging neben ihr her zum Laden. „Ich hab den Tagesplan aufgestellt. Dreizehn Leute haben heute Morgen schon eine Tour mit dem Glasbodenboot gebucht, und beide Taucherboote sind voll besetzt, deshalb habe ich meinen Cousin Miguel geholt, damit er heute mit anfassen kann. Bist du damit einverstanden?“

„Sicher, toll.“ Luis war jung, hatte eine Schwäche für Frauen und Tequila, aber auf ihn konnte man sich hundertprozentig verlassen. „Vermutlich werde ich noch jemanden einstellen müssen, zumindest in Teilzeit."

Luis sah erst sie an, dann zu Boden. Er hatte die meiste Zeit mit Jerry zusammengearbeitet. „Miguel ist nicht sehr zuverlässig. Einen Tag ist er hier, am nächsten schon wieder woanders. Ich habe einen Neffen, ein guter Junge. Aber er kann erst kommen, wenn die Ferien anfangen."

„Ich merk's mir", erwiderte sie geistesabwesend. „Lass uns die Kühlboxen direkt aufs Boot bringen. Ich will mir vorher auch noch die Ausrüstung ansehen."

An Bord führte Liz sorgfältig den Routinecheck durch. Als sie die stabilen schweren Angelruten mit den großen Spulen überprüfte, fragte sie sich mit einem spöttischen kleinen Grinsen, ob der Herr Anwalt überhaupt je einen großen Fisch am Haken gehabt hatte. Wahrscheinlich würde er einen Thunfisch nicht einmal erkennen, wenn der aus dem Wasser sprang und ihn in die Zehen biss!

Das Deck war blitzblank sauber, die Ausrüstung ordentlich verstaut, genau nach ihren Anweisungen. Luis arbeitete jetzt am längsten für sie, aber jeder, der bei ihr anfing, verstand schnell Liz' grundlegende Regel: den Kunden das Bestmögliche für ihr Geld bieten.

Nach professionellen Hochseeangelstandards war ihr Boot zu klein, aber selten kam ein Kunde unzufrieden von der Fahrt zurück. Liz kannte die Gewässer entlang der Yucatánhalbinsel genau und wusste bestens über die Gewohnheiten der Meeresbewohner Bescheid. Ihr Boot mochte vielleicht nicht mit Sonarpeilern und der neuesten Technik ausgestattet sein, aber sie war fest entschlossen, Jonas Sharpe die Fahrt seines Lebens zu bieten. Sie würde ihn so beschäftigt halten, dass er gar nicht mehr aus seinem Angelsitz herauskam, um ihr lästig zu werden. Wenn sie wieder andockten, würden ihm die Arme derart wehtun, dass er sich nichts anderes mehr als ein heißes Bad und danach ein Bett wünschte. Und wenn er sich nicht komplett ungeschickt anstellte, würde sie auch dafür sorgen, dass er eine Riesentrophäe mit nach Hause nehmen konnte.

Und wo genau mochte das sein? fragte sie sich, während sie die Anzeigen auf der Brücke kontrollierte. Ihr war nie in den Sinn gekommen, Jerry danach zu fragen. Es schien einfach nicht wichtig gewesen zu sein. Warum also fragte sie sich jetzt, wo Jonas zu Hause war und wie er dort lebte? Besuchte er teure Restaurants, zusammen mit einer eleganten Frau am Arm? Schaute er sich ausländische Filme an und spielte regelmäßig Bridge? Oder ging er lieber in verrauchte Clubs, in denen Jazz gespielt wurde? Bisher konnte sie ihn nicht einschätzen, was ihr bei anderen eigentlich immer auf Anhieb gelungen war. Deshalb dachte sie wohl über ihn nach. Zu viel. Es geht mich absolut nichts an, ermahnte sie sich streng und rief nach Luis.

„Ich kümmere mich hier um alles. Du kannst den Laden schon aufschließen. Die Tour mit dem Glasbodenboot legt in einer halben Stunde ab."

Doch er hörte ihr gar nicht zu. Stocksteif stand er an Deck und starrte zum Dock. Sie sah, wie er sich mit einer zitternden Hand bekreuzigte. „*Madre de Dios.*"

„Luis?" Liz stieg die wenigen Stufen zum Deck hinunter und steuerte auf ihn zu. „Was …?"

Dann sah sie Jonas. Er trug einen Strohhut, den er tief in die Stirn gezogen hatte, eine Sonnenbrille bedeckte seine Augen. Offensichtlich hatte er sich heute Morgen nicht die Mühe gemacht, sich zu rasieren. In schwarzen Shorts sah er eher aus wie ein Landstreicher, nicht wie ein Mann, der Bridge spielte. Da sie genau wusste, was in Luis jetzt vorging, legte sie vorsichtig ihre Hand auf seinen Arm und schüttelte Luis leicht.

„Das ist sein Bruder", raunte sie ihm zu. „Ich hatte dir doch erzählt, dass es Zwillinge sind."

„Von den Toten auferstanden", wisperte er.

„So ein Unsinn." Entschieden schüttelte sie den Schauder ab, den Luis' Worte ihr über den Rücken jagten. „Er heißt Jonas und ist überhaupt nicht wie Jerry. Ehrlich. Das wirst du sofort merken, sobald du mit ihm redest. Sie sind pünktlich, Mr. Sharpe", rief sie Jonas entgegen, weil sie hoffte, so den Schock bei Luis vertreiben zu können. „Brauchen Sie Hilfe, um an Bord zu kommen?“

„Ich denke, das schaffe ich schon.“ Mit einer Kühlbox in der Hand sprang Jonas leichtfüßig an Bord. „Die *Expatriate*.“ Er bezog sich auf den sorgfältig aufgemalten Namen des Bootes. „Sind Sie das? Ein Auswanderer?“

„Offensichtlich.“ Sie war weder stolz darauf, noch schämte sie sich dafür. „Das hier ist Luis. Er arbeitet für mich. Sie haben ihm einen Schreck eingejagt.“

„Tut mir leid.“ Jonas sah zu dem schlanken Mann, der neben Liz stand. Auf Luis’ Oberlippe glitzerten Schweißperlen. „Sie kannten meinen Bruder?“

„Wir haben zusammengearbeitet“, antwortete Luis langsam in seinem übergenauen Englisch. „Mit den Tauchern. Jerry ist immer am liebsten mit dem Taucherboot auf Tour gegangen. Also gut, ich kümmere mich dann jetzt um den Laden.“ Luis machte einen großen Bogen um Jonas und sprang auf das Dock zurück.

„Ich scheine hier auf jeden die gleiche Wirkung zu haben“, murmelte Jonas. Er richtete seine dunklen Augen auf Liz. Obwohl sie nicht mehr sofort an Jerry denken musste, wenn sie ihn ansah, machte er sie doch nervös. „Und was ist mit Ihnen? Würden Sie mich auch noch immer lieber auf Abstand halten?“

„Wir stehen in dem allgemeinen Ruf, zu allen unseren Kunden freundlich zu sein. Sie haben die *Expatriate* für einen Tag gemietet, Mr. Sharpe. Machen Sie es sich also bequem.“ Sie zeigte auf einen Stuhl, bevor sie die Treppe zur Brücke hinaufstieg. „Richte Miguel aus, dass er nur bezahlt wird, wenn er nicht wieder früher geht“, rief sie Luis zu und winkte. Dann startete sie den Motor und lenkte das Boot ruhig auf die offene See hinaus.

Es herrschte kaum Wind, auch das Meer hatte kaum Seegang. Solange die dunklen Flecken durch das klare Wasser schimmerten, waren sie noch im Riff, und Liz hielt die Geschwindigkeit niedrig. Erst wenn sie die Untiefen hinter sich gelassen hatten, würde sie Tempo aufnehmen. Bis zum Mittag würde die Sonne brennend heiß vom Himmel stechen. Und bis dahin wollte sie Jonas im Angelsitz angegurtet und im Kampf mit einem Hundertkilofisch wissen.

„Sie gehen mit dem Ruder ebenso routiniert um wie mit Ihren Kunden."

Ein verärgerter Ausdruck trat in ihre Augen, die sie allerdings weiter geradeaus gerichtet hielt. „Es ist schließlich mein Geschäft. Sie fühlen sich sicher wohler an Deck, wenn Sie sich setzen, Mr. Sharpe."

„Jonas", korrigierte er. „Und ich fühle mich hier durchaus wohl." Er unterzog sie einer lässigen Musterung, während er neben ihr stand. Sie trug ein Baseballkäppi mit dem Namenszug ihres Ladens; auf ihrem T-Shirt, ausgebleicht von der Sonne und den vielen Waschgängen, war der gleiche Schriftzug zu lesen. Was sie wohl unter dem T-Shirt trug? schoss ihm durch den Kopf. „Wie lange besitzen Sie dieses Boot jetzt schon?"

„Fast acht Jahre. Es ist tipptopp in Ordnung und absolut sicher." Liz beschleunigte. „Die Strömung hier ist warm. Sie werden auf Thunfische, Schwertfische und Marline stoßen. Sobald wir auf offener See sind, können Sie mit dem Anfüttern beginnen."

„Anfüttern?"

Sie warf ihm einen Seitenblick zu. Da hatte sie also richtig vermutet. Er konnte eine Rute nicht vom Haken unterscheiden. „Futter ins Wasser streuen", erklärte sie. „Ich drossle die Geschwindigkeit, und Sie locken mit dem Köder die Fische an."

„Das scheint mir doch ein unfairer Vorteil zu sein. Soll Angeln nicht eine Kombination von Glück und Geschick sein?"

„Für manche ist es eine Notwendigkeit, um zu überleben." Sie änderte unmerklich den Kurs, suchte das Wasser nach unvorsichtigen Schnorchlern ab. „Anderen wiederum geht es nur um die Trophäe an der Wand."

„Trophäen interessieren mich nicht."

Sie drehte sich leicht, um ihn ansehen zu können. Nein, der Typ war er nicht, entschied sie. Weder Trophäen interessierten ihn noch irgendetwas anderes, das keinen konkreten Nutzen hatte. „Woran sind Sie dann interessiert?"

„Im Moment an Ihnen." Er legte seine Hand auf ihre und zog

den Gashebel zurück. „Ich hab's nicht eilig."

„Sie haben schließlich bezahlt, um zu angeln." Sie bewegte ihre Hand unter seiner.

„Ich habe für Ihre Zeit bezahlt", stellte er richtig.

Sie standen einander so nahe, dass sie seine Augen hinter den getönten Brillengläsern sehen konnte. Es war ein steter, ruhiger Blick, so als hätte der Mann, dem diese Augen gehörten, alle Zeit der Welt. Die Hand, die noch immer auf ihrer lag, war nicht weich, wie Liz vermutet hatte, sondern kräftig und rau. Nein, ganz sicher spielte er nicht Bridge. Eher Tennis. Oder vielleicht Handball. Auf jeden Fall etwas, das Kraft verbrauchte, das schweißtreibend war. Zum ersten Mal seit Jahren lief ein Prickeln durch ihren Körper. Es war die Art Erregung, gegen die sie sich immun geglaubt hatte. Der Wind wehte ihr die Strähnen ins Gesicht, als sie ihn musterte.

„Dann haben Sie Ihr Geld umsonst ausgegeben."

Wieder bewegte sich ihre Hand unter seiner. Stark, dachte er, auch wenn sie zart und zerbrechlich wirkte. Und hartnäckig. Das sah er an ihrem Kinn, das sie trotzig hochhielt. Aber der Ausdruck in ihren Augen ließ darauf schließen, dass sie verletzt worden war. Und dass sie fest entschlossen war, nie wieder verletzt zu werden. Das allein war beeindruckend, doch da kam noch diese unterschwellige Sinnlichkeit hinzu. Jonas fragte sich still, weshalb sein Bruder nicht ihr Liebhaber geworden war. Sicherlich nicht, weil Jerry es nicht versucht hätte.

„Es wäre nicht das erste Mal, dass ich Geld verschwende. Aber irgendwie glaube ich nicht, dass das hier der Fall ist."

„Es gibt nichts, was ich Ihnen noch sagen könnte." Ihre Hand zuckte, sie schob den Hebel wieder vor.

„Vielleicht nicht. Aber vielleicht wissen Sie etwas, ohne dass Sie sich darüber im Klaren sind. Seit über zehn Jahren habe ich mit Strafrecht zu tun. Sie würden sich wundern, wie wichtig manchmal ein winziges Detail sein kann. Reden Sie mit mir." Er drückte leicht ihre Finger. „Bitte."

Sie hatte gedacht, sie hätte ihr Herz ausreichend geschützt. Und doch merkte sie, wie der Panzer langsam Risse bekam. Da konnte sie stundenlang über den Preis einer Taucherausrüstung verhandeln, ohne einen Millimeter nachzugeben, aber einer leise vorgebrachten Bitte hatte sie nichts entgegenzusetzen. Mit ihm würde sie sich nur Schwierigkeiten einhandeln. Und weil sie es schon jetzt wusste, seufzte sie.

„Na schön. Wir reden." Sie drosselte die Geschwindigkeit, das Boot trieb nur auf dem Wasser. „Während Sie angeln." Ihr gelang ein Lächeln, als sie vom Ruder wegtrat. „Kein Anfüttern."

Liz steckte die schwere Angelrute in die vorgesehene Halterung im Sitz. „Setzen Sie sich einfach. Manchmal beißt ein Fisch tatsächlich auch ohne Köder. Sollte das passieren, schnallen Sie sich an und nehmen den Zweikampf auf."

Jonas setzte sich und schob sich den Strohhut in den Nacken. „Und was machen Sie dann?"

„Ich gehe ans Ruder zurück und halte die Geschwindigkeit bei. Damit machen wir ihn müde, ohne ihn zu verlieren." Sie fasste ihr Haar mit einer Hand zusammen und warf es sich auf den Rücken. „Weiter draußen gibt es bessere Fischgründe als hier, aber ich verbrauche nicht unnütz Benzin, wenn Sie sowieso nicht wirklich angeln wollen."

Seine Lippen zuckten, er lehnte sich in den Stuhl zurück. „Sehr vernünftig. Aber so hatte ich Sie auch eingeschätzt."

„Mir bleibt nichts anderes übrig, als vernünftig zu sein."

„Wieso kamen Sie ausgerechnet nach Cozumel?" Jonas beachtete die Angelrute vor sich gar nicht, zündete sich stattdessen eine Zigarette an.

„Sie sind doch schon einige Tage hier", konterte sie. „Müssen Sie da noch fragen?"

„In Ihrem eigenen Land gibt es auch sehr schöne Gegenden. Wenn Sie schon seit zehn Jahren hier leben, müssen Sie noch ein Kind gewesen sein, als Sie die Staaten verließen."

„Nein, ein Kind war ich nicht." Etwas in ihrem Ton veranlasste ihn, sie erneut genauer zu mustern, ließ ihn nach dem Geheimnis suchen, das sich in ihren Augen verbarg. „Ich kam her, weil es mir wie der richtige Schritt schien. Und es war richtig. Als ich noch ein kleines Mädchen war, kam ich fast jedes Jahr zusammen mit meinen Eltern her. Die beiden waren leidenschaftliche Taucher."

„Ihre Eltern sind also hierher gezogen?"

„Nein, ich kam allein", antwortete sie tonlos. „Aber Sie haben nicht zweihundert Dollar bezahlt, um über mich zu reden, oder, Mr. Sharpe?"

„Je mehr Hintergrundinformationen, desto besser. Sie erwähnten Ihre Tochter. Wo ist sie?"

„Sie geht in Houston zur Schule. Dort leben meine Eltern."

Ein Kind und die Verantwortung bei den Großeltern abladen und sich ein schönes Leben auf einer tropischen Insel machen ... Das warf nicht gerade ein gutes Licht auf sie. Aber es war auch nicht das erste Mal, dass ihm Derartiges begegnete. Jonas nahm einen tiefen Zug von seiner Zigarette, studierte Liz' Profil. Aber hier lag die Sache anders – ganz anders. „Sie vermissen sie."

„Sogar schrecklich", murmelte sie. „In ein paar Wochen kommt sie nach Hause, und dann verbringen wir den Sommer zusammen. Der September kommt immer viel zu schnell." Sie blickte auf das Wasser hinaus, während sie weitersprach, mehr zu sich selbst. „Es ist besser so. Meine Eltern kümmern sich ganz wunderbar um sie, und sie erhält die bestmögliche schulische Ausbildung ... und Klavierunterricht. Ballett. Sie haben mir Fotos von der Aufführung geschickt, und ..." Ohne Vorwarnung schossen ihr die Tränen in die Augen. Sie hielt das Gesicht in den Wind und versuchte, sie zu unterdrücken, aber er hatte das Glitzern gesehen. Wortlos rauchte er weiter, gab ihr Zeit, sich wieder zu fangen.

„Fliegen Sie ab und zu in die Staaten zurück?"

„Nein." Liz schluckte und schalt sich selbst eine Närrin. Das liegt nur an den Bildern, sagte sie sich. Die Fotos, die gestern mit der Post gekommen waren. Von ihrem kleinen Mädchen in einem rosaroten Kleid.

„Müssen Sie sich verstecken?"

Sie wirbelte zu ihm herum, keine Tränen mehr, sondern ein wütendes Funkeln in den Augen. Ihr ganzer Körper war angespannt, bereit zum Kampf. Jonas hob abwehrend eine Hand.

„Entschuldigung. Ist eine dumme Angewohnheit von mir,

meine Nase in alle möglichen Dinge zu stecken.“

Sie zwang sich, sich wieder zu beruhigen, ihr Temperament zu zügeln, so wie sie es schon vor vielen Jahren gelernt hatte. „Da läuft man dann aber leicht Gefahr, eins auf die Nase zu bekommen.“

Er schmunzelte. „Sicher, die Möglichkeit besteht. Aber das Risiko nehme ich in Kauf. Sie werden Liz genannt, nicht wahr?“

Eine Augenbraue hob sich unter dem Pony, mit dem der Wind spielte. „Von meinen Freunden, ja.“

„Der Name passt zu Ihnen. Außer natürlich, Sie wollen distanziert erscheinen. Dann sollten Sie Ihren vollen Namen benutzen – Elizabeth.“

Sie bedachte ihn mit einem vernichtenden Blick. Ihrer Meinung nach legte er es bewusst darauf an, sie zu verärgern. „Niemand nennt mich Elizabeth.“

Er grinste nur. „Wieso haben Sie und Jerry nicht miteinander geschlafen?“

„Entschuldigung?!“

„Ja, Elizabeth, auf jeden Fall. Sie sind eine schöne Frau, auf eine ungewöhnliche und höchst interessante Art.“ Er sprach das Kompliment mit der gleichen lässigen Art aus, mit der er auch seine Zigarette ins Meer schnippte. „Jerry hatte … eine Schwäche für schöne Frauen. Ich frage mich nur, warum aus Ihnen beiden kein Pärchen geworden ist.“

„Weil ich nicht mit ihm schlafen wollte. Für Sie mag es vielleicht schwer zu akzeptieren sein, aber ich fand Jerry keineswegs unwiderstehlich.“

„Nicht?“ So entspannt, wie sie verkrampft war, griff er in die Kühlbox und holte eine Bierdose heraus, bot sie Liz an. Als sie den Kopf schüttelte, zog er den Verschluss auf und nahm selbst einen Schluck. „Wie fanden Sie ihn denn?“

„Jerry war ein Vagabund, einer, der immer umherzog. Und zufällig tauchte er in meinem Leben auf. Ich habe ihm den Job gegeben, weil er eine schnelle Auffassungsgabe und Kraft hatte. Ehrlich gesagt, ich hatte nicht erwartet, dass er länger als einen Monat bleiben würde. Männer wie er halten es nicht länger an einem Ort aus."

Auch wenn sich seine Miene nicht veränderte, war Jonas doch jäh hellhörig geworden. „Männer wie er?"

„Männer, die immer auf der Jagd nach dem großen Wurf sind. Er hat hier gearbeitet, weil er essen musste, trotzdem hielt er ständig Ausschau nach dem Hauptpreis … mit dem geringstmöglichen Einsatz."

„Sie kannten ihn also doch sehr gut", murmelte Jonas nachdenklich. „Wonach hat er hier gesucht?"

„Ich sagte schon, ich weiß es nicht! Vielleicht nur nach ein wenig Spaß und viel Sonne." Frustriert warf sie die Hände in die Luft. „Ich habe ihm das Zimmer vermietet, weil er mir harmlos erschien und ich das zusätzliche Geld gut gebrauchen konnte. Auf keiner Ebene sind wir intim miteinander geworden. Das Einzige, was er von sich erzählt hat, war, dass er darauf hoffte, beim Tauchen irgendwann den großen Treffer zu landen."

„Tauchen? Wo?"

Sie bemühte sich um Selbstbeherrschung, fuhr sich entnervt mit den Fingern durchs Haar. „Ich wünschte, Sie würden mit diesem Verhör aufhören und mich in Ruhe lassen."

„Sie sind doch eine realistische Frau, Elizabeth, oder?"

Entschlossen hob sie ihr Kinn, als sie ihn anschaute. „Ja."

„Dann müssen Sie auch wissen, dass ich Sie nicht in Ruhe lassen werde. Wo wollte er tauchen?"

„Ich weiß es nicht. Ich habe ihm ja gar nicht richtig zugehört. Sobald er davon anfing, wie reich er schon bald sein würde, habe ich abgeschaltet."

„Was genau hat er gesagt?" Jonas' Stimme blieb ruhig, klang jedoch nachdrücklich und zwingend. „Versuchen Sie, sich an das Gespräch zu erinnern."

„Er sagte etwas davon, dass er mit dem Tauchen ein Vermögen machen würde, und ich habe Witze über versunkene Schätze gerissen. Er sagte …" Angestrengt überlegte sie, rief sich die Szene in Erinnerung. Es war spät am Abend gewesen, und sie hatte zu tun gehabt. „Ich habe noch zu Hause gearbeitet", sah sie das Bild wieder vor sich. „Schon immer habe ich die Buchhaltung in Ruhe abends zu Hause erledigt. Jerry war unterwegs, auf einer Party, wie ich damals dachte, vor allem, weil er so überdreht war, als er wieder zurückkam. Er zog mich lachend vom Stuhl hoch. Ich weiß noch, dass ich angefangen habe zu protestieren und zu schimpfen, aber er sah so glücklich aus, dass ich dann nichts mehr gesagt habe. Ich hab auch kaum zugehört, weil ich die Quittungen und Belege, die er vom Schreibtisch gestoßen hatte, alle wieder vom Boden aufheben musste. Er redete davon, dass er Champagner kaufen würde, um zu feiern. Ich riet ihm noch, bei seinem Lohn lieber bei Bier zu bleiben. Dann begann er irgendwas vom großen Treffer zu reden, und dass er mit dem Tauchen eine Menge Dollar einstreichen würde. Und ich witzelte über versunkene Piratenschätze …"

„Und was sagte er darauf?"

„Manchmal verdient man mehr damit, etwas hinunterzubringen, als es heraufzuholen." Mit gerunzelter Stirn erinnerte sie sich daran, wie er gelacht hatte, als sie ihm riet, seinen Rausch auszuschlafen. „Dann hat er noch einen Annäherungsversuch gemacht, den wir beide nicht ernst genommen haben, und er hat noch mit jemandem telefoniert."

„Wann war das?"

„Vielleicht eine Woche, nachdem er bei mir im Laden angefangen hat."

„Das muss der Anruf bei mir gewesen sein." Jonas schaute auf das Meer hinaus. Auch er hatte nicht sehr genau zugehört, entsann er sich. Jerry hatte davon gefaselt, mit Stil nach Hause zurückzukehren. Aber Jerry hatte ja immer behauptet, dass er bald mit Stil nach Hause kommen würde. Und natürlich war es auch wie immer ein R-Gespräch gewesen.

„Haben Sie ihn mit anderen Leuten gesehen? Vielleicht mit jemandem, mit dem er sich gestritten hat?"

„Jerry hat sich nie gestritten. Mit den Frauen am Strand hat er geflirtet, mit den Kunden freundlichen Small Talk gemacht, und mit jedem, mit dem er zusammengearbeitet hat, ist er bestens ausgekommen. Ich ging immer davon aus, dass er seinen Feierabend in San Miguel verbringt. Ich glaube, er ist öfter mit Luis

und ein paar anderen durch die Bars und Kneipen gezogen."
„Welche Kneipen?"
„Da werden Sie Luis und die anderen fragen müssen. Obwohl ich sicher bin, dass die Polizei das bereits getan hat." Sie holte tief Luft. Dieses Gespräch ließ alles wieder hochkommen. „Mr. Sharpe, warum lassen Sie die Polizei nicht ihre Arbeit tun? Sie jagen Gespenstern nach."
„Er war mein Bruder." Mehr noch, sein Zwillingsbruder. Er konnte es nicht erklären, aber er hatte das Gefühl, dass ein Teil von ihm abhandengekommen war. Weggerissen. Er würde sich nie wieder ganz fühlen können, solange er nicht eine klare Antwort auf das Warum fand. „Haben Sie sich nicht gefragt, warum Jerry ermordet wurde?"
„Natürlich." Sie starrte auf ihre leeren Hände. Sie fühlte sich absolut hilflos. „Vermutlich war er in eine Streiterei verwickelt. Oder vielleicht hat er auch vor der falschen Person angegeben. Er hatte die schlechte Angewohnheit, mit dem wenigen Geld, das er besaß, um sich zu werfen."
„Es war kein simpler Raubüberfall, Elizabeth. Sondern professioneller Mord."
Ihr Herz begann schmerzhaft zu pochen. „Ich verstehe nicht."
„Jerry wurde von einem Profikiller umgebracht, und ich werde herausfinden, warum."
Ihre Kehle war plötzlich staubtrocken. Sie schluckte. „Wenn Sie mit Ihrer Vermutung recht haben, ist das umso mehr ein Grund, es der Polizei zu überlassen."
Er griff erneut nach der Zigarettenschachtel, starrte aber nur hinaus auf den fernen Horizont, dorthin, wo Himmel und Wasser sich trafen. „Die Polizei ist nicht auf Rache aus. Ich schon."
Sie hörte den felsenfesten Entschluss und die tiefe Ruhe in seiner Stimme und schauderte. Kopfschüttelnd starrte sie ihn an. „Wenn Sie die Person finden, die Ihren Bruder umgebracht hat … was wollen Sie dann tun?"
Er nahm einen großen Schluck aus der Bierdose. „Als Anwalt … Ich nehme an, dass ich wohl dazu verpflichtet bin, diese Person vor Gericht zu bringen. Als Bruder …" Seine Stimme

erstarb, er trank noch einen weiteren Schluck. „Als Bruder weiß ich nicht, was ich tun werde. Das werden wir abwarten müssen."

„Ich habe das Gefühl, Mr. Sharpe, dass Sie kein sehr netter Mann sind."

„Bin ich nicht." Er drehte den Kopf, den Blick fest auf sie gerichtet. „Und ich bin auch nicht harmlos. Denken Sie immer daran … Wenn ich einen Annäherungsversuch mache, werden wir beide ihn ernst nehmen."

Sie wollte etwas erwidern, sah im gleichen Moment jedoch, dass sich die Angelleine kräftig spannte. „Sie haben da einen großen Fisch am Haken, Mr. Sharpe. Sie sollten sich besser angurten", riet sie trocken, „sonst zieht er Sie über Bord."

Damit drehte sie sich um und ging ans Steuer zurück. Jonas überließ sie seinem Schicksal.

3. KAPITEL

Die Sonne ging unter, als Liz ihr Motorrad unter dem Carport neben ihrem Haus abstellte. Innerlich lachte sie noch immer. So viel Ärger Jonas ihr auch bereitete, wie sehr er sie in den drei kurzen Treffen, die sie miteinander gehabt hatten, auch genervt hatte … sie hatte ihre zweihundert Dollar und er seinen dreißig Pfund schweren Marlin. Ob er den nun gewollt hatte oder nicht.

Wir stellen unsere Kunden immer zufrieden, dachte sie mit einem Grinsen und klimperte mit ihren Hausschlüsseln.

Oh ja, es war die Sache wert gewesen! Allein sein Gesicht zu sehen, als er sich am anderen Ende einer Schnur mit einem riesigen, übel gelaunten Fisch wiedergefunden hatte! Liz war fest überzeugt, dass er den Marlin freigegeben hätte, wenn nicht … ja, wenn sie ihn nicht mit diesem spöttischen kleinen Grinsen herausgefordert hätte. Stur und eigensinnig, also. Zu jeder anderen Zeit hätte sie diesen Charakterzug bewundert. Und ihn.

Zwar hatte sie mit ihrer Vermutung falschgelegen, dass er nicht mit einer Angelrute umgehen konnte, aber er hatte so perplex dreingeschaut, als der große Fisch schließlich vor seinen Füßen auf Deck lag, dass Jonas ihr fast leidgetan hatte. Doch sein Anglerglück – oder in seinem Falle Anglerpech – hatte ihr zumindest den Abgang erleichtert. Sobald sie angelegt hatten, kamen auch schon die Leute angerannt, um den Fang zu begutachten und dem erfolgreichen Angler zu gratulieren. Es war ihm einfach unmöglich gewesen, sie aufzuhalten.

Sie hatte sich einen gemütlichen ruhigen Abend verdient, definitiv. Wolken zogen von Osten herüber; sie sahen aus, als würden sie Regen mitbringen. Liz schloss die Haustür auf und ließ sie offen stehen, um frische Luft ins Haus hereinzulassen. Es roch schon nach Regen. Wie immer schaltete sie als Erstes die Ventilatoren ein. Unter den sich drehenden Fächern ging sie zum Radio und drehte es auf. Bis zur Hurrikansaison waren es noch ein paar Monate, aber die kurzen Tropengewitter kamen oft unerwartet und waren in ihrer Heftigkeit nicht zu unterschätzen. Liz hatte inzwischen genügend davon miterlebt, um zu wissen, dass man sie besser nicht auf die leichte Schulter nahm.

Im Schlafzimmer begann sie damit, sich auszuziehen. Sie würde sich unter die Dusche stellen und sich das Salz und den Schweiß abwaschen. Es dämmerte schon, und so tastete sie automatisch nach dem Lichtschalter, als ein Gedanke ihr durch den Kopf schoss und sie jäh innehalten ließ. Hatte sie die Jalousien heute Morgen nicht hochgezogen? Nachdenklich starrte Liz auf die Lamellen, die bis auf die Fensterbank hinunterhingen. Seltsam, sie war sicher gewesen, dass sie sie hochgezogen hatte. Und wieso war die Schnur nicht ordentlich um den kleinen Haken an der Wand gewickelt? Bei solchen Details war sie geradezu fanatisch, vermutlich, weil auf den Booten ständig die Leinen gesichert werden mussten.

Noch immer zögerte sie, selbst als das Deckenlicht aufflammte und den Raum erleuchtete. Dann zuckte sie mit den Schultern. Sie musste heute Morgen anscheinend zerstreuter gewesen sein als gedacht. Jonas Sharpe, so entschied sie, nahm viel zu viel ihrer Zeit in Anspruch und vor allem zu viel Platz in ihren Gedanken ein. Aber bei einem Mann wie ihm war das wohl zu erwarten, selbst unter anderen Umständen. Nun, sie war längst über den Punkt hinaus, wo ein Mann die Umstände ihres Lebens bestimmen konnte. Er rieb sie nur auf, weil er so viel von ihrer Zeit forderte, und Zeit war ein kostbares Gut für sie. Jetzt, da er seinen Kopf durchgesetzt und sein Gespräch bekommen hatte, gab es keinen Grund mehr, sich noch einmal mit ihm zu treffen. Mit einem mulmigen Gefühl erinnerte sie sich an sein Lächeln. Es war besser, beschloss sie, wenn er schnellstens dorthin zurückkehrte, wo er herkam, und sie wieder zur Normalität übergehen konnte.

Um das Kapitel „Jalousie“ abzuschließen, ging sie zum Fenster und wickelte die Schnur um den Haken. Im anderen Raum kündigte der Wetterbericht im Radio Schauer für den Abend an, dann spielte ein bekannter Song. Liz summte die Melodie mit. Also erst unter die Dusche, und dann würde sie sich einen Salat machen, bevor sie die Tageseinnahmen verbuchte.

Als sie sich wieder aufrichtete, legte sich von hinten ein Arm um ihren Hals und drückte ihr die Luft ab. Die letzten Sonnenstrahlen ließen schimmernden Stahl aufblitzen. Bevor Liz überhaupt reagieren konnte, wurde ihr ein Messer an die Kehle gehalten.

„Wo ist es?"

Die zischelnde Stimme direkt an ihrem Ohr sprach Spanisch. Es war reiner Reflex, dass sie die Hände hob und ihre Fingernägel in den Arm um ihren Hals krallte. Sie fühlte harte Muskeln und einen dünnen Armreifen. Verzweifelt rang sie nach Luft, hörte jedoch abrupt auf, sich zu wehren, als die Messerspitze in ihre Haut stach.

„Was wollen Sie von mir?" Panisch überlegte sie. Sie hatte knapp fünfzig Dollar in ihrer Handtasche und keinen Schmuck, der etwas wert wäre, außer der Perlenkette ihrer Großmutter. „Meine Handtasche liegt auf dem Tisch. Sie können sie haben."

Gepeinigt schrie sie auf, als brutal an ihrem Haar gerissen wurde. „Wo hat er es versteckt?"

„Wer? Ich weiß nicht, was Sie wollen."

„Sharpe. Die Abmachung gilt nicht mehr, Lady. Wenn dir dein Leben lieb ist, sagst du mir jetzt, wo er das Geld versteckt hat."

„Ich weiß es nicht." Die Messerspitze ritzte die empfindliche Haut. Etwas Warmes lief an ihrem Hals entlang, Panik stieg in ihr auf. „Ich weiß nichts von Geld. Sie können überall nachsehen, hier ist nichts."

„Ich habe schon nachgesehen." Sein Griff wurde fester, so fest, dass ihr allmählich schwarz vor Augen wurde. „Sharpe ist einen schnellen Tod gestorben. Du wirst nicht so viel Glück haben. Sag mir, wo es ist, und dir passiert nichts."

Er würde sie umbringen. Dieser Gedanke spielte sich immer wieder in ihrem Kopf ab. Sie würde sterben, ohne die geringste Ahnung zu haben, warum und wofür. Geld … er wollte Geld von ihr, und sie hatte nur fünfzig Dollar. Faith. Schon am Rande der Bewusstlosigkeit, dachte sie an ihre Tochter. Wer sollte sich um Faith kümmern? Liz biss sich auf die Lippe, bis der Schmerz die Oberhand über die Angst gewann. Nein, sie durfte einfach nicht sterben, nicht jetzt.

„Bitte …“ Sie sackte zusammen und ließ sich in seine Arme sinken. „Ich kriege keine Luft. Ich kann nicht reden, wenn ich keine Luft bekomme …“

Er lockerte den Druck, leicht nur, aber Liz ließ sich gegen ihn fallen. Als er das Gewicht verlagern musste, winkelte sie den Arm an und stieß mit dem Ellbogen so fest sie konnte nach hinten. Sie verschwendete keine Zeit damit, sich umzudrehen, sondern rannte los. Ein Teppichläufer rutschte unter ihren Füßen weg, sie stolperte, fing sich, rannte in blinder Panik weiter, viel zu verängstigt, um sich umzuschauen. Noch bevor sie die Haustür erreichte, rief sie laut um Hilfe.

Ihr nächster Nachbar war knapp hundert Meter entfernt. Sie sprang über den niedrigen Gartenzaun zwischen den Grundstücken und rannte auf die Tür zu. Schluchzend taumelte sie die Außenstufen empor. Als die Tür aufgezogen wurde, hörte sie Wagenreifen auf dem Kiesweg hinter sich durchdrehen.

„Er wollte mich umbringen“, brachte sie noch hervor, dann brach sie bewusstlos zusammen.

„Mehr kann ich Ihnen leider auch nicht sagen, Mr. Sharpe.“

Moralas saß in seinem ordentlichen Büro direkt im Hafenviertel. Die Akte auf seinem Schreibtisch war lange nicht so dick, wie er sich gewünscht hätte. Während der gesamten polizeilichen Untersuchung waren sie auf kein einziges Indiz gestoßen, das auf ein Motiv für Jerry Sharpes Mord hingewiesen hätte. Der Mann, der ihm auf der anderen Seite des Schreibtisches gegenübersaß, blickte starr geradeaus. In der Akte lag ein Foto des Mordopfers, und Moralas hatte das Ebenbild des Opfers direkt vor sich sitzen. „Inzwischen frage ich mich, Mr. Sharpe, ob der Tod Ihres Bruders nicht vielleicht auf einen Vorfall vor seiner Ankunft hier in Cozumel zurückzuführen ist.“

„Jerry war nicht auf der Flucht, wenn Sie das meinen.“

Moralas ordnete seine Unterlagen. „Nichtsdestotrotz haben wir die Behörden in New Orleans um Mitwirkung gebeten. New

Orleans war die letzte bekannte Adresse Ihres Bruders."

„Mein Bruder hatte nie eine feste Adresse", murmelte Jonas. So wie er nie einen festen Job gehabt hatte. Oder eine feste Freundin. Jerry war wie ein Komet gewesen, ständig in Bewegung. Ein Komet, der sich weigerte zu verglühen. „Ich habe Ihnen berichtet, was Miss Palmer erzählt hat. Jerry war wohl dabei, ein großes Geschäft an Land zu ziehen – und zwar hier in Cozumel."

„Richtig, es hat etwas mit Tauchen zu tun, das sagten Sie bereits." Moralas besaß eine schier unerschöpfliche Geduld. Er holte vorsichtig eine dünne Zigarre hervor. „Obwohl wir bereits mit Miss Palmer gesprochen hatten, bin ich Ihnen dankbar für diese Information."

„Nur wissen Sie verdammt noch mal nicht, was Sie jetzt damit anfangen sollen, oder?"

Moralas entzündete sein Feuerzeug und blickte Jonas über die Flamme mit einem schwachen Lächeln an. „Sie sind sehr direkt, Mr. Sharpe, also will ich auch direkt zu Ihnen sein. Falls es eine Spur zum Mörder Ihres Bruders gegeben hat, ist sie bereits kalt und wird mit jedem Tag kälter. Es gibt keine Fingerabdrücke, keine Mordwaffe, keine Zeugen, nichts." Er nahm die Akte in die Hand und wedelte damit vor sich her. „Was nicht heißt, dass ich vorhabe, diese Akte zu schließen und als ungelösten Fall in meiner Schublade verstauben zu lassen. Wenn sich auf meiner Insel ein Mörder herumtreibt, gedenke ich ihn zu finden. Im Moment allerdings bin ich der Meinung, dass unser Mann meilenweit weg ist und sich vielleicht sogar in Ihrem Land aufhält. Somit bleibt uns also nur, die Aktivitäten Ihres Bruders zurückzuverfolgen, bis wir auf einen Anhaltspunkt stoßen. Und da wir schon ganz offen miteinander reden, Mr. Sharpe: Sie tun weder sich selbst noch mir einen Gefallen, wenn Sie bleiben."

„Ich werde nicht abreisen."

„Das steht Ihnen natürlich frei – solange Sie nicht die polizeilichen Ermittlungen behindern." Das Telefon klingelte. Moralas schnippte die Asche von seinem Zigarillo und griff nach dem Hörer.

„Moralas", meldete er sich knapp, dann hörte er konzentriert zu. Jonas konnte mitverfolgen, wie die buschigen dunklen Brauen des Polizisten sich enger und enger zusammenzogen. „Ja, geben Sie sie mir. Miss Palmer, hier spricht Captain Moralas."

Jonas hatte sich gerade eine Zigarette anzünden wollen. Mitten in der Bewegung hielt er inne. Liz Palmer ist der Schlüssel zu allem, dachte er erneut. Er musste nur noch das Schloss finden, zu dem der Schlüssel passte.

„Wann? Sind Sie verletzt? Nein, bleiben Sie bitte, wo Sie sind." Noch im Aufstehen legte Moralas den Hörer auf. „Miss Palmer ist in ihrem Zuhause überfallen worden."

Jonas war als Erster bei der Tür. „Ich komme mit Ihnen."

Seine Muskeln schmerzten vor Anspannung, während der Streifenwagen durch die Stadt Richtung Strand raste. Er sprach kein Wort, stellte keine Fragen. Vor seinem geistigen Auge sah er wieder Liz, wie sie vor wenigen Stunden noch auf der Brücke am Steuer gestanden hatte, sonnengebräunt, schlank, eigensinnig. Er erinnerte sich an das zufriedene kleine Grinsen auf ihrem Gesicht, als er sich plötzlich mitten in einem Kampf mit einem Dreißigpfünder befand. Und wie sie clever die Gelegenheit genutzt hatte, um sich blitzschnell aus dem Staub zu machen, sobald sie wieder an Land waren.

Sie war überfallen worden. Warum? Weil sie mehr wusste, als sie ihm erzählen wollte? Er fragte sich, ob sie eine Lügnerin war, eine Opportunistin oder einfach nur feige. Und gleich darauf fragte er sich, wie schwer sie verletzt worden war.

Als der Streifenwagen die schmale Auffahrt entlangfuhr, sah Jonas zu ihrem Haus. Die Tür stand offen, die Rollläden waren heruntergelassen. Sie lebte allein hier, ohne Schutz, war also angreifbar. Dann richtete er seine Aufmerksamkeit auf das kleine Rauputzgebäude auf dem Nachbargrundstück. Eine Frau in einem leichten Baumwollkleid stand auf der Veranda. Sie trug eine Schürze und hielt einen Baseballschläger in der Hand.

„Die Polizei." Sie nickte befriedigt, als Moralas seine Marke hochhielt. „Ich bin Señora Alderez. Sie ist drinnen im Haus." Sie deutete hinter sich. „Ich danke der heiligen Muttergottes, dass wir zu Hause waren, als sie zu uns kam."

„Danke."

Zusammen mit Moralas betrat Jonas das Haus und erblickte sie. Sie saß auf dem Sofa, den Oberkörper vorgebeugt, die Ellbogen auf die Knie gestützt, und hielt mit beiden Händen ein Glas Wein fest. Jonas konnte die Flüssigkeit im Glas hin und her schwappen sehen, weil ihre Hände so zitterten. Wie in Zeitlupe hob sie den Kopf und blickte Moralas an, dann wandte sie sich Jonas zu. Ausdruckslos sah sie ihn an, bevor sie den Kopf wieder senkte und in ihr Glas starrte.

„Miss Palmer." Leise sprach Moralas sie an und setzte sich vorsichtig neben sie. „Können Sie mir berichten, was passiert ist?"

Sie trank einen winzigen Schluck, presste die Lippen zusammen, dann fing sie an zu sprechen, so als würde sie einen monotonen Vortrag halten.

„Ich kam bei Sonnenuntergang nach Hause. Ich ließ die Haustür offen stehen und ging direkt ins Schlafzimmer. Die Jalousien waren heruntergelassen, dabei war ich sicher, dass ich sie am Morgen hochgezogen hatte. Die Schnur war auch nicht um den Haken gewickelt, also ging ich hin, um es zu tun. In dem Moment hat er mich von hinten gepackt. Er legte seinen Arm um meinen Hals und hielt mir ein Messer an die Kehle. Er hat mich auch damit geschnitten." Automatisch fuhr ihre Hand an die Stelle, die ihre aufgeregte Nachbarin schon mit viel Fürsorge verarztet hatte. „Ich habe mich nicht gewehrt, weil er mir das Messer an die Kehle hielt. Ich dachte, er würde mich umbringen. Er wollte mich töten." Sie hob den Kopf, schaute Moralas direkt in die Augen. „Ich konnte es in seiner Stimme hören."

„Was hat er zu Ihnen gesagt, Miss Palmer?"

„Er sagte: ‚Wo ist es?' Ich wusste nicht, was er meinte. Ich sagte ihm, er könne meine Handtasche haben. Er würgte mich und fragte: ‚Wo hat er es versteckt?' Er nannte den Namen Sharpe." Jetzt sah sie zu Jonas. Er konnte die violetten Blutergüsse sehen, die sich an ihrem Hals bildeten. „Er sagte, die Abmachung gelte nicht mehr, und er wolle das Geld. Wenn ich ihm nicht sagen würde, wo es versteckt ist, würde er mich umbringen.

Er sagte, ich würde nicht das Glück haben und einen schnellen Tod sterben, so wie Jerry. Er glaubte mir nicht, dass ich nichts weiß." Sie sprach jetzt direkt zu Jonas. Unter ihrem anklagenden Blick fühlte er Schuldgefühle in sich aufsteigen.

Sanft berührte Moralas ihren Arm, damit sie ihre Aufmerksamkeit wieder auf ihn richtete. „Er hat Sie gehen lassen?"

„Nein, er hätte mich getötet." Sie sagte es dumpf, tonlos, ohne jede Gefühlsregung. „So oder so, ob ich ihm etwas gesagt hätte oder nicht, das wusste ich. Und meine Tochter … sie braucht mich. Ich ließ mich zusammensacken, so als wäre ich bewusstlos geworden, dann habe ich ausgeholt. Ich glaube, ich habe ihn mit dem Ellbogen am Hals getroffen. Dann bin ich losgerannt."

„Können Sie den Mann identifizieren?"

„Ich habe ihn nie gesehen. Ich habe mich nicht umgedreht."

„Seine Stimme?"

„Er sprach Spanisch. Er muss meine Größe haben, denn er zischelte mir direkt ins Ohr. Mehr weiß ich nicht. Ich weiß nichts über Geld oder über Jerry oder über irgendetwas anderes." Abrupt blickte sie zu Boden und starrte in den Wein, befürchtete, sie könnte jeden Moment in Tränen ausbrechen. „Ich will nach Hause."

„Natürlich. Sobald meine Männer garantieren können, dass es sicher ist. Ihnen wird Polizeischutz gestellt, Miss Palmer. Bleiben Sie noch einen Moment hier sitzen. Ich komme Sie dann holen und begleite Sie."

Sie hätte nicht sagen können, ob es Minuten oder Stunden her war, seit sie aus ihrem Haus geflohen war. Als Moralas sie zurückbrachte, war es dunkel, der Mond ging gerade auf. Ein Polizeibeamter war vor dem Haus postiert, sämtliche Fenster und Türen waren überprüft und verschlossen worden. Wortlos betrat Liz ihr Heim und ging in die Küche.

„Sie hat Glück gehabt", murmelte Moralas, der sich vorsorglich noch einmal im Wohnzimmer umsah. „Wer immer sie angegriffen hat, war unprofessionell genug, um sich überrumpeln zu lassen."

„Haben die Nachbarn vielleicht etwas gesehen?“ Jonas stellte den Tisch wieder auf, der bei der Flucht umgestoßen worden war. Auf dem Boden lag eine beschädigte Muschelschale.

„Einige haben wohl heute Nachmittag einen blauen Kombi in der Nachbarschaft gesehen. Señora Alderez hat beobachtet, wie der Wagen mit hohem Tempo weggefahren ist, als sie Miss Palmer die Tür geöffnet hat. Leider konnte sie weder die Nummernschilder noch die Automarke erkennen. Wir werden Miss Palmers Haus natürlich unter Beobachtung stellen, bis wir den Wagen ausfindig gemacht haben.“

„Scheint, dass der Mörder meines Bruders sich noch immer auf der Insel aufhält.“

Ausdruckslos erwiderte Moralas Jonas’ Blick. „Offenbar hat Ihr Bruder sich auf einen Deal eingelassen, der ihn das Leben gekostet hat. Ich werde nicht zulassen, dass dieses Geschäft auch noch Miss Palmer das Leben kostet. Ich nehme Sie mit zurück in die Stadt.“

„Nein, ich bleibe hier.“ Jonas studierte die rosafarbene Muschel. Ein Riss zog sich der Länge nach durch die Schale. Er musste an die Schnittwunde an Liz’ Kehle denken. „Mein Bruder hat sie da hineingezogen.“ Vorsichtig legte er die Muschel auf den Tisch zurück. „Ich kann sie nicht allein lassen.“

„Wie Sie möchten.“ Moralas wandte sich zum Gehen, doch Jonas hielt ihn fest.

„Captain … denken Sie noch immer, dass der Mörder meilenweit weg ist?“

Moralas legte die Hand auf die Waffe, die er in dem Halfter an seiner Hüfte trug. „Nein, Mr. Sharpe, das denke ich nicht mehr. *Buenas noches.*“

Jonas verschloss die Tür hinter dem Captain, dann überprüfte er selbst noch einmal die Fenster, bevor er in die Küche ging. Liz schüttete sich gerade die zweite Tasse Kaffee ein.

„Das wird Sie die ganze Nacht wach halten.“

Liz trank einen Schluck, den Blick über den Tassenrand auf ihn gerichtet. Im Moment fühlte sie absolut nichts, weder Ärger noch Angst. „Ich dachte, Sie wären gegangen.“

„Nein." Ohne eingeladen zu sein, nahm Jonas eine Tasse und goss sich einen Kaffee ein.

„Wieso sind Sie noch hier?"

Er trat näher, fuhr behutsam mit einer Fingerspitze über die Abdrücke an ihrem Hals. „Dumme Frage", murmelte er nur.

Sie zuckte zurück, bemühte sich krampfhaft, ruhig zu bleiben. Wenn sie die Fassung verlor, dann ganz bestimmt nicht vor seinen Augen. Niemand würde das zu sehen bekommen. „Ich möchte allein sein."

Er bemerkte das Zittern ihrer Hände, bevor sie fester den Kaffeebecher umklammerte. „Man kann eben nicht immer haben, was man sich wünscht. Ich werde im Zimmer Ihrer Tochter schlafen."

„Nein!" Viel zu heftig stellte sie den Becher ab und verschränkte die Arme vor der Brust. „Ich will Sie nicht hier haben!"

Bewusst langsam stellte er seine Tasse neben ihre auf den Tisch. Als er seine Hände auf ihre Schultern legte, war sein Griff jedoch fest, nicht sanft. Und als er sprach, klang seine Stimme entschieden, nicht tröstend. „Ich werde Sie nicht allein lassen. Nicht bis man Jerrys Mörder gefunden hat. Sie stecken mit drin, ob Sie es wollten oder nicht. Und ich verdammt noch mal auch."

Ihr Atem ging viel zu schnell, auch wenn sie sich verzweifelt bemühte, ihn zu kontrollieren. „Ich hatte mit der ganzen Sache nichts zu tun, bis Sie hier aufgetaucht sind und mich permanent behelligt haben."

Dieser Gedanke war ihm auch schon gekommen, und seitdem schlug er sich mit einem schlechten Gewissen herum. Aber keiner von ihnen konnte sicher wissen, ob das so stimmte. Im Moment war es auch nicht wirklich wichtig. „Wie auch immer Sie da hineingeraten sind … jetzt stecken Sie mit drin. Und wer immer Jerry umgebracht hat … der Mörder glaubt, dass Sie etwas wissen. Mich können Sie sicherlich leichter davon überzeugen, dass Sie völlig ahnungslos sind, als diese Leute. Ich denke also, für Sie wird es Zeit, darüber nachzudenken, ob Sie nicht doch lieber mit mir kooperieren wollen."

„Woher soll ich wissen, ob Sie den Mann nicht vorbeigeschickt haben, nur um mir Angst einzujagen?"

Ruhig und kühl sah er sie an. „Stimmt, das können Sie nicht wissen. Ich könnte Ihnen natürlich jetzt sagen, dass es keineswegs meine Angewohnheit ist, Männer anzuheuern, um Frauen zu ermorden, aber niemand kann Sie zwingen, das zu glauben. Ich könnte Ihnen auch sagen, das es mir leidtut, was Ihnen zugestoßen ist." Zum ersten Mal wurde sein Ton ein wenig weicher. Er hob eine Hand und strich ihr das Haar aus dem Gesicht, rieb mit dem Daumen leicht über ihren Wangenknochen. Wie die Muschel erschien sie ihm fragil, wunderschön und versehrt. „Ich könnte sagen, dass auch ich lieber nichts damit zu tun haben würde, lieber einfach gehen und alles wieder so haben würde, wie es noch vor ein paar Wochen war. Doch das kann ich nicht. Wir beide können es nicht. Und deshalb sollten wir uns gegenseitig helfen."

„Ich will Ihre Hilfe nicht."

„Das habe ich schon verstanden. Setzen Sie sich, ich mache Ihnen etwas zu essen."

Sie wollte von ihm zurückweichen. „Sie können nicht hierbleiben."

„Ich bleibe. Morgen werde ich meine Sachen aus dem Hotel herüberbringen."

„Ich sagte …"

„Ich miete das Zimmer", unterbrach er sie und drehte sich um, um in die Schränke zu schauen. „Ihre Kehle muss rau sein und schmerzen. Eine Hühnersuppe ist da wohl das Beste."

Sie riss ihm die Konservendose aus der Hand. „Ich kann mir allein etwas zu essen machen. Und ich vermiete Ihnen das Zimmer nicht."

„Ich weiß Ihre Großzügigkeit zu schätzen." Er nahm ihr die Dose wieder ab. „Aber umsonst kann ich hier nicht wohnen. Außerdem würde ich das Ganze lieber auf einer geschäftlichen Ebene halten. Zwanzig Dollar die Woche, das scheint mir ein angemessener Preis zu sein. Sie sollten das Angebot annehmen", fuhr er fort, bevor sie etwas sagen konnte. „Denn ich bleibe, so oder so. Und jetzt setzen Sie sich." Er drehte sich um und suchte in den Schränken nach einem Topf.

Sie wollte wütend sein. Zorn würde ihr helfen, andere Emotionen unter Verschluss zu halten. Sie wollte ihn anbrüllen, wollte ihn packen und mit Gewalt aus ihrem Haus werfen. Stattdessen setzte sie sich, weil ihre Knie nachgaben und ihre Beine sie nicht länger tragen wollten.

Was war aus ihrer Unabhängigkeit und Selbstbestimmung geworden? Zehn Jahre lang hatte sie jede Entscheidung selbst getroffen, jede einzelne, die sie und ihr Leben betraf. Zehn Jahre lang hatte sie weder um Rat noch um Hilfe gebeten. Jetzt hatte irgendetwas anderes die Kontrolle über- und ihr die Entscheidungen abgenommen. Etwas, von dem sie weder wusste, was es war, noch wie sie es benennen sollte. Sie war in ein Spiel verwickelt, dessen Regeln sie nicht kannte.

Sie schaute auf ihre Hand und sah die einzelne Träne auf dem Handrücken. Hastig wischte sie sich die anderen vom Gesicht, die unablässig aus ihren Augen strömten. So angestrengt sie es auch versuchte, sie konnte die Tränen nicht zurückhalten. Also noch etwas, auf das sie keinen Einfluss mehr hatte.

„Meinen Sie, Sie kriegen Toast herunter?“, fragte Jonas, als er die Dose in einen Topf leerte. Als sie nicht antwortete, wandte er sich zu ihr hin. Sie saß steif und blass am Tisch, Tränen rollten ihr ungehindert übers Gesicht. Er fluchte unter angehaltenem Atem und drehte sich wieder um. Es gab nichts, was er für sie tun konnte, sagte er sich. Dann jedoch trat er an den Tisch, zog sich wortlos einen Stuhl heran, setzte sich neben sie und wartete.

„Ich dachte, er würde mich umbringen.“ Ihre Stimme brach, und sie presste die Hände an die Wangen. „Ich spürte das Messer an meinem Hals und dachte, dass ich jeden Moment sterben würde. Ich hatte solche Angst. Oh Gott, ich habe solche Angst!“

Er zog sie sanft an seine Brust und ließ sie weinen. Vielleicht spülten die Tränen ja ihre Angst fort. Er war wirklich nicht daran gewöhnt, Frauen zu trösten. Die, die er kannte, waren alle viel zu schick, um mehr als eine oder zwei vornehme Tränen zu vergießen. Dennoch hielt er Liz einfach fest. Der Weinkrampf schüttelte ihren Körper, sie schluchzte und rang nach Luft.

Ihre Haut war eiskalt, wie zum Beweis, dass Angst einem das

Blut gefrieren ließ. Sie brachte nicht einmal genügend Stolz auf, um sich von ihm zu lösen und eine versteckte Ecke zu finden, wie sie es sonst immer tat, wenn sie in einer Krise steckte. Er sagte ihr nicht, dass alles in Ordnung sei, er gab keine tröstenden Worte von sich. Er war einfach nur da. Und als sie sich ausgeweint hatte und keine Tränen mehr übrig waren, hielt er sie dennoch weiter fest. Der Regen setzte ein, schlug gegen die Fenster und prasselte auf das Dach, und noch immer hielt er sie.

Als sie von ihm abrückte und sich aufsetzte, stand er auf und kehrte an den Herd zurück – alles, ohne ein Wort zu sagen. Er drehte die Herdplatte an, und nur Minuten später stellte er einen Teller mit dampfender Suppe vor Liz hin, ging zum Herd zurück, um sich selbst etwas aufzutun. Viel zu ausgelaugt, um verlegen zu sein, begann Liz zu essen. Es herrschte absolutes Schweigen in der Küche. Das monotone Tröpfeln des Regens auf Holz, Glas und Metall war das einzige Geräusch.

Ihr war nicht klar gewesen, dass sie Hunger gehabt hatte. Wie hätte sie auch daran denken können. Aber bevor es ihr so recht bewusst wurde, war der Teller, den sie vor sich hatte, leer. Mit einem leisen Seufzer schob sie ihn beiseite. Jonas saß in seinen Stuhl zurückgelehnt und rauchte schweigend eine Zigarette.

„Danke."

„Keine Ursache." Ihre Augen waren vom Weinen geschwollen, wodurch der gehetzte Ausdruck, der fast immer in ihnen stand, noch deutlicher hervortrat. Eine Tatsache, die an ihm zerrte, die ihn bedrückte und unruhig machte. Ihre Haut, sonst goldbraun wie dunkler Honig, war nahezu weiß, ließ sie zart und wehrlos erscheinen. Sie war eine Frau, so wurde ihm jäh klar, von der ein Mann emotionell besser Abstand halten sollte. Kam man ihr zu nahe, würde man komplett in ihren Bann gezogen werden. Nein, es würde zu nichts führen, wenn er sich zu viel aus ihr machte. Er brauchte sie, damit sie beide aus der Sache heil herauskamen. Was bedeutete, dass er von jetzt an die Kontrolle behalten musste.

„Es hat mich wohl mehr mitgenommen, als ich gedacht hatte."

„Durchaus verständlich. Kann Ihnen niemand verübeln."

Sie nickte, dankbar dafür, dass er es ihr so leicht machte, eine Situation zu überspielen, die sie als peinliche Zurschaustellung von Schwäche bezeichnete. „Es gibt keinen Grund, weshalb Sie noch länger hierbleiben sollten."

„Ich bleibe trotzdem."

Sie ballte eine Hand langsam zur Faust, lockerte die Finger wieder. Sie brachte es nicht über sich zuzugeben, dass sie sich wünschte, er würde bleiben. Zum ersten Mal seit Jahren hatte sie Angst vor dem Alleinsein. Da sie so oder so nachgeben musste, war es wohl besser, das ganze Arrangement von der praktischen Seite her zu sehen.

„Na schön. Zwanzig die Woche für das Zimmer. Im Voraus."

Er grinste, als er nach seiner Brieftasche angelte. „Rein geschäftlich also?"

„Etwas anderes kann ich mir nicht leisten." Erst nahm sie die Zwanzigdollarnote entgegen und legte sie auf die Anrichte, dann stellte sie die Teller zusammen. „Um Ihre Mahlzeiten werden Sie sich selbst kümmern müssen. In den zwanzig ist keine Verpflegung eingeschlossen."

Er sah ihr zu, wie sie die Teller ins Spülbecken stellte und abwusch. „Das werde ich wohl noch schaffen."

„Morgen früh werde ich Ihnen einen Schlüssel geben." Sie nahm ein Geschirrtuch und konzentrierte sich gänzlich auf das Abtrocknen der Teller. „Glauben Sie, er kommt noch mal zurück?" Liz hatte versucht, die Frage lässig klingen zu lassen, aber dieser Versuch misslang ihr kläglich.

„Das weiß ich nicht." Er ging zu ihr und legte eine Hand auf ihre Schulter. „Sollte er wieder hier auftauchen, sind Sie auf jeden Fall nicht allein."

Als sie ihn jetzt anschaute, lag ein ruhiger Ausdruck in ihren Augen. Etwas in ihm entspannte sich. „Beschützen Sie mich, Jonas, oder suchen Sie nur nach einer Gelegenheit für Ihre Rache?"

„Wenn ich das eine tue, bekomme ich vielleicht auch das andere." Er wickelte sich eine Strähne ihres Haars um den Finger, sah zu, wie sich das dunkle Gold auf seiner Haut wie ein Fächer ausbreitete. „Sie haben doch selbst gesagt, dass ich kein netter Mann bin."

„Wenn Sie kein netter Mann sind, was sind Sie dann?", flüsterte sie.

„Einfach nur ein Mann." Er sah sie an, und sie glaubte ihm nicht. Er war nicht nur einfach ein Mann, sondern ein geduldiger und beharrlicher Mann. Ein Mann, in dem ein mächtiger Wille sowie Stärke und auch ein gewisses Gewaltpotenzial ruhten. „Ich habe mir schon die gleiche Frage über Sie gestellt, Elizabeth. Sie tragen Geheimnisse mit sich herum."

Sie hatte Probleme, normal zu atmen. Wie zur Abwehr hob sie ihre Hand und legte sie gegen seine. „Meine Geheimnisse haben nichts mit Ihnen zu tun."

„Die Geheimnisse möglicherweise nicht. Aber vielleicht Sie."

Es geschah sehr langsam. So langsam, dass sie genug Zeit gehabt hätte, es aufzuhalten. Und doch schien sie zu keiner Bewegung fähig. Er legte ihr seine Arme um die Taille und zog sie eng zu sich heran, mit einer Art von arroganter Lässigkeit, die Liz eigentlich hätte abstoßend finden müssen. Stattdessen sah sie fasziniert zu, wie sein Mund immer näher kam.

In Gedanken hatte sie ihn gerade als gewaltbereiten Mann tituliert, und doch waren seine Lippen sanft, weich, verlockend. Es war so lange her, dass sie es sich erlaubt hatte, verführt zu werden. Fast ohne jeglichen Druck, mit nur der Andeutung von Kraft, brachte er ihren freien Willen, auf den sie immer so stolz gewesen war, zu Fall. Unzählige Fragen wirbelten durch ihren Kopf, dann legte sich ein hauchdünner feiner Nebel über alles und verschleierte jeden verbliebenen Gedanken. So ahnte sie auch nicht, wie süß, wie zögernd ihre Lippen den seinen antworteten.

Welches Motiv auch immer ihn getrieben haben mochte, sie zu küssen … er hatte es längst vergessen, kaum dass sein Mund den ihren berührte. Er hatte damit gerechnet, dass sie sich wehren würde. Oder dass sie seinen Kuss hungrig und leidenschaftlich erwidern würde. Dass sie so zurückhaltend, ja unschuldig reagierte, ließ ein Verlangen in ihm aufflammen, das er so noch nie erfahren hatte. Fast war es, als wäre sie noch nie geküsst worden, als wäre sie noch nie von einem Mann gehalten worden, als hätte sie noch nie erkundet, was Mann und Frau einander schenken konnten. Und doch hatte sie eine Tochter, wie er sich in Erinnerung rief. Sie hatte ein Kind, und sie war jung und schön. Andere Männer vor ihm hatten sie so gehalten. Dennoch fühlte er sich wie ihr Erster, und deshalb hatte er keine andere Wahl, als sie behutsam und mit Umsicht zu behandeln.

Je mehr sie ihm gab, desto mehr wollte er haben. Er hatte schon vorher Begehren gespürt. Je länger er sie hielt, desto weniger wollte er sie loslassen. Er kannte sich mit Leidenschaft aus. Doch ein Teil in ihm, von dem er nicht wusste, dass er existierte, hielt ihn zurück, verlangte Rücksicht und Besonnenheit von ihm. Sie wollte ihn, er fühlte es. Doch selbst als sein Blut heiß durch seine Adern zu rauschen begann, schoben seine Hände, als besäßen sie einen eigenen Willen, sie sanft von sich ab.

Wünsche, die sie tief vergraben hatte, regten sich fiebrig in ihr. Während sie einander ansahen, spürte Liz, wie in ihr längst vergessen geglaubte Gefühle wiedererweckt wurden, Verlangen mit all seinen Forderungen und ungeachtet der Risiken, die es mit sich brachte. Nein, es würde ihr nicht noch einmal passieren. Doch noch während sie ihren Schwur erneuerte, spürte sie eine heiße Welle der Erregung durch ihren Körper strömen. Nein, es durfte ihr nicht noch einmal passieren. Und in ihren Augen, die unentwegt in seine schauten, spiegelten sich Verwirrung und Hoffnung und Qual. Es war eine Kombination, die Jonas zutiefst erschütterte.

„Sie sollten versuchen zu schlafen“, sagte er und achtete darauf, dass er sie nicht mehr berührte.

Das war es also, dachte Liz, und der Hoffnungsfunke erlosch. Wie dumm und albern zu glauben, selbst nur für einen Moment, dass irgendetwas sich ändern würde. Sie hob stolz das Kinn und reckte die Schultern. Möglich, dass sie die Kontrolle über viele Dinge verloren hatte, aber über ihr Herz konnte sie noch immer allein bestimmen.

„Morgen früh erhalten Sie von mir die Quittung über die Zimmermiete und den Hausschlüssel. Ich stehe um sechs Uhr auf.“ Sie nahm den Zwanzigdollarschein von der Anrichte und verließ die Küche.

4. KAPITEL

Die Geschworenen starrten ihn an. Zwölf regungslose Gesichter mit leeren Augen, steif aufgereiht hinter dem hölzernen Geländer. Und Jonas stand vor ihnen in dem kleinen, grell erleuchteten Gerichtssaal, in dem seine Stimme hohl widerhallte. Er trug einen Stapel schwerer, verstaubter Bücher, Gesetzestexte, von deren Gewicht seine Arme bereits schmerzten. Schweiß rann ihm von den Schläfen und über den Rücken, als er ein leidenschaftliches Plädoyer für den Freispruch seines Mandanten hielt. Es ging um Leben und Tod, und es war seiner Stimme anzuhören – sie bebte. Doch die Jury blieb unbeeindruckt, ja desinteressiert. Hektisch versuchte er die Bücher festzuhalten, als eins nach dem anderen durch seine Arme rutschte. Er vernahm den Urteilsspruch, der von den Wänden zurückhallte.

Schuldig. Schuldig. Schuldig.

Er hatte verloren. Geschlagen und mit leeren Händen drehte er sich zu seinem Mandanten um. Der Mann stand auf und hob den Kopf, so sahen sie einander an, Auge in Auge. Zwei identisch aussehende Männer. War er es? War es Jerry? Verzweifelt ging er auf das Richterpult zu. Liz saß auf dem Podium, in einer schwarzen Robe, hoch über ihm und unnahbar. Aber ihre Augen blickten traurig, als sie langsam den Kopf schüttelte. „Ich kann Ihnen nicht helfen."

Dann löste sie sich auf. Er fasste nach ihrer Hand, wollte sie festhalten, doch seine Finger griffen ins Leere. Nur ihre dunklen, traurigen Augen konnte er noch sehen. Und dann war sie ganz verschwunden. Auch sein Bruder war weg, und er blieb allein mit der Jury zurück. Zwölf selbstgefällige Gesichter, die überlegen auf ihn herablächelten …

Jonas lag reglos da, sein Atem ging heftig. Er starrte auf die Traube bunt-fröhlich angezogener Puppen auf dem Regal neben dem Bett. Eine Flamencotänzerin hielt ihre Kastagnetten mit erhobenen Armen. Eine Prinzessin bewunderte versunken ihre gläsernen Schuhe. Eine Barbie in einem schicken Kleid winkte strahlend lächelnd aus einem rosaroten Cabrio.

Jonas stieß die Luft aus den Lungen und fuhr sich mit der Hand übers Gesicht. Es war, als würde man versuchen, mitten auf einer lauten Party zu schlafen. Kein Wunder, dass er wirre Träume hatte. An der anderen Wand stand ein weiteres Regal, vollgestopft mit Stofftieren, angefangen beim verlässlichen guten alten Teddybären bis hin zu einem blauen Ding, das aussah wie ein Staubwedel mit Knopfaugen.

Kaffee, dachte er nur und schloss die Lider wieder. Er brauchte jetzt unbedingt einen Kaffee. Während er sich anzog, versuchte er die Dutzende von lächelnden und grinsenden Gesichtern um sich herum zu ignorieren. Er war nicht ganz sicher, wie und womit er anfangen sollte. Die Münze an seiner Kette baumelte an seinem Hals hin und her und schlug gegen seine nackte Brust. Er zog ein T-Shirt über. Draußen vor dem Fenster hatten die Vögel ihr Morgenkonzert angestimmt. Zu Hause in Philadelphia würde er jetzt das stetig anschwellende Rauschen des morgendlichen Berufsverkehrs hören, während die Stadt zu neuem Leben erwachte. Direkt neben dem Fenster konnte er einen Busch sehen, dessen violette Blüten sich um Platz zu streiten schienen. Hier gab es keine stämmigen Ulmen, keine akkurat geschnittenen Hecken oder Gartenzäune. Kein Gesetzesbuch konnte ihm bei seinem Vorhaben helfen. Er konnte sich an nichts Vertrautem orientieren, es gab keinen Präzedenzfall, auf den er sich stützen konnte. Jeder Schritt, den er unternahm, würde praktisch blind erfolgen. Dennoch … unternehmen musste er diese Schritte.

Er roch den Kaffee in der Sekunde, als er die Zimmertür öffnete. Liz fand er in der Küche. Sie trug ein T-Shirt und etwas, das auf den ersten Blick wie ein knappes Bikinihöschen aussah. Jonas gehörte nicht unbedingt zu den Männern, die morgens voll einsatzbereit aufwachten, aber für ein Paar endlos langer und gebräunter Beine hatte er durchaus schon Augen. Liz strich gerade Butter auf eine Scheibe Toast.

„Kaffee ist schon fertig", sagte sie, ohne sich umzudrehen. „Im Kühlschrank sind noch Eier. Müsli oder Cornflakes habe ich nicht da, erst, wenn Faith kommt."

„Eier reichen völlig“, murmelte er und steuerte zielsicher auf die Kaffeemaschine zu.

„Nehmen Sie sich, was Sie wollen … solange Sie es wieder ersetzen.“ Sie stellte das Radio an, um den Wetterbericht zu hören. „In einer halben Stunde fahre ich los. Wenn ich Sie also zum Hotel mitnehmen soll, sollten Sie dann fertig sein.“

Der erste Schluck Kaffee war eine wahre Wohltat. Jonas trank ihn genüsslich, und allmählich kehrten seine Lebensgeister zurück. „Mein Wagen steht in San Miguel.“

Liz setzte sich an den Tisch und ging die Tagesplanung durch. „Ich kann Sie beim El Presidente absetzen oder auch bei einem der anderen Hotels am Strand. Von da aus müssen Sie sich ein Taxi nehmen.“

Jonas nahm den nächsten Schluck Kaffee. Jetzt fast vollständig wach, musterte er sie. Sie war noch immer blass, wie ihm auffiel. Die violetten Striemen an ihrem Hals stachen daher umso stärker hervor. Die dunklen Ringe unter ihren Augen zeigten ihm deutlich, dass sie auch nicht besser geschlafen hatte als er. Er trank seine Tasse aus und schenkte sich erneut ein.

„Haben Sie schon mal daran gedacht, sich vielleicht einen Tag freizunehmen?“

Es war das erste Mal heute, dass sie ihn anschaute. „Nein“, antwortete sie schlicht und beugte den Kopf wieder über ihre Liste.

Sie waren also wieder auf der rein geschäftlichen Ebene angekommen. Eine Grenze, die offensichtlich besser nicht überschritten wurde. „Erlauben Sie sich nie eine Pause, Liz?“

„Ich habe zu arbeiten. Sie kümmern sich besser um Ihre Eier, falls Sie noch genügend Zeit haben wollen, sie auch zu essen. Die Pfanne steht im Schrank neben dem Herd.“

Er musterte sie noch einen kurzen Augenblick, dann, mit einem rastlosen Schulterzucken, machte er sich daran, sein Frühstück zuzubereiten. Liz wartete, bis sie sicher sein konnte, dass er mit dem Rücken zu ihr stand, bevor sie den Kopf noch einmal hob.

Sie hatte sich gestern lächerlich gemacht. Dass sie vor seinen Augen zusammengebrochen war, konnte sie noch akzeptieren, vor allem, weil er es so nüchtern aufgenommen hatte. Aber wenn sie daran dachte, wie sie in seinen Armen gelegen hatte, sich von ihm hatte halten lassen, willig, ergeben, hoffend … Das konnte sie weder sich selbst noch ihm verzeihen.

Er hatte sie etwas fühlen lassen, das sie seit zehn Jahren nicht mehr empfunden hatte. Erregung. Er hatte sie sich nach etwas sehnen lassen, das sie sich nie wieder von einem Mann zu wünschen geglaubt hatte. Zärtlichkeit. Sie war nicht zurückgewichen, und sie hatte ihn nicht weggestoßen, so wie sie es bisher bei jedem anderen Mann getan hatte, der sich ihr genähert hatte. Sie hatte es nicht einmal ansatzweise versucht. Bei ihm hatte sie sich wieder sanft und nachgiebig gefühlt. Und dann war er es gewesen, der sie von sich geschoben hatte.

Also würde das Ganze auf das rein Geschäftliche beschränkt bleiben, sagte sie sich. Unpersönlich und mit klaren Grenzen, für die gesamte Dauer seines Aufenthalts. Sie würde das Geld von der Zimmermiete zur Seite legen, als Anzahlung für die Aquabikes.

Jonas setzte sich mit seinem Teller an den Tisch. Heißer Dampf stieg von den Spiegeleiern auf.

„Hier, Ihr Schlüssel." Liz schob den Schlüssel über den Tisch zu Jonas. „Und Ihre Quittung über die erste Wochenmiete."

Ohne einen Blick darauf zu werfen, steckte Jonas sich das Stückchen Papier in die Tasche. „Nehmen Sie öfter Untermieter auf?"

„Nein, aber ich will neues Equipment anschaffen." Sie stand auf, spülte ihren Teller ab und goss sich noch einen Kaffee ein. Aus dem Radio erklang die Zeitansage. Sie schaltete es aus. Sie war zehn Minuten eher fertig als üblich. Aber wenn sie früh genug aufstand, würde sie nicht mit ihm zusammen an einem Tisch essen müssen. „Mieten Sie sich öfter in einem fremden Privathaus ein statt in einem Hotel?"

Er probierte die Eier und war nicht gerade zufrieden mit seinen eigenen Kochkünsten. „Nein. Aber wir sind ja keine Fremden mehr."

Über den Rand ihrer Tasse musterte Liz ihn. Mit dem dunklen Bartschatten sah er heute Morgen leicht mitgenommen aus, wie ihr auffiel. Was ihn allerdings nur noch anziehender machte. Sie haderte mit sich, ob sie ihm einen Rasierer anbieten sollte, entschied sich dann aber dagegen. Viel zu persönlich. „Doch, sind wir."

Ungerührt aß er weiter, sodass sie annahm, er hätte ihre Antwort akzeptiert. Eindeutig eine Fehleinschätzung.

„Ich habe Jura an der Notre Dame in Indiana studiert und nach dem Studium für Neiram und Barker in Boston gearbeitet. Vor fünf Jahren habe ich meine eigene Kanzlei in Philadelphia eröffnet." Er streute Salz über die Eier in der Hoffnung, dass es besser schmecken würde. „Ich habe mich auf Strafrecht spezialisiert. Ich bin ledig und lebe allein. In einem Apartment", fügte er hinzu. „Die Wochenenden verbringe ich damit, ein altes viktorianisches Herrenhaus zu renovieren, das ich in Chadd's Ford gekauft habe."

Sie wollte mehr über dieses Haus wissen. Wie groß war es? Hatte es auch diese wunderbar hohen Decken und schimmernden Holzböden? Waren die Fenster rund? Etwa noch aus Bleiglas? Gab es auch einen Garten, in dem sich die Rosenstöcke an Pergolen emporwanden? Entschieden unterdrückte sie den Impuls und spülte stattdessen nur ihre Tasse ab. „Ihr kleiner Vortrag ändert nichts an der Tatsache, dass wir Fremde füreinander sind."

„Aber ob wir einander kennen oder nicht, ändert auch nichts daran, dass wir zusammen in derselben Sache stecken."

Die Tasse rutschte ihr aus den Fingern und fiel klappernd ins Spülbecken. Wortlos nahm Liz sie wieder auf und hielt sie unter den Wasserstrahl, stellte sie dann in das Abtropfgestell. Am Rand war ein Stückchen von dem Porzellan abgesplittert, aber das war im Moment wohl ihr geringstes Problem. „Ihnen bleiben zehn Minuten", sagte sie. Doch als sie an ihm vorbeigehen wollte, hielt er sie am Arm fest.

„Wir stecken in derselben Sache, Elizabeth", wiederholte er eindringlich. Seine Stimme blieb absolut ruhig. Allein dafür hasste sie ihn.

„Nein, tun wir nicht. Sie wollen Vergeltung für den Tod Ihres Bruders. Ich versuche nur, mein normales Leben weiterzuführen."

„Glauben Sie wirklich, die Normalität würde sich wieder einstellen, wenn ich nach Philadelphia zurückkehrte?"

Ohne Erfolg versuchte sie ihren Arm loszureißen. „Ja!" Und weil sie wusste, dass sie log, sagte sie es viel zu laut. Ihre Augen funkelten vor unterdrückter Wut.

„Der allererste Eindruck, den ich von Ihnen hatte, war, dass Sie intelligent sind. Ich weiß nicht, warum Sie sich hier auf dieser netten kleinen Insel verstecken, Liz, aber Sie besitzen einen scharfen und gesunden Verstand. Wir wissen beide, dass das, was gestern Abend passiert ist, auch passiert wäre, wenn ich mich nicht auf der Insel aufhielte."

„Na schön." Sie gab ihre Befreiungsversuche auf. „Was gestern passiert ist, hat also nichts mit Ihnen zu tun. Aber mit Jerry. Von meiner Seite aus betrachtet macht das keinen großen Unterschied."

Er erhob sich, ohne sie loszulassen. „Solange jemand glaubt, Sie wüssten, was Jerry vorhatte, sind Sie in Gefahr. Und solange die Bedrohung anhält, bleibe ich an Ihrer Seite. Denn Sie werden mich zu Jerrys Mörder führen, entweder direkt oder indirekt."

Liz wartete einen Moment, bis sie sicher sein konnte, dass sie nicht die Fassung verlor und ruhig sprechen konnte. „Ist das alles, was andere Menschen Ihnen bedeuten, Jonas? Werkzeuge? Mittel zum Zweck?" Eindringlich schaute sie ihn an, seine Miene war hart und undurchdringlich. „Für Männer wie Sie stehen die eigenen Interessen immer an erster Stelle."

Wütend, ohne zu wissen, warum, umfasste er mit seiner Hand ihr Kinn. „Sie haben noch nie einen Mann wie mich gekannt."

„Doch, ich denke schon", erwiderte sie leise. „Sie sind keineswegs einzigartig. Sie wuchsen mit viel Geld und mit noch mehr an Sie gestellten Erwartungen auf. Sie haben die bestmögliche Ausbildung erhalten und verkehren in den höchsten Kreisen. Ihr Ziel steht fest, und wenn Sie auf Ihrem Weg nach oben über Leichen gehen müssen, dann tun Sie das auch. Schließlich ist es nichts Persönliches." Sie holte tief Luft. „Das ist überhaupt das Schlimmste daran – es ist nie etwas Persönliches." Sie schob seine Hand fort und befreite ihr Kinn. „Was erwarten Sie von mir?"

Nie zuvor in seinem Leben hatte ihn jemand sich derart niederträchtig fühlen lassen. Mit wenigen Worten hatte Liz ihn gerichtet und verurteilt. Er dachte an seinen Traum zurück, an die leeren Augen der Jury. Er fluchte und drehte sich auf dem Absatz um, um zum Fenster zu marschieren. Er konnte jetzt keinen Rückzieher machen, ganz gleich, wie mies sie ihn sich auch fühlen ließ. Er wusste, dass er recht hatte: Ob er hierblieb oder nach Philadelphia zurückkehrte … es änderte nichts daran, dass sie der Schlüssel im Rätsel um den Mord an Jerry war.

Draußen war eine Hängematte zwischen zwei Palmen gespannt, gelb und blau gestreift. Er fragte sich, ob sie sich je die Zeit nahm, die Hängematte auch zu benutzen. Ihm schoss der Gedanke in den Kopf, dass er Liz jetzt gerne bei der Hand nehmen, sie in den Garten hinausführen und sich mit ihr zusammen in die Hängematte legen würde. Es wäre schön, keine größeren Sorgen zu haben, als die Fliegen zu verscheuchen.

„Ich muss mit Luis reden", sagte er. „Er muss mir sagen, durch welche Kneipen und Bars er mit Jerry gezogen ist. Muss mir die Namen von den Leuten geben, mit denen Jerry zu tun hatte."

„Ich rede mit ihm." Jonas setzte schon zu Protest an, doch Liz schüttelte nur den Kopf. „Sie haben seine Reaktion gestern doch gesehen. Er würde kein Wort herausbekommen, wenn er Sie sieht. Sie machen ihn zu nervös. Ich werde Ihnen eine Liste mit den Namen besorgen."

„Na gut." Jonas suchte in seinen Taschen nach seinen Zigaretten; frustriert fiel ihm wieder ein, dass die Schachtel in seinem Zimmer lag. „Sie werden auch mit mir in die Bars gehen müssen, die Luis Ihnen nennt. Wir fangen heute Abend damit an."

Das Gefühl, in Treibsand zu versinken, verstärkte sich rasant. „Wieso?"

Er war nicht sicher, was er ihr antworten sollte. „Weil ich irgendwo anfangen muss."

„Wieso brauchen Sie mich dafür?"

Die Antwort darauf war ihm sogar noch unklarer. „Ich weiß nicht, wie lange das dauern wird, und ich lasse Sie nicht allein zurück."

Sie zog eine Augenbraue hoch. „Mir wurde Polizeischutz gestellt."

„Das reicht nicht. Wie auch immer … Sie sprechen die Sprache, Sie kennen die hiesigen Gewohnheiten – ich nicht." Er hakte die Daumen in die Hosentaschen. „So einfach ist das."

Liz schaltete die Kaffeemaschine aus. „Nichts ist einfach", widersprach sie. „Dennoch besorge ich Ihnen Ihre Liste, und ich komme sogar mit. Unter einer Bedingung."

„Und die wäre?"

Sie verschränkte die Arme vor der Brust. Schon ihre Haltung sagte ihm, dass sie sich nicht auf Verhandlungen einlassen würde, sondern lediglich Regeln festlegen wollte. „Ganz gleich, was passiert, ob Sie etwas herausfinden oder nicht … Sie verschwinden aus meinem Heim und aus meinem Leben, wenn meine Tochter nach Hause kommt. Das heißt, ich gebe Ihnen vier Wochen, Jonas, mehr nicht."

„Das wird dann wohl reichen müssen."

Sie nickte und schickte sich an, die Küche zu verlassen. „Waschen Sie Ihr Geschirr ab. Wir treffen uns vor dem Haus."

Der Polizeiwagen stand in der Auffahrt, als Jonas aus der Haustür trat. Eine Gruppe Kinder hatte sich etwas weiter entfernt am Straßenrand versammelt und beäugte den Wagen mit ernsten Mienen. Er hörte, wie Liz eines der Kinder zu sich rief. Sie drückte dem Jungen eine Handvoll Münzen in die Hand und sagte etwas zu ihm. Jonas brauchte kein Spanisch zu verstehen, um zu wissen, dass es sich hier um eine geschäftliche Transaktion handelte. Nur Augenblicke später rannte der Junge wieder zu seinen Freunden zurück.

„Worum ging es da?", fragte Jonas.

Liz lächelte zu den Kindern hinüber. Mit diesen Kindern würde Faith den gesamten Sommer zusammen spielen. „Ich habe ihnen gesagt, dass sie als Detektive für mich arbeiten sollen. Falls sie irgendjemanden sehen, der sich in der Nähe meines Grundstücks herumtreibt, außer natürlich die Polizei und Ihnen, dann sollen sie sofort nach Hause laufen und Captain Moralas anrufen, um ihm Bescheid zu geben. Auf diese Weise geraten sie dann auch in keine brenzlige Situation."

Jonas beobachtete, wie der Junge die Münzen an die anderen verteilte. „Wie viel haben Sie ihnen gegeben?"

„Zwanzig Pesos pro Nase."

Er rechnete den Betrag in Dollar um und schüttelte den Kopf. „Dafür würde Ihnen in Philadelphia kein Kind auch nur eine Minute erübrigen."

„Wir sind hier auf Cozumel", sagte sie nur und schob ihr Motorrad aus dem Carport raus.

Jonas sah erst auf das Motorrad, dann zu Liz. Diese Maschine hätte jeden Teenager zu ekstatischen Begeisterungsstürmen hingerissen. „Sie fahren dieses Ding?"

Bei seinem verdatterten Tonfall hätte sie am liebsten gegrinst. Sie verkniff es sich und sprach mit kühler gelassener Stimme: „Dieses Ding, wie Sie es nennen, ist eine äußerst praktische Transportmöglichkeit."

„Eine dicke BMW ist also eine praktische Transportmöglichkeit."

Sie lachte. So frei und unbeschwert hatte er sie noch nie gesehen, seit sie sich begegnet waren. Und als sie ihn anschaute, da glänzten ihre Augen warm und heiter. Jonas spürte, wie sein Herz schneller schlug.

„Sie sollten Ihre Maschine auf den Straßen im Hinterland ausfahren. Oder damit an der Küste entlangbrausen."

Liz schwang ein Bein über den Sitz. „Kommen Sie schon, Jonas, steigen Sie auf. Es sei denn, Sie möchten bis zu Ihrem Hotel laufen."

Auch wenn er seine Zweifel hatte, setzte er sich hinter sie. „Wo tue ich jetzt meine Füße hin?"

Sie sah zu Boden, und als sie wieder aufblickte, machte sie sich nicht die Mühe, ihr breites Grinsen zu verbergen. „Na, ich an Ihrer Stelle würde sie vor allem erst einmal von der Straße hochnehmen." Damit ließ sie den Motor an und fuhr die Auffahrt hinunter. Innerhalb weniger Augenblicke hatte sie sich an das zusätzliche Gewicht gewöhnt. Jonas hatte die Hände um ihre Taille gelegt und hielt sich an ihr fest, während sie die Maschine gekonnt um Schlaglöcher und Unebenheiten herummanövrierte.

„Gibt es Straßen, die schlimmer sind als die hier?"

Liz gab Gas und fuhr über einen Buckel im Asphalt. „Wieso? Stimmt was nicht mit dieser Straße?"

„Ich frage ja nur."

„Wenn Sie ebene Fahrbahnen suchen, müssen Sie nach Cancún. Auf dem Luftweg sind es nur wenige Minuten."

„Kommen Sie öfter dahin?"

„Ab und zu. Letztes Jahr sind Faith und ich mit der *Expatriate* hinübergefahren und haben uns ein paar Tage lang die Ruinen angesehen. Dort gibt es sogar alte Grabmale. Besonders gut erhalten sind sie nicht, dennoch sollten Sie sie vielleicht besichtigen. Und ich wollte, dass Faith die Pyramiden und die Stadtmauern der frühen Städte um Cancún herum sieht."

„Ich weiß nicht viel über Archäologie."

„Das ist auch nicht nötig. Alles, was Sie brauchen, ist ein wenig Fantasie."

Sie drückte auf die Hupe. Jonas sah, wie ein alter Mann, der vorgebeugt vor einer Ladentür stand, sich aufrichtete und ihr zuwinkte.

„Señor Pessado", erklärte sie. „Er steckt Faith immer heimlich Süßigkeiten zu. Beide sind fest davon überzeugt, dass ich nichts davon weiß."

Jonas wollte sie schon nach ihrer Tochter fragen, entschied dann aber, dass er einen besseren Zeitpunkt abwarten würde. Solange sie sich in dieser mitteilsamen Stimmung befand, war es wohl besser, die Dinge leicht und unpersönlich zu halten. „Wissen Sie viel über die Menschen, die hier auf der Insel leben?"

„Ich nehme an, es ist das Gleiche wie in einer Kleinstadt. Man muss jemanden nicht unbedingt persönlich kennen, aber man sieht immer dieselben Gesichter. In San Miguel kenne ich nicht viele Leute, auch nicht an der Ostküste. Einige aus dem Landesinnern sind mir allerdings bekannt, weil wir zusammen im Hotel gearbeitet haben."

„Ich wusste gar nicht, dass Ihr Laden mit dem Hotel zusammenhängt."

„Tut er auch nicht." Sie bremste vor einem Stoppzeichen ab. „Ich war mal eine Zeit lang im Hotel angestellt. Als Zimmermädchen." Liz beschleunigte und brauste über die Kreuzung.

Jonas studierte ihre Hände auf dem schweren Lenker, schlank und zart. Er sah auf ihre zierlichen Schultern und stellte sich die schmalen Hüften vor. Es fiel ihm schwer, sich auszumalen, wie sie Wassereimer und Putzmittel schleppte. „Meiner Meinung nach hätten Sie eher hinter den Empfang gepasst. Oder vielleicht als Hausdame."

„Ich konnte von Glück sagen, dass ich überhaupt einen Job fand, vor allem, weil keine Saison war." Sie drosselte die Geschwindigkeit, als sie über die lange Straße fuhr, die zum El Presidente führte. Einen Moment lang erlaubte sie es sich, die großen eleganten Palmen zu bewundern, die die Straße säumten, und den Duft der Blumen einzuatmen. Sie würde nachher mit dem Taucherboot rausfahren, mit fünf Anfängern, die sowohl eine Einführung brauchten als auch konstant im Auge behalten werden mussten. Sie fragte sich, welche Leute wohl hierher auf die Insel kamen und im Hotel eincheckten, um vom Alltag abzuschalten und sich zu erholen.

„Ist die Zimmereinrichtung immer noch so überwältigend?", fragte sie, bevor sie sich zurückhalten konnte.

Jonas schaute auf das imposante Gebäude vor ihnen. „Viel Glas", antwortete er. „Und Marmor. Vom Balkon meines Zimmers aus sieht man direkt auf das Meer." Liz lenkte die Maschine an den Straßenrand und bremste ab. „Warum kommen Sie nicht mit hinein und sehen es sich selbst an?"

Es reizte sie. Liz hatte schon immer eine Schwäche für schöne und feine Dinge gehabt. Aber es war eine Schwäche, die sie sich nicht erlauben konnte. „Ich muss zusehen, dass ich zu meinem Laden komme."

Jonas stieg ab und blieb auf dem Bürgersteig stehen, legte seine Hand auf ihre, bevor sie abfahren konnte. „Wir treffen uns beim Haus. Und dann gehen wir zusammen in die Stadt."

Sie nickte nur wortlos und lenkte das Motorrad wieder zurück auf die Straße. Jonas sah ihr nach, bis das Brummen des Motors nicht mehr zu hören war. Wer war Elizabeth Palmer? fragte er sich. Und warum wurde es für ihn immer wichtiger, das herauszufinden?

Am Abend war sie todmüde.

Liz war es gewohnt, lange zu arbeiten, Kisten und Ausrüstungen zu schleppen, zu tauchen und zu schnorcheln. Aber nach diesem relativ einfachen Arbeitstag war sie kaputt. Es hätte ihr eigentlich ein Gefühl von Sicherheit geben müssen, dass der junge Polizist sie heute auf der Bootstour begleitet hatte. Es hätte sie beruhigen sollen, dass Captain Moralas Wort hielt und ihr Polizeischutz stellte. Stattdessen kam sie sich vor wie in einem Käfig.

Auf der Fahrt nach Hause folgte ihr eine Polizeistreife, zwar in gebührendem Abstand, dennoch konnte Liz sie im Rückspiegel sehen. Am liebsten wäre sie ins Haus gespurtet, hätte die Tür verschlossen und sich ins Bett verkrochen, um in einen tiefen, traumlosen Schlaf zu fallen. Aber Jonas wartete. Sie fand ihn im Wohnzimmer am Telefon, eine Akte auf dem Schoß und eine tiefe Falte auf der Stirn. Offenbar gab es ein Problem in seiner Kanzlei, noch dazu eines, das ihm eindeutig die Laune verdarb. Liz ignorierte ihn, ging duschen und sich umziehen.

Da ihre Garderobe sowieso zum Großteil aus Strandkleidung bestand, verschwendete sie erst gar keine Zeit darauf, ihren Kleiderschrank durchzusehen. Sie zog einen weit schwingenden blauen Rock und eine Bluse an. Um noch etwas Zeit für sich alleine zu gewinnen, schaute sie in ihrem bescheidenen Make-up-Sortiment nach. Sie kämmte sich gerade ihr seidig glänzendes Haar, als Jonas an ihre Tür klopfte. Er wartete ihre Antwort nicht einmal ab, sondern betrat sofort nach dem Klopfen ihr Zimmer.

„Haben Sie die Liste?“

Liz nahm das Blatt in die Hand, das sie schon bereitgelegt hatte. Natürlich könnte sie ihn jetzt anfahren, dass er unaufgefordert in ihr Zimmer gekommen war, doch das würde nichts am bereits bestehenden Resultat ändern. „Ich hatte doch gesagt, dass ich das erledige.“

Er nahm den Zettel, den sie ihm hinhielt, und überflog ihn. Er hatte sich rasiert, trug ein lässiges Jackett zu einer hellen Sommerhose. Doch die saloppe Eleganz seiner Erscheinung passte nicht zu dem harten Zug um seinen Mund, auch nicht zu dem kalten Glitzern in seinen Augen. „Kennen Sie diese Lokale?"

„In ein paar von ihnen war ich schon. Aber normalerweise habe ich keine Zeit, um mich in Bars und Kneipen herumzutreiben."

Er sah auf, und die Erwiderung, die ihm auf der Zunge lag, war wie ausgelöscht. Die Jalousien hinter ihr am Fenster waren hochgezogen, so, wie sie es vorzog. Das einfallende Licht schimmerte rosafarben, eingefärbt durch die untergehende Sonne. Die Bluse hatte sie hoch am Hals geschlossen, ihr Haar fiel offen über ihre Schultern. Sie hatte Make-up aufgelegt, war aber ganz offensichtlich sehr dezent damit umgegangen. Die Wimpern waren dunkel getuscht, und sie hatte zarten Lidschatten aufgetragen. Ihre Wangen waren mit etwas Farbe betupft, aber nicht die Lippen.

„Sie sollten vorsichtig sein, was Sie mit Ihren Augen anstellen", murmelte er. Abwesend rieb er mit dem Daumen an ihrem Wangenknochen entlang. „Die sind ein Problem."

Unwillkürlich verspürte sie ein erregendes Prickeln, dennoch blieb sie regungslos stehen. „Ein Problem?"

„Für mich." Mit einem seltsam flauen Gefühl im Magen steckte er die Liste in seine Jacketttasche und warf einen prüfenden Blick durch das Zimmer. „Sind Sie so weit?"

„Ich muss mir nur noch Schuhe anziehen."

Sie hatte erwartet, dass er wieder gehen würde, stattdessen ging er in ihrem Schlafzimmer umher. Wie auch im restlichen Haus war das Mobiliar schlicht, aber die leuchtenden Farben der Einrichtung stachen regelrecht ins Auge. Der würzige Duft, der ihm gleich beim Eintreten aufgefallen war, strömte von einer großen grünen Schale aus, die mit einem Duftpotpourri gefüllt war. An der Wand hingen zwei Aquarelle, eines zeigte einen Sonnenuntergang mit beeindruckenden Farben – ähnlich dem Naturschauspiel, das sich gerade draußen am Himmel beobachten ließ –, auf der anderen Zeichnung waren ein menschenleerer Strand bei Gewitter und das vom Sturm gepeitschte Meer zu sehen. Während das erste Bild für Ruhe und Stille stand, verkörperte das zweite die Urgewalten in ihrer reinsten Form. Jonas fragte sich, welches dieser Kunstwerke wohl eher Elizabeth Palmers Naturell entsprach. Auf dem Nachttisch neben dem Bett stand ein gerahmtes Foto von einem kleinen Mädchen.

Es trug eine an den Schultern geraffte Bluse und blickte breit lachend in die Kamera. Glänzendes schwarzes Haar umschmeichelte weich Wangen und Kinn. Ein Vorderzahn fehlte, verlieh dem ovalen gebräunten Gesicht noch mehr kindlichen Charme. Wären da nicht diese Augen, hätte Jonas nie eine Verbindung zwischen dem Mädchen und Liz hergestellt. Es waren die gleichen Augen, von einem warmen Dunkelbraun, leicht schräg gestellt. Und doch schaute das Mädchen auf dem Foto den Betrachter aus lachenden Augen an. Es war ein offener und vertrauensvoller Blick. In ihren Augen lag kein Geheimnis wie in denen ihrer Mutter.

„Das ist Ihre Tochter."

„Ja." Liz schlüpfte in den zweiten Schuh, bevor sie Jonas den Bilderrahmen aus der Hand nahm und wieder an seinen Platz zurückstellte.

„Wie alt ist sie?"

„Zehn. Können wir dann losgehen? Ich möchte nicht zu lange ausbleiben."

„Zehn?" Leicht verwirrt schaute Jonas zu Liz herüber, sein Blick ließ sie auf ihrem Weg zur Tür innehalten. Er hatte geglaubt, Faith wäre höchstens halb so alt. Das Resultat einer Beziehung hier auf der Insel, die dann in die Brüche gegangen war. „Sie können unmöglich ein zehn Jahre altes Kind haben."

Liz betrachtete das Foto ihrer Tochter. „Doch, ich habe ein zehn Jahre altes Kind."

„Dann müssen Sie selbst noch ein Kind gewesen sein."

„Nein. Nein, das war ich nicht."

Wieder wandte sie sich zum Gehen, wieder hielt er sie auf. „Wurde sie geboren, bevor Sie herkamen?"

Lange musterte Liz ihn mit ausdruckslosen Augen. „Sie kam sechs Monate nach meiner Ankunft auf Cozumel zur Welt. Wenn Sie meine Hilfe wollen, Jonas, sollten wir jetzt gehen. Fragen über Faith zu beantworten gehörte nie zu unserer Abmachung."

Trotzdem ließ er ihre Hand nicht los. Seine Stimme war unerwartet sanft, als er sprach. „Er war ein Mistkerl, oder?"

Sie hielt seinem Blick unerschüttert stand. Ihre Lippen verzogen sich abfällig. „Ja. Ja, das war er."

Ohne zu wissen, woher der Impuls kam, beugte Jonas sich leicht vor und strich flüchtig mit seinem Mund über ihre Lippen. „Ihre Tochter ist hübsch, Elizabeth. Sie hat Ihre Augen."

Sie spürte, dass die Mauer um ihr Herz anfing zu bröckeln. Viel zu stark, viel zu schnell. Verständnis lag in seiner Stimme, aber kein Mitleid. Und nichts hätte sie schwächer machen können. Es war reiner Selbstschutz, dass sie zurückwich. „Danke. Aber jetzt müssen wir wirklich gehen. Ich muss morgen früh aufstehen."

Der erste Club, in den sie gingen, war laut und überfüllt mit amerikanischen Touristen. Auf einem Podest stand ein DJ in einem knappen weißen T-Shirt und legte Platten auf, kündete jeden neuen Song mit einem bunten Feuerwerk der Lichtorgel an. Jonas und Liz bestellten Drinks und einen Imbiss. Jonas schaute sich aufmerksam um, hoffte, auf einem der Gesichter eine Reaktion auf sein Erscheinen zu entdecken.

„Luis meinte, sie seien oft hergekommen, weil Jerry die Musik hier mochte." Liz knabberte warme Nachos und ließ den Blick durch den vollen Raum wandern. Es war nicht die Art Lokal, die sie sich aussuchen würde, um abends auszugehen. Die Tische standen viel zu eng zusammen, sodass man aufpassen musste, um nicht an den Ellbogen des Nachbarn zu stoßen, und die Musik war so laut, dass man schreien musste, um sich überhaupt verständigen zu können. Aber die Menge schien sich zu amüsieren, die Leute sangen mit oder riefen sich über die Lautstärke hinweg kurze Sätze zu. Am Nebentisch experimentierte eine Gruppe junger Leute mit einer Flasche Tequila und einer Schüssel voll mit Zitronenvierteln. Liz war ziemlich sicher, dass die jungen Gringos morgen mit einem fürchterlichen Kater aufwachen würden.

Dieser Club entspricht definitiv Jerrys Vorlieben, entschied Jonas in Gedanken. Laut, exzessiv und zum Bersten voll. „Hat Luis vielleicht etwas davon erwähnt, dass Jerry sich mit irgendjemandem besonders lange unterhalten hätte?"

„Mit Frauen." Liz biss lächelnd in eine Tortilla. „Luis war sehr beeindruckt von Jerrys Geschick, Frauen … nun, Frauen für sich zu interessieren."

„Gab es eine besondere Lady?"

„Luis meinte, es habe da eine gegeben. Aber Jerry hat sie wohl nur ‚Baby' genannt."

„Der alte Trick", murmelte Jonas abwesend.

„Trick?"

„Sicher. Wenn man sie immer alle nur ‚Baby' nennt, verwechselt man die Namen nicht und erspart sich damit reichlich Schwierigkeiten."

„Ich verstehe." Liz nippte an ihrem Wein und fand ihn köstlich.

„Könnte Luis die Lady beschreiben?"

„Nur, dass sie jeden umgehauen hat – ‚eine heiße Braut', so hat er sie beschrieben. Eine mexikanische Traumfrau, falls das hilft. Viel Haar und noch mehr Kurven. Das waren seine genauen Worte", fügte sie lächelnd hinzu, als Jonas sie leicht verblüfft anschaute. „Er erzählte auch, dass es da zwei Männer gegeben habe, mit denen Jerry sich öfter unterhielt. Aber da Jerry immer zu ihnen an den Tisch gegangen ist, weiß Luis nicht, worüber sie gesprochen haben. Einer war Amerikaner, der andere Mexikaner. Und da Luis sich mehr für die Damenwelt interessierte, hat er dem nie viel Beachtung geschenkt. Allerdings sagte er auch, dass Jerry immer durch die Clubs gezogen sei, bis er die beiden getroffen hatte. Erst dann wäre er nach Hause gegangen."

„Hat er sich hier mit diesen Männern getroffen?"

„Luis meinte, sie seien sich nie zweimal am selben Ort begegnet."

„Na schön. Trinken Sie aus, wir werden selbst auf eine Club- und Kneipentour gehen."

Nach dem vierten Lokal hatte Liz die Nase voll. Jonas trank kaum von dem einen Drink, den er sich in jedem Laden bestellte, wie ihr auffiel, spielte praktisch nur mit dem Glas zwischen den Fingern, aber der Geruch von Alkohol wurde ihr langsam zuwider. Da gab es ruhige Clubs, anrüchige Clubs, laute Clubs. Irgendwann begannen die Gesichter zu einer schwammigen Masse zu verschwimmen. Es gab junge Leute und nicht mehr ganz so junge Gäste. Amerikaner, die auf der Suche nach einem aufregenden exotischen Nachtleben waren, Mexikaner, die einfach nur einen Abend in der Stadt verbringen und sich amüsieren wollten. Es wurde geflirtet und geredet, auf Tanzflächen und an Tischen. Liz sah Menschen, die scheinbar über Unmengen von Geld und Zeit verfügten, und andere, die allein dasaßen und düster in das Glas in ihrer Hand starrten.

„Das ist jetzt aber die letzte Station", sagte sie zu Jonas, als sie sich im nächsten Lokal an einen der Tische setzten. Musik drang plärrend aus den Lautsprechern an den Wänden, auf der vollen Tanzfläche vergnügten sich die Paare.

Jonas sah auf seine Armbanduhr. Es war noch nicht einmal elf. Vor Mitternacht ging das richtige Nachtleben hier gar nicht los. Trotzdem stimmte er anstandslos zu und nahm sich vor, sie abzulenken. „Lassen Sie uns tanzen."

Bevor sie ablehnen konnte, zog er sie schon bei der Hand in die Menge. „Hier ist doch überhaupt kein Platz", protestierte sie, aber da legte er schon die Arme um sie.

„Dann machen wir eben Platz." Er hielt sie eng an sich, eine Hand an ihrem Rücken. „Sehen Sie?"

„Ich habe seit Jahren nicht mehr getanzt", murmelte sie, und er lachte leise. „Es ist noch immer kein Platz." So eng aneinandergedrückt inmitten anderer Paare konnten sie nicht viel mehr tun, als sich zum Rhythmus der Musik auf der Stelle zu wiegen. „Und was soll jetzt der Sinn des Ganzen sein?", verlangte sie zu wissen.

„Das weiß ich noch nicht, aber ich werde es sicher herausfinden. Sagen Sie, entspannen Sie sich eigentlich nie?" Er strich mit beiden Händen über ihren Rücken, ihre Muskeln fühlten sich hart und verspannt an.

„Nein."

„Gut, versuchen wir es anders." Während er sprach, ließ er den Blick über die Menge wandern. „Was tun Sie, wenn Sie nicht arbeiten?"

„Ich denke über die Arbeit nach."

„Liz ..."

„Na schön ... Ich lese. Meist Bücher über die Welt unter Wasser."

„Haben Sie nicht schon den ganzen Tag ausschließlich mit dem Meer zu tun?"

„Mag sein, aber es ist eben das, was mich einfach interessiert."

Ihre Körper rieben sich im Takt aneinander. Jonas vergaß, dass er seine Aufmerksamkeit auf die Gäste hier im Lokal gerichtet halten wollte, und schaute Liz an. „Ist das alles, was Sie mögen? Nichts anderes?"

Er war ihr viel zu nahe. Liz wollte von ihm abrücken und musste feststellen, wie stark seine Arme waren. Trotz ihres festen Vorsatzes, sich nicht beeindrucken zu lassen, begann ihr Herz heftiger zu schlagen. Ihr schwindelte leicht. „Ich habe keine Zeit für etwas anderes."

Sie hatte kein Parfüm aufgelegt, roch nur nach Puder und Seife. Jonas fragte sich, ob ihr Körper wirklich so grazil und schlank war, wie er sich in seinen Armen anfühlte. „Das klingt, als würden Sie sich selbst Fesseln anlegen."

„Ich habe ein Geschäft zu führen", murmelte sie. Ob es wieder so wäre, wenn er sie küsste? So süß, so überwältigend? Sein Mund war dem ihren so nahe und kam noch näher, als er mit den Fingern durch ihr Haar fuhr und ihren Kopf leicht nach hinten bog. Fast konnte sie die Berührung seiner Lippen schon spüren.

„Ist Geld verdienen so wichtig?"

„Ich muss Geld verdienen", brachte sie hervor und hätte den Grund dafür fast vergessen. „Ich muss ein paar Aquabikes anschaffen."

Ihre Augen blickten verhangen und verträumt. Es machte ihn schwach. „Aquabikes?"

„Wenn ich nicht mit der Konkurrenz mithalte …" Er drückte einen leichten Kuss auf ihren Mundwinkel.

„Konkurrenz?", wiederholte er fragend.

„Ich … verliere die Kunden sonst. Und deshalb …" Jetzt liebkosten seine Lippen die andere Seite ihres Mundes.

„Ja?"

„Und deshalb muss ich noch vor Saisonbeginn Aquabikes kaufen."

„Sicher. Aber bis dahin sind es noch Wochen. Bis dahin könnte ich dich Dutzende von Malen lieben. Dutzende", wiederholte er, als sie den Kopf hob und ihn anstarrte. Und dann presste er seinen Mund auf ihren.

Er spürte ihr Zusammenzucken und ihren Versuch zurückzuweichen. War es Überraschung, Widerstand … er wusste es nicht. Er wusste nur, dass dieses Gefühl, sie in seinen Armen zu halten, das Bedürfnis in ihm geweckt hatte, sie zu küssen. Und der Kuss wiederum hatte brennendes Verlangen in ihm entfacht. Er war immer ein Mann gewesen, der seine Leidenschaft lieber an einem diskreten Ort seiner Wahl und vor allem ohne Zuschauer auslebte. Jetzt jedoch vergaß er den überfüllten Club, hörte die laute Musik nicht mehr und ignorierte die blitzende Lichtorgel. Sie wiegten sich auch nicht mehr im Takt der Musik, standen stattdessen gedrängt in einer Ecke der Tanzfläche, umringt von den anderen Paaren, fest aneinandergedrückt. Und völlig losgelöst von allen anderen.

Der Schwindel in Liz' Kopf wurde stärker, alles war in gleißendes Licht getaucht. Die Musik hörte sie nur noch wie aus weiter Ferne. Die Wärme seines Körpers strahlte auf ihren über, breitete sich in ihr aus. Sie verlor sich in seinen Zärtlichkeiten. Es war ein heißer, glühender, alles verzehrender Kuss. Liz hatte das Gefühl, in einen rasenden Strudel hinuntergezogen zu werden. Bebend seufzte sie auf, all ihre Anspannung verflog. Noch näher schmiegte sie ihren weichen Körper an Jonas, wollte eine Hand an seine Wange legen. Abrupt wechselte die Musik von langsam zu rockig. Jonas zog sie von den jäh umherwirbelnden Armen auf der Tanzfläche fort.

„Miserables Timing", murmelte er.

Sie brauchte einen Moment, um sich zu fangen. „Ja." Jedoch meinte sie im Gegensatz zu Jonas nicht nur den Zeitpunkt, sondern den Kuss an sich: Es hätte nie so weit kommen dürfen! Sie machte Anstalten, sich zurückzuziehen, als der Druck von Jonas' Fingern stärker wurde. „Was ist?", fragte sie und erhielt ihre Antwort, als sie in sein Gesicht schaute.

Langsam drehte sie sich um und folgte seinem Blick. Eine Frau in einem knappen, leuchtend roten Kleid starrte ihn schockiert an, dann schwang sie herum und floh. Ihr Partner blieb verdattert auf der Tanzfläche zurück.

„Komm mit." Ohne auf Liz zu warten, drängte Jonas sich durch die Menge. Sich wendend, tanzend und schiebend stürmte Liz ihm nach.

Die Frau war gerade zur Tür hinaus, als Jonas sie eingeholt hatte. „Wovor rennen Sie weg?", verlangte er von ihr zu wissen. Er hatte sie bei den Oberarmen gepackt und drückte sie an die Hauswand.

„*Por favor, no comprendo*", wisperte sie und zitterte wie Espenlaub am ganzen Körper.

„Oh, ich denke, Sie verstehen sehr gut." Seine Finger gruben sich hart in ihr Fleisch, drohend ragte er über ihr, bis sie vor Angst wimmerte. „Was wissen Sie über meinen Bruder?"

„Jonas." Entsetzt drängte Liz sich zwischen die beiden. „Wenn du dich so aufführst, wirst du auf meine Hilfe verzichten müssen." Sie wandte sich zu der Frau um und berührte leicht deren Schultern. „*Lo siento mucho*", entschuldigte sie sich für Jonas. „Er ist aufgeregt, weil er seinen Bruder verloren hat: Jerry Sharpe. Kennen Sie ihn?"

Mit vor Schreck geweiteten Augen sah die Frau Liz an. „Er hat Jerrys Gesicht. Aber Jerry ist tot. Ich habe es in der Zeitung gelesen."

„Das ist Jerrys Bruder, Jonas. Wir würden gerne mit Ihnen reden."

Genau wie Liz erkannte die Frau den Unterschied zwischen Jonas und dem Mann, mit dem sie ausgegangen war, sehr schnell. Vor Jerry hatte sie nie Angst gehabt, war nie vor ihm zurückgewichen, schon aus dem einfachen Grund, weil sie gewusst hatte, dass sie gewiefter und zäher war. Der Mann, der da vor ihr stand, gehörte jedoch in eine ganz andere Kategorie. „Ich weiß überhaupt nichts."

„*Por favor.* Nur ein paar Minuten, mehr nicht."

„Sag ihr, dass es sich auch für sie lohnen wird", fügte Jonas hinzu, bevor die Frau noch einmal widersprechen konnte. Ohne darauf zu warten, dass Liz übersetzte, griff er nach seiner Brieftasche und zog ein paar Geldscheine hervor. Er konnte mitverfolgen, wie die Angst auf dem Gesicht der Frau purer Berechnung wich.

„Ein paar Minuten", willigte sie ein und zeigte zu einem Straßencafé. „Da drüben."

Jonas bestellte zwei Kaffee und ein Glas Wein. „Frag sie, wie sie heißt", bat er Liz.

„Ich spreche englisch." Die Frau zog eine lange dünne Zigarette aus einem Etui und klopfte mit der Spitze auf den Tisch. „Ich heiße Erika. Jerry und ich waren Freunde." Sie hatte sich entspannt und lächelte Jonas an. „Sie wissen schon – enge Freunde."

„Ja, ich weiß."

„Er sah so gut aus", fuhr sie fort, dann zog sie die Unterlippe zwischen die Zähne. „Und man konnte viel Spaß mit ihm haben."

„Wie lange kannten Sie sich?"

„Zwei Wochen vielleicht. Es hat mir wehgetan, als ich hörte, dass er tot ist."

„Ermordet", stellte Jonas klar.

Erika nahm einen großen Schluck von dem Wein. „Glauben Sie, es hat etwas mit dem Geld zu tun?"

Jeder Muskel in seinem Körper spannte sich an. Er warf Liz einen warnenden Blick zu, damit sie nichts sagte. „Ich weiß es nicht, aber es sieht so aus. Was hat er Ihnen darüber erzählt?"

„Oh, gerade genug, um mich neugierig zu machen. Sie wissen schon." Mit einem Lächeln ließ Erika sich Feuer geben. „Jerry war wirklich sehr charmant. Und großzügig." Sie erzählte von dem schmalen Goldarmband, das er ihr geschenkt hatte, und von den goldenen Ohrringen mit den hübschen blauen Steinen. „Ich hielt ihn schon immer für reich, aber er sagte, er würde bald noch viel wohlhabender sein. Ich mag Männer, die charmant sind, aber reiche Männer mag ich besonders gerne. Jerry versprach mir, dass wir zusammen irgendwohin verreisen würden." Sie nahm einen Zug von der Zigarette und stieß blauen Rauch aus, zuckte fast ungerührt mit den Schultern. „Und dann war er tot."

Jonas studierte sie, während er seinen Kaffee trank. Er musste Luis zustimmen, sie haute einen um. Und sie war alles andere als dumm. Er war sicher, dass sich alles in ihrem hübschen Kopf nur um eins drehte. „Wissen Sie, wann er das Geld kriegen sollte?"

„Sicher. Ich musste mir ja Urlaub nehmen für unseren Trip. Er rief mich an, am Sonntag. Er klang so aufgedreht am Telefon. ‚Erika', sagte er zu mir, ‚ich habe den Jackpot geknackt.' Ich war böse auf ihn, weil er am Samstag nicht zu unserer Verabredung gekommen ist. Aber dann erzählte Jerry mir, dass er unerwartet nach Acapulco gemusst hatte – geschäftlich –, und dann fragte er mich, was ich von ein paar Wochen in Monte Carlo hielte." Sie lächelte Jonas mit klimpernden Wimpern an. „Da musste ich ihm doch vergeben, nicht wahr? Meine Koffer standen schon gepackt bereit." Sie blies den Rauch an Jonas' Schulter vorbei. „Dienstagnachmittag wollten wir losfliegen. Und dann las ich am Montagmorgen in der Zeitung, dass er tot ist. Aber von dem Geld stand nichts in der Zeitung."

„Wissen Sie, mit wem Jerry Geschäfte gemacht hat?"

„Nein. Manchmal erzählte er von einem anderen Amerikaner, ein dünner Mann mit hellem Haar. Und dann würde er sich noch mit einem Mexikaner treffen. Den mochte ich nicht. Er hatte *mal ojo*."

„Den bösen Blick", übersetzte Liz. „Können Sie ihn beschreiben?"

„Er war hässlich", kam es prompt von Erika. „Sein Gesicht war ganz vernarbt. Das Haar war so lang, dass es über seinen Hemdkragen hing. Er war sehr dünn und auch ziemlich klein."

Ihr Lächeln, als sie Jonas ansah, war so lasziv, dass es die Luft aufheizte. „Ich mag große Männer."

„Wissen Sie, wie er heißt?"

„Nein. Aber er war sehr gut angezogen. Und er trug einen silbernen Armreifen am Handgelenk, schmal, an den Enden überkreuzt. Der war hübsch. Glauben Sie, der Mann weiß vielleicht über das Geld Bescheid? Jerry redete von sehr viel Geld."

Jonas griff wieder in seine Brieftasche. „Ich will seinen Namen wissen." Er legte einen Fünfzigdollarschein auf den Tisch und hielt Erikas Hand fest, als sie nach dem Schein greifen wollte. „Seinen Namen … und den des Amerikaners. Und lassen Sie mich nicht zu lange warten, Erika."

Sie warf ihr Haar zurück und schloss die Finger um den Geldschein. „Ich finde die Namen heraus. Wenn ich sie Ihnen sage, kostet das noch mal fünfzig."

„Wenn ich die Information habe." Er schrieb Liz' Telefonnummer auf eine Visitenkarte. „Rufen Sie diese Nummer an, sobald Sie etwas haben."

„Gut." Sie steckte Karte und Geldschein in ihre Handtasche und stand auf. „Wissen Sie, Sie ähneln Jerry gar nicht so sehr, wie ich zuerst dachte." Ihre Absätze klapperten auf dem Bürgersteig, als sie wieder zum Club zurückging und darin verschwand.

„Es ist ein Anfang", murmelte Jonas und schob seine Kaffeetasse beiseite. Als er zu Liz sah, musste er feststellen, dass sie ihn unentwegt anstarrte. „Gibt's ein Problem?"

„Ich mag deine Methoden nicht."

Er legte einen Geldschein für die Getränke auf den Tisch und erhob sich. „Für Nettigkeiten habe ich keine Zeit."

„Was hättest du getan, wenn ich nicht dazwischengegangen wäre? Hättest du sie in eine Seitenstraße gezerrt und die Informationen gewaltsam aus ihr herausgeholt?"

Er zog an seiner Zigarette, mühsam beherrscht, seinen Ärger unter Kontrolle zu halten. „Gehen wir nach Hause, Liz."

„Ich frage mich, ob du wirklich anders bist als die Männer, nach denen du suchst." Sie schob ihren Stuhl zurück. „Nur nebenbei erwähnt … Der Mann, der in mein Haus eingebrochen ist und mich überfallen hat, trug einen dünnen Armreifen an seinem Handgelenk. Ich habe das Metall gefühlt, als er mir das Messer an die Kehle hielt.“

Er starrte auf die Glut am Ende seiner Zigarette, dann sah er Liz an. Intensiv blickten sie einander in die Augen. „Ich glaube, ihr beide werdet euch wiedererkennen, wenn es so weit ist.“

5. KAPITEL

Die Anzeigen müsst ihr immer wieder überprüfen", instruierte Liz und deutete dabei auf die entsprechenden Teile an ihrer eigenen Ausrüstung. „Jede einzelne hiervon ist essenziell für eure Sicherheit, wenn ihr unter Wasser seid. Und das gilt beim ersten Mal genau wie beim fünfzigsten Mal. Die Faszination beim Tauchen liegt nicht nur in der Unterwasserwelt, in den Fischen und den Korallen, sondern auch im Tauchen selbst. Da läuft man leicht Gefahr zu vergessen, dass euer Leben von dem Sauerstofftank auf eurem Rücken abhängt. Achtet immer darauf, dass ihr mit dem Aufstieg beginnt, sobald ihr nur noch für fünf, besser zehn Minuten Luft habt."

In der einstündigen Einweisung hatte sie alles Wichtige erklärt, entschied sie. Wenn sie noch länger redete, würden die Kursteilnehmer nur ungeduldig werden und nicht mehr richtig zuhören. Es wurde Zeit, ihnen eine kleine Kostprobe von dem zu geben, wofür sie bezahlt hatten.

„Wir gehen geschlossen als Gruppe runter. Ich kann mir vorstellen, dass einige von euch sicher lieber allein auf Erkundung gehen würden, aber vergesst nicht – auf jeden Fall immer in Zweiergruppen zusammenbleiben. Und als allerletzte Sicherheitsmaßnahme – werft immer wieder mal ein Auge auf die Ausrüstung eures Tauchpartners."

Liz legte die eigene Sauerstoffflasche an, während die Neulinge ihren weiteren Anweisungen folgten. Für die meisten hier war das Tauchen ein aufregendes Abenteuer. Daran war auch grundsätzlich nichts falsch, solange die Sicherheitsmaßnahmen beachtet wurden. Wann immer sie mit Anfängern arbeitete, legte sie viel Wert darauf, dass ihre Schützlinge auf alle Gefahren beim Tauchen vorbereitet waren. Jeder, der zusammen mit ihr tauchte, war bestens informiert und wusste, welche Schritte er in welcher Situation zu unternehmen hatte. Wenn Unfälle unter Wasser passierten, dann meist aus Achtlosigkeit. Liz war niemals achtlos, nicht bei sich selbst und erst recht nicht mit ihren Schülern, die jetzt aufgeregt durcheinanderredeten, während sie ihre Tanks anschnallten.

„Diese Gruppe." Luis hievte seine Sauerstoffflasche auf den Rücken. „Die sind sehr grün hinter den Ohren."

„Ja." Sie half ihm dabei, die Gurte zu richten. Liz stellte die Ausrüstung für alle ihre Angestellten, so auch für Luis. Und sie prüfte sie genau so sorgfältig wie die der zahlenden Kundschaft. „Behalte vor allem die Flitterwöchner im Auge, Luis. Die beiden sind mehr aneinander interessiert als an ihrem Mundstück."

„Mach ich." Er half Liz mit ihrer Flasche und trat zurück, als sie die Gurte verschloss. „Du siehst müde aus, Kleines."

„Nein, mir geht's gut."

Als sie sich umdrehte, ging sein Blick automatisch zu den Striemen an ihrem Hals. Die Geschichte hatte natürlich längst die Runde gemacht. „Bist du sicher? Du siehst nicht besonders gut aus."

Sie steckte ihr Tauchermesser ein, blickte dann mit einer spöttisch hochgezogenen Augenbraue zu ihm hin. „Vielen Dank auch."

„Ich meine es ernst. Ich mache mir Sorgen um dich."

„Das ist nett, aber völlig unnötig." Sie setzte ihre Tauchermaske auf und sah zu dem fülligen Herrn hinüber, der gerade mit seinen Schwimmflossen kämpfte. Ein eher väterlicher Typ … und für heute ihr Leibwächter. „Die Polizei hat alles unter Kontrolle", sagte sie und hoffte, dass es auch stimmte. Wie das nun bei Jonas aussah, da war sie sich allerdings keineswegs so sicher.

Wirklich überrascht hatte er sie gestern Abend nicht. Diese unterschwellige Aggressivität hatte sie von Anfang gespürt. Seine Miene jedoch, als er Erika packte, hatte ein flaues, kaltes Gefühl bei ihr hinterlassen. Sie kannte den Mann nicht gut genug, um einschätzen zu können, wie weit er seine Gewaltbereitschaft beherrschen konnte, ob er sich und sie unter Kontrolle hatte oder ihr freien Lauf lassen würde. Rachegelüste waren immer gefährlich und unberechenbar. Woher sollte Liz also wissen, wie weit Jonas sich zügeln konnte, wenn er Vergeltung wollte? Wenn sie an den Ausdruck in seinen Augen zurückdachte, fürchtete sie, dass er seine Rache auch bekommen würde.

Das Boot schwankte leicht, holte sie aus ihren Überlegungen zurück. Sie konnte sich jetzt nicht mit Jonas beschäftigen. Sie hatte ein Geschäft zu führen und sich um ihre Kunden zu kümmern, womit sie zufrieden war.

„Miss Palmer." Ein junger schmalbrüstiger Amerikaner mit einem gewinnenden Lächeln kam zu ihr herüber. „Würde es Ihnen etwas ausmachen, meine Ausrüstung noch einmal zu überprüfen?"

„Nein, natürlich nicht." In ihrer effizienten Art kontrollierte Liz Ventile, Anzeigen und Schläuche.

„Ich bin ein bisschen nervös", gestand er. „Ich habe so etwas vorher ja noch nie gemacht."

„Es schadet nichts, etwas nervös zu sein. Dann passt man auch besser auf. Hier, setzen Sie Ihre Maske auf. Achten Sie darauf, dass sie bequem, aber auch absolut undurchlässig auf Ihrem Gesicht sitzt."

Er tat es, und seine Augen wirkten hinter dem Sichtfeld groß und unsicher. „Wenn Sie nichts dagegen haben, würde ich da unten gern in Ihrer Nähe bleiben."

Sie lächelte ihn zuversichtlich an. „Dafür bin ich ja da." Sie wandte sich an die Gruppe. „Hier an dieser Stelle kann man bis zu zehn Metern runtergehen. Achtet darauf, den Druck zu regeln, je weiter ihr nach unten kommt. Und haltet bitte auf jeden Fall immer Sichtkontakt zur Gruppe." Sie setzte sich auf den Bootsrand und ließ sich mit einer geschmeidigen Bewegung rückwärts ins Wasser fallen. Luis blieb vorerst noch an Deck, bis auch der letzte Kursteilnehmer im Meer war, erst dann kam er nach. So lange trat Liz einige Meter entfernt Wasser, dann zog sie ihre Maske von der Stirn aufs Gesicht herab und tauchte unter.

Liz liebte es – das Gefühl von Schwerelosigkeit, die Vorstellung, von allem frei und losgelöst zu sein. Unantastbar. Wenn man von hier nur knapp unter der Wasseroberfläche hinunter auf den hellen Meeresboden sah, konnte man sich einbilden, in der Kuppel einer großen Kathedrale zu schweben. Mit einem sanften Schlagen der Schwimmflossen tauchte Liz tiefer hinab, zusammen mit ihren Schülern.

Das frisch verheiratete Pärchen hielt sich bei den Händen und amüsierte sich ganz offensichtlich königlich. Liz erinnerte sich noch einmal daran, besonders gut auf die beiden zu achten. Der ihr zugeteilte Polizist schwamm behäbig neben ihr her wie eine träge Meeresschildkröte. Der würde also sie besonders gut im Auge behalten. Die meisten anderen blieben in der Gruppe zusammen, sicherlich fasziniert von der Unterwasserwelt, aber auch vorsichtig. Der schmächtige Amerikaner, der sich eng an ihrer Seite hielt, wandte den Kopf und sah mit weit aufgerissenen Augen zu ihr hin, in denen eine Mischung aus banger Nervosität und hellem Entzücken stand. Liz berührte seine Schulter und zeigte ihm den nach oben gerichteten Daumen. Diese Geste sollte ihm helfen, sich zu entspannen. Mühelos drehte sie sich auf den Rücken und schaute hoch zur Wasseroberfläche. Sonnenlicht fiel in dünnen Strahlen ins Wasser und brach sich funkelnd, der Bootsrumpf war deutlich über ihnen zu erkennen. Der junge Amerikaner nickte und tauchte zusammen mit ihr ab.

Fische schwammen an ihnen vorbei, manche in Schwärmen, andere einzeln. Der Sand am Meeresboden glitzerte weiß, das Wasser war durchsichtig und klar. Beides bot den perfekten Hintergrund für die vielen Farben, die sich zu einem beeindruckenden Bild zusammensetzten. Sternkorallen in kräftigem Safrangelb saßen in dichten Büscheln zusammen, Fächerkorallen, filigran wie feinste Spitze, wiegten sich in Rosa und Violett in der leichten Strömung. Liz machte ihrem Begleiter ein Zeichen und zeigte auf einen besonders bunt schillernden Fischschwarm, der als geschlossene Einheit durch eine Ansammlung von Dornkorallen schwamm.

Es war eine Welt, die Liz sehr gut kannte und noch besser verstand, vielleicht sogar besser als die Welt über Wasser. Hier in der Stille fand Liz oft den Frieden, der ihr oben an Land Tag für Tag so oft fehlte. Die wissenschaftlichen Bezeichnungen für die Fische und die Meeresflora, an denen sie vorbeischwammen, waren ihr alle vertraut. Einst hatte sie dies eifrig studiert, hatte von großen Entdeckungen geträumt und davon, wie sie anderen die großartigen Wunder der Meereswelt nahebringen würde. Aber das war in einer anderen Zeit, in einem anderen Leben gewesen. Jetzt unterrichtete sie Touristen und bot ihnen für einen festgesetzten Stundensatz eine glorreiche Erinnerung, die sie nach dem Urlaub mit nach Hause nehmen konnten. Das war ihr genug.

Amüsiert beobachtete sie einen Engelfisch, der nach den Luftblasen schnappte, die von den Tauchern an die Wasseroberfläche stiegen. Um den Tauchschülern etwas zu bieten, tippte sie leicht mit der Fingerspitze einen kleinen Clownfisch an. Das kampflustige Männchen verteidigte kühn und unnachgiebig sein Revier. Er griff ihren Finger an und biss zu. Aus ihrem rechten Augenwinkel heraus sah Liz, wie Sand vom Boden aufwirbelte und das Wasser trübte. Sie gab ihren Schülern ein Warnzeichen und zeigte dann zu dem flachen Rochen, der, verärgert über die lästige Störung, die Flucht ergriff.

Der frischgebackene Ehemann versuchte seine Braut mit langsam vollführten Überschlägen im Wasser zu beeindrucken. Als die Taucher ein wenig vertrauter mit dem neuen Element wurden, wagten sie sich auch etwas weiter von der Gruppe weg. Nur der Leibwächter und der nervöse Amerikaner blieben auf Armeslänge an Liz' Seite. Während des dreißigminütigen Tauchgangs schwamm Liz regelmäßig die Gruppe ab und inspizierte mit prüfendem Blick die Ausrüstung eines jeden. Am Ende der ersten Stunde war Liz zufrieden. Ihre Kunden hatten etwas für ihr Geld zu sehen bekommen. Und das bestätigte sich, sobald sie auftauchten.

„Fantastisch!" Ein englischer Geschäftsmann, der zum ersten Mal in Mexiko war, kletterte an Deck zurück. Sein Gesicht war von der Sonne feuerrot verbrannt, aber ihn schien das nicht zu stören. „Wann gehen wir das nächste Mal runter?"

Lachend half Liz den anderen Passagieren an Bord. „Die Zeit über und unter Wasser muss ausgeglichen bleiben. Aber sicher, wir tauchen noch einmal."

„Was war dieses seltsame Zeug, das wie Federn aussah?", fragte jemand. „Es wächst fast wie ein Busch."

„Ein Gorgonenhaupt, benannt nach der Figur in der griechischen Mythologie." Sie zog ihre Sauerstoffflasche vom Rücken und lockerte die Schultern. „Wenn Sie sich erinnern ... die Gorgonen hatten Schlangen statt Haare auf dem Kopf. Das Gorgonenhaupt besitzt eine elastische Skelettstruktur, daher können sich seine ausgestreckten Zweige mit der Strömung wiegen."

Mehr Fragen folgten und wurden beantwortet. Liz fiel auf, dass der Amerikaner, der sich die ganze Zeit an ihrer Seite gehalten hatte, jetzt etwas abseits saß und vor sich hin lächelte. Liz räumte die Ausrüstung aus dem Weg und setzte sich neben ihn.

„Sie haben sich sehr gut gehalten."

„Wirklich?" Er wirkte noch immer leicht benommen und zuckte mit den Schultern. „Es hat mir gefallen, aber ich muss gestehen, dass ich heilfroh war, Sie in der Nähe zu haben. Sie wissen auf jeden Fall, was Sie da tun."

„Ich bin ja auch schon lange genug dabei."

Er lehnte sich zurück, zog den Reißverschluss des Tauchanzugs bis zur Hüfte herunter. „Ich will nicht neugierig erscheinen, aber ... Sie sind Amerikanerin, nicht wahr?"

Es war nicht das erste Mal, dass ihr diese Frage gestellt wurde. Mit den Fingern kämmte sie sich das nasse Haar. „Stimmt."

„Woher?"

„Aus Houston."

„Was Sie nicht sagen!" Seine Augen leuchteten auf. „Oh Mann, ich hab in Texas studiert. An der Texas A & M."

„Wirklich?" Dieses schmerzhafte Stechen im Herzen, das sie jetzt verspürte, empfand sie nur sehr selten, und es ließ auch sofort wieder nach. „Ich auch. Wenn auch nur kurz."

„Die Welt ist ein Dorf." Er schien äußerst zufrieden mit sich. „Texas gefällt mir. Ich habe ein paar Freunde in Houston. Kennen Sie die Dresscots?"

„Nein."

„Na, Houston ist ja auch nicht unbedingt eine Kleinstadt, man kann da nicht jeden kennen." Er streckte seine langen dünnen Beine aus, die sehr viel heller waren als seine Arme, aber auch langsam Sonnenbräune annahmen. „So, da sind Sie also auch auf die Texas A & M gegangen."

„Richtig."

„Und welches Fach haben Sie belegt?"

„Meereswissenschaften."

„Das passt ja dann."

„Und Sie?"

„Ich hab Bilanzprüfungs- und Buchführungskurse besucht." Er grinste. „Ziemlich trockene Angelegenheit. Deshalb brauche ich auch immer eine längere Pause, wenn der Abgabetermin für die Finanzämter vorbei ist."

„Nun, Sie haben sich genau die richtige Umgebung für Ihre Pause ausgesucht. Bereit für den nächsten Tauchgang?"

Er holte tief Luft, als müsse er sich wappnen. „Ja, sicher. He, wie wäre es mit einem Drink, wenn wir an Land zurück sind?"

Er war nicht unattraktiv und schien recht nett zu sein. Trotzdem lächelte Liz entschuldigend, als sie aufstand. „Das ist zwar freundlich von Ihnen, aber ich bin ganz schön eingespannt."

„Ich bin für die nächsten zwei Wochen hier. Vielleicht ein anderes Mal?"

„Vielleicht. Aber jetzt sehen wir uns lieber Ihre Ausrüstung an."

Es war später Nachmittag, als das Taucherboot wieder anlegte. Die Kursteilnehmer, begeistert von der neuen Erfahrung, zerstreuten sich. Einige gingen in ihr Hotel zurück, um sich für das Dinner fertig zu machen. Manche legten sich am Strand in die Sonne, und nur wenige blieben auf dem Dock, darunter Liz' Leibwächter und der Bilanzbuchhalter aus Texas.

Liz hatte das Gefühl, dass sie vielleicht etwas zu brüsk zu dem jungen Mann gewesen war. „Ich hoffe, es hat Ihnen Spaß gemacht, Mr …"

„Trydent. Aber Sie können mich Scott nennen. Und ja, es hat mir Spaß gemacht. Vielleicht komme ich noch einmal mit raus."

Liz lächelte ihm zu, während sie zusammen mit Luis und einigen anderen ihrer Leute das Boot entlud. „Sicher, dafür sind wir ja hier."

„Geben Sie eigentlich auch … äh … Privatstunden?"

Der Blick war nicht misszuverstehen. Möglich, dass sie nicht brüsk genug gewesen war. „Selten."

„Dann könnten wir doch vielleicht …"

„Hallo, Missy."

Liz schattete die Augen mit der Hand ab. „Mr. Ambuckle."

Er stand auf dem schmalen Bootssteg, seine stämmigen Beine sprengten fast die kurzen Taucherhosen. Was ihm an Haar noch verblieben war, lag ihm nass und streng zurückgekämmt am Kopf. Neben ihm stand seine Frau mit erschöpfter Miene in einem Badeanzug, der ganz offensichtlich dafür entworfen worden war, breite Hüften schmaler wirken zu lassen. „Sind gerade erst wieder an Land gekommen. Waren den ganzen Tag draußen", rief er Liz zu.

Während er sehr zufrieden mit sich und der Welt aussah, zwinkerte seine Frau Liz zu und rollte mit den Augen. „Vielleicht sollte ich Sie in meine Crew aufnehmen, Mr. Ambuckle."

Er klopfte sich lachend auf den Schenkel. „Tauchen ist nun mal meine größte Leidenschaft." Er sah zu seiner Frau und tätschelte leicht ihre Schulter. „Nun, meine zweitgrößte. Ich muss diese Tanks zurückbringen, Missy, und mir neue mitnehmen."

„Fahren Sie wieder raus?"

„Heute Nacht. Nur meine Frau kann ich nicht dazu überreden."

„Ich lege mich mit einem guten Buch ins Bett", ließ Mrs. Ambuckle Liz wissen. „Das einzige Wasser, in das ich heute noch springe, ist das warme Wasser in der Badewanne."

Lachend hüpfte Liz auf den Pier. „Im Moment kann ich das voll nachempfinden, Mrs. Ambuckle. Ach, das ist übrigens Scott Trydent. Er hat heute seinen allerersten Tauchgang gemacht."

„Sieh einer an!" Jovial schlug Mr. Ambuckle Scott auf den Rücken. „Und? Wie hat es Ihnen gefallen?"

„Nun, ich …"

„Ist mit nichts zu vergleichen, was? Sie sollten es mal bei Nacht versuchen, junger Mann. Das ist dann noch eine ganz andere Geschichte."

„Da bin ich sicher, aber …"

„Ich mach mich besser auf, um die Flaschen zu tauschen." Er schlug Scott noch einmal herzhaft auf die Schultern, dann hievte er seine Sauerstoffflaschen auf den Rücken und watschelte in Richtung Taucherladen.

„Er ist besessen davon." Mrs. Ambuckle blickte leicht vorwurfsvoll zum Himmel hinauf. „Lassen Sie sich nicht von ihm einwickeln, Mr. Trydent, sonst haben Sie keine Minute Ruhe mehr."

„Ich werde es mir bestimmt merken. Nett, Sie kennengelernt zu haben, Mrs. Ambuckle." Amüsiert sah Scott ihr nach, wie sie zurück zu ihrem Hotel ging. „Was für ein Pärchen", meinte er schmunzelnd.

„Allerdings." Liz nahm ihre eigenen Tanks und stellte sie abseits von der Mietausrüstung ab. „Auf Wiedersehen, Mr. Trydent."

„Scott", wiederholte er. „Und wegen des Drinks …"

„Danke, aber nein danke", lehnte sie resolut ab und ließ ihn auf dem Pier stehen.

„Alles wieder vollständig zurück?", fragte sie Luis, als sie den Laden betrat.

„Bin gerade dabei nachzuzählen. Einer der Regulatoren funktioniert nicht richtig."

„Leg ihn beiseite, damit José ihn sich morgen ansehen kann." Aus Gewohnheit ging sie in den hinteren Raum durch, um ihre Flaschen aufzufüllen, bevor sie sie ins Regal stellte. „Alle Boote liegen wieder vor Anker, Luis. Eigentlich sollte jetzt nicht mehr viel Kundschaft auftauchen. Sobald alles verstaut und eingeräumt ist, können du und die anderen für heute Schluss machen. Ich schließe dann den Laden ab."

„Mir macht es nichts aus, noch zu bleiben."

„Du warst gestern der Letzte", erinnerte sie ihn. Über die Schulter warf sie ihm ein Lächeln zu. „Was ist, Luis? Spekulierst du auf bezahlte Überstunden? Mach schon, geh nach Hause. Du willst mir doch etwa nicht weismachen, dass du keine Verabredung hast, oder?"

Er fuhr sich nachdenklich mit dem Zeigefinger über das dünne Oberlippenbärtchen. „Nun, um genau zu sein …"

„Ein heißes Date?“ Liz hob fragend die Augenbrauen, während die Luft zischend in ihren Tank schoss.

„Gibt es überhaupt andere Verabredungen?“

Vergnügt kichernd richtete Liz sich auf. Draußen lief Ambuckle mit seinen neuen Sauerstoffflaschen über den Sand. Die anderen Mitarbeiter des Taucherladens kümmerten sich um die letzten Stücke der Ausrüstung und unterhielten sich lebhaft dabei. „Na, dann geh schon endlich und mach dich hübsch für deine Verabredung. Ich treffe mich heute nur noch mit den Geschäftsbüchern.“

„Du arbeitest zu viel“, murmelte Luis.

Überrascht drehte Liz sich zu ihm um. „Seit wann?“

„Schon immer. Und es wird immer schlimmer, mit jedem Mal, das du Faith wieder zurück zur Schule schickst. Wäre besser, wenn sie hierbliebe.“

Dass in ihrer Stimme nur eine leichte Kälte mitschwang, war ein eindeutiger Beweis dafür, wie sehr sie Luis mochte. „Nein, sie ist glücklich bei meinen Eltern in Houston. Würde ich dessen nicht sicher sein, wäre sie nicht dort.“

„Sie mag ja glücklich sein. Aber was ist mit dir?“

Mit gerunzelter Stirn holte sie den Ladenschlüssel aus einer Schublade. „Wirke ich etwa unglücklich auf dich?“

„Nein.“ Zögernd legte er seine Hand auf ihre Schulter. Er kannte Liz jetzt seit Jahren und wusste genau, wo die Grenzen lagen, die besser von niemandem überschritten wurden. „Aber glücklich siehst du auch nicht aus. Wie kommt es, dass du es nie auf einen Versuch mit einem von diesen reichen amerikanischen Touristen ankommen lässt? Der Typ vorhin auf dem Boot … dem sind jedes Mal die Augen übergegangen, wenn er dich angeguckt hat.“

Die Übertreibung brachte sie zum Lachen. Sie tätschelte Luis die Wange. „Du glaubst also, ein reicher amerikanischer Tourist ist der Weg zum Glück?“

„Du könntest es ja auch mit einem gut aussehenden Mexikaner probieren …“

„Ich werd’s mir überlegen. Aber erst nach der Saison. Und jetzt geh endlich nach Hause, Luis.“

„Ich gehe ja schon." Er zog ein T-Shirt über den Kopf. „Und du passt bei diesem Jonas Sharpe auf", fügte er dann noch an. „Der Mann hat einen ganz anderen Ausdruck in den Augen."

Liz scheuchte ihn winkend fort. „*Hasto luego*, Luis."

Allein im Laden stand Liz einfach nur da, spielte mit den Schlüsseln und sah hinaus auf den Strand. Die Leute reisten immer zu zweit, wie ihr auffiel. Da war das verheiratete Ehepaar, das sich bequem auf nebeneinanderstehenden Sonnenliegen ausstreckte, oder das junge Duo, das sich eng aneinandergeschmiegt das Strandlaken teilte. Ob es ein beruhigendes Gefühl war, die Hälfte eines Ganzen zu sein? Oder verlor man unweigerlich einen Teil von sich selbst, wenn man sich auf eine enge Beziehung mit einem anderen Menschen einließ?

Ihre Eltern hatte sie eigentlich immer als zwei einzelne, eigenständige Menschen betrachtet. Und doch, wenn sie an den einen dachte, kam einem ganz selbstverständlich auch der andere in den Sinn. War es tröstend zu wissen, dass, wenn man seine Hand ausstreckte, ein anderer da war, um sie zu ergreifen?

Sie hielt ihre Hand vor sich hoch und dachte daran, wie hart und kräftig Jonas' Hand sich angefühlt hatte. Nein, eine Beziehung mit ihm würde niemals bequem oder tröstlich sein. Mit ihm zusammen zu sein wäre eine Herausforderung, ja vielleicht sogar beängstigend. Eine Frau musste stark genug sein, um sie selbst zu bleiben, und sanft genug, um fähig zu sein, mit einem Partner zu einer Einheit zu verschmelzen. Eine Beziehung mit einem Mann wie Jonas würde immer ein Risiko sein, das nie geringer wurde.

Einen Moment lang erlaubte sie es sich zu träumen. Davon zu träumen, wie es gewesen war, von ihm gehalten und geküsst zu werden, als würde nichts und niemand anderes auf der Welt existieren. So geküsst zu werden, so gehalten zu werden, wann immer man das Bedürfnis hatte – es wäre das Risiko vielleicht sogar wert.

Wie dumm und albern. Hastig verdrängte sie den Gedanken. Sie suchte nicht nach einem Lebensgefährten, und erst recht nicht nach einem Traum. Die Umstände hatten sie mit Jonas zusammengeführt, eine Zeit lang würden sie miteinander zu tun haben. Beide hatten sie ihre eigenen Welten, in denen sie lebten und sich zurechtfinden mussten.

Dennoch … Liz fühlte so etwas wie Melancholie in sich aufsteigen, zusammen mit Sehnsüchten und Wünschen.

Da dieses seltsame Gefühl sich trotz aller Bemühungen nicht abschütteln ließ, konzentrierte Liz sich auf die noch zu erledigenden Dinge, bevor sie das Geschäft abschließen konnte. Papiere wurden in einer kleinen Segeltuchtasche verstaut, Bargeld in einer Geldkassette. Es bedeutete einen Umweg für sie, die Kassette noch zum Nachtdepot der Bank zu bringen, aber nach dem Überfall schien es ihr nicht mehr sicher, Bargeld und Schecks bei sich zu Hause aufzubewahren. Einige Minuten brachte sie damit zu, den Einzahlungsbeleg fein säuberlich auszufüllen.

So erinnerte sie sich erst wieder an ihre Tanks, als sie schon den Schlüssel zur Hand nahm. Sie legte Tasche und Kassette unter den Tresen und kümmerte sich um ihr eigenes Equipment.

Ihre Taucherausrüstung war vermutlich der einzige Luxus, den sie sich leistete. Sie hatte mehr Geld dafür ausgegeben als für ihre gesamte Garderobe. Für einen Taucheranzug konnte Liz sich mehr begeistern als für Seide und Satin. Deshalb bewahrte sie ihre persönliche Ausrüstung auch an einem speziellen Platz auf, getrennt von den Mietsachen. Sie schloss den Schrank auf und hängte ihren Taucheranzug hinein, legte die Maske auf die Ablage, die Gewichte, den Regulator. Das Messer in der Scheide wurde sorgfältig daneben postiert. Sie stellte die Sauerstofftanks auf den Schrankboden, schloss die Tür ab. Sie trat zwei Schritte zurück und schaute auf den Schlüsselbund, den sie festhielt. Ohne zu wissen warum, nahm sie jeden Schlüssel daran einzeln in die Hand.

Die Ladentür, das Schaufenster, ihr Motorrad, der Schlüssel für die schwere Sicherungskette, die Geldkassette, Vorder- und Hintertür ihres Hauses, den Schrank für ihre Ausrüstung. Acht Schlüssel für acht Schlösser. Aber da war noch einer. Ein kleiner silberner, der ihr absolut nichts sagte.

Verblüfft zählte sie noch einmal nach. Wieder war einer zu viel an dem Bund. Wieso war da ein Schlüssel, der nicht ihr gehörte? Liz hielt den zusätzlichen Schlüssel zwischen den Fingern und überlegte angestrengt, ob ihr jemand einen Schlüssel für irgendetwas überlassen hatte. Nein, nicht, dass sie wüsste. Mit zusammengezogenen Augenbrauen betrachtete sie wieder den Schlüssel. Für eine Haustür oder ein Auto war er zu klein. Er passte eher zu einem Spind oder einem Koffer oder einem … Lächerlich, unterbrach sie sich hastig und atmete tief aus. Dennoch änderte das nichts an der Tatsache, dass da ein Schlüssel an ihrem Bund hing, der nicht ihr gehörte. Wie war er dorthin gekommen?

Weil jemand ihn aufgezogen haben musste. Eine andere Erklärung gab es nicht. Sie öffnete die Finger, die sie um den Schlüsselbund geschlossen hatte. Sie warf die Schlüssel immer einfach in die Schublade unter dem Verkaufstresen, damit Luis und die anderen leicht Zugang dazu hatten, wenn sie zum Beispiel an die Geldkassette mussten.

Jerry hatte öfter allein im Laden gearbeitet.

Mit einem unguten Gefühl ließ Liz den Schlüsselbund in ihre Tasche gleiten. Jonas' Worte hallten jäh laut in ihren Ohren nach. *Sie stecken mit drin, ob Sie es wollen oder nicht.*

Liz schloss den Laden ab und beeilte sich, nach Hause zu kommen.

Jonas betrat die dämmrige Bar. Der Geruch von Knoblauch und das Krächzen einer Jukebox schlugen ihm entgegen. In Spanisch besang jemand sehnsüchtig die ewige Liebe. Er blieb einen Moment stehen, gab seinen Augen Zeit, sich an die Dunkelheit zu gewöhnen, dann ließ er den Blick über die Nischen gleiten. Wie abgesprochen, saß Erika in der allerletzten Nische ganz hinten im Raum.

„Sie kommen spät." In der Hand eine nicht angezündete Zigarette, wedelte sie vor sich her in der Luft.

„Ich bin dran vorbeigefahren. Dieses Lokal steht nicht gerade im Reiseführer für Touristen."

Sie beugte sich vor, als Jonas ihr Feuer gab. „Ich wollte einen ruhigen Ort für unser Treffen auswählen."

Jonas schaute sich um. Zwei Männer saßen an der Theke, beide starrten schweigend in ihr Glas. Ein Pärchen hatte sich in eine der anderen Nischen gedrängt und war vollauf mit sich selbst beschäftigt. Ansonsten herrschte gähnende Leere in der Bar. „Nun, den haben Sie wohl auch gefunden."

„Nur einen Drink habe ich noch nicht."

Jonas zwängte sich aus der Bank und ging an die Theke, kam mit zwei Gläsern wieder zurück. Den Tequila und die Zitrone stellte er vor Erika hin, für sich selbst hatte er ein Mineralwasser mitgebracht. „Sie sagten, Sie hätten etwas für mich."

Erika spielte mit den bunten Perlen ihrer Halskette. „Sie sagten, Sie würden fünfzig für einen Namen zahlen."

Wortlos zog Jonas seine Brieftasche hervor. Er legte einen Fünfzigdollarschein auf den Tisch, hielt aber die Hand darauf. „Sie haben einen Namen?"

Lächelnd nippte Erika an ihrem Drink. „Vielleicht. Vielleicht ist er Ihnen ja sogar weitere fünfzig Dollar wert."

Jonas musterte sie kühl. Sein Bruder hatte sich immer zu diesem Typ Frau hingezogen gefühlt. Der Typ Frau, deren Kalkül immer ein wenig zu offensichtlich war. Es würde ihm nicht wehtun, noch einen Geldschein auf den Tisch zu legen, aber er hatte nicht vor, sich für dumm verkaufen zu lassen.

Er zog die Hand mit den fünfzig Dollar vom Tisch zurück, stopfte sich den Schein in die Hosentasche und war schon halbwegs aus der Nische heraus, bevor Erika nach seinem Arm fasste.

„He, werden Sie nicht gleich sauer. Fünfzig also." Sie lächelte ihn gewinnend an, als er sich wieder setzte. Erika spielte das Spiel schon zu lange, um sich eine günstige Gelegenheit durch die Finger schlüpfen zu lassen. „Ein Mädchen muss schließlich zusehen, wie es über die Runden kommt, *sí*? Der Name lautet Pablo Manchez. Das ist der mit dem Narbengesicht."

„Wo finde ich den Mann?"

„Das weiß ich nicht. Sie haben Ihren Namen, oder?"

Jonas nickte und zog den Fünfzigdollarschein wieder aus der Tasche. Erika strich den Schein fein säuberlich glatt und verstaute ihn in ihrer Handtasche. „Aber ich sage Ihnen trotzdem noch etwas, nur weil Jerry ein so netter Kerl war." Sie schaute kurz zur Theke hin, bevor sie sich vorbeugte. „Dieser Manchez, er ist einer von der ganz üblen Sorte. Die Leute wurden sehr nervös, als ich mich umhörte. Ich hab mir sagen lassen, er soll im letzten Jahr in zwei Morde in Acapulco verwickelt gewesen sein. Er wird bezahlt, um ... Sie wissen schon." Sie streckte den Zeigefinger aus und knickte den Daumen ein, um eine Pistole nachzuahmen. „Als ich das gehört hab, hab ich auch keine Fragen mehr gestellt."

„Was ist mit dem anderen, dem Amerikaner?"

„Nichts. Niemand kennt ihn. Aber wenn er etwas mit Manchez zu tun hat, dann ist er auf jeden Fall alles andere als ein Waisenknabe." Erika kippte den Tequila hinunter. „Jerry hat sich da auf eine ganz krumme Tour eingelassen."

„Ja, sieht so aus."

„Das tut mir leid." Sie strich über das Armband an ihrem Handgelenk. „Er hat mir das hier geschenkt. Wir haben wirklich viel Spaß miteinander gehabt."

Die Luft in der Bar erschwerte ihm das Atmen. Jonas stand auf und zögerte einen Moment, bevor er einen weiteren Geldschein neben Erikas leeres Glas legte. „Danke."

Ebenso sorgfältig wie den ersten verstaute sie auch diesen Schein. *„De nada."*

Sie wollte, dass er nach Hause kam. Als Liz bei sich ankam und das Haus leer vorfand, klammerte sie frustriert die Finger um den Schlüsselbund und fluchte leise. Sie konnte nicht ruhig sitzen bleiben. Auf dem Nachhauseweg hatten sich ihre Nerven mehr und mehr angespannt. Draußen auf der Auffahrt übernahm jetzt Moralas die Nachtschicht.

Wie lange noch? fragte sie sich. Wie lange noch würde die Polizei geduldig vor ihrem Haus Wache halten und ihr bei jedem ihrer Schritte jemanden zur Seite stellen? In ihrem Schlafzimmer verstaute Liz die Papiere in der Schublade ihres Schreibtischs. Zu schade, dass sie den Schreibtisch nicht abschließen konnte. Früher oder später würde Moralas seine Leute abziehen. Und was bedeutete das dann für sie? Wieder starrte Liz auf den Schlüsselbund. Dann würde sie allein dastehen, beantwortete sie sich die Frage selbst. Sie musste irgendetwas unternehmen.

Spontan ging sie zum Zimmer ihrer Tochter. Vielleicht hatte Jerry irgendwo eine Kassette versteckt, vielleicht hatte die Polizei ja irgendetwas übersehen. Sie ging systematisch vor, suchte zuerst in Faiths Schrank. Als sie den kleinen Teddybären mit dem zerfetzten Ohr fand, zog sie ihn aus dem Regal. Den hatte sie für ihr Baby gekauft, noch bevor es auf die Welt gekommen war. Es war ein leuchtend lila Teddybär, oder zumindest war er das einst gewesen. Jetzt war die Farbe verblasst, die Nähte waren nach all den Jahren ausgeleiert. Ein Ohr war völlig ramponiert, weil Faith das Stofftier immer an diesem Ohr mit sich herumgetragen hatte. Der kleine Bär hatte nie einen Namen bekommen, wie Liz sich wieder erinnerte. Faith hatte ihn immer nur „mein" genannt und war vollauf zufrieden damit gewesen.

Eine Welle der Einsamkeit überrollte sie, und Liz vergrub das Gesicht in dem verblassten lila Stoff. „Oh, du fehlst mir so, mein Baby", murmelte sie. „Ich weiß nicht, wie ich das länger aushalten soll."

„Liz?"

Mit einem leisen erschreckten Aufschrei taumelte Liz gegen die offen stehende Schranktür zurück. Als sie Jonas erkannte, versteckte sie den Teddybären hastig hinter ihrem Rücken. „Ich hab dich gar nicht kommen gehört", sagte sie und kam sich schrecklich dumm und albern vor.

„Du warst beschäftigt." Er kam auf sie zu, nahm ihr den Teddy behutsam aus der Hand. „Er sieht aus, als sei er sehr geliebt worden."

„Er ist alt." Sie räusperte sich und nahm ihm das Stofftier wieder ab, doch sie brachte es nicht über sich, den Bären wieder in den Schrank zu setzen. „Ich wollte die Nähte schon immer mal nähen. Bevor die Füllung herausfällt." Sie legte den Teddy auf Faiths Nachttisch. „Du warst aus."

„Ja." Er haderte mit sich, ob er ihr von dem Treffen mit Erika erzählen sollte, entschied sich dann, die Sache und das, was er herausgefunden hatte, vorerst für sich zu behalten. „Du bist früh zu Hause."

„Ich habe etwas gefunden." Sie griff in ihre Tasche und holte den Schlüsselbund hervor. „Der hier gehört nicht mir."

Jonas schaute mit gerunzelter Stirn auf die Schlüssel. „Ich weiß nicht, was du meinst."

Liz hielt ihm den fremden Schlüssel vor die Nase. „Ich meine, das hier ist nicht mein Schlüssel. Und ich habe keine Ahnung, wie er an meinen Schlüsselbund gekommen ist."

„Du hast ihn erst heute gefunden?"

„Ja, mir ist es erst heute aufgefallen. Aber er könnte Gott weiß wann an dem Bund befestigt worden sein. Ich hab's einfach nicht bemerkt. Ich hätte es vielleicht nie bemerkt." Sie zog den kleinen unbekannten Schlüssel ab, hoffte, damit irgendwie Abstand von der ganzen Sache zu gewinnen. Sie drückte ihn Jonas in die Hand. „Im Laden lege ich meinen Schlüsselbund immer in die Schublade unter der Theke, hier zu Hause lasse ich ihn normalerweise auf der Küchenanrichte liegen. Ich kann mir nur den einen Grund denken, warum jemand den Schlüssel an meinem Bund festgemacht hat – um ihn zu verstecken."

Jonas studierte den Schlüssel. „Der entwendete Brief", murmelte er.

„Was?"

„‚Der entwendete Brief', von Edgar Allan Poe. Als wir noch Kinder waren, war das eine von Jerrys Lieblingsgeschichten. Denn dieser Brief lag die ganze Zeit offen da. Gerade deswegen wurde er übersehen. Ich erinnere mich noch, Jerry hat versucht die Theorie zu beweisen, indem er ein Buch, das er für unseren Vater zu Weihnachten gekauft hatte, in ein Regal in der Bücherei stellte."

„Du glaubst also, der Schlüssel gehörte ihm?"

„Ich glaube, das wäre genau sein Stil."

Liz nahm den Bären wieder in die Arme, das Stofftier spendete ihr Trost. „Es hilft nicht viel, wenn man einen Schlüssel hat und nicht weiß, zu welchem Schloss er passt."

„Das sollte nicht schwer herauszufinden sein." Jonas hielt den Schlüssel hoch. „Weißt du, was das ist?"

„Ein Schlüssel." Sie ließ sich auf Faiths Bett sinken. Nein, sie hatte keinen Abstand gewonnen. Der Treibsand fing wieder an, sich zu bewegen, wollte sie verschlingen.

„Der Schlüssel zu einem Schließfach." Er drehte ihn um, um die Nummer auf dem Schlüsselkopf entziffern zu können.

„Meinst du, dass Captain Moralas herausfinden kann, zu welchem Schließfach?"

„Irgendwann bestimmt", antwortete er kaum hörbar. Das kleine Stückchen Metall lag warm in seiner Hand. Der nächste Schritt, dachte er. Es musste einfach der nächste Schritt sein. „Aber noch werde ich den guten Captain nichts von dem Schlüssel wissen lassen."

„Warum nicht?"

„Weil er ihn sonst sofort konfisziert, und ich habe nicht vor, ihn ihm zu überlassen, bevor ich das entsprechende Schloss nicht selbst geöffnet habe."

Sie kannte diesen Ausdruck in seinen Augen bereits – es war noch immer Rache. Sie ließ den Bären auf dem Bett ihrer Tochter liegen und stand auf. „Was hast du vor? Willst du eine Bank nach der anderen abklappern und darum bitten, dass du im Tresorraum den Schlüssel ausprobieren kannst? Dann brauchst du zumindest nicht selbst die Polizei zu verständigen, das werden die Bankangestellten dann schon für dich übernehmen."

„Ich habe ein paar Verbindungen – und ich habe die Seriennummer." Jonas ließ den Schlüssel in seine Tasche gleiten. „Mit etwas Glück kenne ich den Namen der Bank schon morgen Nachmittag. Du wirst dir vielleicht ein paar Tage freinehmen müssen."

„Ich kann mir nicht einfach freinehmen, und selbst wenn ich könnte … warum sollte ich?"

„Wir fahren nach Acapulco."

Sie setzte schon zu einem bissigen Kommentar an, als ihr etwas einfiel. „Weil Jerry zu Erika sagte, dass er dort geschäftlich zu tun hatte?"

„Wenn Jerry in etwas Undurchsichtiges verwickelt war und etwas Wichtiges oder Wertvolles besaß, dann hat er es garantiert sicher aufbewahrt. Ein Schließfach in Acapulco … das ergibt Sinn."

„Gut, wenn du meinst … gute Reise." Sie wollte sich an ihm vorbei aus dem Zimmer schieben, doch ein Schritt reichte ihm, um ihr den Weg zu versperren.

„Wir fahren zusammen."

Zusammen … Das Wort beschwor automatisch Bilder von Paaren und tröstlicher Gemeinsamkeit in ihr herauf. Und sie erinnerte sich gleich darauf an ihren Entschluss, zu dem sie bezüglich Jonas gekommen war. „Hör zu, Jonas. Ich kann nicht einfach alles stehen und liegen lassen, um dich bei deinem idiotischen Vorhaben zu unterstützen. Außerdem ist Acapulco sehr kosmopolitisch. Du wirst dort keinen Übersetzer brauchen."

„Der Schlüssel hing an deinem Schlüsselbund. Das Messer wurde an deine Kehle gehalten. Ich will dich da haben, wo ich dich sehen kann."

„Bist du etwa besorgt?" Ihre Miene versteinerte sich. „Ich interessiere dich nicht, Jonas. Und ganz bestimmt sorgst du dich nicht um mich. Das Einzige, was dich interessiert, ist deine Rache. Und damit will ich nichts zu tun haben. Oder mit dir."

Er packte sie bei den Schultern und drückte sie gegen die Tür. „Wir beide wissen, dass das nicht stimmt. Wir haben hier etwas angefangen." Sein Blick wanderte über ihr Gesicht, blieb an ihren Lippen haften. „Und es wird erst aufhören, wenn wir es zu Ende bringen."

„Ich weiß nicht, wovon du redest."

„Und ob du das weißt." Er kam näher, presste sich an sie, sodass ihre Körper sich berührten. Er tat es, um etwas zu beweisen – vielleicht nur sich selbst. „Ich kam her, um etwas zu erledigen, und ich werde es erledigen. Ob du es Rache nennst, ist mir herzlich egal."

Das Herz schlug ihr bis zum Hals. Angst würde sie es nicht nennen, auch wenn seine Augen kalt und hart blickten. „Was sonst sollte es schon sein?"

„Gerechtigkeit."

Etwas rührte sich in ihr, etwas Unbequemes, als sie sich an ihre eigenen Vorstellungen von Gerechtigkeit erinnerte. „Du wälzt hier nicht gerade Gesetzesbücher, Jonas."

„Recht und Gerechtigkeit sind nicht immer unbedingt das Gleiche. Ich kam her, um herauszufinden, wer meinen Bruder umgebracht hat und warum." Er strich ihr mit einer Hand über das Gesicht und vergrub die Finger dann in ihrem Haar. Er hatte keine Frau vor sich stehen, die Seide und Satin brauchte, sondern eine Frau mit innerer Stärke. „Aber jetzt ist da noch mehr hinzugekommen. Ich sehe dich an, und ich will dich." Er legte auch die zweite Hand an ihr Gesicht, sodass ihr nichts anderes übrig blieb, als ihn direkt anzuschauen. „Ich berühre dich, und ich vergesse alles, was ich tun wollte. Verdammt, du bist mir im Weg."

Dann küsste er sie – hart und fordernd. Er hatte es nicht vorgehabt, er hatte es nicht gewollt – er hatte einfach keine andere Wahl. Beim ersten Kuss war er sanft gewesen, er hatte sich zurückgehalten, weil der Ausdruck in ihren Augen es von ihm verlangt hatte. Jetzt küsste er sie rau und fiebrig, weil die Macht seiner eigenen Bedürfnisse es verzweifelt forderte.

Er jagte ihr Angst ein. Nie hätte sie gedacht, dass Angst erregend sein könnte. Während ihr Herz immer heftiger schlug, ließ sie sich von ihm näher heranziehen, näher heran an den Abgrund. Er forderte sie heraus, über die Klippe zu springen, sich in das Unbekannte zu stürzen. Sich auf das Risiko einzulassen.

Gierig presste er seine Lippen auf ihre, suchte Leidenschaft, verlangte Kapitulation, brauchte Stärke. Er wollte alles, forderte es bedingungslos, ohne selbst einen klaren Gedanken fassen zu können. Seine Hände griffen nach ihr, als hätte er sein Lebtag nichts anderes getan. Als er Liz berührte, versteifte sie sich, sperrte sich … und gab dann so schnell nach, dass es unmöglich war, die Reaktionen noch voneinander zu unterscheiden. Sie roch nach Meer und schmeckte nach Unschuld. Es war eine Mischung aus Geheimnissen, die ihn schier in den Wahnsinn trieb.

Er vergaß alles, zog sie zum Bett, hin zu der Erfüllung.

„Nein." Liz drückte mit den Händen gegen seine Schultern, kämpfte gegen ihn und gegen sich selbst. Sie waren im Zimmer ihrer Tochter. „Jonas, es ist nicht richtig."

Er hielt sie bei den Schultern. „Verdammt, es ist wahrscheinlich das Einzige, was richtig ist."

Sie schüttelte den Kopf. Auch wenn ihre Beine sie kaum tragen wollten, wich sie zurück. Seine Augen blickten jetzt nicht mehr kalt. Eine Frau mochte davon träumen, dass die Augen eines Mannes sie mit solch einem Feuer und solch einer Glut anschauten. Eine Frau mochte vielleicht auch alle Vorsicht in den Wind schießen lassen, nur um eine solche Leidenschaft mit einem Mann zu erfahren. Sie aber konnte es nicht.

„Nein, nicht für mich. Ich will das hier nicht, Jonas." Sie hob die Hände und strich sich das Haar zurück. „Ich will nicht so fühlen."

Er fasste ihre Hände, bevor sie weiter zurückweichen konnte. Alles in seinem Kopf drehte sich. Zu keiner anderen Zeit, an keinem anderen Punkt in seinem Leben, mit keiner anderen Frau hatte er eine solche Qual empfunden. „Warum nicht?"

„Ich wiederhole einen schon einmal begangenen Fehler kein zweites Mal."

„Das war damals, das hier ist jetzt, Liz."

„Genau. Und es ist mein Leben." Sie atmete tief durch, klärte wirre Gedanken und erstickte lodernde Gefühle. „Ich komme mit dir nach Acapulco. Denn je eher du hast, was du willst, desto eher reist du ab." Verkrampft verflocht sie die Finger ineinander, das einzige sichtbare Zeichen für ihren inneren Tumult. „Dir ist klar, dass Moralas' Leute uns folgen werden."

Jonas hatte seine eigenen Schlachten mit sich auszufechten. „Überlass das mir. Darum kümmere ich mich."

Liz nickte nur stumm, sie war sicher, dass er genau das tun würde. „Tu, was du für nötig hältst. Ich sage Luis Bescheid, dass er den Laden für ein oder zwei Tage übernehmen soll."

Als sie ihn allein in dem Zimmer zurückgelassen hatte, fühlte Jonas nach dem Schlüssel in seiner Hosentasche. Dieser Schlüssel wird ein Schloss aufschließen, dachte er. Aber da gab es noch eine andere Tür, die ihm verschlossen blieb. Die Tür zu Liz' Herzen. Wie sehr ihn das frustrierte! Gedankenverloren hob er den Teddy auf, den Liz auf dem Bett hatte liegen lassen. Holte den Schlüssel hervor. Schaute von dem Bären in der einen Hand auf den Schlüssel in der anderen.

Irgendwie würde er einen Weg finden müssen, beide Schlösser zu öffnen.

6. KAPITEL

Acapulco hatte nichts mit dem Mexiko gemein, das Liz kannte und liebte. Es war nicht das Mexiko, in das sie vor zehn Jahren geflohen war, um sich ein neues Heim zu schaffen. Nein, Acapulco war eine ultramoderne Weltstadt mit Luxushotels und Wolkenkratzern, die sich zusammengedrängt und glitzernd im tropischen Sonnenlicht hoch in den Himmel schraubten. Eine Stadt mit bombastischen Swimmingpools und schicken Boutiquen, mit unzähligen eleganten Restaurants und noch mehr angesagten Nachtclubs. Liz war die ruhige Atmosphäre ihrer kleinen einfachen Insel viel lieber.

Dennoch musste sie zugeben, dass die Stadt beeindruckend war, im Hintergrund von Bergen eingerahmt und von vorn von der überwältigend schönen Pazifikbucht umarmt. Liz hatte ihr ganzes Leben auf dem Flachland zugebracht, ob nun in Houston oder auf Cozumel. Die Berge ließen alles irgendwie kleiner erscheinen – und beschützt. Hoch in der Luft über dem Wasser schwebten farbenfrohe Gleitschirme, boten dem Wagemutigen einen Blick aus der Vogelperspektive auf die Stadt. Liz fragte sich für einen Moment, ob das schwerelose Gleiten in der Luft nicht ebenso faszinierend sein musste wie das schwerelose Gleiten unter Wasser.

Auf den überfüllten Straßen herrschte reges Leben, auf seine eigene Weise übte der Trubel durchaus Faszination aus. Liz schoss der Gedanke in den Kopf, dass sie in der einen Stunde, seit sie auf dem Flughafen gelandet waren, mehr Menschen gesehen hatte als in einer ganzen Woche auf Cozumel. Sie stieg aus dem Taxi und fragte sich, ob ihr vielleicht Zeit bleiben würde, um sich den einen oder anderen Taucherladen in der Stadt anzusehen.

Jonas hatte das Hotel methodisch ausgewählt. Es war luxuriös, es war teuer – also genau Jerrys Stil. Die separaten Villen waren in die Berge gebaut und boten direkten Blick auf den Pazifik. Jonas mietete eine Suite an, steckte den Zimmerschlüssel in die Tasche und überließ es dem Hotelpagen, sich um das Gepäck zu kümmern.

„Wir gehen als Erstes zur Bank.“ Es hatte zwei Tage gedauert, bevor er den passenden Namen zu dem kleinen Schlüssel herausbekommen hatte. Er würde keine weitere Zeit verschwenden.

Liz folgte ihm auf die Straße hinaus. Sicher, sie war nicht hier, um sich zu amüsieren, aber sich erst einmal das Zimmer anzusehen und vielleicht einen kleinen Lunch zu sich zu nehmen … das war doch bestimmt nicht zu viel verlangt, oder? Doch Jonas kletterte schon in das nächste Taxi.

„Ich nehme an, dir ist nicht einmal in den Sinn gekommen, das als Frage zu formulieren“, sagte sie gereizt, als sie die Wagentür viel zu heftig zuzog.

Er warf ihr nur einen kurzen Seitenblick zu. „Nein.“ Dann nannte er dem Fahrer die Adresse und lehnte sich in die Polster zurück. Er konnte nachvollziehen, wieso es Jerry nach Acapulco gezogen hatte. Hier lag eine Aura von Jetset in der Luft, das Nachtleben brodelte, die typischen Zeichen von Luxus stachen überall deutlich sichtbar hervor. Wenn Jerry überhaupt irgendwo länger als einen Tag geblieben war, dann in Städten, die die Atmosphäre von New York, London, Chicago hatten. Die ruhige, ländliche Idylle hatte nie einen Reiz auf Jerry ausgeübt. Wenn er also an einen Ort wie Cozumel gekommen und vor allem dort geblieben war, musste er einen guten Grund gehabt haben. Hier in Acapulco würde Jonas diesen Grund herausfinden.

Was nun die Frau betraf, die neben ihm saß … Da hatte er nicht die geringste Vorstellung. War sie schon in die Umstände verwickelt gewesen, bevor sie sich zum ersten Mal getroffen hatten? Oder zog er sie jetzt nur tiefer hinein, ohne dass er das Recht dazu hatte? Sie saß still und stumm an seiner Seite, und ja, er glaubte, dass sie sogar leicht schmollte. Wahrscheinlich denkt sie jetzt an ihren Laden, entschied er in Gedanken und wünschte gleichzeitig, er könnte sie nach Hause gehen lassen und für ihre Sicherheit garantieren. Er wünschte, sie könnten umkehren und sich in der Suite im Liebesspiel verlieren, bis sie beide komplett erschöpft und gesättigt waren.

Sie dürfte ihn eigentlich gar nicht interessieren. Sie war weder geistreich noch elegant, auch nicht auf die klassische Art schön.

Und doch beschäftigte sie seine Gedanken, reizte ihn mit einer Macht, dass er seine Nächte schlaflos durchwachte und seine Tage im Kampf mit ständiger Frustration zubringen musste. Er begehrte sie, verlangte danach, die Leidenschaften endlich auszuleben, die sie in ihm weckte. Er wollte sie erregen, bis sie keinen Gedanken mehr an Kunden, Tagespläne und Einnahmen verschwendete. Vielleicht hatte es mit einem gewissen Kontrollanspruch zu tun, er konnte es nicht einmal sicher sagen. Aber am meisten wollte er, so unverständlich es ihm auch war, dieses Bild auslöschen, wie verloren sie ausgesehen hatte, als er in das Zimmer ihrer Tochter gekommen war und sie dabei überrascht hatte, wie sie einen alten Teddy an sich drückte.

Als das Auto vor der Bank hielt, stieg Liz wortlos aus. Ein Geschäft nach dem anderen lag an dieser Straße. Boutiquen, in denen Plastikmannequins wunderschöne Kleider im Schaufenster präsentierten, und selbst auf die Entfernung hin konnte Liz das Glitzern der Edelsteine in den Auslagen der Juweliergeschäfte erkennen. Eine lange Limousine mit getönten Scheiben rollte vorbei, der Motor schnurrte leise und kaum hörbar. Liz sah an den schillernden Geschäften vorbei zu den Bergen und der freien Gegend.

„Vermutlich ist das die Art Umgebung, die dir zusagt."

Er hatte ihren abwägenden Blick bemerkt. Es bedurfte keiner Worte, um ihm zu erklären, dass sie soeben Acapulco mit der kleinen Ecke Mexikos verglichen hatte, in der sie lebte, und die Stadt bei dem Vergleich keineswegs gut abgeschnitten hatte. „Unter bestimmten Umständen." Er nahm ihren Arm und führte sie in das Gebäude.

Die Bank war genau so, wie Banken zu sein hatten – ruhig, diskret, gediegen. Die Angestellten trugen Anzüge, schicke Kostüme und ein höfliches Lächeln auf dem Gesicht. Was immer auch geredet wurde – die Gespräche wurden leise geführt. Jerry, dachte Jonas jetzt, hat immer das Ultrakonservative vorgezogen, wenn es darum ging, sein Geld unterzubringen. Nur ausgegeben hatte er es auf die unkonventionelle und wilde Art.

Ohne zu zögern, steuerte Jonas auf die attraktivste Bankangestellte zu. „Guten Tag."

Die Frau schaute auf, und aus dem höflichen Lächeln wurde ein strahlendes. „Mr. Sharpe. *Buenos días.* Wie schön, Sie wieder bei uns zu sehen."

An seiner Seite versteifte Liz sich. Er ist also schon vorher hier gewesen, dachte sie. Warum hatte er ihr nichts davon gesagt? Sie bedachte ihn mit einem langen fragenden Blick. Welches Spiel spielte er?

„Ja, es ist auch schön, Sie wiederzusehen." Lässig und weltgewandt lehnte er sich an den Schalter. Dass er so offensichtlich mit der Frau flirtete, ließ einen kleinen eifersüchtigen Stich durch Liz hindurchfahren, der ebenso unerwartet wie unerwünscht kam. „Ich habe mich schon gefragt, ob Sie mich überhaupt noch erkennen."

Die Bankangestellte errötete und sah vorsichtig zu ihrem Vorgesetzten hinüber. „Aber natürlich", sagte sie dann. „Womit kann ich Ihnen heute dienen?"

Jonas zog den Schlüssel aus der Tasche. „Ich würde gern an mein Schließfach gehen." Er drehte sich zu Liz und brachte sie mit einem Blick zum Verstummen, als sie gerade zu sprechen ansetzen wollte.

„Natürlich, ich leite das sofort für Sie in die Wege." Die Angestellte zog ein Formular hervor, trug das Datum ein und drehte das Dokument zu ihm um. „Wenn Sie dann bitte hier unterschreiben wollen …"

Jonas nahm den Stift von ihr und unterzeichnete schwungvoll auf der gestrichelten Linie. Liz las den Namen – Jeremiah C. Sharpe. Ruckartig wandte sie Jonas den Kopf zu und sah ihn an – der die Angestellte hinreißend anlächelte. Da ihr Vorgesetzter in der Nähe war, achtete die Angestellte auf das genaue Prozedere und holte die Unterschriftenkarte hervor, um die beiden Signaturen zu vergleichen. Sie stimmten hundertprozentig überein.

„Hier entlang bitte, Mr. Sharpe."

„Ist das nicht illegal?", raunte Liz Jonas zu, während sie der vorauseilenden Angestellten zu den Depoträumen folgten.

„Richtig." Mit einer galanten Geste ließ Jonas Liz den Vortritt beim Betreten des Raumes.

„Macht mich das jetzt zur Komplizin?“

Er lächelte sie an, wartete, während die Angestellte die Kassette aus dem Fach zog. „Ja. Solltest du Schwierigkeiten bekommen … ich kann dir einen guten Anwalt empfehlen.“

„Na bestens. Alles, was ich brauche, ist noch ein Anwalt.“

„Sie können die Kabine benutzen, Mr. Sharpe. Klingeln Sie einfach, wenn Sie fertig sind.“

„Danke.“ Jonas schob Liz in die Kabine, zog die Tür zu und verschloss sie.

„Woher wusstest du es?“

„Woher wusste ich was?“ Jonas stellte die Kassette auf den Tisch.

„An wen du dich hier richten musstest. Als du sie angesprochen hast, dachte ich zuerst, du wärst schon einmal hier gewesen.“

„Hast du die anderen gesehen? Drei Männer und zwei Frauen. Die andere Frau ist über fünfzig. Für Jerry kann es also nur einen Ansprechpartner in dieser Bank gegeben haben.“

Durchaus logisch. Nur erklärte das nicht unbedingt sein Verhalten. „Du hast mit seinem Namen unterschrieben … und seine Unterschrift offensichtlich genau getroffen.“

Den Schlüssel in der Hand, schaute er Liz an. „Jerry war ein Teil von mir. Wenn wir im selben Zimmer waren, hätte ich dir sagen können, was er dachte. Seinen Namen zu schreiben fällt mir so leicht, als würde ich meinen eigenen schreiben.“

„War es für ihn genauso?“

Der Schmerz war noch immer da, er kam jäh und unerwartet. „Ja, für ihn war es genauso.“

Liz fiel wieder Jerrys gutmütig spottende Beschreibung für den Bruder ein – ein geschniegelter Langweiler. Auf den Mann, den Liz mehr und mehr kennenlernte, passte diese Bezeichnung überhaupt nicht. „Ich frage mich, ob ihr einander wirklich so gut gekannt habt, wie ihr beide dachtet.“ Sie schaute auf die Kassette hinunter. Es geht mich nichts an, dachte sie und wünschte, es wäre wahr. Vor gar nicht allzu langer Zeit war sie noch felsenfest davon überzeugt gewesen. „Du solltest sie jetzt wohl besser aufmachen.“

Jonas steckte den Schlüssel in das Schloss, der sich geräuschlos drehen ließ. Als er den Deckel öffnete, riss Liz die Augen auf. Noch nie im Leben hatte sie so viel Geld gesehen. In fein säuberlichen Bündeln war es in der Schatulle gestapelt, frische amerikanische Banknoten, mit neuen Banderolen zusammengehalten. Sie konnte den Impuls nicht zurückhalten, sie streckte die Hand aus und strich mit den Fingerspitzen über die Scheine.

„Himmel, das müssen Tausende sein." Sie schluckte. „Hunderttausende."

Mit ausdrucksloser Miene ließ Jonas die Bündel einzeln über den Daumen laufen. Außer dem leisen Rascheln war es in der Kabine still wie in einem Grab. „Ungefähr dreihunderttausend", sagte er schließlich. „In Zwanzigern und Fünfzigern."

„Glaubst du, er hat es gestohlen?", fragte sie flüsternd. Sie war zu überwältigt, um zu bemerken, dass Jonas ein Bündel zwischen den Fingern zerknüllte. „Das muss das Geld sein, das der Mann meinte, der mich zu Hause überfallen hat."

„Ich bin sicher, dass es das ist." Jonas legte das Bündel zurück und hob eine kleine Tasche auf. „Aber Jerry hat es nicht gestohlen." Er hielt seine Gefühle eisern unter Kontrolle. „Ich fürchte, er hat es verdient."

„Wie denn?", entfuhr es ihr. „Niemand verdient so viel Geld in ein paar Tagen. Ich schwöre, Jerry war komplett pleite, als ich ihn einstellte. Ich weiß, dass Luis ihm zehntausend Pesos geliehen hat, damit er die Zeit bis zu seinem ersten Lohn überbrücken konnte."

„Das glaube ich unbesehen." Er machte sich nicht die Mühe, noch hinzuzufügen, dass er seinem Bruder telegrafisch zweihundert Dollar überwiesen hatte, bevor er aus New Orleans abfuhr. Jonas griff unter die Scheine und zog ein kleines durchsichtiges Plastiksäckchen hervor. Vorsichtig öffnete er es, tunkte einen Finger hinein und hielt dann die Zungenspitze daran, um zu probieren. Eigentlich hatte er die Antwort schon vorher gekannt.

„Was ist das?"

Ohne eine Regung im Gesicht verschloss er die Plastiktüte wieder sorgfältig. Noch mehr Qualen konnte er sich nicht leisten. „Kokain."

Entsetzt starrte Liz auf das Säckchen. „Aber das kann nicht sein. Er hat doch in meinem Haus gelebt. Ich hätte es gemerkt, wenn er Drogen genommen hätte."

Jonas fragte sich, ob ihr überhaupt klar war, wie wenig sie über die dunkle Seite der menschlichen Natur wusste. Ihm wurde auf jeden Fall erst in diesem Moment bewusst, wie vertraut er damit war. „Vielleicht, vielleicht aber auch nicht. Aber ich glaube auch nicht, dass Jerry sich auf so was eingelassen hat. Zumindest nicht für sich selbst."

Liz ließ sich langsam auf den Stuhl sinken. „Du meinst, er hat es verkauft?"

„Mit Drogen gedealt?" Fast hätte Jonas gelächelt. „Nein, das wäre nicht aufregend genug für ihn gewesen." In einer Ecke der Kassette lag ein kleines schwarzes Adressbuch. Jonas nahm es heraus und blätterte es durch. „Aber ein Kurier", murmelte er. „Drogen zu schmuggeln hätte seinen Reiz für ihn gehabt. Action, geheime Absprachen, verschwörerische Machenschaften und das schnelle Geld."

Liz schwirrte der Kopf. Sie versuchte, sich an den Mann zu erinnern, den sie nur so kurze Zeit gekannt hatte. Sie hatte sich eingebildet, ihn zu kennen, und ihn automatisch in eine Schublade gesteckt. Jetzt musste sie einsehen, dass sie überhaupt nichts über ihn gewusst hatte. Auch war er ihr jetzt, da er tot war, noch fremder als zu seinen Lebzeiten. Und es schien auch keine Bedeutung mehr zu haben, wer oder was Jerry Sharpe gewesen war. Aber der Mann, der vor ihr stand, bedeutete ihr etwas. „Und was ist mit dir? Wo liegt für dich der Reiz?"

Das Adressbuch in den Händen, schaute er zu ihr herunter. Seine Augen waren kalt und leer, man konnte nichts in ihnen lesen, absolut nichts. Ohne auf ihre Frage zu antworten, richtete Jonas seine Aufmerksamkeit wieder auf das Adressbuch.

„Er hat Initialen, Datum, Uhrzeit und ein paar Ziffern vermerkt. Sieht aus, als hätte er fünftausend pro Lieferung erhalten. Insgesamt zehn Lieferungen hat er gemacht."

Liz schaute auf das Geld in der Schatulle. Es wirkte auf sie nicht mehr fein säuberlich und frisch, sondern abstoßend und schmutzig. „Das wären dann aber nur fünfzigtausend. Du sagtest doch, es seien dreihunderttausend."

„Richtig." Plus eine Tüte reinen Kokains, gestreckt von einem unschätzbaren Wert auf der Straße. Er nahm sein eigenes Adressbuch hervor und begann damit, Jerrys Eintragungen zu kopieren.

„Was machen wir jetzt damit?"

„Nichts."

„Nichts?" Liz stand auf. Sie hatte das Gefühl, in einem unwirklichen Traum gefangen zu sein. „Du meinst, du willst es einfach hierlassen? Die Kassette wieder zurückschieben und einfach gehen?"

Er hatte auch die letzten Zahlen übertragen und klappte die Adressbücher zu, legte das seines Bruders wieder zurück in die Kassette. „Genau."

„Warum sind wir dann überhaupt hergekommen, wenn wir nichts unternehmen?"

Er steckte sein Adressbuch in seine Jacketttasche. „Um die Kassette zu finden."

„Jonas." Bevor er den Deckel schließen konnte, klammerte sie ihre Finger um sein Handgelenk. „Du musst die Polizei informieren. Du musst es Captain Moralas sagen."

Sehr langsam, sehr bewusst löste er ihre Hand von seinem Arm, griff nach dem Päckchen Kokain. Sie kannte Zurückweisung und nahm sich zusammen, um damit fertig zu werden. Doch es war nicht Zurückweisung, die sie in seinem Gesicht las, sondern blanke Wut.

„Du willst das also mit ins Flugzeug nehmen, Liz? Hast du eine Ahnung, wie in Mexiko die Strafe für den Besitz von Drogen aussieht?"

„Nein."

„Glaube mir, du willst es gar nicht wissen." Er verschloss die Schatulle und zog den Schlüssel ab. „Am besten vergisst du sofort, was du gesehen hast. Ich erledige das auf meine Art."

„Nein."

In seinem Inneren herrschte ein gewaltiger Aufruhr, seine Geduld hing an einem seidenen Faden. „Reiz mich nicht, Liz. Treib es nicht zu weit!“

„Ich es zu weit treiben?“ Sie schäumte vor Wut. Sie packte ihn am Kragen und stellte sich auf die Zehenspitzen. „Seit Tagen treibst du es zu weit. Treibst mich in etwas hinein, das so weit von dem Leben entfernt ist, das ich bisher gelebt habe, dass ich kaum noch mitkomme. Und jetzt, da ich plötzlich bis zum Hals in Drogenschmuggel und über einer Viertelmillion Drogengeld stecke, sagst du mir, ich soll es einfach vergessen? Was erwartest du jetzt von mir? Dass ich mich wieder in meinen Laden stelle und die Miete für Sauerstoffflaschen kassiere? Vielleicht hast du jetzt keinen Nutzen mehr für mich, aber so leicht lasse ich mich nicht abservieren. Da draußen läuft ein Mörder herum, der glaubt, ich wüsste, wo das Geld ist.“ Ein eiskalter Schauder kroch über ihre Haut und ließ sie erstarren. „Und jetzt weiß ich es ja auch.“

„Genau das ist es“, erwiderte er leise. Zum zweiten Mal löste er ihre Hände von sich, diesmal jedoch hielt er ihre Handgelenke fest. Sie hat Angst, dachte er. Er war sicher, dass ihr Puls sowohl aus Angst als auch aus Wut raste. „Jetzt weißt du es. Das Beste, was du tun kannst, ist, dich raushalten. Sollen sie sich auf mich konzentrieren.“

„Und wie genau mache ich das?“

Seine Wut drohte überzuschäumen, die Wut, die er am liebsten mit in dieses Fach geschlossen hätte, das der Auslöser für alles war. „Geh nach Houston, besuche deine Tochter.“

„Wie könnte ich?“ Ihr Flüstern vibrierte in dem kleinen Raum. „Sie könnten mir folgen.“ Sie schaute auf die schimmernde lange Metallbox. „Sie werden mir sogar bestimmt folgen. Ich werde die Sicherheit meiner Tochter nicht aufs Spiel setzen.“

Sie hatte recht. Und weil er wusste, dass sie recht hatte, wollte er wüten und toben. Er saß in einer Zwickmühle fest, gefangen und eingepfercht zwischen Liebe und Loyalität. Richtig und falsch. Recht und Gerechtigkeit.

„Wir reden mit Moralas, wenn wir zurück sind.“ Er hob die metallene Kiste auf und hasste sie mit Inbrunst.

„Und wohin gehen wir jetzt?“

Jonas öffnete die Tür. „Einen Drink besorgen.“

Statt sich mit Jonas zusammen in die Lounge zu setzen, nahm Liz sich Zeit für sich selbst. Da sie der Meinung war, dass er ihr so einiges schuldig war, ging sie in die Hotelboutique, besorgte sich einen schlichten einteiligen Badeanzug und ließ ihn auf die Zimmerrechnung schreiben. Mehr als frische Kleidung für den nächsten Tag und ihre Kosmetiktasche hatte sie nämlich nicht mitgenommen. Wenn sie also schon den Abend über in Acapulco festsaß, würde sie Gebrauch von dem privaten Pool machen, der zu jeder Villa gehörte.

Als sie die Suite betrat, war sie überwältigt. Ihre Eltern hatten ein gutes, sorgenfreies Auskommen gehabt, Liz war in einer soliden Mittelklasseschicht aufgewachsen. Das bedeutete aber auch, dass nichts sie auf den üppigen Luxus dieser Suite mit Blick auf den Pazifischen Ozean vorbereitet hatte. Ihre Füße versanken in dem dicken weichen Teppich. Aquarelle in sanften Farben hingen an den elfenbeinfarbenen Wänden. Auf dem großen graublauen Sofa konnten es sich problemlos zwei Leute gemütlich machen.

Im Bad fand sie ein Telefon neben der Wanne stehen, eine Wanne so groß und so tief, dass Liz versucht war, den Pool zu vergessen und sich lieber hier ins Wasser zu setzen. Das Waschbecken, im blassesten aller Rosatöne, hatte die Form einer Muschel.

So gut lassen es sich also die Reichen gehen, dachte sie und ging wieder zurück in ihr Schlafzimmer. Ihre Reisetasche stand am Fußende eines Betts, das breit genug war, dass locker drei Leute darin Platz hätten. Die Vorhänge an den Flügeltüren zu ihrem Balkon waren aufgezogen, sodass sie freien Blick auf die Brandung des Ozeans hatte. Sie wollte auch das Rauschen der Wellen hören, und so zog sie die Türen weit auf.

Das war die Welt, von der Marcus ihr vor so vielen Jahren erzählt hatte. Er hatte es wie ein Märchen in traumhaften Farben geschildert. Liz hatte sein Zuhause nie gesehen, ihr war es nicht erlaubt gewesen, aber er hatte es ihr beschrieben. Die weißen

Säulen, die weißen Balkone und Veranden, die breite Treppe, die sich endlos nach oben in die nächsten Stockwerke wand. Da gab es Diener, die einem den Nachmittagstee servierten, und Ställe, in denen die Stallknechte Vollblüter mit schimmernden Fellen für den Ausritt sattelten. Champagner wurde aus französischen Kristallflöten getrunken. Ja, es war wie im Märchen, aber sie hatte das alles gar nicht gewollt. Sie hatte nur ihn gewollt.

Das Luftschloss eines jungen, unerfahrenen Mädchens, dachte Liz jetzt. In ihrer Naivität hatte sie einen Prinzen aus dem Mann gemacht, der schwach, verwöhnt und egoistisch gewesen war. In den Jahren danach hatte sie an das Haus gedacht, das er ihr beschrieben hatte, und sie hatte sich ausgemalt, wie ihre Tochter die breite geschwungene Treppe hinaufstieg. Das war ihre Vorstellung von Gerechtigkeit.

Jetzt war das Bild jedoch nicht mehr so klar. Nicht, nachdem sie Reichtum in einer langen schmalen Metallschatulle gesehen hatte und verstand, woher Wohlstand stammen konnte. Nicht, nachdem sie den Ausdruck in Jonas' Augen gesehen hatte und ihr klar geworden war, welche Form seine Vorstellung von Gerechtigkeit annahm. Das hier war kein Märchen, das hier war die unschöne, erbarmungslose Wirklichkeit. Sie würde das alles noch einmal sehr genau überdenken müssen. Doch bevor sie den Plan für ihre Zukunft und für die ihrer Tochter neu aufstellen konnte, musste sie irgendwie die Gegenwart durchstehen.

Da war zum einen Jonas. Für den Moment war sie an ihn gebunden, ohne dass sie es selbst gewollt hätte. Vermutlich erging es ihm genauso. War das der einzige Grund, weshalb sie sich zu ihm hingezogen fühlte? Weil sie in dem gleichen Rätsel gefangen waren? Wenn sie eine rationale Erklärung fand, dann könnte sie damit auch diese ungewollten Bedürfnisse abschütteln, die jetzt ständig in ihr schwelten. Wenn sie eine vernünftige Erklärung fand, dann konnte sie auch endlich wieder die Kontrolle über ihr Leben zurückgewinnen.

Doch wie sollte sie die Gefühle erklären können, die auf der schweigsamen Taxifahrt zurück zum Hotel in ihr getobt hatten? Wie sollte sie erklären, dass sie gegen das Bedürfnis hatte ankämpfen müssen, die Arme um ihn zu legen und ihm Trost zu bieten, wenn er doch mit keinem Zeichen angedeutet hatte, dass er Trost brauchte oder wollte? Es gab weder klare Antworten noch vernünftige Erklärungen für die Tatsache, dass sie sich langsam und unaufhaltsam immer mehr in ihn verliebte.

Es wurde Zeit, dass sie es sich eingestand. Denn erst wenn man etwas als Wahrheit anerkannte, konnte man sich dem auch stellen. Und erst wenn man sich der Wahrheit stellte, war man in der Lage, eine Lösung zu finden. Nach dieser Regel hatte sie schon immer gelebt, schon vor der größten Krise in ihrem Leben. Die Regel besaß noch immer Gültigkeit.

Also gut, sie liebte ihn. Oder war zumindest auf dem Weg dorthin. Sie war nicht länger naiv genug, um zu glauben, dass Liebe alle Antworten lieferte. Er würde sie verletzen, daran zweifelte sie nicht. Er würde ihr das eine rauben, das sie seit zehn Jahren mit Argusaugen hütete. Und wenn er ihr Herz erst in Händen hielt – was würde es ihm bedeuten? Liz schüttelte leicht den Kopf. Auch nicht mehr, als solche Dinge jedem anderen bedeuteten.

Jonas Sharpe war auf einer Mission, und sie war nur Mittel zum Zweck für ihn, um sein Ziel zu erreichen. Auf seine geduldige, abwartende Art war er skrupellos. Sobald er erledigt hatte, wofür er hergekommen war, würde er sie nicht mehr brauchen. Er würde ihr den Rücken kehren, sein altes Leben in Philadelphia wieder aufnehmen und keinen einzigen Gedanken mehr an sie verschwenden.

Manche Frauen sind anscheinend dazu verdammt, sich immer in die Männer zu verlieben, die sie am meisten verletzen können, dachte Liz düster. Dann zwang sie sich, alle Gedanken aus ihrem Kopf zu verdrängen. Sie zog sich aus und stieg in den neuen Badeanzug. Dennoch suchte Jonas' Bild sie heim, schlüpfte durch die Barrieren, die sie aufgestellt hatte. Immer wieder Jonas …

Vielleicht, wenn sie mit Faith redete, wenn sie mit dem wichtigsten Menschen in ihrer Welt sprach … vielleicht würde sie die Dinge dann wieder klarer sehen. Impulsiv griff Liz nach dem

Telefon neben ihrem Bett und wählte die Nummer. Faith musste längst von der Schule zu Hause sein, überlegte Liz. Freudige Erwartung erfasste sie, als sie das melodische Wählgeräusch vernahm und dann endlich der Rufton erfolgte. Sie saß auf dem Bett und lächelte schon voller Vorfreude.

„Hallo?"

„Mom." Liz verspürte doppelte Freude. „Liz hier."

„Liz!" Rose Palmer erging es ebenso wie ihrer Tochter. „Wir hatten gar nicht damit gerechnet, von dir zu hören. Dein Brief ist gerade heute Morgen mit der Post angekommen. Es ist doch hoffentlich nichts passiert, oder?"

„Nein. Nein, alles in Ordnung." Nichts war in Ordnung. „Ich wollte einfach nur ein wenig mit Faith plaudern."

„Oh Liz, das tut mir leid. Faith ist gar nicht hier. Sie hat doch heute ihren Klavierunterricht."

Die Enttäuschung wollte sie überwältigen. Liz riss sich zusammen. „Ach ja, daran hatte ich nicht gedacht." Tränen wollten aufsteigen, sie drängte sie zurück. „Sie geht gern zum Klavierunterricht, nicht wahr?"

„Sie liebt es! Du solltest sie spielen hören. Erinnerst du dich noch, als du Klavierunterricht hattest?"

„Ich hatte immer zehn Daumen an zwei linken Händen." Es gelang ihr zu lächeln. „Ich wollte dir noch für die Fotos danken. Faith ist so groß geworden, sie sieht schon richtig erwachsen aus. Mom … freut sie sich schon darauf, wieder nach Hause zu kommen?"

Rose hörte die Sehnsucht heraus, fühlte den Schmerz. Nicht zum ersten Mal wünschte sie, ihre Tochter wäre bei ihr, damit sie sie in die Arme nehmen könnte. „Sie hakt die Tage auf dem Kalender ab. Oh, sie hat auch ein Geschenk für dich gekauft."

Liz schluckte den Kloß in ihrer Kehle herunter. „Tatsächlich?"

„Es soll eine Überraschung sein, also sage ja nicht, dass ich es dir verraten habe."

„Nein, natürlich nicht." Liz wischte sich die Tränen von der Wange, dankbar dafür, dass es ihr gelang, ihre Stimme normal klingen zu lassen. Es tat weh, aber es war auch tröstlich, mit jemandem zu reden, der Faith ebenso gut verstand wie sie selbst. „Sie fehlt mir so. Die letzten Wochen scheinen immer die schwersten zu sein."

Ihre Stimme klang wohl doch nicht so ruhig, wie sie gedacht hatte. Außerdem hörten Mütter auch immer mehr als andere. „Liz, warum kommst du nicht nach Hause? Du bleibst den Monat hier, solange sie noch Schule hat."

„Nein, das geht nicht. Was macht Dad?"

Rose sperrte sich gegen den plötzlichen Themenwechsel, dann jedoch gab sie nach. Sie kannte niemanden, der so stur und eigensinnig war wie ihre Tochter. Außer vielleicht ihre Enkelin. „Ihm geht's prächtig. Er freut sich darauf, runterzukommen und ein paar Tauchgänge zu machen."

„Ja, wir fahren mit einem der Boote raus, nur wir vier. Sag Faith, dass ich … dass ich angerufen habe", beendete sie den Satz dumpf.

„Natürlich sage ich ihr das. Sie soll dich zurückrufen. Um fünf ist sie wieder hier. Wir haben eine Fahrgemeinschaft gegründet, und heute wird sie gebracht."

„Nein, ich bin nicht zu Hause, sondern in Acapulco. Geschäftlich", fügte sie hinzu und atmete tief aus, um sich zu beruhigen. „Sag ihr nur, dass ich sie vermisse. Und dass ich sie vom Flughafen abhole. Mom, du weißt, dass ich dir für alles, was du tust, dankbar bin, nicht wahr? Ich …"

„Liz", unterbrach Rose ihre Tochter sanft. „Wir lieben Faith. Und wir lieben dich."

„Ich weiß." Mit beiden Daumen drückte sie fest gegen ihre Nasenwurzel. Ja, sie wusste es, aber sie war nie wirklich sicher, wie sie damit umgehen sollte. „Ich liebe euch auch. Es ist nur … Manchmal geraten die Dinge so fürchterlich durcheinander."

„Ist wirklich alles in Ordnung mit dir?"

Als Liz ihre Hand wieder fallen ließ, waren ihre Augen trocken. „Alles wird in Ordnung sein, sobald ihr hier seid. Sag Faith, dass auch ich die Tage zähle."

„Mache ich, bestimmt."

„Bye, Momma."

Liz legte den Hörer auf und saß reglos auf dem Bett, bis Einsamkeit und Enttäuschung in ihr ausgebrannt waren. Hätte sie damals mehr Vertrauen gehabt, dass ihre Eltern sie unterstützen würden, wäre sie dann aus den Staaten geflohen, um sich ein eigenes Leben aufzubauen? Liz fuhr sich mit der Hand durchs Haar. Es war eine Frage, auf die sie keine Antwort hatte, und es führte auch zu nichts, jetzt noch darüber nachzudenken. Sie selbst hatte die Brücken hinter sich abgebrochen. Das einzig Wichtige war jetzt nur noch Faith. Und dass Faith glücklich war.

Eine gute Stunde später fand Jonas Liz im Pool. Sie schwamm Runde um Runde mit langen, kräftigen Zügen. Ihr schlanker Körper schien nicht zu ermüden, und auf eine seltsame Weise passte sie perfekt in dieses Bild von gediegenem privaten Luxus. Ihr Badeanzug war von einem leuchtenden Rot, der Schnitt jedoch so schlicht, dass er allein durch die Figur der Trägerin zur Geltung kam.

Jonas zählte mit. Zwanzig Bahnen, bevor sie anhielt. Er fragte sich, wie viele Bahnen sie schon vor seiner Ankunft absolviert haben mochte. Ihm schien es, dass sie sich bewusst körperlich verausgaben wollte, um emotionelle Anspannung zu vertreiben. Und mit jeder Bahn, die sie schwamm, war sie ihrem Ziel scheinbar näher gekommen. Er wartete und sah zu, wie sie den Kopf im Wasser zurücklehnte. Das Haar klebte ihr nass am Kopf, die Striemen an ihrem Hals waren inzwischen verblasst und kaum noch zu sehen. Als sie aus dem Wasser stieg, liefen die Tropfen an ihren Schenkeln herab.

„Ich habe noch nie gesehen, dass du etwas für dich tust, um dich zu entspannen", bemerkte er. Und noch während er es sagte, konnte er sehen, wie sich ihre Muskeln wieder anspannten. Sie hatte die Berge betrachtet, jetzt richtete sie den Blick auf ihn.

Er sah müde aus, wie ihr auffiel. Sie fragte sich, ob sie es vielleicht schon früher hätte bemerken sollen. In seinen Augen und um seinen Mund lag ein sorgenvoller Zug, der heute Morgen noch nicht zu sehen gewesen war. Noch immer trug er dieselben

Sachen, hatte die Hände in die Taschen der hellen Sommerhose gesteckt. Sie fragte sich, ob er überhaupt schon oben in der Suite gewesen war.

„Ich hatte keinen Badeanzug eingepackt. Den hier habe ich in der Hotelboutique gekauft und auf die Zimmerrechnung setzen lassen."

Der Beinausschnitt war hoch angesetzt, reichte fast bis zur Taille hinauf. Die Frage drängte sich ihm auf, wie sich ihre Haut dort wohl anfühlen mochte. „Sieht gut aus."

Sie griff nach ihrem Handtuch. „Er war teuer."

Er zog nur eine Augenbraue in die Höhe. „Ich könnte es ja mit der Zimmermiete verrechnen."

Ihre Lippen verzogen sich leicht nach oben, sie rubbelte sich das Haar umständlich trocken. „Nein, kannst du nicht. Aber als Anwalt findest du sicherlich eine Möglichkeit, die Kosten irgendwie steuerlich abzusetzen. Ich hab die Quittung auch aufbewahrt."

Er hätte nicht geglaubt, dass er noch zu einem Lachen fähig sei. „Ich weiß das zu schätzen. Weißt du, manchmal drängt sich mir der Eindruck auf, dass du nicht sonderlich viel von Anwälten hältst."

Etwas spiegelte sich in ihren Augen, verschwand aber sofort wieder. „Ich bemühe mich, keinen Gedanken an Anwälte zu verschwenden."

Jonas nahm ihr das Handtuch ab und tupfte damit sanft ihr Gesicht trocken. „War Faiths Vater Anwalt?"

Sie rührte sich keinen Millimeter, dennoch schien sie sich plötzlich meilenweit von ihm zurückgezogen zu haben. „Lass es einfach gut sein. Vergiss es, Jonas."

„Du vergisst es doch auch nicht."

„Um genau zu sein, die meiste Zeit vergesse ich es. Möglich, dass ich in den letzten Wochen wieder öfter daran gedacht habe. Aber das ist mein Problem."

Er schlang das Handtuch um ihre Schultern, hielt die Enden fest und zog sie so zu sich heran. „Ich möchte, dass du mir davon erzählst."

Es ist seine Stimme, dachte sie. So ruhig, so eindringlich. So überzeugend, dass sie ihm fast ihr Herz geöffnet und ausgeschüttet hätte. Als sie ihn jetzt ansah, konnte sie fast glauben, dass es ihn wirklich interessierte, dass er wirklich verstehen wollte. Und der Teil von ihr, der sich bereits in ihn verliebt hatte, brauchte es auch, dass er verstand. „Warum?"

„Ich weiß nicht. Vielleicht liegt es an dem Ausdruck in deinen Augen. Ein Mann wünscht sich dann nur, diesen Ausdruck irgendwie verschwinden zu lassen."

Ihr Kinn hob sich unmerklich. „Es besteht kein Grund, mich zu bemitleiden."

„Ich glaube nicht, dass Mitleid hier das richtige Wort ist." Plötzlich von einem Gefühl der Leere und des Ausgebranntseins überwältigt, lehnte er seine Stirn an ihre. Er war es leid, gegen Dämonen zu kämpfen und nach Antworten zu suchen. „Verdammt."

Verunsichert stand sie sehr, sehr still. „Alles in Ordnung mit dir?"

„Nein. Nein, nichts ist in Ordnung." Er entfernte sich von ihr, ging ein Stück den Weg entlang bis zu einer Stelle, an der sich Unkraut mit einer leuchtend orangefarbenen Blüte durch den weißen Kies drängte. „Vieles von dem, was du heute gesagt hast, ist wahr. Das meiste von allem, was du sagst, ist wahr", bekräftigte er. „Aber ich kann nichts daran ändern."

„Ich weiß nicht, was du jetzt von mir hören willst."

„Nichts." Entsetzlich müde rieb er sich mit den Händen übers Gesicht. „Ich versuche mit der Tatsache klarzukommen, dass mein Bruder tot ist. Dass er ermordet wurde, weil er unbedingt das schnelle Geld mit Drogen machen wollte. Er war klug, aber er hat seine Intelligenz immer für die falschen Dinge eingesetzt. Und jedes Mal, wenn ich in den Spiegel blicke, frage ich mich warum."

Liz war zu ihm geeilt, bevor sie ihren Impuls hatte unterdrücken können. Er litt Qualen. Zum ersten Mal hatte sie den Schmerz unter der Oberfläche gesehen. Sie wusste, wie es war, mit Schmerz zu leben. „Er war anders als andere, Jonas. Ich glaube nicht, dass er ein schlechter Mensch war, nur schwach. Um deinen Bruder zu trauern ist eine Sache. Dir selbst die Schuld für seine Verfehlungen oder für das, was mit ihm passiert ist, zu geben, eine ganz andere."

Ihm war nicht bewusst gewesen, dass er Trost brauchte. Doch als er jetzt ihre Hand auf seinem Arm spürte, löste sich ein Knoten in ihm. „Ich war immer der Einzige, der an ihn herankam, der ihn zumindest einigermaßen in der Bahn halten konnte. Irgendwann kam dann der Punkt, an dem ich es einfach satthatte, für uns beide die Verantwortung zu übernehmen."

„Glaubst du wirklich, du hättest ihn aufhalten können?"

„Vielleicht. Mit dieser Frage werde ich wohl den Rest meiner Tage leben müssen."

„Augenblick." Sie packte ihn am Hemd, ähnlich, wie sie es schon heute Nachmittag getan hatte. Jetzt war von Trost keine Spur mehr zu spüren, nur Ärger stand ihr deutlich ins Gesicht geschrieben. Ihm war auch nicht bewusst gewesen, dass er das ebenso brauchte. „Ihr wart Brüder, Zwillingsbrüder. Aber ihr wart eigenständige Individuen. Jerry war kein Kind mehr, das man bei der Hand nehmen und führen konnte, auf das man ständig aufpassen musste. Er war ein erwachsener Mann, der seine eigenen Entscheidungen getroffen hat."

„Genau das ist es ja. Jerry ist nie wirklich erwachsen geworden."

„Aber du wurdest erwachsen", konterte sie sofort. „Willst du dich jetzt deshalb schuldig fühlen?"

Das war es, was er die ganze Zeit über getan hatte. Er hatte sich mit dem Schuldgefühl gequält, das er nicht aufgehalten hatte, von dem er tief in seinem Herzen wusste, dass es nicht zu verhindern gewesen war. „Ich muss seine Mörder finden, Liz. Ich werde nie wieder Ruhe haben, bis ich weiß, wer ihn umgebracht hat."

„Wir werden sie finden." Impulsiv legte sie ihre Wange an seine. Manchmal half allein der Kontakt zu einem anderen Menschen, um Schmerzen zu lindern. „Und dann ist es vorbei."

Er war nicht sicher, ob er wollte, dass es vorbei war. Nicht alles. Er strich mit der Hand ihren Arm herab, musste einfach ihre Haut berühren und fühlen. Sie war eiskalt. „Die Sonne ist schon untergegangen." Er wickelte das Handtuch um sie. Bei einer anderen Frau wäre es eine Geste reiner Höflichkeit gewesen. Bei Liz tat er es, weil er sie beschützen wollte. „Du solltest besser aus diesem nassen Badeanzug heraus. Lass uns zusammen zum Dinner gehen."

„Hier?"

„Sicher. Das Restaurant im Hotel soll eines der besten in der Stadt sein."

Liz sah die Eleganz des Hotels vor sich und dachte daran, was sie in ihre Reisetasche gepackt hatte. „Ich hab nichts anzuziehen."

Er lachte auf und legte einen Arm um sie. Das war der erste typisch weibliche Satz, den er sie je hatte aussprechen hören. „Such dir was in der Boutique aus und lass es wieder auf die Zimmerrechnung setzen."

„Aber …"

„Keine Sorge. Ich habe den kreativsten Buchhalter in ganz Philadelphia."

7. KAPITEL

Sie war absolut überzeugt gewesen, dass sie niemals in einem fremden Bett würde schlafen können, erst recht nicht in einem Hotelbett. Deshalb war Liz umso überraschter, als die Sonne sie am nächsten Morgen aufweckte. Nicht nur hatte sie geschlafen, sie hatte sogar wie ein Stein geschlafen. Und nach acht vollen Stunden war sie wach und ausgeruht und bereit für den neuen Tag. Dumm nur, dass es erst kurz nach sechs war und sie nichts zu tun hatte. Aber ihre innere Uhr war nun mal darauf eingestellt, frühmorgens aufzuwachen. Ein Trip nach Acapulco änderte daran nichts.

Andere Dinge hat diese Reise allerdings schon geändert, erinnerte sie sich in Gedanken und streckte sich in dem großen Bett aus. Sie steckte mittendrin in einem Drama aus Mord, Drogen und Schmuggel. Allein daran zu denken, jagte ihr einen Schauder über den Rücken. Sie schüttelte schwach den Kopf. Wäre es ein Film, sie hätte am Fernsehschirm geklebt und die Story voller Spannung mitverfolgt. Bei einem Buch hätte sie die Seiten verschlungen und gar nicht schnell genug umblättern können. Doch für ihr eigenes Leben ... da wäre ihr ein wenig Langeweile lieber gewesen. Aber Liz war zu realistisch, um sich noch länger einzureden, sie könnte sich von all dem distanzieren und sich einfach heraushalten. Ob es ihr passte oder nicht, sie war in dieses Drama verwickelt. In ein Drama, in dem auch Jonas Sharpe vorkam. Die Frage blieb jetzt nur: Welchen Schritt sollte sie nun unternehmen?

Weglaufen konnte sie nicht. Das war nie eine Option gewesen. Sie war ja bereits zu dem Schluss gekommen, dass sie sich nicht auf ewig hinter Moralas und seinen Männern verstecken konnte. Früher oder später würde der Mann mit dem Messer zurückkommen. Oder ein anderer, der vielleicht noch entschlossener oder noch kaltblütiger war. Ein zweites Mal würde sie sicherlich nicht lebend davonkommen. In dem Moment, in dem sie in die Geldkassette gesehen hatte, war sie zu einem vollwertigen Teilnehmer in diesem gefährlichen Spiel geworden. Womit der Kreis sich schloss, weil sie das wieder zu Jonas zurückbrachte. Sie hatte keine andere Wahl mehr, sie musste ihm vertrauen. Sollte er jetzt sein Vorhaben, den Mörder seines Bruders ausfindig zu machen, aufgeben und nach Philadelphia zurückkehren, würde sie allein dastehen. Sie konnte sich wünschen, dass es anders wäre, so viel sie wollte – sie brauchte ihn jetzt genauso sehr wie er sie.

Und noch etwas hatte sich geändert. Ihre Gefühle für ihn waren noch verwirrender als vorher. Ihn gestern Abend so zerschlagen und verletzlich zu sehen, hatte bei ihr mehr als nur unpersönliches Mitgefühl und physische Anziehung hervorgerufen. Eine Art Bindung war entstanden, die sie drängte, ihm zu helfen. Nicht nur um ihrer selbst willen, sondern um seinetwillen. Er litt, weil er seinen Bruder verloren hatte, und er litt wegen der Dinge, die sein Bruder getan hatte. Sie hatte auch einmal geliebt und doppelt gelitten, unter dem Verlust und zusätzlich unter der Enttäuschung.

War das wirklich in einem anderen Leben gewesen? fragte sie sich. War es überhaupt möglich, schlicht von einem Leben in ein anderes zu wechseln? Schien es nicht viel eher, dass Jahre ins Land gehen konnten, dass die Umstände sich komplett ändern konnten und dass man trotzdem noch immer die Altlasten mit sich herumtrug, in jeder einzelnen Phase? Falls überhaupt, sammelten sich mit jeder Phase nicht mehr Lasten an, die man dann mit sich herumschleppte?

Darüber zu philosophieren nützt jetzt nichts mehr, dachte Liz, als sie aus dem Bett kletterte. Es war keine andere Wahl mehr geblieben, als zu handeln.

Jonas hörte sie in dem Moment, als sie aufstand. Seit fünf Uhr war er wach und tigerte rastlos durch die Suite. Seit über einer Stunde zermarterte er sich das Hirn und suchte nach einer Lösung, um Liz sicher aus einer Situation herauszuschaffen, in die sein Bruder und er sie hineingezogen hatten. Er hatte bereits mehrere Szenarien ausgearbeitet, wie er die Aufmerksamkeit der Killer auf seine Person ziehen konnte, aber das war noch immer keine Garantie für Liz' Sicherheit. Dass sie nicht nach Houston gehen würde, verstand er völlig. Er konnte nachvollziehen, dass sie ihre Tochter unter keinen Umständen welchem Risiko auch immer aussetzen wollte.

Überhaupt hatte er das Gefühl, sie in letzter Zeit besser und besser zu verstehen. Sie war eine Einzelgängerin, aber nur, weil sie es als den sichersten Weg für sich ansah. Sie war eine Geschäftsfrau, aber nur, weil für sie das Wohlergehen ihrer Tochter an erster Stelle stand. Vom eigentlichen Wesen her, so dachte er jetzt, ist sie eine Frau mit Träumen und dem Traum von der einen, der bedingungslosen Liebe. Beides hatte sie auf ihre Tochter übertragen und sich selbst versagt. Und, so fügte Jonas noch still an, sie hatte sich davon überzeugt, dass sie zufrieden mit ihrem Leben war.

Das war noch etwas, das er verstehen konnte. Denn bis vor ein paar Wochen hatte auch er sich davon überzeugt gehabt, er sei angeblich zufrieden. Erst jetzt, nachdem er die Gelegenheit gehabt hatte, sein bisheriges Leben aus der Distanz zu betrachten, war ihm aufgefallen, dass er sich eigentlich nur hatte treiben lassen. Vielleicht, wenn man die Emaille ein wenig ankratzte, war er unter der Oberfläche gar nicht so verschieden von seinem Bruder. Für sie beide war Erfolg immer das vorrangige Ziel gewesen, sie hatten nur unterschiedliche Wege gewählt. Zwar hatte Jonas einen soliden Job und ein festes Zuhause, aber es hatte nie eine besondere Frau gegeben. Für ihn hatte immer die Karriere an erster Stelle gestanden. Jetzt war er sich nicht mehr so sicher, ob er es heute noch immer so halten wollte. Er hatte erst seinen Bruder verlieren müssen, damit ihm klar wurde, dass er mehr brauchte. Etwas Beständigeres. Mit Gesetzen zu arbeiten und sie auf bestimmte Situationen anzuwenden war nur ein Job. Einen Fall zu gewinnen brachte nur ein flüchtiges Triumphgefühl. Vielleicht ahnte er es schon seit Längerem. Schließlich hatte er das alte Haus in Chadd's Ford gekauft, weil er etwas Dauerhaftes für sich haben wollte. Und wann war eigentlich der Gedanke aufgetaucht, es mit einem anderen Menschen zu teilen?

Wie auch immer – mit sich selbst ins Gericht zu gehen und sich selbst zu analysieren half nicht dabei, eine Lösung für Liz Palmer zu finden. Nach Houston konnte sie also nicht gehen, das war ihm auch klar, aber es gab ja noch andere Orte, wo sie für eine Weile Unterschlupf finden konnte. Bis er in der Lage war, ihr zu garantieren, dass ihr Leben wieder in genau den Bahnen verlaufen würde, die sie sich wünschte. Seine Eltern und das abgelegene ruhige Haus auf dem Land in Lancaster, in dem sie sich zur Ruhe gesetzt hatten, waren ihm als Erstes in den Kopf gekommen. Wenn er irgendwie einen Weg fand, Liz unbemerkt aus Mexiko herauszuschleusen, würde sie dort sicher sein. Sie könnte sogar ihre Tochter dorthin kommen lassen. Und damit hätte sein Gewissen dann auch Ruhe. Jonas zweifelte keine Sekunde daran, dass seine Eltern Liz und ihre Tochter nicht nur herzlich aufnehmen, sondern auch über die Maßen verwöhnen und es den beiden so komfortabel wie nur möglich machen würden.

Wenn er dann erledigt hatte, weshalb er in Mexiko war, würde er nach Lancaster nachkommen. Er konnte sich Liz gut dort vorstellen, er würde sie sogar gern in einer Umgebung sehen, die ihm so vertraut war. Er hätte Zeit, um sich mit ihr über Gott und die Welt zu unterhalten, einfach über alle möglichen Nichtigkeiten zu plaudern. Er wollte sie wieder lachen hören. In all der Zeit, die er sie jetzt kannte, hatte er sie nur ein einziges Mal unbeschwert gesehen. Wenn sie erst dort wären, weit weg von der hässlichen Szene hier, würde er vielleicht auch die eigenen Gefühle besser verstehen. Vielleicht wäre es ihm dann möglich zu ergründen, was mit ihm passiert war, als sie ihre Wange an seine gedrückt und ihm Trost gespendet hatte, ohne Fragen zu stellen.

Denn in diesem Augenblick hatte er sich einfach nur an sie klammern und sie auf immer festhalten wollen, und zum Teufel mit dem Rest der Welt. Irgendetwas war an ihr, das ihn sich nach gemütlichen Abenden auf stillen Veranden und langen Sonntagnachmittagsspaziergängen sehnen ließ. Warum, wusste er nicht, er hätte keinen Grund dafür nennen können. In Philadelphia nahm er sich kaum Zeit für solche Dinge. Selbst das Ausgehen und die gesellschaftlichen Anlässe waren inzwischen Arbeit geworden. Und hatte er nicht oft genug von Liz gehört, dass sie nichts von untätiger Freizeit hielt? Warum sollte er, ein Mann, der sich seinem Beruf verschrieben hatte, an träge Nachmittage mit einer Frau denken, die ebenso von ihrer Arbeit besessen war?

Sie blieb ein Rätsel für ihn. Vielleicht lag darin ja die Antwort begründet. Wenn er an sie dachte – übrigens viel zu oft und zu intensiv –, dann vermutlich, weil er sie zwar immer besser verstand, aber sich gleichzeitig bewusst war, wie wenig er von ihr wusste. Und wenn es schien, dass Antworten zu Liz Palmer ihm fast ebenso wichtig waren wie Antworten zum Tod seines Bruders, dann nur, weil sie zusammen in dieser Sache steckten. Wie also sollte er an das eine denken, ohne nicht auch automatisch das andere einzubeziehen? Doch wenn er jetzt an sie dachte, dann stellte er sie sich vor, wie sie entspannt und lächelnd und vor allem in Sicherheit auf der Hängematte im Garten seiner Eltern lag – und auf ihn wartete.

Über sich selbst verärgert, schaute Jonas auf seine Armbanduhr. An der Ostküste war es jetzt schon nach neun Uhr morgens. Er würde in seiner Kanzlei anrufen. Sich mit ein paar rechtlichen Fragen zu beschäftigen würde ihn auf andere Gedanken bringen, und er würde wieder einen klaren Kopf bekommen.

Er hatte gerade das Telefon in die Hand genommen, als Liz aus ihrem Zimmer kam.

„Ich wusste nicht, dass du schon aufgestanden bist“, sagte sie und fingerte nervös am Gürtel ihres Morgenmantels. Seltsam, aber für sie war es etwas völlig anderes, hier diese luxuriöse kleine Hotelvilla mit ihm zu teilen, als bei sich in ihrem Haus zusammenzuwohnen. Vermutlich, weil er hier die Rechnung übernahm. Zu Hause war er immerhin ihr Mieter.

„Ich hätte gedacht, dass du vielleicht ausschlafen würdest.“ Er legte das Telefon zurück. Die Kanzlei konnte warten.

„Ich schlafe eigentlich nie viel länger als bis sechs.“ Sie fühlte sich unwohl und verlegen und ging zu dem großen Panoramafenster hinüber. „Großartiger Blick.“

„Ja, allerdings.“

„Ich war nicht mehr in einem Hotel seit … seit Jahren“, vervollständigte sie den Satz lahm. „Als ich auf Cozumel ankam, arbeitete ich in demselben Hotel, in dem ich früher mit meinen

Eltern untergekommen war. Es war ein seltsames Gefühl. So wie jetzt auch."

„Meldet sich das Bedürfnis in dir, die Laken und Handtücher zu sortieren?"

Seine Bemerkung entlockte ihr ein Kichern, und das löste ein wenig von ihrer Anspannung. „Nein, nicht die Spur."

„Liz, wenn das alles vorbei ist, wenn alles hinter uns liegt ... wirst du mir dann von diesem Teil deines Lebens erzählen?"

Sie drehte sich zu ihm um, weg vom Fenster und dem Ausblick, doch sie beide fühlten die Distanz. „Wenn das alles hinter uns liegt, wird es keinen Grund mehr geben, dir davon zu erzählen."

Er stand auf und kam zu ihr. Er überrumpelte sie damit, dass er ihre Hände in seine nahm und sie einzeln, erst die eine, dann die andere, an seine Lippen hob und zärtlich küsste. Er konnte erkennen, wie ihre Augen dunkler wurden. „Ich kann mir dessen nicht wirklich sicher sein", murmelte er. „Kannst du es?"

Sie war sich bei überhaupt nichts mehr sicher, nicht, wenn er so leise sprach, wenn seine Hände so sanft waren. Für einen kurzen Moment erlaubte sie es sich, einfach nur eine Frau zu sein, die die Fürsorge eines Mannes genoss. Dann trat sie einen Schritt zurück. Weil sie wusste, dass sie Abstand zwischen ihnen schaffen musste. „Jonas, du hast einmal zu mir gesagt, dass wir dasselbe Problem haben. Damals wollte ich es nicht wahrhaben. Doch du hattest recht. Damals stimmte es, und es stimmt immer noch. Sobald dieses Problem aus der Welt geschafft ist, gibt es nicht viel zwischen uns, was uns zusammenhält. Dein Leben und meines sind nicht nur durch räumliche Distanz voneinander entfernt."

Er dachte an sein Haus und an sein Bedürfnis, es mit jemandem zu teilen. „Das muss aber nicht so sein."

„Es hat eine Zeit gegeben, da ich eine solche Bemerkung für bare Münze genommen hätte."

„Du lebst in der Vergangenheit." Als er sie bei den Schultern fasste, war sein Griff nicht mehr so sanft. „Du kämpfst gegen Schatten."

„Ja, ich mag vielleicht meine Geister haben, aber ich lebe nicht in der Vergangenheit." Sie hielt seine Handgelenke nur für einen Moment fest, bevor sie wieder losließ. „Ich kann es mir nicht leisten, mir etwas vorzumachen – über dich."

Er wollte es verlangen. Wollte sie mit sich zu dem Sofa ziehen und ihr beweisen, wie sehr sie sich doch irrte. Er hielt sich zurück. Es wäre nicht das erste Mal, dass er sein Talent im Gerichtssaal und seine Gerichtssaaltaktiken anwandte, um auch im Privatleben zu gewinnen. „Gut, machen wir es für den Moment also auf deine Art", sagte er leichthin. „Aber der Fall ist noch nicht abgeschlossen. Hast du Hunger?"

Sollte sie jetzt erleichtert oder misstrauisch sein? Liz hatte nicht die geringste Ahnung. Aber sie nickte auf seine Frage. „Ja, ein wenig schon."

„Dann lass uns frühstücken. Uns bleibt noch genug Zeit, bevor wir unser Flugzeug erreichen müssen."

Sie traute ihm nicht. Obwohl Jonas darauf achtete, das Gespräch während des Frühstücks leicht und harmlos zu halten, war Liz jederzeit für einen eventuellen neuerlichen Angriff gewappnet. Jonas war ein intelligenter, cleverer Mann, das wusste sie. Und sie war überzeugt, dass er ein Mann war, der gedachte, seinen Kopf letztendlich durchzusetzen, ganz gleich, wie lange es auch dauern mochte, bis er sein Ziel erreichte. Sich selbst erachtete Liz aber als eine Frau, die stark genug war, um ein Versprechen zu halten – auch eines, das sie sich selbst gegeben hatte. Kein Mann, nicht einmal Jonas, würde sie von dem Kurs abbringen, den sie vor zehn Jahren gesetzt hatte. In ihrem Leben war nur Platz für zwei Leidenschaften – Faith und ihre Arbeit.

„Ich werde mich nie daran gewöhnen, um diese Uhrzeit etwas zu essen, das das Potenzial hat, die Magenschleimhaut zu zersetzen."

Liz schluckte den Bissen Rühreier mit Paprika und Zwiebeln herunter. „Mein Magen ist feuerfest. Du solltest mal mein Chili probieren."

„Ist das eine Einladung, dass du für mich kochen willst?"

Sie sah auf und wünschte, er würde sie nicht mit diesem Lächeln ansehen. „Nun, ich nehme an, es macht keinen wirklichen Unterschied, ob ich nun für einen oder für zwei koche. Aber du scheinst dich doch auch ganz gut in der Küche zurechtzufinden."

„Oh sicher, kochen kann ich. Nur immer, wenn ich dann fertig bin, habe ich das Gefühl, dass die Sache den ganzen Aufwand nicht wert war." Mit einem Finger strich er über ihren Handrücken. „Ich sag dir was ... Ich kaufe alles Nötige ein und räume hinterher sogar auf, wenn du das Kochen übernimmst."

Sie lächelte, dennoch zog sie ihre Hand zurück. „Die Frage ist doch wohl, ob du mein Chili überhaupt verkraften kannst. Wer weiß, es könnte ja sein, dass es Löcher in so einen empfindlichen Anwaltsmagen brennt."

Ihm gefiel die Herausforderung. Er nahm wieder ihre Hand. „Warum finden wir es nicht heraus? Gleich heute Abend?"

„Abgemacht." Sie spreizte die Finger, und er nutzte die Gelegenheit, um seine mit ihren zu verschränken. „Ich kann nicht essen, wenn du meine Hand hältst."

Er sah kritisch auf die beiden ineinander verflochtenen Hände. „Du hast doch noch eine."

Er brachte sie zum Lachen, obwohl sie doch fest entschlossen gewesen war, ernst und nüchtern zu bleiben. „Mir steht aber das Recht auf zwei Hände zu."

„Ich gebe sie dir später zurück, keine Bange."

„He, Jerry!"

Das verschmitzte Grinsen auf Jonas' Gesicht gefror. Nur der Ausdruck in seinen Augen änderte sich, wurde warnend. Auch hielt er ihre Finger fester. Die Botschaft war klar und eindeutig: Er verlangte von Liz, nichts zu sagen und nichts zu tun, bis er die Situation ausgelotet hatte. Er wandte sich um, lächelte breit. Liz' Magen verkrampfte sich. Es war Jerrys Lächeln, erkannte sie, nicht das von Jonas.

„Warum hast du nicht Bescheid gesagt, dass du wieder in der Stadt bist?" Ein großer blonder Mann, braun gebrannt und mit einem gepflegten Dreitagebart, legte Jonas die Hand auf die Schulter. Ein Diamant blitzte an seinem kleinen Finger auf. Er ist jung, dachte Liz, höchstens Anfang dreißig. Sie war fest entschlossen, sich jedes noch so kleine Detail zu merken. Und er kleidete sich mit lässigem Schick.

„Nur ein kurzer Trip", erwiderte Jonas. Wie Liz speicherte auch er jedes Detail genauestens ab. „Ein paar Geschäfte ..." Er warf Liz einen vielsagenden Blick zu. „Ein bisschen Spaß und Abwechslung ..."

Der Mann wandte das Gesicht und sah Liz bewundernd an. „Natürlich. Gibt es etwas Schöneres im Leben?"

Liz schaltete blitzschnell. „Hallo. Da es Jerry offensichtlich an Manieren mangelt, muss ich mich wohl selbst vorstellen." Sie streckte dem Mann die Hand entgegen. „Ich heiße Liz Palmer."

„David Merriworth." Er fasste ihre dargebotene Hand zwischen seine beiden Hände. Liz registrierte, dass er weiche Hände ohne Schwielen hatte. „Jerry hat vielleicht keine Manieren, aber einen ganz ausgezeichneten Geschmack."

Sie lächelte geschmeichelt und hoffte nur, dass es glaubhaft wirkte. „Danke."

„Nimm dir einen Stuhl, Merriworth." Jonas zog umständlich eine Zigarette hervor. „Solange du deine Finger von der Lady lässt." Er nutzte Jerrys typischen gutmütig witzelnden Tonfall, aber mit seinem Blick warnte er Liz, sehr vorsichtig und hellhörig zu bleiben.

„Gegen eine schnelle Tasse Kaffee hätte ich nichts einzuwenden." David schaute kurz auf seine Armbanduhr, dann zog er sich einen Stuhl vom Nebentisch heran. „Ich hab gleich ein Frühstücksmeeting. Also, wie läuft's auf Cozumel?" Er legte den Kopf leicht schief. „Kommst du überhaupt ab und zu zum Tauchen?"

Jonas verzog die Mundwinkel zu einem angedeuteten Lächeln. „Auf jeden Fall genug."

„Freut mich zu hören. Ich wollte schon bei dir vorbeikommen, aber ich musste für ein paar Wochen in die Staaten. Bin gerade erst gestern Abend zurückgekommen." Er gab zwei Stück Würfelzucker in die Kaffeetasse, die der Kellner vor ihn hinstellte. „Die Geschäfte gehen gut, Kumpel. Richtig gut sogar."

„In welcher Sparte sind Sie tätig, Mr. Merriworth?"

Er grinste Liz breit an, bevor er Jonas zublinzelte. „Im Verkauf, meine Liebe. Im Importgeschäft, sozusagen."

„Wirklich." Ihre Kehle war staubtrocken, sie trank einen Schluck Kaffee. „Muss interessant sein."

„Nun, es hat sicherlich seine angenehmen Seiten." Er drehte sich im Stuhl zu ihr um, um sie sich genauer anzusehen. „Erzählen Sie mir … wo hat Jerry Sie denn gefunden?"

„Auf Cozumel." Sie sah Jonas unverwandt an. „Wir sind Partner."

David stellte seine Tasse ab. „Seid ihr das also, ja?"

Sie steckten schon zu tief drin, als dass Jonas ihr jetzt noch hätte widersprechen können. „Ja, sind wir", bestätigte er daher.

Mit einem Achselzucken nahm David seine Tasse wieder auf. „Wenn der Boss nichts dagegen einzuwenden hat … mich stört's nicht."

„Ich erledige die Dinge auf meine Art", meinte Jonas lang gezogen. „Oder ich lasse es ganz sein."

Amüsiert und vielleicht sogar mit ein bisschen Bewunderung lächelte David breit. „Das ändert sich bei dir wohl nie. Hör zu, in den letzten Wochen habe ich nicht viel mitbekommen und bin daher nicht unbedingt auf dem Laufenden … Das mit den Lieferungen klappt noch immer alles reibungslos?"

Damit war auch Jonas' letzte Hoffnung gestorben. Das, was er in dem Schließfach gefunden hatte, war nicht nur ein Zufall, es war real – und es gehörte Jerry. Er bestrich ein Brötchen mit Butter, als hätte er alle Zeit der Welt. Unter dem Tisch berührte Liz leicht sein Bein, hoffte, dass diese Geste ihm Trost und Stärke spendete. Er schaute sie nicht einmal an. „Warum sollte nicht alles reibungslos klappen?"

„Das ist die bestorganisierte Operation, die ich je erlebt habe." Unruhig sah David sich um. „Würde nur ungern miterleben, dass da irgendwas in die Hose geht."

„Du machst dir zu viele Gedanken."

„Du bist es eigentlich, der sich Gedanken machen sollte", erwiderte David sofort. „Du musst dich schließlich mit Manchez arrangieren. Du warst noch nicht dabei, als er sich letztes Jahr der beiden Kolumbianer angenommen hat. Ich schon. Du kümmerst dich um die Beschaffung, ich halte mich an den Verkauf. Dann schlafe ich ruhiger."

„Ich tauche nur", sagte Jonas und drückte seine Zigarette aus. „Und schlafen tu ich ganz hervorragend."

„Der Typ ist schon eine Marke, was?" David grinste Liz zu. „Ich wusste, als ich Jerry sah, dass er genau der Mann ist, nach dem der Boss sucht. Na, dann tauch du nur weiter, Kumpel." Mit der Kaffeetasse prostete er Jonas zu. „Ich stehe dann nämlich gut beim Boss da."

„Klingt, als würdet ihr euch schon eine Weile kennen", sagte Liz lächelnd. Unter dem Tisch allerdings wrang sie nervös ihre Serviette.

„Klar, schon Ewigkeiten, was, Jerry?"

„Ja, Ewigkeiten", behauptete Jonas.

„Das erste Mal trafen wir uns vor sechs, nein sieben Jahren. Damals hätten wir die alte Lady in L. A. fast um zwanzigtausend Dollar erleichtert, wenn ihre Tochter nicht hinter den Trick gekommen wäre." David nahm eine Zigarette aus einem flachen silbernen Zigarettenetui. „Dein Bruder hat dich damals rausgehauen, richtig? Der Ostküstenanwalt."

„Ja, genau der." Jonas erinnerte sich noch gut daran, welche Beziehungen er hatte spielen lassen müssen und wie hoch die Kaution gewesen war.

„Jetzt bin ich schon fast fünf Jahre hier dabei. Ein richtig seriöser Geschäftsmann." Er schlug Jonas auf die Schulter. „Ist doch viel besser als diese kleinen Trickbetrügereien, was, Jerry?"

„Das Gehalt ist besser."

David lachte laut auf. „Warum zeige ich euch beiden heute Abend nicht das Nachtleben von Acapulco?"

„Wir müssen wieder zurück." Jonas winkte nach der Rechnung. „Das Geschäft."

„Ich weiß genau, was du meinst." David nickte mit dem Kopf zum Eingang des Restaurants. „Ah, da kommt mein Kunde. Ruf an, wenn du das nächste Mal wieder in der Stadt bist."

„Klar, mach ich."

„Und richte dem alten Clancy Grüße von mir aus." David stand auf, verabschiedete sich lässig und ging dann auf den Mann im dunklen Anzug zu, um ihn mit Handschlag zu begrüßen.

„Sag nichts", raunte Jonas Liz zu, als er die Rechnung für das Frühstück abzeichnete. „Erst, wenn wir hier raus sind. Komm."

Die zerknüllte Serviette fiel von Liz' Schoß, als sie aufstand und sich von Jonas aus dem Restaurant führen ließ. Er sprach kein Wort, bis die Tür der Villa sicher hinter ihnen verschlossen war.

„Du hättest nicht sagen sollen, dass wir Partner sind", war das Erste, das er ausstieß.

Weil sie schon damit gerechnet hatte, zuckte sie nur gleichmütig mit den Schultern. „Er wurde viel redseliger, nachdem ich das gesagt hatte."

„Er hätte genauso viel preisgegeben, wenn du dich entschuldigt und den Tisch verlassen hättest."

Liz verschränkte die Arme vor der Brust. „Wir haben das gleiche Problem, weißt du noch?"

Er mochte es nicht, wenn man ihm seine eigenen Worte vorhielt. „Du hättest ihm zumindest nicht deinen Namen zu nennen brauchen."

„Wozu sollte das gut sein? Sie wissen doch, wer ich bin. Früher oder später wird er mit dem Kopf der Organisation über die Sache reden, und dann wird er so oder so alles herausfinden."

Sie hatte recht. Und das mochte er noch weniger. „Hast du schon gepackt?"

„Ja."

„Dann lass uns auschecken. Wir fahren zum Flughafen."

„Und dann?"

„Sobald wir ankommen, gehen wir direkt zu Moralas."

„Sie waren ja sehr geschäftig." Moralas musste sein Temperament zügeln. Er wippte mit seinem Stuhl vor und zurück. „Zwei meiner Männer haben wertvolle Zeit damit verschwendet, in Acapulco nach Ihnen zu suchen. Sie hätten mich informieren können, Mr. Sharpe, dass Sie vorhatten, zusammen mit Miss Palmer zu verreisen."

„Ich hielt eine Polizeieskorte in Acapulco eher für hinderlich und übertrieben."

„Und jetzt, da Sie Ihre eigenen Untersuchungen abgeschlossen haben, bringen Sie mir das hier." Er hielt den Schließfachschlüssel hoch. „Etwas, das Miss Palmer bereits vor Tagen entdeckt hat. Als Anwalt ist Ihnen der Terminus ‚Zurückhalten von Beweisen' sicherlich nicht unbekannt, oder?"

„Natürlich kenne ich den Ausdruck." Jonas nickte reserviert. „Aber weder Miss Palmer noch ich konnten wissen, dass dieser Schlüssel tatsächlich ein Beweis ist. Natürlich hatten wir vermutet, der Schlüssel könnte möglicherweise meinem Bruder gehört haben. Aber das Zurückhalten von Spekulationen ist wohl kaum ein Verbrechen."

„Vielleicht nicht. Aber es zeugt auf jeden Fall von schlechtem Urteilsvermögen. Und schlechtes Urteilsvermögen ist oft der erste Schritt auf dem Weg dorthin."

Jonas lehnte sich in seinen Stuhl zurück. Moralas wollte über das Gesetz debattieren? Gut, dann würden sie eben diskutieren. „Falls der Schlüssel meinem Bruder gehörte, ging er an mich in meiner Funktion als Nachlassverwalter für das Eigentum meines Bruders über. Nachdem feststand, dass er tatsächlich meinem Bruder gehört hatte und dass sich in dem Schließfach Beweise befinden, habe ich sowohl den Schlüssel als auch eine Auflistung des Schließfachinhalts sofort Ihnen, sprich der Polizei, übergeben."

„In der Tat. Und haben Sie auch eine ... Vermutung, wie die Sachen, die auf Ihrer Liste stehen, in den Besitz Ihres Bruders gelangt sind?"

„Ja."

Moralas wartete kurz, dann wandte er sich an Liz. „Und Sie, Miss Palmer ... Sie haben ebenfalls Ihre Vermutungen?"

Ihre Hände lagen verkrampft übereinandergelegt auf ihrem Schoß, aber ihre Stimme klang nüchtern und sachlich. „Ich weiß, dass, wer immer mich überfallen hat, nach Geld suchte, augenscheinlich nach sehr viel Geld. Wir haben sehr viel Geld gefunden."

„Einschließlich einer Tüte mit, wie Mr. Sharpe … vermutet, Kokain." Moralas faltete die Hände vor sich auf dem Tisch über dem Schlüssel. „Miss Palmer, haben Sie bei Mr. Jeremiah Sharpe zu irgendeiner Zeit Kokain gesehen?"

„Nein."

„Hat er mit Ihnen je über Kokain oder Drogenschmuggel gesprochen?"

„Nein, natürlich nicht. Darüber hätte ich Sie sofort informiert."

„So, wie Sie mich sofort informiert haben, als Sie den Schlüssel entdeckten?" Als Jonas zu Protest ansetzte, winkte er nur ab. „Ich werde eine Liste Ihrer Kunden der letzten sechs Wochen brauchen, Miss Palmer. Mit Namen und Adressen, soweit vorhanden."

„Meiner Kunden? Wieso?"

„Es ist mehr als wahrscheinlich, dass Mr. Sharpe Ihren Laden als Treffpunkt für seine Kontakte genutzt hat."

„Meinen Laden …" Außer sich vor Wut sprang Liz auf. „Meine Boote? Sie glauben, er hat Drogen direkt unter meiner Nase abgeliefert, ohne dass ich etwas davon gemerkt habe?"

Moralas nahm sich eine von seinen Zigarren und studierte sie intensiv. „Ich hoffe doch sehr, dass Sie nichts davon gewusst haben, Miss Palmer. Sie werden mir die Liste Ihrer Kunden bis zum Ende der Woche überlassen." Er sah zu Jonas. „Natürlich ist es Ihr gutes Recht, eine einstweilige Verfügung zu erwirken. Aber das wird den Prozess nur verlangsamen, nicht aufhalten. Und natürlich bewege ich mich innerhalb der rechtlichen Möglichkeiten, wenn ich Miss Palmer dann als Hauptzeugin in Schutzhaft nehme."

Jonas folgte dem blauen Rauch, der sich zur Decke hinaufkräuselte, mit den Augen. Es reizte ihn, sich auf Moralas' Bluff einzulassen, nur um zu sehen, wie weit die Sache gehen würde. Aber Liz wäre dann diejenige, die den Preis dafür bezahlen musste. „Es gibt Zeiten, Captain, da ist es klüger, auf gewisse

Rechte zu verzichten. Ich denke, ich darf im Namen aller der hier im Raum Anwesenden behaupten, dass wir alle dasselbe Ziel verfolgen." Er setzte sich gerade hin. „Sie bekommen Ihre Liste, Captain. Und noch mehr."

Moralas hob den Blick von seiner Zigarre und wartete ab.

„Pablo Manchez", sagte Jonas und sah befriedigt, wie Moralas die Augen leicht zusammenkniff.

„Was ist mit Manchez?"

„Er hält sich auf Cozumel auf. Oder zumindest war er hier", ließ Jonas den Captain wissen. „Mein Bruder hat sich mehrere Male mit ihm in Nachtclubs und Kneipen getroffen. Sie werden sich auch für David Merriworth interessieren, ein Amerikaner, der von Acapulco aus agiert. Wie es aussieht, war er derjenige, der meinem Bruder die Kontakte auf Cozumel vermittelt hat. Wenn Sie sich bei den amerikanischen Behörden erkundigen, werden Sie herausfinden, dass Merriworth ein beeindruckendes Strafregister hat."

In seiner akkuraten Handschrift schrieb Moralas die beiden Namen auf einen Notizblock, auch wenn keine Gefahr bestand, dass er sie vergessen würde. „Ich danke Ihnen für die Information, Mr. Sharpe. Mir wäre es dennoch lieber, wenn Sie sich von jetzt an aus der Sache heraushalten und mir nicht im Weg stehen. *Buenas tardes*, Miss Palmer."

Nur Augenblicke später standen sie auf dem Bürgersteig vor dem Polizeigebäude. „Ich mag es überhaupt nicht, wenn man mir droht." Liz schäumte. „Denn das hat er doch soeben getan, nicht wahr? Er hat mir gedroht, mich ins Gefängnis zu werfen!"

Völlig gelassen, ja sogar amüsiert, zündete Jonas sich eine Zigarette an. „Er hat lediglich Optionen aufgezählt, seine und unsere."

„Er hat aber nicht damit gedroht, dich ins Gefängnis zu stecken", brummelte sie aufrührerisch.

„Um mich macht er sich ja auch nicht so viele Sorgen wie um dich."

„Sorgen?" Mit der Hand am Türgriff von Jonas' Mietwagen verharrte sie.

„Er ist ein guter Cop. Und du lebst auf seiner Insel und gehörst somit zu den Leuten, die er unter allen Umständen beschützen will."

Mit einer tiefen Falte auf der Stirn blickte sie zum Eingang der Wache zurück. „Dann hat er aber eine seltsame Art, das zu zeigen." Ein magerer kleiner Junge kam herbeigerannt und hielt ihr galant die Tür auf. Noch bevor er die flache Hand ausstreckte, suchte Liz schon in ihrer Tasche nach einer Münze.

„*Gracias.*"

Der Junge schaute prüfend auf die Münze, grinste breit und nickte glücklich. „*Buenas tardes, señorita.*" Mit der gleichen ernsten Ritterlichkeit schloss er die Tür, nachdem sie eingestiegen war, und ließ die Münze in seiner Hosentasche verschwinden.

„Nur gut, dass du nicht allzu oft in die Stadt kommst", kam der Kommentar von Jonas.

„Wieso?"

„Innerhalb einer Woche wärst du pleite."

„Weil ich einem kleinen Jungen fünfundzwanzig Pesos in die Hand drücke?" Liz kramte nach einer Haarspange in ihrer Tasche und machte sich das Haar zusammen.

„Wie viel hast du dem anderen Bengel gegeben, bevor wir zu Moralas hineingegangen sind?"

„Dem habe ich ja etwas abgekauft."

„Ja, klar." Jonas fuhr an und lenkte den Wagen auf die Straße. „Du siehst auch genau aus wie eine Frau, die unbedingt ein Päckchen Kaugummi haben muss."

„Du wechselst das Thema."

„Genau. Und jetzt … sag mir, wo ich am besten die Zutaten für dein Chili bekommen kann."

„Du willst, dass ich heute Abend für dich koche?"

„Das wird dich wenigstens für eine Weile abgelenkt halten. Für den Moment haben wir alles getan, was wir tun konnten", fügte er an. „Heute Abend nehmen wir uns eine Auszeit und entspannen uns einfach."

Sie wünschte, sie könnte ihn beim Wort nehmen. Ständig von schwelendem Ärger und Angst erfüllt, waren ihre Nerven zum

Zerreißen gespannt. „Du meinst also, das Kochen würde mich entspannen?"

„Das Essen wird dich entspannen. Kochen ist lediglich ein notwendiger Prozess, der vorher ablaufen muss."

Das klang so absurd, dass sie sich geschlagen gab. „Bieg an der nächsten Straße links ab. Ich sage dir, was du besorgen musst, du kaufst es und dann lässt du mich in Ruhe hantieren."

„Abgemacht."

„Und du räumst auf."

„Hatte ich doch schon gesagt."

„Halte da vorn bei dem Laden", wies sie ihn mit ausgestrecktem Arm an. „Und vergiss nicht … du hast es nicht anders gewollt."

Wenn sie kochte, dann knauserte Liz nicht – auch wenn die hiesigen mexikanischen Gewürze wesentlich schärfer waren als die Exportware, die man in den Regalen der amerikanischen Supermärkte fand. Schon als Kind, als sie noch mit ihren Eltern auf die Insel gekommen war, hatte sie eine Vorliebe für mexikanisches Essen und die Spezialitäten der Yucatánhalbinsel entwickelt. Ein Koch aus Leidenschaft war sie sicherlich nicht, für sich selbst reichte ihr oft ein einfaches Sandwich, um den Hunger zu stillen. Aber wenn sie sich schon an den Herd stellte, dann zauberte sie auch ein Mahl, nach dem sich jeder die Finger ableckte.

Vielleicht wollte sie Jonas insgeheim auch beeindrucken. Immerhin konnte sie sich das eingestehen, während sie einen Salat nach Mayarezept anrichtete. Vermutlich war es ein völlig natürliches und harmloses Bedürfnis, andere mit den eigenen Kochkünsten beeindrucken zu wollen. Und während sie eine Avocado schälte und in Scheiben schnitt, stellte sie erstaunt fest, dass sie tatsächlich begann, sich zu entspannen.

In den letzten Tagen hatte sie höchst bizarre, völlig ungewohnte und nervenaufreibende Dinge getan. Es war eine angenehme Abwechslung und eine Erleichterung, keine schwierigere Entscheidung zu treffen als die, wie groß oder dick die Würfel, Scheiben und Stücke sein sollten, in die sie Obst und Gemüse zerkleinerte. Sie investierte noch ein wenig Aufwand für die Dekoration, bis sie schließlich vollauf zufrieden mit den sich abwechselnden Farben von verschiedenen Salatblättern, Orangen und roten Cherrytomaten war. Das war übrigens der einzige Salat, den Faith aß, weil sie ihn so hübsch anzusehen fand.

Bis sie sich zum Dinner setzten, würde sie die Schüssel in den Kühlschrank stellen. Liz war gar nicht klar, dass sie lächelte, als sie Zwiebeln und Paprika in der Pfanne zu schmoren begann. Sie gab noch eine gesunde Portion fein gehackten Knoblauch hinzu und drehte die Hitze herunter.

„Das riecht ja schon richtig gut“, lautete Jonas' Kommentar, als er in die Küche schlenderte.

Liz warf ihm einen Blick über die Schulter zu. „Es war abgemacht, dass du mich in Ruhe lässt.“

„Du kochst, ich decke den Tisch.“

Sie zuckte nur mit den Achseln und drehte sich wieder zum Herd um. Sie maß ab, würzte, gab noch ein wenig hiervon und noch ein wenig davon hinzu, bis die Küche sich mit einer wahren Explosion von köstlichen Aromen füllte. Die Soße, herzhaft-dick mit Fleisch und verschiedenstem Gemüse, köchelte auf kleiner Flamme. Liz wischte sich befriedigt die Hände mit einem Küchenhandtuch ab und drehte sich um. Jonas hatte es sich am Küchentisch bequem gemacht und sah zu ihr hin.

„Du siehst gut aus“, sagte er. „Sehr gut sogar.“

Es schien so natürlich, dass sie hier zusammen in der Küche waren. In dem großen Topf auf dem Herd blubberte es leise, eine leichte Brise wehte durch das Fliegennetz an der Hintertür herein. Liz musste daran denken, wie schwer es war, sich nicht von der Sehnsucht nach den einfachen Dingen des Lebens überwältigen zu lassen. Sie legte das Handtuch beiseite und wusste plötzlich nicht mehr, was sie mit ihren Händen anfangen sollte. „Es gibt ja Männer, die glauben, dass eine Frau immer am besten aussieht, wenn sie am Herd steht.“

„Schwer zu entscheiden. Es hält sich die Waage mit dem Bild, wenn du am Ruder eines deiner Boote stehst. Wie lange muss das da noch köcheln?“

„Ungefähr eine halbe Stunde.“

„Gut." Er stand auf und kam an die Anrichte, auf die er vorhin zwei Flaschen gestellt hatte. „Dann können wir uns ein Glas Wein gönnen."

Eine kleine Alarmglocke schlug in Liz' Kopf los. Sie beschloss, dass das Chili einen Deckel auf dem Topf brauchte. „Ich habe keine Weingläser."

„Daran habe ich schon gedacht." Aus der Tüte neben den Flaschen zog er vorsichtig zwei feine Weingläser mit dünnen Stielen hervor.

„Du hast ganz offensichtlich an alles gedacht", murmelte sie.

„Du wolltest doch, dass ich dich beim Kochen ganz und gar in Ruhe lasse. Also musste ich mich doch irgendwie beschäftigen." Er entkorkte eine Flasche, damit der Wein atmen konnte.

„Diese Kerzen sind nicht von mir."

Als er sich umdrehte, sah er Liz beim Tisch stehen. Sie fingerte an einem der gewebten Sets. In der Mitte des Tischs standen zwei Kerzenhalter in einem tiefen Dunkelblau, passend zu ihrem Geschirr.

„Doch, sind sie", berichtigte Jonas.

Sie wickelte sich eine Franse um den Finger, ließ sie los, wickelte erneut. Das letzte Mal hatte sie Kerzen angezündet, als der Strom ausgefallen war. Aber die Kerzen, die jetzt in den Haltern standen, sahen keineswegs praktisch und zweckmäßig aus, sondern schlank und fein, regelrecht sinnlich. „Dieser ganze Aufwand war nicht nötig. Du hättest …"

„Wirst du bei Kerzen und Wein etwa nervös?"

Sie ließ die Franse wieder los und zog die Arme eng an ihre Seiten. „Nein, natürlich nicht."

„Gut." Dunkelroter Wein floss in die Gläser. „Ich finde, dass sowohl Wein wie auch Kerzen erheblich zur Entspannung beitragen." Er kam zu ihr und hielt ihr eines der Gläser hin. „Wir hatten doch abgemacht, dass wir uns entspannen."

Impulsiv wollte sie zurücktreten, doch sie nahm sich zusammen und rührte sich nicht von der Stelle. Sie nahm das Glas von ihm an und nippte. „Ich fürchte, du suchst nach mehr, als ich dir bieten kann."

„Nein." Er stieß leicht mit ihr an. „Ich suche genau nach dem, was du zu bieten hast."

Liz wurde klar, dass sie sich hier weit außerhalb ihrer Sicherheitszone befand. Sie ging zum Kühlschrank. „Wir können mit dem Salat als Vorspeise beginnen."

Jonas zündete die Kerzen an und schaltete die Deckenlampe aus. Liz versuchte sich zu beruhigen, indem sie sich sagte, dass es keinen Unterschied machte. Atmosphäre war nichts als eine angenehme Zugabe bei einem Mahl.

„Hübsch", meinte er, als sie Dressing über den Salat träufelte und ihn mit Avocadoscheiben dekorierte. „Wie nennt sich das?"

„Es ist ein Mayasalat." Liz probierte und war zufrieden. „Das Rezept habe ich aus der Zeit, als ich noch im Hotel arbeitete. Eigentlich habe ich dort kochen gelernt."

„Sehr gut", urteilte Jonas nach dem ersten Bissen. „Ich wünschte, ich hätte dich schon früher zum Kochen überredet."

„Das ist eine einmalige Angelegenheit." Sie entspannte sich gerade genug, um ein Lächeln zustande zu bringen. „Verpflegung ist nicht …"

„Ich weiß, ist nicht in der Zimmermiete eingeschlossen", beendete er den Satz für sie. „Vielleicht lässt sich ja darüber verhandeln?"

Dieses Mal lachte sie ihn an und spießte eine Scheibe Grapefruit auf die Gabel. „Das halte ich für sehr unwahrscheinlich. Wie versorgst du dich eigentlich in Philadelphia?"

„Ich habe eine Haushälterin, die jeden Mittwoch einen Eintopf oder eine Kasserolle für mich zubereitet." Er nahm den Bissen in den Mund, genoss das Zusammenspiel von frischem knackigen Grün und würziger Marinade. „Und ich esse oft auswärts."

„Auf Partys? Ich nehme an, du gehst oft auf Partys?"

„Manche geschäftlich, andere zum Vergnügen." Er hatte schon fast vergessen, wie es war, in einer Küche zu sitzen und ein gutes einfaches Mahl zu genießen. „Um ehrlich zu sein, mit der Zeit wird es anstrengend. Dieses ständige Cruising."

„Cruising?"

„Als Jerry und ich noch Teenager waren, sind wir freitagabends in den Wagen gestiegen und einfach durch die Straßen der Stadt gefahren. Die Idee dahinter war, wir wollten sehen, welche Mädels sich ebenfalls in ihre Autos gesetzt hatten und in der Stadt unterwegs waren. Diese Partys sind nichts anderes als Cruising für Erwachsene.“

Sie runzelte leicht die Stirn. Das hörte sich keineswegs so schillernd und aufregend an, wie sie sich das immer vorgestellt hatte. „Das scheint mir doch eher plan- und ziellos.“

„Es scheint nicht nur so, das ist es auch.“

„Aber du hingegen scheinst mir nicht der Mann zu sein, der auch nur einen Schritt tut, ohne ein konkretes Ziel vor Augen zu haben.“

„Ich habe genügend planlose Abende hinter mir“, murmelte er nachdenklich. „Irgendwann kommt man an den Punkt, wo einem klar wird, wie unsinnig das Ganze ist. Dass man keine Lust mehr dazu hat.“ Und genau das ist es, dachte er in diesem Moment. Es waren nicht die Arbeit oder die langen Stunden, die er in seiner Kanzlei mit Gesetzbüchern oder im Gerichtssaal vor der Jury verbrachte, sondern es waren diese langen sinnlosen Nächte, die die Sehnsucht nach mehr in ihm weckten. Er griff nach der Weinflasche und füllte Liz' Glas nach. „Das ist mir erst kürzlich bewusst geworden“, sagte er.

Das Blut begann leise durch ihre Adern zu rauschen. Liz schob das volle Weinglas beiseite und stand auf, ging zum Herd. „Wir alle kommen irgendwann an einen Punkt in unserem Leben, an dem wir einstige Entscheidungen überdenken und unsere Prioritäten neu ordnen müssen.“

„Ich habe den Eindruck, dass du das schon vor langer Zeit gemacht hast.“

„Habe ich. Und ich habe es nie bereut.“

So viel zumindest ist wahr, entschied er in Gedanken. Sie war keine Frau, die sich an Reue klammerte. „Du würdest es nicht anders wollen, oder?“

Liz schöpfte Chili auf die Teller. „Was meinst du?“

„Ich meine … wenn du die Zeit um elf Jahre zurückdrehen und dich für einen anderen Weg entscheiden könntest, du würdest es nicht tun."

Sie hielt inne. Über den Raum hinweg konnte er das Licht der flackernden Kerzen in ihren Augen schimmern sehen, als sie sich zu ihm umdrehte. Und er sah die Stärke darin, die sanftes Licht und Schattenspiel nicht überdecken konnten.

„Das würde ja bedeuten, dass ich Faith aufgeben müsste. Nein. Nein, ich würde nichts anders machen."

Als sie die Teller auf den Tisch stellte, fasste Jonas nach ihrer Hand. „Ich bewundere dich."

Verlegen starrte sie auf ihn herunter. „Wofür?"

„Weil du bist, wie du bist."

8. KAPITEL

Keine gesäuselten Komplimente, kein romantisches Liebesgeflüster hätten sie stärker und tiefer rühren können. Sie war nicht an Schmeicheleien gewöhnt, aber von Schmeicheleien, davon war Liz überzeugt, würde sich keine Frau, die sich selbst kannte und verstand, beeindrucken lassen. Ernst gemeinte schlichte Anerkennung jedoch war eine ganz andere Sache. Vielleicht lag es an dem Wein, vielleicht am Kerzenlicht oder vielleicht auch an der intimen Atmosphäre in der kleinen Küche des leeren Hauses, aber … sie fühlte sich wohl mit Jonas, fühlte sich ihm nahe. Ohne dass sie es merkte, ließ sie ihre Vorsicht schwinden.

„Ich könnte nie jemand anders sein."

„Doch, könntest du. Aber ich bin froh, dass du es nicht bist."

„Was bist du denn?", fragte sie und setzte sich wieder zu ihm an den Tisch.

„Ich? Ich bin ein fünfunddreißig Jahre alter Anwalt, dem gerade klar wird, wie viel Zeit er bereits vergeudet hat." Jonas hob sein Glas und stieß mit ihr an. „Trinken wir darauf, dass wir immer das Beste aus allem machen, was uns angeboten wird."

Auch wenn sie nicht wirklich verstand, was genau er damit meinte, trank sie einen Schluck, dann wartete sie darauf, dass er anfing zu essen.

„Mit dem Zeug könnte man einen Motor antreiben", sagte er nach dem ersten Bissen und tauchte seinen Löffel wieder ein, um noch einmal zu probieren. Scharfe Gewürze hüpften stechend auf seiner Zunge. „Das ist großartig."

„Nicht zu scharf für deinen empfindlichen Yankeemagen?"

„Mein Yankeemagen wird schon damit fertig. Weißt du, es wundert mich, wieso du noch nie auf den Gedanken gekommen bist, ein Restaurant aufzumachen. Wenn du so kochen kannst …"

Es wäre unnatürlich, sich über ein solches Lob nicht zu freuen. „Ich bin eben lieber im Wasser als in der Küche."

„Das kann ich dir nicht verübeln. Also du hast diese Rezepte alle in der Hotelküche aufgeschnappt, als du dort gearbeitet hast?"

„Ja. Die Angestellten bekamen eine warme Mahlzeit pro Tag in der Küche. Der Hotelkoch hat mir beigebracht, wie viel ich hiervon hinzugeben muss und was ich davon hinzugeben muss. Er war sehr nett zu mir." Liz dachte an die Zeit zurück. „Alle waren sehr nett zu mir."

Er wollte alles über sie erfahren, alle noch so kleinen Details, alle Gefühle, alle Erinnerungen. Deshalb wusste er auch, dass er behutsam vorgehen musste. „Wie lange hast du dort gearbeitet?"

„Zwei Jahre. Irgendwann habe ich aufgehört, die Betten zu zählen, die ich bezogen habe."

„Und dann hast du deinen eigenen Tauchladen aufgemacht?"

„Ja." Sie nahm einen dünnen Cracker und brach ihn in zwei Hälften. „Es war ein Wagnis, aber es hat sich gelohnt."

„Wie hast du das fertiggebracht?" Er wartete, bis sie den Kopf hob und ihn fragend anschaute. „Ich meine, mit deiner Tochter?"

Er konnte körperlich spüren, wie sie zurückwich, und er hörte es in ihrer Stimme. „Ich weiß nicht, worauf du hinauswillst."

„Ich versuche nur, mir das vorzustellen." Er hielt seine Stimme ruhig und gleichmäßig, er wusste, dass sie auf Drängen nicht gut reagieren würde. „Es gibt nicht viele Frauen, die das alles geschafft hätten, was du geschafft hast. Du warst völlig allein, schwanger und musstest dir deinen Lebensunterhalt verdienen."

„Ist das denn so ungewöhnlich?" Wenn sie daran zurückdachte, musste sie lächeln. „Es gab eben nur eine sehr eingeschränkte Auswahl. Mir blieb doch gar nichts anderes, als damit fertig zu werden."

„Die meisten Menschen hätten sich sicherlich für einen anderen Weg entschieden."

Es war kein Problem für sie, das zu akzeptieren. „Ein anderer Weg wäre aber für mich nicht der richtige gewesen." Sie nippte an ihrem Wein, erinnerte sich an die Zeit. „Ich hatte Angst. Ziemlich große Angst sogar, zumindest am Anfang. Aber mit der Zeit schwand die Furcht. Die Leute hier waren unglaublich freundlich zu mir. Vielleicht wäre es mir anders ergangen, hätte ich nicht all diese netten Menschen um mich herum gehabt. Die Wehen setzten bei mir ein, als ich gerade Zimmer 328 sauber machte, das werde ich nie vergessen." Ihre Augen begannen warm zu strahlen, als sähe sie etwas sehr Schönes vor sich. „Ich weiß noch, ich hielt gerade einen Stapel Handtücher in der Hand und dachte nur: ‚Oh Gott, es geht los, und ich habe nur die Hälfte der Zimmer fertig.'" Sie lachte und tauchte ihren Löffel ein, aß weiter.

Jonas' Essen wurde kalt. „Du hast an dem Tag noch gearbeitet, als dein Baby auf die Welt kam?"

„Natürlich, ich war schwanger, nicht krank. Mit mir war alles in bester Ordnung."

„Ich kenne Männer, die nehmen sich einen Tag frei, wenn sie eine neue Füllung beim Zahnarzt bekommen."

Sie lachte wieder und reichte ihm den Korb mit den Crackern. „Vielleicht sind Frauen da härter im Nehmen."

Nur wenige Frauen, dachte er still. Nur außergewöhnliche Frauen. „Und nach der Geburt?"

„Nach der Geburt hatte ich noch einmal Glück. Eine von den Frauen, mit denen ich zusammenarbeitete, kannte Señora Alderez und machte uns miteinander bekannt. Als Faith geboren wurde, war deren Jüngster gerade fünf geworden. Sie kümmerte sich tagsüber um Faith, sodass ich gleich wieder an die Arbeit zurückkehren konnte."

Der Cracker zerbrach zwischen seinen Fingern. „Das muss schwierig für dich gewesen sein."

„Das einzig Schwierige war, jeden Morgen mein Baby bei Señora Alderez abzugeben. Aber die *señora* war einfach wunderbar zu Faith und mir. So habe ich dann auch das Haus hier gefunden. Wie auch immer … ich eröffnete also den Taucherladen."

Ihr war gar nicht klar, dass es umso trostloser klang, je knapper sie es beschrieb. „Du sagtest, der Laden sei ein Wagnis gewesen."

„Alles ist ein Wagnis. Und heißt es nicht, wer nicht wagt, der nicht gewinnt? Hätte ich weiter die Stelle im Hotel behalten, dann wäre es mir nie möglich gewesen, Faith das zu geben, was ich ihr geben will. Ich glaube, dass ich auch selbst das Gefühl gehabt hätte, zu kurz gekommen zu sein. Möchtest du noch etwas?"

„Nein, danke." Er stand auf und begann das Geschirr abzuräumen, während er sich überlegte, wie er näher an sie herankommen konnte. Nur ein falsches Wort von ihm, und sie würde sich wieder verschließen. Aber je mehr er von ihr erfuhr, desto mehr wollte er über sie wissen. „Wo hast du tauchen gelernt?"

„Hier auf Cozumel. Damals war ich nicht viel älter, als Faith jetzt ist." Aus reiner Gewohnheit begann sie, das übrig gebliebene Essen in Plastikschalen umzufüllen und in den Kühlschrank zu stellen, während Jonas mit dem Geschirrspülen begann. „Ich kam mit meinen Eltern her. Das Tauchen hat mich sofort gefangen genommen. Es war wie … ich weiß nicht … als würde man plötzlich fliegen können. Das ist wohl der passendste Vergleich."

„Bist du deshalb hierhergekommen?"

„Ich kam her, weil ich gute Erinnerungen an die Insel hatte. Hier habe ich mich immer wohlgefühlt. Ruhig und friedvoll. Ich hatte das Gefühl dringend nötig."

„Aber zu der Zeit musst du in den Staaten doch noch zur Schule gegangen sein."

„Ich hatte gerade mit dem College angefangen." Liz musste einige Dinge im Kühlschrank umsortieren, um Platz zu schaffen. „Ich studierte im ersten Semester Meereswissenschaften. Ich wollte Meeresbiologin werden, wollte lehren und allen anderen die Wunder der Unterwasserwelt nahebringen. Eine Wissenschaftlerin, die alle Antworten finden würde. Es war ein so großer Traum, dass er alles andere zurückdrängte. Meine Nase steckte ständig in den Büchern, ich ging nur ganz selten aus. Und dann …" Sie brach abrupt ab, riss sich zusammen. Langsam richtete sie sich auf und schloss die Kühlschranktür. „Zum Spülen wirst du Licht brauchen."

„Und dann … was?" Eine Hand an ihrer Schulter, drehte er sie zu sich herum, nachdem sie das Licht eingeschaltet hatte.

Sie starrte in sein Gesicht. Helles Licht fiel auf sie beide, löschte die flackernden Schatten der Kerzenflammen. „Dann traf ich Faiths Vater. Das war das Ende meiner großen Träume."

Das Bedürfnis, alles zu erfahren, trübte sein Urteilsvermögen. Er vergaß sämtliche Vorsicht. „Hast du ihn geliebt?"

„Ja. Hätte ich das nicht getan, gäbe es Faith heute nicht."

Das war nicht die Antwort, die er hatte hören wollen. „Warum ziehst du sie dann heute alleine auf?"

„Das ist doch wohl klar, oder etwa nicht?" Wut brodelte in ihr. Sie schob seine Hand von ihrer Schulter. „Er wollte mich nicht."

„Ob er dich wollte oder nicht, er hatte eine Verantwortung dir und dem Kind gegenüber."

„Erzähl mir nichts von Verantwortung. Faith ist meine Verantwortung."

„Das Gesetz sieht das in einem solchen Fall aber anders."

„Dein Gesetz kannst du behalten", fauchte sie. „Er konnte jeden Paragrafen Wort für Wort zitieren, nur bedeutete das nichts für ihn. Er wollte weder mich noch das Kind."

„Also hast du wegen deines Stolzes deine Rechte aufgegeben?" Jähe Ungeduld erfasste ihn, er steckte die Hände in die Hosentaschen und ging zum Spülbecken zurück. „Warum hast du nicht für das gekämpft, was dir zustand?"

„Du willst also wirklich die Details hören, Jonas?" Mit der Erinnerung kamen auch der Schmerz und die Scham zurück. Liz konzentrierte sich auf den Zorn. Sie setzte sich wieder an den Tisch, nahm ihr Glas in die Hand und trank einen großen Schluck. „Ich war noch nicht ganz achtzehn. Ich ging aufs College, um genau das zu studieren, was ich studieren wollte. Damit ich genau das tun konnte, was ich tun wollte. Ich hielt mich für sehr viel reifer als die meisten meiner Kommilitonen, die nur von Seminarraum zu Seminarraum wechselten, um herauszufinden, wo an diesem Abend am meisten los sein würde. Ich verbrachte meine Abende in der Bücherei. Dort traf ich ihn auch. Er war in seinem letzten Jahr, und er wusste, dass er das Examen schaffen musste, sonst würde ihm zu Hause die Hölle heißgemacht werden. Seine Familie mischte praktisch seit dem Bürgerkrieg in der Politik mit, oder aber sie wurden Anwälte und Richter. Du müsstest doch mit dieser Tradition vertraut sein, oder?"

Die Spitze traf ins Schwarze. Er nickte nur.

„Dann wird dir auch der Rest der Geschichte nicht unbekannt sein. Wir sahen uns jeden Abend in der Bücherei, also entwickelte sich irgendwann das erste Gespräch zwischen uns. Aus der Unterhaltung wurde eine gemeinsame Tasse Kaffee. Er war intelligent, attraktiv, amüsant und hatte die besten Manieren." Fast unwirsch blies sie die Kerzen aus. Der Geruch von schwarzem Rauch hing in der Luft. „Ich verliebte mich hoffnungslos in ihn. Er schenkte mir Blumen, am Wochenende fuhren wir aufs Land hinaus, verbrachten wunderbare, stille Samstage zusammen. Als er mir sagte, er liebe mich, glaubte ich ihm. Ich dachte wirklich, mir läge die ganze Welt zu Füßen."

Sie stellte ihr Glas ab, wollte die Geschichte endlich zu Ende bringen. Jonas schwieg, er gab keinen Ton von sich.

„Er meinte, wir würden heiraten, sobald er sich etabliert hätte. Wir saßen in seinem Wagen und betrachteten die Sterne, und er erzählte mir von seinem Elternhaus in Dallas und beschrieb all die vielen Zimmer. Erzählte von den Partys und den Dienstboten und den großen Kristalllüstern. Es war wie im Märchen, ein wunderschönes Märchen mit dem sicheren ‚Und sie lebten glücklich bis an ihr Lebensende' am Schluss. Dann erschien eines Tages seine Mutter auf der Bildfläche." Liz lachte bitter auf, sie umklammerte die Stuhllehne, bis die Knöchel ihrer Finger weiß hervortraten. Noch heute konnte sie das Gefühl der Erniedrigung spüren. „Nein, um genau zu sein, sie erschien nicht persönlich im Studentenheim. Sie hatte ihren Chauffeur geschickt, um mich abzuholen. Marcus hatte mir zwar kein Wort davon gesagt, aber ich war absolut begeistert, dass ich sie endlich kennenlernen sollte. Vor der Tür stand dieser unglaubliche weiße Rolls-Royce, eins dieser Autos, die man eigentlich nur im Film sieht. Als der Chauffeur die Tür für mich aufhielt, schwebte ich wie auf Wolken. Ich stieg ein, und Marcus' Mutter zählte mir die unabänderlichen Fakten des Lebens auf. Ihr Sohn habe eine gewisse Position einzunehmen, ein gewisses Image zu pflegen. Ich sei sicherlich ein nettes Mädchen, aber wohl kaum passend für einen Jensann aus Dallas."

Bei der Erwähnung des Namens kniff Jonas unwillkürlich die Augen leicht zusammen, aber er sagte nichts. Liz ging zum Herd und begann die Kochfläche zu säubern.

„Sie sagte, sie hätte bereits mit ihrem Sohn gesprochen, und er würde verstehen, dass unsere Beziehung nicht weitergehen könne. Dann bot sie mir einen Scheck als Entschädigung an. Ich fühlte mich maßlos erniedrigt. Schlimmer noch, ich war schwanger. Gerade am Morgen hatte ich es herausgefunden, noch wusste niemand davon. Ihren Scheck nahm ich nicht an. Ich stieg wortlos aus dem Wagen aus und ging direkt zu Marcus. Ich war sicher, dass er mich liebte, so sehr, dass er alles für mich aufgeben würde, für mich und das Baby. Nun, ich hatte mich geirrt."

Ihre Augen waren so trocken, dass es schmerzte. Einen Moment lang presste sie die Finger darauf. „Er war sehr sachlich und logisch, als er mir alles erklärte. Es sei nett gewesen, aber jetzt sei es eben vorbei. Seine Eltern hatten das Bankkonto im Rücken, und es sei ihm nun mal wichtiger, sie glücklich und zufrieden zu machen. Er ließ mich auch noch wissen, dass wir uns ab und zu noch sehen könnten, natürlich nur, solange es nicht öffentlich sei. Als ich ihm von dem Baby erzählte, wurde er maßlos wütend. Wie ich so etwas nur hätte tun können? *Ich.*"

Sie schleuderte den Lappen ins Spülbecken. Das warme Spülwasser spritzte auf. „Als wäre ich allein für das Baby verantwortlich! Er würde es auf keinen Fall zulassen. Er würde sich nicht von einer dummen kleinen Gans das Leben verbauen lassen, nur weil sie schwanger war. Er wollte, dass ich es loswerde. *Es* – als wäre Faith ein … ein Ding, das man einfach ausradieren und vergessen könnte. Ich wurde hysterisch, und er verlor komplett die Beherrschung. Drohte mir. Sagte, er würde verbreiten, dass ich mit jedem ins Bett steige. Und seine Freunde würden das auch jedem bestätigen. Ich könnte nie beweisen, dass das Baby von ihm ist. Er redete davon, welche Schande es für meine Eltern sei, und dass sie vielleicht sogar mit einer Anklage wegen Rufmords rechnen müssten, sollte ich nicht Ruhe geben. Er warf mit einer Menge juristischer Begriffe um sich, die meisten davon verstand ich gar nicht. Ich verstand nur, dass er fertig mit mir war. Seine Familie besaß reichlich Einfluss am College. Er drohte mir damit, er würde es arrangieren, dass ich exmatrikuliert werden würde. Und da ich dumm und naiv genug war, ihm zu glauben, war ich völlig verschreckt und eingeschüchtert. Er gab mir einen Scheck und riet mir, den Staat zu verlassen, am besten gleich das Land. Sagte, ich solle mich um die Sache kümmern. Damit niemand etwas davon erfahre. Eine ganze Woche lang unternahm ich gar nichts. Saß wie in Trance in meinen Seminaren und hoffte immer noch darauf, dass ich aufwachen und sich alles nur als böser Traum erweisen würde. Dann stellte ich mich endlich der Wahrheit. Ich schrieb meinen Eltern. In dem Brief erzählte ich ihnen das, was nötig war und was ich ihnen sagen konnte. Ich verkaufte das Auto, das sie mir zu meinem Highschoolabschluss geschenkt hatten, nahm den Scheck von Marcus an und kam nach Cozumel, um hier mein Baby auf die Welt zu bringen."

Er hatte es wissen wollen, hatte verlangt, dass sie es ihm erzählte, doch er war nicht wirklich vorbereitet gewesen. In seinem Inneren herrschte ein Gefühlschaos. „Du hättest zu deinen Eltern gehen können."

„Ich weiß. Nur damals hatte Marcus mich davon überzeugt, wie sehr sie sich für die Schande schämen würden. Er hatte mir erfolgreich weisgemacht, dass sie mich hassen und das Baby als Belastung ansehen würden."

„Warum hast du dich nicht mit seiner Familie in Verbindung gesetzt? Du hattest ein Recht darauf, von ihnen Unterstützung zu erhalten."

„Mich mit seiner Familie in Verbindung setzen? Mich von ihnen unterstutzen lassen?" Nie zuvor hatte er ihre Stimme so giftig gehört. „Eher wäre ich zur Hölle gefahren."

Er musste einen Moment warten, bevor er sicher sein konnte, sich wieder unter Kontrolle zu haben. „Sie wissen bis heute nichts davon, oder?"

„Nein. Und sie werden es auch nie erfahren. Faith gehört mir."

„Und was weiß Faith?"

„Das, was sie wissen muss. Ich würde sie nie anlügen."

„Weißt du denn auch, dass Marcus Jensann seinen Sitz im Senat so gut wie sicher hat und dass er möglicherweise sogar noch weiter aufsteigen wird?"

Innerhalb von Sekunden verlor ihr Gesicht alle Farbe. „Du kennst ihn?"

„Nur seinen Ruf."

Die Panik überrollte sie wie eine Welle, zog sich zurück, schlug wieder über ihr zusammen. „Er weiß nicht, dass Faith existiert. Keiner von ihnen weiß es. Sie dürfen es auch nicht erfahren."

Ohne sie aus den Augen zu lassen, kam er auf sie zu. „Wovor hast du Angst, Liz?"

„Vor der Macht. Faith ist allein meine Tochter, sie wird meine Tochter bleiben. Keiner von ihnen wird sie je bekommen."

„Ist das der Grund, weshalb du auf dieser Insel bleibst? Du versteckst dich vor ihnen?"

„Ich werde tun, was immer nötig ist, um meine Tochter zu beschützen."

„Er hat dich noch immer in der Hand." Jäh übermannte Jonas seine Wut auf sie. „Er hält diesen verängstigten Teenager in dir gefangen, einen Teenager, der nie die Chance hatte, sich zu entfalten und sich lebendig zu fühlen. Glaubst du wirklich, ein Mann wie er könnte sich überhaupt an dich erinnern? Du rennst noch immer vor einem Mann weg, der dich nicht erkennen würde, wenn ihr auf der Straße aneinander vorbeigehen würdet."

Sie versetzte ihm eine Ohrfeige, so hart, dass sein Kopf nach hinten flog. Mit rasselndem Atem wich sie von ihm zurück, entsetzt über die Gewalt, die offensichtlich in ihr schlummerte, ohne dass sie überhaupt von deren Existenz geahnt hatte. „Sag du mir nicht, wovor ich weglaufe", wisperte sie. „Sag du mir nicht, was ich fühle." Sie schwang auf dem Absatz herum und floh. Noch bevor sie die Tür erreichte, hatte er sie eingeholt. Er packte sie bei den Armen und wirbelte sie zu sich herum. Er wusste nicht zu sagen, weshalb seine Wut so heiß brannte, wusste nur, dass er weit über den Punkt hinaus war, sie noch zu kontrollieren.

„Wie viel hast du seinetwegen aufgegeben?“, herrschte er sie an. „Auf was alles hast du in deinem Leben nur seinetwegen verzichtet?“

„Es ist mein Leben!“, schrie sie ihn an.

„Das du mit niemandem teilen willst, außer mit deiner Tochter. Was, zum Teufel, wirst du tun, wenn sie erwachsen ist? Was, verdammt noch mal, machst du in zwanzig Jahren, wenn du nichts anderes hast als deine Erinnerungen?“

„Nicht.“ Eine Flut Tränen stieg ihr in die Augen, es war unmöglich, sie aufzuhalten.

Er hielt sie vor sich fest, zwang sie, ihn anzusehen. „Wir alle brauchen einen anderen Menschen, selbst du. Und es wird Zeit, dass dir das jemand klarmacht.“

„Nein.“

Sie versuchte, den Kopf abzuwenden, doch er war schneller. Den Mund auf ihren gepresst, hielt er sie an sich gedrückt. Mit aller Macht versuchte sie sich zu wehren, doch ihre Arme lagen gefangen zwischen ihren beiden Körpern, und seine hatten sich wie eine eiserne Klammer um sie gelegt. In den wirren Gefühlstumult von Angst und Wut mischte sich noch eine weitere Emotion – Erregung. Liz kämpfte darum, keinem dieser Gefühle nachzugeben, während sein Mund von ihr die Kapitulation und eine Antwort forderte.

„Du kämpfst nicht gegen mich“, sagte er, als er den Kopf hob und ihr eisern in die Augen sah, „du kämpfst gegen dich selbst. Das tust du schon, seit wir uns das erste Mal begegnet sind.“

„Ich will, dass du mich loslässt.“ Ihre Stimme sollte fest klingen, dennoch konnte sie das Beben nicht unterdrücken.

„Das glaube ich dir. Du willst, dass ich dich loslasse, und gleichzeitig wünschst du dir, dass ich es nicht tue. Schon seit langer Zeit triffst du deine eigenen Entscheidungen, Liz. Diese hier werde ich dir abnehmen.“

Unter seinen Lippen verstummte ihr wütender Protest, als er sie auf das Sofa drückte. Unter seinem Gewicht gefangen, entwickelte ihr Körper ein Eigenleben und begann zu reagieren. Das Blut rauschte schneller durch ihre Adern, Hitze breitete sich in ihr aus. Er hatte recht, sie kämpfte gegen sich selbst an. Weil sie erst sich selbst bezwingen musste, bevor sie ihn besiegen konnte. Doch sie war dabei, die Schlacht zu verlieren.

Sie hörte das eigene lustvolle Stöhnen, als er ihren Hals liebkoste. Sie fühlte seinen harten Körper auf sich, als sie sich unter ihm wand. Aber es war kein Winden des Widerstandes. Nimm mich, schien sie ihm ohne Worte sagen zu wollen. Nimm mich so, wie ich bin.

Brennendes Begehren loderte in ihrem Körper und riss alle Schutzmauern und jede Barriere nieder. So hatte sie schon seit Ewigkeiten nicht mehr gefühlt. Mit einem Laut der Verzweiflung fasste sie mit beiden Händen sein Gesicht und zog seinen Kopf zu sich heran, um seinen Mund auf ihrem zu spüren.

Sie konnte die Leidenschaft schmecken, schmeckte das verheißungsvolle Versprechen. Verwegenheit und Wagemut, so lange in ihrem Innern an Ketten gelegt, sprengten ihre Fesseln und übernahmen die Kontrolle. Sie stieß einen Laut aus, als sie sich an ihn schmiegte, ihr war nicht einmal bewusst, dass es ein Lachen war. Sie wollte ihn. Er wollte sie. Und zum Teufel mit dem Rest.

Er war nicht sicher, welcher Auslöser ihn angetrieben hatte – Rage, Verlangen oder Qual. Er wusste nur, dass er sie besitzen musste, ganz – Körper, Seele und Geist. Sie wand sich völlig losgelöst unter ihm, wehrte sich längst nicht mehr. Jede ihrer Bewegungen forderte ihn auf, sich mehr zu nehmen, ihr mehr zu geben. Nichts schien ausreichend genug, nichts ging schnell genug. Sie war wie ein Sturm, der losgebrochen war, wie ein Feuer, das alles verschlang. Was immer er in ihr freigesetzt hatte, es war entfacht und hielt ihn gefangen.

Jonas zog ihr das T-Shirt über den Kopf und schleuderte es beiseite. Sein Herz hämmerte, als ob es jeden Augenblick zerspringen würde. Sie war so schlank, so zierlich. Aber auch in ihm hatte sich ein Biest losgerissen, das viel zu lange in einem Käfig eingesperrt gewesen war. Er zog die harte Spitze ihrer Brust zwischen seine Lippen und schickte sie damit beide auf die Sturzfahrt in einen wilden Strudel. Sie schmeckte überwältigend frisch und erfrischend – ein eisgekühltes Glas klaren Wassers. Sie strömte den Duft von Weiblichkeit aus – unverfälscht und sinnlich und verführerisch. Er spürte, wie sich ihr Körper ihm entgegenbog, vor Erregung zitternd, heiß wie ein Komet. Unter der Unschuld, die als ein so wesentlicher Teil unauslöschlich zu ihrem Wesen gehörte, drängte sich hemmungslose Leidenschaft an die Oberfläche. Kein Mann auf der Welt hätte dieser Kombination widerstehen können, jeder Mann auf der Welt wünschte sich das. Er genoss es, die zarte Haut an ihrem Hals zu küssen, spürte, wie ihm das Hemd von den Schultern gezerrt wurde.

Sie wusste kaum, was sie tat. Ihr Körper schickte Befehle an ihren Verstand, ihn zu berühren, denen sie sich nicht widersetzen konnte. Sie wollte seinen Körper an ihrem spüren, heißes Fleisch auf heißem Fleisch. Sie wollte die Intimität erfahren, die sie sich so lange selbst versagt hatte. Es hatte keinen anderen gegeben. Und als Liz ihre Haut mit seiner verschmelzen fühlte, erkannte sie auch, warum. Es gab nur einen. Jonas. Sie zog seinen Kopf zu sich herauf und kostete erneut von seinen Lippen.

Er streifte ihr die Hose von den Beinen. Sie war jetzt nackt, aber sie fühlte sich nicht verletzlich, im Gegenteil. Sie war unbesiegbar. Atemlos machte sie sich am Bund seiner Hose zu schaffen. Und dann ließ sie ihm keine Wahl mehr. Sie fieberte gierig auf die Erlösung hin, und so schlang sie die Beine um seine Hüften und presste sich noch näher an ihn, zog ihn in sich, bis sie endlich von ihm erfüllt war. Der Schock über den ersten schnellen Höhepunkt ließ sie die Augen weit aufreißen. Sein Gesicht nur Zentimeter von ihrem entfernt, beobachtete Jonas ihr Mienenspiel. Sie öffnete den Mund, ihre Lippen bebten. Doch noch bevor sie Atem schöpfen konnte, trieb er sie wieder an, immer schneller, immer höher. Sie hätte nicht sagen können, wie lange sie dort oben auf dem Gipfel der Lust balancierten, schwankend zwischen Vergnügen und Befreiung. Dann schlang er die Arme um sie, und sie schlang die Arme um ihn. Gemeinsam stürzten sie sich über die Klippe.

Liz sprach nicht. Nur langsam beruhigte sich ihr Körper wieder, sie konnte keinen Einfluss nehmen, um den Ablauf zu beschleunigen. Jonas rührte sich nicht. Er hatte sein Gewicht ein wenig verlagert, aber seine Arme hielten sie noch immer fest. Sie wünschte, er würde mit ihr sprechen. Sie musste etwas von ihm hören, das ihr dabei half, das eben Geschehene richtig einzuordnen. Sie hatte bisher nur einen Liebhaber gehabt, und sie hatte gelernt, nichts zu erwarten.

Jonas legte die Stirn an ihre Schulter. Er hatte mit seinen eigenen Dämonen zu kämpfen. „Es tut mir leid, Liz."

Etwas Schlimmeres hätte er nicht sagen können. Liz schloss die Augen in der Hoffnung, ihre Gefühle einfach per Knopfdruck abstellen zu können – was ihr erstaunlicherweise ganz gut gelang. Relativ ruhig griff sie nach ihren Sachen, die auf dem Boden verstreut lagen. „Ich brauche keine Entschuldigung von dir." Die zu einem Bündel zusammengeknüllten Kleider auf dem Arm, eilte sie in ihr Schlafzimmer.

Jonas setzte sich auf und stieß geräuschvoll die Luft aus den Lungen. Es schien, dass er bei Liz Palmer grundsätzlich die falsche Vorgehensweise wählte. Jeder Schritt, den er bisher gemacht hatte, schien in die falsche Richtung zu gehen – rückwärts. Es verwirrte ihn, dass er so derb mit ihr gewesen war, dass er ihr kaum Raum gelassen hatte, eine eigene Wahl zu treffen. Es wäre besser für alle Beteiligten, wenn er für sie einen persönlichen Leibwächter anheuern und selbst wieder ins Hotel ziehen würde. An seinem grundlegenden Motiv zweifelte er nicht: Er wollte nicht, dass sie verletzt wurde, und er fühlte sich verantwortlich für ihre Sicherheit. Nur schien er nicht in der Lage zu sein, das entsprechend umzusetzen. Als sie in der Küche gestanden und ihm erzählt hatte, was sie hatte durchmachen müssen, hatte etwas in ihm zu brodeln begonnen. Doch wie ließ sich erklären, dass sich dieses Etwas als wilde Leidenschaft offenbart hat? Es gab keine Rechtfertigung dafür. Seine Entschuldigung war völlig unzureichend, aber viel mehr konnte er ihr nicht anbieten.

Jonas stieg in seine Hose und machte sich auf den Weg zu seinem Zimmer. Es hätte ihn nicht verwundern sollen, dass er sich stattdessen in Liz' Zimmer wiederfand. Sie zog gerade ihren Morgenmantel über.

„Es ist spät, Jonas."

„Habe ich dir wehgetan?“

Sie bedachte ihn mit einem Blick, der ihm vor lauter Schuldgefühlen einen schmerzhaften Stich in die Magengrube versetzte. „Ja. Und jetzt würde ich gerne duschen, bevor ich zu Bett gehe.“

„Liz, es gibt keine Entschuldigung dafür, dass ich so grob war, und ich kann es auch nicht wiedergutmachen, aber …“

„Deine Entschuldigung hat mir wehgetan“, unterbrach sie ihn. „Wenn du dann alles losgeworden bist, was du zu sagen hattest … Ich würde jetzt gern allein sein.“

Einen Moment lang starrte er sie an, dann fuhr er sich frustriert mit den Fingern durchs Haar. Wie hatte er sich je vormachen können, er würde sie verstehen? Sie war und blieb ein Rätsel für ihn. „Verdammt, Liz, ich habe mich nicht dafür entschuldigt, dass ich mit dir geschlafen habe, sondern für meinen Mangel an Finesse. Ich habe dich ja praktisch auf den Boden geschleudert und dir die Kleider vom Leib gerissen.“

Sie verschränkte die Arme vor sich und versuchte, ruhig zu bleiben. „Ich habe dir ebenfalls die Kleider vom Leib gerissen.“

Erst zuckten nur seine Mundwinkel, dann verzogen sich seine Lippen zu einem Lächeln. „Ja, allerdings.“

In ihren Augen stand nicht das geringste Anzeichen von Humor. „Willst du jetzt auch noch von mir eine Entschuldigung hören?“

Er trat auf sie zu und legte seine Hände auf ihre Schultern. Ihr Morgenmantel war aus dünner Baumwolle und leuchtete in kräftigen Farben. „Nein. Ich glaube, ich möchte von dir hören, dass du mich genauso sehr gewollt hast wie ich dich.“

Ihre Abwehr bröckelte, sie schaute an ihm vorbei. „Ich hätte gedacht, das sei offensichtlich gewesen.“

„Liz.“ Sanft fasste er ihr Kinn und drehte ihr Gesicht zurück zu sich.

„Na schön. Ich habe dich gewollt. Und jetzt …“

„Jetzt“, fiel er ihr ins Wort, „hörst du mir zu.“

„Es besteht kein Grund, weiter darüber zu sprechen.“

„Oh doch.“ Er führte sie zum Bett und zog sie neben sich auf die Bettkante. Mondlicht fiel auf ihre Hände, als er sie in seine nahm. „Ursprünglich kam ich aus einem einzigen Grund nach Cozumel. Wie ich zu dieser Sache stehe, daran hat sich auch nichts geändert. Aber andere Dinge haben sich geändert. Als ich dich das erste Mal traf, war ich sicher, dass du etwas weißt, dass du etwas vor mir verheimlichst. Alles, was mit dir zu tun hatte, brachte ich immer nur mit Jerry in Verbindung. Aber es dauerte nicht lange, und andere Dinge kamen hinzu. Ich wollte alles über dich erfahren. Für mich selbst."

„Warum?"

„Ich weiß es nicht. Ich weiß nur, dass es mir unmöglich ist, mich nicht um dich zu sorgen." Er musste grinsen, als er ihren verblüfften Gesichtsausdruck sah. „Du bietest dieses Bild von absoluter Unabhängigkeit und Eigenständigkeit, und trotzdem schaffst du es irgendwie, wie ein schutzbedürftiges Kind auszusehen. Heute Abend habe ich dich ganz bewusst dazu bringen wollen, mir von Faith und den Gründen zu erzählen, die dich hierhergebracht haben. Und als du es dann tatest, konnte ich es nicht verkraften."

Sie entzog ihm ihre Hand. „Das ist verständlich. Die meisten Leute können mit ledigen Müttern nicht umgehen."

Erbost fasste er wieder nach ihrer Hand und hielt sie fest. „Hör auf damit, mir ständig Worte in den Mund zu legen. Du standest in der Küche und schildertest deine Vergangenheit, und ich sah dich vor mir – ein junges Mädchen, wissbegierig, lebendig, vertrauensvoll. Du wurdest betrogen und verletzt. Und dann verstand ich, was er dir angetan hat. Er hat dich von den Menschen, die du liebst, getrennt und all deine Träume zerstört."

„Ich sagte dir bereits, dass ich nichts bereue."

„Ich weiß." Er hob ihre Hand an seine Lippen und küsste ihre Fingerspitzen. „Ich glaube, für einen Moment hatte ich einfach das Bedürfnis, anstatt deiner Reue zu empfinden."

„Jonas, glaubst du denn immer noch daran, dass das Leben so abläuft, wie man es sich als Kind vorstellt?"

Er lachte leise, legte den Arm um sie und zog sie enger an sich. Für einen Moment verharrte Liz stocksteif, unsicher, wie sie auf diesen selbstverständlichen Beweis von Zuneigung reagieren sollte. Dann lehnte sie den Kopf an seine Schulter und schloss die Augen. „Jerry und ich wären möglicherweise irgendwann Partner geworden."

„In welcher Beziehung?"

„In jeder Beziehung." Sie tippte auf die Goldmünze, die an seiner Kette baumelte. „Er hatte auch so eine."

„Unsere Großeltern schenkten sie uns, als wir noch Kinder waren. Zwei identische Fünfdollargoldmünzen. Schon komisch. Ich habe meine immer mit Kopf nach oben getragen, während bei Jerry immer die Seite mit Zahl zu sehen war." Er schloss die Finger um die Münze. „Wir waren sechzehn, als er zum ersten Mal ein Auto stahl."

Behutsam legte sie ihre Finger über seine. „Das tut mir wirklich sehr leid."

„Dabei war es völlig unnötig, es gab keinen Grund dafür. Es standen immer Autos in der Garage, die wir jederzeit benutzen konnten. Er sagte einmal zu mir, dass er nur neugierig gewesen sei, ob er damit durchkomme."

„Er hat dir das Leben nicht einfach gemacht, oder?"

„Nein. Und vor allem hat er sich selbst das Leben nicht einfach gemacht. Aber er hat nie etwas aus Boshaftigkeit getan. Es gab Zeiten, da habe ich ihn regelrecht gehasst. Doch ich habe nie aufgehört, ihn zu lieben."

Liz rückte noch näher an ihn heran. „Liebe tut immer mehr weh als Hass."

Er drückte einen Kuss auf ihr Haar. „Liz … ich nehme an, du hast nie mit einem Anwalt über Faith geredet, oder?"

„Warum sollte ich das tun?"

„Marcus obliegt eine Verantwortung, zumindest eine finanzielle Verantwortung für dich und Faith."

„Ich habe ein Mal Geld von Marcus angenommen. Noch einmal werde ich es nicht tun."

„Unterhaltszahlungen für ein Kind können sehr diskret arrangiert werden. Dann könntest du damit aufhören, sieben Tage in der Woche zu arbeiten."

Liz atmete tief durch und zog sich ein wenig zurück, damit sie ihn ansehen konnte. „Faith ist mein Kind. Sie wurde in dem Moment allein zu meinem Kind, als Marcus mir den Scheck überreichte. Ich hätte eine Abtreibung machen lassen und wieder zu dem Leben zurückkehren können, das ich für mich geplant hatte. Stattdessen entschied ich mich für das Baby. Ich entschied mich, das Kind auf die Welt zu bringen, es aufzuziehen und alles in meiner Macht Stehende für das Baby zu tun. Faith hat mir immer nur nichts als Freude bereitet, seit ich sie zum ersten Mal im Arm gehalten habe. Und ich habe wirklich nicht die Absicht, sie mit irgendjemandem zu teilen."

„Eines Tages wird sie dich nach dem Namen ihres Vaters fragen."

Liz leckte sich über die trockenen Lippen, nickte schwach. „Wenn es so weit ist, werde ich ihr den Namen ihres Vaters nennen. Sie wird dann ihre eigene Wahl treffen müssen."

Er würde sie nicht weiter drängen, aber es sprach auch nichts dagegen, wenn er seinen Kanzleigehilfen damit beauftragte, sich genauer über die Regelungen von Unterhaltszahlungen kundig zu machen und Sorgerechtsfälle zu recherchieren. „Wirst du mir erlauben, sie kennenzulernen? Ich weiß, ich muss aus dem Haus sein, wenn sie kommt. Abgemacht ist auch, dass ich dann aus deinem Leben verschwunden bin, aber … ich würde sie gern kennenlernen."

„Wenn du dann noch immer in Mexiko bist."

„Nur noch eine Frage."

Das Lächeln fiel ihr jetzt schon leichter. „Aber wirklich nur noch eine."

„Es hat seither keinen anderen Mann gegeben, oder?"

Das Lächeln erstarb. „Nein."

Erleichterung und Schuldgefühl loderten beide gleichzeitig in ihm auf. „Dann lass mich dir zeigen, wie es eigentlich sein sollte."

„Dazu besteht keine Notwendigkeit …"

Sanft strich er ihr das Haar aus dem Gesicht. „Doch, die Notwendigkeit besteht. Für uns beide." Er setzte zärtliche Küsse auf ihre geschlossenen Lider. „Ich wollte dich vom ersten Augenblick an." Seine Lippen glichen sanftem, frischem Frühlingsregen, als er mit ihnen über ihren Mund strich. Behutsam schob er ihr den Morgenmantel von den Schultern, sein Mund folgte der Spur seiner Hände. „Deine Haut schimmert wie Gold", murmelte er; flüchtig berührte er mit den Fingerspitzen ihre Brüste, dort, wo die Haut heller wurde. „Und hier so zart und blass. Ich will alles sehen, Liz, alles von dir."

„Jonas ..."

„Alles, Liz", wiederholte er. Er schaute tief in ihre Augen, und die Glut glomm erneut auf. „Ich will alles von dir lieben, Liz."

Sie verwehrte es ihm nicht. Noch nie im Leben war sie mit solcher Ehrfurcht berührt worden, noch nie hatte sie jemand mit solch drängendem Verlangen angesehen. Als er sie sanft auf das Bett drückte, ließ sie es geschehen. Stumm und nackt lag sie da, wartend.

„Wunderschön", murmelte Jonas. Im silbernen Mondlicht sah sie so zart und zerbrechlich aus. Ihre Augen waren dunkel und blickten unsicher. „Ich wünsche mir, dass du mir vertraust." Er begann mit seiner Erkundungsreise an ihren Fußknöcheln. „Ich will dich ansehen und sicher sein können, dass du keine Furcht vor mir hast."

„Ich fürchte mich nicht vor dir."

„Das hast du aber getan. Vielleicht wollte ich anfangs sogar, dass du dich vor mir fürchtest. Aber jetzt will ich das nicht mehr."

Seine Zunge strich über ihre Haut, liebkoste ihre Kniekehlen. Es durchzuckte sie wie ein Stromstoß und raubte ihr den Atem. „Jonas."

„Entspann dich." Er glitt mit seinen Händen über ihre Hüfte. „Ich will, dass du in meinen Armen dahinschmilzt. Lehn dich zurück, Liz. Lass dir von mir zeigen, was du alles erfahren, was du alles haben kannst."

Sie gehorchte nur, weil sie keine Kraft hatte zu widerstehen. Er murmelte zärtliche Nichtigkeiten, streichelte, knabberte, reizte, bis er sie so weit vorangetrieben hatte, dass sie gar nicht mehr in der Lage war, ihm zurückzugeben, was sie von ihm annahm. Doch genau so wollte er sie. Er wollte sie in Besitz nehmen, als wäre sie nie zuvor in Besitz genommen worden. Weder von ihm noch von einem anderen. Langsam, behutsam, geduldig verführte er sie und bereitete ihr unbeschreibliches Vergnügen. Als er die Innenseiten ihrer Schenkel küsste, spürte er, wie sie erzitterte und bebte.

Liz hatte nicht einmal geahnt, dass es so sein konnte – so intensiv, so tief, so mystisch. Sie entdeckte eine maßlose Freiheit im Liebesakt. Eine Freiheit, die sie bisher nur beim Tauchen in tiefen, unbekannten Gewässern erfahren hatte. Ihr Körper schien zu schweben, losgelöst und schwerelos, und doch registrierte sie jede Berührung, jede Bewegung. Wie im Traum nahm sie die sinnlichen Empfindungen wahr, fühlte sich sicher und geborgen wie in einem Kokon. Wie lange konnte so etwas andauern? Vielleicht gab es ja doch ein „Für immer".

Sie war schlank, mit muskulösen langen Beinen. Die Beine einer Tänzerin, dachte Jonas, diszipliniert und durchtrainiert. Von dem Potpourri in der kleinen Schale auf dem Nachttisch strömte ein würziger Duft aus, doch es war ihr Duft, kühl und frisch wie ein Wasserfall, der ihn trunken machte. Er konnte keinen klaren Gedanken mehr fassen, konnte nur an noch eins denken – er wollte ihr Vergnügen schenken. Die Liebe, wenn sie uneigennützig war, besaß eine enorme Macht.

Seine Zunge tauchte in ihre Hitze ein, er legte seine Hände um ihre Hüften, als sie sich aufbäumte. Es überrumpelte sie, dass sie von einer Welt, in der sie sanft dahingeschwebt war, in eine Welt katapultiert wurde, in der sie schier verbrannte. Er verwöhnte sie, bis hinter ihren Lidern ein schillerndes Feuerwerk explodierte. Als sie in seinen Armen erschlaffte, nahm er ihre Hände und führte sie zu seinem eigenen Vergnügen über seinen Körper.

Sie hatte nicht gewusst, dass Leidenschaft so intensiv sein konnte. Hatte nie geahnt, dass ein Körper ein derartiges Spektrum von Emotionen empfinden und auskosten konnte. Seine Hände, rau und mit Schwielen besetzt, offenbarten ihr Geheimnisse, die sie sich im Traum nicht hätte vorstellen können. Seine Lippen, gewärmt von ihrer eigenen Haut, eröffneten ihr unbekannte Mysterien. Er lockte sie, er bezauberte sie, er liebkoste sie voller Zärtlichkeit und verschlang sie voller Gier. Hilflos um Luft ringend hatte sie keine andere Wahl, als ihn mit ihr tun zu lassen, was immer er wollte. Sie konnte ihn nur antreiben, ihr noch mehr zu zeigen.

Als er endlich in sie eindrang, konnte sie nur denken, dass es alles war, was sie sich je gewünscht hatte, alles, was sie sich je würde wünschen können. Wenn das Liebe war, dann hatte sie bisher nichts darüber gewusst. Wenn das Leidenschaft war, dann hatte sie bisher nur die Oberfläche angekratzt. Der Zeitpunkt war gekommen, das Risiko einzugehen und tiefer einzutauchen. Und so klammerte sie sich an ihn, willig, hingebungsvoll, fiebernd.

Es war Vertrauen, das sie ihm entgegenbrachte, und dieses Vertrauen bewegte ihn mehr, als es ihm zu ertragen möglich war. Er dachte, er hätte schon vorher begehrt, schon vorher Verlangen und Leidenschaft verspürt, aber noch nie so bedingungslos, noch nie so absolut. Er wusste, wie es war, sich als Teil eines anderen zu fühlen, doch hätte er nie geglaubt, dieses Gefühl noch einmal zu erfahren. Mitreißend, komplex, unaufhaltsam, schlug das Gefühl über ihm zusammen. Er gehörte ihr, so wie er wollte, dass sie ihm gehörte.

Er nahm sie langsam in Besitz, sodass es schien, er würde von seinen Emotionen überwältigt werden. Seine Haut war feucht von Schweiß, als sie seinen Hals küsste. Sein Puls an dieser Stelle hämmerte ebenso wild wie ihrer. Ein schwindelerregendes Triumphgefühl fuhr durch sie hindurch, kurz nur, um dann von der gleißenden Leidenschaft fortgeschwemmt zu werden.

Als er sich mit ihr aufsetzte, folgte ihr Körper ihm weich und anschmiegsam. Sie presste sich an ihn, ihre Lippen verschmolzen miteinander. In perfektem Einklang begannen sie, sich rhythmisch zu bewegen. Ihr Haar fiel in weichen Wellen über ihren Rücken. Sie spürte seinen Herzschlag an ihrer Brust.

Noch immer vereint, streckten sie sich wieder aus. Der Rhythmus wurde schneller. Verzweifelte Gier brandete auf. Liz hörte Jonas ihren Namen stöhnen, bevor der Damm brach und sie beide von der Flut mitgerissen wurden.

9. KAPITEL

Sie wachte nur langsam auf, streckte sich ausgiebig und träge, ohne die Augen zu öffnen. Liz wartete darauf, das Klingeln des Weckers zu hören. Es kam nicht oft vor, dass sie sich so ausgeruht fühlte, und so genoss sie das wohlige Gefühl, einfach ruhig liegen zu bleiben und nichts zu tun. In einer Stunde, überlegte sie, würde sie in ihrem Laden stehen und den Plan für heute durchsehen. Das Glasbodenboot, dachte sie und runzelte leicht die Stirn. Sollte sie heute mit dem rausfahren? Schon ungewöhnlich, dass sie sich nicht daran erinnerte. Und dann fiel ihr jäh der Grund ein, weshalb sie sich nicht erinnerte: Wie sollte sie es auch wissen, wenn sie seit zwei Tagen den Plan nicht mehr gesehen hatte? Und letzte Nacht …

Liz hob die Lider und schaute direkt in Jonas' Augen.

„Ich konnte zusehen, wie es langsam anfing, in deinem Kopf zu arbeiten." Er beugte sich vor und küsste sie. „Faszinierend."

Liz fasste nach der Bettdecke und zog sie ein wenig höher. Was sagte man in einer solchen Situation? Sie hatte noch nie die Nacht mit einem Mann verbracht, war nie neben einem Mann aufgewacht. Sie räusperte sich und fragte sich gleichzeitig still, ob jeder Mann so verführerisch zerknautscht am nächsten Morgen aussah wie Jonas Sharpe. „Wie hast du geschlafen?", brachte sie heraus und kam sich absolut albern vor.

„Gut." Er lächelte und schob ihr mit einer Fingerspitze eine Strähne von der Wange. „Und du?"

„Auch gut." Nervös nestelten ihre Finger an der Bettdecke, bis er seine Hand über ihre legte. Seine Augen blickten warm und verhangen, ließen ihr Herz schneller schlagen.

„Es ist wohl etwas zu spät, um jetzt noch verlegen in meiner Nähe zu sein, Elizabeth."

„Ich bin nicht verlegen." Prompt schoss ihr das Blut in die Wangen, als er die Lippen auf ihre nackte Schulter presste.

„Dennoch muss ich sagen, dass es mir schmeichelt. Denn wenn du verlegen bist …", er drehte den Kopf und knabberte an ihrem Ohr, „… heißt das, dass es dir nicht egal ist. Es würde mir gar nicht gefallen, wenn du mich schon jetzt als selbstverständlich erachten würdest. Das kommt noch. Später."

War es überhaupt möglich, sich mehr von dem zu wünschen, das sie doch gerade erst in der Nacht im Überfluss genossen hatte? Ihr Verstand wollte es nicht glauben, doch ihr Körper sprach eine ganz andere Sprache. Aber wie immer würde sie auf ihren Verstand hören. „Es muss schon fast Zeit zum Aufstehen sein." Eine Hand fest an der Bettdecke, stützte sie sich auf die Ellbogen, um auf den Wecker zu sehen. „Das kann unmöglich stimmen", murmelte sie und blinzelte mehrmals. „Es kann nicht schon Viertel nach acht sein."

„Und weshalb nicht?" Jonas schob eine Hand unter die Bettdecke und streichelte sacht über ihren Schenkel.

„Deshalb nicht." Seine Berührung brachte ihren Puls zum rasen. „Ich stelle den Wecker immer auf Viertel nach sechs."

Liz war auch jetzt noch eine Herausforderung für ihn. Jonas setzte kleine Küsse auf ihre Schulter, zog die Spur weiter über ihren Arm entlang. „Nun, letzte Nacht hast du ihn offensichtlich nicht gestellt."

„Ich werde doch immer …" Sie unterbrach sich. Das Denken war schwer genug, wenn er sie so streichelte, aber wenn sie sich an die letzte Nacht erinnerte, dann fragte sie sich doch ernsthaft, warum sie überhaupt denken sollte. Mit dem Gedanken an Wecker, Tagespläne und Kunden hatte sie keine Sekunde verschwendet, als sie sich in Jonas' Arme geschmiegt hatte und eingeschlafen war. Ihr Verstand, ihr ganzes Sein war allein von ihm erfüllt gewesen. So wie es auch jetzt war.

„Was wirst du immer?", hakte er nach.

Sie wünschte, er könnte sie nicht allein mit einer einzelnen Fingerspitze derart ablenken und durcheinanderbringen. Sie wünschte, er würde sie überall gleichzeitig berühren.

„Ich werde immer automatisch um sechs Uhr morgens wach, ob mit oder ohne Wecker."

„Heute Morgen bist du aber nicht wach geworden." Lachend drückte er sie in die Kissen zurück. „Vermutlich sollte ich mich deshalb ebenfalls geschmeichelt fühlen."

„Vermutlich schmeichle ich dir viel zu viel“, murmelte sie und wollte sich von ihm wegrollen. Er zog sie einfach wieder zu sich heran. „Ich muss aufstehen.“

„Nein, musst du nicht.“

„Jonas, ich bin schon viel zu spät dran. Ich muss zur Arbeit.“

Die Sonne warf goldene Strahlen auf ihr Gesicht. Er wollte dieses Licht überall auf ihrem Körper tanzen sehen. „Das Einzige, was du tun musst, ist, mit mir zu schlafen.“ Langsam löste er ihre Fingerspitzen von der Bettdecke und küsste sie, eine nach der anderen. „Ohne dich werde ich den Tag nicht durchstehen.“

„Die Boote …“

„Sind bestimmt schon draußen, da bin ich sicher.“ Er umfasste die sanfte Rundung ihrer Brust, reizte mit dem Daumen die aufgerichtete Spitze. „Luis scheint mir doch ein ziemlich kompetenter Mann zu sein.“

„Das ist er auch. Aber ich war zwei Tage nicht da.“

„Dann wird noch einer auch nicht schaden.“

Ihr Körper bebte, als das Verlangen immer weiter anwuchs. Liz hob die Arme, schlang sie um seinen Nacken. „Nein, wahrscheinlich nicht.“

Sie war nicht mehr bis zehn Uhr im Bett geblieben, seit sie noch ein Kind gewesen war. Während sie Kaffeepulver in den Filter löffelte, kam Liz schier um vor Schuldgefühlen. Wie konnte sie nur derart verantwortungslos sein? Sicher, Luis kümmerte sich ebenso gut um den Laden und die Kunden wie sie, aber es war schließlich nicht seine Aufgabe, sondern ihre. Und was machte sie? Sie stand um zehn Uhr morgens in der Küche und setzte Kaffee auf, während ihr Körper noch vom Liebesspiel glühte. Nichts war mehr so wie früher, seit Jonas Sharpe vor ihrer Schwelle aufgetaucht war.

„Es ist völlig sinnlos, ein schlechtes Gewissen zu haben, nur weil du dir den Vormittag freinimmst“, sagte Jonas hinter ihr.

Liz steckte zwei Scheiben Brot in den Toaster. „Vermutlich, ja. Schließlich kenne ich ja nicht einmal den Plan für heute.“

„Liz." Er packte sie bei den Schultern und drehte sie entschieden zu sich herum. Er musterte ihre Miene, versuchte, ihre Stimmung einzuschätzen. „Weißt du, bei mir in Philadelphia gelte ich allgemein als Workaholic. Meine Freunde sorgen sich mehr oder weniger ständig wegen meines Arbeitspensums und wegen der Stunden, die ich in meine Fälle investiere. Verglichen mit dir bin ich allerdings praktisch schon im Ruhestand."

Sie zog die Brauen zusammen, wie sie es immer tat, wenn sie konzentriert nachdachte. Oder wenn sie verärgert war. „Jeder tut, was er tun muss."

„Richtig. Und deshalb werde ich dir jetzt wohl so lange auf die Nerven gehen müssen, bis du dich endlich entspannst."

Das Lächeln ließ sich nicht zurückhalten. Er sagte es so trocken und nüchtern, und dabei funkelten seine Augen vergnügt. „Ich bin sicher, du bist geradezu berüchtigt dafür, anderen auf die Nerven zu gehen."

„Ich habe es jahrelang studiert und perfektioniert."

„Wie schön für dich. Und ich bin berüchtigt dafür, dass ich mir von niemandem reinreden lasse. Hier kommt auch schon mein Toast." Er ließ sie die heißen Scheiben aus dem Toaster nehmen, wartete geduldig ab, bis sie Butter darauf gestrichen hatte, dann nahm er sich eine davon.

„Du erwähntest irgendwann einmal Tauchunterricht."

Sie schaute ihn noch immer böse an, als die Kaffeemaschine ein letztes Mal laut gluckste. Liz öffnete den Schrank und griff nach einer Tasse, überlegte kurz, gab nach und nahm eine zweite heraus. „Ja und? Was ist damit?"

„Ich würde gern Tauchunterricht nehmen. Heute."

„Heute?" Sie reichte ihm seinen Kaffee, trank ihren im Stehen, nur an die Anrichte gelehnt. „Ich muss mir erst den Kalender ansehen, was für heute geplant ist. Normalerweise müssten die beiden Taucherboote längst auf dem Wasser sein."

„Ich meinte auch keinen Gruppenunterricht, sondern Privatstunden. Du könntest doch auf der *Expatriate* mit mir rausfahren."

„Luis ist eigentlich zuständig für die Privatstunden."

Er lächelte sie liebenswürdig an. „Ich ziehe es vor, direkt mit dem Management zu verhandeln."

Liz wischte sich die Krümel von den Fingern. „Na schön. Aber das kommt dich ziemlich teuer zu stehen."

Er prostete ihr mit der Tasse zu. „Daran hatte ich auch nie gezweifelt."

Liz lachte, als Jonas den Mietwagen in einer engen Parklücke vor dem Hotel abstellte. „Wenn er dir deine Brieftasche gestohlen hat, wieso hast du ihn dann auch noch verteidigt?"

„Jeder hat Anspruch auf einen Rechtsbeistand", belehrte Jonas sie gewichtig. „Außerdem rechnete ich mir aus, dass er meine Brieftasche in Ruhe lassen würde, wenn ich ihn vor Gericht vertrete."

„Und? Hat er sie in Ruhe gelassen?"

„Ja." Er nahm ihre Hand, als sie die Straße überquerten und über den Strand weiterliefen. „Stattdessen hat er sich an meiner Uhr vergriffen."

Sie kicherte. Ein alberner kleiner Laut, den er von einem Schulmädchen erwarten würde, aber nicht von ihr. Er hatte ihn auch noch nie von ihr gehört. „Ist es dir gelungen, ihn freizubekommen?"

„Zwei Jahre auf Bewährung. Da, sieht aus, als liefe das Geschäft richtig gut."

Wegen des grellen Sonnenlichts schirmte Liz ihre Augen mit der Hand ab und schaute zum Taucherladen hinüber. Luis versorgte gerade zwei Paare mit Schnorchelausrüstung. Ein Blick nach links sagte ihr, dass nur noch die *Expatriate* am Bootssteg vor Anker lag. „Cozumel wird immer beliebter", murmelte sie.

„Ist das denn nicht gut?"

„Fürs Geschäft?" Sie lockerte die Schultern. „Ich wäre ja dumm, wenn ich mich darüber beschweren würde."

„Aber?"

„Aber manchmal denke ich, wie schön es doch wäre, wenn man Veränderungen aufhalten könnte. Ich habe keine Lust, einen schillernden Film Sonnenöl von all den Touristen auf dem Wasser schwimmen zu sehen", spottete sie. „*Hola*, Luis."

„Liz!" Luis ließ nur kurz den Blick über Jonas huschen, dann konzentrierte er sich ganz auf Liz. „Wir dachten schon, du hättest uns einfach sitzen lassen." Er grinste breit. „Und? Wie war Acapulco?"

„Es war … anders", beschrieb sie das Wochenende ausweichend und eilte schon hinter den Tresen, um sich den Tagesplan anzusehen. „Irgendwelche Schwierigkeiten?"

„José hat ein paar Dinge reparieren müssen. Ich habe Miguel als zusätzliche Hilfe mitgebracht, aber ich behalte ihn ständig im Auge. Das hier ist mit der Post gekommen. Diese – wie heißt es noch? Richtig! – diese Broschüre über die Aquabikes." Er hielt eine Hochglanzbroschüre hoch, aber Liz nickte nur nach einem kurzen Blick.

„Wie ich hier auf dem Plan sehe, ist die Brinkman-Truppe draußen beim Tauchen. Waren wir mit ihnen schon beim Palancar Riff?"

„Zwei Tage hintereinander. Miguel mag die Leute. Sie sind sehr großzügig mit dem Trinkgeld."

„Hm. Und du schmeißt den Shop allein?"

„Kein Problem. Ach übrigens … da war dieser Typ." Angestrengt versuchte Luis, sich an den Namen zu erinnern. „Ziemlich mager, Amerikaner. Du weißt schon, der, der den Anfängerkurs mitgemacht hat."

Sie überflog die Quittungen und war zufrieden. „Trydent?"

„*Sí*, so hieß er. Er ist ein paarmal hier vorbeigekommen."

„Hat er irgendwas gemietet?"

„Nein." Luis wackelte vielsagend mit den Augenbrauen. „Er hat nach dir gesucht."

Liz tat es mit einem gleichgültigen Schulterzucken ab. Wenn er nichts gemietet hatte, interessierte er sie auch nicht. „Wenn hier alles so weit problemlos läuft, werde ich mit Mr. Sharpe rausfahren. Er will Tauchstunden nehmen."

Luis warf nur einen flüchtigen Blick auf Jonas, um sofort wieder den Kopf abzuwenden. Bei dem Mann wurde ihm mulmig zumute, aber Liz hatte schon seit Wochen nicht mehr so glücklich und zufrieden ausgesehen. „Soll ich die Ausrüstung zusammenstellen?“

„Nein, das mache ich schon selbst.“ Sie sah lächelnd zu Jonas, sprach aber mit Luis. „Fülle den Mietvertrag für Mr. Sharpe aus und gib ihm eine Quittung über die Ausrüstung, den Tauchkurs und die Bootsmiete. Und da es schon …“, sie schaute auf ihre Armbanduhr, „… fast elf ist, veranschlage nur den halben Tagespreis für ihn.“

„Du bist ja so unglaublich geschäftstüchtig“, murmelte Jonas, während Liz zu den Regalen ging, um die Ausrüstung zusammenzusammeln.

„Sie bekommen den besten Lehrer, den man sich wünschen kann“, warf Luis ein, doch mehr als einen hastigen Blick zu Jonas brachte er noch immer nicht über sich.

„Da haben Sie sicher recht.“ Jonas drehte die Tageszeitung, die Luis vorhin auf den Tresen gelegt hatte, mit zwei Fingern zu sich um. Es fehlte ihm, morgens bei einer Tasse Kaffee in Ruhe die Zeitung zu lesen. Aber mit den Schlagzeilen in spanischer Sprache konnte er rein gar nichts anfangen. „Passiert irgendwas Wichtiges auf der Welt, über das man informiert sein sollte?“, fragte er und deutete auf die Zeitung.

Luis hatte sich etwas entspannt, während er das Formular ausfüllte. Und außerdem fiel ihm auf, dass Jonas' Stimme anders klang als Jerrys und er doch nicht so viel Ähnlichkeit mit seinem toten Bruder hatte – jedenfalls, solange man ihn nicht anschaute. „Hab noch nicht reinschauen können. Den ganzen Morgen über war ziemlich viel zu tun.“

Aus reiner Gewohnheit blätterte Jonas um. Von der zweiten Seite starrte ihm ein unscharfes Schwarz-Weiß-Foto von Erika entgegen. Unwillkürlich ballte er die Faust. Er schaute sich nach Liz um. Sie kramte noch immer in den Regalen, den Rücken zu ihm gewandt. Wortlos drehte er die Zeitung wieder und schob sie halb über die Quittung, die Luis gerade ausstellte.

„He, das ist doch …“

„Ich weiß“, raunte Jonas leise. „Was steht da?“, fragte er Luis flüsternd.

Luis beugte sich über die Zeitung und las. Als er sich wieder aufrichtete, war sein Gesicht aschfahl. „Tot“, flüsterte er entsetzt. „Sie ist tot.“

„Wie?“

Luis verkrampfte die Finger um den Stift, den er in der Hand hielt. „Erstochen.“

Jonas dachte an das Messer, das Liz an die Kehle gehalten worden war. „Wann?“

„Gestern Abend.“ Luis schluckte schwer, schluckte noch einmal. „Man hat sie gestern Abend gefunden.“

„Jonas“, rief Liz ahnungslos von hinten, „wie viel wiegst du?“

„Zweiundachtzig Kilo“, antwortete er, ohne den Blick von Luis abzuwenden. Geräuschlos schob er die Zeitung wieder zurück. „Sie braucht davon jetzt nichts zu erfahren“, beschwor er Luis. Er zog seine Brieftasche hervor und nahm ein paar Geldscheine heraus. „Stellen Sie einfach weiter die Quittung aus.“

Angestrengt nahm Luis sich zusammen, aber er hielt seine Furcht im Zaum und richtete sich auf. „Ich will nicht, dass Liz irgendetwas zustößt.“

Sekundenlang hielt Jonas den Blick des anderen herausfordernd gefangen, bevor er sich entspannte. Der kleinere Mann hatte panische Angst, und er sorgte sich vor allem um Liz. „Das will ich auch nicht. Ich werde darauf achten, dass ihr nichts passiert.“

„Sie haben Ärger nach Cozumel gebracht.“

„Ich weiß.“ Jonas sah von Luis zu Liz. „Aber selbst, wenn ich abreise – der Ärger bleibt.“

Zum ersten Mal zwang Luis sich, Jonas’ Gesicht genau zu studieren. Nach einem Moment atmete er schwer aus. „Ich mochte Ihren Bruder. Aber ich glaube, er war es, der den Ärger hergebracht hat.“

„Jetzt ist es nicht mehr wichtig, wer ihn verursacht hat. Ich werde auf Liz aufpassen.“

„Das sollten Sie auch", warnte Luis leise. „Sie passen besser wirklich sehr gut auf sie auf."

„Lektion Nummer eins", kam es von Liz, die jetzt den Spind aufschloss, um ihre Ausrüstung herauszuholen. „Jeder Taucher kümmert sich um seine eigene Ausrüstung und übernimmt auch die Verantwortung dafür." Sie deutete mit dem Kopf zu dem Platz, wo sie Jonas' Taucherausrüstung zusammengestellt hatte. Mit einem letzten Blick auf Luis ging Jonas zu dem Stapel.

„Die Vorbereitungen für einen Tauchgang sind immer doppelt so zeitaufwendig wie der Tauchgang selbst", hob sie an und hievte ihre Sauerstoffflaschen auf die Schulter. „Allerdings ist es nicht nur notwendig, sondern es ist die Sache auch wert. Bei Sonnenuntergang sind wir wieder zurück, Luis. *Hasta luego.*"

„Liz."

Schon halb zur Tür hinaus, blieb sie stehen und schaute zu Luis zurück. Luis richtete den Blick kurz auf Jonas, dann blickte er zu Liz. „*Hasta luego*", sagte er schließlich und klammerte dabei die Finger um das goldene Kreuz, das er um den Hals trug.

Kaum waren sie an Bord, verstaute Liz ihre Ausrüstung am vorgesehenen Platz. Routiniert checkte sie alle Kontrollanzeigen der *Expatriate*. „Bist du in der Lage, die Leinen zu lösen?", fragte sie Jonas.

Er strich ihr mit einer Hand über das Haar und verdutzte sie damit leicht. Sie sah so kompetent aus, sie hatte so eindeutig alles unter Kontrolle. Er fragte sich, ob er sie beschützte oder sie in Gefahr brachte, wenn er in ihrer Nähe blieb. Es wurde immer wichtiger für ihn, Ersteres zu glauben. „Ich denke, das schaffe ich gerade noch."

In ihrem Magen begann es zu flattern, als er sich nicht rührte und sie nur weiter anstarrte. „Dann solltest du jetzt besser aufhören, mich so anzusehen, und damit anfangen."

„Ich mag es, dich anzusehen." Er zog sie an sich, weil er das Bedürfnis hatte, sie in seinen Armen zu halten. „Ich könnte Jahre damit zubringen, dich anzusehen."

Liz hob die Arme, zögerte, ließ sie wieder sinken. Es wäre so einfach, wieder daran zu glauben. Wieder zu vertrauen, wieder zu geben. Und wieder verletzt zu werden. Sie wollte ihm von den Gefühlen erzählen, die in ihr heranwuchsen und sich mit jeder Minute mehr und mehr ausbreiteten, mit jedem Moment stärker wurden. Aber wenn sie es ihm gestand, dann bliebe ihr nicht einmal mehr die Illusion, die Situation unter Kontrolle zu haben. Und wenn sie keine Kontrolle mehr hatte, dann war sie völlig schutzlos.

„Ab elf Uhr bist du fürs Tauchen eingetragen“, sagte sie, konnte aber nicht widerstehen, tief seinen Duft einzuatmen und die Erinnerung sicher in ihrem Herzen zu verstauen.

Weil sie ihn wieder zum Lächeln brachte, schob er sie ein wenig von sich ab. „He, ich zahle die Rechnung. Du solltest es also mir überlassen, mich um die Zeit zu sorgen.“

„Du zahlst für Tauchunterricht“, erinnerte sie ihn. „Und du kannst nicht tauchen, solange du nicht ablegst.“

„Aye aye, Sir.“ Aber erst presste er einen harten, atemberaubenden Kuss auf ihre Lippen, bevor er zurück auf das Dock sprang und die Leinen löste.

Liz atmete mehrere Male tief durch, erst dann ließ sie die Motoren an. Jetzt konnte sie nur darauf hoffen, dass sie nach außen hin gelassener wirkte, als sie sich fühlte. Jonas war dabei, eine Schlacht zu gewinnen, von der er nicht einmal wusste, dass er sie kämpfte. Sie wartete, bis Jonas wieder an Bord kam, bevor sie den Hebel umlegte und langsam Fahrt aufnahm.

„Hier gibt es viele Plätze zum Tauchen, ohne dass man ein Boot braucht, um hinzugelangen, aber ich dachte mir, du würdest lieber etwas weiter abseits von den Stränden sein. Palancar ist wirklich eines der erstaunlichsten Riffe in der ganzen Karibik. Es ist auch der beste Platz, um mit dem Tauchen zu beginnen. Am nördlichen Ende ist es flach, und die Wände fallen langsam ab, anstatt plötzlich in die Tiefe zu stürzen. Außerdem gibt es zahlreiche Höhlen und Passagen, es bietet also viel Interessantes beim Tauchgang.“

„Das glaube ich dir unbesehen, aber eigentlich hatte ich etwas anderes im Sinn.“

„Etwas anderes?“

Jonas nahm ein kleines Notizbuch aus seiner Tasche und klappte es auf. „Wonach sehen diese Zahlen deiner Meinung nach aus?"

Liz erkannte das Büchlein wieder. Es war jenes, in das er in Acapulco die Ziffern aus Jerrys im Schließfach deponiertem Adressbuch eingetragen hatte. Offensichtlich hat er noch immer seine Prioritäten, erinnerte sie sich in Gedanken, bevor sie den Gashebel zurückzog und das Boot ohne Fahrt auf dem Wasser treiben ließ.

Die Zahlen waren in genauen Linien angeordnet. Jedes Kind, das im Geografieunterricht aufgepasst hatte, wusste, was diese Ziffern bedeuteten. „Das sind Längen- und Breitengrade."

Jonas nickte. „Hast du eine Seekarte da?"

All das hatte er bereits von dem Moment an geplant, als er die Zahlen zum ersten Mal gesehen hatte, erkannte Liz plötzlich. Dass sie jetzt miteinander schliefen, hatte nichts geändert. „Natürlich habe ich eine Karte auf dem Boot, aber die brauche ich nicht. Ich kenne die Gewässer hier in- und auswendig. Das liegt vor der Küste der Isla Mujeres." Liz setzte Kurs und beschleunigte. Vielleicht war dieser Kurs ja schon lange vorher für sie beide gesetzt worden. Ihnen blieb keine andere Wahl, als sich daran zu halten. „Es ist eine weite Fahrt bis dorthin. Du kannst es dir also ruhig gemütlich machen."

Er legte ihr die Hände auf die Schultern und massierte leicht ihren Nacken. „Vielleicht finden wir ja gar nichts. Aber ich muss hin, um es mir mit eigenen Augen anzusehen."

„Ich verstehe schon."

„Wäre es dir lieber, wenn ich es hinter deinem Rücken täte?"

Sie schüttelte nur den Kopf, ohne ein Wort zu sagen.

„Liz, das muss Jerrys Treffpunkt für die Übergabe gewesen sein. Morgen wird Moralas die Angaben auf seinem Schreibtisch liegen haben und seine eigenen Taucher runterschicken. Aber ich muss es mir selbst ansehen."

„Du jagst Geistern nach, Jonas. Jerry ist nicht mehr hier. Nichts, ganz gleich, was du auch tust, wird das ändern."

„Ich muss herausfinden, warum. Ich muss wissen, wer. Wenn ich das weiß, wird es mir genug sein."

„Wird das wirklich reichen?“ Sie hielt das Ruder fester, drehte den Kopf über die Schulter und schaute ihn an. Sie konnte ihm direkt in die Augen sehen, in denen sich jetzt erneut diese entschlossene Kälte widerspiegelte. „Das glaube ich nicht. Nein, damit wirst du dich nicht zufriedengeben. Nicht du.“ Sie drehte das Gesicht wieder nach vorn, blickte auf die weite See hinaus. Sie würde Jonas bringen, wohin er wollte.

Isla Mujeres, die Insel der Frauen, war ein Juwel der Karibik. Umgeben von Riffen und gesäumt von unberührten, menschenleeren Buchten, war dieses Inselparadies der perfekte Rückzugsort in der Karibik. Von der gesamten Küste des Kontinents und von anderen Inseln kamen Ausflugsboote her, die ihren Kunden Schnorcheln und Tauchen von seiner schönsten Seite anboten. Einst war es der Schlupfwinkel von Piraten gewesen, noch dazu von einer Göttin gesegnet. An der Südwestküste ging Liz vor Anker. Und wieder einmal schlüpfte sie in die Rolle der Lehrerin.

„Es ist wichtig, dass man die Bezeichnung eines jeden Ausrüstungsteils und dessen genaue Funktionen kennt. Mit dem Einpassen des Mundstücks und dem Anlegen der Sauerstofftanks ist es nicht getan. Und lass das Rauchen“, ordnete sie an, als Jonas nach einer Zigarette griff. „Es ist generell idiotisch, sich die Lungen zuzuteeren, aber ganz besonders direkt vor einem Tauchgang.“

Jonas legte das Päckchen neben sich auf die Sitzbank. „Für wie lange bleiben wir unter Wasser?“

„Vorerst nicht länger als eine Stunde. Man kann hier bis zu knapp dreißig Metern runtergehen. Was bedeutet, dass der Stickstoff dreimal dichter ist, als dein Körper es normalerweise gewohnt ist. Manche Leute reagieren heftiger darauf als andere. Sollte dir schwindlig werden, gib mir sofort ein Zeichen. Wir steigen in Etappen ab, damit du dich an die Druckunterschiede gewöhnen kannst. Aufsteigen werden wir auf die gleiche Weise, um dem Stickstoff Zeit zum Entweichen zu lassen. Wenn du zu schnell aufsteigst, riskierst du die Dekompressionskrankheit. Sie kann tödlich sein.“ Während sie ihren Vortrag hielt, breitete sie die einzelnen Teile der Ausrüstung vor sich aus, um sie gleich entsprechend erklären zu können. „Unter Wasser darf nichts als selbstverständlich hingenommen werden. Der Mensch ist für diese Umgebung nicht geschaffen worden. Du bist völlig abhängig von deiner Ausrüstung und von deinem gesunden Menschenverstand. Wenn du tauchst, dann gehst du hinunter in eine wunderschöne und aufregende Welt, aber es ist kein Vergnügungspark."

„Hältst du diese Rede auch auf dem Taucherboot?"

„So ungefähr, ja."

„Du bist gut."

„Danke." Sie griff nach einem Druckmesser. „Und jetzt ..."

„Können wir anfangen?", fragte er und nahm seinen Taucheranzug.

„Wir sind mitten dabei. Du kannst nicht unter Wasser gehen, solange du deine Gerätschaften nicht genau kennst."

„Das ist ein Tiefenmesser." Er deutete mit dem Kopf in Richtung des Geräts, das sie in der Hand hielt, während er sich gleichzeitig bis auf die schwarzen Boxershorts auszog. „Ein sehr guter sogar. Ich glaube, dass nur die wenigsten Tauchershops es für notwendig halten, solche Geräte in ihrem Mietsortiment zu führen."

„Der gehört mir", murmelte sie. „Aber ein paar davon habe ich auch für den Laden angeschafft."

„Ich glaube, ich habe noch nicht erwähnt, dass du das bestgewartete Equipment anbietest, das ich je gesehen habe. Die Ausrüstung im Laden ist zwar nicht auf dem gleichen Niveau wie deine eigene, aber auf jeden Fall von hoher Qualität. Kannst du mir mal eben helfen?"

Liz richtete sich auf und half ihm in den schweren Taucheranzug hinein. „Du bist früher schon getaucht."

„Regelmäßig, seit meinem fünfzehnten Lebensjahr." Jonas zog den Reißverschluss zu, beugte sich dann vor und kontrollierte seine Tanks.

„Seit deinem fünfzehnten Lebensjahr also." Liz riss sich praktisch das T-Shirt über den Kopf und schleuderte es beiseite. Sie schäumte vor Wut. Ihre Shorts folgten, sodass sie jetzt nur noch in einem knappen Bikini und mit einer grimmigen Falte auf der Stirn vor Jonas stand. „Und warum hast du mich dann hier einen endlosen Vortrag halten lassen?“

„Weil ich dich gern reden höre.“ Als er sich aufrichtete und sie ansah, begann das Blut durch seine Adern zu rauschen. „Fast so gern, wie ich dich anschaue.“

Sie war jetzt nicht in der Stimmung für Schmeicheleien, sie hatte auch keine Lust, sich umgarnen zu lassen. Ohne um Hilfe zu bitten, zwängte sie sich in ihren Neoprenanzug. „Du bezahlst trotzdem für den Unterricht.“

Jonas inspizierte grinsend seine Schwimmflossen. „Etwas anderes hatte ich auch nicht erwartet.“

Schweigend legte sie den Rest der Ausrüstung an. Das Sprechen wäre ihr auch dann schwergefallen, wenn sie nicht böse gewesen wäre. Ihr war klar geworden, dass der Tag und der Tauchgang lange nicht so entspannt werden würden, wie es anfangs ausgesehen hatte. Sie hob den Deckel der Sitzbank an und holte zwei kurze metallene Röhren aus der Kiste, die wie kleine Baseballschläger geformt waren. Eine davon reichte sie Jonas.

„Wofür sind die gut?“, fragte er.

„Zusätzliche Versicherung.“ Sie setzte ihre Maske auf die Stirn. „Wir gehen runter in die Höhlen, wo die Haie schlafen.“

„Haie schlafen nicht.“

„Der Sauerstoffgehalt im Wasser der Höhlen stellt sie ruhig, aber bilde dir nicht ein, du könntest ihnen trauen.“

Ohne ein weiteres Wort schwang sie sich über den Bootsrand und stieg die Leiter hinunter.

Das Wasser war kristallklar. Hier hatte man eine Sichtweite von bis zu vierzig Metern. Als Liz Jonas neben sich ins Wasser fallen hörte, drehte sie sich zu ihm um, nur um sich zu vergewissern, dass er wirklich wusste, worauf er sich einließ. Ihr skeptischer Blick entging ihm nicht. Mit Daumen und Zeigefinger gab er ihr das Okayzeichen, dann deutete er nach unten.

Er war angespannt. Liz konnte es spüren, auch wenn sie wusste, dass es nichts mit seinen Fähigkeiten beim Tauchen zu tun hatte. Sein Bruder war hier auch getaucht, mindestens einmal.

Dessen war sie so sicher wie Jonas. Der Grund für Jerrys Tauchgänge war auch der Grund, weshalb er umgebracht worden war. Nein, sie dachte nicht länger daran, dass sie wütend war. In einer Geste, die so intim und persönlich war wie ein Kuss, streckte sie ihre Hand aus und drückte Jonas' Finger.

Er war dankbar dafür, schloss seine Hand um ihre. Er wusste nicht, wonach genau er suchte. Wusste nicht einmal, warum er noch weitersuchte, wenn er doch schon mehr gefunden hatte, als ihm lieb war. Sein Bruder hatte nach eigenem Belieben mit den Regeln jongliert und das Spiel verloren. Manche würden vielleicht sagen, es sei ausgleichende Gerechtigkeit. Aber sie waren Brüder gewesen, waren zusammen aufgewachsen. Er musste weitersuchen, und er musste weiter hoffen.

Liz sah den ersten der Teufelsrochen und zog leicht an Jonas' Hand. Ein solches Schauspiel riss sie immer wieder mit. Die riesigen Mantas glitten als Gruppe elegant durchs Wasser auf der Suche nach Plankton. Von den menschlichen Eindringlingen ließen sie sich nicht stören. Liz schwamm vorwärts und schloss sich ihnen für eine Weile an. Mit seinem großen kraftvollen Maul konnte ein Manta sogar Schalentiere aufbrechen und verschlingen. Die Spannweite ihrer Flossen von bis zu sieben Metern und mehr war einfach atemberaubend. Ohne Scheu streckte Liz die Hand aus und streichelte eines der Tiere. Hier im Meer war es so leicht, Freude und Glück zu empfinden. So erging es ihr immer unter Wasser. Ihre Augen strahlten vor Begeisterung, als sie wieder nach Jonas' Hand griff.

Sie tauchten tiefer hinab, und etwas von Jonas' Anspannung schwand. Hier unten war Liz anders, wie ihm auffiel. Sie schien heiterer, gelöster zu sein. Von ihr ging eine Leichtigkeit aus, die dic Trauer, die eigentlich ständig versteckt in ihren Augen stand, verscheuchte. Sie wirkte frei, und was noch auffälliger war, glücklich. Glücklicher, als Jonas sie je gesehen hatte. Falls es überhaupt möglich war, sich innerhalb weniger Momente zu verlieben, dann verliebte Jonas sich jetzt in diesem Moment, mehr als zehn Meter unter der Wasseroberfläche, in eine Nixe, die vergessen hatte, wie man träumte.

Alles, was sie erblickte, alles, was sie anfassen konnte, faszinierte sie. Er erkannte es an ihren Bewegungen, an der Art, wie sie alles genauestens studierte, als wäre es ihr erster Tauchgang. Hätte es eine Möglichkeit gegeben, wäre er mit ihr hier unten geblieben, umgeben von Liebe und beschützt von phantomgleichen Lebewesen.

Sie schwammen immer tiefer hinunter, ließen sich Zeit. Wenn etwas Böses hier seinen Lauf genommen, hier angefangen oder geendet hatte, dann hatte es keine Spuren hinterlassen. Das Meer war ruhig und still und voll von buntem Leben. Leben, das zu zart und fragil war, um an Land existieren zu können.

Als der Schatten über sie hinwegschwamm, schaute Liz auf. In all der Zeit, die sie nun tauchte, hatte sie nie etwas so Spektakuläres gesehen. Tausende von silbernen Fischen zogen in einem Schwarm über ihr durch das Wasser, so dicht aneinandergedrängt, dass sie ebenso ein einzelnes Wesen hätten sein können. Die Augen vor Entzücken weit aufgerissen, streckte Liz die Arme in die Höhe und ließ sich nach oben treiben. Der Schwarm wendete als Einheit, um den Störenfrieden auszuweichen. Begeistert gab Liz Jonas ein Zeichen und forderte ihn auf, sich ihr anzuschließen. Es war ein völlig natürliches Bedürfnis, dieses Wunder mit dem anderen teilen zu wollen. Schließlich war es auch der Ruf des Meeres gewesen, der sie gedrängt hatte, alles über die faszinierende Unterwasserwelt zu erfahren und deren Geheimnisse zu erforschen. Es war das Meer gewesen, das sie ermutigt hatte zu träumen. Ihre Finger mit Jonas' verflochten, schwamm sie mitten in das Getümmel. Der Schwarm teilte sich in zwei Hälften, driftete jetzt als zwei Einheiten in entgegengesetzte Seiten. Wie Wolken aus flüssigem Silber schwebten die Fische im Wasser.

Für einen Augenblick war Liz ihren Träumen so nah wie niemals zuvor. Frei und schwerelos schwebend, eingehüllt von Magie, Hand in Hand mit dem geliebten Mann. Impulsiv legte sie die Arme um Jonas und hielt sich an ihm fest. Die beiden Hälften des Fischschwarmes schwammen an ihnen vorbei, um sich wieder zu einem zusammenzuschließen, dann stob der Schwarm davon.

Jonas fühlte ihren Puls aufgeregt schlagen, als er nach ihrem Handgelenk griff. Hinter der Tauchermaske konnte er das Entzücken in ihren Augen leuchten sehen. Da sie unter Wasser waren, konnte er nichts anderes tun, als seine Hand an ihre Wange zu legen. Als sie ihre Hand auf seine legte und sich an ihn schmiegte, war es ihm mehr als genug. Seite an Seite tauchten sie tiefer hinab und schwammen auf den Meeresgrund zu.

Die Kalksteinhöhlen wirkten gespenstisch und faszinierend zugleich. Jonas sah, wie eine Muräne den Kopf aus ihrer Nische im Gestein steckte und sich halb aus ihrem Versteck schlängelte, entweder aus Neugier oder als Warnung. Eine alte Meeresschildkröte, auf deren Panzer sich Entenmuscheln angesiedelt hatten, verließ ihren Ruheplatz unter einem Stein und begleitete Liz und Jonas eine Weile. Liz zeigte auf den Eingang einer größeren Höhle, um ein weiteres Wunder mit Jonas zu teilen.

Ein Hai lag reglos auf dem Sandboden, fast wie ein Hund auf dem Teppich vor dem Ofen. Seine kleinen schwarzen Augen folgten den beiden Tauchern, während seine Kiemen arbeiteten, Wasser einsogen und wieder ausstießen. Sie schwammen zum Höhleneingang, Luftblasen stiegen von den Mundstücken durch den porösen Stein und weiter hinauf Richtung Wasseroberfläche. Der Hai bewegte sich unruhig. Jonas fasste nach Liz' Hand, um sie zurückzuziehen, doch sie schwamm noch näher, neugierig und fasziniert.

Mit einem schnellen Ruck schoss der Hai auf den Eingang zu. Jonas griff hektisch nach Liz und gleichzeitig nach seinem Tauchermesser. Sie jedoch versetzte dem Hai mit dem kleinen Knüppel einen Schlag auf das Maul, und der Hai drehte abrupt ab und verzog sich in die offene Weite des Meeres.

Liebend gern hätte er ihr eine Standpauke gehalten. Liebend gern hätte er ihr gesagt, wie fasziniert er von ihr war. Da er beides nicht tun konnte, schüttelte Jonas sie leicht an der Schulter. Ihr Lachen hinter der Maske ließ einen weiteren tanzenden Schwall Luftblasen aufsteigen.

Zusammen schwammen sie weiter. Ab und zu entfernten sie sich voneinander, wenn einer von ihnen etwas Interessantes entdeckte. Jonas war der Überzeugung, dass Liz den ursprünglichen Grund für ihr Hiersein längst aus den Augen verloren hatte. Umso besser, entschied er. Wenn sie sich diese Stunde Freiheit nahm, freute ihn das ungemein. Doch er war aus einem ganz bestimmten Grund hier.

Das Meer und seine Bewohner waren unsagbar schön, aber Jonas fielen andere Dinge auf. In der ganzen Zeit, die sie jetzt hier unten waren, hatten sie keine anderen Taucher gesehen, und ihr Sauerstoffvorrat war inzwischen fast verbraucht. Die Höhlen, in denen die Haie schliefen, eigneten sich perfekt als Versteck für eine Drogenlieferung. Nur Abenteurer oder aber Narren würden sich bei Nacht in das Haiterritorium wagen. Jonas dachte an seinen Bruder und wusste sofort, dass es für Jerry ein großes Abenteuer gewesen wäre. Ein kühl beherrschter Mann konnte in eine der Höhlen hineinschwimmen, wenn die Haie draußen auf Nahrungssuche gingen, und dort Dinge lagern oder herausholen.

Keineswegs hatte Liz vergessen, weshalb Jonas unbedingt hier hatte tauchen wollen. Doch weil sie zumindest einen Teil seiner Gedankengänge nachvollziehen konnte, ließ sie ihm Freiraum. Fast dreißig Meter unter Wasser suchte er nach etwas, nach irgendetwas, das ihm dabei helfen würde, den Tod seines Bruders zu akzeptieren. Ebenso wie das Leben seines Bruders.

Bald würde die ganze Sache vorbei sein, überlegte sie. Die Polizei kannte jetzt den Namen des Zwischenhändlers in Acapulco. Und da war ja auch noch ein zweiter Name, den Jonas dem Captain genannt hatte, erinnerte sie sich plötzlich. Woher hatte er den erfahren? Sie sah zu ihm. Ihr wurde jäh bewusst, dass es da Dinge gab, die er ihr verschwieg. Aber auch damit wäre bald Schluss, versprach sie sich selbst. Und dann, urplötzlich, hatte sie keine Luft mehr.

Sie brach nicht in Panik aus. Sie war zu erfahren, um in so einer Situation völlig den Kopf zu verlieren. Sie überprüfte sofort ihre Sauerstoffanzeige. Laut Anzeige müsste sie noch für zehn Minuten Luft im Tank haben. Sie griff hinter sich und befühlte den Schlauch. Er saß fest an den Ventilen und ließ auch nirgendwo anders Luft ab. Trotzdem konnte sie nicht atmen.

Was immer das Messgerät auch anzeigte – ihr Leben hing an einem seidenen Faden. Wenn sie jetzt zu schnell auftauchte, würde der Druck ihre Lungen zerquetschen. Sie zwang sich, ruhig zu bleiben, und schwamm zu Jonas. Sie erwischte seinen Fußknöchel und zog kräftig daran. Das Lächeln, als er sich zu ihr umdrehte, erstarb, kaum dass er in ihre Augen geschaut hatte. Er verstand das Zeichen, das sie ihm machte, nahm sofort sein Mundstück heraus und überließ es ihr. Tief atmete Liz den Sauerstoff ein. Sie nickte ihm zu und reichte ihm das Mundstück zurück. Die Körper eng aneinandergepresst, ihre Hand fest auf seiner Schulter, begannen sie gemeinsam den langsamen Aufstieg.

Sie teilten sich den Sauerstoff aus Jonas' Tank und achteten darauf, dass sie nicht zu schnell zurück an die Oberfläche schwammen, so schwer es ihnen auch fiel, nicht zu hetzen. Was nur eine Angelegenheit von wenigen Minuten war, kam beiden wie eine Ewigkeit vor. Kaum dass Liz' Kopf die Wasseroberfläche durchbrach, schob sie ihre Maske zurück und sog gierig die frische Luft ein.

„Was war da unten los?", wollte Jonas von ihr wissen, aber als er ihr Zittern fühlte, fluchte er nur unterdrückt und zog sie mit sich zur Bootsleiter. „Na gut, jetzt immer schön langsam." Vor sich her schob er sie die Leiter hinauf und sprang gleich hinter ihr an Deck.

„Es geht schon", sagte sie. Doch sie ließ sich erschöpft auf die Bank sinken und hatte nicht einmal genügend Energie, um die Sauerstoffflasche abzulegen. Die Erleichterung ließ sie erschauern, als Jonas ihr das Gewicht der Taucherausrüstung abnahm. Den Kopf zwischen die Knie gebeugt, wartete sie ab, bis sich der Schleier vor ihren Augen verflüchtigte. „So etwas ist mir noch niemals passiert", brachte sie mühsam hervor. „Nicht in fast dreißig Meter Tiefe."

Er rieb ihre Hände, um sie zu wärmen. „Was genau ist überhaupt passiert?"

„Mir ist der Sauerstoff ausgegangen."

Jäher Zorn packte ihn. Unsanft fasste er sie bei den Schultern und richtete sie auf. „Du hattest keinen Sauerstoff mehr? Das ist eine unverzeihliche Verantwortungslosigkeit. Wie kannst du Kurse für Anfänger anbieten, wenn du selbst nicht einmal auf deine Anzeigen achtest?"

„Ich habe meine Anzeige geprüft." Sie holte tief Luft, stieß sie wieder aus. „Laut Anzeige hatte ich noch genug Luft für zehn Minuten."

„Du verleihst Taucherausrüstungen, verdammt noch mal! Wie kannst du so achtlos mit deiner eigenen umgehen? Du hättest sterben können!"

Dass er ihre Kompetenz anzweifelte, riss sie nun endgültig aus ihrer Benommenheit.

„Ich bin niemals achtlos", fauchte sie. „Weder mit den Mietausrüstungen noch mit meiner eigenen." Sie riss sich die Maske vom Kopf und schleuderte sie auf die Bank. „Guck dir meine Anzeige an. Ich hätte noch für zehn Minuten Luft haben müssen."

Er schaute auf das Messgerät, aber es half nichts, um seine Wut zu mildern. „Deine Ausrüstung hätte überprüft werden müssen. Wenn du mit einem fehlerhaften Messgerät tauchst, kann dich das den Kopf kosten."

„Meine Ausrüstung wird regelmäßig überprüft. Ich selbst kontrolliere sie nach jedem Tauchgang. Ich selbst fülle auch jedes Mal die Tanks." Während sie noch sprach, fiel ihr die einzig mögliche Erklärung ein. Ihr Gesicht, schon fahl von dem soeben Erlebten, wurde leichenblass. „Großer Gott, Jonas … Ich habe die Tanks selbst aufgefüllt. Ich selbst habe jedes Teil meiner Ausrüstung nach dem letzten Tauchgang überprüft."

Er umklammerte ihre Hände plötzlich so fest, dass sie zusammenzuckte. „Und du verwahrst die Ausrüstung in dem Schrank im Geschäft auf, oder?"

„Der Schrank ist abgeschlossen."

„Wie viele Schlüssel gibt es dafür?"

„Ich habe einen … und in der Schublade im Laden liegt noch einer. Aber der wird fast nie benutzt, weil ich ja immer meinen Schlüsselbund dalasse, wenn ich mit einem der Boote rausfahre."

„Aber der Extraschlüssel hätte benutzt werden können, während wir weg waren?"

Das Zittern setzte wieder ein. Dieses Mal ließ es sich auch nicht so leicht kontrollieren. „Ja."

„Also hat jemand diesen Schlüssel benutzt, ist an deinen Schrank gegangen und hat sich an deiner Ausrüstung zu schaffen gemacht."

Sie befeuchtete sich die trockenen Lippen. „Ja."

Blinde Wut loderte in ihm auf. Hatte er nicht eben noch versprochen, auf sie aufzupassen, damit ihr nichts zustieß? Mit erzwungener Ruhe setzte er die Tauchermaske ab und streifte sich die Schwimmflossen von den Füßen. „Wir werden jetzt zurückfahren. Dann packst du einen Koffer, und ich bringe dich zum Flughafen. Du wirst bei meinen Eltern bleiben, bis diese Sache ausgestanden ist."

„Nein."

„Du wirst genau das tun, was ich dir sage."

„Nein", erwiderte sie noch einmal und sammelte ihre Kräfte, um ihm standzuhalten. „Ich gehe nirgendwohin. Das ist jetzt das zweite Mal, dass mir jemand nach dem Leben trachtet."

„Und wer immer es ist, eine dritte Chance wird er nicht mehr bekommen."

„Ich gebe mein Zuhause nicht auf."

„Sei nicht dumm." Er stand von der Bank auf und öffnete den Reißverschluss seines Taucheranzugs. Er wusste, dass er sie jetzt nicht berühren durfte. „Dein Geschäft wird schon nicht bankrottgehen. Du kannst zurückkommen, sobald es wieder sicher ist."

„Ich gehe nicht weg." Sie stand ebenfalls auf und machte einen Schritt auf ihn zu. „Du kamst her, um Rache zu üben. Wenn du deine Rache hast, kannst du befriedigt wieder gehen. Aber jetzt suche ich auch nach Antworten. Und ich kann nicht weggehen, weil die Antworten hier zu finden sind."

Es kostete ihn Mühe, seine Hände ruhig zu halten, als er ihr Gesicht sanft umfasste. „Ich finde sie für dich."

„Du müsstest es doch besser wissen, Jonas, nicht wahr? Antworten bedeuten nichts, es sei denn, man findet sie selbst. Ich will, dass meine Tochter nach Hause kommt. Und bis ich die

Antworten nicht gefunden habe, bis es hier nicht sicher ist, kann sie das nicht." Jetzt legte sie ihre Hände um sein Gesicht, sie standen wie eine verschmolzene Einheit da. „Jetzt haben wir beide unsere Gründe, nach Antworten zu suchen."

Er setzte sich, griff nach seiner Schachtel Zigaretten. „Erika ist tot", sagte er tonlos.

Der Ärger, der ihr die Kraft gegeben hatte, sich Jonas zu widersetzen, schwand. „Was?!"

„Ermordet." Seine Stimme klang wieder kalt und hart. „Vor ein paar Tagen traf ich mich mit ihr. Ich habe sie dafür bezahlt, dass sie mir einen Namen besorgt."

Liz stützte sich an der Reling ab. „Der Name, den du dem Captain genannt hast."

Jonas zündete sich eine Zigarette an, versuchte sich davon zu überzeugen, dass es die richtige Entscheidung war, die Angst in ihr zu schüren. „Genau der. Erika hat ein paar Fragen gestellt und ihre Antworten erhalten. Mir sagte sie, dass dieser Pablo Manchez ein gefürchteter Profikiller ist. Jerry wurde von einem Profi ermordet. Und Erika scheinbar auch."

„Wurde sie erschossen?"

„Erstochen", stellte Jonas richtig und verfolgte mit, wie sie sich unwillkürlich an den Hals fasste. „Genau." Er zog noch einmal heftig an der Zigarette, dann warf er sie über Bord. „Du fliegst in die Staaten zurück, bis das hier alles vorbei ist."

Einen Moment lang kehrte sie ihm den Rücken zu. Sie musste sicher sein können, dass sie genug Kraft hatte, um ihm zu widersprechen. „Ich werde nicht weggehen, Jonas. Wir haben dasselbe Problem."

„Liz …"

„Nein." Als sie sich wieder zu ihm umdrehte, hielt sie das Kinn hoch erhoben und blickte ihn mit funkelnden Augen an. „Weißt du, ich bin früher schon einmal vor Problemen davongelaufen. Ich musste feststellen, dass es nichts nützt."

„Das ist kein Davonlaufen. Hier geht es allein darum, das Richtige zu tun."

„Du bleibst doch auch."

„Ich habe keine andere Wahl."

„Ich auch nicht."

„Liz, ich will nicht, dass dir etwas passiert."

Sie neigte den Kopf leicht zur Seite und musterte ihn durchdringend. „Gehst du auch?"

„Ich kann nicht. Das weißt du."

„Ich kann ebenfalls nicht gehen." Sie schlang die Arme um ihn, presste ihre Wange an seine Schulter. Es war das erste Mal, dass sie ihm offen ihre Sehnsucht und Zuneigung zeigte. „Lass uns nach Hause gehen", murmelte sie leise. „Lass uns einfach nur nach Hause gehen."

10. KAPITEL

Jeden Morgen, wenn Liz aufwachte, sagte sie sich, dass heute der Tag sein musste, an dem Captain Moralas anrufen und ihr versichern würde, alles sei vorbei. Und jeden Abend, wenn sie zu Bett ging und die Augen schloss, war sie sicher, dass es sich nur noch um einen weiteren Tag handeln konnte.

So verging Tag um Tag.

Und jeden Morgen, wenn Liz aufwachte, war sie sicher, dass Jonas ihr heute sagen würde, er müsse nach Philadelphia zurückkehren. Jeden Abend, wenn sie in seinen Armen einschlief, war sie überzeugt, dass es das letzte Mal sein würde.

Er blieb.

Seit über zehn Jahren hatte ihr Leben ein einziges Ziel – Erfolg. Sie hatte damit begonnen, auf den Erfolg hinzuarbeiten, um selbst zu überleben und um für ihr Kind sorgen zu können. Irgendwann hatte sie dann gemerkt, wie zufriedenstellend es war, unabhängig von anderen zu sein und für sich selbst sorgen zu können. Seit über zehn Jahren arbeitete Liz nun auf dieses Ziel hin, ohne vom Weg abzukommen. Weil ein Abweichen vom Weg Misserfolg und damit den Verlust ihrer Unabhängigkeit bedeuten konnte. Vor einem Monat war Jonas in ihrem Leben aufgetaucht und hatte sich in ihrem Haus eingenistet. Und mit diesem Zeitpunkt hatte ihre seit über zehn Jahren schnurgerade Straße begonnen, sich zu winden und zu gabeln. Die Veränderungen zu ignorieren hatte nicht funktioniert, sie zu bekämpfen hatte nichts bewirkt. Und jetzt schien es, als hätte sie keine Wahl mehr, als hätte sie überhaupt keinen Einfluss mehr darauf, in welchen Bahnen ihr Leben verlief.

Da Liz dringend etwas brauchte, das ihr Halt gab, ging sie jeden Tag in ihren Laden zur Arbeit. Stur klammerte sie sich an ihre alte Routine. Weil es der einzige in ihrem Leben verbliebene Aspekt war, bei dem sie sicher sein konnte, ihn noch unter Kontrolle zu haben. Zwar erhielt sie mit der Routine zumindest den Anschein von Ordnung in ihrem Leben aufrecht, doch ihre Gedanken konnte das nicht zur Ruhe bringen. Sie ertappte sich dabei, dass sie jeden Kunden, der ihren Laden betrat, mit Argwohn und Misstrauen beäugte. Je näher die Sommersaison rückte, desto besser lief das Geschäft. Doch jetzt schien es ihr gar nicht mehr so wichtig, den Tauchershop sieben Tage in der Woche zu öffnen, dennoch ging sie jeden Morgen und schloss die Ladentür auf.

Jonas hatte den Stoff, aus dem ihr Leben gewebt war, in die Hand genommen, an ein paar Fäden gezupft und damit alles verändert. Immerhin war Liz an dem Punkt angekommen, an dem sie sich eingestehen konnte, dass nichts mehr wie früher sein würde. Doch an dem Punkt, an dem sie wusste, wie sie mit diesen Veränderungen umgehen sollte, war sie noch nicht gelangt. Wenn er ging – und sie war sicher, dass er irgendwann gehen würde –, dann musste sie bei null anfangen und wieder von Neuem lernen, ihre Sehnsüchte zu unterdrücken und ihre Träume auszublenden.

Sie würden Jerry Sharpes Mörder finden. Sie würden den Mann mit dem Messer finden. Wäre Liz nicht felsenfest davon überzeugt, hätte sie nicht Tag für Tag weitermachen können. Dennoch, selbst wenn die Gefahr vorbei und alle Fragen beantwortet waren – nichts würde mehr so sein wie früher. Jonas hatte sich in den Stoff ihres Lebens eingewebt. Wenn er ging, würde ein Loch zurückbleiben, das sie ihre ganze Willenskraft kosten würde, um es wieder zu stopfen.

Der Stoff, aus dem ihr Leben gemacht war, war auch früher schon einmal gerissen. Liz konnte sich damit trösten, dass es ihr schon einmal gelungen war, alles wieder zu flicken. Die Form hatte sich geändert, die Qualität war auch anders, aber sie hatte die Nähte und Risse wieder zusammengefügt. Ihr würde es auch ein weiteres Mal gelingen. Ihr musste es gelingen.

Doch da gab es Momente, wenn sie im Dunkel kurz vor der Morgendämmerung wach im Bett lag, ruhe- und rastlos … dann fürchtete sie, dass sie mit dem Flicken beginnen musste, noch bevor sie die Kraft dazu hatte.

Jonas spürte, dass sie sich neben ihm bewegte. Inzwischen hatte er gelernt, dass Liz nur selten ruhig schlief. Oder vielleicht schlief sie *nicht mehr* ruhig. Er wünschte, sie würde sich an seine starke Schulter lehnen, doch das würde sie nie tun. Dazu war ihr Unabhängigkeitsdrang zu stark, und als Kontrast dazu saß ihre Unsicherheit zu tief, um zugeben zu können, dass sie andere Menschen brauchte. Selbst eine Last mit einem anderen zu teilen war schwierig für sie. Er wollte sie trösten. Während seines gesamten Erwachsenenlebens hatte Jonas immer Partnerinnen für sich gewählt, die keine Probleme hatten, die keinen Rat brauchten, keinen Trost, keine Unterstützung. Eine Frau, die solche Dinge brauchte, verlangte nach einer emotionalen Bindung, die er bisher nicht willens gewesen war einzugehen. Es war nicht so, dass er ein egoistischer Mann wäre. Nein, er war einfach nur vorsichtig. Im Verlauf seiner gesamten Jugend und praktisch sein ganzes Erwachsenenleben musste er die Scherben aufsammeln, die sein Bruder hinterlassen hatte. Ob nun bewusst oder unbewusst, Jonas hatte sich geschworen, sich nie wieder in eine Lage zu bringen, in der er sich auch noch um das Chaos im Leben anderer kümmern musste.

Jetzt allerdings fühlte er sich immer stärker zu einer Frau hingezogen, die so liebevoll und warmherzig war und gleichzeitig versuchte, dies zu verbergen. Er war auf dem besten Weg, sich hoffnungslos in eine Frau zu verlieben, die ihn brauchte und begehrte und sich weigerte, es zuzugeben. Sie war eine starke Frau, und sie besaß sowohl die Intelligenz wie auch die Entschlossenheit, für sich selbst zu sorgen. Und sie hatte Augen, so sanft, so traurig, dass ein Mann alles tun würde, um sie vor sämtlichem Kummer zu beschützen.

Sie hatte sein Leben komplett verändert. Sie hatte seinen ordentlichen Plan, den er sich für sein Leben zurechtgelegt hatte, vollkommen auf den Kopf gestellt. Er *wollte* trösten, beschützen, teilen. Und es gab nichts, was er dagegen unternehmen könnte. Jedes Mal, wenn er sie berührte, wurde es ihm klarer – es gab nichts, was er dagegen unternehmen *würde*.

Das Bett war warm und das Zimmer erfüllt von dem Duft der Blumen, die draußen vor dem Fenster blühten. Ihr Duft vermischte sich mit dem Aroma aus der Potpourrischale auf der

Kommode. Ab und an fuhr eine leichte Brise raschelnd durch die Palmwedel, es war wie ein leises Flüstern, das beruhigte, nicht störte. Doch an seiner Seite lag eine schlanke Frau, die sich unruhig hin- und herwälzte. Ihr Haar war auf ihrem Kissen ausgebreitet, reichte sogar bis auf seines. Der schwache Duft ließ Jonas an den Wind denken, der über das Meer wehte. Silbernes Mondlicht strahlte ins Zimmer, leuchtete bis in die Ecken des Raumes und fiel auf das Bett, sodass er die Silhouette ihrer Gestalt erkennen konnte. Er zog sie enger an sich heran. Ihre Muskeln spannten sich an, so als wolle sie das Geschenk des Trostes ablehnen, noch bevor es ihr überhaupt angeboten wurde. Weich strich ihr Atem über seinen Hals, als er begann, ihre Schultern sanft zu massieren. Es waren starke Schultern, dennoch fühlte sich ihre Haut dort seidig an. Es war eine unwiderstehliche Kombination. Sie murmelte etwas Unverständliches im Schlaf und rückte näher an ihn heran. Nur wusste er nicht zu sagen, ob es nur ein Zeichen der Zustimmung oder eine Forderung nach mehr war. Es war auch gleich.

Liz fühlte sich an seiner Seite so gut an. Sie gehörte dorthin. Alle Fragen, alle Bedenken und Zweifel konnten bis zum Sonnenaufgang warten. Aber noch vor dem Morgengrauen würden sie das Verlangen miteinander teilen, das tief in ihnen beiden schlummerte. Im Mondlicht, in den stillen Stunden der Nacht, würden sie voneinander annehmen, was sie einander anbieten konnten. Er berührte ihre Lippen mit seinen, sanft, zart, flüchtig.

Sie stöhnte, es war nicht mehr als ein Wispern. Ein leiser Seufzer im Schlaf, während ihr Körper sich an seinen schmiegte und sie sich entspannte. Sollte sie jetzt träumen, so war es ein schöner, ein friedlicher Traum. Vielleicht von ruhigen Wassern oder grünen Wiesen. Er strich mit seiner Hand über ihren Rücken, zog die Konturen ihres Körpers nach. Lang, schlank und stark. Er fühlte, wie sich in ihm Leidenschaft regte.

Nach und nach schien Liz aus dem Schlaf aufzutauchen. Während ihr Körper schon vor Verlangen bebte, war ihr Verstand noch zwischen Traum und Wirklichkeit gefangen. Als all ihre

Sinne vollends erwacht waren, hatte sie bereits ihre Arme und Beine um Jonas geschlungen, war erregt und sehnte sich nach Jonas. Hungrig antworteten ihre Lippen ihm, als er seinen Mund auf ihren presste.

Dieses Mal gab es bei ihr kein Anzeichen von Zögern, keinen einzigen Augenblick des Zweifelns, bevor die Leidenschaft sie überwältigte. Sie wollte sich ihm bedingungslos hingeben. Es wäre nicht besonders klug, ihre Gefühle laut auszusprechen. Es wäre höchst riskant, ihn mit Worten wissen zu lassen, dass die Schutzmauern eingerissen waren und sie ihn in ihr Herz gelassen hatte. Aber sie konnte es ihm zeigen, ohne Einschränkungen.

Sie schlang die Arme fester um ihn, während ihre Lippen gierig seinen Mund suchten. Sie sog seine Unterlippe zwischen die Zähne, weiter hinein in die Hitze ihres Mundes. Knabberte, liebkoste und spielte, bis sein Atem schwer und unregelmäßig ging. Sie fühlte, wie sein Körper sich abrupt anspannte, fühlte den Beweis seiner Erregung und erkannte, dass auch er verführt werden konnte. Auch er konnte also vor Leidenschaft den Verstand verlieren. Und noch eine Erkenntnis schoss ihr in den Kopf, eine wunderbare Erkenntnis, die sie trunken und schwindlig machte: Auch sie hatte die Macht, zu verführen und zu erregen.

Sie wand sich leicht, sodass sie unter ihm zu liegen kam. Bewegte sich unter ihm in einem langsamen, provozierenden Rhythmus, bis er ihren Namen murmelte und um Beherrschung kämpfen musste. Instinktiv suchte sie nach besonders empfindsamen Stellen, fand eine nach der anderen, erkundete, nahm und gab. Mit der Zungenspitze strich sie über seinen Hals, kostete den Geschmack seiner Haut. Sein Puls raste ebenso wild wie ihrer. Ohne das sinnliche Spiel zu unterbrechen, schob sich Liz auf ihn. Sein Körper gehörte ganz allein ihr.

Ihre Hände waren so unerfahren, ihre Liebkosungen flüchtig und zögernd. Es trieb ihn schier in den Wahnsinn. Keine andere vor ihr war so hinreißend entschlossen gewesen, ihm Vergnügen zu bereiten. Sie zog eine Spur kleiner Küsse über seine Brust, unendlich langsam, experimentierte. Dann presste sie ihre Wange fest an seine Haut. Eine beruhigende und gleichzeitig unglaublich erregende Berührung.

Sein Körper stand geradezu in Flammen, und doch schien es Jonas, als würde er frei schweben. Sie streichelte ihn, und die Hitze breitete sich weiter aus. Ihre Lippen schürten das in ihm entfachte Feuer und versprachen ihm eine Nacht voller Sinnlichkeit.

„Sag mir, was dir gefällt." Sie sah auf, und ihre Augen schimmerten im Mondlicht, dunkel und schön. „Sag mir, was ich tun soll."

Es war nahezu mehr, als er ertragen konnte. Die freimütige Offenheit ihrer Frage, ihre uneingeschränkte Bereitschaft zu geben. Er griff in ihr Haar, seine Hände verloren sich in der seidigen Masse. Er wünschte, er könnte sie auf ewig so halten, über sich, mit der golden schimmernden Haut, mit dem offen über die Schulter fallenden Haar, mit dem in ihren Augen glimmenden Verlangen. Er zog sie zu sich herunter, bis ihre Lippen miteinander verschmolzen. Ein alles verzehrender Hunger überwältigte sie. Er brauchte ihr nichts zu sagen. Ganz von selbst übernahm ihr Körper die Führung, ihre Begierde trieb sie beide an.

Jonas konnte keinen klaren Gedanken mehr fassen, konnte sich nicht mehr zurückhalten. Zum Teufel mit der Kontrolle. Er packte sie bei den Hüften, zog sie auf sich, drang mit einem kraftvollen Stoß in sie ein. Erstaunt schrie Liz vor Lust auf. Als er ihr Beben fühlte, nahm er ihre Hände. Ihre Finger verflochten sich miteinander, während sie sich zurückbog und den Rhythmus von ihrem Begehren bestimmen ließ. Schnell. Hektisch. Verzweifelt. Unkontrolliert und unkontrollierbar. Drängende Leidenschaft, süße Qualen, mitreißendes Entzücken stürmten auf sie ein, trieben sie weiter und weiter.

Er konnte nicht mehr denken, nur noch fühlen. Bis zu diesem Augenblick hätte er es nie für möglich gehalten, dass ein Mensch so viel, so intensiv empfinden konnte. Gefühle erschütterten ihn, steigerten sich, bis er meinte, explodieren zu müssen, bis er nur noch das donnernde Hämmern seines eigenen Herzens hören konnte. Die Augen halb geöffnet, sah er Liz über sich, nackt, losgelöst und strahlend im Mondlicht. Und als sie ihn mit sich riss, sah er sie noch immer an.

Er würde sie immer sehen.

Es schien ihr unmöglich. Nein, es sollte eigentlich ganz und gar undenkbar sein, dass sie hier im Laden stand, ihre Kunden bediente und sich um die Ausrüstung kümmerte, wenn ihr Körper noch immer von der unglaublichen Erfahrung der letzten Nacht erfüllt war. Und doch stand Liz hinter dem Tresen, füllte Mietverträge aus, beantwortete Fragen und gab Ratschläge, nannte Preise und wechselte Geld. Nichtsdestotrotz … es waren Aufgaben, die sie rein mechanisch erledigte. Es war eindeutig eine kluge Entscheidung gewesen, die Fahrten mit den Taucherbooten zu delegieren und selbst an Land zu bleiben.

Sie begrüßte die Kunden und versuchte, nicht allzu genau über die Liste nachzudenken, die sie Moralas hatte geben müssen. Wie viele von den Kunden würden noch zurückkommen, um im Black Coral Dive Shop eine Ausrüstung zu mieten oder sich für Tauchkurse einzuschreiben, wenn sie erst herausfanden, dass sie einfach nur durch ihre Freizeitaktivitäten unter polizeiliche Beobachtung geraten waren? Der Mord an Jerry Sharpe und die Tatsache, dass Liz indirekt und ungewollt damit zu tun hatte, konnten ihrem Geschäft weit mehr schaden als eine maue Saison oder ein unerwarteter Hurrikan.

Mehr noch – ihr Mitgefühl für Jonas und ihre Hoffnung, dass er endlich Ruhe und Frieden finden würde, wurde überschattet von dem eigenen verzweifelten Drang, das, was sie von null an für ihre Tochter aufgebaut hatte, zu beschützen. Sosehr sie es auch versuchte, sie schaffte es nicht, den nagenden Groll über eine unmögliche Situation, in die sie ohne eigenes Verschulden hineingeraten war, völlig abzuschütteln.

In ihrem Innern tobte ein Kampf – sie haderte mit den Ereignissen, die ihr bis dato relativ ruhiges Leben völlig durcheinandergebracht hatten, gleichzeitig wünschte sie sich, Jonas würde ein Teil ihres Lebens bleiben. Denn ohne eben jene Ereignisse wäre er nie hergekommen, sie hätte ihn nie kennengelernt. Nein, sie konnte diese gemeinsamen Wochen mit ihm nicht bereuen. Sie versprach sich, dass sie sie auch niemals bereuen würde. Inzwischen hatte sie sich eingestanden, dass sich eine Menge Liebe und Leidenschaft in ihr angestaut hatte. Einmal abgewiesen, hatte sie es nie wieder gewagt, dieses Risiko einzugehen. Aber Jonas hatte die verschütteten Emotionen befreit … oder vielleicht war es auch sie selbst gewesen. Was immer noch passieren mochte, wie immer es ausgehen mochte, sie wusste jetzt, dass sie noch einmal lieben könnte.

„Sie kann man wirklich nur sehr schwer erreichen."

Jäh aus ihren Gedanken gerissen, schaute Liz auf. Einen Moment lang musste sie überlegen, um den passenden Namen zu dem Gesicht zu finden. „Mr. Trydent." Sie stand von ihrem Schreibtisch auf und kam zur Ladentheke. „Ich wusste gar nicht, dass Sie noch auf der Insel sind."

„Ich nehme mir nur einmal pro Jahr Urlaub, daher achte ich auch immer darauf, dass ich das Beste daraus mache." Er stellte einen großen Plastikbecher, in dem Eiswürfel klirrten, auf die Theke. „Ich dachte mir, anders bekomme ich Sie wohl nie dazu, einen Drink mit mir zu nehmen."

Liz starrte auf den Becher und fragte sich still, ob sie sich dem Mann gegenüber zu geschäftsmäßig oder vielleicht doch zu brüsk verhalten hatte. Im Moment wünschte sie sich nichts lieber, als allein mit ihren Gedanken zu sein, doch ein Kunde war nun mal ein Kunde. „Das ist wirklich sehr nett von Ihnen. Ich war in letzter Zeit ziemlich beschäftigt."

„Ist mir aufgefallen." Er lächelte, offenbarte dabei nicht nur seine perfekten Zähne, sondern auch seinen jungenhaften Charme. „Entweder Sie sind gar nicht in der Stadt, oder aber Sie sind mit einem Ihrer Boote unterwegs. Deshalb habe ich mir ein Beispiel am Gleichnis vom Berg und vom Propheten genommen." Er sah sich im Laden um. „Im Moment scheint es mir doch eher ruhig zu sein."

„Lunchzeit", meinte Liz erklärend. „Jeder, der rausfahren wollte, ist schon draußen, und die anderen sitzen beim Essen oder halten ihre Siesta, um sich zu überlegen, was sie am Abend unternehmen sollen."

„Das aktive Inselleben."

Jetzt lächelte sie zurück. „Genau. Haben Sie es noch mal mit dem Tauchen versucht?"

Er zog eine Grimasse. „Ich hab mich von Mr. Ambuckle zu einem Nachttauchgang überreden lassen, bevor er wieder nach Texas zurückkehrt. Aber ehrlich gestanden bleibe ich für den Rest meines Urlaubs lieber am Pool."

„Tauchen ist eben nicht jedermanns Sache."

„Das können Sie laut sagen." Er trank aus dem zweiten Becher, den er mitgebracht hatte, und lehnte sich auf die Theke. „Aber wie wär's mit Dinner? Dinner ist doch jedermanns Sache."

Liz zog leicht eine Augenbraue in die Höhe, halb überrascht, halb geschmeichelt von seiner Hartnäckigkeit. „Ich gehe nur selten aus zum Essen."

„Ich bin auch sehr für Hausmannskost."

„Mr. Trydent …"

„Scott", korrigierte er.

„Scott", setzte sie erneut an. „Danke für die Einladung, aber ich …" Wie sollte sie es ausdrücken, überlegte sie. „Ich bin bereits mit jemandem zusammen."

Er legte seine Hand auf ihre. „Etwas Ernstes?"

Nicht sicher, ob sie amüsiert oder verlegen sein sollte, zog sie ihre Hand zurück. „Ich bin eigentlich eine eher ernste Person."

„Nun, in diesem Falle …" Scott griff wieder nach seinem Becher, blickte sie über den Rand an, während er trank. „Dann sollten wir es wohl besser bei einer geschäftlichen Beziehung belassen. Könnten Sie mir vielleicht erklären, wie das mit dem Schnorcheln funktioniert?"

Mit einem leichten Schulterzucken sah Liz zu den Schnorchelausrüstungen hinüber. „Wenn Sie schwimmen können, dann können Sie auch schnorcheln."

„Sagen wir einfach, ich bin übervorsichtig. Macht es Ihnen etwas aus, wenn ich mir die Regale da drüben näher ansehe?"

Für einen Tag war sie unfreundlich genug gewesen, entschied sie und lächelte ihn an. „Nur zu, schauen Sie sich in aller Ruhe um."

Als er um den Tresen herum und in das hintere Zimmer an die Regale ging, folgte sie ihm. „Ein Schnorchel ist nichts anderes als eine Plastikröhre mit einem Mundstück." Sie nahm eine Schnorchelmaske aus dem Regal und hielt sie vor sich. „Das Mundstück hier nehmen Sie zwischen die Zähne, und dann atmen Sie ganz normal durch den Mund. Die Plastikröhre ist an der Taucherbrille befestigt, sodass Sie praktisch unbegrenzt im Wasser paddeln können."

„Das verstehe ich. Aber was ist mit diesen vielen Malen, wenn ich die kleinen Röhrchen unter Wasser verschwinden sehe?"

„Wenn Sie weiter abtauchen wollen, holen Sie einfach noch einmal tief Luft und lassen die Luft dann langsam ab, damit Sie leichter untertauchen können. Der Trick dabei ist, dass Sie beim Auftauchen das Wasser aus der Röhre blasen müssen. Wenn Sie das erst einmal richtig hinbekommen, können Sie ab- und wieder auftauchen, sooft Sie wollen, ohne je das Gesicht aus dem Wasser heben zu müssen."

Scott wog und drehte die Schnorchelmaske in seiner Hand. „Da unten gibt es viel zu sehen."

„Ja, eine ganze Welt."

Jetzt begutachtete er nicht länger die Schnorchelmaske, sondern sie. „Sie wissen vermutlich vieles über die Gewässer und die Riffe in der Gegend hier. Wie sieht's mit der Isla Mujeres aus?"

„Ein ganz exzellenter Ort zum Tauchen und Schnorcheln." Liz nahm eine zweite Maske aus dem Regal, um zu demonstrieren, wie man den Schnorchel korrekt befestigte. „Wir bieten hier Tagesausflüge an und auch halbe Tage. Wenn Sie abenteuerlustig genug sind, können Sie sogar die Unterwasserhöhlen erkunden."

„Manche davon sind praktisch unberührt, habe ich mir sagen lassen", meinte er leichthin.

„Wenn Sie nur schnorcheln wollen, sollten Sie näher beim Riff bleiben. Aber ein erfahrener Taucher könnte tagelang die Höhlen erforschen."

„Und nächtelang.“ Scott spielte mit dem Schnorchel in seinen Händen, während er Liz scharf beobachtete. „Ich kann mir gut vorstellen, dass ein Taucher bei Nacht dort runtergeht und von niemandem gestört wird.“

Sie war nicht sicher, warum bei ihr plötzlich alle Alarmglocken schrillten. Unwillkürlich schaute sie an Trydents Schulter vorbei nach draußen, dorthin, wo ihr Polizeileibwächter dösend im Gebäudeschatten stand. Albern, sagte sie sich mit einem unmerklichen Schulterzucken. Sie war nicht der Typ, der voreilige Schlüsse zog oder sehr schreckhaft war. „Für Nachttauchgänge ist es eine gefährliche Gegend.“

„Manche Leute lieben die Gefahr, vor allem, wenn das Risiko sich lohnt.“

Ihr Mund war staubtrocken. Sie schluckte und legte die Schnorchelmaske ins Regal zurück. „Mag sein. Ich gehöre auf jeden Fall nicht dazu.“

Dieses Mal war sein Lächeln weder charmant noch sympathisch. „Wirklich nicht?“

„Ich weiß nicht, was Sie meinen.“

„Oh, ich denke, das wissen Sie genau.“ Er packte sie beim Arm. „Sogar sehr genau. Das, was Jerry Sharpe da abgezweigt und in seinem Schließfach in Acapulco deponiert hat, sind lächerliche Kleinbeträge, Liz.“ Er beugte sich vor, näher zu ihr. „Es gibt viel größere Summen abzuschöpfen. Hat er Ihnen das nicht gesagt?“

Das Bild, wie ein Messer an ihre Kehle gehalten wurde, stürzte plötzlich mit Wucht auf sie ein. „Er hat mir gar nichts gesagt. Ich weiß von überhaupt nichts.“ Bevor sie sich ihm entwinden konnte, hatte er sie in eine Zimmerecke gedrängt. „Wenn ich schreie, werden hier innerhalb von Sekunden eine Menge Leute auftauchen, bevor Sie noch einmal blinzeln können.“

„Es besteht überhaupt kein Grund zum Schreien.“ Er hielt beide Hände abwehrend vor sich hoch, als wollte er ihr zeigen, dass sie von ihm nichts zu befürchten hatte. „Hier handelt es sich lediglich um eine geschäftliche Unterredung. Ich will nur wissen, wie viel Jerry Ihnen gesagt hat, bevor er den Fehler beging, die falschen Leute vor den Kopf zu stoßen.“

Als sie feststellte, dass sie wie Espenlaub zitterte, riss Liz sich zusammen. Sie zwang sich, damit aufzuhören. Von dem Mann da würde sie sich nicht einschüchtern lassen. Außerdem … welche Waffen ließen sich schon in einer Badehose und unter einem offen stehenden Hemd verstecken? Sie straffte die Schultern und sah ihm direkt ins Gesicht. „Jerry hat mir nichts gesagt. Das habe ich übrigens auch schon Ihrem Freund erklärt, als er mir sein Messer an die Kehle hielt. Anscheinend hat ihm meine Antwort nicht gereicht, also meinte er, er müsse sich an meinen Sauerstofftanks zu schaffen machen."

„Mein Partner besitzt nun mal leider nicht allzu viel Finesse", tat Scott das leichthin ab. „Ich trage weder ein Messer bei mir, noch verstehe ich genug von Taucherequipments, um Sauerstoffflaschen zu manipulieren. Allerdings weiß ich einiges über Sie. Sie arbeiten zu viel und zu hart, Liz. Sie stehen schon im Morgengrauen auf und gönnen sich bis nach Sonnenuntergang nicht die kleinste Verschnaufpause. Ich versuche lediglich, Ihnen eine Alternative zu bieten. Ich schlage Ihnen ein Geschäft vor, Liz, mehr nicht. Wir unterhalten uns hier nur übers Geschäft."

Es war seine ruhige, nüchterne Art, die ihr Temperament aufbrodeln ließ. Er konnte vielleicht ruhig und nüchtern bleiben, aber da gab es Menschen, die ihr Leben hatten lassen müssen. „Ich bin weder wie Jerry noch wie Erika, das sollten Sie nie vergessen. Ich weiß nichts von den schmutzigen Machenschaften, in denen Sie drinstecken, aber die Polizei weiß so einiges darüber, und sie werden noch mehr herausfinden. Wenn Sie glauben, dass Sie mir Angst einjagen können, indem Sie mir ein Messer an die Kehle halten oder sich an meiner Ausrüstung zu schaffen machen, will ich das gar nicht bestreiten. Doch das wird mich nicht davon abhalten, Sie alle zum Teufel zu wünschen. Und jetzt verschwinden Sie aus meinem Laden. Lassen Sie mich gefälligst in Ruhe."

Er musterte ihr Gesicht, zehn lange Sekunden, dann trat er einen Schritt zurück. „Sie verstehen mich völlig falsch, Liz. Ich sagte vorab, dass es sich um eine geschäftliche Besprechung handelt. Da Jerry nicht mehr da ist, wäre ein erfahrener Taucher wirklich gut zu gebrauchen, vor allem einer, der die Gewässer hier in- und auswendig kennt. Ich bin befugt, Ihnen fünftausend Dollar anzubieten. Fünftausend amerikanische Dollar für das, was Sie am besten können – tauchen. Sie gehen runter, legen ein Paket ab und bringen ein anderes wieder mit nach oben. Keine Namen, keine Gesichter. Für jedes Paket, das Sie mit nach oben bringen und mir ungeöffnet übergeben, erhalten Sie von mir fünftausend Dollar in bar. Das machen Sie ein- oder zweimal pro Woche, und Sie können sich damit ein nettes Polster schaffen. Also, ich kann mir vorstellen, dass eine Frau, die allein eine Tochter aufzieht, immer für ein wenig zusätzliches Geld Verwendung findet."

Ihre Angst machte jetzt heißer Wut Platz, Liz ballte die Fäuste an den Seiten. „Ich sagte bereits, Sie sollen verschwinden. Ich will Ihr Geld nicht."

Er lächelte nur, strich mit einer Fingerspitze über ihre Wange. „Überlegen Sie es sich. Ich bin noch eine Zeit lang hier, sollten Sie Ihre Meinung ändern."

Liz sah Trydent nach, wie er locker davonschlenderte. Sie wartete, bis ihr Atem sich wieder beruhigt hatte und regelmäßig ging. Dann schloss sie ihren Laden ab und ging schnurstracks zu ihrem Leibwächter. Der Mann richtete sich abrupt auf. „Ich gehe nach Hause", informierte sie ihn. „Sagen Sie Captain Moralas Bescheid, dass er in einer halben Stunde bei mir zu Hause sein soll." Ohne auf eine Erwiderung des Polizisten zu warten, stapfte sie mit schnellen Schritten durch den Sand.

Eine Viertelstunde später schlug Liz ihre Haustür hinter sich zu. Die Fahrt auf dem Motorrad hatte sie auch nicht beruhigen können.

Sie war kompromittiert worden, ihre Privatsphäre und ihr Seelenfrieden waren nachhaltig gestört. Dieser letzte Vorfall war der Tropfen, der das Fass zum Überlaufen brachte. Vielleicht hätte sie sogar mit einem weiteren Angriff, mit einer weiteren Bedrohung fertig werden können. Aber das … Der Mann hatte ihr doch tatsächlich einen Job angeboten! Hatte ihr den Vorschlag gemacht, Kokain zu schmuggeln. Wollte sie überreden, einen Job anzunehmen, den bislang ein Mann gemacht hatte, der umgebracht worden war.

Ein Albtraum, dachte Liz, während sie in ihrem Haus von Fenster zu Fenster marschierte. Sie wünschte, sie könnte sich selbst davon überzeugen, dass alles nur ein böser Traum war. Der Kreis schloss sich, und sie hatte das Gefühl, genau im Zentrum zu stehen. Jerry Sharpe hatte etwas angefangen, das sie und Jonas jetzt gezwungen waren zu beenden, ganz gleich, wie schmerzhaft das Ganze auch sein mochte. Ganz gleich, wie gefährlich. Und sie würden es zu Ende bringen, das schwor Liz sich. Dieser Teufelskreis würde durchbrochen werden, ganz egal, was sie dafür tun musste. Sie würde ihn durchbrechen, damit ihre Tochter nach Hause kommen konnte und in Sicherheit war. Was sie immer tun musste, um das garantieren zu können, sie würde es tun.

Als sie einen Wagen näher kommen hörte, ging sie ans große Wohnzimmerfenster. Jonas, dachte sie und spürte ihren Mut sinken. Ob sie ihm sagen sollte, dass sie dem Mann von Angesicht zu Angesicht gegenübergestanden hatte, der vielleicht der Mörder seines Bruders war? Wenn sie Jonas den Namen nannte, wenn er es erfuhr, würde er dann in blinder Wut davonstürmen, um die Rache zu üben, für die er von so weit hergekommen war? Und wenn er seine Rache genommen hatte … würde der Kreis der Gewalt überhaupt je durchbrochen werden können? Sie bezweifelte es, befürchtete stattdessen, dass sich das Rad unablässig weiterdrehte und mit seiner Kraft alles andere zermalmte. Sie sah Jonas vor sich, ein Mann des Gesetzes, ein Mann von unglaublicher Geduld, ein mitfühlender Mann, in Handschellen abgeführt, als Resultat seiner eigenen Gewaltbereitschaft. Wie konnte sie ihn davor bewahren und gleichzeitig sich selbst aus dieser Situation retten?

Ihre Finger waren eiskalt, als sie nach dem Türknauf griff und die Tür aufzog, um Jonas einzulassen. Er wusste, dass etwas nicht stimmte, noch bevor er bei ihr angekommen war. „Wieso bist du schon zu Hause? Ich bin am Shop vorbeigefahren, und er hatte schon geschlossen.“

„Jonas." Sie tat das Einzige, das sie tun konnte. Sie zog ihn an sich und hielt ihn fest. „Moralas ist auf dem Weg hierher."

„Was ist passiert?" Panik griff nach ihm, bevor er es verhindern konnte. Er schob Liz ein wenig von sich ab, suchte in ihrem Gesicht nach Antworten. „Ist dir etwas zugestoßen? Bist du verletzt?"

„Nein, ich bin nicht verletzt. Komm herein und setz dich."

„Liz, ich will wissen, was passiert ist."

Sie hörte einen weiteren Wagen vorfahren und sah zum Fenster hinaus auf die Zivilstreife. „Moralas ist gerade eingetroffen", murmelte sie. „Komm erst einmal herein, Jonas. Mir ist es lieber, wenn ich es nur einmal erzählen muss."

Eine Wahl gibt es eigentlich nicht, sagte sich Liz, trat von der Tür zurück und wartete. Sie würde Moralas und Jonas den Namen des Mannes nennen, der an sie herangetreten war. Sie würde genau wiedergeben, was er ihr vorgeschlagen hatte. Und indem sie das tat, würde sie sich einen weiteren Schritt von der ganzen Untersuchung entfernen. Dann hätten sie einen Namen, ein Gesicht, einen Ort. Sie würden auch ein Motiv haben. So wollte die Polizei es haben, so wollte sie es haben. Sie sah zu Jonas, als Moralas den Weg zum Haus hinaufkam. So wollte Jonas es haben. Er brauchte es. Und indem sie es ihm gab, entfernte sie sich auch von ihm.

„Miss Palmer." Moralas nahm seinen Hut ab, als er eintrat, sah kurz zu Jonas und wartete ab.

„Captain." Liz stand beim Sofa, aber sie setzte sich nicht. „Ich habe Informationen für Sie. Es gibt hier einen Amerikaner, einen Mann namens Scott Trydent. Vor weniger als einer Stunde bot er mir fünftausend Dollar an, um Kokain am Riff vor Isla Mujeres zu übergeben."

Moralas' Gesicht blieb völlig regungslos. Er klemmte sich seinen Hut unter den Arm. „Haben Sie vorher schon mit diesem Mann zu tun gehabt?"

„Er hat an einem meiner Tauchkurse für Anfänger teilgenommen. Er gab sich nett und leutselig. Heute kam er in meinen Laden, um mir sein Angebot zu unterbreiten. Anscheinend nahm er an, dass ich ..." Sie sprach den Satz nicht zu Ende, sah zu Jonas hinüber. Er stand noch immer bei der Tür, schweigend, regungslos. „Er glaubte, Jerry hätte mit mir über die Operation gesprochen. Er wusste von dem Schließfach. Woher, weiß ich nicht. Überhaupt schien es, als wüsste er über jeden Schritt Bescheid, den ich in den letzten Wochen unternommen habe." Ihre Nerven meldeten sich jetzt doch, wollten zu flattern beginnen. Sie fuhr sich mit der Hand durchs Haar. „Er bot mir an, Jerrys Job zu übernehmen und den Austausch, der in den Höhlen bei Isla Mujeres stattfindet, abzuwickeln, damit ich reich werde. Er weiß ..." Sie musste schlucken, um das Beben in ihrer Stimme zu verbergen. „Er weiß von meiner Tochter."

„Können Sie ihn identifizieren?"

„Ja. Ich weiß nicht, ob er derjenige ist, der Jerry Sharpe getötet hat." Ihr Blick ging zu Jonas, bittend, flehend. „Ich weiß es nicht. Aber ich kann den Mann identifizieren."

Moralas verfolgte den Blickkontakt, bevor er weiter in den Raum kam. „Bitte, setzen Sie sich, Miss Palmer."

„Sie werden ihn doch verhaften?" Sie wünschte, Jonas würde etwas sagen, irgendetwas, aber er stand nur schweigend da. „Er gehört zu dem Schmugglerring. Er weiß von dem Mord an Jerry Sharpe. Sie müssen ihn festnehmen."

„Miss Palmer." Moralas drückte sie leicht auf das Sofa nieder, dann setzte er sich neben sie. „Wir kennen die Namen, wir kennen die Gesichter. Der Schmugglerring, der von der Yucatánhalbinsel aus operiert, wird im Moment sowohl von den mexikanischen wie auch von den amerikanischen Regierungsbehörden beobachtet. Die Namen, die Sie und Mr. Sharpe uns genannt haben, sind uns nicht unbekannt. Nur einen Namen kennen wir noch nicht. Den des Mannes, der das alles organisiert. Den Namen der Person, die den Mord an Jerry Sharpe in Auftrag gegeben hat. Und das ist der Name, den wir brauchen. Ohne diesen Namen nutzen uns die Namen der Kuriere und der Lieferanten nur wenig. Wir brauchen den Namen, Miss Palmer. Und wir brauchen Beweise."

„Ich verstehe nicht. Wollen Sie damit sagen, dass Sie Trydent einfach laufen lassen? Er wird einen anderen finden, der die Pakete abliefert."

„Den wird er gar nicht erst suchen müssen, wenn Sie zustimmen."

„Nein." Bevor Liz den Sinn von Moralas' Worten überhaupt verarbeitet hatte, mischte Jonas sich ein. Er sprach leise, so leise, dass ein eiskalter Schauder über ihren Rücken lief. Er holte seine Zigaretten hervor. Seine Hände waren absolut ruhig. Er ließ sich Zeit damit, sein Feuerzeug aufflammen zu lassen und die Flamme an das Zigarettenende zu halten, bis die Glut rot aufglomm. Er nahm einen tiefen Zug und blies blauen Rauch aus. Sein Blick lag starr und hart auf Moralas. „Fahren Sie zur Hölle."

„Miss Palmer allein gebührt das Privileg, mir das zu sagen."

„Sie werden sie nicht benutzen. Wenn Sie jemanden brauchen, der sich in den Schmugglerring einschleicht, der näher an die Namen und Beweise gelangt, dann werde ich die Lieferungen übernehmen."

Moralas studierte Jonas, erkannte dessen Nerven aus Stahl und endlose Geduld. Tief in dem anderen brodelte außerdem eisern beherrschtes Temperament. Hätte Moralas die Wahl, würde er das vorziehen. „An Sie hat man sich aber nicht gewandt."

„Liz geht nicht runter."

„Moment mal." Liz presste die Fingerspitzen an die Schläfen. „Wollen Sie damit etwa vorschlagen, ich soll mich noch einmal mit Trydent treffen und ihm sagen, dass ich den Job mache? Das ist ja völlig verrückt. Welchen Sinn sollte das denn haben?"

„Sie wären der Lockvogel." Moralas musterte ihre Hände. Schmal, ja, aber stark. Es gab nichts, was er nicht über Elizabeth Palmer wusste. „Wir stehen kurz davor zuzuschlagen, die Ermittlungen sind nahezu abgeschlossen. Der Schmugglerring soll nicht im letzten Moment noch an einen anderen Ort abwandern. Wenn die Aktion reibungslos verläuft, gibt es keinen Grund für sie, sich nach einem neuen Übergabepunkt umzusehen. Sie sind der Stolperstein, Miss Palmer, für den Schmugglerring und für die Ermittlungen."

„Wieso?“ Wütend wollte sie aufspringen. Moralas legte seine Hand auf ihren Arm.

„Jerry Sharpe hat unter Ihrem Dach gewohnt, er hat für Sie gearbeitet. Und es ist allseits bekannt, dass er eine Schwäche für Frauen hatte. Weder die Behörden noch die Schmuggler waren sich sicher, welche Rolle genau Sie gespielt haben. Jetzt wohnt Jerry Sharpes Bruder bei Ihnen. Der Schlüssel zum Schließfach befand sich in Ihrem Besitz.“

„Schuldig aufgrund von Indizien, Captain?“ Ihre Stimme nahm einen eiskalten, schneidenden Klang an, den Jonas bisher nur ein- oder zweimal bei ihr gehört hatte. „Sagen Sie, erhalte ich eigentlich Polizeischutz, oder stehe ich unter Überwachung?“

Moralas' nüchterner Ton änderte sich nicht. „Das eine lässt sich problemlos mit dem anderen verbinden.“

„Wenn Sie mich verdächtigen, haben Sie dann auch an die Möglichkeit gedacht, dass ich einfach mit dem Geld untertauchen könnte?“

„Und das ist genau das, was Sie tun sollen.“

„Sehr clever.“ Jonas war sich nicht sicher, wie lange er sich noch beherrschen konnte. Es wäre ihm eine enorme Befriedigung, Moralas am Kragen zu packen und ihn hochkant aus Liz' Haus zu werfen. Aus ihrem Leben. „Liz hintergeht die Verbrecher und verärgert damit den Kopf der Organisation. Damit wird der Auftrag erteilt, sie auf die gleiche Weise aus dem Weg zu schaffen, wie mein Bruder eliminiert worden ist.“

„Mit dem Unterschied, dass Miss Palmer die gesamte Zeit über unter Polizeischutz steht. Wenn bei dieser einen Lieferung alles wie geplant über die Bühne geht, können wir endlich zuschlagen. Dann werden die Schmuggler und der Mörder Ihres Bruders festgenommen und wandern hinter Gitter. Das ist es doch, was Sie wollen, oder?“

„Nicht mit Liz' Leben als Einsatz. Setzen Sie Ihren eigenen Maulwurf ein, Moralas.“

„Dazu bleibt keine Zeit. Mit Ihrer Kooperation, Miss Palmer, könnten wir das alles endlich auf einen Schlag beenden. Ohne Ihre Mitarbeit wird es noch Monate dauern.“

Monate? dachte sie entsetzt. Jeder zusätzliche Tag war eine Ewigkeit. „Ich mach's."

Jonas war in Sekundenbruchteilen bei ihr und zog sie von der Couch hoch. „Liz ..."

„Meine Tochter kommt in zwei Wochen nach Hause." Sie legte die Hände auf seine Arme. „Sie wird nicht in solche Umstände zurückkommen."

„Bring sie woanders hin." Jonas packte sie bei den Schultern, bis seine Finger sich schmerzhaft in ihr Fleisch bohrten. „Wir gehen zusammen irgendwo anders hin."

„Wohin denn?", wollte sie wissen. „Jeden Tag rede ich mir ein, dass ich aus dieser Sache rauskomme, und jeden Tag weiß ich, dass es eine Lüge ist. Ich stecke mit drin, seit Jerry durch meine Ladentür gekommen ist. Daran lässt sich nichts ändern. Und bis es vorbei ist, wirklich vorbei ist, wird nichts mehr richtig sein."

Er wusste, dass sie recht hatte, hatte es von der ersten Minute an gewusst. Nur hatte sich inzwischen so vieles verändert. Er spürte eine Verzweiflung in sich, die er nie zu spüren erwartet hatte. Und es ging nur um sie. „Komm mit mir zurück in die Staaten. Hier wird die Sache bald ausgestanden sein."

„Wirklich? Kannst du wirklich vergessen, dass dein Bruder ermordet wurde? Wirst du den Mann vergessen können, der das getan hat?" Sein Griff wurde fester, seine Augen dunkler, aber er sagte keinen Ton. Sie stieß ergeben den Atem aus. „Nein, es ist nicht vorbei, solange wir es nicht beenden. Ich bin schon einmal weggerannt, Jonas. Ich habe mir geschworen, dass ich nie wieder wegrenne."

„Du bringst dein Leben in Gefahr."

„Ich habe nichts getan, und sie haben schon zweimal versucht, mich umzubringen." Sie legte eine Hand auf seine Brust. „Bitte, hilf mir dabei."

Er konnte sie nicht zwingen zu tun, was er ihr sagte. Die beiden Dinge, die er am meisten an ihr bewunderte, waren ihre Großzügigkeit und ihre Durchsetzungskraft. Er konnte sie bitten, er konnte mit ihr debattieren, aber er könnte sie niemals anlügen. Wenn sie wegrannte, wenn sie beide wegrannten, würden sie niemals hiervon freikommen. Er zog sie in seine Arme. Ihr Haar roch nach Sonne und Meer und salziger Luft. Bevor der Sommer vorüber war, würde sie frei sein, das schwor er sich. Sie beide würden frei sein.

„Ich gehe mit ihr." Über ihren Kopf hinweg sah Jonas zu Moralas.

„Das wird vielleicht nicht möglich sein."

„Ich werde es möglich machen."

11. KAPITEL

Noch nie in ihrem Leben hatte sie mehr Angst gehabt. Jeden Tag arbeitete Liz in ihrem Geschäft und wartete bang darauf, dass Scott Trydent auftauchen würde. Jeden Abend verschloss sie die Ladentür, ging nach Hause und wartete darauf, dass das Telefon klingeln würde. Jonas redete nicht viel. Sie hatte keine Ahnung mehr, was er in den Stunden trieb, die sie nicht miteinander verbrachten. Sie wusste nur, dass er seinen eigenen Plan vorbereitete, den er dann zu seinem eigenen Zeitpunkt umsetzen würde. Es machte ihr nur noch mehr Angst.

So vergingen zwei Tage, und ihre Nerven wurden dünner und dünner. Sie war angespannt, wie sie es niemals für möglich gehalten hätte. Am Strand lagen die Leute in der Sonne, dösten oder lasen ihre Urlaubslektüre. Pärchen schlenderten Arm in Arm am Wasser entlang. Kinder rannten lachend und spielend durch den Sand. Schnorchler schwammen im Riff und spritzten kleine Wasserfontänen auf. Liz fragte sich, warum nichts davon ihr normal erschien, oder ob es ihr je wieder normal erscheinen würde.

Am Abend räumte sie Ausrüstungen ein, leerte die Geldkassette und machte alles fertig, um den Laden zu verschließen.

„Wie sieht's nun mit dem Drink aus?"

Liz war überzeugt gewesen, gut auf den Moment vorbereitet zu sein. Dennoch zuckte sie jetzt erschreckt zusammen. Hinter ihren Schläfen setzte prompt ein rhythmisches dumpfes Pochen ein, das sicherlich für die nächsten Stunden nicht weichen würde. Ihr Magen zog sich vor panischer Angst zu einem Knoten zusammen. Und Panik war genau das, was sie sich ab jetzt nicht mehr erlauben durfte, ermahnte sie sich.

Sie drehte sich um. Scott stand auf der Ladenschwelle. „Ich habe mich schon gefragt, ob Sie noch zurückkommen würden."

„Ich sagte Ihnen doch, ich bin noch eine Weile hier. Ich weiß, dass man immer ein paar Tage braucht, um gewisse Dinge zu überschlafen."

Sie hatte eine Rolle zu spielen, erinnerte Liz sich entschlossen. Und sie sollte sie besser gut spielen. Bedächtig beendete sie die letzten Aufräumarbeiten, verschloss die Ladentür, dann wandte sie sich wieder zu Scott um. Sie lächelte nicht. Das hier war eine geschäftliche Unterredung, nüchtern, sachlich. „Wir können dort drüben hingehen.“ Sie zeigte auf das nah gelegene Strandrestaurant. „Es ist für jedermann zugänglich.“

„Sicher, meinetwegen.“ Er bot ihr seinen Arm an, sie ignorierte die Geste und setzte sich in Bewegung. „Sie waren auch schon mal freundlicher.“

„Sie waren auch mal ein Kunde“, konterte sie. Sie warf ihm einen Seitenblick zu. „Kein Geschäftspartner.“

„Ah …“ Sie sah, wie er sich erst umschaute. „Sie haben also darüber geschlafen.“

„Sie brauchen einen Taucher, ich brauche Geld.“ Sie stieg die beiden hölzernen Stufen hinauf und wählte einen Tisch, setzte sich mit dem Rücken zum Wasser. Nur Sekunden später ließ sich ein Mann an einem Tisch in der äußersten Ecke nieder. Einer von Moralas' Männern, dachte sie und zwang sich, ruhig zu bleiben. Sie war genauestens instruiert worden, immer und immer wieder. Sie wusste, was sie zu sagen hatte und wie sie es zu sagen hatte, und sie wusste, dass der Kellner, der ihren Tisch bediente, eine Polizeimarke und eine Pistole trug. „Viel hat Jerry mir nicht erzählt“, hob sie an und bestellte eine Limonade für sich. „Nur, dass er die Lieferung macht und dafür Geld kassiert.“

„Er war ein guter Taucher.“

„Ich bin besser.“

Scott grinste sie an. „Das habe ich mir sagen lassen, ja.“

Aus den Augenwinkeln erhaschte sie eine Bewegung. Als sie den Kopf drehte, erstarrte sie. Ein dunkelhaariger Mann mit einem Narbengesicht zog den Stuhl neben ihr für sich hervor und setzte sich. Liz wusste, dass er einen schmalen silbernen Armreifen trug, noch bevor sie den Reifen an seinem Handgelenk entdeckte.

„Pablo Manchez, Liz Palmer. Obwohl … ich glaube, ihr beide habt euch schon einmal getroffen.“

„Señorita.“ Manchez' dünne Lippen verzogen sich zu einem angedeuteten Lächeln, als er Liz' Hände in seine nahm.

„Sagen Sie Ihrem Freund, er soll seine Hände bei sich behalten." Völlig gelassen zog Jonas einen Stuhl für sich heran. „Warum stellst du uns einander nicht vor, Liz?" Sie konnte nichts anderes tun, als ihn anstarren. Lässig lehnte er sich in den Stuhl zurück. „Ich bin Jonas Sharpe. Liz und ich sind Partner." Sein Blick lag auf Manchez. Das ist der Kerl, dachte er, für den ich Tausende von Meilen geflogen bin, um ihn zu finden. Das war der Kerl, den er umbringen würde. Jonas fühlte Hass und grenzenlosen Zorn in sich aufsteigen. Aber er war auch in der Lage, seine Emotionen an die Kette zu legen und zu warten. „Ich denke, Sie kannten meinen Bruder."

Manchez ließ Liz' Hände los und ließ die Arme locker zur Seite fallen. „Ihr Bruder war gierig und dumm."

Liz hielt den Atem an, als Jonas in seine Hosentasche griff. Langsam zog er ein Päckchen Zigaretten hervor. „Gierig bin ich auch", sagte er lässig und zündete sich eine Zigarette an. „Aber ich bin nicht dumm." Mit einem schmalen Lächeln beugte er sich vor und hielt Manchez die Zigarettenschachtel hin. „Ich habe nach Ihnen gesucht."

Manchez nahm eine von den angebotenen Zigaretten und brach den Filter ab. Er hatte schöne schlanke Hände, mit langen schmalen Fingern. Liz starrte auf diese Hände und musste einen Schauder unterdrücken. „Und jetzt haben Sie mich also gefunden."

Jonas lächelte noch immer, als er sich ein Bier bestellte. „Sie brauchen einen Taucher."

Scott warf Manchez einen warnenden Blick zu. „Wir haben einen Taucher."

„Was Sie haben, ist ein Team. Liz und ich arbeiten zusammen." Jonas stieß langsam den Rauch aus. „Stimmt doch, Liz, oder?"

Er wollte diese Männer kriegen. Und er würde keine Ruhe geben, bis er nicht hatte, was er wollte. Und ihr … ihr blieb keine andere Wahl. „Ja, stimmt."

„Wir brauchen kein Team." Manchez machte Anstalten aufzustehen.

„Sie brauchen uns." Jonas griff nach dem Bierglas, das vor ihn hingestellt wurde. „Liz und ich wissen bereits so einiges über Ihre Operation. Jerry war kein besonders zuverlässiger Geheimnisträger." Er trank einen Schluck. „Liz und ich sind da wesentlich diskreter. Also fünftausend pro Lieferung?"

Scott überlegte eine Sekunde, dann hob er die Hand, gab Manchez damit ein Zeichen. „Fünf. Wenn Sie als Team arbeiten wollen, ist es Ihre Sache, wie Sie es untereinander aufteilen."

„Halbe-halbe." Liz legte ihre Finger um Jonas' Glas. „Einer von uns taucht, der andere bleibt auf dem Boot."

„Morgen Abend. Elf Uhr. Sie kommen zum Laden. Sie werden dort einen wasserdichten Koffer vorfinden. Und er wird abgeschlossen sein."

„Der Laden übrigens auch", warf Liz ein. „Wie kommt der Koffer ins Geschäft?"

Manchez blies Rauch durch die Zähne. „Ich hatte noch nie Schwierigkeiten, irgendwo reinzukommen."

„Sie nehmen den Koffer", schnitt Scott das Geplänkel ab. „Die Koordinaten werden mitgeliefert. Sie fahren mit dem Boot raus, tauchen mit dem Koffer ab, lassen ihn dort unten liegen, kommen wieder nach oben. Nach genau einer Stunde gehen Sie wieder runter und bringen das Paket mit nach oben, das Sie dann an der Stelle finden. Damit fahren Sie zu Ihrem Laden zurück und legen es dort ab. Mehr brauchen Sie nicht zu tun."

„Klingt nach einem glatten, unkomplizierten Ablauf", lautete Jonas' Kommentar. „Wann erhalten wir unsere Entlohnung?"

„Nachdem der Job erledigt ist."

„Die Hälfte im Voraus." Liz trank einen großen Schluck von dem Bier und betete, ihr Puls möge sich endlich beruhigen. „Deponieren Sie zweieinhalbtausend zusammen mit dem Koffer im Laden. Ansonsten tauche ich nicht."

Scott lächelte. „Ah, Sie sind also nicht so vertrauensselig wie Jerry."

Sie schickte einen eiskalten Blick in seine Richtung. „Und vor allem habe ich vor, am Leben zu bleiben."

„Halten Sie sich einfach an die Anweisungen."

„Und wer gibt die Anweisungen?“ Jonas nahm sein Bier von Liz zurück. Ihre Hand senkte sich und kam auf seinem Schenkel zu liegen. Sie zitterte nicht.

„Das brauchen Sie nicht zu wissen“, kam es von Manchez. Er hielt die Zigarette zwischen den Lippen, als er dünn lächelte. „Es reicht, wenn er weiß, wer Sie sind.“

„Folgen Sie den Koordinaten, und halten Sie sich an den Zeitplan.“ Im Aufstehen warf Scott ein paar Geldscheine auf den Tisch. „Das dürfte nicht allzu schwierig sein.“

„Bleiben Sie clever, Jerrys Bruder.“ Manchez erhob sich ebenfalls und lächelte Jonas und Liz selbstgefällig an. *„Adiós, señorita.“*

Jonas trank in aller Seelenruhe sein Bier aus und sah den beiden Männern nach.

„Du solltest dich doch aus diesem Treffen raushalten“, fuhr Liz ihn wütend an. „Moralas hat gesagt …“

„Zum Teufel mit Moralas.“ Viel zu heftig drückte Jonas seine Zigarette im Aschenbecher aus. „Ist das der Mann, der dir die Striemen am Hals verpasst hat?“, fragte er, ohne die Augen von der sich kräuselnden dünnen Rauchfahne zu nehmen.

Wie automatisch hob Liz ihre Hand, um ihre Kehle zu berühren. Auf halbem Weg ballte Liz die Faust, legte sie ruhig vor sich auf den Tisch. „Ich sagte doch schon, dass ich ihn nie gesehen habe.“

Jonas wandte den Kopf und schaute sie an. Seine Augen erinnerten sie an gefrorenen Rauch. „Ist das der Mann?“

Es war unnötig, dass sie es ihm noch sagte. Liz lehnte sich vor und sprach bewusst leise. „Ich will, dass diese ganze Sache endlich vorbei ist, Jonas. Ich brauche keine Rache. Es war abgemacht, dass ich das Treffen mit Scott allein durchziehe.“

Jonas kippte den Kerzenständer zu sich und zündete die Kerze an. „Ich weiß. Aber ich habe es mir anders überlegt.“

„Verdammt, du hättest auch alles verderben können. Ich wollte mit dieser Geschichte nichts zu tun haben, und doch bin ich darin verwickelt. Der einzige Weg, da wieder rauszukommen, ist, es bis zum Ende durchzuziehen. Woher sollen wir wissen, ob sie jetzt nicht einfach alles abblasen, nachdem du urplötzlich auf der Bildfläche aufgetaucht bist?“

„Weil du bis zum Hals drinsteckst. Von Anfang an.“ Bevor sie etwas erwidern konnte, fasste er sie beim Arm. Seine Miene verzog sich zu einer starren Maske, seine Stimme war kühl und ruhig. „Ich hatte vor, dich zu benutzen. Von dem Augenblick an, als ich dein Haus betrat, war ich entschlossen, dich zu benutzen, um Jerrys Mörder zu finden. Ob ich dich einfach übergehen müsste, ob ich dich beiseitestoßen müsste oder an meiner Seite mitschleifen müsste, ich würde dich benutzen. Genau wie Moralas dich für seinen Plan benutzt. Genau wie die anderen dich benutzen.“ Die Hitze, die die Kerzenflamme ausströmte, hing zwischen ihnen, als Jonas Liz an sich heranzog. „Genau wie Jerry dich benutzt hat.“

Sie schluckte das Zittern herunter und kämpfte gegen den Schmerz an. „Und jetzt?“

Er schwieg. Ihre Gesichter waren einander so nah, dass er sein eigenes Spiegelbild in ihren Augen sah. Deutlich konnte er darin seine eigenen Gefühle erkennen – Zweifel und starrsinniger Trotz.

Er berührte ihren Hals, so lange, bis er den Rhythmus ihres Pulses fühlen konnte. Nur mühsam zügelte er sein Temperament, zog sie an sich und presste grob seinen Mund auf ihre Lippen. Funken stieben auf, Funken von Leidenschaft, von Hoffnung. Er wusste nicht, nach welchen dieser Funken er greifen sollte. Also gab er Liz frei.

„Niemand wird dich je wieder verletzen“, murmelte er. „Ich erst recht nicht.“

Es war der längste Tag ihres Lebens. Liz arbeitete und wartete darauf, dass die Stunden endlich vorbeigehen würden. Moralas’ Männer hatten sich unter die Urlauber und Sonnenanbeter am Strand gemischt. Liz’ Meinung nach benahmen sie sich so auffällig unauffällig, dass sie sich gleich die Polizeimarke um den Hals hätten hängen können. Sie wunderte sich, warum niemand es bemerkte. Ihre Boote fuhren aus, kamen zurück und nahmen die zweite Tagestour mit aufs Wasser hinaus. Sauerstoffflaschen und Ausrüstungen wurden gewartet und vermietet. Liz stellte Rechnungen aus und zog Kreditkarten durch die Maschine, als gäbe es nichts Wichtigeres als die Alltagsroutine. Sie wünschte, der Tag wäre endlich zu Ende. Sie hoffte, die Nacht würde nie kommen.

Mindestens hundertmal dachte sie daran, Moralas zu sagen, dass sie es nicht tun konnte. Genauso oft schalt sie sich einen Feigling. Doch als die Sonne dann unterging und der Strand sich leerte, wurde ihr klar, dass man Mut nicht durch Willenskraft heraufbeschwören konnte. Hätte sie eine Wahl, würde sie fliehen. Doch solange sie in Gefahr war, war auch Faith in Gefahr. Als die Sonne im Meer versank, verschloss sie den Laden wie an jedem anderen Tag. Der Schlüssel war noch nicht in ihre Tasche geglitten, als Jonas auch schon an ihrer Seite auftauchte.

„Du kannst es dir noch immer anders überlegen."

„Und was dann? Soll ich mich verstecken?" Sie sah über den Strand, schaute auf das Meer hinaus, ließ den Blick über die Insel schweifen, die ihr Zuhause war. Und ihr Gefängnis. Wieso hatte sie die Insel nie als Gefängnis betrachtet, ehe Jonas gekommen war? „Du hast mir schon einmal vorgehalten, wie gut ich im Verstecken bin."

„Liz ..."

Sie schüttelte den Kopf, um ihn vom Weitersprechen abzuhalten. „Ich kann nicht darüber reden. Ich muss es einfach nur tun."

Die Fahrt zum Haus verlief in Schweigen. In Gedanken ging Liz noch einmal jede Instruktion, jede Anmerkung, jedes einzelne Wort durch, alles, was Moralas ihr eingebläut hatte. Sie sollte wie immer ihrer Routine folgen, den Austausch vornehmen, dann den Koffer mit dem Geld der Polizei übergeben, die beim Dock bereitstehen würde. Danach sollte sie bis zum nächsten Schritt warten. Und während sie wartete, würde immer ein Cop in ihrer unmittelbaren Nähe sein, keine zehn Schritte von ihr entfernt. Es hörte sich idiotensicher an. Es verwandelte ihren Magen in einen steinharten Knoten.

Vor ihrem Haus führte ein Mann seinen Hund aus. Einer von Moralas' Männern. Der andere Mann, der auf der Veranda ihrer Nachbarin an einem Holzstock schnitzte, trug eine Kanone unter seiner Jeansjacke. Liz nahm sich zusammen, um keinen der beiden anzustarren.

„Du wirst jetzt etwas essen, vielleicht einen Drink nehmen und dich eine Weile hinlegen", ordnete Jonas an, als er sie ins Haus schob.

„Nur eine Weile hinlegen."

„Fein, dann also zuerst ausruhen." Jonas verschloss die Haustür und folgte Liz ins Schlafzimmer. Er ließ die Jalousien herunter. „Brauchst du noch etwas?"

Noch immer fiel es ihr schwer, um etwas zu bitten. „Würdest du dich zu mir legen?"

Er kam zu ihr. Sie hatte sich bereits auf der Seite zusammengerollt. Er legte sich neben sie und zog sie mit dem Rücken an sich heran. „Meinst du, du kannst schlafen?"

„Ich glaube schon." Der Schlaf würde ihr Vergessen bringen, wenn auch nur befristet. Doch sie schloss die Lider nicht. „Jonas?"

„Hm?"

„Nach heute Nacht, ich meine, nachdem alles vorbei ist … wirst du mich dann noch einmal so halten?"

Er drückte die Lippen auf ihr Haar. Er glaubte nicht, dass er sie noch mehr lieben könnte. Nur war er sicher, sollte er es ihr sagen, würde sie von ihm abrücken. „So lange, wie du willst. Schlaf jetzt."

Liz schloss die Augen und verscheuchte alle Gedanken.

Es war ein kleiner Koffer, in der Größe der üblichen Aktentasche eines Vorstandsvorsitzenden. Er schien viel zu unscheinbar, um der Auslöser für eine solche Bedrohung zu sein. Er stand auf dem Tresen in Liz' Geschäft. Daneben lag ein Umschlag. In dem Umschlag steckte ein Zettel mit Längen- und Breitengradangaben. Und ein Bündel von fünfundzwanzig Einhundertdollarnoten.

„Ihren Teil des Deals haben sie eingehalten“, bemerkte Jonas.

Liz ließ das Kuvert in einer Schublade verschwinden. „Ich hole meine Ausrüstung.“

Jonas beobachtete sie. Sie würde das lieber allein machen, dachte er. Sie würde immer noch lieber denken, dass sie niemanden hatte, an den sie sich anlehnen konnte, den sie um Hilfe bitten konnte. Er nahm ihr die Sauerstoffflasche ab, bevor sie sie sich auf den Rücken hieven konnte. Mit der Zeit würde sie lernen, sagte er sich, dass sie wesentlich mehr als nur das hatte. „Die Koordinaten?“

„Es sind die gleichen, die auch in Jerrys Buch standen.“ Sie war erstaunlich ruhig, während sie darauf wartete, dass Jonas den Laden verließ, damit sie abschließen konnte. Sie wurden beobachtet. Liz wusste, dass Moralas seine Männer im Hotel postiert hatte. Ebenso sicher war sie, dass Manchez irgendwo in der Nähe war. Sie und Jonas redeten kein Wort mehr, bis sie auf dem Boot waren und abgelegt hatten.

„Das könnte es endlich beenden.“ Sie sah zu ihm hin, als sie Kurs setzte.

„Ja, das könnte es beenden.“

Einen Moment lang schwieg sie. Den ganzen Abend über hatte sie überlegt, was sie zu ihm sagen sollte, wie sie es sagen sollte. „Jonas … was wirst du dann tun?“

Sein Feuerzeug flammte auf, zischte leise, dann war es wieder ruhig. „Was ich tun muss.“

Angst hinterließ einen metallenen Geschmack in ihrem Mund, doch diese Angst galt allein Jonas, nicht ihr selbst. „Wenn wir den Austausch heute Nacht vornehmen und den zweiten Koffer Moralas übergeben … dann müssen sie sich zeigen. Manchez und der Mann, der die Befehle gibt.“

„Worauf willst du hinaus, Liz?“

„Manchez hat deinen Bruder getötet.“

Jonas sah an ihr vorbei. Das Meer war dunkel, nahezu schwarz. Der Himmel war düster. Nur das Dröhnen des Bootsmotors durchbrach die Stille. „Er war der Auslöser.“

„Wirst du ihn umbringen?“

Wie in Zeitlupe wandte er ihr das Gesicht zu. Sie hatte die Frage ruhig gestellt, aber ihr Blick war alles andere als das. Ihre Augen sandten unzählige Botschaften aus, argumentierten, flehten. „Es hat nichts mit dir zu tun."

Seine Worte schnitten schmerzhaft und tief in ihr Herz. Mit einem knappen Nicken sah sie auf den Lichtstrahl vor dem Boot. „Vielleicht nicht. Aber wenn du dich vom Hass leiten lässt, wird alles, was du tust, alles, was du denkst, von Hass beherrscht sein. Du wirst nie wieder frei davon sein. Manchez wird tot sein, Jerry wird noch immer tot sein, und du …" Sie drehte sich zu ihm um und sah ihn an. „Du wirst nie wieder wirklich lebendig sein."

„Ich bin nicht hergekommen und habe all diese Zeit aufgewendet, damit Manchez davonkommt. Er tötet Menschen und lässt sich dafür bezahlen. Er tötet Menschen, weil es ihm Spaß macht. Es macht ihm Spaß", wiederholte er wild. „Man kann es in seinen Augen erkennen."

Ja, sie hatte es auch gesehen. Aber Manchez war ihr völlig gleichgültig. „Erinnerst du dich, dass du einmal zu mir sagtest, jeder hätte das Recht auf einen Rechtsbeistand?"

Er erinnerte sich. Erinnerte sich an alles, an das er einmal geglaubt hatte. Erinnerte sich daran, wie Jerry im kalten Licht der Leichenhalle ausgesehen hatte. „Das hat nichts hiermit zu tun."

„Ich vermute, du änderst jedes Mal die Regeln, wenn es dir passt?"

„Er war mein Bruder."

„Und er ist tot." Mit einem schweren Seufzer hob sie das Gesicht dem Wind entgegen, damit der ihre brennende Haut kühlte. „Tut mir leid, Jonas. Aber Jerry lebt nicht mehr, und wenn du wirklich ausführst, was du da planst, dann wirst du etwas in dir selbst töten." Sie durfte es ihn nicht wissen lassen, aber … er würde auch etwas in ihr töten. „Hast du denn kein Vertrauen in das Gesetz?"

Er schnippte seine Zigarette ins Wasser, lehnte sich an die Reling. „Ich jongliere seit Jahren mit dem Gesetz. Es ist das Letzte, dem ich vertraue."

Sie wollte auf ihn zugehen und wusste nicht, wie. Dennoch … ganz gleich, was er tat, sie würde an seiner Seite stehen. „Dann wird dir nichts anderes bleiben, als dir selbst zu vertrauen. So wie ich dir vertrauen werde."

Langsam kam er zu ihr, legte seine Hände an ihre Wangen, versuchte zu verstehen, was sie ihm da eröffnete und was sie noch immer vor ihm zurückhielt. „Wirst du das?"

„Ja."

Er beugte sich vor, drückte stumm einen sanften Kuss auf ihre Stirn, während in seinem Innern das wilde Bedürfnis tobte, sie anzuweisen, mit dem Boot auf das offene Meer zu halten und einfach endlos weiterzufahren. Doch das würde nichts nutzen, ihnen beiden nicht. Sie saßen hier zusammen in einem Boot, und sie waren an einer Weggabelung angekommen. „Dann fang jetzt damit an." Er küsste sie noch einmal, bevor er sich umdrehte und den Deckel der Sitzbank anhob. Liz runzelte die Stirn, als sie den Taucheranzug sah, den er hervorholte.

„Was machst du?"

„Ich hatte Luis gebeten, einen Anzug für mich hier zu deponieren."

„Wozu? Wir können nicht beide runtergehen."

Jonas zog sich bis auf seine Badehose aus. „Richtig. Ich tauche, du bleibst auf dem Boot."

Liz versteifte sich. Jetzt die Beherrschung zu verlieren würde nichts einbringen. „Es ist alles abgesprochen, Jonas. Ich tauche."

„Und ich ändere eben die Vereinbarung." Er stieg in den Anzug und zog ihn bis zur Hüfte hinauf, bevor er sie anschaute. „Ich setzte dich keinem weiteren Risiko aus."

„Jonas, du setzt mich keinem Risiko aus. Das tue ich selbst. Du kennst die Gewässer hier nicht, ich schon. Du bist noch nie nachts getaucht. Aber ich habe das schon öfter getan."

„Dann ist es jetzt eben das erste Mal."

„Das wirklich Letzte, was wir jetzt gebrauchen können, ist, dass du dich wie ein übernervöser Beschützer aufführst."

Fast hätte er gelacht. Er zog sich das Neopren über die Schultern. „Tja, das ist dann wohl Pech. Denn genau das bin ich."

„Ich habe Trydent und Manchez zugesichert, dass ich runtergehe."

„Vermutlich ist dein Ruf völlig dahin, wenn du Mörder und Drogenschmuggler anlügst, was?"

„Jonas, ich bin jetzt wirklich nicht in Stimmung für dumme Witze."

Er befestigte das Tauchermesser, richtete noch einmal die Gewichte an der Hüfte, dann griff er nach der Tauchermaske. „Kann sein. Kann auch sein, dass du nicht in Stimmung bist, dir das jetzt anzuhören, aber ... Mir liegt etwas an dir. Mir liegt sogar verdammt viel an dir. Zu viel." Er streckte den Arm aus, fasste ihr Kinn. „Mein Bruder hat dich da mit reingezogen, weil er in seinem ganzen Leben nicht einen Gedanken an andere verschwendet hat. Ich habe dich noch tiefer reingezogen, weil ich nur an Vergeltung dachte. Aber jetzt denke ich an dich. An uns. Du wirst nicht tauchen, auf keinen Fall. Und wenn ich dich ans Ruder fesseln muss. Du gehst nicht da runter."

„Ich will nicht, dass du tauchst." Sie legte die geballten Fäuste auf seine Brust. „Wenn ich runtergehe, dann denke ich wenigstens nur daran, was ich zu tun habe. Wenn ich hier oben bleibe, werde ich wahnsinnig, weil ich mir dann ausmale, was dir alles zustoßen könnte."

„Nimm meine Zeit." Er hievte sich die Sauerstoffflasche auf den Rücken. „Hilf mir damit, ja?"

Hatte sie nicht schon vor Wochen gewusst, dass er ein Mann war, der nie als Verlierer aus einer Debatte hervorging? Ihre Finger zitterten leicht, als sie die Gurte über seine Schultern zog. „Ich weiß nicht, wie man damit umgeht, beschützt zu werden."

Er hakte die Gurte an die Tanks und drehte sich wieder zu ihr um. „Dann fängst du am besten gleich mit dem Üben an."

Sie schloss die Augen. Es blieb keine Zeit, noch länger zu reden, für eine Diskussion war es zu spät. „Halte dich in nordöstlicher Richtung, wenn du abtauchst. Die Höhle liegt in etwas über sechsundzwanzig Meter Tiefe." Sie zögerte einen Moment, griff dann nach der Harpune und reichte sie ihm. „Achte auf Haie."

Als er im Wasser war, übergab sie ihm den Aktenkoffer. Innerhalb von Sekunden war er verschwunden, das Meer lag wieder still und dunkel da. In Gedanken tauchte Liz mit ihm ab, Zentimeter für Zentimeter. Im Wasser war es so finster, dass er sich nur auf die Messgeräte und den dünnen Lichtstrahl seiner Lampe verlassen konnte. Nachtwesen würden auf Beutezug unterwegs sein – Kraken, Muränen, Barrakudas. Haie. Liz verdrängte die Bilder in ihrem Kopf.

Sie hätte ihn zwingen sollen, sie runtergehen zu lassen. Und wie? Unruhig marschierte sie auf Deck auf und ab. Er war getaucht, weil er sich um sie sorgte. Sie setzte sich wieder, rieb sich zitternd die kalten Arme. So war es also, wenn ein Mann sich etwas aus einem machte? Hieß das, dass man nur dasitzen und warten konnte? Rastlos sprang sie auf, begann, wieder auf und ab zu laufen. Zu lange schon lebte sie ein aktives und geschäftiges Leben, um jetzt plötzlich passiv abwarten zu können. Und doch ... Ihn sagen zu hören, dass ihm an ihr lag ... Liz setzte sich hin und wartete.

Viermal schaute sie auf ihre Armbanduhr und prüfte Jonas' Zeit, bevor sie ihn an der Bootsleiter hörte. Erleichterung schwappte über ihr zusammen und ließ sie erschauern. Sie eilte zur Leiter, um ihm zu helfen. „Den nächsten Tauchgang übernehme ich“, setzte sie sofort an.

Jonas nahm erst die Lampe ab, dann die Tanks vom Rücken. „Vergiss es.“ Bevor sie protestieren konnte, presste er sie an sich. „Wir haben jetzt eine Stunde“, murmelte er an ihrem Ohr. „Willst du die mit Streiten verbringen?“

Er war nass und kalt. Liz schmiegte sich dennoch an ihn. „Ich mag es nicht, herumkommandiert zu werden.“

„Beim nächsten Mal kannst du mir Befehle erteilen.“ Er ließ sich auf die Sitzbank sinken und zog sie mit sich. „Ich hatte ganz vergessen, wie es bei Nacht dort unten ist. Absolut fantastisch.“ Und es ist fast vorbei, sagte er sich still. Der erste Schritt war gemacht, jetzt musste nur noch der zweite folgen. „Ich habe einen riesigen Kraken gesehen. Mit meinem Licht habe ich den armen Kerl halb zu Tode erschreckt. Ich schwöre, der war mindestens zehn Meter groß.“

„Es gibt auch noch größere." Sie lehnte den Kopf an seine Schulter und versuchte, sich zu entspannen. „Ich bin einmal mit meinem Vater getaucht. Wir sind einem fast zwanzig Meter großen Kraken begegnet."

„Hattest du Angst?"

„Nein, ich war begeistert. Ich weiß noch, ich bin an ihn herangeschwommen, um seine Tentakel zu berühren. An Land hat mein Vater mir dann zwanzig Minuten lang eine Standpauke gehalten."

„Ich kann mir denken, dass du das bei Faith ebenso machen würdest."

„Ich wäre stolz auf sie", setzte Liz an, dann lachte sie auf. „Und danach würde ich ihr fünfundzwanzig Minuten lang die Leviten lesen."

Erst in diesem Moment fielen ihm die Sterne auf. Der Himmel war übersät mit ihnen. Es ließ ihn an die Hollywoodschaukel auf der Terrasse seines Elternhauses denken und an lange milde Sommernächte. „Erzähl mir von ihr."

„Glaub mir, du willst gar nicht, dass ich von ihr anfange."

„Doch, will ich." Er legte den Arm um ihre Schultern. „Ich möchte, dass du mir von ihr erzählst."

Mit einem kleinen Lächeln schloss Liz die Augen. Es tat gut, an Faith zu denken, über Faith zu reden. Und so begann sich vor Jonas ein Bild zusammenzusetzen von einem jungen Mädchen, das gern zur Schule ging, weil es da immer so viel zu tun und zu lernen und immer so viele Leute gab. Er hörte die Liebe und den Stolz in Liz' Stimme – und die Sehnsucht. Er sah das lachende dunkelhaarige Mädchen auf dem Foto wieder vor sich und erfuhr, dass es zwei Sprachen sprach, gern Basketball spielte und Gemüse für eklig hielt.

„Sie ist schon immer ein fröhliches und warmherziges Kind gewesen, aber das heißt nicht, dass sie ein Engel ist. Sie ist stur, und wenn ihr etwas nicht passt, kann sie ganz schön wütend werden. Faith will immer alles allein schaffen. Schon mit zwei Jahren bekam sie einen Wutanfall, wenn ich ihr beim Treppensteigen helfen wollte."

„Der Unabhängigkeitsdrang liegt also offensichtlich in der Familie."

Liz lockerte die Schultern. „Das ist auch unerlässlich."

„Hast du schon mal daran gedacht, Dinge mit anderen zu teilen?"

Ihre Nerven begannen zu flattern. Sie bewegte sich nur unmerklich, aber sie entfernte sich von ihm. „Wenn man teilt, muss man etwas aufgeben. Ich kann es mir nicht leisten, etwas aufzugeben."

Es war die Antwort, mit der er gerechnet hatte. Es war die Antwort, die er zu ändern gedachte. „Es wird Zeit, wieder nach unten zu gehen."

Liz half ihm, die Tanks anzulegen. „Nimm die Harpune mit. Jonas …" Er saß schon auf der Reling, bevor sie zu ihm ging. „Komm schnell wieder nach oben", murmelte sie. „Ich will nach Hause zurück. Ich will mit dir schlafen."

„Was für ein Zeitpunkt, um das zu verkünden." Er grinste sie breit an, lehnte sich zurück und ließ sich ins Wasser fallen.

Es dauerte keine fünf Minuten, bevor Liz wieder unruhig auf und ab marschierte. Wieso hatte sie nicht daran gedacht, eine Thermoskanne mit heißem Kaffee mitzubringen? Das wäre das Erste, was sie in Angriff nehmen würde, sobald sie zu Hause waren. In weniger als einer Stunde würden sie zusammen in ihrer Küche sitzen, und die Kaffeemaschine würde das Aroma von frischem Kaffee verbreiten. Dass die Polizei ihr Haus umstellt hatte und beobachtete, wäre dann unwichtig. Sie und Jonas säßen sicher im Innern. Zusammen. Vielleicht irrte sie sich ja, was das Teilen anbelangte. Vielleicht …

Als sie Wasser am Bootsrand aufspritzen hörte, schoss sie wie ein Pfeil zur Leiter. „Jonas, ist etwas schiefgelaufen? Wieso …" Sie schaute in den Lauf einer Zweiundzwanziger.

„Señorita." Manchez riss seine Schnorchelmaske runter, als er an Bord kletterte. „*Buenas noches.*"

„Was haben Sie hier verloren?" Liz versuchte, sich entrüstet zu geben, während sämtliche Farbe aus ihrem Gesicht wich. Nein, sie war nicht mutig, wurde ihr klar. Sie war ganz und gar nicht mutig. „Wir hatten eine Abmachung."

„Sie sind eine Amateurin“, sagte Manchez abfällig. „Genau, wie Sharpe ein Amateur war. Haben Sie sich etwa tatsächlich eingebildet, wir würden das Geld vergessen?“

„Ich weiß nichts von dem Geld, das Jerry für sich genommen hat.“ Sie klammerte sich an die Reling. „Das habe ich Ihnen von Anfang an gesagt.“

„Der Boss ist der Meinung, dass Sie ein Problem darstellen, hübsche Lady. Sie tun uns einen Gefallen und übernehmen diese Lieferung. Wir tun Ihnen einen Gefallen und lassen Sie schnell und schmerzlos sterben.“

Sie schaute nicht zu der Waffe in seiner Hand. Wagte es nicht, die Pistole anzusehen. „Wenn Sie sämtliche Ihrer Taucher umbringen, können Sie Ihr Unternehmen bald vergessen.“

„Auf Cozumel sind wir sowieso fertig. Wenn Ihr Freund mit dem Koffer auftaucht, nehme ich ihn an mich und ziehe nach Mérida weiter. Ich lebe mit Stil, Sie leben überhaupt nicht.“

Sie hätte sich gern gesetzt, denn ihre Knie drohten nachzugeben. Sie blieb stehen, weil sie vermutete, dass sie vielleicht nie wieder stehen würde. „Wenn Sie auf Cozumel fertig sind, wozu dann noch diese Lieferung?“

„Clancy räumt eben gern hinter sich auf.“

„Clancy?“ Das war der Name, den David Merriworth erwähnt hatte, wie Liz einfiel. Verzweifelt lauschte sie darauf, ob sie nicht etwas vom Wasser her hörte.

„Da unten liegen nur ein paar Tausend in Kokain, ein paar Tausend sind in dem Koffer. Der Boss meinte, die Investition lohne sich, damit es so aussieht, als hätten Sie zusammen mit Sharpe mit Drogen gedealt. Dann geraten Sie beide in einen Streit und erschießen sich gegenseitig. Fall sauber abgeschlossen.“

„Sie waren es auch, der Erika umgebracht hat, oder?“

„Erika hat zu viele Fragen gestellt.“ Er ließ die Waffe ein Stück sinken. „Sie stellen auch zu viele Fragen.“

Grelles Licht flammte plötzlich auf, flutete die Wasseroberfläche und das Boot. Liz’ erster Impuls war es, einfach zu erstarren. Doch bevor sie überhaupt auf irgendeine Art und Weise reagieren konnte, fand sie sich auch schon unter Wasser wieder.

Wie konnte sie Jonas warnen? Hektisch trat sie im Wasser, während über ihr auf der Oberfläche Scheinwerferstrahlen schwenkten. Sie hatte weder eine Sauerstoffflasche noch eine Maske. Sie war absolut schutzlos. Jonas konnte jeden Moment auftauchen, völlig ahnungslos, welche Gefahr ihn erwartete. Der einzige Schutz, den er hatte, war sie.

Doch ohne Ausrüstung würde sie innerhalb von wenigen Momenten ebenso hilflos sein. Sie blieb unter Wasser, hielt sich so nahe, wie es ihr möglich war, in der Nähe der Leiter auf. Ihre Lungen brannten schon, wollten schier platzen, als sie die Bewegung hinter sich im Wasser spürte. Liz drehte sich zu dem dünnen Lichtstrahl um.

Als Jonas sie erblickte, setzte sein Herz einen Schlag lang aus. Sie sah aus wie ein Geist, der um den Kiel des Bootes schwamm. Ihr Haar floss in der Strömung um ihr bleiches Gesicht, das im Licht fast weiß erschien. Sein Instinkt reagierte schneller als sein Verstand. Noch bevor er sich Fragen ausdenken konnte, hatte er ihr schon sein Mundstück zwischen die Lippen gezwängt und ließ sie seinen Sauerstoff atmen. Für Worte war kein Raum, aber für Emotionen. Er fühlte ihre Angst. Einen Moment lang blickte er auf die Harpune in seiner Hand, dann tauchte er auf.

„Mr. Sharpe.“ Moralas fing ihn mit dem Scheinwerferstrahl ein. Liz kam an seiner Seite an die Wasseroberfläche. „Wir haben alles unter Kontrolle.“ Auf dem Deck ihres Bootes sah Liz Manchez in Handschellen zwischen zwei Tauchern in voller Montur stehen. „Vielleicht sind Sie so freundlich und nehmen meine Männer und den Gefangenen mit zurück nach Cozumel.“

Liz konnte spüren, wie Jonas sich verspannte. Die Harpune war entsichert und auf ein eindeutiges Ziel gerichtet. Hinter der Tauchermaske konnte sie seine Augen brennen sehen, so intensiv, wie nur Hass brennen konnte. „Jonas, bitte.“ Doch er kletterte bereits die Leiter empor. Liz zog sich am Bootsrand hoch, ließ sich über die Reling fallen, taumelte über Deck zu ihm. Sie war durchnässt, und sie fror erbärmlich. „Jonas, nicht. Jonas, es ist vorbei.“

Er hörte sie kaum. Alle seine Sinne, alle seine Emotionen waren auf den Mann gerichtet, der nur wenige Schritte vor ihm stand. Ihre Blicke bohrten sich ineinander. Es verschaffte Jonas keine Genugtuung, das Blut aus Manchez' Gesicht weichen zu sehen. Oder das Flackern von jäher Angst in dessen Augen zu erkennen. Dafür war er hergekommen, das Versprechen hatte er sich selbst gegeben. Die Goldmünze an der Kette um seinen Hals wog plötzlich tonnenschwer. Sie erinnerte ihn an seinen Bruder. Sein Bruder war tot. Keine Befriedigung. Jonas ließ die Harpune sinken.

Manchez warf den Kopf zurück. „Ich bin bald wieder draußen", sagte er leise. Ein dünnes Lächeln zeigte sich auf seinem Gesicht. „Ich bin sogar sehr bald wieder draußen."

Die Harpune schoss aus ihrer Halterung und grub sich in die Holzplanken genau zwischen Manchez' Füßen. Liz konnte mitverfolgen, wie das Lächeln auf seinem Gesicht gefror, nur einen Sekundenbruchteil, bevor es sich auf Jonas' Gesicht ausbreitete.

„Ich warte."

Sollte es wirklich endlich vorbei sein? Das war der erste und einzige Gedanke, den Liz hatte, als sie aufwachte, trocken und warm in ihrem eigenen Bett. Sie war in Sicherheit, Jonas war in Sicherheit, und der Schmugglerring auf Cozumel war zerschlagen. Natürlich war Jonas wütend gewesen. Manchez war beobachtet worden, sie beide waren observiert worden, aber die Polizei war erst aufgetaucht, nachdem eine Pistole auf Liz gerichtet worden war.

Er hat bekommen, weshalb er hergekommen ist, dachte sie. Der Mörder seines Bruders saß hinter Gittern. Manchez würde vor Gericht gestellt und verurteilt werden. Sie hoffte, dass Jonas sich damit zufriedengeben konnte.

Sie gab sich auf jeden Fall mit dem neuen Morgen zufrieden. Mit der Normalität, die er mit sich brachte. Glücklich drehte sie sich auf die andere Seite und schmiegte sich an Jonas. Er legte den Arm um sie und zog sie noch näher heran.

„Lass uns bis Mittag im Bett bleiben."

Lachend knabberte sie an seinem Hals. „Ich habe doch …“

„Ein Geschäft zu führen“, beendete er den Satz für sie.

„Genau. Und zum ersten Mal seit Wochen kann ich es führen, ohne diesen ständigen Drang zu verspüren, mich verstohlen und misstrauisch umsehen zu müssen. Ich bin glücklich.“ Sie sah in sein Gesicht, dann schlang sie die Arme um seinen Nacken und drückte ihn fest an sich. „Ich bin so glücklich.“

„Glücklich genug, um mich zu heiraten?“

Sie erstarrte zu Stein. Langsam, vorsichtig, wie in Zeitlupe rückte sie von ihm ab. „Was?“

„Heirate mich. Komm mit mir nach Hause. Baue ein gemeinsames Leben mit mir auf.“

Sie wollte Ja sagen. Es schockierte sie, wie sehr sich ihr Herz wünschte, einfach zuzustimmen. Sich von ihm zurückzuziehen war das Schwerste, was sie je in ihrem Leben getan hatte. „Ich kann nicht.“

Er hielt sie auf, bevor sie aus dem Bett fliehen konnte. Es tat weh, wie ihm klar wurde. Mehr, als er sich hätte vorstellen können. „Wieso nicht?“

„Jonas, wir sind zwei völlig verschiedene Menschen mit zwei völlig verschiedenen Leben.“

„Schon vor Wochen haben wir aufgehört, verschiedene Leben zu leben.“ Er nahm ihre Hände in seine. „Sie werden nie wieder verschieden sein.“

„Aber das werden sie.“ Sie riss sich von ihm los. „Sobald du wieder ein paar Wochen in Philadelphia bist, wirst du dich nicht einmal mehr erinnern können, wie ich aussehe.“

Jetzt hielt er ihre Handgelenke mit eisernem Griff. Die Wut, die bei ihm so selten zutage trat, schien immer unterschwellig zu glühen, wenn er in ihrer Nähe war. „Warum tust du das?“, verlangte er von ihr zu wissen. „Wieso kannst du nicht annehmen, was man dir geben will?“ Er schwang sie herum und auf das Bett zurück, legte sich auf sie. „Ich liebe dich.“

„Nicht.“ Sie schloss die Augen. Der Wunsch wurde so mächtig, dass er den Verstand nahezu ausschaltete. „Sag so etwas nicht zu mir.“

Ausgeschlossen. Sie hatte ihn ausgeschlossen. Zuerst kam die Panik, dann die Wut. Und danach die Entschlossenheit. „Ich werde es sagen. Wenn ich es nur oft genug wiederhole, wirst du früher oder später irgendwann anfangen, mir zu glauben. Meinst du, all diese Nächte waren nur ein Spiel? Hast du es nicht selbst gefühlt? Willst du mir weismachen, du hättest nichts dabei empfunden?"

„Ich habe schon früher einmal geglaubt, ich würde etwas empfinden."

„Da warst du noch ein Kind." Als sie den Kopf schüttelte, packte er sie fest bei den Schultern. „Doch, das warst du. In mancher Hinsicht bist du das noch immer. Aber ich weiß, was in dir vorgeht, wenn du mit mir zusammen bist. Ich weiß es ganz sicher. Ich bin kein Geist, ich bin keine Erinnerung. Ich bin real. Ich bin ein Mann, der dich will."

„Ich habe Angst vor dir", flüsterte sie. „Ich habe Angst, weil du mich dazu bringst, mir Dinge zu wünschen, die ich nicht haben kann. Ich kann dich nicht heiraten, Jonas, weil ich in meinem Leben kein Risiko mehr eingehen will. Und definitiv werde ich mein Kind keinem Risiko aussetzen. Lass mich bitte los."

Er gab sie frei, doch als sie aufstand, schlang er die Arme um sie. „Es ist nicht vorbei mit uns."

Sie lehnte den Kopf an seine Brust, schmiegte ihre Wange an seine Haut. „Schenk mir die Tage, die wir noch zusammen haben. Bitte, lass mich diese Tage haben."

Jonas hob ihr Kinn an. Alles, was er wissen musste, konnte er in ihren Augen lesen. Ein Mann, der genügend Erfahrung damit hatte, wie man eine Strategie plante, um zu gewinnen, konnte es sich leisten zu warten. „Du hattest bisher noch mit niemandem zu tun, der ebenso stur ist wie du. Und du bist noch lange nicht fertig damit, mit mir zu tun zu haben." Sanft streichelte er ihr über das Haar. „Zieh dich an. Ich fahre dich zum Geschäft."

Weil er so tat, als wäre nichts Außergewöhnliches besprochen oder gesagt worden, entspannte sie sich. Es war unmöglich, sie wusste es ganz sicher. Sie kannten einander erst seit ein paar Wochen, noch dazu waren sie sich unter Umständen begegnet, die garantierten, dass Emotionen gleich welcher Art verstärkt wurden. Er machte sich etwas aus ihr. Sie glaubte ihm auch, dass sie ihm nicht gleichgültig war, aber … Liebe? Die Art von Liebe, die notwendig war, um eine Ehe aufzubauen? Das Risiko war einfach zu groß.

Ja, sie liebte ihn. Sie liebte ihn so sehr, dass sie ihn von sich wegstieß, während sie doch nichts anderes wollte, als ihn näher heranzuziehen und festzuhalten. Er musste in sein altes Leben zurückkehren, in seine Welt. Und wenn er dann irgendwann in Zukunft an sie dachte, dann würde er sich mit Dankbarkeit an sie erinnern. Dankbarkeit dafür, dass sie eine Tür zugeschlagen hatte, die er allein aus einem Impuls heraus geöffnet hatte. Sie würde auch an ihn denken. Für immer.

Als Liz auf ihren Laden zuging, hatte sie sich wieder gefasst. „Was hast du heute vor?"

„Ich?" Auch Jonas hatte seine Gedanken geordnet. „Ich werde mich in die Sonne setzen und nichts tun."

„Nichts?" Ungläubig starrte sie ihn an. „Den ganzen Tag?"

„So etwas ist allgemein bekannt als Erholung und Entspannung, oder man nennt es auch ‚sich einen Tag freinehmen'. Verbringt man mehrere Tage hintereinander auf diese Weise, bezeichnet man das dann als ‚Urlaub'. Eigentlich hatte ich einen Urlaub in Paris geplant."

Paris, wiederholte sie in Gedanken. Ja, das passte zu ihm. Kurz fragte sie sich, wie die Luft in Paris wohl riechen mochte. „Falls dir langweilig werden sollte … Ich bin mir sicher, auf den Booten wird immer ein zusätzliches Crewmitglied gebraucht."

„Danke, aber für die nächste Zeit habe ich vorerst genug vom Tauchen." Jonas ließ sich auf die Bank vor der Ladentür fallen. Es war der beste Platz, um Liz im Auge zu behalten.

„Miguel." Als der junge Mann ihr entgegenkam, schaute Liz sich ganz automatisch suchend nach Luis um. „Du bist sehr früh hier."

„Ich bin mit Luis zusammen gekommen. Er checkt gerade das Taucherboot durch. Hat eine frühe Tour."

„Ja, ich weiß.“ Sie vertraute Miguel nicht genug, um ihn den Laden allein führen zu lassen. „Warum hilfst du ihm nicht? Dann kümmere ich mich hier um den Publikumsverkehr.“

„*Bueno.* Ach übrigens … da waren ein paar Typen, die sich das Angelboot angesehen haben. Vielleicht wollen sie ja eine Tour fürs Hochseefischen buchen.“

„Ich kümmere mich darum. Mach du nur die Tour mit Luis.“ Sie ging zurück zu Jonas und ließ sich vor ihm in die Hocke nieder. „Kannst du den Laden einen Moment lang im Auge behalten? Da sind anscheinend ein paar Kunden drüben bei der *Expatriate*.“

Jonas rückte seine Sonnenbrille zurecht. „Wie viel zahlst du die Stunde?“

Liz kniff abwägend die Augen zusammen. „Vielleicht könnte ich ja heute Abend Dinner kochen.“

Grinsend stand er auf und stellte sich hinter den Verkaufstresen. „Nimm dir so viel Zeit, wie du brauchst.“

Er brachte sie zum Lachen. Noch immer lächelnd, ging Liz den Weg entlang zum Pier und ließ den Morgen auf sich wirken. Die Einnahmen für eine Hochseetour könnte sie jetzt gut gebrauchen. Die Aquabikes waren bestellt, aber sie mussten ja auch bezahlt werden. Außerdem hätte sie selbst nichts dagegen, weiter aufs offene Meer hinauszufahren. Sie musste wieder an die Fahrt mit Jonas vor ein paar Wochen denken und an seinen ungewollten Fang. Sie schmunzelte, als sie auf die Männer zutrat, die neben ihrem Boot warteten.

„*Buenos días*“, grüßte sie, dann streckte sie mit einem strahlenden Lächeln ihre Hand aus. „Mr. Ambuckle. Ich wusste gar nicht, dass Sie wieder zurück sind. Ist das wieder einmal einer von Ihren spontanen Wochenendtrips?“

„Genau, Missy.“ Sein fast kahler Kopf glänzte in der Sonne, als er ihre Hand nahm und tätschelte. „Wenn es mich überkommt, muss ich mich einfach in Bewegung setzen.“

„Haben Sie dieses Mal vor, einen dicken Fisch zu fangen?“

„Komisch, dass Sie das erwähnen. Ich sagte gerade zu meinem Geschäftspartner hier, dass ich grundsätzlich nur an dem großen Fang interessiert bin.“

„Richtig, nur der ganz große Fang." Scott Trydent wandte sich um und schob den Strohhut in den Nacken. „Nicht wahr, Clancy?"

„Versuchen Sie jetzt nicht, sich umzudrehen, Engelchen." Eisern umklammerten Ambuckles Finger Liz' Hand, bevor sie sich rühren konnte. „Sie steigen jetzt auf das Boot, ganz still und brav. Wir müssen uns dringend unterhalten, dafür fahren wir am besten ein wenig raus, damit wir ungestört sind."

„Wie lange nutzen Sie meinen Tauchshop schon für Ihren Drogenschmuggel?" Liz konnte die Pistole unter Scotts Jacke sehen. Und sie konnte Jonas kein Zeichen geben, wagte es nicht.

„In den letzten beiden Jahren habe ich keinen besseren Ort gefunden, Ihr Laden war einfach unübertrefflich. Wissen Sie, das Zeug kommt aus Kolumbien und wird nach Miami geliefert. In den letzten Jahren sind die Cops hellhöriger geworden, das muss ich zugeben, und wenn man die normalen Lieferwege nutzt, riskiert man immer häufiger einen Verlust. Auf unsere Art ist es zwar zeitaufwendiger, aber dafür verliere ich weniger Ware."

„Und Sie organisieren das alles", dämmerte es Liz. „Sie sind der Mann, hinter dem die Polizei her ist."

„Ich bin Geschäftsmann", behauptete er lächelnd. „Kommen Sie, gehen Sie an Bord, kleine Lady."

„Wir werden von der Polizei beobachtet", sagte Liz, als sie an Bord kletterte.

„Die Polizei hat Manchez bekommen. Hätte er nicht versucht, ein falsches Spiel zu treiben, wäre mit der letzten Lieferung alles glattgegangen."

„Falsches Spiel?"

„Genau", bestätigte Scott ihre Frage, als er an ihre Seite trat. „Pablo hat wohl beschlossen, dass er als Freiberufler mehr verdienen kann als als Firmenangehöriger."

„Und indem er einen Bericht über seinen Kollegen angefertigt hat, konnte Mr. Trydent befördert werden. Sehen Sie, meine Firma baut auf Gewinnbeteiligung auf."

Scott grinste Ambuckle an. „Ein unschlagbares System."

„Sie haben den Auftrag gegeben, Jerry Sharpe zu ermorden." Liz hatte noch immer damit zu kämpfen, was hier gerade passierte. Sie starrte den kleinen rundlichen Mann an, der immer freundlich mit ihr geplaudert hatte, jedes Mal, wenn er in ihren Laden gekommen war, um Sauerstoffflaschen zu mieten. „Sie haben ihn erschießen lassen."

„Er hat mir Geld gestohlen." Ein Muskel zuckte in Ambuckles Gesicht, als er daran dachte. „Ziemlich viel Geld sogar. Manchez hat sich dann für mich um ihn gekümmert. Ehrlich gesagt hatte ich eine Zeit lang daran gedacht, Sie zur Geschäftspartnerin zu machen. Aber dann schien es mir doch simpler, nur Ihren Laden zu nutzen. Meine Frau findet Sie so nett."

„Ihre Frau." Das Bild der fülligen, mütterlich-herzlichen Frau in ihren farbenfrohen Badeanzügen tauchte vor Liz auf. „Weiß sie, dass Sie Drogen schmuggeln und Leute umbringen lassen?"

„Sie glaubt, wir hätten einen äußerst gewieften Börsenmakler für unsere Finanzen." Ambuckle grinste. „Seit zehn Jahren handle ich jetzt mit Kokain, aber meine Frau würde Kokain nicht von Puderzucker unterscheiden können. Ich vertrete den Grundsatz, Privates und Geschäftliches immer fein säuberlich zu trennen. Die Arme wird untröstlich sein, wenn sie von Ihrem Unfall hört. Aber jetzt gehen wir erst einmal auf unseren kleinen Trip und unterhalten uns über die dreihunderttausend Dollar, die der gute Jerry direkt unter meiner Nase für sich abgezweigt hat. Leinen los, Scott."

„Nein!" Nur von dem Gedanken beherrscht zu überleben, versuchte Liz, auf das Dock zurückzuhechten. Ambuckle zerrte sie mit einem Ruck zurück und drückte sie zu Boden. Er schüttelte den Kopf, wischte sich die Hände ab und schaute auf sie herunter. „Ich wollte wirklich nicht, dass es so unschön wird. Deshalb habe ich auch die Anzeiger an Ihren Tanks manipuliert. Ich dachte, Sie würden den Wink verstehen und den Rückzug antreten. Ich hatte immer eine Schwäche für Sie, kleine Lady. Aber Geschäft ist nun mal Geschäft." Mit einem zischenden Seufzer wandte er sich an Scott. „Da Sie jetzt Pablos Platz eingenommen haben, gehe ich davon aus, dass Sie wissen, wie Sie in dieser Situation zu verfahren haben?"

„Aber natürlich." Scott zog seine Waffe. Seine Augen ruhten auf Liz. Als sie entsetzt nach Luft schnappte, richtete er den Lauf der Pistole auf Ambuckle. „Sie sind verhaftet." Mit der anderen Hand zog er eine Polizeimarke hervor und hielt sie vor sich in die Höhe. „Sie haben das Recht zu schweigen ..."

Es war das Letzte, das Liz noch bewusst vernahm, bevor sie die Hände vors Gesicht schlug und von einem Weinkrampf geschüttelt wurde.

12. KAPITEL

„Ich will wissen, was zum Teufel hier gespielt wird."

Sie saßen in Moralas' Büro, nur Jonas wollte sich nicht setzen. Er stand hinter Liz' Stuhl, seine Finger umklammerten verkrampft die Rückenlehne. Hätte es jemand gewagt, sich ihr zu nähern, hätte er erst zugeschlagen und später Fragen gestellt. Den unglückseligen Detective, der ihn hatte zurückhalten wollen, als er Liz zusammen mit Scott Trydent auf der *Expatriate* gesehen hatte, hatte er bereits zu Boden gestreckt.

Die Hände gefaltet auf seinem Schreibtisch, bedachte Moralas Jonas mit einem langen abwägenden Blick. „Vielleicht sollte die Erklärung besser von Ihrem Landsmann kommen."

„Special Agent Donald Scott." Der Mann, den Liz als Scott Trydent kannte, saß auf der Kante von Moralas' Schreibtisch. „Sie müssen den Bluff entschuldigen, Liz." Zwar klang seine Stimme ruhig und sachlich, dennoch gelang es ihm nicht, seine Aufregung zu kaschieren. Er nippte an seinem Kaffee und sah zu Jonas hinüber. Der wird sich nicht so leicht mit einer einfachen Erklärung abspeisen lassen, dachte Scott. Aber er war eben schon immer der Überzeugung gewesen, dass der Zweck die Mittel heiligte. „Seit drei Jahren bin ich jetzt hinter dem Mistkerl her." Er nahm noch einen Schluck Kaffee, kostete den Geschmack des Triumphs aus. „Zwei Jahre hat es gedauert, bis wir den Schmugglerring unterwandern konnten, und selbst dann bekam ich keinen direkten Kontakt zum Kopf der Organisation. Um an ihn heranzukommen, musste ich mir mehr einfallen lassen, als überhaupt vorstellbar. Er war sehr vorsichtig. Während der letzten acht Monate habe ich als Scott Trydent mit Manchez zusammengearbeitet. Bis vor zwei Tagen war Pablo der engste Kontakt zu Ambuckle, den ich herstellen konnte."

„Sie haben sie benutzt." Jonas legte seine Hand auf Liz' Schulter. „Ihretwegen ist sie direkt in die Schusslinie geraten."

„Stimmt. Das Problem war, für lange Zeit waren wir uns nicht sicher, wie weit sie tatsächlich in der Sache drinsteckte. Wir wussten über Ihren Shop Bescheid, Liz. Wir wussten auch, dass Sie eine erfahrene Taucherin sind. Um genau zu sein … es gibt eigentlich nichts, was meine Abteilung nicht über Sie weiß. Eine Zeit lang galten Sie sogar als unsere Hauptverdächtige."

„Hauptverdächtige?" Liz verflocht die Finger in ihrem Schoß und merkte, wie der Ärger in ihr überbrodeln wollte. „Sie haben mich also verdächtigt."

„Vor über zehn Jahren haben Sie die USA verlassen und sind nie wieder zurückgekehrt. Sie hatten sowohl die Möglichkeiten als auch die Kontakte, um den Schmugglerring zu leiten. Ihre Tochter ist fast das ganze Jahr über nicht auf der Insel, besucht dafür aber eine der besten Schulen Houstons."

„Das geht nur mich etwas an."

„Solche Details sind für uns auch immer interessant. Als Sie Jerry Sharpe bei sich im Haus aufnahmen und ihn für sich arbeiten ließen, erhärtete sich unser Verdacht nur noch mehr. Jerry war da zwar anderer Ansicht, aber wir waren ja auch nicht unbedingt an seinen Ansichten interessiert."

Liz spürte, wie Jonas' Finger sich härter in ihre Schulter gruben. Sie legte ihre Hand auf seine. „Woran waren Sie dann bei ihm interessiert?"

„Ich hatte Kontakt zu Jerry Sharpe aufgenommen, in New Orleans. Er war ebenfalls jemand, über den wir alles wissen. Er war ein gewiefter Kerl, ein Trickbetrüger, aber er hatte auch Stil." Ohne die Augen von Jonas zu nehmen, trank er aus seiner Tasse. „Wir haben ihm einen Deal vorgeschlagen. Wenn er in den Ring reinkommen konnte und uns Informationen lieferte, dann würden wir im Gegenzug gewisse … nun, Unbedachtheiten übersehen. Ich mochte Ihren Bruder", sagte Scott zu Jonas. „Ich mochte ihn wirklich. Wenn er nur etwas innere Ruhe finden und sesshaft hätte werden können … er wäre ein verdammt guter Cop gewesen. ‚Den Bösen ein Schnippchen schlagen', so nannte er es."

„Wollen Sie damit sagen, dass Jerry für Sie gearbeitet hat?" In Jonas' Innerem tobte ein Gefühlssturm. Das Bild seines Bruders, das er noch immer nicht wirklich akzeptieren konnte, änderte sich rasant.

„Korrekt." Scott steckte sich eine Zigarette zwischen die Lippen und sah auf die Flamme, die an dem Streichholz fraß. „Ich mochte ihn. Das meine ich ernst. Er hatte eine Art, die Dinge zu betrachten, dass man glatt vergessen konnte, wie lausig sie sind."

Ja, so war Jerry, dachte Jonas. Um seine Gedanken zu ordnen, ging er zum Fenster hinüber. Er sah zu, wie die Wellen sanft gegen die Bootsrümpfe schwappten. Die Sonne tanzte funkelnd auf der Wasseroberfläche. Kinder liefen lachend über den Strand. Die Szene war nahezu die gleiche wie an dem Tag, als er auf Cozumel angekommen war. Manche Dinge änderten sich eben nie, während andere sich in einem konstanten Fluss befanden. „Was ist passiert?"

„Jerry hatte Probleme damit, Anweisungen zu befolgen. Er wollte zu schnell zu weit kommen. Er sagte einmal zu mir, dass er etwas zu beweisen hätte. Sich selbst und diesem anderen Teil von ihm. Seinem besseren Ebenbild."

Langsam drehte Jonas sich um. Der Schmerz war wieder zurück, eine tiefe Qual. Liz konnte es in seinen Augen lesen. Sie stand auf, um zu ihm zu gehen. „Erzählen Sie weiter."

„Er hatte sich diese Idee in den Kopf gesetzt, dass er Geld von einer Lieferung abzweigen würde. Ich wusste nichts davon, erfuhr es erst, als er mich von Acapulco aus anrief. Er war überzeugt, dass er damit den Kopf der Organisation dazu bringen würde, sich persönlich um ihn zu kümmern, und somit aus der Deckung locken könnte. Ich befahl ihm zu bleiben, wo er war, sagte ihm, dass wir ihn abziehen und wieder in die Staaten zurückfliegen würden, wo er in Sicherheit abwarten sollte, bis die ganze Sache ausgestanden war." Scott warf das Streichholz, das er bis jetzt zwischen den Fingern gehalten hatte, in den Aschenbecher auf Moralas' Schreibtisch. „Er hat nicht auf mich gehört. Er kam nach Cozumel zurück, um selbst mit Manchez zu verhandeln. Es war passiert, bevor ich überhaupt davon erfuhr. Selbst wenn ich es gewusst hätte, bin ich mir nicht sicher, ob ich es hätte verhindern können. Wir verlieren nur ungern Zivilisten, Mr. Sharpe. Und ich verliere nur ungern einen Freund."

Die Wut wich Schritt für Schritt. Ja, das passt zu Jerry, dachte Jonas. Das Abenteuer, die Spannung, das impulsive Handeln. „Wie ging es dann weiter?"

„Ich erhielt Order, den Druck auf Liz zu erhöhen." Scott lachte rau auf, doch mit Humor hatte es nicht das Geringste gemein. „Order von beiden Seiten. Erst nach Ihrem Trip nach Acapulco waren wir uns sicher, dass Sie nichts mit dem Schmugglerring zu tun hatten. Von nun an waren Sie nicht länger die Hauptverdächtige, sondern wurden zu unserem Lockvogel."

„Ich bin doch zur Polizei gegangen." Sie sah zu Moralas. „Ich war doch bei Ihnen. Sie haben mir nichts davon gesagt."

„Bis gestern kannte ich Agent Scotts Identität selber nicht. Ich wusste nur, dass wir einen unserer Männer im Innern des Rings hatten. Und dass es unerlässlich war, Sie als Köder zu benutzen."

„Sie standen die ganze Zeit unter Schutz", führte Scott weiter aus. „Es gab nicht eine Minute, in der Sie nicht von Moralas' oder meinen Männern bewacht wurden. Ihre Anwesenheit verkomplizierte die Sache allerdings", wandte er sich dann an Jonas. „Sie kamen zu nahe heran, und Sie hielten sich nicht an die Abmachungen. Vermutlich haben Sie und Jerry mehr gemein als nur das Äußere."

Jonas spürte das Gewicht der goldenen Kette um seinen Hals. „Ja, vermutlich."

„Wie auch immer … wir kamen an den Punkt, wo wir uns mit Manchez und ein paar anderen zufriedengeben oder aber die ganze Sache abblasen mussten. Wir entschieden uns für das Abblasen."

„Die Lieferung, die wir übernommen haben … das Ganze war eine Falle", stellte Liz fest.

„Manchez hatte den Befehl, was auch immer nötig war zu tun, um das Geld, das Jerry unterschlagen hatte, zurückzubeschaffen. Sie wussten nichts von dem Schließfach." Scott blies Zigarettenrauch aus. „Ich musste mir also schnellstens etwas einfallen lassen. Schließlich hatten wir auch nichts von dem Schließfach gewusst, bis Sie uns hinführten. Ambuckle war überzeugt, Sie hätten das Geld. Und er war entschlossen, es sich zurückzuholen.

Er hatte geplant, dass es so aussehen sollte, als würden Sie zusammen mit Jerry den Schmugglerring leiten. Wenn man Ihre Leiche gefunden hätte, dann wäre die Aufmerksamkeit von ihm abgelenkt worden. Er hatte vor, eine Weile von der Bildfläche zu verschwinden, um dann ein neues Unternehmen an anderer Stelle aufzuziehen. Das wusste ich von Manchez. Ja, Sie wurden als Lockvogel eingesetzt", gab er zu. „Aber Manchez auch. Ich ging zu Merriworth und sagte ihm, Manchez würde ein falsches Spiel treiben. Merriworth schlug sofort Alarm. Während Manchez zu Ihrem Boot schwamm, telefonierte ich mit dem Mann, den ich als Clancy kannte. Ich erhielt die Beförderung, und dann kam Clancy persönlich, um mit Ihnen abzurechnen."

Liz bemühte sich, es so zu betrachten wie Scott – als Schachspiel, als Spiel, in dem die Figuren über das Brett hin und her geschoben wurden. Es gelang ihr nicht. „Sie wussten also schon gestern Morgen, wer er war. Und doch ließen Sie mich mit ihm zusammen an Deck gehen."

„Ein Dutzend Scharfschützen war in Position. Zudem hatte ich eine Waffe dabei, Ambuckle nicht." Scott wandte sich an Jonas. „Wir wollten von ihm hören, wie er Liz' Ermordung beauftragte. Und wir wollten, dass er ihr so viel wie möglich erzählte. Wenn das vor Gericht geht, wollen wir es hieb- und stichfest haben. Sie sind Anwalt, Sharpe, Sie wissen doch selbst, wie diese Dinge ablaufen. Sie können sorgfältig recherchieren und alle möglichen Beweise vorlegen und trotzdem verlieren. Ich habe zu oft miterlebt, wie diese Mistkerle mit einem breiten Grinsen aus dem Gerichtssaal gehen." Er blies den Rauch zwischen den Zähnen aus. „Dieser Mistkerl hier wird nirgendwo anders hingehen als in ein Bundesgefängnis."

„Es bleibt immer noch zu klären, ob diese Männer in Ihrem Land oder in meinem vor Gericht gestellt werden", sagte Moralas leise. Er zuckte mit keiner Wimper, als Scott zu ihm herumwirbelte.

„Hören Sie, Captain …"

„Das sollten wir später besprechen." Moralas wandte sich an Liz und Jonas. „Ihnen gilt unser Dank, und vor allem möchte ich mich entschuldigen. Ich bedaure, dass wir keinen anderen Ausweg gesehen haben."

„Ich auch", murmelte Liz. Sie blickte zu Scott. „War es das wert?"

„Ambuckle hat mehrere Tausend Pfund Kokain in die Staaten geschmuggelt. Er ist verantwortlich für über fünfzehn Morde in den USA und Mexiko. Ja, das war es auf jeden Fall wert", lautete seine Antwort.

Sie nickte. „Ich hoffe, Sie werden verstehen, dass ich Sie nie wieder sehen will." Sie fasste Jonas' Hand, brachte ein kleines Lächeln zustande. „Außerdem waren Sie ein lausiger Tauchschüler."

„Tut mir leid, dass wir nie zusammen auf diesen Drink gegangen sind." Er lenkte den Blick zu Jonas. „Vieles tut mir leid."

„Ich bin Ihnen dankbar für das, was Sie mir über meinen Bruder berichtet haben. Das ändert alles."

„Ich werde ihn für eine offizielle Ehrung vorschlagen. Man wird es an Ihre Eltern schicken."

„Es wird ihnen sehr viel bedeuten." Jonas streckte Scott die Hand hin und meinte es auch so. „Sie haben nur Ihren Job erledigt, das verstehe ich. Wir alle müssen tun, was wir tun müssen."

„Das heißt nicht, dass ich es nicht manchmal bereue."

Jonas nickte. Etwas in seinem Innern war jetzt befreit – und grenzenlos frei. „Was nun die letzten Wochen anbelangt, die Sie Liz zugemutet haben …" Sehr nüchtern, sehr überlegt ballte Jonas die Finger zur Faust und landete einen harten Treffer an Scotts Kinn. Der schmale Mann zerbrach gleich noch einen Stuhl, als er rückwärts zu Boden ging.

„Jonas!" Völlig perplex konnte Liz nichts anderes tun, als zu starren. Und dann, unfassbar, stieg ein Kichern in ihr auf. Sie presste die Hand vor den Mund, lehnte sich bei Jonas an und ließ das Lachen heraus. Moralas saß völlig ungerührt in seinem Sessel und nippte an seinem Kaffee.

Scott befühlte vorsichtig sein Kinn. „Wir tun, was wir tun müssen", murmelte er.

Jonas kehrte ihm nunmehr den Rücken zu. „Leben Sie wohl, Captain."

Moralas blieb, wo er war. „Auf Wiedersehen, Mr. Sharpe." Er stand auf, und in einer seltenen Zurschaustellung von Gefühl nahm er Liz' Hand und setzte einen Kuss auf den Handrücken. „*Vaya con Dios.*"

Der Captain wartete, bis sich die Tür hinter Liz und Jonas geschlossen hatte, bevor er wieder zu Scott schaute. „Natürlich erwarte ich, dass Ihre Regierung den Stuhl ersetzt."

Er war fort. Sie hatte ihn weggeschickt.

Seit fast zwei Wochen wachte Liz jeden Morgen mit denselben Gedanken auf. Jonas war weg. Es war besser so. Nach fast zwei Wochen musste sie sich jeden Morgen selbst davon überzeugen. Hätte sie auf ihr Herz gehört … sie hätte Ja gesagt, als er sie bat, ihn zu heiraten. Sie hätte alles zurückgelassen, was sie sich aufgebaut hatte, und wäre mit ihm gegangen. Und hätte damit sein Leben und wahrscheinlich auch ihr eigenes zerstört.

Er war wieder in seiner Welt zurück, wälzte Gesetzbücher, hielt Plädoyers vor der Jury im Gerichtssaal, nahm Einladungen zu eleganten Dinnerpartys an. Inzwischen – davon war sie überzeugt – verblasste die Erinnerung an die Zeit auf Cozumel schon. Schließlich hatte er nicht geschrieben. Auch nicht angerufen. Gleich am darauffolgenden Tag, nachdem Ambuckle festgenommen und abgeführt worden war, war er abgereist – ohne noch einmal von Liebe zu sprechen. Er hatte seine Dämonen besiegt, als er Manchez ins Gesicht gesehen hatte, und war endlich mit sich im Reinen abgereist.

Jonas war weg, und sie musste sich einmal mehr allein dem Leben stellen. So wie es schon immer für dich gewesen ist, dachte Liz. Sie würde nichts bereuen. Das hatte sie sich versprochen. Was sie Jonas gegeben hatte, hatte sie ohne Bedingungen und ohne Erwartungen gegeben. Was er ihr gegeben hatte, würde sie für immer tief in ihrem Herzen bewahren.

Die Sonne scheint, dachte sie. Die Luft war mild, wie sanfte leise Musik. Der Mann, den sie liebte, war fort, aber auch sie war mit sich im Reinen. Ein ganzer Monat voller Erinnerungen konnte einem ein Leben lang reichen. Zudem kam Faith nach Hause.

Liz stellte ihr Motorrad in der Parklücke ab und lauschte auf das Donnern eines startenden Flugzeugs. In diesem Moment flog Faith zusammen mit den Großeltern über den Golf. Liz stieg vom Motorrad ab und ging auf das Ankunftsterminal zu. Es war albern, so nervös zu sein, sagte sie sich still, aber sie konnte es nicht unterdrücken. Es war auch unsinnig, eine volle Stunde vor der Landung schon am Flughafen zu sein, aber zu Hause war sie schier verrückt geworden. Sie umrundete ein Blumenbeet mit blühenden Tagetes und Geranien. Sie würde einen Blumenstrauß besorgen, entschied sie. Ihre Mutter liebte Blumen.

Im Innern des Terminals war es kühl und laut. Touristen kamen und gingen, schauten noch einmal in die vielen Geschäfte hinein, um vielleicht schnell in letzter Minute etwas zu besorgen. Liz begann mit dem ersten Geschäft und arbeitete sich systematisch vor, ließ sich von den ausgestellten Waren inspirieren und kaufte ganz spontan. Bis sie beim Gate angelangte, trug sie zwei volle Einkaufstüten und einen Armvoll eingefärbter Nelken.

Gleich, dachte sie nur, gleich wird sie hier sein. Liz wechselte die beiden Tüten in die andere Hand und strich sich nervös übers Haar. Passagiere warteten dösend in den schwarzen Plastikstühlen auf den Aufruf zu ihrem Flug, andere lasen in ihren Reiseführern. Liz sah eine Frau, die sich einen kleinen Taschenspiegel vors Gesicht hielt und ihren Lippenstift nachzog. Sie überlegte, ob sie noch genug Zeit hatte, den Waschraum aufzusuchen und einen letzten prüfenden Blick in den Spiegel zu werfen. Sie nagte an ihrer Lippe. Nein, es war wohl besser, wenn sie sich jetzt nicht mehr von der Stelle rührte, keinen einzigen Moment. Aber still sitzen konnte sie auch nicht. Also marschierte sie vor der großen Glasfront unruhig auf und ab und sah den Flugzeugen beim Starten und Landen zu. Die Maschine hatte Verspätung. Flugzeuge kamen immer mit Verspätung an, wenn man auf sie wartete. Der Himmel war wolkenlos und strahlend blau. Liz wusste, dass er in Houston ebenso klar war, denn schon seit Tagen hatte sie den Wetterbericht genauestens mitverfolgt. Trotzdem hatte die Maschine Verspätung. Ungeduldig ging sie zum Informationsschalter, um sich zu erkundigen. Sie hätte es besser wissen müssen.

Mehr als ein gleichmütiges Schulterzucken und ein zuversichtliches „Die Maschine kommt schon noch" erhielt sie nicht als Antwort. Weitere zehn Minuten später hätte Liz laut schreien mögen. Dann sah sie es. Sie brauchte nicht auf die Ankündigung aus den Lautsprechern zu achten, um zu wissen, dass es dieses Flugzeug war. Mit dumpf pochendem Herzen wartete sie vor dem Durchgang.

Faith trug blau gestreifte Hosen und eine weiße Bluse. Ihr Haar ist länger, dachte Liz, als sie ihre Tochter beobachtete, wie sie aus der Maschine stieg. Gewachsen war sie auch … Aber das wollte Faith nicht hören, das wusste Liz. Faith würde nur die Nase rümpfen und mit den Augen rollen.

Ihre Handflächen waren feucht. Nicht heulen, nicht heulen, befahl Liz sich. Doch die Tränen liefen schon. Dann sah Faith auf und erblickte sie. Mit einem strahlenden Lachen kam sie winkend auf Liz zugerannt. Liz ließ die Tüten fallen und schlang die Arme um ihre Tochter.

„Ich durfte die ganze Zeit zwar am Fenster sitzen, Mom, aber unser Haus konnte ich trotzdem überhaupt nicht sehen." Faith plapperte aufgeregt drauflos und erwürgte Liz fast, so fest klammerte sie sich an den Hals ihrer Mutter. „Ich hab ein Geschenk für dich gekauft."

Das Gesicht an Faiths Hals geborgen, atmete Liz tief den Duft ihrer Tochter ein – Seife und Puder und Schokolade von dem geschmolzenen Klecks auf der weißen Bluse. „Lass dich ansehen." Liz beugte sich ein wenig zurück, um den Anblick ihrer Tochter auf sich wirken zu lassen. Sie ist schön, durchzuckte Liz jäh die Erkenntnis. Nicht einfach mehr nur süß oder niedlich oder hübsch. Ihre Tochter war schön.

Ich kann sie nicht wieder gehen lassen. Es traf sie wie ein Schlag. *Ich werde sie nie wieder gehen lassen können.* „He, da fehlt ja ein

Zahn", brachte sie nur hervor und strich ihrer Tochter das Haar zurück.

„Zwei." Faith grinste, um stolz die große Lücke zu zeigen. „Grandma hat gesagt, ich soll die beiden Zähne unter mein Kissen legen, aber ich habe sie mitgebracht, damit ich sie hier unter mein richtiges Kissen legen kann. Kriege ich Pesos dafür?"

„Auf jeden Fall." Liz küsste ihre Tochter auf beide Wangen. „Willkommen zu Hause."

Ihre Hand fest um Faiths, richtete Liz sich auf, um ihre Eltern zu begrüßen. Einen Moment lang sah sie die beiden nur an, betrachtete sie, welches Bild sie einem Fremden bieten würde. Ihr Vater war groß und noch immer schlank, auch wenn der Haaransatz langsam immer weiter von der Stirn zurückwich. Er grinste ihr zu, wie er schon immer gegrinst hatte, wenn sie etwas getan hatte, das ihn stolz machte. Ihre Mutter stand an seiner Seite, bezaubernd wie immer in ihrer gepflegten Art. Für Liz' Augen hatte sich ihr Erscheinungsbild nie verändert, sie wirkte wie eine Frau, die nie eine größere Krise als einen verbrannten Sonntagsbraten hatte durchstehen müssen. Und doch war sie immer stark und unerschütterlich wie der sprichwörtliche Fels in der Brandung gewesen. Jetzt schimmerten Tränen in ihren Augen. Jäh fragte Liz sich, ob der Anfang des Sommers in ihrer Mutter die gleiche Leere heraufbeschwor wie das Ende des Sommers in ihr.

„Momma." Liz streckte die Arme aus und fühlte sich von Armen umschlungen. „Oh, wie ich dich vermisst habe. Wie sehr ich euch alle vermisst habe!" *Ich will wieder nach Hause zurück.* Der Gedanke schoss ihr plötzlich durch den Kopf und wäre ihr fast herausgeplatzt. Sie musste nach Hause zurückkehren.

„Mom." Faith zupfte an der Tasche ihrer Jeans. „Mom."

Schwindlig vor Glück hob Liz Faith schwungvoll auf die Arme. „Ja." Sie ließ einen Schauer von kleinen Küssen auf das Gesicht ihrer Tochter regnen, bis Faith zu kichern begann. „Ja, ja, ja!"

Faith schmiegte sich fest an sie. „Du hast Jonas noch nicht begrüßt."

„Was?"

„Er ist zusammen mit uns gekommen. Du musst Hallo zu ihm sagen."

„Ich …" Dann sah sie ihn. Er lehnte an der Glasscheibe, beobachtete, wartete geduldig ab. Das Blut floss aus ihrem Kopf direkt in ihr Herz, bis sie meinte, es müsste zerspringen. Sie hielt Faith in ihren Armen und rührte sich nicht von der Stelle. Jonas kam zu ihr, nahm ihr Gesicht in beide Hände und küsste sie stürmisch.

„Schön, dich wiederzusehen", murmelte er, dann beugte er sich vor und hob die Einkaufstüten hoch, die Liz hatte fallen lassen. „Ich nehme an, die sind für Sie", sagte er zu Liz' Mutter und reichte ihr den Nelkenstrauß.

„Ja …" Ohne großen Erfolg versuchte Liz ihre Gedanken zu ordnen. „Die hatte ich ganz vergessen."

„Sie sind wunderschön." Rose Palmer lächelte ihrer Tochter zu. „Jonas nimmt uns zum Hotel mit. Ich habe ihn für heute Abend zum Dinner eingeladen, ich hoffe, du hast nichts dagegen. Du kochst ja immer mehr als genug."

„Nein, ich … Natürlich nicht."

„Dann sehen wir dich heute Abend." Mrs. Palmer küsste Liz auf die Wange. „Ich weiß, dass du erst einmal Faith nach Hause bringen willst. Ihr beide braucht Zeit allein miteinander. Also bis heute Abend."

„Aber ich …"

„Da ist schon unser Gepäck. Jetzt kümmern wir uns erst einmal um den Zoll."

Bevor Liz noch ein Wort sagen konnte, war sie allein mit ihrer Tochter.

„Können wir bei Señor Pessado anhalten und Hallo sagen?"

„Ja, sicher", erwiderte Liz abwesend.

„Kann ich Süßigkeiten haben?"

Liz sah vielsagend auf den Schokoladenklecks auf Faiths Bluse. „Du hast doch schon Süßigkeiten gehabt."

Faith lächelte nur engelsgleich. Sie wusste, auf Señor Pessado war Verlass. „Komm, lass uns nach Hause gehen."

Liz wartete, bis Faith ausgepackt hatte, bis der kleine Vogel aus Bleikristall, den Faith für sie mitgebracht hatte, funkelnd vor der Fensterscheibe hing und bis ihre Tochter zwei gefüllte Tacos und ein Glas Milch verschlungen hatte.

Und dann achtete sie sehr genau darauf, ihre Stimme locker klingen zu lassen. „Faith … wo hast du Mr. Sharpe eigentlich kennengelernt?"

„Jonas? Oh, er kam zu Grandmas Haus." Faith drehte und wendete die Puppe, die Liz ihr geschenkt hatte, und inspizierte sie genauestens.

„Er kam zu Grandma? Wann?"

„Das weiß ich nicht mehr." Faith entschied, dass sie die Puppe Cassandra nennen würde, denn sie war richtig hübsch und hatte lange Haare. „Kann ich jetzt mein Eis haben?"

„Was … oh, ja, sicher." Liz ging zur Gefriertruhe und holte den Behälter heraus. „Faith, weißt du, was er bei Grandma wollte?"

„Mit ihr reden, denke ich. Mit Grandpa auch. Er ist zum Dinner geblieben. Grandma mag ihn. Das weiß ich, weil sie extra Kirschtörtchen gebacken hat. Ich mag ihn auch. Er kann ganz toll Klavier spielen." Faith ließ die Eiscreme nicht aus den Augen und war erst zufrieden, als ihre Mutter noch eine Kugel Eis in die Schale füllte. „Er ist mit mir in den Zoo gegangen."

„Was?" Das Schüsselchen mit dem Eis glitt Liz fast aus den Fingern. Hastig stellte sie es vor Faith hin. „Jonas war mit dir im Zoo?"

„Am Samstag. Wir haben die Affen mit Popcorn gefüttert, aber das meiste davon haben wir selbst gegessen." Sie kicherte und begann, sich die Eiscreme in den Mund zu schaufeln. „Er erzählt lustige Geschichten. Ich habe mir das Knie angeschlagen." Das fiel Faith ganz plötzlich ein. Sie zog das Hosenbein hoch, um ihre Wunde zu zeigen.

„Oh, mein armer Schatz." Es war nur eine kleine Schürfwunde und zudem schon mit Schorf überzogen, dennoch ging Liz in die Knie und setzte einen Kuss darauf. „Wie hast du das nur gemacht?"

„Das war im Zoo. Ich bin gerannt. Mit meinen neuen Sneakers kann ich nämlich unheimlich schnell laufen. Und dann bin ich gestolpert. Aber ich habe nicht geweint."

Liz zog das Hosenbein wieder ordentlich herunter. „Nein, bestimmt nicht."

„Jonas ist auch überhaupt nicht böse geworden. Er hat alles mit seinem Taschentuch sauber gemacht. Es sah ziemlich schlimm aus. Das hat nämlich doll geblutet." Faith lächelte, sie war stolz auf sich. „Er hat gesagt, ich habe genauso hübsche Augen wie du."

Ein kleiner Stich von Panik durchzuckte Liz, sie konnte es nicht aufhalten. „Das hat er also gesagt? Was hat er denn noch gesagt?"

„Oh, wir haben über Mexiko und über Houston geredet, und er hat mich gefragt, wo es mir besser gefällt."

Liz legte ihrer Tochter die Hände auf die Knie. Das ist das Einzige, was zählt, wurde ihr klar. Was wirklich zählte. „Und? Was hast du ihm geantwortet?"

„Dass es mir am besten da gefällt, wo du bist." Faith kratzte auch noch das letzte bisschen Eis aus der Schüssel. „Und er hat gesagt, dass es für ihn auch so ist. Mom, wird Jonas jetzt dein Freund?"

„Mein …" Liz schaffte es nur knapp, das Lachen zurückzuhalten. „Nein."

„Charlenes Mutter hat auch einen Freund. Aber er ist nicht so groß wie Jonas, und ich glaube auch nicht, dass er mit Charlene schon im Zoo war. Jonas hat gesagt, dass wir uns demnächst mal die Freiheitsglocke in Philadelphia ansehen müssen. Meinst du, das geht?"

Liz nahm das leere Eisschälchen und ging damit zum Spülbecken, um es auszuwaschen. „Wir werden sehen", murmelte sie.

„Da kommt jemand!" Wie ein Pfeil schoss Faith vom Stuhl hoch und rannte zur Haustür. „Es ist Jonas!" Mit einem Freudenschrei stürzte sie auf die Veranda hinaus.

„Faith!" Liz eilte aus der Küche und kam gerade rechtzeitig bei der Veranda an, um zu sehen, wie Faith sich in Jonas' Arme warf. Lachend fing er sie auf, wirbelte sie durch die Luft und stellte sie wieder auf die Füße. Es schien so natürlich, als hätte er sein ganzes Leben lang nichts anderes getan. Liz wrang das Spültuch in ihren Händen.

„Du kommst früh." Freudestrahlend klammerte Faith sich an seine Hand. „Wir haben gerade über dich geredet."

„Habt ihr also, ja?" Er zerzauste Faith das Haar, sah aber zu Liz hin. „Das ist komisch, denn ich habe auch gerade an euch gedacht."

„Wir machen Paella, das ist Grandpas Lieblingsgericht. Du kannst mithelfen."

„Faith ..."

„Ja, gern", mischte Jonas sich ein, bevor Liz mehr sagen konnte. „Aber erst möchte ich mit deiner Mutter reden." Am Fuße der Treppe ging er vor Faith in die Hocke. „Ich würde gern allein mit deiner Mutter sprechen."

Faith zog einen Schmollmund. „Wieso?"

„Ich muss sie überzeugen, dass sie mich heiratet."

Er ignorierte es, dass Liz erstickt nach Luft schnappte, konzentrierte sich stattdessen ganz auf Faiths Reaktion.

Das Mädchen kniff argwöhnisch die Augen zusammen und krauste die Nase. „Sie hat gesagt, dass du nicht ihr Freund bist. Ich hab sie nämlich gefragt."

Grinsend lehnte er sich ein Stückchen vor. „Dann werde ich sie wohl überreden müssen, was?"

„Grandma sagt immer, dass niemand meine Mom zu etwas überreden kann. Weil sie einen sturen Dickkopf hat."

„Den habe ich auch. Und ich verdiene mein Geld damit, indem ich andere Leute überrede. Aber vielleicht kannst du ja später auch ein paar gute Worte für mich bei ihr einlegen?"

Während Faith sich den Vorschlag sehr genau überlegte, begannen ihre Augen zu funkeln. „Einverstanden. Mom, kann ich zu Roberto rübergehen? Du hast gesagt, er hat junge Hündchen."

Liz zog das Spültuch gerade, zerknüllte es wieder. „Sicher, geh nur. Aber nicht lange."

Jonas richtete sich auf und sah Faith nach, wie sie zum Haus auf der anderen Straßenseite rannte. „Du hast großartige Arbeit bei deiner Tochter geleistet, Liz."

„Den größten Teil der Arbeit übernimmt sie selbst."

Als er sich ihr wieder zuwandte, konnte er ihr die Nervosität deutlich ansehen. Nicht, dass es ihm missfallen hätte. Aber er dachte an ihren Gesichtsausdruck auf dem Flughafen zurück, als sie ihre Arme für Faith ausgebreitet hatte. Er wollte und er würde diesen Ausdruck wieder in ihrem Gesicht sehen. „Willst du lieber drinnen im Haus reden?", fragte er und stieg die Stufen zur Veranda empor. „Oder hier draußen?"

„Jonas, ich weiß nicht, warum du zurückgekommen bist, aber …"

„Natürlich weißt du das. Du bist doch nicht dumm."

„Wir beide haben nichts zu bereden."

„Na, umso besser." Er überbrückte den Abstand zwischen ihnen. Liz leistete keinen Widerstand, obwohl sie sich fest vorgenommen hatte, sich zu wehren. Als er sie in seine Arme zog, ließ sie sich willig gegen ihn fallen. Gierig pressten sich ihre Lippen auf seine, und für einen Moment, nur für einen Moment, war ihre Welt wieder vollkommen in Ordnung. „Wenn du nicht reden willst, dann gehen wir rein und lieben uns, bis du die Dinge etwas klarer siehst."

„Ich sehe die Dinge sogar sehr klar." Liz legte die Hände auf seine Arme und wollte sich von ihm wegschieben.

„Ich liebe dich."

Er spürte den bebenden Schauer, sah das Aufleuchten von Freude in ihren Augen, bevor sie das Gesicht abwandte. „Jonas, es ist unmöglich."

„Falsch. Es ist sogar sehr gut möglich. Um genau zu sein, es ist praktisch schon erledigt. Tatsache ist, Liz … du brauchst mich."

Sie kniff die Augen zu schmalen Schlitzen zusammen. „Um das, was ich brauche, kümmere ich mich selbst."

„Und genau deshalb liebe ich dich ja", sagte er schlicht und nahm ihr damit den Wind aus den Segeln.

„Jonas …"

„Willst du mir etwa weismachen, du hättest mich nicht vermisst?" Sie öffnete den Mund, schloss ihn wieder. „Fein, du berufst dich also auf das Recht zu schweigen." Er trat von ihr zurück. „Willst du abstreiten, dass du mehrere schlaflose Nächte in den letzten beiden Wochen verbracht hast? Willst du verneinen, dass du Stunden damit zugebracht hast, über das nachzudenken, was sich zwischen uns abgespielt hat? Willst du dastehen, mir in die Augen sehen und mir sagen, dass du mich nicht liebst?"

Lügen war noch nie ihre Stärke gewesen. Liz löste sich von ihm und hängte das Spültuch übertrieben sorgfältig über das Verandageländer. „Jonas, ich lasse nicht zu, dass mein Leben von Gefühlen bestimmt wird."

„Von jetzt an darfst du es ruhig zulassen. Hat dir Faiths Geschenk gefallen?"

„Was?" Verwirrt wandte sie sich zu ihm. „Ja, natürlich gefällt es mir."

„Gut. Ich habe nämlich auch eins für dich." Er zog ein kleines Kästchen aus seiner Tasche. Liz sah das Aufblitzen eines Diamanten. Fast wäre es ihr gelungen, ihre Hand hinterm Rücken zu verstecken, doch Jonas war schneller. Entschlossen hielt er ihre Finger fest und steckte ihr den Ring an. „Damit wäre es also offiziell."

Nein, sie würde keinen einzigen Blick auf den Diamanten werfen … dachte sie und konnte sich nicht zurückhalten. Der Stein hatte die Form einer Träne und war hell und klar wie ein Wunsch. „Mach dich nicht lächerlich", sagte sie und brachte es nicht über sich, den Ring abzuziehen.

„Du wirst mich heiraten." Er fasste sie bei den Schultern und drückte sie sanft gegen einen Stützbalken. „Daran gibt es nichts zu rütteln. Und nach der Hochzeit … da bleiben uns mehrere Optionen. Ich kann meine Kanzlei schließen und auf Cozumel leben. Dann musst du mich unterstützen."

Sie stieß die Luft aus, es hätte auch der Versuch eines Lachens sein können. „Also, das ist wirklich lächerlich."

„Die Möglichkeit gefällt dir also nicht. Gut, mir gefiel sie nämlich auch nicht. Du kannst mit mir nach Philadelphia kommen. Dann unterstütze ich dich."

Ihr Kinn schoss hoch. „Ich habe es nicht nötig, unterstützt zu werden."

„Hervorragend. Über die ersten beiden Optionen sind wir uns also schon einig." Er fuhr mit den Fingern durch ihr Haar und musste feststellen, dass er lange nicht so geduldig war, wie er immer gedacht hatte. „Möglich wäre auch, dass du mit mir zurück in die Staaten kommst. Wir nehmen uns eine Landkarte zur Hand, und du kannst dann mit geschlossenen Augen einen Finger auf einen Punkt setzen. Da werden wir uns dann niederlassen."

„So können wir unsere Leben nicht führen." Sie schob ihn fort und begann auf der Veranda auf und ab zu laufen. Und ein Teil von ihr begann bereits zu glauben, dass sie es doch konnten. „Wieso siehst du nicht ein, dass es unmöglich ist?" Die Frage galt ihm ebenso wie ihr selbst. „Du hast deine Karriere. Ich habe meinen Laden. Ich wäre nie eine passende Ehefrau für jemanden wie dich."

„Du bist die einzige Ehefrau für jemanden wie mich." Wieder legte er die Hände auf ihre Schultern. Nein, er besaß überhaupt keine Geduld. „Verdammt, Liz, du bist die Einzige. Wenn dein Laden dir so wichtig ist, behalte ihn. Lass ihn von Luis führen, und wir kommen sechsmal im Jahr her, wenn du willst. Mach einen neuen Laden auf. Wir können nach Florida gehen, nach Kalifornien, wohin immer du willst, wo sie einen guten Tauchshop brauchen. Oder …" Er wartete ab, bis ihm ihre gesamte Aufmerksamkeit gehörte. „Du könntest auch wieder zurück auf die Uni gehen."

Er sah es in ihren Augen aufblitzen – das Erstaunen, den Traum, dann die Verweigerung. „Das Kapitel ist abgeschlossen."

„Von wegen. Sieh dich doch nur an – das ist genau das, was du dir wünschst. Behalte dein Geschäft, baue ein neues auf. Baue meinetwegen zehn neue auf, aber gewähre dir etwas, das du selbst willst."

„Es ist über zehn Jahre her."

Er zog eine Augenbraue in die Höhe. „Du hast mal behauptet, du würdest nichts anders machen wollen."

„Und das meinte ich auch ernst. Aber jetzt wieder zurückgehen, nach all dieser Zeit …"

„Angst?"

Sie kniff die Augen zusammen, richtete sich gerade auf. „Ja."

Er lachte auf, absolut hingerissen von ihr. „Oh Mann, in den letzten Wochen hast du die Hölle durchgemacht und überlebt. Und da hast du Angst vor ein paar harmlosen Collegeseminaren?"

Mit einem Seufzer drehte sie sich um. „Und wenn ich durchfalle?"

„Na und?" Er zog sie wieder zu sich herum. „Dann fällst du eben auf die Nase. Und ich werde an deiner Seite sein, um mit dir zu fallen. Es wird Zeit, ein Risiko einzugehen, Liz. Für uns beide wird es Zeit."

„Oh, wie gern möchte ich dir glauben." Sie legte eine Hand an seine Wange. „Wirklich, ich möchte es glauben. Ich liebe dich, Jonas, ich liebe dich so sehr."

Sie fühlte sich an ihn gerissen, verlor sich in seiner Nähe. „Ich brauche dich, Liz. Ohne dich gehe ich nicht zurück."

Für einen Moment schmiegte sie sich an ihn, fast bereit zu glauben. „Aber es geht ja nicht nur um mich. Du musst verstehen, dass ich nicht einfach tun kann, was ich will."

„Du meinst Faith?" Er zog sie wieder an sich. „Die letzten beiden Wochen habe ich Zeit mit ihr verbracht, um sie besser kennenzulernen. Mir ging es vor allem darum, mich beliebt zu machen. Weil ich wusste, der einzige Weg zu dir führt über sie."

Das hatte sie schon geahnt. „Nachmittage im Zoo?"

„Genau. Nur stellte sich dann heraus, dass man sich in sie ebenso schnell verliebt wie in ihre Mutter. Ich will sie."

Die Hand, die Liz angehoben hatte, um sich das Haar zurückzustreichen, verharrte reglos in der Luft. „Ich verstehe nicht …"

„Ich will, dass sie meine Tochter wird – legal und emotional. Ich möchte, dass du mir deine Zustimmung gibst, sie zu adoptieren."

„Adoptieren …" Was immer sie von ihm zu hören erwartet hatte … das sicherlich nicht. „Aber sie ist …"

„Deine Tochter?", fiel er ihr ins Wort. „Nein. Weil sie unsere Tochter sein wird. Du wirst sie mit mir teilen. Wenn du der unbedingten Meinung bist, dass sie weiter in Houston zur Schule gehen soll, ziehen wir eben nach Houston. Ich denke, dass sie innerhalb eines Jahres einen Bruder oder eine Schwester bekommen sollte. Denn sie braucht eine Familie ebenso sehr wie wir."

Er bot ihr alles an. Alles, das sie sich je gewünscht und an das zu glauben sie sich immer geweigert hatte. Sie brauchte nur die Hand auszustrecken und zuzugreifen. Die Vorstellung jagte ihr panische Angst ein. „Sie ist das Kind eines anderen Mannes. Wie solltest du das je vergessen können?"

„Sie ist dein Kind", erinnerte er sie. „Du selbst hast mir gesagt, dass sie allein dein Kind ist. Und jetzt wird sie auch meines." Er nahm ihre beiden Hände und setzte zärtliche Küsse darauf. „So wie auch du die Meine wirst."

„Jonas, ist dir überhaupt klar, was du da tust? Du handelst dir eine Ehefrau ein, die bei null anfangen muss, und eine halbwüchsige Tochter. Du verkomplizierst nur dein Leben."

„Mag schon sein. Aber wahrscheinlich rette ich es auch damit."

Und er rettete ihr Leben. Das Blut rauschte durch ihre Adern, ihre Haut prickelte. Zum ersten Mal seit Jahren konnte sie auf ihr Leben blicken und keine Schatten sehen. Sie schloss die Augen und holte tief Luft. „Du solltest dir besser sicher sein", wisperte sie. „Sei dir besser absolut sicher. Denn wenn ich jetzt nachgebe, wenn ich jetzt Ja sage und du später deine Meinung ändern solltest, werde ich dich mein Lebtag lang hassen."

Er zog sie an ihrem Hemd enger an sich.

„In einer Woche fliegen wir zu meinen Eltern aufs Land. Wir rufen den Dorfpastor oder den Friedensrichter oder meinetwegen auch den Schamanen und lassen uns trauen. Die Adoptionspapiere werden sofort aufgesetzt. Wenn wir uns als Familie niederlassen, werden wir alle denselben Namen tragen. Du und Faith und ich."

Mit einem Seufzer lehnte Liz sich an den Pfosten zurück und studierte sein Gesicht. Es war ein schönes Gesicht, entschied sie. Markant, stark, voller Leidenschaft und Geduld. Dieses Gesicht würde auf immer mit ihrem Leben verbunden sein. Es war real, aus Fleisch und Blut, und es war kostbar wie ein wunderbarer Traum. Der Mann, den sie liebte, war zurück, ihr Kind war bei ihr, und nichts war mehr unmöglich.

„Als ich dich das erste Mal sah, dachte ich schon, dass du der Typ Mann bist, der immer bekommt, was er will."

„Und du hattest absolut recht." Jonas nahm ihre Hände, hielt sie fest. „Und jetzt ... wie bringen wir es Faith bei?", wollte er wissen.

Liz' Lippen verzogen sich langsam zu einem Lächeln. „Ich glaube, wir sagen ihr einfach, dass du mich überredet hast ..."

– ENDE –

Nora Roberts

Nicholas' Geheimnis

Roman

Aus dem Amerikanischen von
Rita Langner

mtb

1. KAPITEL

Der Himmel war wolkenlos und blau wie auf einer Ansichtspostkarte. Vor der fernen Silhouette der Berge hing ein leichter Dunstschleier. Ein sanfter Wind strich raschelnd durch das Laub der Bäume und Sträucher und trug den Duft von Rosen, feuchtem Gras und Meerestang heran. Melanie seufzte glücklich. Sie beugte sich noch weiter über das Balkongitter und musste immer nur schauen.

Hatte sie wirklich erst gestern noch aus ihrem Fenster auf die Stahl- und Betonwüste New Yorks hinausgeblickt? War sie durch den kühlen Aprilregen die Straße entlanggerannt, um ein Taxi zum Flughafen zu erwischen? Nur einen einzigen Tag war das her. Es konnte doch nicht möglich sein, dass zwischen zwei Welten nur ein einziger Tag lag.

Dennoch war es so. Melanie stand auf dem Balkon einer Villa auf der Insel Lesbos. Hier gab es keinen grauen Himmel, keinen Nieselregen, keinen Lärm, nur Sonne und Meer und lichtdurchflutete Stille unter dem leuchtenden Himmel Griechenlands.

Es klopfte. „Herein!“, rief Melanie, atmete noch einmal tief durch und drehte sich um.

„Oh, du bist ja schon aufgestanden und angezogen?“ Liz schwebte in den Raum, eine goldhaarige Elfe, gefolgt von einem Mädchen mit einem beladenen Tablett.

„Das nenne ich Zimmerservice“, meinte Melanie lächelnd, als das Mädchen das Tablett auf einem Glastischchen abstellte. Das Frühstück duftete verführerisch. „Leistest du mir Gesellschaft, Liz?“

„Nur auf einen Kaffee.“ Liz setzte sich in einen Sessel, strich ihr Negligé aus Seide und Spitze glatt und musterte Melanie nachdenklich.

Ihr Blick glitt über das leuchtend blonde, auf die Schultern herabfallende Haar und verweilte auf dem zarten Gesicht mit der kleinen geraden Nase, den hohen Wangenknochen und den großen meerblauen Augen. Manches Fotomodell hätte alles für ein solches Engelsgesicht gegeben.

„Oh Melanie, du bist schöner denn je! Ich freue mich so, dass du endlich hier bist.“

Melanie blickte auf die Landschaft hinaus. „Und da ich endlich hier bin, verstehe ich nicht, wie ich es so lange hinauszögern konnte.“

Das Dienstmädchen schenkte den Kaffee ein.

„*Efcharistó*“, bedankte sich Melanie.

„Unglaublich!“, schimpfte Liz gespielt ärgerlich. „Weißt du, wie lange ich gebraucht habe, bis ich endlich ‚guten Tag, wie geht es Ihnen?‘ auf Griechisch sagen konnte?“ Als Melanie etwas erwidern wollte, winkte sie lächelnd ab, Brillanten und Saphire ihres Eherings blitzten in der Sonne auf. „Lass nur! Nach drei Jahren mit Alex und einem ebenso langen Leben in Athen und auf Lesbos stolpere ich noch immer über diese Sprache. Danke, Zena“, fügte sie hinzu und entließ das Mädchen mit einem Lächeln.

„Weil du dich weigerst, sie zu lernen.“ Melanie biss in ein Stück Toast. Erst jetzt merkte sie, wie hungrig sie war. „Wenn du dich einer fremden Sprache nicht verschließt, nimmst du sie ganz von selbst auf.“

„Du hast gut reden.“ Liz schaute Melanie vorwurfsvoll an. „Du sprichst mindestens ein Dutzend Sprachen.“

„Fünf.“

„Vier mehr, als ein normaler Mensch braucht.“

„Das gilt aber nicht für eine Dolmetscherin.“ Melanie machte sich über das Rührei her. „Spräche ich nicht Griechisch, hätte ich Alex nicht kennengelernt, und du wärst jetzt nicht Elizabeth Theocharis. Schicksal“, fuhr sie fort, „ist ein seltsames und wunderbares Phänomen.“

„Philosophie beim Frühstück“, sagte Liz in ihre Kaffeetasse hinein. „Manchmal frage ich mich, wie es mir heute ginge, wenn ich nicht zufällig zwischen zwei Flügen zu Hause gewesen wäre, als Alex aufkreuzte. Du hättest uns nicht miteinander bekannt gemacht.“ Sie nahm sich eine Scheibe Toast und gab einen Klecks Pflaumengelee darauf.

„Alles ist vorbestimmt, Liz“, sagte Melanie. „Das Schicksal hat euch zusammengeführt, nicht ich. Bei euch beiden war es

Liebe auf den ersten Blick – nur ist das nicht mein Verdienst." Sie lächelte zu der kühlen blonden Schönheit hinüber. „Kaum hattet ihr euch kennengelernt, hattet ihr auch schon geheiratet und flogt davon, und ich saß allein in dem leeren Apartment."

„Wir hatten beschlossen, erst zu heiraten und uns danach kennenzulernen." Liz lachte leise in sich hinein. „Und so geschah es dann auch."

„Wo ist Alex eigentlich?"

„Unten in seinem Arbeitszimmer." Liz legte ihren Toast auf den Teller zurück. „Er baut wieder mal ein Schiff."

Melanie musste lachen. „Du sagst das, als wäre er mit seiner Spielzeugeisenbahn beschäftigt. Du solltest dich entschieden snobistischer ausdrücken. Das erwartet man von Frauen, die einen Millionär geheiratet haben – noch dazu einen ausländischen."

„Ja? Na, mal sehen, was ich tun kann." Liz trank einen Schluck Kaffee. „Alex wird wahrscheinlich in den kommenden Wochen furchtbar beschäftigt sein. Schon deshalb freue ich mich so, dass du hier bist."

„Du brauchst einen Partner zum Cribbage – stimmt's?"

„Unsinn!" Liz lachte. „Du bist der miserabelste Cribbage-Partner, den ich kenne, aber mach dir nichts draus, es geht mir nicht ums Kartenspielen. Ich finde es herrlich, meine beste Freundin, eine waschechte Amerikanerin, um mich zu haben!"

„Spassiba."

„Bitte englisch, ja?", tadelte Liz. „Außerdem ... denk nicht, ich hätte nicht gemerkt, dass das kein Griechisch, sondern Russisch war. Merk dir, dass du für die nächsten vier Wochen keinen politischen Unsinn bei den Vereinten Nationen dolmetschst, sondern dich ganz normal mit Freunden unterhältst."

Liz beugte sich etwas vor und schaute ihre Freundin nachdenklich an. „Ganz ehrlich, Melanie, hast du nicht manchmal Angst, du könntest etwas falsch übersetzen und damit den Dritten Weltkrieg auslösen?"

„Wer – ich?" Melanie machte große Augen. „Keine Angst! Der Trick besteht darin, in der Sprache zu denken, die man übersetzt. Ganz einfach."

„Oh natürlich, ganz einfach." Liz lehnte sich wieder zurück. „Aber jetzt hast du Urlaub und brauchst nicht in fremden Sprachen zu denken. Es sei denn, du willst dich mit meinem Koch streiten."

„Nichts liegt mir ferner", versicherte Melanie und schob ihren Teller zurück.

„Wie geht es eigentlich deinem Vater?"

„Großartig wie immer." Melanie schenkte sich Kaffee nach. Wann hatte sie sich zum letzten Mal morgens Zeit für eine zweite Tasse Kaffee genommen? Ferien, hatte Liz gesagt, und das bedeutete, sie war frei wie ein Vogel in der Luft. „Er lässt dich grüßen und hat mir aufgetragen, ein paar Flaschen Ouzo nach New York zu schmuggeln."

„Ich habe nicht vor, dich nach New York zurückkehren zu lassen." Liz stand auf und ging auf dem Balkon hin und her. Der spitzenbesetzte Saum ihres Morgenmantels glitt über die Fliesen. „Ich werde mich nach einem passenden Mann für dich umsehen und dich hier in Griechenland etablieren."

„Du ahnst gar nicht, wie dankbar ich dir dafür wäre", gab Melanie trocken zurück.

„Keine Ursache. Wozu sind Freunde schließlich da?" Liz nahm Melanies Spott nicht zur Kenntnis. „Dorian wird dir gefallen, da bin ich sicher. Ein toller Mann! Einer von Alex' Top-Mitarbeitern, ungeheuer attraktiv. Blond, männlich … ein Typ wie Robert Redford. Du wirst ihn morgen kennenlernen."

„Ich werde heute noch meinen Vater veranlassen, die Mitgift zusammenzustellen."

„Ich scherze nicht!" Liz blickte Melanie vorwurfsvoll an. „Du kommst hier nur über meine Leiche wieder weg. Wir werden herrliche Tage am Strand verbringen, und du wirst die fantastischsten Männer kennenlernen und vergessen, dass es New York und die UNO überhaupt gibt."

„Das habe ich schon vergessen." Melanie warf die Haare über die Schultern zurück. „Also See, Sonne und Männer, ja? Ich bin dir leider ausgeliefert. Und jetzt schleppst du mich wohl gleich an den Strand und gibst erst Ruhe, wenn ich bronzebraun bin, wie?"

„Richtig!“ Liz nickte nachdrücklich. „Zieh dich um. Bis gleich.“

Eine halbe Stunde später hatte Melanie schon nichts mehr gegen Liz’ Behandlungsmethoden. Weißer Sand, blaues Meer … Sie ließ sich von den sanften Wellen wiegen.

Warf ihr Vater ihr nicht auch immer vor, sie sei besessen von der Arbeit? Melanie drehte sich auf den Rücken und schloss die Augen. Nach dem beruflichen Stress und der Katastrophe mit Jack war sie nirgends besser aufgehoben als auf dieser friedlichen Insel. Hier würde sie endlich zur Ruhe kommen.

Jack gehörte der Vergangenheit an. Es war keine leidenschaftliche Liebe gewesen, eher Gewohnheit, gestand Melanie sich ein. Sie hatte einen intelligenten männlichen Partner gebraucht und Jack eine attraktive Frau, deren Image seiner politischen Karriere förderlich sein konnte.

Hätte ich ihn je geliebt, überlegte Melanie, könnte ich das jetzt nicht so sachlich beurteilen. Das Ende hatte für sie weder Schmerz noch Einsamkeit bedeutet, sondern eher Erleichterung. Erleichterung und eine seltsame Leere … Das bedrückende Gefühl, im luftleeren Raum zu schweben, den Boden unter den Füßen zu verlieren.

Liz’ Einladung war gerade zur rechten Zeit gekommen. Diese Insel war eine Oase der Ruhe und des Friedens – ein Paradies. Melanie öffnete die Augen. Leuchtend blauer Himmel, Sonne, der Sand, Felsen und überall Spuren, die Erinnerungen an die Götter der Antike weckten. Und jenseits des Golfs von Edremit die Türkei mit ihren geheimnisumwobenen goldenen Palästen … Melanie schloss die Augen wieder und wäre fast eingeschlafen, hätte Liz sie nicht gerufen.

„Melanie! Der Mensch muss in regelmäßigen Abständen etwas zu sich nehmen.“

„Du denkst immer nur ans Essen.“

„Und an deinen Teint“, erwiderte Liz vom Strand her. „Du bist schon viel zu lange in der prallen Sonne. Das Mittagessen kann man verschmerzen, einen Sonnenbrand nicht.“

Seufzend schwamm Melanie zum Strand zurück, richtete sich auf und schüttelte sich wie ein nasser Hund.

„Nun komm schon!“, drängte Liz. „Alex reißt sich spätestens zum Lunch von seinen Schiffen los.“

Essen auf der Terrasse, daran könnte ich mich gewöhnen, dachte Melanie, als sie bei Eiskaffee und Früchten angelangt waren. Sie merkte deutlich, dass Alexander Theocharis von seiner kleinen goldblonden Frau noch genauso begeistert war wie damals in New York.

Obwohl Melanie es Liz gegenüber nicht zugeben wollte, war sie stolz darauf, die beiden zusammengebracht zu haben. Ein ideales Paar, dachte sie. Alex war nicht nur charmant, er sah blendend aus. Das markante, sonnengebräunte Gesicht wirkte durch die Narbe über der Augenbraue verwegen männlich. Er war groß und schlank – eine aristokratische Erscheinung. Alles in allem war er das ideale Gegenstück zu Liz' zarter blonder Schönheit.

„Ich verstehe nicht, wie du dich von hier losreißen kannst“, sagte Melanie zu ihm. „Wenn mir das alles gehörte, brächten mich keine zehn Pferde von hier fort.“

Alex folgte ihrem Blick über das Meer und die Berge. „Jedes Mal, wenn ich zurückkomme, erscheint mir alles noch schöner“, sagte er. „Wie eine Frau“, er hob Liz' Hand an die Lippen und küsste sie, „muss auch das Paradies immer wieder aufs Neue bewundert werden.“

„Meine Bewunderung ist unabänderlich, und so wird es bleiben“, sagte Melanie leise.

„Ich habe sie bald so weit, Alex.“ Liz schob ihre Hand in die ihres Mannes. „Ich werde eine Namensliste sämtlicher infrage kommender Männer im Umkreis von hundert Meilen anfertigen.“

„Du hast nicht zufällig einen Bruder, Alex?“, erkundigte sich Melanie lächelnd.

„Tut mir leid, Melanie – nur Schwestern.“

„Dann vergiss deine Liste, Liz.“

„Wenn wir dich nicht unter die Haube bringen können, wird Alex dir einen Job in seinem Athener Büro anbieten.“

„Ich würde keinen Augenblick zögern, sie der UNO wegzuschnappen.“ Alex zuckte mit den Schultern. „Das habe ich schon vor drei Jahren vergeblich versucht.“

„Diesmal haben wir einen Monat Zeit, ihr Vernunft beizubringen." Liz warf ihrem Mann einen warnenden Blick zu. „Hast du Zeit, uns morgen mit der Jacht hinauszufahren?"

„Natürlich", stimmte Alex sofort zu. „Wir werden den Tag auf See verbringen – was meinst du, Melanie?"

„Na ja, eigentlich kreuze ich ständig auf einer Jacht in der nördlichen Ägäis herum, wie ihr wisst", scherzte Melanie. „Aber wenn Liz es unbedingt möchte, will ich kein Spielverderber sein."

„Das ist der Sportsgeist in ihr", vertraute Liz ihrem Mann lächelnd an.

Mitternacht war gerade vorüber, als Melanie allein an den Strand zurückkehrte. Sie hatte nicht schlafen können, was sie aber nicht bedauerte, denn das lieferte ihr einen guten Grund für einen nächtlichen Spaziergang in der warmen Frühlingsluft.

Das kalte, unwirkliche Licht des Mondes ließ die hohen Zypressen, die den Steilpfad zum Strand hinunter säumten, scharf aus den Schatten der Nacht hervortreten. In der Ferne hörte Melanie gedämpftes Motorengeräusch. Ein Fischer bei seiner nächtlichen Arbeit, dachte sie. Es musste schon ein Erlebnis sein, bei Mondschein aufs Meer hinauszufahren.

Der Strand verlief in einem weiten Bogen unterhalb des Felsenkliffs. Rasch streifte Melanie ihr Strandkleid ab und lief ins Wasser. Es fühlte sich so wundervoll kühl und weich auf ihrer Haut an, dass sie einen Moment mit dem Gedanken spielte, ihren Bikini abzulegen. Lieber nicht, entschied sie dann und lachte leise. Es wäre vermessen, die Geister der alten Götter herauszufordern.

Obwohl das Abenteuer Melanie reizte, schwamm sie nicht zu den Höhlen jenseits des Kliffs hinüber, um sie zu erkunden. Das konnte sie bei Tageslicht tun. Langsam schwamm sie ein Stück hinaus, wohin die sanfte Dünung sie trug.

Die Zeit schien still zu stehen, während sie schwerelos durch das silbrig glitzernde Wasser dahinglitt. Es war so still, so friedlich. Seltsam, erst nachdem Melanie diese Stille entdeckt hatte, wusste sie, dass sie sich danach gesehnt hatte.

New York schien nicht nur auf einem anderen Kontinent, sondern auf einem anderen Stern zu liegen, und im Augenblick war Melanie das nur allzu recht. Hier konnte sie sich ihren Fantasien über alte Götter, strahlende Helden und wilde Piraten hingeben. Könnte ich wählen, würde ich mich wohl für die Piraten entscheiden, dachte sie. Götter sind zu blutrünstig, Helden zu ritterlich, aber ein Pirat …

Melanie schüttelte den Kopf über ihre eigenen abwegigen Gedankengänge. Daran war einzig und allein Liz schuld. Sie selbst wollte weder einen Piraten noch sonst einen Mann. Sie wollte nur Ruhe und Frieden.

Melanie schwamm an den Strand zurück und richtete sich auf. Sie ließ das Wasser aus ihren Haaren und an ihrem Körper hinuntertropfen. Ihr war kalt, aber es war kein unangenehmes Gefühl. Sie setzte sich auf das Strandkleid, zog einen Kamm aus der Tasche und strich sich damit durchs Haar. Mond, Sand und Meer – was wünschte man sich mehr? Sie fühlte sich mit sich selbst und der Natur völlig im Einklang.

Das kalte Grauen packte Melanie, als sich eine Hand hart auf ihren Mund presste. Sie wehrte sich verzweifelt, aber ein starker Arm umklammerte ihre Taille, rauer Stoff schrammte gegen ihre nackte Haut. Jemand riss sie von den Klippen, ein muskulöser Männerkörper presste sich an ihren Rücken.

Panik ergriff Melanie. Wild schlug sie um sich, konnte aber nicht verhindern, dass sie in ein Gebüsch geschleppt wurde.

„Nicht schreien – keinen Laut!“ Der Befehl wurde in schnellem, hartem Griechisch ausgesprochen. Melanie wollte gerade wieder zu einem neuen Schlag ausholen, als sie erstarrte. Ein Messer blitzte im Mondlicht auf, und im selben Augenblick wurde sie zu Boden gedrückt. Der Mann warf sich über sie.

„Wildkatze!“, zischte er. „Bleiben Sie ruhig, dann geschieht Ihnen nichts. Verstanden?“

Benommen vor Entsetzen nickte Melanie. Unverwandt starrte sie auf das Messer und lag stocksteif da. Jetzt kann ich nichts gegen ihn machen, dachte sie ergrimmt, aber ich werde herausbekommen, wer er ist, und dann gnade ihm Gott!

Der erste Anflug von Panik war vorüber, aber Melanie zitterte am ganzen Körper. Scheinbar eine Ewigkeit lag sie da und wartete, aber der Mann bewegte sich nicht und gab keinen Laut von sich. Es war so still, dass Melanie die kleinen Wellen auf den Sand plätschern hören konnte.

Es ist ein Albtraum, dachte sie. Es kann nicht wahr sein. Aber als sie sich vorsichtig unter dem Mann bewegte, zeigte ihr der Druck seines Körpers, dass sie nicht träumte.

Die Hand über ihrem Mund drückte so fest zu, dass Melanie zu ersticken glaubte. Ihr wurde übel, feurige Kreise wirbelten vor ihren Augen. Sie versuchte die herannahende Ohnmacht niederzuringen. Dann hörte sie den Mann mit einem unsichtbaren Gefährten reden.

„Hörst du etwas?"

„Noch nicht", antwortete eine raue Stimme. „Wer, zum Teufel, ist sie?"

„Spielt keine Rolle. Ich werde allein mit ihr fertig."

In ihrem Zustand hatte Melanie Mühe, das Griechisch zu verstehen. Was hat er mit mir vor? fragte sie sich benommen vor Angst und Atemnot.

„Halt du die Augen offen!", fuhr der Mann fort, der Melanie gefangen hielt. „Ich übernehme das Mädchen."

„Da – jetzt!"

Melanie merkte, dass der Mann über ihr die Muskeln anspannte. Sie wandte den Blick nicht von dem Messer, das er nun noch fester umklammert hielt.

Schritte hallten von den Felsstufen am Strand her. Aus Panik und Hoffnung schöpfte Melanie neue Kraft. Sie begann wieder um sich zu schlagen, aber der Mann stieß einen leisen Fluch aus und legte sich noch schwerer über sie.

Er roch schwach nach Salz und Meer.

Als er die Haltung veränderte, erhaschte Melanie einen kurzen Blick auf sein vom Mondlicht erhelltes Gesicht. Dunkle, kantige Züge, ein strenger Mund, schmale schwarze Augen. Kalte, harte unerbittliche Augen ... Das Gesicht eines Mannes, der vor nichts zurückschreckte.

Warum? dachte Melanie verzweifelt. Ich kenne ihn doch nicht einmal.

„Du folgst ihm!“, befahl der Mann seinem Gefährten. „Um das Mädchen werde ich mich kümmern.“

Melanie starrte das Messer an. Plötzlich hatte sie einen bitteren, metallischen Geschmack im Mund. Die Welt schien sich wie rasend um sie zu drehen, und dann löste sie sich in nichts auf.

Die Sterne standen am Himmel, Silber auf schwarzem Samt. Das Meer flüsterte. Der Sand unter dem Rücken war rau. Melanie richtete sich auf und versuchte klar zu denken. Eine Ohnmacht? War sie tatsächlich ohnmächtig gewesen, oder hatte sie geschlafen und alles war nur ein Traum? Sie rieb sich die Schläfen und glaubte schon, ihre Fantasien über wilde Piraten hatten ihr diese Halluzination eingebrockt.

Ein leises Geräusch brachte sie schnell auf die Beine. Nein, sie hatte nicht geträumt. Der Mann kehrte zurück. Melanie sprang den herannahenden Schatten an. Vorhin hatte sie dem unausweichlichen Tod ohne Gegenwehr ins Auge gesehen. Diesmal würde sie kämpfen bis zum letzten Atemzug.

Der Schatten sprang vor, als sie zuschlug, und dann war Melanie wieder unter ihm am Boden gefangen.

„Verdammt, hören Sie auf!“, fuhr er Melanie an, als sie ihm mit den Fingernägeln ins Gesicht fahren wollte.

„Den Teufel werde ich tun!“, fauchte Melanie ebenso wütend. Sie kämpfte mit vollem Einsatz, bis der Mann sie endgültig unter sich begrub. Atemlos und furchtlos in ihrem Zorn starrte sie zu ihm hoch.

Der Mann musterte finster ihr Gesicht. „Sie sind nicht von hier“, stellte er verblüfft fest, was Melanie so überraschte, dass sie ihren Kampf einstellte. „Wer sind Sie?“

„Das geht Sie nichts an.“ Vergeblich versuchte sie, ihre Handgelenke aus seinem Griff zu befreien.

„Sie sollen stillhalten!“, wiederholte er und packte fester zu, als ihm bewusst war. Irgendetwas stimmte hier nicht, so viel stand fest, da sie offenbar keine Einheimische war, die sich zufällig zur falschen Zeit am falschen Ort aufhielt. Sein Beruf hatte ihn gelehrt, wie man Antworten erzwang, wenn sich Komplikationen ergaben.

„Was haben Sie mitten in der Nacht am Strand zu suchen?“, fragte er kurz angebunden.

„Das Meer“, lautete Melanies zornige Antwort. „Ich wollte schwimmen. Das hätte jeder Idiot erraten.“

Der Mann zog die Brauen zusammen, als dächte er angestrengt nach. „Schwimmen“, wiederholte er. Tatsächlich hatte er sie aus dem Wasser kommen sehen. Vielleicht steckte doch nichts dahinter. „Amerikanerin …“, überlegte er laut. Erwarteten Alexander und Liz Theocharis nicht eine Amerikanerin? Ausgerechnet jetzt!

Sein Gehirn arbeitete auf Hochtouren. Ein amerikanischer Gast des Hauses Theocharis bei einem Bad im Mondschein … Wenn er die Sache nicht vorsichtig handhabte, konnte er sich auf etwas gefasst machen.

Völlig überraschend lächelte er auf Melanie hinunter. „Sie haben mich hereingelegt. Ich dachte, Sie hätten mich verstanden.“

„Ich habe Sie sehr gut verstanden“, gab Melanie zurück. „Und da Sie im Augenblick Ihr Messer nicht griffbereit haben, dürfte es Ihnen schwerfallen, mich zu vergewaltigen.“

„Vergewaltigen?“ Der Mann sah sie verdutzt an. Sein Lachen kam ebenso plötzlich wie eben das Lächeln. „Daran habe ich keinen Augenblick gedacht! Aber wie dem auch sei, schöne Nixe, das Messer war nicht für Sie gedacht.“

„Und warum schleppen Sie mich dann durch die Gegend und terrorisieren mich mit diesem … diesem grässlichen Schnappmesser?“ Mut war wesentlich angenehmer als Furcht, stellte Melanie fest. „Lassen Sie mich gefälligst los!“ Sie versetzte ihm einen heftigen Stoß, aber er rührte sich nicht von der Stelle.

„Einen Moment!“, sagte er leise. Das Mondlicht fiel auf ihr Gesicht. Sie war schön, wunderschön … Sicher war sie männliche Bewunderung gewohnt. Ein bisschen Charme könnte die Situation entschärfen.

„Was ich getan habe, geschah zu Ihrem Schutz", sagte er schließlich vorsichtig.

„Schutz!", schnaubte Melanie und versuchte erneut, ihre Arme zu befreien.

„Für Formalitäten blieb mir keine Zeit, Lady. Tut mir leid, wenn meine … Technik ein wenig ungeschliffen wirkte." Sein Ton deutete an, dass er sich Melanies Verständnis sicher war. „Würden Sie mir jetzt erzählen, weshalb Sie mutterseelenallein wie die Lorelei auf dem Felsen saßen und Ihr Haar kämmten?"

„Das geht Sie nichts an", antwortete Melanie zum zweiten Mal.

Die Stimme des Mannes hatte sich verändert und klang jetzt leise und weich. Die dunklen Augen blickten nicht mehr so hart. Melanie wollte fast glauben, sie hätte sich die finstere Rücksichtslosigkeit in diesem Gesicht vorhin nur eingebildet. Aber immerhin spürte sie den Schmerz an den Stellen, wo sich seine Finger in ihren Arm gruben. „Wenn Sie mich nicht sofort loslassen, schreie ich."

Je länger er Melanies Körper berührte und bewunderte, desto mehr geriet er in Versuchung. Dennoch stand er unvermittelt auf. Es gab noch etwas zu erledigen heute Nacht. „Entschuldigen Sie den Zwischenfall, Lady."

„Einfach so, ja?" Melanie erhob sich mühsam und schüttelte sich den Sand ab. „Sie zerren mich ins Gebüsch, bedrohen mich mit einem Messer, erwürgen mich halb, und dann entschuldigen Sie sich, als hätten Sie mir versehentlich auf den Fuß getreten. Sie haben Nerven!" Plötzlich fror Melanie. Sie schlang die Arme um ihren Oberkörper. „Wer sind Sie, und was soll das alles?"

„Hier." Der Mann bückte sich und hob Melanies Strandkleid auf. „Ich wollte es Ihnen gerade bringen, als Sie plötzlich auf mich losgingen."

Er lächelte, als Melanie hastig in das Kleid schlüpfte. Eigentlich jammerschade, diesen schlanken, schönen Körper zu verhüllen, dachte er. „Wer ich bin, ist im Augenblick unwichtig. Und was diesen bedauerlichen Vorfall betrifft – tut es mir leid. Mehr kann ich leider nicht dazu sagen."

„Nein?“ Melanie nickte kurz und wandte sich dann zur Strandtreppe. „Dann wollen wir mal sehen, was die Polizei dazu meint.“

„Die würde ich an Ihrer Stelle nicht fragen.“

Der Mann hatte leise und freundlich gesprochen, dennoch klang es nicht wie ein Rat, sondern eher wie ein Befehl. Melanie blieb am Fuß des Kliffs stehen. Sie hatte zwar nicht den Eindruck, dass er ihr drohte, aber sie spürte seine Autorität.

Melanie erinnerte sich an die Berührung mit dem harten, muskulösen Körper. Jetzt stand der Mann ganz locker da, hatte die Hände in die Taschen seiner Jeans geschoben und lächelte. All das konnte jedoch nicht verbergen, dass er sich hier als Herr der Lage fühlte und es auch war.

Verdammte Piraten, schoss es Melanie durch den Kopf. Wie kann man die nur interessant finden! Trotzig hob sie das Kinn. „Und warum nicht? Haben Sie etwas zu verbergen?“

„Nein“, antwortete er sanft. „Aber ich lege keinen Wert auf Komplikationen und wollte Sie vorsichtshalber warnen.“ Er betrachtete Melanies Gesicht. „Sie kennen die hiesige Polizei nicht, Lady. Fragen, Formulare, Zeitverschwendung durch Bürokratie. Und falls Sie wirklich meinen Namen angeben könnten“, er zuckte mit den Schultern und lächelte Melanie unbekümmert an, „würde Ihnen niemand Glauben schenken. Niemand, Aphrodite.“

Melanie missfiel sowohl dieses Lächeln als auch die anzügliche Art, wie er sie mit dem Namen der Liebesgöttin anredete. Dass sich ihr Blut plötzlich erhitzte, missfiel ihr ebenfalls. „Sie sind Ihrer Sache sehr sicher, wie?“, begehrte sie auf, aber schon unterbrach er sie und trat an sie heran.

„Ich habe Sie nicht vergewaltigt, oder?“ Langsam ließ er die Hände durch ihr Haar gleiten und packte sie bei den Schultern, sanft und behutsam im Gegensatz zu vorhin. Nixenaugen, dachte er, das Gesicht einer Göttin … Viel Zeit blieb ihm nicht, aber der Moment durfte nicht ungenutzt verstreichen. „Ich habe nicht einmal getan, was ich längst hätte tun sollen.“

Im nächsten Moment presste er den Mund auf den ihren. Sein Kuss war ungestüm und dennoch zärtlich. So etwas hatte Melanie nicht erwartet. Sie stemmte die Hände gegen seine Brust, aber es war nichts weiter als ein kraftloser Reflex. Der Fremde war ein Mann, der die Schwäche einer Frau kannte. Ohne Gewalt anzuwenden, zog er Melanie dichter zu sich heran.

Der Duft des Meeres hüllte Melanie ein, und diese Hitze ... sie schien von innen und von außen gleichzeitig zu kommen. Fast spielerisch drang die Zunge des Mannes zwischen ihre Lippen und erforschte ihren Mund, bis Melanies Herz wild zu hämmern begann. Er schob die Hände in die weiten Ärmel ihres Strandumhangs und streichelte ihre Arme und Schultern.

Als Melanie sich nicht mehr wehrte, riss er sie an sich und küsste sie wild. Melanies Herz begann zu hämmern, das Blut brauste in ihren Ohren. Einen Augenblick fürchtete sie, zum zweiten Mal in seinen Armen ohnmächtig zu werden.

„Ein Kuss ist kein strafwürdiges Verbrechen", flüsterte er in ihr Haar. Sie ist aufregender, als ich glaubte, dachte er, und viel gefährlicher. „Und mit einem zweiten ginge ich auch kein größeres Risiko ein."

„Nein!" Melanie konnte plötzlich wieder klar denken. Sie stieß den Mann von sich fort. „Sie sind verrückt, wenn Sie glauben, damit ließe ich Sie davonkommen. Ich werde ..." Sie unterbrach sich und tastete nervös mit der Hand nach ihrem Hals. Ihre Kette war fort. Melanie schaute den Fremden Zorn sprühend an. „Was haben Sie mit meinem Medaillon gemacht? Geben Sie es mir sofort zurück!"

„Tut mir leid, aber ich habe es nicht, Aphrodite."

„Ich will es wiederhaben." Diesmal war Melanies energisches Auftreten nicht gespielt. Sie trat dicht an den Mann heran. „Es ist nicht wertvoll. Sie bekommen dafür nicht mehr als ein paar lumpige Drachmen."

Die Augen des Fremden wurden schmal. „Ich habe Ihr Medaillon nicht. Ich bin kein Dieb." Seine Stimme klang kalt und mühsam beherrscht. „Wenn ich Ihnen etwas hätte rauben wollen, dann hätte ich mir etwas Interessanteres genommen als Ihre Kette."

Melanie sah rot. Sie holte zum Schlag aus, aber er fing ihre Hand ab. Zu ihrer Wut kam jetzt noch das Gefühl der Machtlosigkeit.

„Das Medaillon scheint Ihnen viel zu bedeuten“, sagte er ruhig, aber sein Griff war alles andere als sanft. „Ein Andenken an einen Mann?“

„Ein Geschenk von einem geliebten Menschen“, korrigierte Melanie zornig. „Ich erwarte nicht, dass ein Mann wie Sie seinen Wert für mich verstehen kann.“ Mit einem Ruck befreite sie ihr Handgelenk. „Ich werde Sie nicht vergessen“, versicherte sie, drehte sich dann um und rannte den Pfad zum Haus hinauf.

Der Mann schaute ihr nach, bis sie in der Dunkelheit verschwand. Dann wandte er sich wieder der Küste zu.

2. KAPITEL

Die Sonne war ein weißer, gleißender Lichtball, der das Meer wie Millionen Diamanten funkeln ließ. Die sanften Bewegungen der Jacht hatten Melanie in eine Art Halbschlaf gewiegt.

Waren der mondbeschienene Strand und der dunkle Mann nicht doch nur eine Ausgeburt der Fantasie gewesen? Blitzende Messer, raue Hände und verzehrende Küsse eines Fremden gehörten nicht in die wirkliche Welt, sondern in die seltsamen verschwommenen Träume, in die Melanie sich geflüchtet hatte, um beruflichen Stress und die Hektik der Großstadt zu vergessen. Sie hatte diese Träume als Sicherheitsventil betrachtet und niemandem etwas davon erzählt.

Das verschwundene Medaillon und die dunklen Male auf ihren Armen waren jedoch reale Tatsachen.

Melanie konnte die Geschichte also nicht ihrer Einbildungskraft zuschreiben.

Sie seufzte leise, drehte den Rücken der Sonne zu und legte den Kopf auf die verschränkten Arme. Wenn sie Liz und Alex ihr Erlebnis berichtete, wären die beiden sicher zu Tode entsetzt. Alex würde sie für den Rest ihres Aufenthaltes auf Lesbos bestimmt unter bewaffneten Schutz stellen und auf eine gründliche Untersuchung bestehen, die viel Zeit kosten und nichts einbringen würde. In diesem Punkt hatte der Fremde mit Sicherheit recht. Melanie hasste ihn dafür.

Und überhaupt – was hätte sie der Polizei zu Protokoll geben sollen? Dass ein Fremder sie in die Büsche gezerrt, dort ohne erkennbaren Grund festgehalten und dann unversehrt wieder freigelassen hatte? Kein griechischer Polizist würde einen Kuss für ein Verbrechen halten.

Beraubt worden war sie auch nicht. Jedenfalls hätte sie das nicht beweisen können. Im Übrigen mochte sie dem Fremden zwar alle möglichen finsteren Absichten unterstellen, aber in die Rolle eines kleinen Diebes passte er nicht. Vermutlich ist er auf gar keinem Gebiet klein, dachte Melanie verdrossen. Kleinigkeiten waren sicherlich nicht sein Stil.

Und falls man diesen Mann tatsächlich finden und festnehmen würde, stünde sein Wort gegen ihres. Melanie hatte den dumpfen Verdacht, dass sein Wort dann mehr Gewicht hatte.

Also was soll's, dachte sie. Kein Wort zu Liz und Alex. Nichts als eine dumme Sache um Mitternacht. Eine von vielen seltsamen Begebenheiten im Leben von Miss Melanie James. Ordentlich ablegen und dann vergessen.

Alex kam die Stufen zum Sonnendeck herauf. Melanie stützte ihr Kinn auf die zusammengelegten Arme und lächelte ihm entgegen. Auf der Liege neben ihr bewegte sich Liz und schlief weiter.

„Die Sonne macht sie immer müde." Alex setzte sich neben seine Frau auf einen Stuhl.

„Ich bin selbst fast eingeschlafen." Melanie reckte sich, klappte einen Teil der Liege als Rückenlehne hoch und richtete sich auf. „Aber ich wollte nichts verpassen." Sie schaute über das Wasser zu der Insel hinüber, die wie ein bläulicher Nebel in der Luft zu schweben schien.

„Das ist Chios." Alex war Melanies Blickrichtung gefolgt. „Und dort", er deutete nach Osten, „die türkische Küste."

„So nahe, als ob man hinüberschwimmen könnte."

„Auf See täuscht man sich leicht in der Entfernung." Alex zündete sich eine seiner schwarzen Zigaretten an. Der Rauch duftete süßlich und exotisch. „Für diese Strecke müsste man schon ein Meisterschwimmer sein. Mit dem Boot ist es eine Kleinigkeit. Die Schmuggler nutzen das natürlich zu ihren Gunsten aus." Alex musste über Melanies entgeistertes Gesicht lachen. „Schmuggel ist hierzulande seit Generationen üblich, obwohl die Strafen hart sind."

„Und wieso gelingt es den Schmugglern zu entkommen?"

„Die Nähe der Küste", erklärte Alex mit einer ausholenden Handbewegung. „Die vielen Buchten, Inseln, Halbinseln und Grotten machen es einfach, ungesehen ins Land zu kommen."

Melanie nickte. Ein schmutziges Geschäft, bei dem es sich nicht nur um ein paar zollfreie Zigaretten oder Schnaps handelte. „Opium?"

„Unter anderem."

„Aber Alex!" Seine Gelassenheit irritierte Melanie. „Macht dir das gar keine Sorgen?"

„Sorgen?", wiederholte er und nahm einen langen Zug von seiner eleganten Zigarette. „Weshalb?"

Die Frage verblüffte Melanie noch mehr. „Macht es dir nichts aus, dass sich so etwas Schreckliches in deiner unmittelbaren Nähe abspielt?"

„Ach, Melanie …" Schicksalsergeben breitete Alex die Hände aus. Der dicke Goldring auf seinem linken kleinen Finger blitzte im Sonnenlicht. „Mit meiner Sorge könnte ich nicht aufhalten, was hier seit Jahrhunderten läuft."

„Aber trotzdem. Direkt vor deiner Haustür …" Melanie unterbrach sich. Sie musste an die Straßen von Manhattan denken. Wer im Glashaus sitzt, hielt sie sich vor, darf nicht mit Steinen werfen. „Ich dachte nur, es müsste dich stören", schloss sie unsicher.

Alex schaute sie erheitert an und zuckte dann mit den Schultern. „Sorgen und Ärger überlasse ich der Küstenwache und Polizei. Nun erzähle mir lieber, ob dir dein Aufenthalt auf Lesbos bisher gefallen hat."

Melanie wollte noch etwas zum Thema Schmuggel sagen, ließ es aber. „Wundervoll ist es hier, Alex. Ich verstehe, warum Liz hier so glücklich ist."

Alex lächelte und zog dann wieder an seiner starken Zigarette. „Du weißt, dass sie dich gern hier behalten möchte. Sie hat dich vermisst. Manchmal habe ich ein schlechtes Gewissen, weil wir so selten nach Amerika kommen, um dich zu besuchen."

„Du brauchst dich nicht schuldig zu fühlen, Alex." Melanie setzte die Sonnenbrille auf und entspannte sich. Das Schmuggelgeschäft hatte schließlich nichts mit ihr zu tun. „Liz ist glücklich."

„Und du hängst immer noch bei der UNO fest?" Alex' Ton hatte sich nur unmerklich verändert, aber Melanie merkte, dass das Gespräch jetzt geschäftlich wurde.

„Es ist ein interessanter Job. Die Arbeit macht mir Spaß, ich brauche die Herausforderung."

„Ich bin nicht kleinlich, Melanie, besonders, wenn es sich um Menschen mit deinen Fähigkeiten handelt." Alex zog an seiner Zigarette und betrachtete Melanie durch die Rauchwolke hindurch. „Vor drei Jahren habe ich dir einen Job in meinem Unternehmen angeboten. Wäre ich nicht abgelenkt gewesen", fuhr er dann lächelnd mit einem Blick auf seine schlafende Frau fort, „hätte ich die Sache damals schon perfekt gemacht."

„Abgelenkt?" Liz schob ihre Sonnenbrille hoch und blinzelte ihren Mann an.

„Du hast gelauscht", bemerkte Melanie strafend. Ein uniformierter Steward servierte geeiste Drinks. Melanie trank Liz lächelnd zu. „Du solltest dich schämen, Liz."

„Du hast ein paar Wochen Zeit, es dir zu überlegen, Melanie." Beharrlichkeit war zweifellos eine von Alex' erfolgreichen Geschäftstaktiken. „Vorausgesetzt, Liz macht mir keinen Strich durch die Rechnung." Er nahm sich ebenfalls ein Glas. „Und ich muss ihr beipflichten. Eine Frau braucht einen Mann und Sicherheit."

„Typisch griechisch!", bemerkte Melanie trocken.

Alex lächelte unbeirrt. „Leider ist Dorian heute verhindert und kann erst morgen kommen. Er bringt meine Cousine Iona mit."

„Leider Gottes!", bemerkte Liz spöttisch. Alex warf ihr einen scharfen Blick zu.

„Liz ist nicht begeistert von Iona, aber sie gehört zur Familie." Alex' Blick sagte Melanie, dass dieses Thema zwischen ihm und Liz schon öfter debattiert worden war. „Ich fühle mich für sie verantwortlich."

Liz griff seufzend nach ihrem Glas. Dabei berührte sie kurz Alex' Hand. „Wir fühlen uns für sie verantwortlich", berichtigte sie ihn. „Iona ist willkommen."

Alex' düsteres Gesicht erhellte sich sofort. Er schaute seine Frau so liebevoll an, dass Melanie aufstöhnte.

„Sagt mal, streitet ihr euch eigentlich nie? Wie haltet ihr es nur aus, so friedlich und ausgeglichen zu sein?"

Liz lächelte sie über den Rand ihres Glases hinweg an. „Oh, wir haben auch unsere Momente. Letzte Woche beispielsweise war ich wütend auf Alex, und zwar mindestens ... na, eine Viertelstunde lang."

„Du meinst, ein Gewitter reinigt die Luft?", erkundigte sich Alex.

Melanie schüttelte ihr Haar zurück und lachte. „Ich fühle mich jedenfalls nicht wohl, wenn ich nicht streiten und kämpfen kann."

„Melanie, du hast Jack überhaupt nicht erwähnt. Habt ihr Probleme?"

„Liz!", tadelte Alex.

„Nein, lass nur, Alex." Melanie ging mit ihrem Glas an die Reling. „Ein Problem ist es nicht", sagte sie langsam. „Das hoffe ich zumindest." Sie blickte geistesabwesend in ihr Glas. „Ich bin diese Straße, diese gerade, ebene Straße so lange entlanggegangen, dass ich den Weg auch blind finden würde."

Melanie lachte kurz auf, beugte sich über die Reling und ließ ihr Haar im Wind flattern. „Plötzlich merkte ich, dass es gar keine Straße, sondern ein ausgefahrenes Gleis war. Da habe ich schnell den Kurs gewechselt, ehe ich darin festsaß."

„Du hast ja seit jeher einen Hinderniskurs bevorzugt", stellte Liz fest. Aber dass Jack den Abschied bekommen hatte, freute sie, und sie verhehlte das auch nicht.

Melanie betrachtete das schäumende Kielwasser am Achtersteven. „Ich werde mich weder Dorian noch irgendeinem anderen Mann zu Füßen werfen, Liz, nur weil ich nicht mehr mit Jack zusammen bin."

„Das will ich auch nicht hoffen", gab Liz fröhlich zurück. „Es würde ja der Sache die ganze Spannung nehmen."

Mit einem strafenden Blick auf die lachende Liz und einem resignierten Seufzer wandte Melanie sich schweigend der Reling zu.

Die felsige Küste von Lesbos erhob sich schroff aus dem Meer. Melanie konnte die Umrisse von Alex' schneeweißer Villa ausmachen. Etwas höher gelegen entdeckte sie ein mächtiges graues Haus, das aus dem Kliff herauszuwachsen schien, die düstere, efeuumrankte Fassade herausfordernd der offenen See zugerichtet.

Es gab eine Reihe weiß getünchter Häuser unterhalb des Kliffs, auch hier und da ein verstecktes Cottage, aber die beiden Villen überragten alles. Weiß und elegant das eine, düster und bedrohlich das andere Haus.

„Wem gehört das Haus auf dem Kliff?“, fragte Melanie über ihre Schulter hinweg.

Liz stand auf und trat lächelnd zu Melanie. „Kann ich mir denken, dass dich das anspricht. Manchmal habe ich den Eindruck, das Ding ist kein Haus, sondern eine lebendige Kreatur. Nicholas Gregoras, Olivenöl und seit Kurzem auch Import-Export.“ Sie betrachtete ihre Freundin von der Seite her. „Vielleicht werde ich ihn für morgen zum Dinner einladen, falls er Zeit hat. Aber ich fürchte, er ist nicht dein Typ.“

„Mein Typ? Was verstehst du darunter?“, fragte Melanie gleichmütig.

„Einen Mann, der es dir nicht leicht macht. Jemand mit einem Hinderniskurs.“

„Hm. Du kennst mich viel zu gut.“

„Nick ist zweifellos charmant, außerdem sieht er blendend aus … Kein ausgesprochen schöner Mann wie Dorian, aber er hat eine ungeheuere Ausstrahlung. Ein gefährlicher Mann, nicht leicht zu durchschauen.“ Liz unterbrach sich, weil ihr anscheinend die passenden Worte fehlten, den Mann näher zu beschreiben.

„Nick ist ein Einzelgänger, verschlossen und menschenscheu“, fuhr sie dann fort. „Das Haus auf dem Kliff passt zu ihm. Anfang dreißig ist er. Das Ölimperium hat er vor ungefähr zehn Jahren geerbt. Dann ist er ins Import-Export-Geschäft eingestiegen, mit großem Erfolg übrigens. Alex mag ihn sehr. Die beiden sind ein Herz und eine Seele.“

„Liz, ich wollte nur wissen, wem das Haus gehört. Der Besitzer interessiert mich nicht.“

„Fakten gehören zum Service.“ Liz zündete sich eine Zigarette an. „Du sollst deine Wahl nach klaren Vorstellungen treffen können.“

„Einen Ziegenhirten hast du nicht zufällig zur Hand, was?“, erkundigte sich Melanie. „Ich kann mir nichts Schöneres vorstellen, als in einem niedlichen weißen Cottage zu wohnen und Bauernbrot zu backen."

„Mal sehen, was sich machen lässt."

„Auf den Gedanken, ich könnte mich als Single pudelwohl fühlen, bist du wohl noch nie gekommen, wie? Ich kann tun und lassen, was ich will, niemand macht mir Vorschriften. Ich kann mit einem Schraubenzieher umgehen, einen platten Reifen wechseln – wozu brauche ich einen Mann?"

„Du machst dir selbst etwas vor, Melanie", sagte Liz leise. „Meinst du, ich wüsste nicht, wie dir zumute ist? So, wie es bisher war … das ist kein Leben für dich. Du wirst es auf die Dauer nicht ertragen."

Melanie seufzte ergeben und hob ihr Glas an die Lippen. „Ach, Liz …"

„Komm, komm! Gönn mir doch meinen Spaß." Liz klopfte Melanie sanft auf die Wange. „Du hast ja selbst gesagt, alles sei Schicksal und Vorbestimmung."

„Liz …" Melanie zögerte einen Moment. „Wer hat eigentlich Zutritt zu dem Strand, an dem wir gestern gebadet haben?", fragte sie dann leichthin.

„Wieso?" Liz strich sich eine blonde Haarsträhne hinters Ohr. „Nur wir und die Leute aus der Gregoras-Villa. Ich werde Alex fragen, aber ich bin sicher, der Strand gehört zu unserem und dem Nachbarbesitz. Die Bucht ist zu beiden Seiten durch das Kliff begrenzt, und man erreicht sie nur über den Steilpfad, der zwischen unseren beiden Grundstücken hinunterführt."

„Ach ja", fiel Liz dann noch ein. „Da ist noch das Cottage, es gehört Nick. Er vermietet es gelegentlich. Seit einiger Zeit wohnt ein Amerikaner in dem Haus … Stevenson, Andrew Stevenson. Ein Maler, soviel ich weiß. Ich habe ihn noch nicht kennengelernt." Liz schaute Melanie verdutzt an. „Wieso? Hast du vor, oben ohne zu baden?"

„Ach was, reine Neugier." Melanie rief sich insgeheim zur Ordnung. Wenn ich den Vorfall vergessen will, muss ich ihn endgültig aus meinem Kopf verbannen, dachte sie. „Aber diese Villa würde ich mir gern aus der Nähe anschauen." Sie sah erschauernd zu der grauen Villa hinüber. „Ich würde mir verloren vorkommen in diesem unheimlichen Gemäuer."

„Du brauchst nur deinen Charme bei Nick spielen zu lassen, dann lädt er dich ein", schlug Liz vor.

„Vielleicht tue ich das." Melanie betrachtete die Villa nachdenklich. War Nick Gregoras vielleicht der Mann, dessen Schritte sie gehört hatte, als sie in den Büschen gefangen gehalten wurde? „Ja, das werde ich tun."

Die Balkontür stand weit offen, der betäubende Nachtduft weißer Rosen erfüllte die Luft. Im Haus war alles still, bis auf eine Uhr, die soeben Mitternacht geschlagen hatte.

Melanie saß an dem zierlichen Rosenholzschreibtisch und schrieb einen Brief. Draußen am Kliff schrie ein Käuzchen zweimal. Melanie hob den Kopf und lauschte auf einen dritten Ruf, aber jetzt war alles wieder ganz still. Sie beugte sich über ihren Brief.

Wie sollte sie ihrem Vater begreiflich machen, was sie empfand? War es überhaupt möglich, die Zeitlosigkeit des Meeres, die erhabene, fast beängstigende Schönheit der Berge in Worte zu fassen? Sie versuchte es, so gut sie konnte, und wusste, ihr Vater würde sie verstehen. Und außerdem wird er sich über Liz' Versuche amüsieren, mich hier in Griechenland unter die Haube zu bringen, dachte sie lächelnd.

Melanie stand auf, reckte sich, drehte sich um – und stieß gegen die dunkle Gestalt, die sich im selben Moment vor ihr aufrichtete. Die Hand, die sich über ihren Mund legte, drückte nicht so rau zu wie beim letzten Mal, und die dunklen Augen lächelten. Melanies Herz setzte einen Schlag aus.

„*Kalespera*, Aphrodite. Versprechen Sie, nicht zu schreien, und ich lasse Sie frei."

Im ersten Moment wollte sich Melanie losreißen, aber der Mann hielt sie mühelos fest und hob nur fragend die Augenbrauen. Offenbar konnte er beurteilen, auf wessen Wort man sich verlassen konnte und auf wessen nicht.

Melanie wand sich noch einen Augenblick lang, gab sich dann aber geschlagen und nickte widerwillig. Sofort ließ der Fremde sie los. Sie holte tief Luft, um zu schreien, tat es aber nicht. Ein Versprechen war ein Versprechen, auch wenn man es dem Teufel gegeben hatte.

„Wie sind Sie hier heraufgekommen?"

„Die Weinranken unter Ihrem Balkon sind ziemlich stabil."

Ungläubig und bewundernd zugleich starrte Melanie den Fremden an. Die Außenwand war glatt und die Höhe bis zu ihrem Balkon beträchtlich. „Sind Sie verrückt geworden?"

„Schon möglich." Der Mann lächelte unbekümmert. Die Kletterei schien ihn nicht angestrengt zu haben. Sein Haar war zwar zerzaust, aber so hatte es beim letzten Mal auch ausgesehen. Der Schatten eines Bartes zog sich über seine Wangen, und aus seinen Augen leuchtete die Abenteuerlust, was Melanie sofort – wenn auch wider Willen – für ihn einnahm.

Im Lampenlicht konnte sie ihn genauer betrachten als in der vergangenen Nacht. Seine Züge waren nicht so hart und sein Mund nicht so grimmig, wie es ihr gestern erschienen war. Im Gegenteil, dieses Gesicht strahlte einen eigentümlich gebrochenen, finsteren Charme aus, wenn er lächelte.

„Was wollen Sie?"

Er lächelte wieder. Langsam glitt sein Blick an Melanie herab, die in einem Babydoll-Shorty aus blassrosa Spitze vor ihm stand. Sie errötete unter seinem unverfrorenen Blick, hob jedoch trotzig das Kinn.

„Woher wussten Sie, wo Sie mich finden?"

„Das gehört zu meinem Beruf", antwortete er. Im Stillen bewunderte er ihren Mut ebenso wie ihre Figur. „Melanie James, zu Besuch bei ihrer Freundin Elizabeth Theocharis. Amerikanerin aus New York. Unverheiratet. Als Dolmetscherin bei der UNO tätig. Fremdsprachen: Griechisch, Deutsch, Französisch, Italienisch und Russisch."

Melanie traute ihren Ohren nicht. „Ihr Computergehirn scheint ausgezeichnet zu funktionieren", bemerkte sie spöttisch.

„Vielen Dank. Ich versuche mich kurzzufassen."

„Und was hat dieses Dossier mit Ihnen zu tun?“

„Das ist noch nicht genau heraus.“ Er betrachtete sie nachdenklich. Vielleicht könnte er ihre Fähigkeiten und ihre Position für seine eigenen Zwecke einsetzen. Sie besaß alles, was ein Mann bei einer Frau erwarten konnte. Sie war etwas Besonderes. Es war höchste Zeit, über all das nachzudenken …

Der Fremde setzte sich lächelnd auf die Bettkante und wandte den Blick nicht von Melanie. „Ich bewundere Frauen, die zu ihrem Wort stehen.“ Er streckte die Beine aus und legte sie übereinander. „Ich bewundere überhaupt eine ganze Menge an Ihnen, Melanie. Gestern Nacht haben Sie Verstand und Mut bewiesen – eine seltene Kombination.“

„Verzeihen Sie, wenn ich jetzt nicht überwältigt bin.“

Der Sarkasmus war nicht zu überhören, aber dem Mann entging auch nicht, dass sich Melanies Blick verändert hatte. Sie war nicht halb so wütend, wie sie sich gab.

„Ich habe mich entschuldigt“, erinnerte er sie lächelnd.

Melanie atmete tief durch. Dieser Kerl brachte sie noch zum Lachen, wo sie doch eigentlich Zorn sprühen sollte. Wer, zum Teufel, war er bloß? Und was war er? Melanie konnte sich gerade noch davon zurückhalten, ihn danach zu fragen. Es war besser, auf die Antwort zu verzichten. „Wie eine Entschuldigung kam es mir nicht gerade vor.“

„Wenn ich nun noch einen aufrichtigeren Versuch unternähme“, begann er so ernst, dass sich Melanie das Lachen fast nicht mehr verbeißen konnte, „würden Sie meine Entschuldigung dann annehmen?“

„Würden Sie dann verschwinden?“

„Gleich.“ Er stand auf. Wonach duftet sie nur? fragte er sich. Weiße Blüten … Ja, Jasmin, wilder Jasmin. Der Duft passte zu ihr. Er ging zur Kommode und spielte mit ihrem Handspiegel.

„Morgen werden Sie Dorian Zoulas und Iona Theocharis kennenlernen“, bemerkte er leichthin. Diesmal blieb Melanie der Mund tatsächlich offen stehen. „Es gibt wenig auf dieser Insel, das mir entgeht“, erklärte er freundlich.

„Scheint so“, stimmte Melanie zu.

Jetzt fiel ihm ein neugieriger Unterton in ihrer Stimme auf. Darauf hatte er gewartet. „Vielleicht könnten Sie mir beim nächsten Mal sagen, was Sie von den beiden halten."

Melanie schüttelte den Kopf. „Es wird kein nächstes Mal geben. Ich denke nicht daran, mit Ihnen über Leute zu reden, die ich in diesem Haus kennenlerne. Wie käme ich dazu? Ich kenne Sie nicht, ich weiß nicht einmal, wer Sie sind."

„Stimmt", sagte er. „Und wie gut kennen Sie Alex?"

Melanie schleuderte mit einem Ruck ihr Haar zurück. Was für ein Wahnsinn, nur mit diesem lächerlichen Shorty bekleidet, hier mit einem irren Fassadenkletterer herumzustehen!

„Hören Sie!", sagte sie mühsam beherrscht. „Ich werde nicht mit Ihnen über Alex reden. Ich werde über nichts und niemanden mit Ihnen reden. Verschwinden Sie!"

„Dann vertagen wir das auf später", gab er freundlich nach und trat zu ihr. „Ich habe etwas für Sie." Er langte in seine Hosentasche, öffnete die Hand und ließ ein Kettchen mit einem kleinen silbernen Medaillon herabbaumeln.

„Also doch! Ich wusste es." Melanie griff danach, aber der Mann zog die Kette fort. Sein Blick war hart geworden.

„Ich sagte Ihnen schon einmal, ich bin kein Dieb!" Stimmlage und Blick des Mannes hatten sich schlagartig verändert. Unwillkürlich trat Melanie einen Schritt zurück. „Ich bin noch einmal zurückgegangen und habe es in dem Dickicht gefunden", fuhr er etwas beherrschter fort. „Die Kette war zerrissen und musste repariert werden."

Ohne den Blick von Melanies Gesicht zu wenden, hielt er ihr das Kettchen hin. Melanie legte es um und mühte sich mit dem winzigen Schloss ab. „Man sollte es nicht glauben", sagte sie spöttisch. „Ein Kidnapper mit Gentleman-Allüren!"

„Glauben Sie, es hat mir Spaß gemacht, Ihnen wehzutun?"

Seine Stimme klang wieder so hart und sein Blick war so grimmig, dass Melanie ihn mit erhobenen Armen anstarrte. Plötzlich war er wieder der Mann, den sie am Strand kennengelernt hatte.

„Denken Sie, es hat mir Freude gemacht, Sie mit dem Messer zu Tode zu erschrecken, bis Sie schließlich ohnmächtig wurden?

Meinen Sie, ich finde es erfreulich, diese blauen Flecken da auf Ihren Armen zu sehen und zu wissen, dass ich daran schuld bin?" Er wandte sich ab und ging wütend im Zimmer auf und ab. „Ich gehöre nicht zu den Typen, die Frauen misshandeln, ob Sie es glauben oder nicht!"

„Sind Sie sicher?", erwiderte Melanie ruhig.

Er blieb stehen und drehte sich zu Melanie um. Verdammt cool, dachte er. Und schön. Schön genug, um einem Mann den Kopf zu verdrehen. Und das konnte er gerade jetzt nicht riskieren.

„Ich weiß weder, wer Sie sind, noch womit Sie sich beschäftigen", sprach Melanie weiter. Endlich hatte sie das Kettenschloss befestigt. Ihre Finger zitterten, aber ihre Stimme klang ruhig. „Und es ist mir auch gleichgültig, solange Sie mich in Frieden lassen. Unter anderen Umständen hätte ich mich bei Ihnen für die Wiederbeschaffung meines Eigentums bedankt, aber das dürfte sich in diesem Fall erübrigen. Deshalb schlage ich vor, Sie verlassen das Haus auf demselben Weg, auf dem Sie gekommen sind."

Ein guter Witz, dachte er, von einer halb nackten Frau hinausgeworfen zu werden. Ebenso komisch wie der Impuls, sie zu erwürgen. Eine amüsante Situation – wenn er nicht ständig sein wachsendes Verlangen niederringen müsste.

Aber wieso eigentlich? dachte er. Warum sollte er die Herausforderung nicht annehmen?

„Ihr Mut ist bemerkenswert, Melanie", stellte er kühl fest. „Wir würden uns prächtig ergänzen."

Er griff nach dem Medaillon und betrachtete es mit zusammengezogenen Brauen. Dann blickte er Melanie in die Augen, die jetzt keine Angst, sondern nur noch Verachtung widerspiegelten.

Ich bin verrückt nach ihr, dachte er. Sie bringt mich um den Verstand, aber sie ist es wert. Ich muss sie haben, koste es, was es wolle!

„Ich sagte, Sie sollen gehen", wiederholte Melanie. Dass ihr Herz schneller schlug, wollte sie nicht wahrhaben.

„Wirklich?“ Er ließ das Medaillon los. „Wollen Sie das wirklich?“

Zum zweiten Mal fand sich Melanie in den Armen des Fremden wieder. Sein Kuss war nicht so schmeichelnd, so verführerisch wie gestern Nacht. Heute nahm er ihren Mund in Besitz. Noch nie zuvor war Melanie so geküsst worden. Der Mann schien genau zu wissen, was sie sich insgeheim unter einem Kuss vorstellte – und nicht nur unter einem Kuss.

Eine heiße Welle des Verlangens durchflutete Melanie und machte sie unfähig, sich zu wehren oder auch nur vernünftig zu denken. Wie war es nur möglich, dass sie einen solchen Mann begehrte? Wie konnte sie nur wollen, dass er sie berührte? Und wie konnte sie nur zulassen, dass ihr Mund scheinbar ohne ihr Dazutun seinen Kuss leidenschaftlich erwiderte?

„Von der ersten Sekunde an, als ich dich sah, war ich verrückt nach dir“, sagte er heiser. „Ich kann nicht dagegen an.“

Langsam strich er mit der Hand an Melanies Rücken hinab. Ohne zu wissen, was sie tat, nahm sie sein Gesicht zwischen ihre Hände und schob dann die Finger in sein dichtes Haar. Mit einem unterdrückten Fluch riss er sie an sich.

Wie vertraut dieser muskulöse, starke Körper ihr schon war, dem der Duft des Meeres anhaftete. Melanie hatte vergessen, wer sie war und wer er war. Für sie gab es nur noch dieses dunkle, überwältigende Glücksgefühl. Erst als er sie plötzlich etwas von sich wegschob, um ihr ins Gesicht zu blicken, erwachte sie aus ihrem Taumel.

Es passte ihm nicht, dass sein Herz hämmerte und sein Verstand von Leidenschaft umnebelt war. Dies war nicht der richtige Zeitpunkt für Komplikationen, und sie war nicht die Frau, mit der man ein Risiko einging. Er beherrschte sich mühsam und strich mit den Händen sanft über Melanies Arme.

„Wenn ich nicht sofort gehe, garantiere ich für nichts“, sagte er leichthin. „Es sei denn“, fügte er mit einem Blick auf das Bett lächelnd hinzu, „wir verbringen die Nacht zusammen.“

Mit einem Ruck kam Melanie wieder zu sich. Er muss mich eben hypnotisiert haben, dachte sie. Eine andere Erklärung kann es gar nicht geben. „Nächstes Mal vielleicht“, antwortete sie genauso lässig wie er.

Sichtlich amüsiert küsste er ihr die Hand. „Ich kann es kaum erwarten, Aphrodite.“

Er ging zur Balkontür, winkte Melanie noch einmal zu und begann dann mit seinem Abstieg. Melanie konnte der Versuchung nicht widerstehen. Sie lief auf den Balkon und beugte sich über die Brüstung.

Er bewegte sich sicher und furchtlos, ein Schatten, der an der weißen Mauer hinabglitt. Dann sprang er auf den Boden und verschwand zwischen den Bäumen, ohne sich noch einmal umzusehen.

Melanie trat ins Zimmer zurück, schloss rasch die Balkontür und schob den Riegel vor.

3. KAPITEL

Von der Terrasse konnte man auf den tiefblauen Golf mit seinen kleinen Inseln hinausschauen. Boote, kleine Pünktchen in der Entfernung, trieben auf dem Wasser. Melanie sah sie kaum. Zu sehr war sie in Gedanken damit beschäftigt, sich einen Reim auf die rätselhaften Bemerkungen ihres nächtlichen Besuchers zu machen. Nur mit halbem Ohr verfolgte sie die Gespräche der anderen Anwesenden.

Dorian Zoulas war, wie Liz ihn beschrieben hatte, blond und sehr attraktiv. Mit seinem sonnengebräunten Gesicht und einem eleganten weißen Anzug wirkte er wie ein Adonis des zwanzigsten Jahrhunderts. Er besaß Intelligenz und Bildung und wirkte sehr männlich.

Liz' Absichten hätten Melanie normalerweise veranlasst, sich ihm gegenüber distanziert zu verhalten, aber dann bemerkte sie seine leichte Erheiterung und erkannte, dass er die Gastgeberin sehr wohl durchschaut und beschlossen hatte, das Spiel mitzumachen. Die amüsierte Herausforderung in seinen Augen machte es Melanie leicht, sich auf einen harmlosen Flirt mit ihm einzulassen.

Alex' Cousine Iona hingegen war Melanie weniger sympathisch. Ihre blendende Erscheinung und ihr offenbar hitziges Temperament waren beeindruckend und befremdlich zugleich. Der Glanz ihrer Schönheit und ihres Reichtums konnte weder über ihren wahren Charakter noch ihre Nervosität hinwegtäuschen. Ionas Augen und ihr Mund lächelten nie wirklich. Melanie erschien sie wie ein Vulkan, der jeden Augenblick ausbrechen konnte – unberechenbar und gefährlich.

Mit einem Mal fand Melanie, dass diese Beschreibung genauso gut auf ihren nächtlichen Besucher zutraf. Aber seltsam, bei dem Mann bewunderte sie diese Eigenschaften, bei Iona fand sie sie abstoßend. Lege ich zweierlei Maß an? fragte sie sich. Kaum, dachte sie. Die Energien, die in Iona schlummern, sind zerstörerisch, bei ihm hingegen dominiert der Verstand.

Fast gewaltsam schüttelte Melanie diese Gedanken ab und drehte sich zu den anderen Gästen um. Sie schenkte Dorian ihre ganze Aufmerksamkeit. „Im Vergleich zu Athen müssen Sie es hier sehr ruhig finden, oder?“

Dorian wandte sich zu ihr um und lächelte sie an, als wäre sie die einzige Frau auf der Terrasse. Melanie fand diesen kleinen Trick sehr nett. „Ja, diese Insel ist eine Oase der Ruhe. Aber ich brauche das Chaos der Großstadt. Da Sie in New York wohnen, verstehen Sie das wohl.“

„Durchaus, aber ich finde die Ruhe hier herrlich.“ Melanie lehnte sich mit dem Rücken zur Sonne ans Geländer. „Bisher habe ich meine Tage am Strand zugebracht und hatte weder Zeit noch die Energie, mich auf der Insel umzuschauen.“

„Lokalkolorit gibt es in dieser Gegend hier genug, falls Sie das suchen“, meinte Dorian. Er zog ein flaches goldenes Etui aus der Tasche und bot Melanie eine Zigarette an. Als sie ablehnte, zündete er sich selbst eine an. „Höhlen und kleine Buchten, Olivenhaine, ein paar Bauernhäuser und Ziegenherden“, fuhr er fort. „Ein kleines verträumtes Dorf, fernab der Zivilisation.“

„Wundervoll!“ Melanie nippte an ihrem Wein. „Aber bevor ich mir das alles ansehe, werde ich Muscheln sammeln und mich nach einem Bauern umsehen, der mir beibringt, wie man Ziegen melkt.“

„Das kann ja heiter werden“, bemerkte Dorian lächelnd. „Ziegen sind ausgesprochen tückisch, falls Sie es noch nicht wissen.“

„Ich bin nicht leicht einzuschüchtern, das wird Liz Ihnen bestätigen.“

„Bei der Muschelsuche helfe ich Ihnen mit Freuden.“ Dorian lächelte noch immer und betrachtete sie mit einem bewundernden Blick, der ihr nicht entgehen konnte. „Aber was die Ziegen betrifft …“

„Es überrascht mich, dass Ihre Wünsche in Bezug auf Unterhaltung so genügsam sind“, mischte sich Iona in das Gespräch ein.

Melanie schaute sie an und fand es ziemlich schwierig, dabei zu lächeln. „Die Insel selbst ist mir Unterhaltung genug. Ferien, in denen man von einer Sehenswürdigkeit zur nächsten hetzt, sind für mich keine Ferien.“

„Melanie ist seit zwei Tagen faul“, fiel Liz fröhlich ein. „Das ist für sie ein Rekord.“

Melanie musste an ihre nächtlichen Erlebnisse denken. Wenn Liz wüsste! „Ja, und ich will diesen Zustand noch auf zwei Wochen ausdehnen“, sagte sie. Von heute an gerechnet, fügte sie im Stillen hinzu.

„Dafür ist Lesbos genau der richtige Ort.“ Dorian blies langsam den süßlich duftenden Zigarettenrauch aus. „Es ist so ländlich, ruhig …“

„So ruhig ist dieser Teil der Insel nun auch wieder nicht.“ Iona strich mit einem perfekt manikürten und gelackten Fingernagel über den Rand ihres Glases.

Melanie sah, dass Dorian fragend die Augenbrauen hob und Alex tadelnd die Stirn runzelte.

„Wir werden unser Bestes tun, damit es hier zumindest während Melanies Aufenthalt friedlich bleibt“, warf Liz diplomatisch ein. „Normalerweise kann sie keine fünf Minuten still sitzen, aber wenn sie schon mal dazu entschlossen ist, werden wir ihr auch einen netten, ereignislosen Urlaub verschaffen.“

„Noch etwas Wein, Melanie?“ Dorian stand auf und holte die Flasche.

Iona trommelte mit den Fingern auf ihre Sessellehne. „Es soll ja tatsächlich Leute geben, die Langeweile reizvoll finden.“

„Warum nicht? Langeweile ist auch eine Art, auszuspannen“, bemerkte Alex mit einem leicht gereizten Unterton.

„Und außerdem ist Melanies Beruf ungeheuer anstrengend“, setzte Liz hinzu und legte ihre Hand leicht über die ihres Mannes. „All diese ausländischen Diplomaten, das Protokoll der Politik …“

Dorian warf Melanie einen anerkennenden Blick zu und schenkte ihr Wein nach. „Jemand mit Ihrem Beruf könnte wahrscheinlich interessante Geschichten erzählen. Oder einen Bestseller schreiben.“

Es war schon lange her, seit ein Mann Melanie zum letzten Mal so aufrichtig bewundernd angesehen hatte, freundlich, ohne Hintergedanken und ohne sie abzuschätzen. Sie lächelte Dorian an.

„Oh ja, ein paar Kapitel kämen schon zusammen“, antwortete sie.

Die Sonne versank im Meer. Rosiges Licht fiel durch die offene Balkontür und durchflutete das Zimmer. Ein roter Abendhimmel, bedeutete das nicht eine ruhige See? Melanie beschloss, es als gutes Omen zu nehmen.

Ihre ersten beiden Tage waren alles andere als der Beginn ereignisloser Ferien gewesen, wie Liz gemeint hatte. Aber das lag jetzt hinter ihr. Mit Glück und Vorsicht würde sie diesem attraktiven Irren sicher nicht mehr begegnen.

Zufällig fiel Melanies Blick im Spiegel auf ihr eigenes, lächelndes Gesicht. Schnell wurde sie wieder ernst. Vielleicht sollte ich in New York einmal zum Psychiater gehen, überlegte sie. Wenn man anfängt, Verrückte anziehend zu finden, ist man selbst nicht mehr zurechnungsfähig. Schluss damit, befahl sie sich. Es gab wichtigere Probleme, denn es wurde Zeit, sich zum Dinner umzuziehen.

Seufzend trat Melanie vor den geöffneten Kleiderschrank. Nach kurzer Unentschlossenheit entschied sie sich für ein Kleid aus fließendem weißen Crêpe de Chine mit einem wehenden Flatterrock. Sie wusste, sie würde Dorian darin gefallen.

Jack hatte stets den strengen, sachlichen Look korrekter Kostüme bevorzugt und Melanies Vorliebe für romantische Baumwollkleider mit zarten Blumenmustern nie verstanden. Er meinte immer, man müsse auch in der Garderobe eine einheitliche Linie verfolgen, und verstand nie, dass Melanie sich mit ihrer Bekleidung ganz nach Stimmung und Gelegenheit richtete.

Heute Abend wollte sie sich amüsieren. Schon lange hatte sie nicht mehr mit einem Mann geflirtet. Sofort war sie in Gedanken wieder bei dem Fremden mit dem dunklen, ungebärdigen Haar. Sofort verdrängte sie den Gedanken. Sie stand auf, schloss die Balkontür und schob den Riegel vor. So bin ich vor ihm sicher, dachte sie zufrieden.

Liz schwebte im Salon umher. Zu ihrer Freude war Melanie noch nicht heruntergekommen. Jetzt konnte ihr großer Auftritt vor versammelter Gästeschar stattfinden. Liz liebte Melanie, und ihre unverbrüchliche Loyalität gebot ihr, Melanie glücklich zu machen. So glücklich, wie sie mit Alex war, sollte auch Melanie werden – das hatte Liz sich geschworen.

Zufrieden schaute sich Liz im Salon um. Das Licht war gedämpft und schmeichelnd. Blumenduft zog durch die offenen Fenster herein. Wenn dazu noch der Wein kam, waren alle Voraussetzungen für eine Romanze gegeben. Melanie musste nur mitspielen …

„Nick, ich freue mich ja so, dass Sie kommen konnten." Liz ging zu ihm und reichte ihm beide Hände. „Wie schön, dass wir ausnahmsweise einmal alle gleichzeitig auf der Insel sind."

„Es ist immer wieder eine Freude, Sie zu sehen, Liz", erwiderte Nick mit einem charmanten Lächeln. „Ich bin froh, dem Athener Chaos für ein paar Wochen entronnen zu sein." Er drückte Liz' Hände sanft und hob dann ihre Rechte an seine Lippen. „Sie sind schöner denn je, Liz."

Lachend hakte sich Liz bei ihm ein. „Wir sollten Sie öfter einladen. Habe ich mich eigentlich schon für die wundervolle indische Truhe bedankt, die Sie für mich aufgetrieben haben?" Sie führte ihn an die Bar. „Ein herrliches Stück!"

„Ja, Sie haben sich schon bedankt." Er tätschelte ihre Hand. „Ich hoffe, sie entspricht Ihren Vorstellungen."

„Sie haben ein sicheres Gespür für Antiquitäten. Ich glaube, Alex könnte indische nicht von Hepplewhite-Möbeln unterscheiden."

Nick lachte. „Jeder hat andere Talente."

„Ihr Geschäft muss ungeheuer faszinierend sein." Liz strahlte ihn mit großen Augen an und versorgte ihn mit einem Drink. „All diese Schätze und die exotischen Länder, in die Sie immer reisen!"

„Manchmal ist es zu Hause viel aufregender."

Liz warf ihm einen Blick zu. „Wenn ich bedenke, wie selten Sie zu Hause sind, fällt es mir schwer, Ihnen zu glauben. Wo haben Sie eigentlich den letzten Monat verbracht – in Venedig?"

„Eine schöne Stadt", sagte er vage.

„Ich möchte sie gern einmal sehen. Wenn ich meinen Mann nur von seinen Schiffen wegschleppen könnte …“ Liz hatte etwas am anderen Ende des Raums bemerkt. „Himmel, ich glaube, Iona ärgert Alex schon wieder.“ Sie seufzte und schaute entschuldigend in Nicks verständnisvolle Augen. „Ich werde wieder Diplomat spielen müssen.“

„Das tun Sie ganz bezaubernd, Liz. Alex ist ein glücklicher Mann.“

„Sagen Sie ihm das von Zeit zu Zeit“, bat Liz lächelnd, „damit er mich nicht als etwas Selbstverständliches hinnimmt. Oh, da kommt Melanie. Sie wird Sie unterhalten, während ich meinen Pflichten nachkomme.“

Nick folgte Liz’ Blick und sah Melanie hereinkommen. Sie sah hinreißend aus in dem wehenden weißen Kleid mit dem leuchtenden, offen über die Schultern herabfallenden Haar. Ihr Gesicht … Es war wie ein Traum, den er einmal gehabt hatte – alle Schönheit und Unschuld, die er je in einer Frau gesucht, Schönheit, die er nie für möglich gehalten hatte.

„Melanie!“ Liz ließ ihrer Freundin gerade so viel Zeit, Dorian zur Begrüßung zuzulächeln. Dann nahm sie sie beim Arm. „Sei so lieb und kümmere dich um Nick, ich muss schnell nach dem Rechten sehen. Ach ja … Nicholas Gregoras – Melanie James“, fügte sie hastig hinzu und war auch schon verschwunden.

Melanie stand da wie vom Donner gerührt. Sie konnte es nicht fassen. Sie starrte Nick an und brachte keinen Ton über die Lippen.

„Wie schön du bist, Aphrodite!“ Nick beugte sich über Melanies eiskalte Hand und berührte sie leicht mit den Lippen. Melanie fasste sich wieder und wollte ihm ihre Hand entziehen. Ohne seine Haltung und seinen Gesichtsausdruck zu verändern, hielt Nick sie fest.

„Vorsicht, Melanie!“, warnte er sie leise. „Eine Szene würde unliebsame Aufmerksamkeit erregen. Liz und die Gäste würden aus allen Wolken fallen, und der Skandal wäre unvermeidlich.“ Er lächelte auf diese teuflische Art, die Melanie schon kannte.

„Wenn Sie nicht sofort meine Hand loslassen, Mr. Gregoras“, sagte Melanie mit einem starren Lächeln, „lasse ich es auf einen Skandal ankommen.“

Nick verbeugte sich leicht und gab Melanies Hand frei. „Nick, bitte“, sagte er ruhig. „Wir sollten auf Formalitäten verzichten, nach allem, was wir miteinander erlebt haben. Außerdem ist die formelle Anrede in diesem Haus nicht üblich.“

Melanie bedachte ihn mit einem strahlenden Lächeln. „Ich werde mich danach richten, Kidnapper. Aber der Waffenstillstand betrifft nur diesen Abend. Ist das klar?“

Er neigte den Kopf. „Darüber werden wir uns noch unterhalten. Sehr bald“, setzte er unmerklich härter hinzu.

Liz trat zu ihnen. Sie freute sich über ihre lächelnden Gesichter, die sie von Weitem beobachtet hatte. „Ihr beide scheint euch zu verstehen wie alte Freunde.“

„Ich sagte Mr. Gregoras gerade, wie fantastisch ich das Haus auf dem Kliff finde.“ Melanie warf Nick einen mörderischen Blick zu.

„Was soll die formelle Anrede?“, protestierte Liz. „Wir reden uns alle mit dem Vornamen an. Formalitäten sind Gott sei Dank out. Stimmt’s, Nick?“

„Ja, der Ansicht bin ich auch.“ Nicks Blick ruhte auf Melanies Gesicht. In diesen Augen kann sich ein Mann verlieren, dachte er, wenn er nicht sehr, sehr vorsichtig ist.

„Melanie hat vor, sich das Haus morgen Nachmittag anzusehen.“ Er lächelte, als er sah, wie Melanies Gesichtsausdruck sekundenlang wildeste Wut zeigte, ehe sie sich wieder unter Kontrolle hatte. „Das haben wir vorhin beschlossen.“

„Großartig!“ Liz strahlte die beiden glücklich an. „Nick hat Kostbarkeiten aus allen Ländern der Erde in diesem Haus zusammengetragen, Melanie. Du wirst dir vorkommen wie in Aladins Zauberhöhle.“

Melanie nahm Zuflucht zu einem trügerischen Lächeln. „Ich kann es kaum erwarten, mir alles anzuschauen.“ Sie hätte Nick umbringen können in diesem Augenblick.

Während des Dinners beobachtete Melanie Nick unauffällig. Sein Benehmen verwirrte sie und machte sie neugierig. Dies hier war nicht der Mann, den sie kannte. Dieser hier war höflich und glatt. Von Gewalttätigkeit keine Spur mehr, stattdessen nur noch Freundlichkeit und Charme.

Nicholas Gregoras – Import-Export, Reichtum und Erfolg – saß lässig da, das Glas in der Hand, und lachte mit Liz und Alex über harmlosen Inselklatsch. Der graue Maßanzug passte genauso perfekt zu ihm wie die Jeans und das Sweatshirt, in denen Melanie ihn zum ersten Mal gesehen hatte.

Dies konnte doch unmöglich derselbe Mann sein, der sie mit einem gezückten Messer in Schach gehalten hatte und an einer glatten Fassade zu ihrem Balkon hochgeklettert war.

Nick reichte Melanie ein Glas Wein. Doch, das war derselbe Mann. Aber welches Spiel trieb er? Melanie fing einen Blick von ihm auf. Unwillkürlich verkrampften sich ihre Finger um den Stiel des Weinglases. Wenn es ein Spiel war, dann gewiss kein angenehmes und keines, an dem sie teilnehmen wollte.

Rasch trank Melanie einen Schluck Wein, um ihre zum Zerreißen gespannten Nerven zu beruhigen. Dann wandte sie sich Dorian zu und überließ Nick Ionas Aufmerksamkeit. Dorian war ein entschieden angenehmerer Tischgenosse. Die Konversation mit ihm floss leicht und entspannend dahin.

„Sagen Sie, Melanie, kommen sich die vielen Sprachen in Ihrem Kopf nicht gegenseitig ins Gehege?“, fragte er.

Melanie stocherte in ihrem Teller herum, sie brachte kaum einen Bissen hinunter und wünschte, das Dinner wäre endlich vorüber. „Kaum“, beantwortete sie Dorians Frage. „Ich denke automatisch in der richtigen Sprache.“

„Sie stellen Ihr Licht unter den Scheffel. Schließlich steht eine solche Karriere nur hoch qualifizierten Leuten offen. Sie haben allen Grund, stolz darauf zu sein.“

Melanie runzelte die Stirn, lächelte dann aber gleich wieder. „Vielleicht, aber ich habe nie darüber nachgedacht. Mir schien es zu einseitig, mich nur in einer Sprache verständigen zu können. Also fing ich an zu lernen und hörte dann nicht mehr auf.“

„Wenn Sie die Sprache eines Landes beherrschen, können Sie sich dort auch zu Hause fühlen.“

„Ja. Vielleicht fühlte ich mich deshalb auch hier keinen Augenblick fremd."

„Wie ich von Alex höre, hofft er, Sie für das Unternehmen zu gewinnen." Dorian hob sein Glas und trank Melanie zu. „Ich bin dort als Promotionmanager tätig, wie Liz Ihnen sicher erzählt hat, und würde die Zusammenarbeit mit Ihnen nur begrüßen."

Melanie nickte ihm nur stumm zu.

Ionas schrilles Lachen übertönte alles. „Oh Nicky, Sie sind unmöglich! Einfach wundervoll!"

Nicky, dachte Melanie. Sie bekam eine Gänsehaut. „Ich werde es mir überlegen", versprach sie Dorian, aber das Lächeln wollte ihr nicht recht gelingen.

„Laden Sie mich morgen auf Ihre Jacht ein, Nicky. Ich brauche dringend Abwechslung."

„Tut mir leid, Iona, aber morgen geht es nicht. Vielleicht später, im Lauf der Woche." Nick versüßte die Ablehnung, indem er Ionas Hand tätschelte.

Iona zog einen Schmollmund. „Oh Nicky, ich sterbe vor Langeweile!"

Mit einem resignierten Seufzer wandte Dorian sich Iona zu. „Du hast vergangene Woche in Athen Maria Popagos getroffen. Wie geht es ihr?", fragte er lächelnd. „Sie hat inzwischen vier Kinder, stimmt doch, Iona?"

Er behandelt sie wie ein Kind, dachte Melanie spöttisch. Kein Wunder, sie benimmt sich wie ein verwöhntes, eigensinniges und labiles Kind.

Im weiteren Verlauf des Abends beobachtete Melanie, wie Ionas Stimmung von mürrisch-gelangweilt in hektisch umschlug. Dorian war anscheinend daran gewöhnt oder zu gut erzogen, es zur Kenntnis zu nehmen.

Melanie musste sich eingestehen, dass sich Nick genauso vorbildlich verhielt.

Alex warf Iona einen scharfen Blick zu, als sie sich den dritten Brandy einschenkte. Ionas Antwort bestand in einem dramatischen Kopfschütteln, ehe sie den Inhalt des Glases hinunterstürzte und Alex den Rücken zukehrte.

Als Nick aufstand und sich verabschiedete, bestand Iona darauf, ihn zu seinem Wagen zu begleiten. Sie warf einen triumphierenden Blick über die Schulter zurück und verließ dann Arm in Arm mit ihm den Salon.

Für wen war diese Szene eigentlich gedacht? fragte sich Melanie. Nun, das musste nicht unbedingt jetzt geklärt werden. Melanie widmete sich wieder Dorian. Zum Nachdenken hatte sie später in ihrem Zimmer noch Zeit genug.

Melanie träumte. Nach dem vielen Wein war sie sofort eingeschlafen. Obwohl sie die Balkontür abgeschlossen hatte, wehte der Nachtwind ins Zimmer. Sie seufzte im Schlaf und spürte den kühlen Hauch wie eine Liebkosung auf der Haut. Ein sanftes Streicheln, leicht wie Schmetterlingsflügel, über ihrem Mund … Eine Traumgestalt, deren Kuss jetzt deutlich zu spüren war … Melanie öffnete die Lippen.

Der Traum erregte sie. Der Kuss war so süß und berauschend wie der Wein, der ihren schlafenden Verstand umnebelte. Melanie seufzte und schlang die Arme um das Phantom …

Der Pirat flüsterte ihren Namen. Ein harter Mund presste sich auf ihre Lippen, starke Arme umfingen sie, ein muskulöser Körper presste sich gegen ihren. Das verschwommene Bild nahm Gestalt an. Dunkles Haar, dunkle Augen und ein wilder, leidenschaftlicher Mund …

Wärme durchflutete Melanie und wurde zu heißem Feuer. Sie stöhnte und gab sich der Leidenschaft hin. Die liebkosenden Hände auf ihrem Körper reagierten sofort. Melanies Lippen forderten mehr. Dann hörte sie geflüsterte Liebesworte, und der Vorhang zwischen Traum und Wirklichkeit hob sich.

„Die Göttin erwacht. Wie schade.“

Melanies Blick fiel auf Nicks mondbeschienenes Gesicht. Ihr Körper brannte vor Verlangen, und kein Phantom, sondern dieser Mann hatte dieses Feuer in ihr entfacht. Sie konnte seinen Kuss noch auf ihren Lippen und seine Hände noch auf ihrer Haut fühlen.

„Nick!“, stieß sie hervor. „Lass mich sofort los, oder ich schreie das ganze Haus zusammen!“

„Eben noch warst du aber ganz einverstanden damit. Du warst sogar sehr entgegenkommend“, sagte Nick leise und strich mit einer Fingerspitze um ihr Ohr. An ihrem Hals konnte er ihren rasenden Herzschlag fühlen. Sein eigenes Herz schlug ebenso schnell.

„Süße Melanie …“ Nick biss sanft in Melanies Oberlippe und fühlte, wie sie zitterte. Es wäre so leicht, sie jetzt zu verführen, und so riskant. „Warum zögerst du das Unausweichliche hinaus?“

Melanie rang um Fassung. Wenn dieser Mann bisher nur gelogen haben sollte, seine letzte Bemerkung war nur allzu wahr. „Ich will kein Wort mehr hören. Lass mich in Ruhe, Nick. Wenn du nicht sofort gehst, passiert etwas!“

Nick machte ein Gesicht, als fände er diese Möglichkeit höchst unterhaltsam. „Es wäre interessant, diese Situation Alex und Liz zu erklären. Ich könnte behaupten, von deiner Schönheit überwältigt gewesen zu sein. Das hört sich doch sehr glaubhaft an. Aber du wirst nicht schreien. Wenn du das wolltest, hättest du es längst getan.“

Melanie setzte sich auf und warf ihr Haar zurück. Musste er immer recht haben? „Was willst du hier?“, fuhr sie ihn zornig an. „Wie bist du überhaupt hereingekommen? Ich hatte die Balkontür verriegelt, bevor ich …“ Sie unterbrach sich, als sie die weit offen stehende Tür sah.

„Eine verriegelte Tür ist für mich kein Hindernis.“ Nick lachte leise und strich mit einer Fingerspitze über ihre Nase. „Du kennst mich anscheinend immer noch nicht, Kleines. Aber ich kann dich beruhigen. Ich bin nur gekommen, um dich an unsere Verabredung morgen zu erinnern. Es gibt nämlich ein oder zwei Dinge, über die ich mit dir sprechen muss.“

„Allerdings!“, fauchte Melanie. „Zum Beispiel, was du in dieser Nacht am Strand zu suchen hattest! Und wer …“

„Später, Aphrodite. Im Augenblick bin ich etwas abgelenkt. Dein Parfüm ist sehr …“, er schaute ihr in die Augen, „… sehr verführerisch, weißt du das?“

„Mein Parfüm steht nicht zur Debatte." Wenn Nick in diesem Ton sprach, traute Melanie ihm nicht. „Was sollte die lächerliche Komödie beim Dinner heute Abend?", fragte sie geradeheraus.

„Komödie?" Nick machte große Augen. „Wie kommst du darauf, Kleines? Ich habe mich ganz natürlich gegeben."

„Dass ich nicht lache! Du hast heute Abend den perfekten Gast gemimt", fuhr sie fort und schlug dabei seine Hand zur Seite, die mit dem dünnen Träger ihres Nachthemds spielte. „Liebenswürdig und sehr charmant …"

„Vielen Dank."

„… und heuchlerisch", vollendete Melanie ihren Satz.

„Nicht heuchlerisch", berichtigte Nick. „Nur den Umständen angepasst."

„Oh natürlich! Es hätte ja auch merkwürdig ausgesehen, wenn du plötzlich ein Schnappmesser aus der Tasche gezogen hättest, hab ich nicht recht?"

Nick presste eine Sekunde lang die Lippen zusammen. Melanie würde ihn immer wieder daran erinnern, und ihm würde es nicht leichtfallen zu vergessen, wie sie aus Todesangst unter ihm bewusstlos geworden war.

„Nur wenige Leute haben mich anders gesehen als heute Abend", sagte er leise und betrachtete Melanies Haar. „Unglücklicherweise gehörst du zu ihnen."

„Ich will dich überhaupt nicht mehr sehen, weder so noch anders."

Nick lächelte leicht. „Irrtum, Kleines! Ich werde dich morgen Mittag um eins abholen." Sein Blick glitt über Melanies Körper. „Vielleicht kommst du bei Tageslicht und nicht ganz so spärlich bekleidet besser mit mir aus."

„Ich lege keinen Wert darauf!", fauchte Melanie empört. „Ich will nichts mehr mit dir zu tun haben, hörst du?"

„Oh, das glaube ich nicht", meinte Nick zuversichtlich. „Es dürfte schwierig sein, Liz den Sinneswandel zu erklären, nachdem du Interesse an meinem Haus geäußert hast. Was hat dich eigentlich daran so ungeheuer beeindruckt?"

„Die irrsinnige Bauweise."

Nick nahm lachend Melanies Hand. „Schon wieder ein Kompliment. Aphrodite, ich bete dich an. Komm, gib mir einen Gutenachtkuss."

Melanie rückte ein Stück von ihm ab. „Ich denke nicht daran!"

„Oh doch." Im nächsten Moment riss Nick Melanie an sich. Als sie ihn zurückzustoßen versuchte, lachte er nur. „Nixe ...", flüsterte er. „Welcher Sterbliche könnte dir widerstehen." Fest presste er seinen Mund auf ihre Lippen, bis sie aufhörte, sich zu wehren.

Nicks Kuss wurde zärtlicher, verlor aber keineswegs seine Macht über Melanie. Dann regierte nur noch die Leidenschaft. Melanie ergab sich ihr und dem Mann, der sie entzündet hatte.

Nick spürte diesen Wechsel. Jedes Mal, wenn er sie in die Arme nahm, war es um ihn geschehen. Er musste sie haben, sie ganz besitzen. Später ... Nicht, solange so viel auf dem Spiel stand. Es war zu riskant, und er hatte bereits zu viel riskiert.

Wenn sie ihm in jener Nacht am Strand nicht begegnet wäre, ihn nicht dort gesehen hätte, würden dann die Dinge jetzt anders liegen? Wenn sie sich heute Abend zum ersten Mal gesehen hätten, wäre sein Verlangen nach ihr dann ebenso unbezähmbar?

Melanie grub die Hände in Nicks Haar. Seine Lippen glitten zu ihrem Hals hinunter. Dieser Duft nach wildem Jasmin machte ihn verrückt, war gefährlich. Gefahr war Teil seines Lebens, er kannte keine Furcht. Aber diese Frau und die Empfindungen, die sie in ihm weckte, waren Risiken, die er nicht kalkulieren konnte.

Er wollte sie haben, ihren wundervollen Körper, ihre zarte Haut fühlen, aber er wagte es nicht. Ein Mann wie er durfte keiner Schwäche nachgeben, schon gar nicht jetzt, so kurz vor dem Ziel. Das Risiko war zu groß und der Einsatz zu hoch.

Melanie flüsterte Nicks Namen und schob die Hände unter sein Sweatshirt. Verlangen durchfuhr ihn wie ein Feuerstrahl. Er bot seine ganze Willensstärke auf, um nicht die Beherrschung zu verlieren. Langsam hob er den Kopf. Irgendetwas drückte sich in seine Handfläche. Er sah, dass er Melanies Medaillon umkrampft hielt, ohne es gemerkt zu haben.

„Gute Nacht, Aphrodite", sagte er, als er endlich wieder sprechen konnte. „Bis morgen."

„Aber …"

Nick beugte sich zu ihr hinab. „Bis morgen", wiederholte er lächelnd und küsste sie aufs Haar.

Melanie sah ihn zum Balkon gehen, über das Gitter steigen und dann verschwinden. Regungslos lag sie da, starrte auf die offene Tür und fragte sich, worauf sie sich da eingelassen hatte.

4. KAPITEL

Das Haus war kühl und ruhig in diesen frühen Vormittagsstunden. Liz verordnete Melanie einen erholsamen Strandaufenthalt, und Melanie gehorchte gern. Erstens wollte sie Iona aus dem Weg gehen, und zweitens redete Liz von nichts anderem als dem gestrigen Abend. Sicher würde man von ihr ein paar geistreiche Bemerkungen über Nick erwarten, aber danach war Melanie nicht zumute.

Dorian und Alex hatten sich zu einer Besprechung zurückgezogen, und so konnte sich Melanie allein auf den Weg machen. Allein konnte sie am besten nachdenken. Und in den letzten Tagen hatte sich einiges angesammelt, worüber sie nachdenken musste.

Was hatte Nicholas Gregoras in jener Nacht am Strand gemacht? Er hatte einen deutlichen Tanggeruch an sich gehabt, also war er vermutlich draußen auf See gewesen. Melanie hatte das Geräusch eines Motors gehört und angenommen, es handle sich um ein Fischerboot, aber Nick war kein Fischer. Wen hatte er dort am dunklen Strand erwartet, wen hatte er mit dem Messer mundtot machen wollen?

Jetzt, da Nick für Melanie kein Fremder mehr war, beunruhigte sie dieser Gedanke seltsamerweise noch mehr als neulich nachts. Ärgerlich über sich selbst, stieß sie einen Stein aus dem Weg und lief den Steilpfad zum Strand hinunter.

Und wen hatte er bei sich gehabt? grübelte sie weiter. Jemand, der seinen Befehlen gefolgt war, ohne Fragen zu stellen. Wessen Schritte hatte sie auf dem Steilpfad des Kliffs gehört, als Nick sie in dem Dickicht festhielt? War das Alex gewesen? Oder der Mann, der Nicks Cottage gemietet hatte? Aber warum sollte Nick einen der beiden – oder überhaupt jemanden – umbringen wollen, um nicht gesehen zu werden?

Eine Frage nach der anderen, dachte Melanie, während sie barfuß über den warmen Sandstrand ging. Zweifellos war der Mann, dessen Schritte sie gehört hatte, auf dem Weg zu einer der beiden Villen oder dem Cottage gewesen, sonst wäre er kaum in der kleinen Bucht unterhalb des Kliffs an Land gegangen. Und warum wollte Nick nun um jeden Preis vermeiden, entdeckt zu werden? Melanie wanderte ziellos am Strand umher.

Schmuggel. Das lag auf der Hand. Bisher hatte Melanie diesen Gedanken weit von sich geschoben. Sie wollte sich nicht vorstellen müssen, dass Nick in ein so schmutziges Geschäft verwickelt sein könnte.

Trotz ihrer Wut auf ihn hatten sich in ihr Empfindungen für diesen Mann entwickelt, die sie nicht in Worte fassen konnte. Nick war stark, ein Typ, auf den man sich verlassen konnte, wenn man Hilfe brauchte. Melanie wollte ihm so gern vertrauen. Unlogisch, gewiss, aber so war es nun einmal.

War Nick ein Schmuggler? Hatte er sich von ihr, Melanie, bedroht gefühlt? Wer war in jener Nacht in der Bucht an Land gegangen – eine Zollstreife oder ein anderer Schmuggler? Ein Rivale vielleicht?

Wenn Nick Melanie wirklich für eine Tatzeugin gehalten hatte, warum hatte er sie dann nicht erstochen? Wenn er ein kaltblütiger Killer war …

Nein. Melanie schüttelte den Kopf. Vielleicht war Nick fähig, notfalls einen Menschen umzubringen, aber niemals kaltblütig. Und diese Überlegung führte zu weiteren Ungereimtheiten.

Heute Nachmittag wird er mir Rede und Antwort stehen, schwor sie sich. Schließlich war sie durch ihn in diese üble Angelegenheit hineingezogen worden. Melanie setzte sich in den weißen Sand und schlang die Arme um die hochgezogenen Knie. Wenn sie daran dachte, was aus ihrem Urlaub geworden war …

„Männer!“, schnaubte Melanie verächtlich.

„Ich weigere mich, das persönlich zu nehmen.“

Melanie fuhr herum und schaute in ein freundlich lächelndes Gesicht.

„Hallo. Sie scheinen nicht viel von Männern zu halten, wie?“ Der junge Mann erhob sich von einem Felsvorsprung und kam auf Melanie zu. Er war groß und schlank, dunkelblonde, leicht zerzauste Locken umrahmten sein gebräuntes Gesicht. „Aber ich wage mich trotzdem heran. Ich heiße Andrew. Andrew Stevenson.“ Er ließ sich neben Melanie im Sand nieder.

„Oh." Melanie hatte sich inzwischen erholt und gab sein freundliches Lächeln zurück. „Sie sind Schriftsteller oder Maler. Liz wusste es nicht genau."

„Schriftsteller." Er schnitt eine Grimasse. „Jedenfalls bilde ich mir das ein."

Melanies Blick fiel auf einen Schreibblock in seiner Hand. „Ich habe Sie bei der Arbeit gestört. Tut mir leid."

„Im Gegenteil, Sie haben mich inspiriert. Ihr Gesicht, Ihr Haar … Es leuchtet wie eine Flamme in der Sonne." Andrew betrachtete sie eine Weile. „Haben Sie einen Namen, oder sind Sie eine Undine, einer von diesen männerbetörenden weiblichen Elementargeistern des Wassers?"

„Ich heiße Melanie." Das blumige Kompliment brachte sie zum Lachen. „Melanie James. Sind Sie ein guter Autor?"

„Ich hoffe es zumindest." Andrew sah Melanie offen an. „Bescheidenheit ist nicht meine Stärke. Eben erwähnten Sie Liz. Meinen Sie Mrs. Theocharis? Wohnen Sie bei ihr?"

„Ja, für ein paar Wochen." Ein neuer Gedanke schoss Melanie durch den Kopf. „Sie wohnen in Nicks Cottage, stimmt's?"

„Richtig. Ich verbringe einen längeren Urlaub dort." Andrew legte seinen Block ab und zeichnete Muster in den Sand. Anscheinend konnte er die Hände nicht stillhalten. „Nick ist mein Cousin." Als er Melanies Verwunderung bemerkte, fügte er hinzu: „Ich gehöre nicht zum griechischen Zweig der Familie. Unsere Mütter sind verwandt."

„Also ist Nicks Mutter Amerikanerin?" Das erklärte Nicks flüssiges Englisch.

„Geldadel aus San Francisco", erklärte Andrew leichthin. „Nachdem Nicks Vater gestorben war, heiratete sie wieder. Jetzt lebt sie in Frankreich."

„Und Sie besuchen Ihren Cousin."

„Nick hat mir das Cottage angeboten, als er hörte, dass ich an einem neuen Roman arbeite."

Andrews Augen waren blau, etwas dunkler als Melanies. In seinem offenen Blick konnte sie nichts erkennen, das sie an Nick erinnerte.

„Ich wollte sowieso ein paar Monate hier verbringen“, fuhr Andrew fort. „So traf es sich sehr gut. Lesbos, Sapphos Insel. Die alten Sagen haben mich von jeher fasziniert.“

„Sappho“, wiederholte Melanie und wandte ihre Gedanken von Nick ab. „Oh ja, die Dichterin.“

„Die zehnte Muse. Sie lebte hier, in Mytilini.“ Verträumt blickte Andrew über den Strand zu dem grauen Haus auf dem Kliff hinüber. „Wer weiß, vielleicht hat sie sich von dort oben herabgestürzt, verschmäht und verlassen von Phaon ...“

„Eine seltsame Vorstellung.“ Melanie blickte zu dem schroffen Felsenkliff hinüber. „Ob ihr Geist ruhelos in dem Haus umherirrt in mondlosen Nächten?“ Ein Schauer überlief Melanie. „Diese düsteren Mauern wirken seltsam gespenstisch.“

„Waren Sie schon in dem Haus?“, fragte Andrew leise, den Blick unverwandt auf die graue Villa gerichtet. „Es ist fantastisch. Man kann es nicht beschreiben, man muss es sehen.“

„Nein.“ Melanie täuschte ein Lächeln vor. „Aber Nick hat sich erboten, es mir heute Nachmittag zu zeigen.“

„Er hat Sie eingeladen?“ Andrew schien seinen Ohren nicht zu trauen. „Dann müssen Sie Nick sehr beeindruckt haben.“ Er nickte. „Kein Wunder. Er hat einen Blick für Schönheit.“

Melanie lächelte vage. Andrew konnte ja nicht wissen, dass weder Schönheit noch Charme diese Einladung bewirkt hatten. „Arbeiten Sie oft hier am Strand? Ich bin sehr gern hier.“ Melanie zögerte und sprach dann entschlossen weiter. „Neulich nachts habe ich hier sogar bei Mondschein gebadet.“

Dies schockierte oder erschreckte Andrew offensichtlich in keiner Weise. Er lächelte schief. „Schade, dass ich das verpasst habe. Ich treibe mich überall auf der Insel herum, am Strand, oben auf dem Kliff, in den Olivenhainen – ganz nach Lust und Laune.“

„Demnächst werde ich auch auf Entdeckungsreise gehen.“ Melanie dachte an lange Nachmittage, die sie in einer kleinen abgeschiedenen Bucht verträumen wollte.

„Ich würde Sie gern herumführen.“ Andrews Blick glitt über Melanies Haar. „Inzwischen kenne ich diesen Teil der Insel wie ein Einheimischer. Wenn Sie mich brauchen, finden Sie mich hier am Strand oder im Cottage. Es ist ganz in der Nähe."

„Das nehme ich gern an." Melanies Augen funkelten amüsiert. „Sie haben nicht zufällig eine Ziege?"

„Eine Ziege?"

Melanie musste über Andrews Gesichtsausdruck lachen. Sie tätschelte leicht seine Hand. „Schon gut, Andrew, vergessen Sie es", sagte sie rasch. „So, und jetzt muss ich mich schleunigst umziehen."

Andrew stand mit Melanie zusammen auf und ergriff ihre Hand. „Ich werde Sie wiedersehen." Das war eine Feststellung und keine Frage.

„Bestimmt. Die Insel ist nicht allzu groß."

Andrew lächelte. „Vielleicht ist das nicht der einzige Grund." Er sah Melanie nach, als sie fortging. Dann setzte er sich wieder auf den Felsvorsprung der steilen Klippen und schaute aufs Meer hinaus.

Nicholas Gregoras erschien pünktlich um ein Uhr. Fünf Minuten später scheuchte Liz Melanie aus dem Haus.

„Viel Spaß, Darling, und lass dir ruhig Zeit! Melanie wird begeistert sein von Ihrem Haus, Nick. Die vielen verwinkelten Korridore und Treppen und die herrliche Aussicht auf das Meer … Du hast doch keine Höhenangst, Melanie?"

„Unsinn! Ich bin durch nichts zu erschüttern."

„Also dann, viel Vergnügen." Liz drängte die beiden wie zwei trödelnde Schulkinder zur Tür hinaus.

„Ich warne dich, Nick", begann Melanie, als sie in Nicks Wagen stieg. „Liz ist wild entschlossen, mich an den Mann zu bringen, und du stehst an oberster Stelle auf ihrer Liste. Ich glaube, sie verzweifelt schon jetzt bei dem Gedanken, ich könnte einmal die altjüngferliche Tante ihrer ungeborenen Kinder sein."

„Aphrodite." Nick setzte sich hinter das Lenkrad und nahm Melanies Hand. „Es gibt keinen Mann auf der ganzen Welt, der sich dich als altjüngferliche Tante vorstellen kann."

Melanie wollte sich nicht von seinem Charme einfangen lassen. Sie entzog ihm ihre Hand und schaute aus dem Fenster. „Ich habe heute Morgen deinen Cousin am Strand kennengelernt", wechselte sie rasch das Thema.

„Andrew? Ein netter Junge. Wie findest du ihn?"

„Er ist kein netter Junge." Melanie drehte sich zu Nick um. „Eher ein sehr charmanter Mann."

„Kann sein. Aber ich sehe ihn immer als Jungen, obwohl er kaum fünf Jahre jünger ist als ich. Er ist nicht unbegabt, im Gegenteil. Hast du ihn bezaubert?"

„Inspiriert. Das behauptete er jedenfalls", antwortete Melanie etwas verärgert.

„Natürlich. Ein Romantiker inspiriert den anderen."

„Ich bin nicht romantisch." So eingehend hatte Melanie das Thema gar nicht diskutieren wollen. „Eher nüchtern."

„Melanie, du bist unheilbar romantisch." Anscheinend amüsierte ihn ihr Ärger. Er lächelte zufrieden. „Eine Frau, die im Mondschein auf den Klippen ihr Haar kämmt, weiße Kleider liebt und wertlose Andenken in Ehren hält, ist durch und durch romantisch."

Diese Beschreibung brachte Melanie noch mehr auf. „Ich sammle auch Rabattmarken und achte auf meinen Cholesterinspiegel", erklärte sie kühl.

„Was du nicht sagst!"

Melanie hätte fast gekichert, konnte sich aber gerade noch beherrschen. „Und du, Nicholas Gregoras, bist ein Blender allerersten Grades."

„Stimmt. Ich bin eben auf jedem Gebiet erstklassig", versicherte er gespielt ernsthaft.

Melanie würdigte ihn keiner Antwort. Als jedoch das Haus in Sicht kam, war alles andere vergessen.

Die Villa wirkte wie eine uneinnehmbare Festung. Das Obergeschoss ragte über das Kliff hinaus auf das Meer wie ein gebieterisch ausgestreckter Arm. Ein von Efeu und wilden Rosen umranktes Märchenschloss, dachte Melanie, hundert Jahre nach dem Stich mit der Spindel.

„Wie schön es hier ist!" Melanie wandte sich zu Nick um, als er vor dem Eingang parkte. „Märchenhaft schön. Ich habe nie etwas Beeindruckenderes gesehen. Ein fantastisches Haus!"

„Dieses strahlende Lächeln sehe ich zum ersten Mal", sagte Nick ernst. Ein Schatten von Schwermut lag in seinen Augen. Ihm wurde plötzlich bewusst, wie sehr er sich nach diesem Lächeln gesehnt hatte. Und jetzt wusste er nicht, ob er sich darüber freuen sollte. Er stieg aus und half Melanie aus dem Wagen.

Sie schaute die Villa an und versuchte das ganze Bauwerk mit einem Blick zu erfassen. „Weißt du, wie es aussieht?", fragte sie mehr an sich selbst gerichtet. „Als hätte ein zorniger Gott einen Blitz in das Felsenkliff geschleudert und dieses Haus herausgesprengt."

„Eine interessante Theorie." Nick nahm ihre Hand und führte sie die Treppe hinauf. „Wenn du meinen Großvater gekannt hättest, wüsstest du, wie nahe sie der Wahrheit kommt."

Melanie hatte sich darauf vorbereitet, Nick sofort bei der Ankunft zur Rede zu stellen. Als sie jedoch das Haus betrat, verschlug es ihr den Atem.

Die Halle war riesig, schwere dunkle Deckenbalken, rau verputztes weißes Mauerwerk, mit kostbaren Teppichen behängt. An einer Wand hingen lange gekreuzte Speere, Mordwaffen der Antike von Respekt einflößendem Alter. Eine breite geschwungene Treppe mit einem Geländer aus dunklem unpolierten Holz führte zu den oberen Stockwerken. Die Halle entsprach der äußeren Struktur des Hauses – solide, dauerhaft, für Jahrhunderte gebaut.

Melanie drehte sich im Kreis und seufzte. „Nicholas, das ist einfach fabelhaft. Sicher kommt gleich ein Zyklop die Treppe herunter. Tummeln sich Zentauren im Hof?"

„Ich führe dich herum, dann kannst du dich überzeugen." Sie machte es Nick schwer, sich an seinen Plan zu halten. Er durfte sich nicht von ihr bezaubern lassen. Das stand nicht im Drehbuch. Dennoch behielt er ihre Hand in seiner, während er sie durch das Haus führte.

Liz' Vergleich mit Aladins Höhle traf zu. Alle Räume waren mit Kunstschätzen angefüllt – venezianisches Glas, afrikanische

Masken, indianische Skulpturen, chinesische Vasen der Ming-Dynastie – Zeugnisse der unterschiedlichsten Kulturen. Auf ihrem Weg durch die verwinkelten Gänge und Zimmer erlebte Melanie eine Überraschung nach der anderen: elegantes Waterfordkristall, eine mittelalterliche Armbrust, kostbares französisches Porzellan neben einem Schrumpfkopf aus Ecuador.

Der Architekt muss verrückt gewesen sein, dachte Melanie und bestaunte die Türrahmen mit den geschnitzten Wolfsköpfen und Dämonen. Herrlich verrückt. Dieses Haus war ein Märchenschloss mit Erkern und endlosen dunklen Korridoren, in denen flüsternde geheimnisvolle Schatten beheimatet schienen.

Das große Bogenfenster im oberen Stock vermittelte Melanie den Eindruck, auf einer vorspringenden Felskante zu stehen. Gleichermaßen angstvoll und begeistert schaute sie über das steil abfallende Kliff zum Meer hinunter.

Nick beobachtete ihren staunenden, leicht benommenen Gesichtsausdruck. Am liebsten hätte er sie in die Arme genommen.

Melanie drehte sich zu ihm um. In ihren Augen spiegelten sich die unterschiedlichsten Empfindungen. „Andrew ist überzeugt, Sappho hätte sich von diesem Kliff ins Meer gestürzt. Langsam glaube ich auch daran."

„Andrew hat manchmal die fantastischsten Vorstellungen", meinte Nick spöttisch.

„Du aber auch. Schließlich lebst du hier."

„Du hast Augen wie geheimnisvolle leuchtende Seen … Nixenaugen." Er hob ihr Kinn an. „Gefährliche Augen. Man versinkt in ihren Tiefen und ist verloren."

Melanie schaute Nick stumm an. In seinen Augen lag kein Spott, keine Arroganz, nur Sehnsucht und eine seltsame Trauer, die verführerischer war als wilde Leidenschaft.

„Ich bin nur eine Frau, Nicholas", erwiderte sie leise.

Langsam veränderte sich Nicks Gesichtsausdruck. Er packte sie leicht am Arm. „Komm, lass uns wieder hinuntergehen. Es wird Zeit für einen Drink."

Als sie den Salon betraten, fielen Melanie wieder ihre ursprünglichen Absichten ein. Ein paar sanfte Worte und sehnsüchtige dunkle Augen sollten sie nicht davon ablenken, dass sie von Nick einige Antworten haben wollte. Ehe sie allerdings mit der Befragung beginnen konnte, wurde von außen die Tür geöffnet.

Ein älterer grauhaariger Mann betrat lautlos den Raum. Ein geschwungener, an den Enden aufwärts gezwirbelter Schnurrbart zierte das von Wind und Wetter gegerbte Gesicht mit dem kantigen Kinn. Breit und vierschrötig wie ein Rammbock, blieb er einen Augenblick neben der Tür stehen. Dann fiel sein Blick auf Melanie. Er verbeugte sich höflich und entblößte lächelnd sein kräftiges, aber bereits lückenhaftes Gebiss.

„Stephanos – Miss James", stellte Nick vor. „Stephanos ist mein … persönlicher Leibwächter."

Das Zahnlückenlächeln wurde breiter bei dieser Bezeichnung. „Stets zu Diensten, Ma'am."

Stephanos wandte sich an Nick. „Die bewusste Angelegenheit ist erledigt, Sir." Sein Ton war respektvoll, jedoch nicht unterwürfig. „Aus Athen sind Meldungen für Sie eingetroffen."

„Gut. Ich kümmere mich später darum."

„In Ordnung." Der kleine Mann verschwand.

Melanie schaute zu Nick hinüber, der sich gerade umwandte, um die Drinks zu mixen. „Was hattest du neulich Nacht am Strand zu tun?", fragte sie geradeheraus.

„Ich dachte, wir hätten uns auf bewaffneten Überfall geeinigt?", fragte Nick kühl.

„Das war nur ein Teil deiner Unternehmungen in dieser Nacht." Melanie sah Nick scharf an. „Worum ging es dir damals wirklich – um Schmuggel?"

Nick zögerte kaum merklich. Da er mit dem Rücken zu Melanie stand, konnte sie seinen jäh veränderten, wachsam gewordenen Gesichtsausdruck nicht sehen. Volltreffer, dachte er. Haarscharf ins Schwarze gezielt!

„Darf ich fragen, was dich zu dieser erstaunlichen Vermutung veranlasst?" Nick wandte sich zu Melanie um und reichte ihr ein Glas.

„Weich mir nicht aus. Ich habe dich gefragt, ob du ein Schmuggler bist."

Nick setzte sich Melanie gegenüber, betrachtete sie lange und überlegte sich dabei, wie er jetzt vorgehen sollte. „Zuerst sagst du mir, wie du darauf kommst."

„Du warst in dieser Nacht mit dem Boot draußen, das war mir sofort klar, als ich den Tanggeruch wahrnahm."

Nick schaute in sein Glas und nahm dann einen Schluck. „Es geht doch nichts über logische Schlussfolgerungen. Eine nächtliche Fahrt mit dem Boot bedeutet zwangsläufig Schmuggel, so einfach ist das."

Melanie biss bei dieser spöttischen Bemerkung die Zähne zusammen, aber dann sprach sie unbeirrt weiter. „Zum Fischen bist du jedenfalls nicht hinausgefahren, sonst hättest du mich kaum in diesem Dickicht mit einem doppelt geschliffenen Messer in Schach gehalten."

„Man könnte sagen, ein Fischzug war genau das, womit ich beschäftigt war", sagte er etwas geistesabwesend.

„Die türkische Küste ist von der Insel aus leicht zu erreichen. Alex erzählte mir, dass der Schmuggel ein echtes Problem darstellt."

„Alex?" Nicks Gesichtsausdruck änderte sich unmerklich. „Wie steht Alex zu diesem Problem?"

Melanie zögerte. Diese Frage passte nicht in ihren Plan. „Er nimmt es resigniert hin, so wie man das Wetter akzeptieren muss."

„Interessant." Nick lehnte sich zurück. „Hat sich Alex ausführlich zu den Aktionen der Schmuggelboote geäußert?"

„Selbstverständlich nicht!", antwortete Melanie empört. Was fiel ihm ein, den Spieß umzudrehen und sie einem Verhör zu unterziehen? „Mit Aktionen dieser Art dürfte Alex kaum vertraut sein. Im Gegensatz zu dir", schloss sie.

„Ich verstehe."

„Also?"

„Also was?" Nick schaute Melanie mit leicht erheitertem Lächeln an, das aber nicht bis in seine Augen reichte.

„Willst du es leugnen?" Melanie wünschte, er täte es. Plötzlich wurde ihr bewusst, wie sehr sie wollte, dass er es bestritt.

Nick schaute sie einen Moment nachdenklich an. „Wozu? Du würdest mir nicht glauben, oder? Du hast dir schon eine feste Meinung gebildet." Er neigte den Kopf zur Seite, und jetzt lächelten auch seine Augen. „Was würdest du tun, wenn ich es zugäbe?"

„Ich würde dich anzeigen, was sonst?" Melanie trank einen kräftigen Schluck aus ihrem Glas.

Nick brach in lautes Gelächter aus. „Oh Melanie, was für ein braves, allerliebstes Kind du bist!" Er beugte sich zu ihr hinüber und ergriff ihre Hand. „Du kennst meine Reputation nicht", fuhr er fort, ehe sie etwas sagen konnte. „Aber ich versichere dir, die Polizei wird dich für verrückt erklären."

„Ich könnte beweisen …"

„Was?" Nick warf Melanie einen scharfen Blick zu. Langsam bekam die glatte Fassade Risse. „Du kannst nicht beweisen, was du nicht weißt."

„Eins weiß ich gewiss: Du bist nicht, was zu sein du vorgibst." Melanie wollte ihm ihre Hand entziehen, aber Nick hielt sie fest.

Er war zwischen Verärgerung und Bewunderung hin und her gerissen. „Was ich bin oder nicht bin, hat mit dir nichts zu tun."

„Niemand wünscht sich das mehr als ich."

Nick betrachtete Melanie über den Rand seines Glases hinweg. „Deine Schlussfolgerung, ich könnte am Schmuggel beteiligt sein, würde dich also veranlassen, die Polizei einzuschalten. Das wäre sehr unklug."

„Es wäre aber richtig." Melanie holte tief Luft und sprach die Frage aus, die ihr am schwersten auf der Seele lastete. „Das Messer … Hättest du Ernst gemacht?"

„Bei dir?" Nicks Augen waren so ausdruckslos wie seine Stimme.

„Egal bei wem!"

„Eine hypothetische Frage kann man nicht präzise beantworten."

„Nicholas, um Gottes willen …"

Nick stellte sein Glas ab und legte die Fingerspitzen aneinander. Seine Stimme klang kalt und gefährlich. „Wäre ich das, wofür du mich hältst, dann ist es entweder unglaublich mutig oder unglaublich dumm von dir, diese Diskussion vom Zaun zu brechen."

„Ich fühle mich nicht bedroht." Melanie richtete sich in ihrem Sessel auf. „Alle wissen, wo ich bin."

„Ich könnte dich mit Leichtigkeit für immer zum Schweigen bringen, wenn ich wollte. Dafür bieten sich genügend Gelegenheiten." Nick sah Angst in Melanies Augen aufflackern, aber sofort hatte sie sich wieder in der Gewalt, wie er nicht ohne Bewunderung bemerkte.

„Ich werde schon auf mich aufpassen", versicherte sie.

„Ah ja?" Nicks Stimme schien schon wieder umzuschlagen. „Nun, wie dem auch sei, ich habe nicht die Absicht, Schönheit zu verschwenden, die mir sehr begehrenswert erscheint. Außerdem könnten deine Talente mir zu Nutze kommen."

Empört warf Melanie den Kopf in den Nacken. „Ich lasse mich nicht zu deinem Werkzeug machen! Rauschgiftschmuggel ist ein schmutziges Geschäft in meinen Augen." Sie richtete den Blick forschend auf Nicks Gesicht. „Nicholas, ich verlange eine klare Antwort. Darauf habe ich ein Recht. Es stimmt, ich kann nicht zur Polizei gehen, egal, was du getan hast. Selbst wenn ich die Wahrheit erfahre – du hast von mir nichts zu befürchten."

Bei ihrer letzten Bemerkung blitzte etwas in Nicks Augen auf, verschwand aber gleich wieder. „Die Wahrheit ist, ich habe mit Schmuggel zu tun. Mehr kann ich dazu nicht sagen. Mich würde alles interessieren, was du eventuell gesprächsweise darüber hörst."

Melanie stand auf und ging langsam im Salon hin und her. Nicholas machte es ihr schwer, auf dem schmalen Pfad zwischen Gut und Böse nicht die Richtung zu verlieren. Wo Gefühle im Spiel waren, nahm dieser Pfad unvorhergesehene Wendungen.

Gefühle! Melanie rief sich zur Ordnung. Unsinn – keine Empfindungen. Keine Gefühle für diesen Mann!

„Wer war der andere Mann?", fragte sie unvermittelt. Halte dich an deinen Plan, mahnte sie sich. Zuerst Fragen und Antworten. Überlegen kannst du später. „Du hast ihm Anweisungen erteilt."

„Ich dachte, das hättest du vor lauter Angst nicht mitbekommen." Nick griff nach seinem Drink.

„Du hast mit jemandem gesprochen", bohrte Melanie weiter. „Der Mann führte deine Anweisungen aus, ohne Fragen zu stellen. Wer war das?"

Nick überlegte kurz und entschied sich für die Wahrheit. Sie würde es über kurz oder lang ohnehin herausbekommen. „Stephanos."

„Dieser kleine alte Mann?" Melanie blieb vor Nick stehen und schaute ihn an. Stephanos entsprach nicht ihrer Vorstellung von einem gerissenen Rauschgiftschmuggler.

„Dieser kleine alte Mann kennt das Meer wie seine Hosentasche." Nick musste über Melanies ungläubiges Gesicht lächeln. „Außerdem kann ich mich auf seine Loyalität verlassen. Seit meinen Kindertagen ist er bei mir."

„Wie ungeheuer praktisch für dich!" Melanie trat ans Fenster. Sie bekam also ihre Antworten, nur fielen die nicht so aus, wie sie sich das gewünscht hatte. „Ein Haus auf einer günstig gelegenen Insel, ein treu ergebener Diener, ein Unternehmen, das den Vertrieb ermöglicht. Wer war der Mann, der in dieser Nacht vom Kliff zum Strand herunterkam, der dich nicht sehen sollte?"

Trotz ihrer Furcht hat sie entschieden zu gut aufgepasst, dachte Nick. „Das braucht dich nicht zu interessieren."

Melanie drehte sich aufgebracht zu ihm herum. „Du hast mich in die Sache hineingezogen, Nicholas. Ich habe ein Recht darauf, volle Aufklärung zu bekommen."

Nick stand auf. „Ich warne dich, Melanie, treib es nicht auf die Spitze!", stieß er hervor. „Was dabei herauskommt, wird dir nicht gefallen. Ich habe dir gesagt, was du wissen wolltest, das muss dir im Augenblick genügen. Gib dich damit zufrieden."

Melanie erschrak und trat einen Schritt zurück, aber Nick packte sie zornig bei den Schultern.

„Verdammt, Melanie, was geht in dir vor? Dachtest du, ich wollte dir die Kehle durchschneiden oder dich von einem Kliff stoßen? Wofür hältst du mich eigentlich ... für einen Killer?"

Melanie schaute ihn eher zornig als eingeschüchtert an. „Ich weiß nicht, wofür ich dich halten soll, Nick."

Nick lockerte seinen Griff um Melanies Schultern. Er hätte nicht so fest zupacken dürfen, aber die Sache ging ihm unter die Haut – mehr, als ihm lieb war. „Ich erwarte nicht, dass du mir traust", erklärte er ruhig. „Aber bei vernünftigem Nachdenken wirst du einsehen, dass du nur zufällig in meine Angelegenheit hineingeraten bist. Ich wünschte, es wäre nie geschehen, Melanie, das kannst du mir glauben."

Melanie sah Nick in die Augen und glaubte es. „Du bist ein seltsamer Mensch, Nick. Irgendwie kann ich mir nicht vorstellen, dass du dich mit Rauschgiftschmuggel abgibst."

Nick lächelte und strich mit den Fingern durch Melanies Haar. „Glaubst du einer Eingebung oder deinem Verstand?"

„Nick ..."

„Nein. Keine weiteren Fragen, oder ich muss dich ... anderweitig beschäftigen. Ich bin sehr empfänglich für Schönheit, weißt du. Schönheit und Verstand, das ist eine Mischung, der man nur schwer widerstehen kann." Nick hob das Medaillon an Melanies Hals hoch, betrachtete es kurz und ließ es dann wieder an der Kette herunterhängen. „Was hältst du von Dorian und Iona?"

„Lass Dorian und Iona aus dem Spiel!" Melanie wandte sich ab. Wie konnte sie sich zu diesem Mann hingezogen fühlen, der mit ihr spielte wie die Katze mit der Maus? Aber diesmal würde ihm das nicht gelingen. „Ich bin nach Lesbos gekommen, um mich von Belastungen und Problemen zu befreien", sagte sie abweisend. „Nicht, um mir zusätzliche Probleme aufzuladen."

„Was für Probleme?"

Melanie drehte sich wieder zu Nick um und blickte ihn wütend an. „Das ist meine Sache. Ich habe schließlich existiert, bevor ich an diesen verdammten Strand gegangen und dir über den Weg gelaufen bin."

„Ja." Nick griff nach seinem Glas. „Das habe ich nie bezweifelt. Zu dumm, dass du in jener Nacht nicht in deinem Bett geblieben bist, Melanie." Er nahm einen tiefen Schluck und drehte dann sein Glas zwischen den Händen. „Aber wie die Dinge liegen, ist seither dein Schicksal mit meinem verknüpft, und wir können nichts daran ändern."

Zu Nicks Überraschung legte Melanie ihm plötzlich die Hand auf den Arm. Es passte ihm nicht, wie sein Herz darauf reagierte. Gefühle konnte er sich jetzt nicht leisten.

„Wenn du davon überzeugt bist, weshalb gibst du mir dann keine klare Antwort?"

„Weil ich es nicht für angebracht halte." Nick hielt ihren Blick gefangen. Die Wünsche, die Melanie in seinen Augen las, waren die gleichen, die sie auch in sich selbst entdeckte. „Nimm mich doch so, wie ich bin, Melanie."

Melanie ließ die Hand sinken und schleuderte mit einem Ruck ihr Haar zurück. „Ich denke nicht daran!"

„Nein?" Er zog sie zu sich heran. „Bist du sicher, Melanie?"

Melanies Verstand setzte aus, als sich Nicks Lippen auf die ihren pressten. Verlangen lag in diesem Kuss. Der schmale Pfad zwischen Gut und Böse nahm in Nicks Armen eine neue, noch verwirrendere Wendung. Wer oder was dieser Mann auch immer sein mochte, Melanie wünschte sich, er möge sie nie mehr loslassen.

Sie schlang die Arme um seinen Nacken und schmiegte sich an ihn. Er küsste sie wieder heiß und fordernd. Melanie fühlte, wie plötzlich die Knie unter ihr nachgaben. Ihr Herz, das wild zu hämmern begann, schlug ihr bis in den Hals hinauf.

Alle Kraft schien sie zu verlassen. Sie fühlte, wie ihr Widerstand erlahmte, und begriff nicht, was über sie gekommen war. Es gab kein Entrinnen, es war wie ein Sturz in einen Bereich, wo Vernunft und Gewissen zum Schweigen gebracht, wo alle Angst tot war.

Melanie vergaß alles und gab sich Nicks Umarmung hin. Sie sah und hörte nichts in diesem Augenblick. Nichts existierte mehr außer dieser Sekunde der Seligkeit und dem Mann, der sie in seinen Armen hielt.

„Melanie ..." Es klang wie ein Stöhnen. „Ich begehre dich – mein Gott, wie ich dich begehre! Bleib heute Nacht bei mir. Hier sind wir allein und ungestört."

Zum ersten Mal war Melanie einem Mann begegnet, der ihr Blut in Flammen setzte. Jede Faser ihres Körpers verlangte danach, ihm zu gehören. Oh Gott, dachte sie verzweifelt, ich darf nie mehr allein mit ihm zusammenkommen, sonst bin ich verloren!

Mit einer heftigen, fast wilden Bewegung hob sie den Kopf. „Nein, Nick. Es wäre nicht recht."

Nick schaute Melanie gleichermaßen erheitert und zuversichtlich an. „Angst?"

„Ja."

Melanies Aufrichtigkeit und der Ausdruck in ihren Augen nahmen Nick den Wind aus den Segeln. Enttäuscht wandte er sich ab und füllte sein Glas nach.

„Dabei kannst du einen zahmen Esel zur Verzweiflung treiben!", stieß er hervor. „Ich hätte nicht übel Lust, dich ins Schlafzimmer zu schleppen und kurzen Prozess mit dir zu machen."

Wider Willen musste sie über ihn lachen.

Zornig fuhr er zu Melanie herum. „Was hattest du denn erwartet – leise Musik, Liebe bei Kerzenschein, Versprechungen, Lügen?" Nick leerte sein Glas und knallte es hart auf den Tisch. „Wäre dir das lieber? Ist es das, was du von mir willst?"

„Nein." Melanie hielt seinem durchdringenden Blick unverwandt stand. Unbewusst griff sie nach dem Medaillon an ihrem Hals. „Ich will überhaupt nichts von dir. Schon gar nicht deine Liebe."

„Hältst du mich für einen Idioten?" Nick trat einen Schritt auf sie zu, blieb dann aber stehen, ehe es zu spät war. „Du willst es ebenso sehr wie ich. Davon konnte ich mich vor wenigen Minuten überzeugen."

„Das hatte mit Liebe nichts zu tun", sagte Melanie ruhig. „Ich kann keinen Mann lieben, der …"

„Der sich am Rauschgifthandel beteiligt", fiel Nick ihr ins Wort. „Das wolltest du doch sagen, oder?"

„Nein." Melanie nahm all ihren Mut zusammen. „Dem Liebe nicht mehr bedeutet als ein flüchtiges Abenteuer", sagte sie tonlos.

„Natürlich." Sicherheitshalber versenkte Nick die Hände in den Hosentaschen. „Na schön, dann wird mir nichts anderes übrig bleiben, als dich nach Haus zu bringen, bevor du entdeckst, was ich in Wahrheit unter Liebe verstehe …"

Eine halbe Stunde später kehrte Nick in sein Haus zurück. Seine Stimmung war auf dem Tiefpunkt angelangt. Er ging geradewegs in den Salon, machte sich einen Drink und warf sich in einen Sessel.

Zum Teufel mit ihr! Er konnte weder die erforderliche Zeit noch die erforderliche Geduld für sie aufbringen. Das Verlangen nach ihr brannte heiß wie Feuer in ihm. Eine physische Reaktion, redete er sich ein. Er brauchte eine Frau, irgendeine. Es ging um Sex, weiter nichts.

„Ah, da bist du wieder." Stephanos trat ein. Er bemerkte Nicks miserable Laune und akzeptierte sie schweigend. Das war nichts Neues für ihn. „Die Kleine ist schöner, als ich in Erinnerung hatte." Dass Nick nicht antwortete, focht ihn nicht an. Er ging zum Barschrank und schenkte einen Drink ein. „Was hast du ihr gesagt?"

„Nur das Nötigste. Sie ist intelligent, wachsam und erstaunlich mutig." Nick starrte stirnrunzelnd in sein Glas. „Sie hat mich kalt lächelnd des Rauschgifthandels bezichtigt." Als Stephanos auflachte, warf Nick ihm einen scharfen Blick zu. „Was gibt es da zu lachen? Ich finde das gar nicht komisch."

Stephanos zuckte mit den Schultern. „Die Lady hat scharfe Augen, das muss man ihr lassen! Hast du mit ihr über Alex gesprochen?"

„Nicht ausführlich."

„Ist sie loyal?"

„Alex gegenüber?" Nick runzelte die Stirn. „Mit Sicherheit! Einem Freund würde sie nie in den Rücken fallen." Er setzte das Glas ab, das er am liebsten gegen die Wand geschmettert hätte. „Es wird schwierig sein, Informationen über Alex aus ihr herauszubekommen."

„Du wirst es trotzdem schaffen. Wetten?"

„Verdammt!“, knirschte Nick. „Wäre sie mir doch nicht über den Weg gelaufen in dieser Nacht!“

Stephanos leerte sein Glas und lachte leise in sich hinein. „Sie geht dir nicht aus dem Kopf, und das passt dir nicht.“ Nicks strafenden Blick beantwortete er mit einem lauten Lachen. Dann seufzte er. „Falls du es vergessen hast, Athen erwartet deinen Anruf, Nick.“

„Athen kann warten. Der Teufel soll sie holen – alle miteinander!“ Wütend schenkte er sich das Glas noch einmal voll.

5. KAPITEL

Als Melanie in die Villa Theocharis zurückkehrte, war ihre Laune nicht besser als Nicks. Irgendwann auf der Rückfahrt war ihr klar geworden, dass es weder Zorn noch Furcht war, was sie spürte. Innerhalb weniger Tage hatte Nick geschafft, was Jack in all den langen Monaten ihrer Beziehung nicht fertiggebracht hatte: Er hatte ihr wehgetan.

Das hatte nichts mit den langsam verblassenden blauen Flecken auf ihren Armen zu tun. Dieser Schmerz ging tiefer, und der Grund dafür lag in dem Leben, zu dem sich Nick offenbar entschlossen hatte.

Das hat mit dir nichts zu tun, hatte er gesagt. Er hat recht, redete Melanie sich ein, als sie die Haustür hinter sich ins Schloss warf und die kühle weiße Eingangshalle betrat. Sie hatte nur noch den einen Wunsch, sich ungesehen in ihr Zimmer zu flüchten. Aber daraus wurde nichts.

„Melanie, kommst du zu uns auf die Terrasse?“, rief Dorian ihr zu.

Melanie setzte ein Lächeln auf und ging hinaus. Iona war bei Dorian und rekelte sich auf einer Liege. Sie trug einen pinkfarbenen Bikini und darüber ein gleichfarbiges Top aus hauchdünnem Georgette. Sie blickte kurz auf, begrüßte Melanie mit einer lässigen Handbewegung und schaute dann wieder über den Golf hinaus. Eine seltsame Spannung lag in der Luft.

„Alex telefoniert mit Übersee“, erklärte Dorian und zog einen Sessel für Melanie heran. „Und Liz musste zu einem längeren Palaver mit dem Koch in die Küche.“

„Ohne Dolmetscher?“, fragte Melanie. Ihr Lächeln war jetzt schon wesentlich echter. Nein, dachte sie, Nick wird mir nicht die Stimmung verderben, bis ich schließlich noch in derselben dumpfen Verfassung bin wie Alex’ Cousine.

„Lächerlich.“ Iona gab Dorian zu verstehen, er möge ihr eine Zigarette anzünden. „Liz sollte den Koch einfach hinauswerfen. Amerikaner fassen ihr Personal immer mit Samthandschuhen an.“

„Wirklich?“ Melanie ärgerte sich über die Kritik an ihrer Freundin und an ihren Landsleuten ganz allgemein. „Das ist mir neu.“

Iona warf Melanie einen kurzen Blick zu. „Ich kann mir nicht vorstellen, dass du über Erfahrung mit Dienstboten verfügst.“

Ehe Melanie darauf etwas erwidern konnte, wandte sich Dorian an sie. „Nun, Melanie, wie gefällt dir Nicks Haus?“ Seine Augen baten Melanie eindringlich, Ionas schlechtes Benehmen zu ignorieren. Der Arme liebt sie, dachte Melanie.

„Ein märchenhaftes Haus! Es ist wie ein Museum, ohne dabei streng und steif zu wirken. Es muss Jahre gedauert haben, diese Dinge zu sammeln.“

„Nick ist ein guter Geschäftsmann.“ Dorian schaute Melanie dankbar an. „Selbstverständlich benutzt er sein Wissen und seine Position dazu, die besten Stücke für sich selbst herauszusuchen.“

„Da war eine kleine alte Spieluhr mit einem Glockenspiel. ‚Für Elise‘ … Ich könnte es von morgens bis abends hören.“

„Nick ist sehr großzügig – wenn man ihn zu nehmen versteht.“ Iona lächelte geradezu mörderisch.

Melanie drehte sich zu ihr um. „Ich fürchte, mir fehlt auch auf diesem Gebiet die Erfahrung“, gab sie kühl zurück und wandte sich dann wieder Dorian zu. „Ich habe übrigens Nicks Cousin heute Morgen am Strand getroffen.“

„Ach ja, der Schriftsteller aus Amerika.“

„Er erzählte mir von seinen Wanderungen über die Insel. Das werde ich auch tun. Es ist so schön und so friedlich hier. Ich fiel aus allen Wolken, als Alex mir sagte, es gäbe hier Probleme mit Schmugglern.“

Dorian lächelte amüsiert, Iona dagegen erstarrte. Melanie sah, wie langsam die Farbe aus ihrem Gesicht wich, sie wurde blass bis in die Lippen. Sie hat Angst, dachte Melanie betroffen. Aber warum und wovor?

„Ein gefährliches Geschäft“, sagte Dorian. Da er Melanie anschaute, entging ihm Ionas Reaktion. „Aber nichts Ungewöhnliches. Fast schon Tradition hier.“

„Eine merkwürdige Tradition“, bemerkte Melanie.

„Das Netz der Polizei ist ziemlich engmaschig. Ich erinnere mich, dass letztes Jahr fünf Männer vor der türkischen Küste gestellt und erschossen wurden.“ Dorian zündete sich eine Zigarette an. „Das Rauschgiftdezernat konnte größere Mengen Stoff sicherstellen.“

„Entsetzlich.“ Melanie warf Iona einen Blick zu. Sie schien einer Ohnmacht nahe.

„Es sind hauptsächlich Bauern und Fischer“, fuhr Dorian fort. „Ihnen fehlt die Intelligenz, einen richtigen Schmuggelring aufzuziehen. Gerüchten zufolge soll ihr Anführer gerissen und rücksichtslos sein. Niemand kennt seinen Namen, er trägt stets eine Maske. Anscheinend wissen nicht einmal seine Leute, wer er ist. Vielleicht ist es sogar eine Frau.“ Dorian lächelte. „Das gibt der Sache natürlich einen romantischen Anstrich.“

Iona stand auf und rannte ins Haus.

Dorian schaute ihr nach. „Mach dir nichts draus, Melanie“, seufzte er. „Iona ist nun mal ein launisches Wesen.“

„Sie schien sehr erregt zu sein.“

„Das passiert bei ihr leicht“, sagte Dorian leise. „Ihre Nerven …“

„Du liebst Iona, stimmt's?“

Dorian schaute Melanie kurz an, stand dann auf und trat an das Terrassengeländer.

„Es tut mir leid, Dorian“, bat Melanie sofort. „Ich hätte das nicht sagen sollen.“

„Verzeih, Melanie, ich wollte nicht unhöflich sein.“ Er wandte sich langsam um. Die Sonne vergoldete sein gebräuntes Gesicht und ließ sein blondes Haar aufleuchten. Ein Adonis, dachte Melanie wieder und wünschte sich zum zweiten Mal seit ihrer Ankunft hier, sie könnte malen.

„Meine Gefühle Iona gegenüber sind … widersprüchlich“, fuhr Dorian fort. „Ich dachte, man würde sie mir nicht so deutlich anmerken.“

„Es tut mir wirklich leid“, entschuldigte sich Melanie noch einmal.

„Sie ist verwöhnt und eigenwillig." Dorian schüttelte den Kopf und lachte unfroh. „Woran liegt es, dass ein Mensch sein Herz an einen anderen Menschen verliert?"

Bei dieser Frage schaute Melanie zu Boden. „Das wüsste ich selbst gern."

„Jetzt habe ich dich traurig gemacht." Dorian setzte sich wieder neben Melanie und nahm ihre Hände. „Du brauchst dir um mich keine Gedanken zu machen, Melanie. Die Probleme zwischen Iona und mir sind kein Grund zur Besorgnis. Ich bin hart im Nehmen und habe viel Geduld." Er lächelte zuversichtlich. „Und jetzt wollen wir über etwas anderes reden. Wo waren wir stehen geblieben – ah ja, dieser Typ mit der Maske."

„Ja, du sagtest, niemand kennt seinen Namen, nicht einmal die Männer, die für ihn arbeiten."

„So heißt es jedenfalls. Immer, wenn ich auf Lesbos bin, hoffe ich, über irgendeinen Hinweis zu stolpern, der Aufschluss über die Identität dieses Mannes gibt."

Melanie musste an Nick denken, und der Gedanke war ihr unbehaglich. „Wieso? Ich denke, du misst dem Rauschgiftschmuggel keine Bedeutung bei?"

„Warum sollte ich?" Dorian zuckte die Schultern. „Die Rauschgiftbande ist Sache der Polizei, nicht mein Bier. Mir geht es einzig und allein um die Jagd." Dorian blickte in die Ferne, ein kaltes Glitzern in den Augen. „Die Jagd auf die ahnungslose Beute."

„Man sollte es nicht für möglich halten!" Liz stürmte auf die Terrasse und plumpste in einen Sessel. „Eine halbe Stunde mit einem wild gewordenen griechischen Koch! Womit habe ich das verdient? Ich brauche dringend eine Zigarette, Dorian."

Liz' Lächeln und ihre lauten Klagen über Haushaltsprobleme beendeten das plötzlich absurd erscheinende Thema Schmuggel. „Nun sag mir mal, Melanie, wie fandest du Nicks Haus?"

Rosa Lichtstreifen zogen sich über den Himmel und das Meer, als der neue Tag heraufdämmerte. Die Luft war warm und feucht. Ein schöner Neubeginn nach einer ruhelosen Nacht.

Melanie lief den Strand entlang und beobachtete den Sonnenaufgang. So hatte sie sich ihre Ferien hier vorgestellt – eine einsame Bucht, zerklüftete Klippen, weißer, glitzernder Sand, am Strand liegen, Muscheln suchen und in den Tag hineinleben. Hatten ihr Vater und Liz ihr das nicht eingehämmert?

Melanie musste lachen bei diesem Gedanken. Ihr Vater und Liz hatten die Rechnung ohne Nicholas Gregoras gemacht.

Dieser Mann war ein Rätsel, das sie nicht lösen konnte, ein Puzzle, das sich nicht zusammenfügen ließ. Halb fertige Puzzlespiele hatte sie aber noch nie leiden können.

Melanie wirbelte mit den Fußspitzen kleine Sandfontänen auf. Nick war ein Mann, den sie einfach nicht einordnen konnte. Dass sie es dennoch immer wieder versuchte, gefiel ihr selbst nicht.

Und dann Iona … noch ein Rätsel. Alex' launische Cousine war mehr als nur eine Frau mit einem unangenehmen Charakter. Irgendetwas verbarg sich in ihrem Inneren. Alex kannte das Geheimnis, dessen war Melanie sicher. Und Dorian kannte es auch, wenn sie nicht alles täuschte. Aber was war es?

Iona hatte auf das Thema Schmuggel völlig anders als Alex und Dorian reagiert. Die beiden Männer standen ihm gleichgültig, wenn nicht gar amüsiert gegenüber. Iona dagegen war zu Tode erschrocken. Fürchtete sie sich vor irgendwelchen Entdeckungen? Aber das war doch absurd.

Melanie schüttelte den Kopf und verdrängte den Gedanken. Sie war nicht an den Strand gegangen, um zu grübeln, sie wollte Muscheln suchen. Sie krempelte ihre Jeans hoch und watete durch das seichte Wasser zu einer Sandbank zwischen den Klippen. Wohin sie blickte, glitzerten Muscheln, auf den Klippen, im Sand und im flachen Wasser. Manche waren zertreten oder durch die leichte Unterwasserströmung glatt geschliffen. Melanie bückte sich und steckte die schönsten Exemplare in ihre Jackentaschen.

Ihr Blick fiel auf den Rest einer schwarzen Zigarette im Sand. Alex kommt also auch hierher, dachte Melanie lächelnd. Sie konnte ihn und seine Frau vor sich sehen, wie sie Hand in Hand zwischen den Klippen umhergingen.

Melanie merkte nicht, wie die Zeit verging. Ich hätte einen Korb mitbringen sollen, dachte sie und stapelte die Muscheln zu einem kleinen Hügel auf, um sie später zu holen. Sie würde die Muscheln zu Hause in einer großen Glaskugel auf die Fensterbank stellen und sie an einsamen verregneten Wochenenden betrachten und von dem Sonnenaufgang in der einsamen Bucht träumen.

Der hohe, durchdringende Schrei einer Möwe durchbrach die Stille. Melanie blickte zu den Möwen auf. Sie umkreisten das Kliff, ihre Schwingen schimmerten silbrig in der Sonne. Darunter erstreckte sich der menschenleere Strand. Nichts störte den Frieden dieses Morgens.

Melanie hatte sich ein ganzes Stück vom Strand entfernt, als sie zu ihrer Freude in einer der Klippen eine Höhle entdeckte. Sie war nicht groß und von Weitem nicht zu erkennen, aber das Innere war bestimmt sehenswert.

Melanie watete durch das Wasser, das ihr bis über die Knöchel reichte. Als sie sich nach einer Muschel im Sand bückte, fiel ihr Blick in das Innere der Höhle. Die Muschel entglitt ihrer Hand. Langsam richtete sie sich auf und erstarrte. Es überlief sie eiskalt.

Dieser weiß schimmernde Fleck im Wasser war kein Stein. Es war das Gesicht eines Toten, das sie anstarrte.

Der Entsetzensschrei blieb Melanie im Halse stecken. Sie sprang rückwärts und glitt dabei fast aus. Ihr Magen krampfte sich zusammen, in ihrem Kopf drehte sich alles. Sie durfte nicht ohnmächtig werden, nicht hier, nicht an diesem Ort. Von Panik ergriffen, drehte Melanie sich um und floh.

Sie stolperte, fiel hin, rappelte sich hoch und raste zu den Klippen jenseits der Sandbank hinüber. Atemlos, am ganzen Körper zitternd, erreichte sie den Strand und sank auf einem Felsvorsprung in sich zusammen.

Starke Hände packten sie. In blinder Panik schlug Melanie um sich. Plötzlich war sie von der irrsinnigen Vorstellung befallen, der Tote aus der Höhle hätte sie verfolgt.

„Verdammt, was ist in dich gefahren? Um Gottes willen, Melanie, komm zu dir!“

Jemand schüttelte Melanie, eine Stimme durchdrang die Betäubung des Schocks.

Wie durch einen Nebel sah sie ein Gesicht.

„Nick …“ Wieder geriet sie an den Rand der Ohnmacht. Sie zitterte an allen Gliedern, aber sie wusste, sie war in Sicherheit. Er war da. „Nick …“, flüsterte sie noch einmal tonlos.

Nick nahm sie in die Arme und drückte sie sanft an sich. Ihr Gesicht war leichenblass, die Augen leer und starr. Sie würde gleich bewusstlos oder hysterisch werden. Beides durfte er nicht zulassen.

„Was ist passiert?“, fragte er in einem Ton, der unbedingt eine Antwort verlangte.

Melanie öffnete den Mund, brachte aber keinen Ton über die Lippen. Sie schüttelte den Kopf und barg das Gesicht an Nicks Brust. Ihr Atem klang wie ein ersticktes Schluchzen, das das Sprechen unmöglich machte. Ich bin in Sicherheit, sagte sie sich immer wieder. Kein Grund zur Panik. Nick ist bei mir.

„Nimm dich zusammen, Melanie!“, herrschte Nick sie an. „Was ist passiert – antworte!“

„Ich … oh mein Gott!“

Melanie klammerte sich an Nick, aber er machte sich los, packte sie an den Schultern und schüttelte sie wild.

„Ich sagte, du sollst reden.“ Seine Stimme klang kalt und gefühllos. Er kannte kein besseres Mittel, um der immer noch drohenden Hysterie entgegenzuwirken.

Melanie hob benommen den Kopf, versuchte noch einmal zu sprechen, fuhr aber im nächsten Moment wieder zusammen und klammerte sich an Nick. Sie hatte Schritte gehört.

„Hallo! Störe ich?“, fragte Andrew hinter ihrem Rücken. Melanie drehte sich nicht um. Das Zittern wollte nicht aufhören.

Warum war Nick böse mit ihr? Warum half er ihr nicht? Die Fragen drehten sich in ihrem Kopf. Sie brauchte doch so dringend seine Hilfe.

„Stimmt etwas nicht?“, fragte Andrew ebenso besorgt wie neugierig, als er Nicks finsteres Gesicht und Melanies bebende Schultern sah.

„Das nehme ich an", erwiderte Nick knapp. „Melanie rannte über den Strand, als wäre der Teufel hinter ihr her, aber ich habe noch nichts aus ihr herausbekommen."

Nick versuchte sich von Melanie zu lösen, aber sie klammerte sich weiter an ihn. In seinem Gesicht sah sie nichts außer kaltem Interesse. „Also Melanie", sagte er drohend, „was ist los?"

„Da drüben …" Jetzt schlugen ihre Zähne aufeinander. Verzweifelt biss sie sie zusammen und schaute Nick flehend an. Sein Gesicht blieb hart und abweisend. „In der Höhle …" Ihre Stimme erstarb, ihre Gedanken liefen wirr durcheinander. Sie lehnte sich wieder gegen Nick. „Nick … bitte!"

„Ich sehe nach." Nick packte Melanies Arme und schob sie von sich fort. Wenn sie ihn doch nur nicht so anschauen würde. Er konnte ihr doch nicht geben, was sie von ihm erwartete.

„Geh nicht fort!" Verzweifelt wollte sie nach ihm greifen und landete unsanft in Andrews Armen.

„Sieh zu, dass sie sich beruhigt." Mit einem leisen Fluch auf den Lippen wandte sich Nick zum Gehen.

„Nick!" Melanie befreite sich aus Andrews Armen, aber Nick war schon auf dem Weg zu den Klippen. Er sah sich nicht ein einziges Mal um.

Andrew zog Melanie tröstend an sich. Er stieß sie nicht zurück wie Nick.

„Ruhig, ganz ruhig." Andrew streichelte Melanies Haar. „Ich hatte eigentlich gehofft, dich unter anderen Umständen umarmen zu können."

„Ach, Andrew …" Seine freundliche, leise Stimme und sein sanftes Streicheln befreiten Melanie von dem Trauma des Schocks. Sie brach in Tränen aus. „Oh Andrew … es war zu schrecklich!"

„Erzähl mir, was geschehen ist, Melanie. Sprich es aus, dann wird dir leichter." Er sprach ruhig und streichelte sanft ihr Haar.

„In dieser Höhle … liegt eine Leiche."

„Eine Leiche?" Andrew schob Melanie ein wenig von sich ab und starrte sie ungläubig an. „Großer Gott! Bist du sicher?"

„Ja, ja, Andrew! Ich sah … ich war …" Melanie bedeckte das Gesicht mit den Händen.

„Ruhig, ganz ruhig“, flüsterte Andrew.

„Ich habe auf der Sandbank hinter den Klippen Muscheln gesucht und sah plötzlich die Höhle. Ich wollte gerade hineingehen, und dann …“ Ein Schauer überlief Melanie. „Und dann habe ich das Gesicht gesehen – unter Wasser.“

„Oh Melanie.“ Andrew schloss sie fest in die Arme. Er sagte nichts, aber sein Schweigen war alles, was Melanie jetzt brauchte. Er hielt sie noch umarmt, als ihre Tränen längst getrocknet waren.

Nick kam zum Strand zurück. Er sah, wie Melanie sich in Andrews Arme schmiegte. Andrew neigte den Kopf und küsste ihr Haar. Nicks Miene wurde noch düsterer. Eifersucht loderte in ihm auf wie eine Stichflamme und wurde im Keim erstickt.

„Andrew, bring Melanie zur Theocharis-Villa und ruf die Polizei an. Einer der Dorfbewohner hatte einen tödlichen Unfall.“

Andrew nickte und hörte nicht auf, über Melanies Haar zu streicheln. „Ja, sie hat es mir erzählt. Scheußlich, dass ausgerechnet sie ihn finden musste.“ Andrew schluckte sein Unbehagen hinunter. „Kommst du mit?“

Nick wandte den Blick ab, als Melanie sich zu ihm umdrehte und zu ihm aufblickte. Diese traurigen Augen, das Entsetzen darin – er ertrug es nicht. Sie würde ihm wahrscheinlich nie verzeihen, aber er konnte nicht anders handeln.

„Nein“, beantwortete er Andrews Frage. „Ich bleibe hier, damit nicht zufällig jemand auf die Leiche stößt. Melanie …“ Er berührte ihre Schulter. Melanie reagierte nicht. Ihre Augen waren starr und leer. „Dir wird es bald wieder besser gehen. Andrew bringt dich nach Hause.“ Wortlos wandte Melanie das Gesicht ab.

„Kümmere dich um sie“, befahl Nick seinem Cousin scharf.

„Natürlich“, erwiderte Andrew verwundert über diesen Ton. „Komm, Melanie. Ich helfe dir da hinauf.“

Nick schaute ihnen nach, als sie den Strandpfad hochstiegen. Dann kehrte er zu der Höhle zurück, um die Leiche zu untersuchen.

Alex' bester Brandy hatte Melanies Panik etwas gedämpft. Sie saß im Salon, den Blick unverwandt auf Captain Tripolos gerichtet – den Chef des Police Department Mytilini.

Breit und mächtig hatte der Polizeichef sich vor Melanie aufgepflanzt, ein bulliger Mann mit sorgsam gescheiteltem grauen Haar und wachsamen dunklen Augen. Trotz ihrer Benommenheit erkannte Melanie, dass dieser Beamte sein Ziel mit der Zähigkeit einer Bulldogge verfolgen würde.

„Miss James." Tripolos sprach in schnellem, abgehacktem Englisch. „Ich hoffe, Sie verstehen, dass ich Ihnen einige Fragen stellen muss. Reine Routine."

„Hat das nicht Zeit?" Andrew hatte sich neben Melanie aufs Sofa gesetzt. Er legte einen Arm um ihre Schultern. „Miss James steht unter Schockeinwirkung."

„Lass nur, Andrew. Es geht schon." Melanie legte die Hand auf Andrews Arm. „Ich würde es gern hinter mich bringen." Ruhig sah sie Tripolos an, was dieser insgeheim bewunderte. „Ich sage Ihnen alles, was ich weiß."

„*Efcharistó.*" Tripolos deutete ein Lächeln an. „Am besten erzählen Sie mir alles, was sich heute Morgen seit dem Aufstehen abgespielt hat."

Melanie berichtete so genau sie konnte. Sie sprach wie ein lebloser Automat. Ihre Hände lagen schlaff und bewegungslos in ihrem Schoß. Obwohl ihre Stimme schwankte, schaute sie Tripolos unverwandt in die Augen. Hart im Nehmen, dachte der Polizeichef, und er war froh, dass ihm Tränen und hysterische Ausbrüche erspart blieben.

„Da sah ich ihn im Wasser liegen." Melanie fühlte dankbar Andrews tröstendes Streicheln an ihrer Schulter. „Ich rannte weg."

Tripolos nickte. „Sie sind sehr früh aufgestanden. Ist das eine Gewohnheit?"

„Nein. Ich wachte auf und hatte den Einfall, am Strand spazieren zu gehen."

„Haben Sie jemanden gesehen?"

„Nein." Ein Schauer überlief Melanie, aber sie fing sich sofort wieder, was ihr einen weiteren Pluspunkt bei Tripolos eintrug. „Niemanden außer Nick und Andrew."

„Nick? Ah ja, Mr. Gregoras." Tripolos schaute zur anderen Seite des Salons hinüber, wo die anderen Platz genommen hatten. „Haben Sie den Mann früher schon einmal gesehen?"

„Nein." Unwillkürlich griff Melanie nach Andrews Hand, weil sie das starre weiße Gesicht wieder vor sich sah. „Ich bin erst seit wenigen Tagen hier und habe mich bisher nur in der Nähe der Villa aufgehalten."

„Sie sind Amerikanerin, Miss James?", fragte der Polizeichef.

„Ja."

Tripolos schüttelte bedauernd den Kopf. „Ein Jammer, dass Ihnen ein Mord die Ferien verderben musste."

„Mord?", wiederholte Melanie. Wie ein Echo hörte sie das Wort immer wieder. Sie starrte Tripolos an. „Aber ich dachte ... War es denn kein Unfall?"

„Nein." Tripolos schaute auf seinen Notizblock. „Nein. Der Mann wurde erstochen. Er war auf der Stelle tot", erklärte er mit dem nötigen Gewicht. „Seinen Mörder hat er nicht gesehen, er stach von hinten zu." Gelassen steckte Tripolos sein Notizbuch ein, gelassen hob er den Kopf.

„Ich hoffe, ich brauche Sie nicht mehr zu belästigen." Er erhob sich und beugte sich über Melanies Hand. „Haben Sie heute Morgen Muscheln gefunden, Miss James?"

„Ja, ich ... ja, eine ganze Menge." Melanie fühlte sich verpflichtet, in ihre Jackentasche zu greifen und ein paar davon vorzuzeigen. „Sind sie nicht wunderschön?"

„Hübsch ... Sehr hübsch!" Mit einem trügerisch sanften Lächeln begab sich Captain Tripolos auf die andere Seite des Salons. „Ich muss Sie leider bitten, sich zur Verfügung zu halten und das Haus nicht zu verlassen, bis das Verhör abgeschlossen ist", erklärte er höflich. „Zweifellos ist dieser Mord auf einen dörflichen Streit zurückzuführen, aber da die Leiche in unmittelbarer Nähe der beiden Villen gefunden wurde, muss ich jeden von Ihnen als Zeugen zur Sache vernehmen." Er ließ den Blick teilnahmslos über die Gesichter der Anwesenden schweifen und fügte hinzu:

„Es könnten sich wichtige Hinweise aus der jeweiligen Aussage ergeben."

Zur Sache! dachte Melanie, einem hysterischen Anfall nahe. Ein Mensch wird ermordet. Man findet seine Leiche, und er wird zu einer Sache. Ich muss träumen.

„Ganz ruhig, Melanie", flüsterte Andrew ihr ins Ohr. „Komm, trink einen Schluck." Behutsam hielt er ihr das Glas an die Lippen.

„Wir stehen Ihnen selbstverständlich zur Verfügung, Captain." Alex stand auf. „Für keinen von uns war es angenehm, von einem Mord in unmittelbarer Nähe des Hauses zu erfahren, zumal ein Gast meines Hauses das Mordopfer finden musste."

„Natürlich. Ich verstehe." Tripolos nickte müde und rieb sich das kantige Kinn. „Ich werde Sie am besten der Reihe nach vernehmen. Würden Sie mir das Arbeitszimmer kurz zur Verfügung stellen?"

„Selbstverständlich. Ich zeige es Ihnen." Alex ging zur Tür. „Wenn Sie wollen, können Sie mich zuerst befragen."

„Vielen Dank." Nach einer für alle Anwesenden bestimmten knappen Verbeugung folgte Tripolos dem Hausherrn – gelassen, mit ausdruckslosem Gesicht.

Melanie sah ihm nach. Ein Mann, der in der Maschinerie des Strafvollzugs ein Segen für die Menschheit war, der nicht an den Triumph des Bösen, sondern an den Sieg der irdischen Gerechtigkeit glaubte. Fröstelnd zog Melanie die Schultern hoch. Er sah aus wie ein Bluthund, der eine frische Spur witterte.

„Ich brauche einen Drink!" Liz ging an die Bar. „Einen doppelten. Noch jemand?"

Nick schaute kurz zu Melanie hinüber und gab Liz durch eine Handbewegung zu verstehen, Melanie nachzuschenken.

„Dieses Verhör ist eine Zumutung!" Iona trat ebenfalls an die Bar, weil es ihr zu lange dauerte, bis Liz sie bediente. „Einfach absurd! Alex hätte es verhindern müssen. Er hat genug Einfluss, uns die Polizei vom Hals zu halten." Sie schenkte Gin in ein hohes Glas und kippte die Hälfte davon hinunter.

„Wie käme Alex dazu?“ Liz reichte Nick einen Drink und schenkte Melanie Brandy nach. „Wir haben nichts zu verbergen, oder? Möchtest du auch einen Drink, Dorian?“

„Verbergen? Was hat das damit zu tun?“, gab Iona zurück und lief nervös im Salon hin und her. „Ich habe nichts zu verbergen, aber ich denke nicht daran, mich von diesem Typ verhören zu lassen, nur weil sie auf die Wahnsinnsidee verfällt, in irgendeiner Höhle eine Leiche aufzustöbern“, erklärte sie und zeigte auf Melanie.

„Einen Ouzo bitte, Liz“, sagte Dorian, ehe Liz Iona eine passende Erwiderung an den Kopf werfen konnte. Dann richtete er den Blick auf Iona. „Wir können Melanie nicht die Schuld anlasten, Iona. Man hätte uns in jedem Fall verhört. Melanie ist noch übler dran als wir. Immerhin fand sie die Leiche. Vielen Dank, Liz“, fügte er hinzu, als diese ihm mit einem grimmigen Lächeln das Glas reichte.

„Ich halte es hier im Haus nicht aus.“ Iona lief wie ein gereizter Panther im Salon umher. „Nicky, komm, lass uns mit deinem Boot hinausfahren.“ Sie blieb vor Nick stehen und setzte sich dann auf die Armlehne seines Sessels.

„Dazu fehlt mir leider die Zeit, Iona. Wenn ich hier nicht mehr gebraucht werde, muss ich zu Hause eine Menge Papierkram erledigen.“ Nick trank einen Schluck und tätschelte Ionas Hand. Er schaute kurz zu Melanie hinüber und fing einen vernichtenden Blick von ihr auf. Verdammt, dachte er wütend, ich habe schließlich einen Job zu erledigen. Wie kommt sie dazu, mich wie einen Verbrecher zu behandeln!

„Oh Nicky.“ Iona streichelte Nicks Arm. „Wenn ich hier bleibe, drehe ich durch. Bitte, nur für ein paar Stunden, ja?“

Nick seufzte resigniert. Innerlich verfluchte er die Fesseln, die Melanie ihm angelegt hatte, ohne etwas davon zu ahnen. Aber er musste durchführen, was er sich vorgenommen hatte. Melanie durfte ihn nicht von dem einmal eingeschlagenen Kurs abbringen.

„Okay, Iona. Heute Nachmittag.“

Iona lächelte in ihr Glas.

Das endlose Verhör ging weiter. Alex kehrte zurück, und Liz ging hinaus. Die Zurückgebliebenen sprachen nur hin und wieder miteinander und wenn, dann gedämpft und mit bedeutungsvollem Unterton. Als Andrew den Raum verließ, trat Nick zu Melanie ans Fenster.

„Ich muss mit dir reden." Ganz bewusst steckte er die Hände in die Hosentaschen. Melanie war noch immer sehr blass. Der Brandy hatte sie zwar beruhigt, aber nicht die Farbe in ihre Wangen zurückgebracht. „Es ist wichtig, Melanie. Im Augenblick lässt es sich nicht machen. Später."

„Ich will nichts hören."

„Wenn Tripolos hier fertig ist, werden wir wegfahren. Du brauchst Abstand von all dem hier."

„Mit dir fahre ich nirgendwohin. Seit wann interessiert dich, was ich brauche?" Sie sprach mit zusammengebissenen Zähnen. „Vorhin, als ich dich gebraucht hätte, hast du mich im Stich gelassen."

„Herrgott, Melanie!" Nick hatte nur geflüstert, aber Melanie schien es, als hätte er sie angeschrien. Starr blickte sie in den Garten hinaus.

Nicks Hände in den Hosentaschen ballten sich zu Fäusten. „Glaubst du, ich wüsste das nicht? Denkst du, ich …" Er unterbrach sich, ehe er die Beherrschung verlor. „Ich konnte dir nicht geben, was du brauchtest. Jedenfalls zu diesem Zeitpunkt nicht. Mach es mir nicht noch schwerer, als es schon ist."

Melanie drehte sich zu ihm um und sah ihn kalt an. „Das ist nicht meine Absicht." Sie sprach genauso leise wie Nick, aber im Gegensatz zu ihm völlig unbewegt. „Jetzt brauche ich deine Hilfe nicht mehr, das ist alles. Ich will nichts mehr mit dir zu tun haben."

„Melanie …" Irgendetwas in Nicks Augen durchdrang fast Melanies Schutzmauer. Ein Flehen um Verständnis, Abbitte, Reue – Regungen, die sie von Nick nicht erwartet hätte. „Bitte, Melanie, ich will …"

„Was du willst, interessiert mich nicht", erklärte sie rasch, ehe er sie ins Wanken bringen konnte. „Lass mich in Frieden. Ich will nichts mehr mit dir zu tun haben."

„Heute Abend …", begann er noch einmal, aber Melanies eisiger Blick hielt ihn auf.

„Lass mich in Ruhe, Nick", sagte Melanie kalt.

Sie ließ ihn stehen, durchquerte den Salon und setzte sich neben Dorian.

Nick schossen mörderische Gedanken durch den Kopf. Er bedauerte zutiefst, dass er sie nicht auf der Stelle in die Tat umsetzen konnte.

6. KAPITEL

Melanie warf einen ungläubigen Blick auf die Uhr. Sie war überhaupt nicht müde gewesen, als Alex und Liz darauf bestanden hatten, sie möge sich hinlegen. Gehorcht hatte sie nur, weil der Wortwechsel mit Nick ihr die letzten Kräfte geraubt hatte. Jetzt war sie wach und stellte fest, dass die Mittagszeit schon vorüber war. Sie hatte zwei Stunden geschlafen.

Erfrischt war sie dennoch nicht. Mit halb geschlossenen Augen ging sie ins Badezimmer und ließ kaltes Wasser über ihr Gesicht laufen. Der Schock war von Scham verdrängt worden. Melanie schämte sich, weil sie in panischer Angst vor einer Leiche geflohen war und weil sie sich Hilfe suchend an Nick geklammert hatte und abgewiesen worden war. Sie spürte jetzt noch dieses Gefühl der Hilflosigkeit und der Verzweiflung, als Nick sie kalt von sich stieß.

Nie wieder, schwor sich Melanie. Sie hätte ihrem Verstand vertrauen sollen und nicht ihrem Herzen.

Sie hätte wissen müssen, dass man einen Mann wie Nick um nichts bat und nichts von ihm erwarten durfte. Ein Mann wie er hatte nichts zu geben. Aber dennoch …

Aber dennoch war es Nick, den sie in jenem Moment gebraucht und dem sie vertraut hatte. In seinen Armen hatten sie sich geborgen gefühlt.

Melanie schaute in den Spiegel. Ihr Gesicht zeigte noch immer die Spuren des Schocks, aber sie spürte, dass ihre Kräfte langsam zurückkehrten.

Ich brauche ihn nicht, dachte sie. Er bedeutet mir nichts. Das passiert mir nie wieder, schwor sich Melanie. Weil ich nicht mehr zu ihm gehe. Weil ich ihn nie wieder um etwas bitten werde.

Melanie kehrte ihrem Spiegelbild den Rücken und ging die Treppe hinunter.

Als sie die große Halle betrat, hörte sie hinter sich eine Tür zuschlagen und Schritte auf sich zukommen. Sie warf einen Blick über die Schulter und sah Dorian.

„Nun, fühlst du dich besser?“ Dorian trat zu Melanie und ergriff ihre Hand. In dieser Geste lag aller Trost und alles Mitgefühl, das sie sich nur wünschen konnte.

„Ja. Ich komme mir wie eine Närrin vor.“ Auf Dorians fragenden Blick hin fuhr sie fort: „Andrew hat mich praktisch nach Hause tragen müssen.“

Dorian lachte leise, legte einen Arm um Melanies Schultern und führte sie in den Salon. „Ihr Amerikanerinnen! Müsst ihr unbedingt stark und unabhängig sein?“

„Jedenfalls war ich's bis jetzt.“ Melanie musste daran denken, dass sie noch vor Kurzem in Nicks Armen geweint und um Hilfe gefleht hatte. Sie richtete sich kerzengerade auf. „Und mir bleibt auch nichts anderes übrig.“

„Bewundernswert. Der Anblick einer Leiche ist schließlich kein Vergnügen.“ Dorian sah, wie Melanie sich verfärbte, und riss sich zusammen. „Verzeih, Melanie, ich hätte das nicht sagen dürfen. Darf ich dir einen Drink bringen?“

„Um Gottes willen! Ich habe bereits zu viel Brandy getrunken, es reicht für heute.“ Mit einem schwachen Lächeln machte sie sich von Dorian los.

Warum boten ihr alle Leute Schutz und Trost an, nur nicht der Mann, der ihr etwas bedeutete? Unsinn, er bedeutet mir nichts, redete sie sich ein. Ich brauche weder Schutz noch Trost. Von keinem Mann.

„Du bist nervös, Melanie. Möchtest du allein sein?“

„Nein.“ Melanie schüttelte den Kopf. Dorian wirkte wie stets ruhig und ausgeglichen. Sie kannte ihn nicht anders. Sie wünschte, sie wäre heute Morgen Dorian und nicht Nick in die Arme gelaufen. Sie ging zum Flügel hinüber und strich mit einem Finger über die Tasten. „Ich bin froh, dass Tripolos fort ist. Er geht mir auf die Nerven.“

„Tripolos?“ Dorian zog sein Zigarettenetui hervor. „Um den brauchst du dir keine Gedanken zu machen. Vermutlich muss sich nicht einmal der Mörder seinetwegen Sorgen machen“, fügte er mit einem kurzen Lachen hinzu. „Für spektakuläre Erfolge ist die Polizei von Mytilini nicht eben berühmt.“

„Das hört sich an, als sei es dir egal, ob der Mörder gefasst wird oder nicht."

„Dörfliche Streitereien berühren mich nicht", erwiderte Dorian. „Mich interessieren nur Leute, die ich kenne. Ich wollte damit nur sagen, du brauchst dir wegen Tripolos keine Gedanken zu machen."

„Ich fürchte mich nicht", widersprach Melanie und beobachtete, wie Dorian sich die Zigarette anzündete. Irgendetwas ging ihr im Kopf herum, aber sie kam nicht darauf. „Es ist nur die Art, wie gelassen er dasitzt und einen beobachtet, wachsam, lauernd …"

Melanie blickte dem aufsteigenden Rauch aus Dorians langer schwarzer Zigarette nach. Da war doch etwas … Sie schüttelte eine unbestimmte, aber irgendwie wichtige Erinnerung ab. „Wo sind die anderen?"

„Liz und Alex sind im Arbeitszimmer. Iona ist mit dem Boot draußen."

„Ach ja, mit Nick." Unbewusst verkrampfte Melanie die Hände ineinander. „Du bist nicht glücklich darüber, oder, Dorian?"

„Iona musste einmal hinaus. Die Atmosphäre des Todes zerrt an ihren Nerven."

„Du bist sehr verständnisvoll." Plötzlich bekam Melanie Kopfschmerzen. Sie trat ans Fenster. „Ich glaube, das brächte ich nicht fertig."

„Ich habe Geduld, und ich weiß, dass Nick ihr nicht das Geringste bedeutet. Er ist für sie nur Mittel zum Zweck." Dorian machte eine kleine nachdenkliche Pause. „Manche Leute sind keiner Gemütsregung fähig, sei es nun Liebe oder Hass."

„Wie leer muss ihr Leben sein", sagte Melanie leise.

„Findest du? Ich stelle mir das eigentlich ganz bequem vor."

„Ja, bequem vielleicht, aber …" Sie sprach nicht weiter. Dorian hob gerade seine Zigarette an die Lippen. Beim Anblick der schwarzen Zigarette erinnerte sich Melanie plötzlich … Die Muschel im Sand, die halb gerauchte Zigarette daneben, wenige Schritte von dem Toten entfernt … Dieselbe teure Marke! Sie starrte Dorian an. Ein kalter Schauer lief ihr über den Rücken.

„Ist was, Melanie?" Dorians Stimme riss Melanie aus ihrem Betäubungszustand.

Sie schüttelte benommen den Kopf. „Nein, nein. Ich bin noch nicht wieder ganz ich selbst. Vielleicht sollte ich doch etwas trinken."

Melanie hatte kein Bedürfnis nach einem Drink, brauchte aber Zeit, um ihre Gedanken zu ordnen. Ein Zigarettenstummel ist noch kein Beweis, dachte sie, während Dorian zur Bar ging. Alle Bewohner der Villa hätten sich auf der Sandbank zwischen den Klippen aufhalten können.

Aber der Zigarettenrest war frisch gewesen, überlegte sie weiter. Er steckte halb im Sand und war sauber und trocken. Wenn aber jemand gerade erst dort gewesen war, hätte er die Leiche entdecken und unverzüglich die Polizei verständigen müssen. Es sei denn …

Was für ein abwegiger Gedanke! Dass Dorian etwas mit der Ermordung eines Dorfbewohners zu tun haben sollte, war einfach absurd. Dorian und Alex, berichtigte sich Melanie. Beide rauchten diese schwarzen Zigaretten.

Aber beide waren zivilisierte Menschen, und zivilisierte Menschen stießen anderen kein Messer in den Rücken. Beide hatten gepflegte Hände und ein makelloses Benehmen. Musste man nicht böse, hart und kalt sein, um töten zu können?

Nick fiel ihr ein. Sie verdrängte den Gedanken aber sofort. Zunächst einmal musste sie die eine Überlegung zu Ende verfolgen.

Nein, Alex und Dorian kamen als Mörder nicht infrage. Sie waren kultivierte Geschäftsleute, und was sollten sie mit einem einheimischen Fischer zu tun haben? Andererseits musste es eine logische Erklärung für den Zigarettenstummel am Strand geben. Es gab für alles eine logische Erklärung. Es war die Nachwirkung des Schocks, sie sah überall Gespenster – das war die Erklärung.

Und die Schritte auf dem Strandpfad in jener Nacht? Vor wem hatte sich Nick versteckt? Auf wen hatte er gewartet? Der Tote war nicht im Zuge eines dörflichen Streits umgebracht worden, das hatte Melanie keinen Moment lang geglaubt. Mord … Schmuggel … Melanie schloss schaudernd die Augen.

Wer war der Mann, der an Land gekommen war, als Nick Melanie im Gebüsch gefangen hielt? Nick hatte Stephanos befohlen, ihm zu folgen. War es Alex gewesen oder Dorian? Oder der Tote in der Höhle?

Melanie fuhr zusammen, als Dorian ihr einen Brandy reichte. „Melanie, du bist so blass, willst du dich nicht setzen?"

„Nein. Ich bin nur ein bisschen nervös, das ist alles." Melanie umfasste ihr Glas mit beiden Händen, trank aber nicht. Sie würde Dorian einfach fragen, ob er auf der Sandbank gewesen war. Aber als sie in seine ruhigen, forschenden Augen blickte, wurde sie wieder von eiskalter Furcht gepackt.

„Diese Sandbank zwischen den Klippen." Melanie schluckte trocken und nahm allen Mut zusammen. „Man hat den Eindruck, als hätte nie eines Menschen Fuß den Sand betreten." Und die vielen zertretenen Muscheln, die ich gesehen habe? dachte Melanie plötzlich. Warum ist mir das nicht eher eingefallen? „Gehst du … gehen oft Leute dorthin?"

„Was die Dorfbewohner machen, weiß ich nicht." Dorian beobachtete Melanie, die sich jetzt auf die Sofalehne setzte. „Aber vermutlich haben sie genug mit dem Fischfang oder den Oliven zu tun. Zum Muschelsammeln werden sie kaum Zeit finden."

„Sicher nicht." Melanie befeuchtete sich die Lippen. „Aber es ist herrlich dort, findest du nicht auch?"

Melanie schaute Dorian unverwandt an. Bildete sie es sich ein, oder hatte er tatsächlich ein Glitzern in den Augen. Täuschte sie vielleicht der Zigarettenrauch vor seinem Gesicht? Oder lag es an ihren überreizten Nerven?

„Ich war nie dort", sagte er achselzuckend. „Ich nehme an, mit dem Empire State Building in New York ist es nicht anders. Die wenigsten Einwohner waren dort oben." Er drückte die Zigarette im Aschenbecher aus. Melanie verfolgte seine Bewegungen. „Gibt es sonst noch etwas, Melanie?"

„Sonst noch etwas? Nein, nein." Rasch richtete sie den Blick auf Dorians Gesicht. „Ich glaube, es geht mir wie Iona. Die Atmosphäre hier geht mir auf die Nerven."

„Kein Wunder!" Mitfühlend trat Dorian näher zu Melanie heran. „Du hast eine Menge verkraften müssen heute Morgen, Melanie. Vergiss das Gerede über den Toten. Komm, gehen wir in den Garten", schlug er vor. „Dann reden wir über etwas anderes."

Melanie lag eine Ablehnung auf der Zunge. Sie wusste nicht, warum, aber sie wollte nicht mit Dorian allein sein. Als sie sich noch eine vernünftige Ausrede überlegte, trat Liz zu ihnen.

„Melanie, ich denke, du schläfst?"

Dankbar für die Störung, setzte Melanie das unberührte Glas ab und stand auf. „Ich habe lange genug geschlafen." Sie bemerkte, dass auch Liz angespannt wirkte. „Du solltest dich selbst ein wenig ausruhen, Liz."

„Unsinn, ich brauche lediglich frische Luft."

„Gerade wollte ich Melanie in den Garten lotsen." Dorian legte Liz sanft die Hand auf die Schulter. „Aber ihr werdet auch ohne mich zurechtkommen, nehme ich an. Ich habe mit Alex noch geschäftliche Angelegenheiten zu besprechen."

„Ja." Liz griff nach Dorians Hand. „Danke, Dorian. Ich weiß nicht, was Alex und ich heute ohne dich getan hätten."

„Unsinn." Er küsste sie leicht auf die Wange. „So, und jetzt geht und vergesst das Ganze."

„Dorian …" Melanie schämte sich plötzlich. Dorian hatte sich rührend um sie bemüht, und sie hatte ihrer Fantasie die Zügel schießen lassen. „Danke für alles", sagte sie leise.

Dorian lächelte und küsste auch Melanie flüchtig auf die Wange. Der Duft von Orangenblüten wehte sie an. „Seht euch die Rosenbeete an, das wird euch auf andere Gedanken bringen."

Nachdem Dorian in der Halle verschwunden war, ging Liz zu der Tür, die in den Garten führte. „Soll ich uns Tee bringen lassen?"

„Für mich nicht, danke. Und hör auf, mich wie eine Kranke zu behandeln."

„Du liebe Güte, tue ich das?"

„Ja. Seit ich …" Melanie sprach nicht weiter.

Liz warf ihr einen Blick zu und setzte sich seufzend auf eine Marmorbank. „Melanie, es tut mir so furchtbar leid, dass es ausgerechnet dich treffen musste. Nein, nein, tu nicht so, als wär's halb so schlimm. Wir kennen uns zu gut und zu lange. Ich weiß, wie dir heute Morgen zu Mute gewesen sein muss. Und wie du dich jetzt fühlst, weiß ich auch."

„Ich fühle mich schon besser, Liz." Melanie nahm in einer kleinen Sitzschaukel Platz und zog die Beine an. „Allerdings gebe ich zu, dass ich fürs Erste keine Muscheln mehr bewundern werde. Aber du und Alex dürft euch nicht die Schuld daran geben. Es war ein unglücklicher Zufall, dass ich ausgerechnet heute Morgen diese Höhle entdeckte. Ein Mann wurde umgebracht – irgendjemand musste ihn ja finden."

„Aber nicht gerade du."

„Jedenfalls seid ihr beide nicht dafür verantwortlich."

Liz seufzte. „Als sachlich denkende Amerikanerin weiß ich das, aber …" Sie hob die Schultern und lächelte. „Ich glaube, ich werde langsam zur Griechin. Und du wohnst unter meinem Dach." Liz zündete sich eine Zigarette an, stand auf und ging ein paar Schritte auf und ab.

Eine schwarze Zigarette, stellte Melanie betroffen fest, eine teure schwarze Zigarette. Aber natürlich, Liz hatte die Angewohnheit, sich hin und wieder aus Alex' Beständen zu bedienen.

Melanie schaute in Liz' schönes Gesicht und schloss die Augen. Ich muss verrückt sein, dachte sie, wenn ich es auch nur eine Sekunde lang für denkbar hielte, Liz könnte etwas mit Mord und Schmuggel zu tun haben. Ich kenne sie seit Jahren, ich habe mit ihr zusammengewohnt. Vermutlich kenne ich sie besser als mich selbst. Aber wie weit würde Liz gehen, um den Mann zu decken, den sie liebte?

„Ich muss Iona ausnahmsweise recht geben", sagte Liz plötzlich. „Dieser Typ von der Polizei kann einen ganz schön verunsichern. Dieses Lächeln … die eiskalten Augen, die aalglatte Höflichkeit – ich muss sagen, die hart gesottenen New Yorker Cops sind mir lieber. Da weiß man wenigstens, woran man ist."

„Ich verstehe, was du meinst", sagte Melanie. Wenn sie doch nur ihre eigenen Gedanken abschalten könnte!

„Warum wollte er jeden von uns einzeln verhören? Was verspricht er sich davon?" Hastig führte Liz ihre Zigarette zum Mund. Die Brillanten auf ihrem Ehering blitzten kalt im Sonnenlicht.

„Routine, nehme ich an." Melanie musste auf den Ring schauen. Bis dass der Tod euch scheidet, dachte sie.

„Du kannst sagen, was du willst", widersprach Liz, „dieser Tripolos ist mir unheimlich. Was hat der Mord mit uns zu tun? Keiner von uns kannte den Mann. Ein Fischer namens Anthony Stevos!"

„Fischer?"

„Das ist jeder zweite männliche Dorfbewohner."

Melanie schwieg. Sie versuchte sich an die Szene im Salon heute Morgen zu erinnern. Wie haben die einzelnen Anwesenden reagiert? Hätte sie selbst nicht unter Schockeinwirkung gestanden, wäre ihr dann irgendetwas aufgefallen? Es gab noch jemanden, der an diesem Morgen eine schwarze Zigarette geraucht hatte, fiel ihr plötzlich ein.

„Liz", begann Melanie vorsichtig, „kannst du dir erklären, warum Iona plötzlich durchdrehte und wegen des Verhörs eine Szene machte?"

„Melodramatische Szenen sind bei Iona an der Tagesordnung." Liz lachte spöttisch auf. „Hast du nicht gesehen, wie sie sich Nick an den Hals geworfen hat? Wie er das aushält, ist mir schleierhaft."

„Es scheint ihn nicht zu stören." Nein, rief sich Melanie zur Ordnung. Nicht an Nick denken. Nicht jetzt. „Iona ist schwer zu durchschauen", fuhr sie fort. „Aber heute Morgen ..." Und gestern auch, dachte Melanie. Gestern, als die Rede auf den Rauschgiftschmuggel kam. „Heute Morgen hatte sie Angst, panische Angst."

„Ich glaube, Iona ist einer solchen Regung überhaupt nicht fähig", sagte Liz bitter. „Ich wünschte, Alex würde jede Verbindung zu ihr abbrechen und sie ein für alle Mal abschreiben. Er ist viel zu rücksichtsvoll der Verwandtschaft gegenüber."

„Seltsam, Dorian sagte fast dasselbe." Melanie zupfte geistesabwesend an einer verblühten Rose. Sie sollte sich auf Iona konzentrieren. Sie war gefährlicher als irgendein anderer in diesem Haus. Wenn sie sich in die Enge getrieben fühlte, würde sie über Leichen gehen.

„Wie meinst du das?"

„Iona." Melanie schaute Liz an. „Meiner Ansicht nach wird sie von starken Emotionen beherrscht – von zerstörerischen Emotionen wie Hass, Verzweiflung und Besitzgier. Starke, sehr starke Emotionen sind es auf jeden Fall."

„Ich kann sie nicht ausstehen", stieß Liz so heftig hervor, dass Melanie sie verdutzt anschaute. „Sie macht Alex das Leben zur Hölle. Ich kann dir gar nicht sagen, wie viel Zeit, Nerven und Geld ihn diese Frau schon gekostet hat. Und Undankbarkeit und Ungezogenheit sind der Lohn dafür."

„Alex hat einen ausgeprägten Familiensinn", meinte Melanie. „Du kannst ihn nicht davor schützen."

„Ich bin entschlossen, ihn zu schützen!", fiel Liz ihr hitzig ins Wort. „Vor allem und jedem." Sie schnippte den Rest der Zigarette ins Gebüsch. Ein Schauer überlief Melanie. „Verdammt", sagte Liz etwas ruhiger. „Die Sache heute Morgen geht mir ständig im Kopf herum."

„Das geht uns allen so." Melanie stand auf. „Es war ja auch kein erfreulicher Morgen."

„Es tut mir leid, Melanie, aber Alex ist völlig außer sich. Sosehr er mich liebt, es gibt Dinge, über die er nicht spricht ... seine Probleme, seine Arbeit. Er ist der Meinung, er müsse allein damit fertig werden." Liz lachte kurz auf und schüttelte dann den Kopf. „Komm, setz dich wieder, Melanie. Ich rede zu viel, das ist es."

„Liz, wenn irgendetwas nicht stimmt ... Ich meine, wenn du ernste Probleme hättest, würdest du es mir doch sagen, oder?"

„Ich habe keine Probleme. Vergiss es und mach dir keine Sorgen." Liz zog Melanie auf die Sitzschaukel zurück. „Es ist nur frustrierend, wenn der Mensch, den man über alles liebt, sich nicht helfen lassen will. Manchmal macht es mich ganz verrückt, dass Alex darauf besteht, unangenehme Dinge von mir fernzuhalten."

„Er liebt dich, Liz." Melanie verkrampfte die Hände im Schoß.

„Und ich liebe ihn."

„Liz …" Melanie holte langsam Luft. „Warst du mit Alex zusammen schon auf der Sandbank?"

„Wieso?" Liz war offenbar mit ihren Gedanken ganz woanders. Sie setzte sich wieder auf ihre Bank. „Ach so, nein. Wir halten uns meistens auf den Kliffs auf, wenn ich Alex überhaupt einmal von der Arbeit fortlocken kann. Ich weiß nicht mehr, wann wir das letzte Mal dort waren. Ich wünschte", fügte sie leise hinzu, „ich wäre heute Morgen bei dir gewesen."

Melanie schämte sich ihrer abwegigen Gedanken und blickte zur Seite. „Ich bin froh, dass das nicht der Fall war. Ich habe Alex gerade genug zu schaffen gemacht mit meiner Hysterie."

„Du warst nicht hysterisch", widersprach Liz energisch. „Im Gegenteil, du warst unnatürlich ruhig, als Andrew dich nach Hause brachte."

„Ich habe mich gar nicht bei ihm bedankt." Melanie verdrängte Zweifel und Verdächtigungen. Sie waren unbegründet, einfach lächerlich. „Was hältst du von Andrew?"

„Er ist sehr charmant." Liz spürte Melanies Stimmungsumschwung und passte sich dem an. „Heute hat er sich von der besten Seite gezeigt, findest du nicht?" Liz lächelte weise und mütterlich. „Ich glaube, er ist bis über beide Ohren in dich verliebt."

„Das könnte dir so passen, aber daraus wird nichts."

„Wieso? Er wäre eine nette Ablenkung für dich", überlegte Liz unbeirrt weiter. „Aber leider gehört er zum weniger begüterten Teil der Gregoras-Familie, und ich habe mir vorgenommen, dich mit einem reichen Mann zu verheiraten. Trotzdem", schloss sie, als sie Melanie seufzen hörte, „wäre er ein angenehmer Gesellschafter … für eine Weile."

„Hallo." Andrew kam in den Garten geschlendert. „Ich hoffe, ich störe nicht."

„Ganz und gar nicht." Liz lächelte ihm erfreut entgegen. „Nachbarn sind immer willkommen."

Andrew strahlte jungenhaft, was ihm ein paar Pluspunkte bei Liz eintrug. „Ich habe mir Sorgen um Melanie gemacht.“ Er beugte sich hinunter, umfasste Melanies Kinn und schaute ihr ins Gesicht. „Es war ein schrecklicher Morgen, und ich wollte sehen, wie es dir geht. Ich hoffe, es ist dir recht?“ Seine Augen waren so dunkelblau wie das Wasser vor dem Strand.

„Natürlich, Andrew.“ Melanie griff nach seiner Hand. „Es geht mir gut. Oh Andrew, ich habe mich nicht einmal bei dir bedankt. Bitte verzeih.“

„Du bist immer noch sehr blass.“ Es klang sehr mitleidig.

Melanie musste über Andrews Besorgnis lächeln. „Das muss mit dem New Yorker Winter zusammenhängen.“

„Eisern entschlossen, Haltung zu wahren, wie?“

„Nach der Szene am Strand heute früh habe ich dazu wahrhaftig allen Grund.“

„Oh, ich fand die Szene gar nicht schlecht, im Gegenteil.“ Andrew drückte kurz Melanies Hand. „Ich wollte sie zum Dinner entführen“, fuhr er dann zu Liz gewandt fort. „Ein wenig Ablenkung kann nicht schaden, denke ich.“

„Das predige ich ihr schon die ganze Zeit.“

Andrew beugte sich wieder zu Melanie hinunter. „Wir gehen ins Dorf, okay? Ein bisschen Lokalkolorit, ein paar Ouzos, eine Flasche Wein und nette Unterhaltung. Was hältst du davon?“

„Eine fabelhafte Idee!“ Liz war von Andrews Vorschlag begeistert. „Genau das brauchst du, Melanie.“

Erheitert betrachtete Melanie die beiden, die sich sozusagen gegenseitig auf die Schulter klopften. Aber genau das brauchte sie: eine andere Umgebung, Menschen, die sie ablenkten, von dem Haus, den eigenen Gedanken, den Zweifeln … Melanie lächelte Andrew an. „Wann soll ich fertig sein?“

Andrews jungenhaftes Lächeln leuchtete wieder auf. „Sagen wir, um sechs? Ich werde dir das Dorf zeigen. Keine Angst, Nick hat mir den Alfa für die Dauer meines Aufenthalts zur Verfügung gestellt, du brauchst nicht auf einem Esel zu reiten.“

Melanie nickte mechanisch. „Ich werde pünktlich sein.“ Das Lächeln wollte ihr nicht recht gelingen.

Die Sonne stand hoch im Süden, als Nick die Jacht ins offene Meer hinaussteuerte.

Zum Teufel mit Melanie! dachte er ergrimmt. Zornig schleuderte er die halb gerauchte schwarze Zigarette über Bord. Wäre sie nicht mitten in der Nacht zum Strand hinuntergelaufen, hätte das alles vermieden werden können.

Und dann heute Morgen! Wieder sah er Melanies schreckgeweitete Augen vor sich und hörte ihr Flehen um Hilfe. Er konnte noch fühlen, wie sie sich an ihn geklammert hatte, aber er hatte nichts für sie tun können.

Nick fluchte leise und brachte den Motor auf Hochtouren. Er verdrängte jeden Gedanken an Melanie und konzentrierte sich auf das Nächstliegende. Anthony Stevos hatte es also erwischt. Nick hatte den Fischer nur zu gut gekannt und wusste, woraus seine Fischzüge gelegentlich bestanden hatten. Er kannte auch die Athener Telefonnummer, die er in Stevos' Hosentasche gefunden hatte.

Dieser Narr hatte zu schnell reich werden wollen. Jetzt war er eine Leiche, eliminiert. Wie lange würde Tripolos brauchen, bis er einen dörflichen Streit ausschloss und auf die richtige Fährte gelangte? Vermutlich nicht lange genug, dachte Nick. Ich werde die Sache schneller vorantreiben müssen als geplant.

„Nicky, was soll dieses finstere Gesicht?", rief Iona ihm über den Motorenlärm hinweg zu. Sofort setzte Nick eine freundlichere Miene auf.

„Ich dachte an den Berg Papierkram auf meinem Schreibtisch, weiter nichts." Nick stellte den Motor ab und ließ das Boot treiben. „Ich hätte mich besser nicht zu einem freien Nachmittag überreden lassen sollen."

Iona kam zu ihm herüber. Ihre eingeölte Haut glänzte. Sie trug einen winzigen Bikini mit einem trägerlosen Top, das ihren Busen nur zur Hälfte bedeckte. Iona hatte fraglos einen reifen, üppigen und erregenden Körper. Trotzdem ließ ihr Hüftschwung Nick völlig kalt.

„*Agapité mou*", schmeichelte sie, „du wirst doch jetzt nicht an Geschäfte denken." Sie schlängelte sich auf seinen Schoß und schmiegte sich an ihn.

Nick küsste sie mechanisch. Nach der Flasche Champagner, die Iona ausgetrunken hatte, merkte sie den Unterschied ohnehin nicht. Der Geschmack blieb auf seinen Lippen haften. Unwillkürlich musste er an Melanie denken. Mit einem unterdrückten Fluch presste er die Lippen auf Ionas Mund.

„Hm …" Iona schnurrte wie eine Katze beim Streicheln. „So gefällst du mir schon besser, Nicky. Jetzt bist du wild auf mich, ich fühle es. Sag es mir, ich brauche einen Mann, der mich begehrt."

„Welcher Mann würde eine Frau wie dich nicht begehren?" Nick strich ihr mit der Hand über den Rücken, während sich ihr Mund gierig auf seinen presste.

„Ein Idiot", gurrte Iona und lachte leise. „Aber du bist kein Idiot, Nicky." Sie legte den Kopf in den Nacken. Ihre Augen waren halb geschlossen und vom Alkohol verschleiert. „Liebe mich hier unter freiem Himmel im Sonnenschein."

Mir wird nichts anderes übrig bleiben, wenn ich diesen Job erfolgreich durchführen will, dachte Nick voll Abscheu. Nur auf diese Weise würde er sie zum Reden bringen. Und er musste sie zum Reden bringen!

„Sag mal, Darling", flüsterte Nick und küsste Iona auf den Nacken, während sie sein Hemd aufknöpfte. „Was weißt du über den Schmuggelverkehr zwischen der Türkei und Lesbos?"

Nick spürte, wie Iona erstarrte. Er würde trotzdem leichtes Spiel mit ihr haben bei der Menge Gin und Champagner, die sie in sich hineingeschüttet hatte. Sie würde reden wie ein Wasserfall. Sie war reif – überreif, schon seit Tagen war sie fällig.

„Nichts", antwortete Iona und zerrte an seinen Hemdknöpfen. „Von solchen Dingen weiß ich gar nichts."

„Komm schon, Iona", flüsterte Nick verführerisch. „Du weißt eine ganze Menge. Als Geschäftsmann bin ich an neuen Verdienstmöglichkeiten interessiert, wie du dir wohl denken kannst." Er knabberte an ihrem Ohrläppchen. „Du gönnst mir doch ein paar zusätzliche Drachmen, oder etwa nicht?"

„Ein paar Millionen!" Iona berührte ihn verführerisch, um ihm zu zeigen, was sie von ihm wollte. „Ja, ich weiß recht viel."

„Und du erzählst es mir auch, ja? Komm, Iona. Du und die Millionen, das erregt mich. Also – was weißt du über den Mord?"

„Der Mann, den diese dumme Person gefunden hat, wurde erledigt, weil er zu geldgierig war."

Nick zwang sich zur Ruhe. „Und wer steckt dahinter?" Er legte sich zu Iona, die sich der Länge nach auf der Persenning ausstreckte. „Wer hat Stevos erledigt, Iona?" Nick hatte den Eindruck, sie würde gleich in den Schlaf hinübergleiten. Er schüttelte sie recht unsanft, um sie wach zu halten.

„Ich will mit Mördern nichts zu tun haben, Nick", stieß Iona hervor. „Der Teufel soll diesen verdammten Bullen holen!" Sie wollte die Arme um ihn schlingen, schaffte es aber nicht. „Ich habe es satt, ständig abhängig zu sein", schmollte sie. „Vielleicht sollte ich mich mit dir zusammentun, einfach aussteigen. Du bist reich, Nick. Und ich brauche Geld ... viel Geld."

„Wie meinst du das, Iona?"

„Später ... Wir reden später darüber." Ionas Mund nahm Nicks Lippen wieder in Besitz.

Nick versuchte wenigstens eine Andeutung von Leidenschaft aufzubringen. Er brauchte Iona dringend. Aber als er merkte, dass sie endgültig das Bewusstsein verlor, tat er nichts, um sie wieder aufzuwecken.

Er stellte sich an die Reling und rauchte eine Zigarette nach der anderen. Der Ekel vor dem, was er zu tun hatte, erzürnte und deprimierte ihn gleichermaßen. Ihm war klar, dass er Iona als Werkzeug benutzen musste, und er musste sich von ihr benutzen lassen – wenn nicht jetzt, dann später. Er musste aus ihr herausbringen, was sie wusste. Das war für seine Sicherheit und für seinen Erfolg unabdingbar.

Wenn er Ionas Liebhaber werden musste, um sein Ziel zu erreichen, dann ließ sich das nicht ändern. Es war für ihn nicht von Bedeutung. Nick zog heftig an seiner Zigarette. Nein, das bedeutete wirklich nichts. Das gehörte zu seiner Arbeit.

Am liebsten hätte Nick sich jetzt stundenlang unter die Dusche gestellt, um den Schmutz von sich abzuspülen, der sich nicht abspülen ließ – der Schmutz vieler Jahre, die Lügen vieler

Jahre. Wie kam es, dass er sich erst jetzt wie ein Gefangener fühlte?

Nick sah Melanies Gesicht vor sich. Ihre Augen blickten ihn kalt an. Er warf die Zigarette ins Wasser, ging ans Ruder zurück und startete den Motor.

7. KAPITEL

Die Rundfahrt durch das alte Fischerdorf mit seinen verwinkelten Gassen und dicht aneinander gedrängten, weiß verputzten Häusern endete im Hafen.

Melanie saß mit Andrew in einer der zahlreichen Hafenkneipen und sah den Fischern zu, die ihre Boote an den Anliegern festmachten und die Netze zum Trocknen ausbreiteten.

Unter den Männern war jedes Alter vertreten, von kleinen Jungen bis zum Veteran. Alle waren tief gebräunt, alle arbeiteten zusammen. Zwölf Mann, vierundzwanzig Hände für ein Netz. Die Arbeit war für die Fischer alltägliche Routine und ging ihnen scheinbar mühelos von der Hand.

„Das muss heute ein guter Fang gewesen sein", meinte Andrew, als er sah, wie versunken Melanie in den Anblick war.

Nachdenklich strich Melanie mit dem Finger über den Rand ihres Glases. „Ich dachte gerade … Sie sehen alle so gesund und kräftig aus, auch die Alten. Ich nehme an, sie fahren bis zu ihrem Tod hinaus. Sie verbringen ihr Leben auf dem Meer und arbeiten, bis sie eines Tages tot umfallen, aber sie sind zufrieden."

„Sie kennen es nicht anders", sagte Andrew. „Sie leben, wie sie von jeher gelebt haben. Sie fischen, oder sie arbeiten in Nicks Olivenhainen, wie die Generationen vor ihnen." Andrew stellte seinen Drink ab und schaute ebenfalls zu den Fischern hinüber. „Ich glaube, sie wollen es gar nicht anders. Sie sind auf dem Meer zu Hause, arbeiten hart und führen ein einfaches Leben. Vielleicht ist es gerade das, worum man sie beneiden könnte."

„Aber den Schmuggel gibt es auch", sagte Melanie leise.

Andrew zuckte mit den Schultern. „Das passt zum Schema, oder? Sie schmuggeln wie ihre Väter und Großväter, um ihren kargen Verdienst aufzubessern. Gefahr kann sie nicht schrecken, im Gegenteil. Sie erhöht den Reiz des Abenteuers."

Melanie blickte Andrew betroffen an. „Von dir hätte ich diese Einstellung nicht erwartet."

Andrew schaute Melanie seinerseits verdutzt an. „Welche Einstellung?"

„Diese Gleichgültigkeit einem Verbrechen gegenüber."

„Aber Melanie! Seit wann ist Schmuggel ein …"

„Es ist kriminell!", unterbrach sie ihn. „Man muss dagegen vorgehen!" Melanie stürzte ihren klaren, aber starken Ouzo hinunter.

„Wie soll man gegen etwas vorgehen, das hier zu Lande seit Jahrhunderten gang und gäbe ist?"

„Rauschgiftschmuggel ist ein schmutziges Geschäft. Einflussreiche Männer wie Alex und Nick, die hier auf der Insel ihren Wohnsitz haben, könnten Druck auf die zuständige Behörde ausüben, sollte man meinen."

„Ich weiß nicht, wie Alex darüber denkt." Andrew füllte Melanies Glas nach. „Aber ich glaube, Nick würde sich nie in Angelegenheiten einmischen, die ihn persönlich oder das Unternehmen nicht unmittelbar betreffen."

Ein Schatten flog über Melanies Gesicht. „Ich weiß."

„Versteh mich bitte nicht falsch, Melanie", sagte Andrew. Er starrte auf seine Hände, um ihrem Blick auszuweichen. „Nick ist mir gegenüber sehr großzügig", fuhr er fort. „Er hat mir das Geld für den Flug geliehen und mir das Cottage zur Verfügung gestellt. Weiß der Himmel, wann ich ihm das Geld zurückgeben kann. Ich hasse es, ihm auf der Tasche zu liegen, aber die Schriftstellerei ist nicht die sicherste Einkommensquelle."

„Wenn ich mich recht entsinne, hielt der berühmte englische Schriftsteller T.S. Elliot sich als Bankangestellter über Wasser."

Andrew verzog das Gesicht und lächelte. „Nick hat mir einen Job in seinem Zweitunternehmen in Kalifornien angeboten. Er meint es gut, aber es ist meinem Ego nicht gerade zuträglich." Andrew schaute aufs Meer hinaus. „Ob mein Schiff je kommen wird, Melanie?"

„Mit Sicherheit, Andrew. Du wirst deinen Traum verwirklichen, du musst nur daran glauben."

Andrew seufzte. „Ja, vielleicht hast du recht." Er schüttelte seine düstere Stimmung ab, und sein Lächeln wurde wieder warm und freundlich. „Ich bin am Verhungern. Wollen wir bestellen?"

Die Sonne war schon untergegangen, als Andrew und Melanie ihr Abendessen beendeten. Weiche, verblassende Farben zogen sich über den Himmel, die ersten Sterne flimmerten am sich allmählich verdunkelnden Horizont.

Der hochprozentige griechische Ouzo und die kräftig gewürzten Speisen hatten Melanie in eine gelöste, zufriedene Stimmung versetzt. Hin und wieder spielte jemand auf einer Gitarre. Das Lokal war voll besetzt, und manche Gäste sangen laut mit.

Der Wirt bediente die Gäste persönlich – ein schwergewichtiger Mann mit einem dünnen Schnurrbart und Triefaugen, die er vermutlich den pfeffergeschwängerten Küchendünsten und den Schwaden von Tabakqualm verdankte, die sich durch das Lokal zogen. Amerikanische Touristen hoben seinen Status, und da er von Melanies fließendem Griechisch beeindruckt war, nahm er jede Gelegenheit wahr, auf ein paar Worte an ihren Tisch zu kommen.

Melanie fühlte sich wohl in der ungezwungenen Atmosphäre. In der Villa Theocharis war sie von Herzlichkeit und Luxus umgeben, aber dies hier war etwas ganz anderes. Hier wurde laut gelacht und hin und wieder Wein verschüttet. So sehr Melanie Liz und Alex zugetan war, ein Leben, das von gesellschaftlichen Zwängen bestimmt wurde, würde sie einengen. Sie würde innerlich verkümmern.

Zum ersten Mal seit diesem Morgen ließen Melanies stechende Kopfschmerzen nach. „Oh, sieh mal, Andrew! Die Männer fangen an zu tanzen."

Melanie stützte die Ellbogen auf den Tisch, legte das Kinn in die Hände und schaute den Männern zu, die sich mit den Armen umfassten und eine Reihe bildeten.

„Willst du mittanzen?", fragte Andrew.

Melanie schüttelte lachend den Kopf. „Ich würde sie nur durcheinanderbringen. Warum tanzt du nicht mit?"

Andrew füllte Melanies Glas auf. „Du hast ein hinreißendes Lachen. Es klingt so frei und ungekünstelt und auf eine seltsame Weise verheißungsvoll."

„Du sagst die nettesten Dinge, Andrew." Melanie lächelte belustigt. „Ich bin gern mit dir zusammen. Es ist schön, einen Freund wie dich zu haben."

Andrew zog seine Augenbrauen hoch, und im nächsten Moment fühlte Melanie seine Lippen sekundenlang auf ihrem Mund. „Das freut mich", sagte er leise.

Als er Melanies verdutztes Gesicht sah, lehnte er sich zurück und lächelte schief. „Das Gesicht, das du jetzt machst, ist meinem Ego auch nicht eben förderlich." Er zog eine Zigarettenschachtel aus der Jackentasche und suchte nach Streichhölzern.

Melanies Blick fiel auf die flache schwarze Schachtel. „Was denn, du rauchst?", brachte sie nach einem Moment heraus.

„Oh, nur gelegentlich." Andrew fand die Streichhölzer. Der Schein der Flamme tauchte sein Gesicht in geheimnisvolle, Unheil verkündende Schatten. „Zu dumm, aber ich stehe auf diese teure Sorte. Zum Glück lässt Nick immer eine Schachtel da, wenn er mich im Cottage besuchen kommt. Täte er's nicht, würde ich wahrscheinlich überhaupt nicht rauchen." Er bemerkte Melanies Erstarrung. „Stimmt etwas nicht?", fragte er irritiert.

„Oh … nein, es ist nichts." Melanie hob ihr Glas und hoffte, dass ihrer Stimme nichts anzumerken war. „Mir fiel nur eben ein, was du mir von deinen Wanderungen über die Insel erzählt hast. Ist dir die Sandbank zwischen den Klippen eigentlich niemals aufgefallen? Warst du noch nie dort?"

„Diese Sandbank gehört zu meinen Lieblingsplätzen." Schnell griff Andrew nach Melanies Hand. „Ich meine das natürlich rückblickend. Ich glaube, ich war vor etwa einer Woche zuletzt dort. Und so bald zieht es mich nicht wieder dorthin."

„Vor einer Woche …", murmelte Melanie.

„Denk nicht mehr darüber nach, Melanie."

Melanie schaute Andrew in die Augen. Sie waren so klar, so offen. Was für ein Wahnsinn, dachte sie. Alex, Dorian, Andrew – keiner von ihnen wäre zu einer solchen Tat fähig. Warum sollte nicht einer der Dorfbewohner eine Vorliebe für teure schwarze Zigaretten haben – der Mann, der Stevos ermordet hatte?

„Du hast recht." Melanie lächelte wieder und beugte sich zu Andrew hinüber. „Erzähl mir etwas über deinen Roman, Andrew."

„Guten Abend, Miss James. Mr. Stevenson!“

Melanie wandte den Kopf und blickte in Tripolos’ kantiges Gesicht. „Oh hallo, Captain.“

Es klang nicht sonderlich begeistert, aber das focht Captain Tripolis nicht an. „Nun, wie gefällt Ihnen das Dorfleben? Kommen Sie oft hierher?“

„Heute Abend zum ersten Mal“, erklärte Andrew. „Ich habe sie überredet, mir beim Dinner Gesellschaft zu leisten. Nach dem Schock heute Morgen brauchte sie dringend ein bisschen Ablenkung.“

Tripolis nickte mitfühlend. Melanie fiel auf, dass die Musik und das Gelächter verstummt waren. Die Atmosphäre in dem kleinen Lokal war plötzlich gespannt.

„Sehr vernünftig“, meinte der Kommissar. „Eine junge Dame sollte so etwas möglichst rasch vergessen. Leider wird mir das nicht möglich sein.“ Er seufzte und warf einen Blick auf die Drinks. „Tja, dann weiterhin viel Vergnügen.“ Damit empfahl er sich.

„Verdammt!“, schimpfte Melanie leise vor sich hin, nachdem Tripolos gegangen war. „Warum macht dieser Mann mich so unsicher? Jedes Mal, wenn ich ihn sehe, komme ich mir vor, als hätte ich eine Bank überfallen!“

„Ich weiß genau, was du meinst.“ Andrew beobachtete, wie die Leute zurücktraten, um Tripolos durchzulassen. „Er braucht einen nur anzusehen, und schon verliert man den Boden unter den Füßen und fühlt sich irgendwie schuldig.“

„Gott sei Dank, dass es nicht nur mir so geht.“ Melanie hob ihr Glas. Ihre Hand zitterte, und sie leerte es rasch. „Andrew“, sagte sie leise, „ich glaube, ich brauche noch einen Drink.“

Fahles Mondlicht hatte die Farben des Sonnenuntergangs abgelöst. Es wurde spät und später, das Lokal wurde immer voller, und man verstand sein eigenes Wort nicht mehr in dem lärmenden Trubel. Das kurze Zwischenspiel mit Tripolos erschien Melanie inzwischen unwirklich. Es störte sie nicht. Von der Wirklichkeit hatte sie für heute genug.

Der Wirt setzte eine neue Flasche auf den Tisch.

„Viel Betrieb heute Abend." Melanie schenkte ihm ein strahlendes Lächeln.

„Es ist Samstag", erwiderte er, und das erklärte alles.

„Dann habe ich mir ja den richtigen Tag ausgesucht." Melanie warf einen Blick auf das Menschengewimmel. „Ihre Gäste fühlen sich wohl hier, wie man sieht."

Der Mann wischte sich die Hände an der Schürze ab und lächelte selbstgefällig. „Als der Captain aus Mytilini aufkreuzte, sah ich schwarz fürs Geschäft. Aber es ist noch mal gut gegangen."

„Die Polizei ist der fröhlichen Stimmung nie besonders zuträglich", bestätigte Melanie. „Ich nehme an, er führt Ermittlungen zu dem Mord an dem Fischer durch."

Der Wirt nickte. „Stevos war oft hier, aber er hatte kaum Freunde. Vom Tanzen und Kartenspielen hielt er nichts, dazu nahm er sich keine Zeit. Er vertrieb sich die Zeit auf andere Weise. Aber wie – davon habe ich keine Ahnung." Der Mann kniff die Augen zusammen. „Meine Gäste lassen sich nicht gern ausfragen." Er stieß einen unterdrückten Fluch aus. Melanie war sich nicht sicher, ob er Stevos oder Tripolos galt.

„Stevos war doch ein Fischer wie die anderen." Sie hatte Mühe, dem Griechen in die Augen zu sehen. „Aber seine Kollegen scheinen nicht um ihn zu trauern."

Der Wirt hob nur schweigend die Schultern, und Melanie wusste Bescheid: Es gab solche und solche Fischer. „Ich wünsche Ihnen noch einen schönen Abend. Es ist mir eine Ehre, Sie bewirten zu dürfen." Er verbeugte sich und ging zu einem anderen Tisch.

„Ich komme mir ziemlich verloren vor, wenn ich nichts als Griechisch höre", gestand Andrew, als der Wirt weiterging. „Ich habe kein Wort verstanden. Was hat er gesagt?"

Melanie wollte nicht schon wieder von dem Mord reden, also lächelte sie nur. „Griechische Männer sind heißblütig, Andrew, aber ich habe ihm erklärt, dass ich für heute Abend schon vergeben bin."

Sie verschränkte die Arme hinter dem Kopf und blickte zu den Sternen auf. „Was für ein Abend! Es ist so schön hier. Keine Mörder, kein Schmuggel. Ich fühle mich großartig, Andrew. Wann darf ich einen Blick in dein Manuskript werfen?“

„Wenn dein Gehirn wieder normal funktioniert.“ Andrew lächelte. „Deine Meinung könnte für mich von Bedeutung sein.“

„Du bist wundervoll, Andrew.“ Melanie hob ihr Glas und betrachtete Andrew eingehend. „Ganz anders als Nick.“

„Wie kommst du denn darauf?“ Andrew setzte die Flasche auf den Tisch zurück.

„Es stimmt, du bist anders.“ Melanie trank ihm zu. „Auf die Männer Amerikas, ihren Stolz und ihre Ehre!“

Andrew stieß mit ihr an, trank und schüttelte dann den Kopf. „Ich glaube, wir haben eben nicht auf dasselbe getrunken.“

Melanie merkte, dass sich Nick wieder in ihre Gedanken drängte. Sie schob ihn beiseite. „Und was macht das? Die Nacht ist so schön.“

„Ja.“ Andrew strich sanft mit den Fingerspitzen über Melanies Handrücken. „Habe ich dir schon gesagt, wie schön du bist?“

„Andrew, du bist ein Schmeichler!“ Melanie lachte und beugte sich näher zu ihm. „Mach nur weiter so. Ich mag es.“

Andrew zupfte an ihrem Haar. „Du hast mich aus dem Konzept gebracht.“

„Ich – wieso?“ Melanie stützte das Kinn auf und sah Andrew groß und ernsthaft an.

Andrew musste lachen. „Wir sollten einen kleinen Spaziergang machen. Vielleicht finde ich unterwegs eine dunkle Ecke, in der ich dich küssen kann.“

Er erhob sich und half ihr beim Aufstehen. Melanie bestand darauf, sich in aller Form von dem Wirt zu verabschieden, ehe sie sich von Andrew aus dem Gewühl steuern ließ.

Abgesehen von den Gästen in dem Lokal war weit und breit keine Menschenseele zu erblicken. Die Bewohner der weißen Häuser hatten das Licht gelöscht und sich zur Ruhe begeben. Hin und wieder bellte ein Hund, und ein anderer antwortete. Melanie hörte ihre eigenen Schritte in der Straße widerhallen.

„Es ist so still“, flüsterte sie. „Man hört nur das Meer und den Wind. Vom ersten Tag meines Aufenthalts auf Lesbos hatte ich das Gefühl, hierher zu gehören. Und das hat sich trotz allem, was inzwischen geschehen ist, bis heute nicht geändert, Andrew."

Melanie drehte sich einmal im Kreis und landete lachend in Andrews Armen. „Ich glaube, ich will überhaupt nicht mehr nach Hause. Ich könnte New York, den Verkehrslärm und den Schnee nicht ertragen. Und diese ewige Hetze – morgens zur Arbeit und abends wieder nach Hause. Vielleicht werde ich Fischer. Oder ich tue, was Liz will, und heirate einen Ziegenhirten."

„Ich kann dir nur raten, keinen Ziegenhirten zu heiraten", sagte Andrew nüchtern. Dann zog er Melanie dichter zu sich heran. Der Duft ihres Parfüms wehte ihn an, ihr Gesicht schimmerte weiß im Mondlicht. „Die Fischerei wäre einen Versuch wert. Wir könnten uns in Nicks Cottage einrichten."

Das geschähe ihm recht, dachte Melanie verworren. Sie hob Andrew die Lippen entgegen und wartete.

Sein Kuss war zärtlich und behutsam. Melanie wusste nicht, ob die Wärme, die sie spürte, vom Alkohol oder von diesem Kuss herrührte. Es war ihr gleichgültig. Andrew drängte sie nicht, sein Kuss war weder fordernd noch besitzergreifend. Sie fühlte sich geborgen in seinen Armen.

Leidenschaftliche Gefühle stellten sich nicht ein, aber das war ihr nur recht. Leidenschaft trübte den Verstand noch mehr als Ouzo. Und wenn man aus dem Rausch erwachte, blieben nur Schmerz und Enttäuschung zurück.

Andrew war freundlich und unkompliziert. Niemals würde er sich abwenden, wenn sie Hilfe brauchte. Er würde ihr keine schlaflosen Nächte bereiten und sie nie in den Zwiespalt zwischen Recht und Unrecht stürzen. Andrew war ritterlich und durch und durch anständig, ein Mann, dem eine Frau vertrauen konnte.

„Melanie", sagte er leise und legte die Wange an ihr Haar. „Du bist hinreißend. Gibt es einen Mann, mit dem ich mich duellieren muss?" Melanie versuchte an Jack zu denken, konnte sich aber nicht einmal sein Gesicht ins Gedächtnis rufen. Denn plötzlich schob sich ein allzu klares Bild dazwischen – Nick, der sie an sich presste und sie mit seinen Küssen um den Verstand brachte.

„Nein", antwortete sie etwas zu heftig. „Es gibt keinen Mann. Es gibt niemanden, Andrew."

Andrew hob ihr Kinn mit einem Finger an. Im schwachen Mondlicht blickte er ihr in die Augen. „Aus dem Nachdruck deiner Verneinung schließe ich, dass meine Konkurrenz beachtlich sein muss."

Als Melanie widersprechen wollte, legte er ihr einen Finger auf die Lippen. „Nicht ... Heute Nacht möchte ich meinen Verdacht nicht bestätigt bekommen. Ich bin selbstsüchtig." Er küsste sie wieder lange und ausdauernd. Dann hob er den Kopf. „Verdammt, Melanie, weißt du überhaupt, was du anrichtest? Ich bringe dich besser nach Hause, ehe ich vergesse, dass ich ein Gentleman bin und es mit einer Lady, wenn auch einer ziemlich beschwipsten Lady zu tun habe."

Die Villa schimmerte weiß unter dem nächtlichen Himmel. Nur in der Halle hatte Liz die Nachtbeleuchtung brennen lassen.

„Sie schlafen schon alle", stellte Melanie überflüssigerweise fest, als sie aus Andrews Wagen stieg. „Ich muss ganz leise sein." Sie kicherte und legte sich rasch die Hand über den Mund. „Wenn ich mich morgen an das alles erinnere, komme ich mir bestimmt wie eine Närrin vor."

„An allzu viel wirst du dich nicht erinnern", bemerkte Andrew und nahm ihren Arm.

Melanie hatte das Gefühl, auf Wolken die Eingangstufen hinaufzuschweben. „Du brauchst keine Angst zu haben", versicherte sie Andrew feierlich. „Ich werde ganz vorsichtig sein und im Foyer nicht der Länge nach hinfallen. Das würde ich Alex nie antun. Es wäre würdelos und eine Schande für den würdevollen Alex und ein Schock für den würdevollen Dorian."

„Und ich werde bei der Heimfahrt genauso vorsichtig sein", erwiderte Andrew. „Nick schlägt mir sämtliche Zähne ein, wenn ich mit seinem Alfa Romeo am Fuß des Kliffs lande, sozusagen im Sturzflug."

„Na so was, Andrew!" Melanie trat einen Schritt zurück und musterte ihn erstaunt. „Du bist genauso beschwipst wie ich!"

„Nicht ganz, aber beinahe." Er seufzte tief auf. „Immerhin habe ich mich tadellos anständig benommen."

„Absolut fabelhaft!" Melanie musste schon wieder ihr Kichern ersticken. „Ach, Andrew …" Sie lehnte sich so schwer an ihn, dass er Schwierigkeiten hatte, nicht das Gleichgewicht zu verlieren. „Es war ein schöner Abend. Einfach wundervoll. Ich brauchte ihn nötiger, als ich dachte. Ich danke dir."

„Hinein jetzt." Andrew öffnete die Haustür und schob Melanie hindurch. „Sei vorsichtig auf der Treppe", flüsterte er. „Soll ich lieber abwarten, ob ich ein würdeloses Poltern höre?"

„Du machst dich besser auf den Weg und passt auf, dass das Auto nicht baden geht." Melanie stellte sich auf Zehenspitzen und hauchte ihm einen Kuss aufs Kinn. „Oder soll ich dir erst einen Kaffee machen?"

„Du würdest die Küche ja gar nicht finden. Lass nur, wenn's mir wirklich schlecht gehen sollte, kann ich den Wagen abstellen und zu Fuß nach Hause gehen. Marsch ins Bett, Melanie! Du schwankst bedenklich."

„Selber!", gab sie schnell noch zurück, ehe sie die Tür vorsichtig hinter sich schloss.

Melanie bewältigte die Treppe mit äußerster Vorsicht. Auf gar keinen Fall wollte sie jemanden im Haus aufwecken und in eine Unterhaltung verwickelt werden. Einmal blieb sie stehen, weil sie nicht aufhören konnte zu kichern und sich den Mund zuhalten musste.

Ach, war das schön, nicht nachdenken zu müssen! Jetzt brauchte sie nur noch in ihrem Zimmer zu verschwinden, bevor jemand sie erwischte.

Ohne Zwischenfalle brachte Melanie es fertig, die erste Etage zu erreichen, aber dann musste sie erst einmal überlegen, wo sich ihr Zimmer befand. Natürlich – links. Sie schüttelte den Kopf. Schön und gut, aber wo war links? Auch das Problem löste sich nach einer Weile. Sie drehte den Türknauf, wartete, bis die Tür zu schwanken aufhörte, und stieß sie dann auf.

„Geschafft!", lobte sie sich selbst, und dann verdarb sie fast ihren Triumph, indem sie über den Teppich stolperte. Sie schloss die Tür hinter sich und lehnte sich dagegen. So, jetzt brauchte sie nur noch das Bett zu finden.

Wie durch ein Wunder flammte plötzlich das Licht auf. Es wurde hell im Zimmer. Melanie lächelte abwesend in Nicks Gesicht.

„*Jiàssou*", grüßte sie lässig. „Du scheinst hier schon zum Mobiliar zu gehören."

Nicks wütender Blick durchdrang den Nebel, der ihren Geist umgab. „Was, zum Teufel, hast du dir dabei gedacht? Es ist fast drei Uhr früh!"

Melanie streifte ihre Sandalen von den Füßen. „Nein, wie ungezogen von mir! Ich hätte dich anrufen und dir sagen sollen, dass ich mich verspäte."

„Lass den Unsinn! Danach ist mir nicht zu Mute." Nick trat zu Melanie und packte sie bei den Armen. „Die halbe Nacht habe ich auf dich gewartet. Melanie, ich …" Er unterbrach sich und schaute sie genauer an. In seinen Augen spiegelten sich Zorn, Besorgnis und Belustigung. „Du bist blau!"

„Dunkelblau", bestätigte sie und musste tief durchatmen, um nicht wieder in Gekicher auszubrechen. „Was für ein scharfer Beobachter du bist, Nick!" Sie strich mit der Hand über seine Brust.

Nick wurde sofort wieder ernst. „Wie soll ich vernünftig mit einer Frau reden, die alles doppelt sieht?"

„Dreifach!", berichtigte Melanie stolz. „Andrew sah nur doppelt, aber ich habe ihn übertrumpft." Sie spielte an einem seiner Hemdknöpfe. „Weißt du eigentlich, dass du schöne Augen hast? So dunkle Augen habe ich noch nie gesehen. Andrews sind blau. Und küssen tut er auch nicht so wie du. Warum küsst du mich nicht, Nick?"

Nicks Hand umschloss Melanies Arm einen Moment lang noch fester. Dann ließ er sie los. „So, du warst also mit dem kleinen Andrew aus." Nick ging im Zimmer auf und ab. Melanie schwankte und schaute ihm nach.

„Der ‚kleine Andrew' und ich hätten dich natürlich um deine Gesellschaft bitten sollen. Leider haben wir nicht daran gedacht.

Entschuldige. Im Übrigen kannst du ziemlich langweilig sein, wenn du dich höflich und charmant benimmst." Eine so lange Rede ermüdete Melanie. Sie gähnte. „Müssen wir noch sehr viel länger reden? Ich glaube, meine Zunge macht das nicht mehr lange mit."

„Du hast recht. Eigentlich war ich lange genug höflich und charmant." Nick nahm Melanies Parfümflasche in die Hand und stellte sie gleich wieder an ihren Platz zurück. „Es hat seinen Zweck erfüllt."

„Aber du kannst das gut", lobte Melanie und kämpfte unterdessen mit ihrem Reißverschluss. „Darin bist du fast perfekt."

„Fast?" Nick drehte sich interessiert um und sah, wie Melanie den Reißverschluss herunterzerrte. „Um Gottes willen, Melanie, ich ..."

„Jawohl, fast. Denn hin und wieder leistest du dir einen Ausrutscher. Dann guckst du so seltsam, oder du bewegst dich so merkwürdig. Vielleicht bin ich die Einzige, die es bemerkt hat. Oder die anderen kennen das schon an dir und reagieren nicht mehr darauf. Küsst du mich jetzt oder nicht?"

Melanies Kleid glitt zu Boden, und sie stand nur mit einem seidenen Hemdhöschen bekleidet vor Nick.

Der Anblick verschlug ihm die Sprache, sein Mund wurde trocken. Verlangen flammte in ihm auf. Er brauchte seine ganze Willensstärke, um sich auf das zu konzentrieren, was Melanie eben gesagt hatte. „Was hast du bemerkt?"

Melanie machte zwei Versuche, ihr Kleid vom Boden aufzuheben. Die Träger des Hemdhöschens glitten von den Schultern. Hastig richtete sie sich auf und verhüllte ihren Busen. Nick rang um Beherrschung.

„Was ich bemerkt habe?" Melanie ließ das Kleid auf dem Boden liegen. „Ach so, das meinst du. Na, wie du dich eben bewegst."

„Wie ich mich bewege?" Nick hatte Mühe, den Blick auf Melanies Gesicht zu richten. Der Duft, der von ihr ausging, und ihr Lächeln machten ihm das nicht gerade leichter.

„Ja. Du bewegst dich wie ein Panther", setzte Melanie ihm auseinander. „Ein schwarzer Panther, der gejagt wird und der nur noch voller Anspannung auf den Augenblick wartet, in dem er selbst zum Angreifer werden kann."

„Interessant!" Melanies Vergleich gefiel Nick nicht besonders. „Dann muss ich also noch vorsichtiger sein."

„Dein Problem." Melanie seufzte. „Und da du mich nicht küssen willst, sage ich jetzt Gute Nacht, Nick. Ich bin schrecklich müde. Ich würde dich gern die Weinranke hinunterbegleiten, aber ich fürchte, ich würde vom Balkon fallen."

„Melanie, ich muss mit dir reden!" Mit einem Schritt war Nick neben ihr und packte ihren Arm, ehe sie aufs Bett sinken konnte.

Melanie verlor das Gleichgewicht und fiel Nick buchstäblich in die Arme. Warm und weich lehnte sie sich an ihn und hatte nichts dagegen, als er sie noch dichter zu sich heranzog.

„Hast du deine Meinung geändert?", fragte sie mit einem schläfrigen Augenaufschlag. „Bei Andrews Kuss heute Abend habe ich an dich gedacht. Das hat er nicht verdient. Oder du … Ich weiß nicht genau. Vielleicht denke ich zum Ausgleich an Andrew, wenn du mich jetzt küsst."

„Das wirst du nicht!" Nick umschlang sie noch fester.

Melanie legte den Kopf zurück. „Bist du sicher?"

„Melanie … ach, zum Teufel!" Zornig presste er die Lippen auf ihren Mund. Das Verlangen brannte wie ein Feuer in ihm, das sich zum Flächenbrand ausweitete.

Zum ersten Mal verlor Nick die Kontrolle über sich. Er konnte an nichts anderes mehr denken als an Melanies Körper. Sie schmiegte sich an ihn, als wollte sie mit ihm verschmelzen. Er war machtlos gegen seine Empfindungen.

Sein Begehren, das er stets zu zügeln gewusst hatte, drohte übermächtig zu werden.

Nicks Fuß stieß gegen den Bettüberwurf. Er wusste, sie würde keinen Widerstand leisten, wenn er sie jetzt auf das Bett warf. Seit der ersten Begegnung am nächtlichen Strand hatte er sie begehrt, seit er zum ersten Mal in ihre klaren, leuchtenden Augen geblickt hatte. Er wollte sie haben, mehr als alles andere auf der Welt, aber wenn er diesem Verlangen nachgab, würde es nur noch sie geben. Tag und Nacht, immer nur sie …

Nick riss sich gewaltsam zusammen. Er packte Melanies Schultern und schüttelte sie leicht. „Du wirst mir jetzt zuhören, verstanden?“ Seine Stimme klang rau und unsicher, aber Melanie merkte es offenbar nicht. Lächelnd sah sie zu ihm auf und berührte seine Wange mit der Hand.

Nick machte eine ungehaltene Kopfbewegung. „Ich muss mit dir reden.“

„Reden?“ Sie lächelte noch immer. „Muss das sein?“

„Ich muss dir etwas sagen, und zwar jetzt, an diesem Morgen.“ Nick suchte nach den passenden Worten. Er wusste nicht mehr genau, was er eigentlich sagen oder tun wollte. Und wie kam es, dass er Melanies Duft stärker wahrnahm als noch vor ein paar Minuten? Er schien ihn vollkommen einzuhüllen.

„Oh Nick ...“, seufzte Melanie schläfrig. „Ich habe eine Unmenge Ouzo getrunken. Ich muss mich hinlegen, sonst falle ich tot um. Man kann an Alkoholvergiftung sterben. Was soll ich nur machen? In meinem Kopf dreht sich alles.“

„Melanie.“ Nick atmete schwer, sein Herz hämmerte wild. Er sollte Melanie jetzt in Ruhe lassen, aber die Zeit drängte. „Nimm dich zusammen und hör zu“, befahl er.

„Ich will nichts hören.“ Melanie kicherte. „Du sollst nicht reden, du sollst mich lieben. Entweder du liebst mich endlich, oder du gehst.“

Nick war geschlagen. Er sah in Melanies meerblaue Augen und versank in ihren Tiefen. Keine Macht der Erde konnte ihn jetzt mehr retten.

„Hexe!“, stieß er hervor, während sie zusammen aufs Bett fielen.

Für Nick ging die Welt in Flammen auf. Er warf sich uber sie, presste sie an sich und küsste sie wie ein Verdurstender. Sie wehrte sich nicht, sie seufzte nur selig auf. Sie ergab sich ihm und machte ihn gerade dadurch zu ihrem Gefangenen.

Nick konnte der Versuchung nicht widerstehen. Er wusste, dass er eines Tages einen hohen Preis dafür zahlen würde, aber es gab kein Zurück. Nur dieser Augenblick zählte, der Augenblick, da sie ihm ganz gehörte.

In seiner Hast zerriss er das zarte Hemdchen. Melanie merkte es nicht, oder es kümmerte sie nicht. Nick küsste sie mit verzweifelter Leidenschaft ... ihre Lippen, ihre Haut ... Nicht genug konnte er davon bekommen. Er wollte sie, musste sie haben, er konnte nicht länger warten.

Worte drängten sich ihm auf die Lippen. Seine Stimme klang heiser vor Verlangen. Er wusste nicht, was er sagte, ob er die Umstände verfluchte oder wahnsinnige Eide schwor. Es war ihm gleichgültig. Das Begehren hatte ihn längst besiegt. Er spürte ihren Körper unter sich und drang in sie ein. Im Rausch seiner Leidenschaft verlor Nick jede Kontrolle über sein Tun.

Melanie wurde ein Teil von ihm. Er spürte ihre Hände über seinen Körper gleiten und wusste nicht mehr, wer führte und wer folgte. Melanie lag weich und willig unter ihm, und dennoch fühlte er ihre Stärke, ihr Fordern.

Er wollte sie anschauen. Sicher war ihre Haut ganz weiß, kaum von der Sonne berührt. Aber Melanie zog ihn wieder zu sich herunter, verlangte nach seinem Kuss, und er schloss die Augen und versank im Taumel der Leidenschaft. Der wilde, süße Duft weißer Blüten drang in sein Bewusstsein. Es wird nie wieder einen anderen Duft für mich geben, dachte Nick.

Noch einmal versuchte er, einen Rest von Willenskraft aufzubieten und wieder zu Verstand zu kommen. Er durfte sich nicht verlieren, es würde ihn angreifbar, verwundbar machen. Aber er kämpfte vergeblich.

Melanie, ihr Duft, ihre weiche Zärtlichkeit und sein unbezähmbares Verlangen waren stärker.

8. KAPITEL

Helles Sonnenlicht durchflutete das Zimmer und drang durch Melanies geschlossene Lider. Stöhnend vergrub sie das Gesicht im Kopfkissen und hoffte, das Ende möge gnädig und schnell kommen. Stattdessen wurde das Hämmern in ihrem Kopf stärker.

Behutsam versuchte sie sich aufzusetzen und die Augen zu öffnen. Das strahlende Licht traf sie wie ein Blitz. Rasch schloss sie die Augen wieder. Dann nahm sie ihren ganzen Mut zusammen und richtete sich langsam auf.

Melanie saß aufrecht im Bett und hatte das Gefühl, sich auf einem Karussell zu befinden, das sich rasend schnell drehte. Ihr Magen revoltierte, ihre Augen schmerzten. Sie stöhnte und blieb ganz still sitzen, bis sie sich besser fühlte. Ohne den Kopf zu drehen, schwang sie die Beine über die Bettkante und stand auf.

Sie trat auf das am Boden liegende Kleid, ging zum Schrank und holte sich ihren Morgenmantel heraus. Sie hatte nur den einen Wunsch – Kaffee, starken heißen Kaffee.

Mit einem Schlag fiel es ihr wieder ein. Melanie wirbelte herum und starrte auf das Bett. Es war leer. Hatte sie geträumt? Hatte sie sich alles nur eingebildet? Nein, kein Traum, keine Einbildung. Nick war hier gewesen. Alles, woran sie sich erinnerte, war tatsächlich geschehen. Sie konnte noch seine Küsse auf ihren Lippen fühlen, und sie wusste ganz genau, wie hemmungslos sie sich ihm hingegeben hatte.

Leidenschaft. So hatte Melanie sie sich immer vorgestellt. Wunderbar, verzehrend und fast unerträglich. Sie hatte Nick alles gegeben, ihn geradezu herausgefordert, sie zu nehmen. Noch jetzt konnte sie seine starken Rückenmuskeln an ihren Handflächen fühlen und seinen rauen, schnellen Atem hören.

Nick hatte sie im Sturm genommen. Ihr war es recht gewesen. Später war sie in seinen Armen eingeschlafen. Und nun war er fort. Natürlich war er fort, was hatte sie denn erwartet? Diese Nacht hatte ihm nichts bedeutet, weniger als nichts. Wenn sie nur nicht so viel getrunken hätte!

Nichts als eine Ausrede, schalt sich Melanie sofort. So viel Stolz würde sie wohl noch haben, um nicht darauf angewiesen zu sein. Nein, der Alkohol war nicht schuld.

Melanie ging zum Bett zurück und griff nach dem zerrissenen Hemdhöschen. Nein, sie hatte es gewollt. Sie war diesem Mann verfallen, sie konnte nicht ohne ihn leben. Melanie knüllte die zerfetzte Seide zusammen und schleuderte das Hemdhöschen in den Schrank. Wenn jemand an den Geschehnissen schuld war, dann sie selbst.

Sie warf die Schranktür zu. Es ist vorbei, dachte sie. Alles vorbei. Es darf mir nicht mehr bedeuten, als es Nick bedeutet hat. Verzweifelt kämpfte sie gegen Tränen an. Ich werde nicht seinetwegen weinen – nie! schwor sie sich. Sie war erwachsen und niemandem Rechenschaft schuldig. Wenn sie sich mit einem Mann einließ, war das allein ihre Sache.

Jetzt wollte sie erst einmal hinuntergehen und starken Kaffee trinken. Danach würde sie in der Lage sein, vernünftig zu sein und mit sich ins Reine zu kommen. Sie schluckte die Tränen hinunter und ging zur Tür.

„Guten Morgen, Miss.“ Zena, das kleine Dienstmädchen, begrüßte Melanie mit einem Lächeln, auf das sie gern verzichtet hätte. „Soll ich das Frühstück hier servieren?“

„Nein, danke. Nur Kaffee, bitte.“ Bei dem Gedanken an Essen drehte sich Melanies Magen um. „Ich werde ihn unten trinken.“

„Es ist ein schöner Tag heute.“

„Ja, wunderschön.“ Melanie biss die Zähne zusammen, verließ ihr Zimmer und durchquerte die obere Halle.

Das Klirren von Porzellan und ein durchdringender Schrei ließen Melanie zusammenzucken. Sie lehnte sich an die Wand, drückte die Hand an die Stirn und stöhnte. Musste das Mädchen ausgerechnet heute Morgen tollpatschig sein?

Als das Schreien erneut begann, drehte sich Melanie um. Zena kniete mitten in den Scherben im Türrahmen eines anderen Zimmers.

„Was soll das, Zena?“ Melanie beugte sich zu Zena hinunter,

packte sie bei den Schultern und schüttelte sie. „Niemand wird Sie wegen ein paar zerbrochener Teller rauswerfen.“

Zena schüttelte den Kopf und verdrehte die Augen. Am ganzen Körper zitternd, zeigte sie auf das Bett, entwand sich dann Melanies Griff und floh.

Melanie warf einen Blick in den Raum. Der Boden schwankte unter ihren Füßen. Ein Albtraum folgte dem anderen.

Flimmerndes Sonnenlicht fiel auf Iona, die quer über dem Bett auf dem Rücken lag. Ihr Kopf hing über die Kante hinab, das Haar berührte fast den Boden.

Melanie schüttelte ihre Benommenheit ab und stürzte zu dem Bett. Mit zitternden Fingern tastete sie nach Ionas Halsschlagader. Ein schwaches Flattern war zu spüren. Melanie, die unwillkürlich die Luft angehalten hatte, atmete erleichtert auf. Instinktiv hob sie Ionas leblosen Körper aufs Bett zurück. Ihr Blick fiel auf die Spritze zwischen den zerknüllten Laken.

„Oh mein Gott!“

Das erklärte alles – Ionas Nervosität, den jähen Stimmungsumschwung, ihre Aggressivität. Oh Gott, dachte Melanie, sie hat sich den „goldenen Schuss“ verpasst. Eine Überdosis! Was tue ich jetzt? Ich muss handeln, vielleicht ist es noch nicht zu spät …

„Melanie … Großer Gott!“

Melanie wandte den Kopf. Dorian stand blass und starr im Türrahmen.

„Sie ist nicht tot“, sagte Melanie rasch. „Ich glaube, sie hat eine Überdosis erwischt. Schnell, ruf den Arzt an! Wir brauchen eine Ambulanz. Sie muss ins Krankenhaus!“

„Sie ist nicht tot?“ Dorians Stimme klang hohl. Er eilte zum Bett.

Jetzt war keine Zeit, auf Gefühle Rücksicht zu nehmen. „Es eilt, Dorian, schnell!“, befahl Melanie. „Der Puls ist noch zu fühlen, aber äußerst schwach.“

„Was hat Iona diesmal angestellt?“, kam Alex’ Stimme leicht gereizt von der Tür her. „Zena ist hysterisch und … um Himmels willen!“

„Einen Notarzt!“, rief Melanie. Sie presste die Finger auf Ionas Puls, als hinge ihr Leben davon ab. „In Gottes Namen, beeilt euch doch!“

Alex stürzte in die Halle hinaus. Dorian blieb wie versteinert stehen.

„Ich habe eine Spritze gefunden“, erklärte Melanie so ruhig wie möglich. Sie wollte Dorian nicht unnötig wehtun. Er wandte den Blick von Iona und schaute jetzt Melanie aus leeren Augen an. „Sie hat sich den ‚goldenen Schuss‘ verpasst. Sie ist drogenabhängig, Dorian. Du wusstest es, hab ich recht?“

„Heroin.“ Ein Schauer schien ihn zu durchlaufen. „Ich dachte, sie sei von der Nadel los. Bist du sicher, dass sie …“

„Sie ist nicht tot.“ Melanie ergriff Dorians Hand. Sie spürte großes Mitleid mit Iona und auch mit Dorian. „Sie lebt, Dorian. Man wird alles tun, um sie am Leben zu erhalten.“

Einen Moment drückte Dorian Melanies Hand so stark, dass es schmerzte. „Iona …“, flüsterte er. „So schön … so verloren.“

„Noch ist sie nicht verloren“, widersprach Melanie energisch. „Ihr Leben liegt in Gottes Hand. Wir können nur hoffen und beten.“

Dorians Blick kehrte zu Melanie zurück. Noch nie hatte sie so leere, ausdruckslose Augen gesehen.

Eine Ewigkeit schien inzwischen vergangen zu sein, als Melanie dem Rettungshubschrauber nachsah, der Iona nach Athen bringen würde. Dorian und der Arzt begleiteten sie. Alex und Liz trafen eilige Vorbereitungen für den eigenen Flug nach Athen.

Noch immer barfuß und im Morgenmantel, blickte Melanie dem Helikopter nach, bis er außer Sicht war. Ihr Leben lang würde sie Dorians blasses, versteinertes Gesicht und Ionas leblose Schönheit nicht mehr vergessen. Sie schauderte und wandte sich vom Fenster ab. Alex stand im Türrahmen.

„Tripolos“, sagte er leise. „Er ist im Salon.“

„Oh nein, nicht jetzt!“ Melanie streckte Alex beide Hände entgegen. „Wie willst du das durchstehen?“, fragte sie mitleidig.

„Keine Angst.“ Seine Stimme klang tonlos, aber beherrscht.

„Melanie, ich wünschte bei Gott, diese katastrophalen Vorfälle wären dir erspart …“

„Nein“, unterbrach sie ihn und drückte seine Hände. „Nicht, Alex. Wir sind schließlich Freunde, oder?“

„Schöne Freunde hast du. Vergib mir trotzdem.“

„Nur, wenn du aufhörst, mich wie eine Fremde zu behandeln.“

Alex seufzte und legte den Arm um Melanies Schultern. „Komm, bringen wir es hinter uns. Tripolos erwartet uns.“

Melanie fragte sich, ob sie jemals wieder den Salon betreten könnte, ohne Tripolos in dem breiten, hochlehnigen Sessel sitzen zu sehen. Wie beim letzten Mal nahm sie ihm gegenüber auf dem Sofa Platz und wartete auf seine Fragen.

„Das ist ein ziemlicher Schock“, ließ sich Tripolos nach einer Weile vernehmen. „Für Sie alle.“ Sein Blick glitt von Melanie zu Alex und dann zu Liz. „Wir werden selbstverständlich um äußerste Diskretion bemüht sein“, fuhr er dann fort. „Ich werde versuchen, die Presse herauszuhalten, aber ein Selbstmordversuch in diesen Kreisen …“ Er ließ den Rest unausgesprochen.

„Selbstmord“, wiederholte Alex leise. Er starrte den Polizeichef verständnislos an.

„Nach den ersten Untersuchungen hat es den Anschein, als hätte Ihre Cousine infolge einer selbst ausgeführten Injektion eine Überdosis Heroin erwischt. Genaueres lässt sich erst sagen, wenn alle Nachforschungen und Untersuchungen abgeschlossen sind. Die übliche Routine, Sie verstehen schon. Miss James, Sie haben Miss Theocharis gefunden?“

Melanie fuhr zusammen, als sie ihren Namen hörte, fasste sich aber sofort. „Nein, eines der Hausmädchen fand sie – Zena. Sie ließ das Tablett fallen und schrie. Ich lief zu ihr und sah Iona auf dem Bett liegen.“

„Haben Sie den Arzt angerufen?“

„Nein.“ Melanie schüttelte ärgerlich den Kopf. Tripolos wusste doch, dass Alex angerufen hatte, aber offenbar wollte er die ganze Geschichte noch einmal von ihr hören. Resigniert fügte sie sich in das Unvermeidliche. „Zuerst hielt ich sie für tot. Dann fühlte ich ihren Puls. Ich legte sie ins Bett zurück.“

„Ins Bett zurück?“ Tripolos Stimme klang unmerklich schärfer als zuvor. Melanie entging das nicht.

„Ja. Sie lag quer über dem Bett, ihr Kopf hing über die Bettkante herab.“ Melanie hob hilflos die Hände. „Ehrlich gesagt, ich weiß nicht, was ich mir davon versprochen habe, mir schien es nur das Richtige zu sein.“

„Ich verstehe. Und dann fanden Sie das hier?“ Der Kommissar hielt die Injektionsnadel hoch, die jetzt in einem durchsichtigen Plastikbeutel steckte.

„Ja.“

„Wussten Sie, dass Ihre Cousine an der Nadel hing, Mr. Theocharis?“

Alex' Gesicht erstarrte bei dieser Frage. Liz griff rasch nach seiner Hand. „Ich wusste, dass Iona Probleme hatte ... mit Drogen. Vor zwei Jahren ging sie zu einer Entziehungstherapie in eine Klinik. Ich war überzeugt, sie sei kuriert. Wenn ich geahnt hätte, wie ... krank sie ist, hätte ich sie nicht zu meiner Frau und unserem Gast in mein Haus gebracht.“

„Mrs. Theocharis“, wandte sich Tripolos jetzt an Liz, „war Ihnen Ionas Problem bekannt?“

Melanie hörte, dass Alex tief Luft holte, aber Liz antwortete rasch, ehe er etwas sagen konnte.

„Ja, es war mir bekannt.“ Mit einem Ruck drehte sich Alex zu ihr herum, aber Liz sprach ruhig weiter. „Mein Mann arrangierte vor zwei Jahren Ionas Aufenthalt in einer Spezialklinik für Drogenabhängige. Ich wusste es, obwohl er mich mit diesen Dingen verschonen wollte.“ Liz schaute Alex nicht an, legte aber ihre Hand über seine.

„Haben Sie eine Ahnung, woher Ihre Cousine Stoff bezog?“, fragte Tripolos nun wieder Alex.

„Nein.“

„Ich verstehe. Tja, da Ihre Cousine in Athen ihren Wohnsitz hat, werde ich wohl die zuständige Polizeibehörde einschalten und mit der Ermittlung der Kontaktpersonen beauftragen müssen.“

„Tun Sie, was nötig ist“, erwiderte Alex tonlos. „Ich bitte Sie nur, meine Familie so weit wie möglich herauszuhalten.“

„Selbstverständlich. Ich darf mich verabschieden. Ich hoffe, Sie entschuldigen die Störung."

„Ich muss die Familie verständigen", sagte Alex dumpf, nachdem sich die Tür hinter Tripolos geschlossen hatte. Er stand auf, küsste Liz flüchtig aufs Haar und verließ ohne ein weiteres Wort den Salon.

„Liz", begann Melanie, „ich weiß, es ist eine abgedroschene Phrase, aber wenn ich etwas für dich tun kann …"

Liz schüttelte den Kopf. Sie schaute Melanie an. „Ich kann es nicht fassen, ich begreife es nicht … Sie lag da wie eine Tote … Ich habe nie ein Geheimnis daraus gemacht, dass ich Iona nicht mag, aber jetzt …" Liz stand auf und ging zum Fenster. „Sie gehört zu Alex' Familie, und ihm geht es sehr nahe. Er fühlt sich verantwortlich für alles, was ihr geschieht. Ich muss immer daran denken, wie abweisend ich mich ihr gegenüber verhalten habe."

„Alex braucht dich jetzt." Melanie erhob sich ebenfalls, trat zu Liz und legte ihr eine Hand auf die Schulter. „Du hast keinen Grund, dir Vorwürfe zu machen. Du hast dein Möglichstes getan. Sie hat es dir nicht leicht gemacht, Liz."

„Du hast natürlich recht", seufzte Liz und brachte ein schwaches Lächeln zustande. „Es war kein angenehmer Urlaub für dich bis jetzt. Nein, widersprich nicht." Sie drückte Melanies Hand. „Ich werde nachschauen, ob Alex mich braucht. Er wird jetzt einiges zu regeln haben."

Melanie ging in ihr Zimmer, um sich anzuziehen. Während sie die Bluse zuknöpfte, schaute sie zur Balkontür über den Garten, das Meer und die Berge hinaus. Wie konnte in einer so schönen Umgebung nur so viel Hässliches in so kurzer Zeit geschehen?

Es klopfte leise an die Tür. „Herein."

„Melanie, störe ich?"

„Oh, Alex." Melanies Herz floss über vor Mitgefühl. Anspannung und Kummer hatten tiefe Spuren in seinem Gesicht hinterlassen. „Ich weiß, wie schrecklich das alles für euch ist. Ich möchte euch nicht auch noch zur Last fallen. Vielleicht sollte ich besser nach New York zurückfliegen."

„Melanie …“ Alex zögerte einen Moment und ergriff Melanies Hände. „Ich weiß, es ist eine Zumutung, aber es geht um Liz, nicht um mich. Bitte bleib hier, ihretwegen. Ihr deine Gesellschaft zu erhalten ist im Augenblick das Einzige, was ich für sie tun kann.“

Alex ließ Melanies Hände los und ging ruhelos im Zimmer auf und ab. „Wir müssen nach Athen fliegen. Ich weiß nicht, für wie lange – bis es Iona wieder besser geht, oder bis sie …“ Er brachte die Worte nicht über die Lippen. „Ich werde einige Zeit bei meiner Familie bleiben müssen. Meine Tante wird mich brauchen. Liz wird hierher zurückfliegen. Es wäre eine große Beruhigung für mich, wenn du hier auf sie warten würdest.“

„Natürlich, Alex, das weißt du doch.“

Alex schaute Melanie mit dem Anflug eines dankbaren Lächelns an. „Du bist ein echter Freund, Melanie. Wir werden dich für mindestens einen Tag und eine Nacht allein lassen müssen. Danach schicke ich Liz zurück. Wenn du noch hier bist, wird sie das akzeptieren.“

Geistesabwesend nahm Alex Melanies Hand in seine. „Dorian wird wahrscheinlich in Athen bleiben wollen. Ich glaube, er … empfindet mehr für Iona, als ich dachte. Ich werde Nick bitten, sich während unserer Abwesenheit um dich zu kümmern.“

„Nein!“, protestierte Melanie hastig. Sie biss sich gleich auf die Lippe. „Ich meine, das ist nicht nötig, Alex. Ich komme zurecht. Ich fühle mich nicht allein, schließlich ist das Personal im Haus. Wann startet eure Maschine?“

„In einer Stunde.“

„Alex, ich bin sicher, es war ein Unfall.“

„Hoffentlich kann ich meine Tante davon überzeugen.“ Alex betrachtete einen Moment seine Hände. „Obwohl ich glaube …“ Als er den Kopf wieder hob, waren seine Züge hart geworden. „Iona ist eine Geißel Gottes, ein Teufel in Menschengestalt. Ich sage dir das, weil ich mit niemandem sonst so offen reden kann. Nicht einmal mit Liz.“ Alex’ Gesicht war eine grimmige Maske. „Ich hasse sie.“ Er spie die Worte aus wie Gift. „Ihr Tod wäre ein Segen für jeden, der sie liebt.“

Nachdem Alex und Liz abgefahren waren, verließ Melanie die Villa. Sie musste hinaus an die frische Luft. Diesmal ging sie nicht an den Strand. Sie lief zu dem Kliff, dessen schroffe Schönheit sie von jeher fasziniert hatte.

Wie rein die Luft war! Melanie hatte kein bestimmtes Ziel. Sie stieg immer höher und höher, als könne sie so allem da unten entfliehen. Hier oben war es still, weit entfernt war das dumpfe Rollen der Brandung zu hören.

Auf dem Gipfel des Kliffs entdeckte sie zu ihrer Freude einen struppigen Ziegenbock mit schwarzen Augen. Er starrte sie eine Weile an und kaute unentwegt auf ein paar Grashalmen herum, die er zwischen den Steinen gefunden hatte. Als Melanie sich an ihn heranschleichen wollte, sprang er auf und verschwand zwischen den Felsen.

Melanie seufzte leise und setzte sich hoch über dem Meer auf einen Felsvorsprung. Zu ihrem Erstaunen entdeckte sie winzige blaue Blümchen, die aus einem fingerbreiten Felsspalt ans Licht drängten. Sanft berührte sie die Blüten, brachte es aber nicht übers Herz, auch nur eine davon zu pflücken. Überall gibt es Leben, dachte sie. Man muss es nur zu finden wissen.

„Melanie."

Beim Klang der Stimme verkrampfte sich ihre Hand über den Blüten. Melanie wandte langsam den Kopf.

Nick stand nur ein paar Schritte von ihr entfernt. Eine leichte Brise wehte ihm das Haar ins Gesicht. Unrasiert, in Jeans und Sweatshirt – der Mann, den sie in jener Nacht in der Bucht zum ersten Mal gesehen hatte. Melanies Herzschlag stockte einen Moment. Wortlos stand sie auf und wollte den Abhang hinuntersteigen.

„Melanie!" Nick holte sie ein, hielt sie fest und drehte sie unerwartet sanft zu sich um. Seine Augen blickten kühl, aber Melanie las auch die Besorgnis in ihnen.

„Ich habe von der Sache mit Iona gehört."

„Natürlich. Du sagtest bereits, es gäbe kaum etwas auf der Insel, wovon du nicht weißt."

Melanies eisige Stimme wirkte auf ihn wie ein Schlag, aber er blieb ruhig. „Du hast sie gefunden."

Melanie ließ sich von Nicks ungewohnt ruhigem Ton nicht beirren. Sie konnte genauso kalt und hart sein wie er, wenn es sein musste. „Du bist gut informiert, Nick."

Ihr Gesichtsausdruck blieb leer. Nick wusste nicht, wie er es anfangen sollte, zu ihr zu dringen. Käme sie nur in seine Arme, könnte er ihr helfen. Aber diese Frau würde sich an niemanden mehr anlehnen wollen, und bei ihm schon gar nicht.

„Es war sicher nicht leicht für dich."

„Jedenfalls war es leichter, einen lebenden Menschen zu finden als einen toten", bemerkte Melanie spöttisch.

Nick ließ die Hände sinken. Jetzt, da er sie trösten wollte, trösten konnte, war es zu spät. Sie lehnte seine Hilfe ab. „Willst du dich nicht wieder hinsetzen?"

„Nein. So friedlich, wie es vorhin war, ist es jetzt nicht mehr."

„Lass die Tiefschläge!", brauste Nick auf und packte Melanie grob an den Armen.

„Lass mich los."

Das leise Beben ihrer Stimme strafte ihre eiskalten Worte Lügen. Nick wusste, lange würde sie nicht standhalten.

„Nur, wenn du mit mir zum Haus zurückkommst", sagte er.

„Nein."

„Doch." Nick packte fester zu und zog sie auf den steinigen Pfad, der nach unten führte. „Wir haben zu reden."

Melanie wollte seine Hand abschütteln, aber sein Griff war eisern. Nick zog sie einfach weiter. „Was willst du, Nick? Sensationelle Einzelheiten?"

Nicks Mund war nur noch eine schmale Linie. „Na schön. Von mir aus rede über Iona, wenn du willst."

Melanie würdigte ihn keiner Antwort. Inzwischen hatten sie schon fast die Treppe zu Nicks Haus erreicht. Melanie wurde erst jetzt bewusst, wohin sie sich verirrt hatte. Welcher Teufel hatte sie ausgerechnet auf dieses Kliff hinaufgetrieben?

Nick schob sie durch die Tür. „Kaffee!", fuhr er Stephanos an, der ihnen in der Halle begegnete.

Im Salon drehte sich Melanie wütend zu Nick um. „Gut, du sollst deinen Willen haben! Und danach wirst du mich gefälligst in Ruhe lassen. Ich fand Iona bewusstlos, mehr tot als lebendig. In ihrem Bett lag eine Injektionsspritze. Iona scheint drogenabhängig zu sein.“ Sie machte eine kleine Pause. Merkwürdigerweise war sie außer Atem geraten. „Das alles wusstest du bereits, hab ich recht, Nick? Du warst längst darüber informiert.“

Melanie war totenblass wie gestern am Strand, als sie sich Hilfe suchend in seine Anne geworfen hatte. Nick streckte die Hände nach ihr aus.

„Rühr mich nicht an!“, schrie Melanie. Nick zuckte wie unter einem Schlag zusammen. Melanie wandte sich ab und bedeckte das Gesicht mit den Händen. „Rühr mich nicht an“, flüsterte sie erstickt.

„Gut, wie du willst.“ Nick ballte die Hände zu Fäusten. „Setz dich, Melanie, ehe du umfällst.“

„Sag mir nicht, was ich zu tun habe.“ Warum klang ihre Stimme so unsicher? Zornig fuhr Melanie zu Nick herum. „Dazu hast du kein Recht.“

Lautlos betrat Stephanos den Salon. Er stellte das Tablett mit dem Kaffee ab und warf Melanie einen Blick zu.

„Der Kaffee, Miss“, sagte er freundlich. „Trinken Sie eine Tasse.“

„Nein, ich ...“

„Sie sollten sich setzen, Miss.“ Ehe Melanie protestieren konnte, drückte Stephanos sie sanft in einen Sessel. „Der Kaffee ist stark, er wird Ihnen gut tun.“

Hilflos sah Nick zu, wie Stephanos Melanie unter seine Fittiche nahm wie eine Glucke ihr Küken.

„Trinken Sie ihn schwarz. Das bringt Farbe in Ihre Wangen zurück.“

Melanie nahm die Tasse entgegen. „Danke. Vielen Dank.“

Stephanos warf Nick einen langen, vielsagenden Blick zu und verschwand.

„Trink endlich!“, befahl Nick, ärgerlich darüber, dass Stephanos Melanies Widerstand so leicht hatte überwinden können, während er selbst hilflos danebenstehen musste. „In der Tasse nützt er dir nichts.“

Weil sie wirklich eine Stärkung brauchte, trank Melanie schließlich. „Und was verlangst du sonst noch von mir?"

„Verdammt, Melanie, ich habe dich doch nicht hergebracht, um dich über Iona auszufragen!"

„Nein? Das überrascht mich." Melanie setzte die leere Tasse ab und erhob sich. „Andererseits sollte mich eigentlich bei dir gar nichts mehr überraschen."

„Du traust mir jede nur erdenkliche Niedertracht zu, wie?" Nick ging an die Bar. „Glaubst du, ich hätte Stevos umgebracht und in der Höhle liegen lassen, damit du ihn dort findest? Es würde mich nicht wundern."

„Nein", sagte Melanie ruhig. „Stevos ist von hinten erstochen worden."

„Und?"

„Du lässt deine Gegner ins offene Messer rennen – Auge um Auge, Zahn um Zahn und von Angesicht zu Angesicht."

Mit einem leeren Glas in der Hand wandte sich Nick von der Bar zu Melanie um. Seine Augen waren jetzt tiefschwarz. Kaum unterdrückte Leidenschaft spiegelte sich in ihnen. „Melanie, gestern Nacht …"

„Ich will nicht darüber reden, Nick." Melanie sagte das so kalt und endgültig, dass es Nick wie ein Messer durchfuhr.

„Okay, vergessen wir es." Nick füllte sein Glas. Er hatte gewusst, dass er einen Preis würde zahlen müssen, aber irgendwie hatte er gehofft, er würde nicht so hoch sein. „Möchtest du, dass ich dich um Verzeihung bitte?"

„Wofür?"

Nick lachte bitter auf und krampfte die Hand um sein Glas. „Mein Gott, ich muss mit Blindheit geschlagen sein! Sonst wäre mir längst klar, was für eine Eiseskälte sich hinter der schillernden Fassade verbirgt."

„Und was verbirgt sich hinter deinem trügerischen Image, Nick?", fragte Melanie scharf. „Du sitzt hier in deinem Haus hoch oben über dem Meer und spielst dein tödliches Spiel, bei dem Menschen nichts weiter als Figuren auf einem Schachbrett für dich sind. Aber ich will nicht zu diesen Schachfiguren gehören! In

Athen liegt eine halb tote Frau im Krankenhaus. Du hast sie auf dem Gewissen, sie und unzählige andere, die dem Rauschgift verfallen sind, das du an Bord deiner Jacht von der Türkei nach Lesbos schaffst – heimlich und lautlos wie ein Dieb in der Nacht."

Sehr langsam und sehr vorsichtig setzte Nick sein Glas ab und drehte sich zu Melanie um. „Ich weiß, was ich bin."

Melanie war den Tränen nahe. „Ich weiß es auch", flüsterte sie. „Gott steh mir bei!" Sie drehte sich um und floh aus dem Haus. Nick hielt sie nicht zurück.

Stephanos kehrte in den Salon zurück. „Die Lady wirkte verstört", bemerkte er ruhig.

Nick wandte ihm den Rücken zu und füllte sein Glas auf. „Das brauchst du mir nicht zu sagen. Ich bin weder taub noch blind."

„Die beiden letzten Tage waren nicht leicht für sie", fuhr Stephanos unbeirrt fort. „Hat sie Trost bei dir gesucht?"

Nick fuhr herum, hielt aber zurück, was ihm auf der Zunge lag. Stephanos beobachtete ihn schweigend. „Nein", sagte Nick. „Sie würde lieber zu Grunde gehen, als noch einmal zu mir zu kommen." Er bemühte sich, nicht die Beherrschung zu verlieren. „Es ist besser so. Sie darf mir jetzt nicht dazwischenfunken. Im Augenblick wäre sie nur im Weg."

Stephanos strich über seinen martialischen Schnurrbart und pfiff leise durch die Zähne. „Vielleicht fliegt sie nach Amerika zurück."

„Je eher, desto besser." Nick leerte sein Glas.

Es klopfte.

Nick fluchte leise. „Sieh nach, wer, zum Teufel, es ist, und schaff ihn mir möglichst vom Hals."

„Captain Tripolos", meldete Stephanos einige Minuten später und verzog sich dann, nachdem er den Polizeichef ins Zimmer geführt hatte.

„Captain!" Mühsam unterdrückte Nick seinen Ärger. „Trinken Sie einen Kaffee mit mir?"

„Vielen Dank." Seufzend und ächzend ließ sich Tripolos in einem Sessel nieder. „War das eben Miss James, die ich den Steilpfad hinunterlaufen sah?"

„Ja", antwortete Nick knapp. „Sie ist gerade gegangen."

Beide Männer betrachteten sich gegenseitig mit scheinbar eher oberflächlichem Interesse. Der eine in Melanies Augen ein Panther, der andere ein Bluthund.

„Dann wissen Sie also über Miss Theocharis Bescheid."

„Ja." Nick reichte Tripolos die Sahne. „Eine scheußliche Sache. Ich werde nachher in Athen anrufen und mich nach ihr erkundigen. Sind Sie Ionas wegen hier?"

„Ja. Es war sehr freundlich von Ihnen, mich zu empfangen, Mr. Gregoras. Ich weiß, Sie sind ein viel beschäftigter Mann."

„Es ist meine Pflicht, mit der Polizei zu kooperieren, Captain", erwiderte Nick. „Aber in diesem Fall wird mir das nicht möglich sein, fürchte ich."

„Da Sie gestern mit Iona Theocharis den ganzen Nachmittag über zusammen waren, dachte ich, Sie könnten mir zumindest Auskunft über ihren Gemütszustand geben."

„Ah, ich verstehe." Nick trank seinen Kaffee und überlegte rasch, wie er jetzt vorgehen sollte. „Captain, ich weiß nicht, ob ich Ihnen da helfen kann. Selbstverständlich hat es Iona furchtbar mitgenommen, dass dieser Mord praktisch vor ihrer Haustür geschehen ist. Sie war nervös, aber das ist sie oft. Sie benahm sich in keiner Weise ungewöhnlich."

„Sie waren eine ganze Weile mit der Jacht unterwegs", bohrte Tripolos hartnäckig weiter. „Ergab sich vielleicht aus der Unterhaltung ein Hinweis, der auf Selbstmordabsichten schließen ließ? Ich nehme an, Sie haben sich unterhalten, oder?"

„Wir haben uns nicht allein mit Gesprächen beschäftigt, Captain. Sie verstehen", bemerkte Nick und schaute Tripolos vielsagend an.

„Ich verstehe."

Nick fragte sich, wie lange das Scharmützel noch weitergehen würde. Er beschloss, sich zur Abwechslung einmal etwas wortreicher zu äußern. „Iona ist nicht leicht zu durchschauen. Sie ist sprunghaft, unausgeglichen und äußerst eigenwillig – das ist allgemein bekannt im Freundes- und Familienkreis. Aber ich muss sagen, auf die Idee, sie könnte einen Selbstmordversuch unternehmen, wäre ich nie gekommen. Ich kann mir nicht helfen, Captain, aber ich halte es nach wie vor für unwahrscheinlich."

Tripolos lehnte sich bequem in seinem Sessel zurück. „Warum?"

Es genügt, wenn ich ihm jetzt ein paar allgemeine Floskeln serviere, dachte Nick. „Sehr einfach, Captain – sie ist nicht der Typ, der sich das Leben nimmt. Dazu ist sie viel zu egozentrisch. Iona ist maßlos lebenshungrig, außerdem ist sie schön, heißblütig und sexy. Nein, nein, eine solche Frau denkt nicht an Selbstmord." Nick zuckte die Schultern. „Meiner Ansicht nach war es ein Unfall."

„Nein, Mr. Gregoras. Es war kein Unfall, das steht fest."

Nick merkte, dass Tripolos jetzt von ihm eine Reaktion erwartete, aber er hob nur fragend die Augenbrauen.

„Das war nicht der so genannte ‚goldene Schuss' eines Anfängers, Mr. Gregoras. Eine dreifache Überdosis Heroin – das passiert einem erfahrenen Fixer wie Iona Theocharis nicht. Die Unzahl der Einstichnarben an Armen und Oberschenkeln beweisen die traurige Wahrheit."

„Ich verstehe."

„Wussten Sie, dass Miss Theocharis heroinsüchtig ist?"

„Ich kenne Iona nicht sehr gut, Captain, eigentlich nur auf gesellschaftlicher Ebene. Sie ist die Cousine meines Freundes, eine schöne Frau, die manchmal nicht ganz leicht zu ertragen ist."

„Immerhin haben Sie den gestrigen Tag mit ihr verbracht."

„Eine schöne Frau", wiederholte Nick lächelnd. „Es tut mir leid, dass ich Ihnen nicht mehr sagen kann."

„Vielleicht interessiert Sie meine Theorie?", fragte Tripolos.

Nick traute diesem freundlichen Blick nicht, lächelte aber weiter. „Selbstverständlich."

„Sehen Sie", fuhr Tripolos fort, „wenn es kein Unfall war und wenn Ihr Instinkt Sie nicht täuscht, steht nur noch eine Möglichkeit offen."

„Was denn?" Nick starrte den Captain stirnrunzelnd an. „Wollen Sie damit sagen, jemand hätte versucht, Iona zu ermorden?"

„Ich bin Polizist, Mr. Gregoras." Tripolos sah wie die Bescheidenheit in Person aus. „Ich ziehe prinzipiell jede, auch die unwahrscheinlichste Möglichkeit in Betracht und lasse kein Verdachtsmoment außer Acht. Kann man offen mit Ihnen reden?"

„Ich bitte sogar darum." Gar nicht dumm, dachte Nick. Im Gegenteil, sehr geschickt. Aber er täuscht sich. Die Falle, die er so sorgfältig gestellt hat, wird nicht zuschnappen.

„Ich stehe vor einem Rätsel", sprach Tripolos weiter. „Aber Sie kennen die Familie Theocharis seit Jahren und können die Zusammenhänge besser beurteilen. Das muss natürlich unter uns bleiben – Sie verstehen?"

„Natürlich. Fangen Sie an, Captain."

„Wie unsere Ermittlungen ergeben haben, war Anthony Stevos Mitglied eines von Lesbos aus operierenden Schmuggelrings."

„Ich gebe zu, dass mir dieser Gedanke auch schon gekommen ist." Im Stillen erheitert, holte Nick eine Zigarettenschachtel hervor und hielt sie Tripolos hin.

„Die Bande macht sich die Nähe der Insel zum türkischen Festland zu Nutze, um Opium über den Golf von Edremit zu schmuggeln." Tripolos bewunderte erst die schlanke, elegante Zigarette, ehe er sich zu Nick beugte, um sich Feuer geben zu lassen.

„Sie wollen damit andeuten, Stevos sei von einem Komplizen ermordet worden?"

„Das ist meine feste Überzeugung." Tripolos zog mit Kennermiene den Rauch ein. „Das eigentliche Problem ist der Boss der Bande, ein Profi ersten Ranges, wie ich zugeben muss. Er ist äußerst schlau und entkommt selbst dem engmaschigsten Polizeinetz. Gerüchteweise heißt es, er begleite die Überfahrten nur selten, und wenn, dann nur maskiert."

„Diese Gerüchte habe ich natürlich auch schon gehört." Nick hüllte sich in eine Rauchwolke. „Ich habe sie aber immer für Dorfklatsch und Abenteuerromantik gehalten. Ein maskierter Gangster und Schmugglerboss – das ist ein gefundenes Fressen für die Leute."

„Der Mann existiert, das ist eine Tatsache, Mr. Gregoras, und ein Messer im Rücken hat nichts mit Romantik zu tun."

„Da haben Sie allerdings recht."

„Stevos war kein besonders heller Kopf. Wir überwachten ihn in der Hoffnung, er könne sich als Fährte zum Kopf der Bande erweisen. Aber leider ..." Tripolos ließ wie üblich den Rest unausgesprochen.

„Eine Frage, Captain", sagte Nick. „Gibt es einen Grund, mich über den Stand der polizeilichen Ermittlungen zu informieren?"

„Sie sind eine prominente Persönlichkeit, Mr. Gregoras", erwiderte Tripolos glatt. „Ihr Name bürgt für Vertrauenswürdigkeit."

Dieser alte Fuchs, dachte Nick und lächelte. „Ich weiß das zu schätzen. Halten Sie diesen Schmugglerboss mit der Maske für einen Einwohner der Insel?"

„Ich halte ihn zumindest für ortskundig", antwortete Tripolos. „Ich glaube jedoch nicht, dass er Fischer ist."

„Etwa einer meiner Olivenpflücker?", fragte Nick leichthin. „Nein, das kann ich mir nicht vorstellen."

„Nach den Berichten, die mir aus Athen über Iona Theocharis' Aktivitäten zugegangen sind", fuhr Tripolos fort, „gibt es zwischen ihr und dem Mann, den wir suchen, eine Verbindung. Sie kennt seine Identität."

Nick horchte auf. „Iona?"

„Meiner Ansicht nach steckt sie mit dieser Schmugglerorganisation unter einer Decke und weiß mehr, als für ihre Sicherheit gut ist. Falls ..." Tripolos räusperte sich. „Wenn sie aus dem Koma erwacht, werden wir sie verhören."

„Wollen Sie etwa behaupten, Alex' Cousine sei in kriminelle Machenschaften verwickelt?" Er rückt mir verdammt dicht auf den Pelz, dachte Nick, und die Zeit wird verdammt knapp. „Iona flippt zwar gelegentlich aus", fuhr er fort, „aber Schmuggel und Mord ... Das kann ich mir nicht vorstellen."

„Ich fürchte, man hatte die Absicht, Miss Theocharis zu ermorden, weil sie zu viel weiß. Sie kennen das Mädchen, Mr. Gregoras. Was glauben Sie – wie weit würde sie aus Liebe oder für

Geld gehen?“

Nick schien die Antwort sorgsam abzuwägen. In Wirklichkeit revidierte er blitzschnell die ursprünglich vorgesehene Taktik der bevorstehenden Operationen. „Aus Liebe würde Iona meiner Meinung nach keinen Finger rühren.“ Er blickte auf. „Wenn es um Geld geht, ist ihr jedes Mittel recht.“

„Sie nehmen kein Blatt vor den Mund, Mr. Gregoras. Wenn Sie erlauben, komme ich demnächst auf das Thema zurück.“ Tripolos lächelte hinterhältig. Ein kaltes Glitzern trat in seine Augen. „Es ist viel wert, Probleme mit einem Mann von derart überragender Qualifikation diskutieren zu können. Ich bin Ihnen sehr dankbar.“

„Keine Ursache, Captain. Wenn ich helfen kann – jederzeit“, versicherte Nick lässig.

Nachdem sich Tripolos verabschiedet hatte, blieb Nick noch eine Weile in seinem Sessel sitzen. Er starrte eine Rodin-Skulptur in der anderen Ecke des Salons an und überlegte, welche Maßnahmen getroffen werden mussten.

„Heute Nacht schlagen wir zu“, sagte er, als Stephanos eintrat.

„Das ist zu früh. Wir müssen uns absichern.“

„Heute Nacht!“, wiederholte Nick. „Ruf Athen an und informiere sie über die Änderung des Plans. Sie sollen sich gefälligst was einfallen lassen, um mir diesen Tripolos für ein paar Stunden vom Hals zu halten. Er hat den Köder ausgeworfen und ist verdammt sicher, mich auf diese Weise zu kassieren.“

„Es ist zu riskant heute Nacht“, gab Stephanos zu bedenken. „In ein paar Tagen ist wieder eine Schiffsladung fällig.“

„In ein paar Tagen ist Tripolos nicht mehr aufzuhalten. Wir können im letzten Moment keine Komplikationen mit der Ortspolizei brauchen.“ Nick presste die Lippen aufeinander. „Ich werde den Teufel tun und mir ausgerechnet jetzt einen Fehler leisten! Ich muss die Sache vorantreiben, bevor Tripolos den ersten Schuss in die falsche Richtung abfeuert. Es bleibt dabei – heute Nacht! Ist das klar?“

9. KAPITEL

Finsternis herrschte in der Höhle. Vorspringende Felsen schützten sie vor dem Wind und vor Blicken. Ein seltsam dumpfer Geruch hing in der Luft, nach vermodertem Laub, welkenden Blumen, und über allem war der Hauch dunkler Geheimnisse, Angst und Tod …

An diesem Ort war nie ein Liebespaar gesehen worden. Manchmal, wenn ein Mann in einer dunklen, stillen Nacht zu nahe herankam, war das Flüstern und Seufzen der Geister hinter den Felswänden zu hören, die dort umgingen. Dann machte er einen großen Bogen um die Höhle, ging nach Hause und sagte niemandem etwas davon.

Der Mond warf sein fahles Licht über das Wasser und verstärkte den Eindruck geheimnisumwitterter Dunkelheit. Es war totenstill, nur das Flüstern des Wassers auf den Klippen und das Stöhnen des Windes war zu hören.

Die Männer, die sich beim Boot sammelten, waren Schatten, dunkle Schemen ohne Namen, ohne Gesicht. Dennoch waren es Menschen aus Fleisch und Blut, aber sie fürchteten die Geister in der Höhle nicht.

Sie sprachen wenig, ab und zu ein geflüstertes Wort, ein unterdrückter Fluch oder ein leises Lachen, das nicht an einen solchen Ort zu passen schien. Die meiste Zeit jedoch bewegten sie sich schweigend und zielstrebig. Sie wussten, was getan werden musste. Der Zeitpunkt war bald gekommen.

Einer von ihnen bemerkte das Herannahen eines weiteren Schattens und flüsterte seinen Gefährten etwas zu. Er zog ein Messer aus dem Gürtel und hielt das Heft mit starker, schwieliger Hand umklammert. Die scharfe Klinge leuchtete kurz im Mondlicht auf. Die Arbeit wurde eingestellt. Die Männer warteten.

Der Schatten kam heran. Der Mann steckte das Messer weg und atmete auf. Vor Mord fürchtete er sich nicht, aber vor diesem Schatten.

„Wir haben dich nicht erwartet."

„Spielt das eine Rolle?“ Ein schmaler Streifen Mondlicht fiel auf den schattenhaften Mann. Er trug Schwarz – schwarze Hose, schwarzer Pullover, schwarze Lederjacke – und war groß und breitschultrig. Eine Kapuze verhüllte Kopf und Gesicht. Nur die dunklen Augen waren zu sehen – ein tödliches Glitzern.

„Kommst du heute Nacht mit?“

„Ich bin hier, oder?“ Er war kein Mann, der Fragen beantwortete. Es wurden auch keine mehr gestellt. Er ging an Bord mit der Sicherheit eines Menschen, der sein Leben auf dem Meer verbringt.

Es war ein Fischkutter mit schwarzer Bordwand und sauberem, aber roh gezimmertem Deck. Nur der teure und starke Motor unterschied es von anderen Fischerbooten.

Wortlos ging der Mann über das Deck. Die anderen traten zurück und ließen ihn vorbei. Alle waren stämmige, muskulöse Männer mit starken Armen und kräftigen Händen, aber sie zogen sich vor dem schlanken Mann zurück, als fürchteten sie, er könne sie mit einer einzigen Handbewegung zermalmen. Jeder von ihnen hoffte zu Gott, die Augen hinter den Kapuzenschlitzen würden sich nicht auf ihn richten.

Der Mann ging zum Ruderhaus und warf einen Blick über die Schulter. Sofort wurden die Leinen losgemacht. Die Männer ruderten das Boot geräuschlos ins offene Meer hinaus. Erst dann wurde der Motor angeworfen.

Das Boot glitt wie ein schwarzer Fleck über das dunkle Wasser. Worte wurden kaum gewechselt. Die Leute waren ohnehin nicht sehr gesprächig, aber wenn der Maskierte bei ihnen war, wollte niemand etwas sagen. Wer sprach, zog Aufmerksamkeit auf sich, und das wollte keiner von ihnen riskieren.

Der Mann starrte aufs Meer hinaus und ignorierte die vorsichtigen Blicke der anderen. Er gehörte nicht zu ihnen, war nichts als ein drohender Schatten in der Nacht. Regungslos stand er am Ruder, den Blick starr geradeaus gerichtet.

„Uns fehlt ein Crewmann.“ Der Mann, der den Schatten bei der Höhle als Erster bemerkt hatte, trat hin zu ihm. Er sprach leise und rau. Seine Hände zitterten. „Soll ich Ersatz für Stevos beschaffen?“

Der Mann am Ruder wandte sich langsam um. Der andere Mann trat instinktiv einen Schritt zurück.

„Das ist meine Sache. Ihr tätet gut daran, euch an Stevos zu erinnern.“ Der Blick aus den Augenschlitzen wanderte über die Männer an Deck. „Jeder von euch kann … ersetzt werden.“ Er wählte die Formulierung mit Bedacht und sah mit Genugtuung, dass die Männer zu Boden blickten. Sie schwitzten vor Angst, er hatte sie da, wo er sie haben wollte. Mit einem unmerklichen Lächeln schaute er wieder auf die See hinaus.

Das Boot machte Fahrt. Niemand sprach über ihn oder mit ihm. Hin und wieder warf einer der Crewmänner einen Blick zu der schwarzen Gestalt am Ruder. Die Abergläubischen unter ihnen bekreuzigten sich. Wenn der Teufel an Bord war, zitterte jeder von ihnen um sein Leben. Er ignorierte sie und benahm sich, als sei er allein an Bord. Gott sei Dank …

Auf halbem Weg zwischen Lesbos und dem türkischen Festland wurde der Motor abgestellt. Die plötzliche Stille wirkte wie ein Donnerschlag. Die Männer schwiegen. Dies war keine Nacht für grobe Witze oder Würfelspiele.

Das Boot schwankte leise im Kielwasser. Der Wind frischte auf, aber alle bis auf einen schwitzten Blut und Wasser. Eine Wolke zog vor dem Mond vorbei.

Aus der Feme war das Geräusch eines Bootsmotors zu hören. Es wurde lauter, kam näher. Ein Lichtsignal blinkte dreimal hintereinander auf und erlosch dann wieder. Bald darauf schwieg auch dieser Motor. Ein zweiter Kutter legte längsseits an. Beide Schiffe verschmolzen zu einem einzigen Schatten. Die Männer warteten und beobachteten die schwarze Gestalt am Ruder.

„Der Fang war gut heute Nacht“, rief eine Stimme vom zweiten Boot herüber.

„Die Fische lassen sich im Schlaf leicht fangen“, sagte ein anderer. Irgendjemand lachte kurz auf. Zwei Männer beugten sich über die Reling und holten ein Netz voller Fische an Deck. Das Boot schwankte und lag dann wieder ruhig.

Der Mann mit der Kapuze beobachtete den Vorgang schweigend und regungslos. Beide Motoren wurden wieder angeworfen. Die Boote trennten sich. Eines fuhr nach Osten, das andere nach Westen. Der Mond schimmerte silbern. Die Brise frischte auf. Das Boot wurde wieder zu einem einzelnen schwarzen Fleck auf dem dunklen Wasser.

„Schneidet sie auf."

Die Männer blickten erstaunt in die Augenschlitze. „Jetzt?", wagte einer von ihnen zu fragen. „Nicht erst am üblichen Ort?"

„Schneidet sie auf", wiederholte der Maskierte. Seine Stimme schien die Nachtluft noch kälter zu machen. „Ich nehme den Inhalt mit."

Drei Männer knieten sich neben die Fische. Schnell und geschickt arbeiteten sie mit ihren Messern. Es roch nach Blut, Schweiß und Angst. Die weißen Päckchen, die aus den Fischbäuchen herausgezogen wurden, stapelten sich auf dem Deck. Die aufgeschlitzten Kadaver wurden ins Meer zurückgeworfen. Der Fang war weder für den Markt noch für den Kochtopf bestimmt.

Der Mann mit der Maske verstaute die weißen Päckchen in seinen Taschen. Wieder wichen die Männer vor ihm zurück, als brächte ihnen schon seine so unmittelbare Nähe den Tod – oder Schlimmeres. Er musterte die Crew zufrieden und nahm dann seinen Platz am Ruder wieder ein.

Die Furcht der Männer verschaffte ihm eine grimmige Genugtuung, und die Konterbande befand sich jetzt in seinem Besitz. Er lachte. Es war ein freudloses, kaltes Lachen, das nichts mit Humor zu tun hatte. Auf der Rückfahrt fiel kein einziges Wort.

Später, wieder ein Schatten unter vielen, bewegte sich der Mann mit der Maske von der Höhle fort. Das Unternehmen war ohne Zwischenfall verlaufen, es hätte nicht besser klappen können. Niemand hatte ihm Fragen gestellt, niemand hatte gewagt, ihm zu folgen, und das, obwohl die anderen in der Überzahl gewesen waren. Dennoch bewegte er sich mit äußerster Vorsicht über den Strand. Er war schließlich kein Narr. Er hatte es nicht nur mit einer Handvoll verängstigter Fischer zu tun. Seine Arbeit war noch nicht getan.

Der Aufstieg war lang und steil, aber der Mann bewältigte ihn mühelos. Er hörte den Ruf eines Käuzchens, blieb kurz stehen und ließ den Blick über die Felsen gleiten. Von seinem Standort konnte er die weißen Mauern der Villa Theocharis sehen. Einen Moment lang überlegte er und setzte sich dann wieder in Bewegung.

Trittsicher und leichtfüßig wie eine Gämse bewegte er sich voran. Diesen Aufstieg hatte er oft genug im Dunkeln bewältigt. Vom Pfad hielt er sich fern. Pfade konnten Menschen bedeuten. Der Mann zog sich an dem Felsvorsprung hoch, auf dem Melanie morgens gesessen hatte. Ohne anzuhalten ging er weiter.

Im Fenster brannte Licht. Er hatte es selbst brennen lassen, als er sich auf den Weg gemacht hatte. Zum ersten Mal dachte er wieder an einen Drink. Weiß Gott, den konnte er jetzt brauchen!

Er öffnete die Haustür, ging durch die Halle und betrat ein Zimmer. Den Inhalt seiner Taschen warf er auf einen eleganten Louis-Seize-Tisch und zog sich dann schwungvoll die schwarze Kapuze vom Kopf.

„Nun, Stephanos!“ Nick zeigte lächelnd seine weißen Zähne. „Kein schlechter Fang heute Nacht, was?“

Stephanos schaute auf die weißen Päckchen und nickte. „Kann man wohl sagen. Keine Schwierigkeiten?“

„Typen, die um ihr Leben zittern, machen keine Schwierigkeiten. Die Fahrt verlief reibungslos.“ Nick trat an die Bar, schenkte zwei Drinks ein und reichte Stephanos eines der Gläser. Er konnte von Glück sagen. Er hatte Kopf und Kragen riskiert und gewonnen. In einem Zug leerte er sein Glas.

„Finstere, anrüchige Typen, Stephanos, aber sie schaffen den Job. Sie sind geldgierig und“, er schwenkte seine Kapuze in der Luft und ließ sie dann auf die weißen Päckchen hinabfallen, „zu Tode verängstigt.“

„Eine verängstigte Crew ist ungefährlich“, bemerkte Stephanos. Er tippte mit dem Finger auf die Päckchen. „Kein schlechter Fang, weiß Gott. Davon kann ein Mann ein paar Jahre in Saus und Braus leben.“

„Oder auf den Geschmack kommen", fügte Nick hinzu. „Und mehr davon wollen. Verdammt, dieser Fischgeruch hängt immer noch an mir." Er rümpfte die Nase. „Schick das Zeug nach Athen. Sie sollen mir einen Bericht über die Labortests hinsichtlich der Qualität des Stoffs zuschicken. Jetzt gehe ich erst mal den Gestank abwaschen und dann ins Bett."

„Da ist noch etwas, das dich interessieren könnte."

„Nicht heute Nacht." Nick drehte sich gar nicht erst herum. „Spar dir deinen Klatsch bis morgen auf."

„Das Mädchen, Nicholas." Stephanos sah, wie Nick erstarrte. Einen Namen zu nennen war nicht nötig. „Wie ich höre, fliegt sie nicht nach Amerika zurück. Sie bleibt hier, solange Alex in Athen ist."

„Verflucht!" Nick drehte sich zu Stephanos um. „Ich kann mir jetzt nicht wegen einer Frau den Kopf zerbrechen."

„Sie ist allein, bis Alex seine Frau zurückschickt."

„Sie geht mich nichts an", stieß Nick durch die Zähne hervor.

Stephanos betrachtete interessiert den Rest Brandy in seinem Glas. „Athen war interessiert", bemerkte er scheinbar leichthin. „Sie könnte uns später von Nutzen sein. Kann man nie wissen!"

„Nein!" Nick ging erregt im Zimmer umher. Die nervliche Belastung der letzten Stunden machte sich plötzlich bemerkbar. Allein der Gedanke an sie machte ihn verrückt. „Nein", sagte er entschlossen. „Ich kann sie jetzt nicht brauchen. Wir halten sie da heraus."

„Dazu ist es zu spät, wenn du mich fragst", bemerkte Stephanos.

„Wir halten sie heraus!"

Stephanos strich über seinen Schnurrbart. „Wie Sie meinen, Sir!"

„Ach, geh zum Teufel!" Nick ärgerte sich über Stephanos' spöttisch ergebenen Ton. Er nahm sein Glas auf und setzte es gleich wieder ab. „Wir können sie nicht brauchen", erklärte er etwas ruhiger. „Sie wäre ein Klotz am Bein, weiter nichts. Hoffen wir, dass sie in den nächsten Tagen nicht auf die Wahnsinnsidee verfällt, nachts am Strand herumzugeistern. Ich lege keinen Wert darauf, ihr dort zu begegnen."

„Und was machst du, wenn sie wider Erwarten dort aufkreuzt?", fragte Stephanos trocken.

„Dann gnade ihr Gott!", antwortete Nick und verließ das Zimmer.

Auch nach dem Bad kam Nick nicht zur Ruhe. Die natürliche Reaktion auf Stunden äußerster Anspannung, redete er sich ein. Aber immer wieder trat er ans Fenster und blickte auf die Villa Theocharis hinunter.

Melanie war also allein. Jetzt schlief sie in dem großen weichen Bett. Sie würde ruhig schlafen. Noch einmal würde er bestimmt nicht zu ihrem Balkon hinaufklettern. Gestern Nacht hatte er dem Impuls nachgegeben, weil er geglaubt hatte, sich vor ihr rechtfertigen und ihr alles erklären zu müssen.

Was für ein Wahnsinn! Nur Narren hatten Schuldkomplexe. Er war zu ihr gegangen, und sie hatte ihn dazu gebracht, preiszugeben, was er niemals hätte preisgeben dürfen. Die Freiheit des Herzens, die innere Unabhängigkeit.

Er hätte sie nicht anrühren dürfen. Es war unverzeihlich gewesen, die Situation auszunutzen. Sie hatte nicht gewusst, was sie tat – betrunken, wie Andrew sie heimgebracht hatte.

Andrew! Nick unterdrückte seine aufsteigende Wut. Aber es gab Momente, da hasste er Andrew, weil er Melanie geküsst hatte. Er hasste Dorian, weil Melanie ihn angelächelt hatte, und er hasste Alex, wenn er ihr freundschaftlich den Arm um die Schultern legte.

Sie würde ihm nie verzeihen, was in der vergangenen Nacht geschehen war. Sie hasste ihn, weil er ihre Hilflosigkeit, ihre Verwundbarkeit ausgenutzt und sie genommen hatte – mit diesem verdammten Medaillon um den Hals. Und sie hasste, was er tat, was er war.

Nick wandte sich mit einem Ruck vom Fenster ab. Warum zerbrach er sich eigentlich den Kopf? Melanie James würde in ein paar Wochen aus seinem Leben verschwinden. Wenn sie ihn hasste, würde es ihn nicht aus der Bahn werfen.

Wenn sie sein Herz erobert hatte, nun, damit würde er auch fertig werden. Nach allem, was er durchgestanden und getan hatte, würde er sich von einer blauäugigen Hexe nicht in die Knie zwingen lassen.

Melanie fühlte sich einsam. Die Stille, die sie noch vor wenigen Tagen gepriesen hatte, bedrückte sie jetzt. Dass eine Menge Dienstboten im Haus waren, war kein Trost. Sie vermisste Alex, Liz und Dorian.

Der Vormittag verging ebenso langsam wie die vergangene Nacht. Die Villa erschien Melanie wie ein Gefängnis, in dem sie mit ihren Gedanken allein war.

Und weil ihre Gedanken ständig nur um Nick kreisten, fand sie es fast unerträglich, in dem Bett zu liegen, das sie geteilt hatten. Wie konnte sie ruhig in einem Bett schlafen, in dem sie noch immer die Berührung mit seinem Körper und seine Küsse auf ihren Lippen spürte? Wie konnte sie in einem Zimmer zur Ruhe kommen, in dem noch immer der Duft von Wind und Meer zu hängen schien, der Nick anhaftete?

Wie hatte es geschehen können, dass sie diesen Mann liebte? Und wie lange konnte sie diese Liebe noch verleugnen?

Wenn sie sich ihr ergab, würde sie für den Rest ihres Lebens leiden müssen.

Obwohl Melanie wusste, dass sie sich damit eher noch trauriger machte, zog sie sich ihren Badeanzug an und ging an den Strand hinunter.

Eigentlich war es lächerlich, Angst vor dem Strand und dem Haus zu haben. Sie hätte den Urlaub nirgends schöner zubringen können. Wenn sie sich in ihrem Zimmer einschloss, würde sie das Geschehene auch nicht ändern können.

Der weiße Sand glitzerte in der Sonne. Rasch streifte Melanie ihr Strandkleid ab und lief ins Wasser. Das Schwimmen würde sie entspannen, und vielleicht konnte sie dann heute Nacht schlafen.

Was für einen Sinn hatte es, Tag und Nacht über den Mord an einem Mann nachzugrübeln, den sie nie gekannt hatte? Warum sollte sie sich wegen eines harmlosen Zigarettenrestes Gedanken machen? Sie musste endlich die simplen Fakten akzeptieren. Der Mann war im Zuge eines dörflichen Streits ums Leben gekommen. Sein Tod hatte weder mit ihr noch mit ihren Freunden etwas zu tun. Ein tragischer Fall, gewiss, aber ohne Bedeutung für sie selbst.

An Iona wollte Melanie nicht denken. An Schmuggler und Mörder schon gar nicht. Und auf keinen Fall an Nick. Am besten, sie stellte fürs Erste das Denken ganz ein.

Und das gelang ihr tatsächlich. Die Welt bestand nur noch aus Himmel, Meer und Sonne. Das Wasser schien alles Hässliche von ihr abzuwaschen, und ihre Sorgen versanken in den Fluten. Es war wie am ersten Tag, als sie hier ihren inneren Frieden gefunden hatte.

Liz brauchte sie in den nächsten Tagen. Melanie würde keine Hilfe für sie sein, wenn sie selbst nervös und verstört wäre. Jawohl, und heute Nacht würde sie schlafen. Von Albträumen hatte sie genug.

Entspannt wie seit Langem nicht mehr, schwamm sie ans Ufer zurück. Ihre Füße berührten den feinen Ufersand. Muscheln blitzten weiß an der Wasserlinie auf. Melanie richtete sich auf. Die kleinen Wellen umspielten ihre Knie. Die Sonne auf ihrer Haut fühlte sich herrlich an.

„So entstieg auch Helena dem Meer."

Melanie beschattete ihre Augen mit der Hand und sah Andrew. Er saß neben ihrem Handtuch im Sand und schaute ihr entgegen.

„Kein Wunder, dass ihretwegen der Trojanische Krieg ausbrach." Andrew stand auf und ging ihr zur Wasserlinie entgegen. „Wie geht's dir, Melanie?"

„Danke, gut." Sie nahm das Handtuch, das er ihr reichte, und rubbelte sich das Haar trocken.

„Deine Augen sind umschattet. Ein blauer See, über den dunkle Wolken ziehen." Andrew strich mit dem Finger über Melanies Wange. „Nick hat mir von Iona Theocharis erzählt." Er nahm Melanie bei der Hand und führte sie über den weißen Sand. Melanie ließ das Handtuch fallen und setzte sich neben Andrew. „Anscheinend hat sich alles gegen dich verschworen,

Melanie. Es tut mir leid, dass du auch noch Iona finden musstest."

„Anscheinend habe ich für so etwas ein besonderes Talent. Aber ehrlich, mir geht es heute schon viel besser." Sie lächelte und berührte Andrews Wange. „Gestern war ich ... Ich wusste nicht mehr, wo mir der Kopf stand. Mir war, als sähe ich alles durch eine gläserne Wand, verzerrt und unwirklich. Heute sehe ich die Wirklichkeit, aber ich werde mit ihr fertig."

„Mit diesem Trick schützt die Natur den Menschen vor Überbelastung, glaube ich."

„Mir tun Alex und Liz furchtbar leid, Andrew. Und Dorian auch." Melanie lehnte sich zurück und stützte sich mit den Ellbogen ab. Die Sonne fiel warm auf ihre Haut und trocknete das Wasser. „Es ist schwer für sie. Ich fühle mich so hilflos." Sie wandte Andrew das Gesicht zu und schüttelte das Haar aus. „Ob du es glaubst oder nicht, nach diesen zwei Tagen erkenne ich erst, wie froh ich bin, am Leben zu sein."

„Das ist eine ganz gesunde, normale Reaktion." Andrew lehnte sich auch zurück. Er blinzelte gegen das Sonnenlicht und betrachtete Melanie.

„Hoffentlich. Ich hatte schon Gewissensbisse."

„Du kannst keine Gewissensbisse haben, weil du leben willst, Melanie."

„Nein. Aber plötzlich wird mir bewusst, was ich noch alles tun und sehen will. Ich bin sechsundzwanzig, und dies ist meine erste Reise. Hättest du das gedacht? Meine Mutter starb, als ich noch ein Baby war. Mein Vater und ich zogen von Philadelphia nach New York. Etwas anderes habe ich nie kennengelernt."

Melanie strich ihr feuchtes Haar zurück. „Ich spreche zwar fünf Fremdsprachen, aber zum ersten Mal mache ich von einer dieser Sprachen Gebrauch. Ich werde den Urlaub jedes Jahr in einem anderen Land verbringen – Italien, England, Frankreich." Sie drehte sich zu Andrew um und sah ihn mit leuchtenden Augen an. „Ich werde in Venedig mit einer Gondel fahren, ich werde in Cornwall durch das einsame Hochmoor streifen und über die Champs Elysées bummeln." Melanie lachte, ihr war leicht und frei zu Mute. „Auf ganz hohe Berge möchte ich klettern."

„Und was ist mit dem Fischerboot?“ Andrew legte lächelnd seine Hand über die ihre.

„Oh, habe ich das schon verraten?“ Melanie lachte. „Ja, das auch. Jack sagte immer, ich hätte ausgefallene Ambitionen.“

„Jack?“

„Ein Freund in New York.“ Melanie merkte zu ihrer Freude, wie leicht sie von ihm in der Vergangenheit sprechen konnte. „Er ist Politiker. Ich glaube, er will Präsident der Vereinigten Staaten werden.“

„Hast du ihn geliebt?“

„Nein. Ich hatte mich an ihn gewöhnt.“ Melanie errötete. „Ist das nicht schrecklich, so etwas zu sagen?“

„Das weiß ich nicht. Findest du?“, meinte Andrew nachdenklich.

„Nein“, antwortete Melanie. „Es ist wahr. Er war sehr vorsichtig, sehr konventionell und leider sehr langweilig. Ganz anders als …“ Sie sprach nicht weiter. Ihr Blick war starr auf das Kliff gerichtet, alle Farbe wich aus ihrem Gesicht.

Andrew blickte auf und entdeckte Nick auf dem Gipfel des Kliffs. Mit gegrätschten Beinen, die Hände in den Hosentaschen, stand er da und schaute auf sie herunter. Sein Gesichtsausdruck war auf die Entfernung nicht zu erkennen. Unvermittelt drehte er sich um und verschwand ohne ein Winken oder einen Gruß hinter dem Felsen.

Andrew blickte Melanie an. Ihr Gesicht war ein offenes Buch, das ihm die Wahrheit verriet. „Du liebst Nick.“

„Oh nein! Natürlich nicht“, antwortete sie schärfer als nötig. „Ich kenne ihn kaum. Ein unmöglicher Typ – aufbrausend, arrogant und herrisch. Ein zynischer Menschenverächter, der über Leichen geht.“

Bei dieser Beschreibung schüttelte Andrew erstaunt den Kopf. „Anscheinend reden wir von zwei verschiedenen Männern.“

Melanie wandte sich ab und ließ den Sand durch die Finger rinnen. „Kann sein. Aber ich mag beide nicht.“

Andrew betrachtete eine Weile schweigend ihr Spiel mit dem Sand. „Aber du liebst ihn.“

„Andrew …"

„Gegen deinen Willen", setzte Andrew hinzu und schaute dann übers Wasser hinaus. „Melanie, ich habe mich gefragt … Ich möchte unsere Freundschaft nicht zerstören, um nichts in der Welt. Aber ich wüsste gern … Würdest du mich heiraten?"

„Was?" Verblüfft drehte sie sich zu ihm herum. „Soll das ein Witz sein?"

Andrew blickte sie prüfend an. „Nein, es ist kein Witz. Ich bin überzeugt, eine Affäre würde alles verderben, und dachte, wir könnten vielleicht heiraten, aber damals wusste ich noch nicht, wie du zu Nick stehst. Das wurde mir erst heute klar."

„Andrew", begann Melanie, die nicht recht wusste, wie sie reagieren sollte. „Ist das eine Frage oder ein Heiratsantrag?"

„Fangen wir mit der Frage an, okay?"

Melanie holte tief Luft. „Ein Heiratsantrag schmeichelt dem Ego einer Frau, besonders wenn er von jemandem kommt, den man sehr mag. Aber das ist nicht der Sinn einer Freundschaft, stimmt's?" Melanie beugte sich zu Andrew hinüber und berührte seinen Mund mit den Lippen. „Ich bin sehr glücklich darüber, dich zum Freund zu haben, Andrew."

„So ungefähr habe ich mir deine Antwort vorgestellt. Ich bin ein romantischer Träumer, fürchte ich." Andrew lächelte abbittend. „Eine Insel, eine schöne Frau mit einem Lachen, leicht und frei wie der Wind … Ich sah uns schon, wie wir uns in dem Cottage einrichten. Ein Kaminfeuer im Winter, Blumen im Frühling."

„Du liebst mich nicht, Andrew."

„Das könnte aber noch kommen." Er nahm Melanies Hand und betrachtete die Innenfläche. „Nein, es ist dir nicht bestimmt, dich in einen aufstrebenden Schriftsteller zu verlieben."

„Andrew …"

„Und mir ist es nicht bestimmt, dich zu gewinnen." Er küsste Melanies Hand. „Aber ein schöner Gedanke ist es trotzdem."

„Ein sehr schöner sogar. Ich danke dir, Andrew."

Andrew nickte und stand auf. „Vielleicht komme ich auf die Idee, Venedig könnte mich inspirieren." Er schaute zu dem Haus auf dem Kliff hinauf. „Vielleicht treffen wir uns dann dort, wer weiß?“ Er lächelte schief, verlegen wie ein Junge. „Mach’s gut, Melanie.“

Melanie fühlte einen Stich im Herzen. Sie blickte ihm nach, bis er auf dem Steilpfad des Kliffs verschwand, bevor sie sich wieder dem Meer zuwandte.

10. KAPITEL

Entgegen ihrer eigenen Überzeugung von heute Morgen kam Melanie nicht zur Ruhe. Sie dämmerte vor sich hin, aber sie wagte nicht, einzuschlafen – aus Angst vor den Träumen, die sie verfolgten.

Während des Tages war es Melanie unter Einsatz ihrer Willenskraft gelungen, Nick aus ihren Gedanken zu verdrängen. Sie wollte sich ihm auch in ihren Träumen nicht ergeben.

Aber jetzt musste sie immerzu an die Höhle denken, an das starre Gesicht im Wasser, an die schlanke schwarze Zigarette im Sand, an Iona, an Dorians versteinertes Gesicht …

Wieso wurde Melanie den Gedanken nicht los, das eine habe etwas mit dem anderen zu tun?

Die Villa war zu groß und zu still, als dass man sich darin allein wohlfühlen könnte. Sogar die Luft schien drückend zu werden. Müdigkeit überwältigte Melanie, aber an der Grenze zwischen Wachen und Schlafen hatten es Träume und Trugbilder besonders leicht, durch ihr wehrloses Bewusstsein zu geistern.

Melanie konnte Alex' Stimme hören, die hart und kalt sagte, Ionas Tod wäre für alle ein Segen. Sie sah Dorians kühlen, ruhigen Blick, seine schmale Hand, in der er eine schwarze Zigarette hielt. Andrew lächelte wehmütig, den Blick auf das Meer hinaus gerichtet. Liz schwor, ihren Mann vor allem und jedem zu schützen. Und Melanie sah eine Messerklinge, scharf und tödlich. Sie wusste, dass es Nicks Hand war, die das Heft gepackt hielt.

Mit einem Aufschrei fuhr Melanie hoch. Nein, sie wollte nicht schlafen, jedenfalls nicht allein. Das wagte sie nicht.

Ohne nachzudenken schlüpfte sie in Jeans und eine Bluse. Heute Nachmittag hatte sie am Strand Frieden gefunden. Vielleicht würde es ihr auch in der Nacht gelingen.

Als sie vor die Villa trat, atmete sie auf. Hier in der freien Natur gab es keine Wände, keine leeren, einsamen Zimmer. Hier funkelten die Sterne und dufteten die Blumen. Ein leiser Wind flüsterte in den Zypressen. Das bedrückende Gefühl fiel langsam von Melanie ab. Sie ging zum Strand hinunter.

Melanie krempelte die Jeans hoch und ließ das Wasser über ihre Fußgelenke schwappen. Tief atmete sie die kühle Seeluft ein. Sie streckte die Arme den Sternen entgegen.

„Wann gewöhnst du dir endlich an, nachts im Bett zu bleiben?"

Melanie wirbelte herum und sah sich Nick gegenüber. War er schon die ganze Zeit hier? Sie hatte ihn nicht herankommen hören. Sie richtete sich gerade auf und blickte ihm kühl ins Gesicht. Genau wie sie trug er Jeans und war barfuß. Sein Hemd war nicht zugeknöpft, es hing locker herab. Am liebsten wäre Melanie jetzt nahe an ihn herangetreten. Aber was für ein irrer Gedanke! Rasch verscheuchte sie ihn.

„Das soll nicht deine Sorge sein", beantwortete sie Nicks Frage und drehte ihm dann den Rücken zu.

Nick war drauf und dran, Melanie am Arm zu packen und sie wieder zu sich zurückzudrehen. Er beherrschte sich. Nach dem Duschen hatte er sich ans Fenster gestellt und gesehen, wie Melanie zum Strand hinunterging. Ehe er gewusst hatte, was er tat, war er schon auf dem Steilpfad vom Kliff hinunter gewesen. Und jetzt sprach sie wieder mit dieser eiskalten Stimme.

„Du hast wohl vergessen, was Frauen passiert, die nachts allein am Strand herumlaufen, was?", fragte er spöttisch und streckte die Hände nach ihr aus. Er musste wenigstens ihr Haar berühren.

„Wenn du mich wieder irgendwohin schleppen willst, warne ich dich. Diesmal beiße und kratze ich."

„Das würde die Sache nur noch interessanter machen." Als Melanie den Kopf zurücklegte, ließ Nick die Hand sinken. „Ich dachte, du hättest dich für heute genug am Strand amüsiert. Wartest du wieder auf Andrew?"

Melanie schleuderte mit einem zornigen Ruck das lange blonde Haar zurück. „Ich erwarte niemanden. Hergekommen bin ich, um hier allein zu sein. Also lass mich bitte in Frieden."

Jetzt zog Nick Melanie doch herum. Er packte sie so fest, dass sie vor Schmerz leise aufschrie. „Verdammt, Melanie, treib es nicht zu weit! So kannst du Andrew behandeln, aber nicht mich!"

„Nimm gefälligst die Hände weg!" Melanies Augen funkelten wie klares Eis. Nicht noch einmal würde sie sich von diesem Mann einschüchtern lassen. „Im Übrigen könntest du von Andrew eine Menge lernen." Sie warf den Kopf in den Nacken und lächelte kalt. „Und von Dorian auch. Wie man Frauen behandelt, beispielsweise."

Nick stieß einen unflätigen Fluch aus, packte Melanie an den Schultern und starrte sie finster an. „Hinter Dorian bist du also auch her, wie?" Er hatte Mühe, sich zu beherrschen. „Es macht dir Spaß, ihn an der Nase herumzuführen, was?"

Nicks Finger gruben sich wie Klammern in Melanies Arm, aber sie verzog keine Miene. Diese Genugtuung gönnte sie ihm nicht.

„Du machst dich nicht schlecht als Playgirl, das muss man dir lassen!"

Sein Zynismus machte Melanie rasend. „Wie kannst du es wagen!" Ihre Augen flammten. „Ausgerechnet du! Wenn hier einer ein schmutziges Spiel treibt, bist du es. Denn du gehst über Leichen, Nick Gregoras! Ich hasse dich! Ich will dich nie wieder sehen!" Melanie riss sich los. Blind vor Wut rannte sie ins Wasser.

Zwei lange Schritte, und Nick hatte Melanie eingeholt und riss sie zu sich herum. Das Wasser schwappte um ihre Hüften. Nick schüttelte sie wild, und dabei rutschte sie auf dem schlüpfrigen Untergrund aus. Er zog sie wieder in die Höhe. Im Augenblick war er zu zornig, um ganz klar denken zu können.

„Wartest du etwa darauf, dass ich zu dir gekrochen komme und um dein Wohlwollen bettle? Verdammt will ich sein, ehe ich das mache! Ich tue, was ich tun muss, weil es den Erfordernissen entspricht. Ich handle, wie ich es für notwendig halte. Hast du mich verstanden?"

„Deine schmutzigen Geschäfte und deine Worte interessieren mich nicht. Mich interessiert überhaupt nichts, was mit dir zu tun hat. Ich hasse dich!" Melanie holte zu einem Schlag gegen Nicks Brust aus und fiel fast wieder hin. „Ich hasse alles an dir. Ich wünschte, ich hätte dich nie gesehen!"

Diese Worte trafen Nick tief. Er musste daran denken, wie Melanie in seinen Armen gelegen hatte, er spürte wieder ihre

Lippen auf seinem Mund und ihren Körper, der sich an ihn schmiegte.

Aber er gab seinen Gefühlen nicht nach. „Wie du willst“, sagte er kalt. „Dann halte dich von mir fern und misch dich nicht in Angelegenheiten, die dich nichts angehen.“

„Nichts täte ich lieber, als mich von dir fernzuhalten.“ Das eisige Funkeln ihrer Augen und die schneidenden Worte schmerzten ihn aufs Neue. „Nichts wäre mir lieber, als dein Gesicht nie mehr sehen und deinen Namen nie mehr hören zu müssen.“

Nur mit größter Anstrengung unterdrückte Nick den Impuls, Melanie in die Arme zu nehmen. „Das kannst du haben“, sagte er stattdessen. „Mit Dorian kannst du meinetwegen spielen, aber lass die Finger von Andrew. Nimm dich in Acht, oder ich drehe dir deinen schönen Hals um.“

„Dass ich nicht lachte! Ich werde Andrew so oft treffen, wie ich will.“ Melanie schleuderte das nasse Haar zurück und starrte Nick an. „Ich glaube nicht, dass Andrew begeistert von deinen Schutzmaßnahmen wäre. Er hat mir einen Heiratsantrag gemacht.“

Mit einer raschen Bewegung packte Nick Melanie und presste sie an sich. „Was hast du ihm geantwortet?“

„Das geht dich nichts an.“ Melanie drehte und wand sich, aber obwohl sie nass und schlüpfrig wie ein Aal war, hielt Nick sie unnachgiebig fest. „Lass mich runter! So kannst du mit mir nicht umgehen!“

„Verdammt noch mal, ich habe dich etwas gefragt!“ Den Blick starr auf Melanies blasses Gesicht gerichtet, stieß er heiser hervor: „Antworte!“

„Nein!“, schrie Melanie verzweifelt. „Nein habe ich gesagt!“

Nicks Griff lockerte sich. Melanie stand wieder auf den Füßen. Ihr Gesicht war geisterhaft blass. Warum muss ich ihr immer wehtun? dachte Nick. Und warum tut sie mir weh? Gäbe es nur nicht so viele Hindernisse, oder könnte ich auch nur eines davon niederreißen, wäre alles gut.

„Das möchte ich dir auch raten.“ Nicks Stimme bebte. Ob Angst oder Wut darin mitschwang, konnte Melanie nicht erkennen. „Ich hätte auch nicht ruhig mit angesehen, wie du Andrew zum Narren hältst. Er hat es nicht verdient.“ Nick ließ Melanie los und wusste, dass er sie vielleicht zum letzten Mal berührt hatte. „Vermutlich hast du ihm nichts von deinem Freund erzählt.“

„Freund?“ Melanie machte einen Schritt rückwärts. „Was für ein Freund?“

Nick hob wortlos das Medaillon an ihrem Hals hoch und ließ es dann gleich wieder fallen. „Der Mann, der dir das Medaillon geschenkt hat, das du so hütest. Wenn eine Frau das Brandzeichen eines anderen Mannes trägt, ist das kaum zu übersehen.“

Melanie deckte die Hand über den kleinen silbernen Anhänger. Nie hätte sie gedacht, dass sie noch zorniger werden könnte, als sie es schon war. Sie zitterte vor Wut. „Das Brandzeichen eines anderen Mannes“, wiederholte sie so leise, dass es kaum zu hören war. „Du täuschst dich. Mir drückt niemand sein Brandzeichen auf, Nicholas. Niemand, gleichgültig, wie sehr ich ihn liebe.“

„Oh, Pardon“, erwiderte Nick kühl. „Tut mir leid. Vergiss es.“

„Dieses Medaillon hat mir mein Vater geschenkt. Ich war damals acht und hatte mir beim Sturz von einem Baum ein Bein gebrochen. Mein Vater ist der gütigste, liebevollste Mensch, der mir je begegnet ist. Du hast nichts mit ihm gemeinsam. Du hast ein Herz aus Stein.“

Melanie machte kehrt und rannte ins Wasser. Nick holte sie ein. Ungeachtet ihrer Gegenwehr drehte er Melanie zu sich herum und blickte ihr in die Augen.

„Hast du einen Freund in Amerika?“

„Was soll das? Lass mich sofort los!“ Melanies Augen flammten, ihre Haut schimmerte wie Marmor im Mondlicht. Sie warf den Kopf zurück und blickte Nick herausfordernd an. In diesem Augenblick wusste Nick, dass er für sie sterben könnte.

„Gibt es einen anderen Mann, Melanie?“, fragte er noch einmal, aber jetzt klang seine Stimme ruhiger.

Melanie hob trotzig das Kinn. „Nein. Es gibt keinen Mann in meinem Leben. Keinen einzigen.“

Nick zog Melanie zu sich heran. Die Wärme seines Körpers drang durch ihre nasse Kleidung. Bei einem Blick in Nicks triumphierend leuchtende Augen hielt sie den Atem an.

„Oh doch, es gibt einen." Nick presste den Mund auf Melanies Lippen, und während er sie küsste, zog er sie hinunter in den Sand.

Seine Lippen waren fordernd und heiß. Melanie musste an sein Wort vom Brandzeichen denken, aber sie ließ sich nur zu gern von diesem Feuer verbrennen.

Nick streifte ihr die Bluse ab, als könne er nichts Trennendes zwischen ihnen ertragen.

Melanie wusste, dass Nick immer so lieben würde, heftig, ohne nachzudenken und ohne Vorbehalte. Ihr Begehren war viel zu stark, als dass sie es hätte leugnen können. Sie konnte es nicht erwarten, seine Haut an ihrer zu fühlen. Sie hörte Nick lachen, als er den Mund an ihren Hals drückte.

Was richtig war und was falsch, spielte jetzt keine Rolle mehr. Das Verlangen war zu übermächtig. Als der Rausch der Leidenschaft sie erfasste, erkannte Melanie ihre Liebe. Darauf hatte sie ihr Leben lang gewartet. Sie fragte nicht mehr, warum es ausgerechnet Nick sein musste. Sie liebte ihn, was immer und wer immer er auch sein mochte. Außer ihm zählte nichts mehr.

Seine Hände schlossen sich um ihre Brüste. Er stöhnte und presste seine Lippen auf Melanies Mund. Sie war so zart, so zerbrechlich. Nick gab sich die größte Mühe, ihr nicht wehzutun, aber das Verlangen brannte wild und heiß in ihm. Nie hatte er eine Frau begehrt wie diese. Nicht einmal, als er sie zum ersten Mal genommen hatte, hatte er sie so sehr gewollt wie jetzt.

Melanie bog sich Nick entgegen und grub die Finger in sein Haar. Er flüsterte etwas, aber sein Atem ging genauso heftig wie der ihre, und sie konnte seine Worte nicht verstehen. Das brauchte sie auch nicht, denn sein Kuss sprach eine viel deutlichere Sprache.

Ohne sich dessen bewusst zu sein, streifte sie das Hemd von Nicks Schultern. Sie merkte, wie Nick ihr die Jeans herunterzog, und dann trennte sie nichts mehr voneinander.

Nicks Lippen, seine Hände ergriffen von ihrem Körper Besitz – zwar nicht zärtlich, aber auch nicht mit so unkontrollierter Wildheit wie beim ersten Mal. Nick nahm, was ihm längst zu gehören schien.

Sein Mund, seine leidenschaftlichen Küsse raubten ihr jeden klaren Gedanken. Kein noch so geheimer Winkel ihres Körpers blieb ihm verborgen. Mit jeder seiner Berührungen geriet Melanie näher an den Rand der Ekstase.

Kühler Sand, kühles Wasser, Nicks heiße Lippen – alles andere versank, war aus ihrem Bewusstsein ausgelöscht. Von irgendwoher kam der gespenstische Ruf eines Nachtvogels. Es hätte auch Melanies leiser Aufschrei sein können.

Sie waren die einzigen Menschen auf der Welt, zwei Schiffbrüchige, die das Schicksal füreinander bestimmt hatte. Der Duft des Meeres hüllte Melanie ein – Nicks Duft. Beides würde für sie immer dasselbe sein.

Dann hörte und dachte sie nichts mehr, denn Nick stürzte sie in einen Strudel der Leidenschaft.

Melanie schrie auf, als er in sie eindrang. Mit einem wilden Kuss brachte er sie zum Schweigen. Melanie hatte das Gefühl, sich auf einem hohen Felsgrat zu befinden, und Nick trieb sie immer näher an den Rand. Sie spürte, wie sein Herz raste, und dennoch schien er entschlossen, sie hier zwischen Himmel und Hölle schweben zu lassen.

Als Nick sie endlich erlöste, wusste sie nicht, ob sie in den Himmel oder in die Hölle stürzte. Sie wusste nur, dass Nick bei ihr war.

Melanie lag ganz still an Nicks nackte Schulter geschmiegt. Die kleinen Wellen streichelten ihre Beine. Nach dem Rausch der Empfindungen fühlte sie sich jetzt fast körperlos und wie betäubt. Niemals, niemals hatte ein Mann sie so begehrt wie Nick. Das gab ihr eine gewisse Macht über ihn. Bei diesem Gedanken schloss sie die Augen.

Sie hatte sich nicht zur Wehr gesetzt, nicht einmal zum Schein. Nicht roher Gewalt hatte sie sich ergeben, sondern ihrem eigenen

Verlangen. Jetzt, da der Verstand wieder zu arbeiten begann, schämte sie sich ihrer eigenen Hemmungslosigkeit.

Nick hatte kein Gewissen, er war hart, kalt und brutal, ein Mann, der aus dem Elend anderer Menschen Gewinn schlug. Und sie hatte sich ihm mit Leib und Seele hingegeben. Über ihr Herz hatte sie keine Gewalt, aber ihre Handlungen unterstanden ihrem Willen, ihrer Kontrolle. Ihr schauderte. Sie rückte etwas von Nick ab.

„Nein, bleib hier“, flüsterte Nick in ihr Haar und zog sie wieder an sich.

„Ich muss jetzt gehen.“ Melanie bewegte sich von ihm fort, soweit es sein Arm zuließ. „Bitte, lass mich los.“

Nick drehte sie auf die Seite, richtete sich auf und betrachtete sie lächelnd. „Nein“, sagte er leise. „Du läufst mir nicht mehr fort.“

„Nick, bitte!“ Melanie wandte das Gesicht ab. „Es ist spät. Es wird Zeit für mich.“

Nick nahm ihr Gesicht zwischen die Hände und zwang sie, ihn anzusehen. In Melanies Augen schimmerten Tränen, die sie mühsam zurückhielt. „Dir ist plötzlich bewusst geworden, dass du dich einem Gangster hingegeben hast, wie?“

„Bitte hör auf, Nick.“ Melanie schloss die Augen. „Lass mich gehen. Ich … Du hast mich nicht gezwungen. Ich wollte es.“

Nick schaute auf sie hinunter. Melanies Augen waren nun trocken. Nick griff nach seinem Hemd und richtete Melanie auf. Der Teufel soll Athen holen, dachte er.

„Zieh das an“, befahl er und hielt das Hemd um ihre Schultern. „Ich muss mit dir reden.“

„Ich will nichts hören. Es gibt nichts zu reden.“

„Ich sagte, wir werden reden, Melanie.“ Nick schob ihren Arm in den Hemdsärmel. „Ich will nicht, dass du dich schuldig fühlst.“ An seiner Stimme spürte Melanie, dass er wieder zornig wurde. „Das lasse ich nicht zu“, erklärte er und zog das Hemd über ihrem Busen zusammen. „Ich kann dir jetzt nicht alles erklären … und einiges werde ich dir überhaupt nie erklären können, aber …“

„Ich erwarte keine Erklärungen“, unterbrach Melanie ihn.

„Jedes Mal, wenn du mich anschaust, erwartest du Erklärungen“, widersprach Nick. Er zog eine Zigarette aus der Hemdtasche und zündete sie an. „Mein Import-Export-Geschäft hat mir im Laufe der Jahre eine Reihe von Kontakten verschafft. Einige von ihnen würdest du ablehnen, kann ich mir vorstellen.“ Er blies den Rauch aus.

„Nicholas, ich …“

„Still, Melanie. Wenn ein Mann sich entschließt, Farbe zu bekennen, sollte ihn eine Frau nicht unterbrechen. Es fällt mir weiß Gott schwer genug“, fügte er hinzu.

Melanie schwieg.

„Als ich Anfang zwanzig war“, fuhr Nick fort, „lernte ich einen Mann kennen, dem ich für eine bestimmte Aufgabe geeignet erschien. Ich fand diese Arbeit faszinierend. Gefahr kann zur Sucht werden wie eine Droge.“

Ja, dachte Melanie und schaute aufs Wasser hinaus. Wenn ich nichts sonst begreife, aber das kann ich verstehen.

„Ich stellte mich der Organisation für … Spezialaufträge zur Verfügung.“ Nick lächelte unfroh. „Der Job reizte mich, alles war in bester Ordnung. Ich war zufrieden mit meinem Leben, zehn Jahre lang dachte ich mir nichts dabei. Doch jetzt wünsche ich, ich könnte diese zehn Jahre auslöschen.“

Melanie zog die Knie an und blickte starr geradeaus. Nick hob die Hand und berührte ihr Haar, aber sie drehte sich nicht zu ihm um. Ihr alles zu erzählen fiel Nick schwerer, als er gedacht hatte. Er musste ihr die Wahrheit sagen, aber er wollte sie nicht verlieren. Er zog an seiner Zigarette und betrachtete dann die rote Glut.

„Melanie, ich habe Dinge getan, von denen ich dir nichts sagen würde, selbst wenn ich es dürfte. Du würdest es nie verstehen.“

Melanie hob den Kopf. „Du hast Menschen getötet.“

Nick fiel das Reden schwer, wenn er in ihre verzweifelten Augen blickte. Seine Stimme blieb jedoch kühl und beherrscht. „Wenn nötig, ja.“

Melanie senkte den Kopf. Sie hatte Nick nicht als Killer sehen wollen. Hätte er es geleugnet, hätte sie versucht, ihm zu glauben.

Sie wollte sich nicht vorstellen müssen, dass er getan hatte, was für sie die schwerste aller Sünden war – Menschen das Leben zu nehmen.

Nick schnippte den Zigarettenrest fort. Warum habe ich sie nicht belogen? fragte er sich. Lügen gehen mir weiß Gott glatt über die Lippen ... Weil ich sie nicht belügen kann, dachte er seufzend. Jetzt nicht mehr.

„Ich tat, was ich tun musste, Melanie", sagte er matt. „Ich kann die letzten zehn Jahre nicht ungeschehen machen. Recht oder Unrecht – ich habe es so gewollt. Jetzt kann ich mich dafür nicht entschuldigen."

„Das verlange ich auch nicht. Es tut mir leid, wenn es so aussieht." Melanie schaute ihm wieder in die Augen. „Bitte Nick, wir wollen es dabei belassen. Es ist dein Leben ... Du brauchst es mir gegenüber nicht zu rechtfertigen."

Hätte sie ihn jetzt beschimpft oder mit Eiseskälte bestraft, wäre er vielleicht ruhig geblieben. Aber er konnte nicht mit ansehen, wie sie sich um Verständnis bemühte. Er würde es ihr sagen, und die Entscheidung, um die er seit Tagen gerungen hatte, würde fallen.

„Vor sechs Monaten", erklärte er ruhig, „wurde ich beauftragt, den Schmugglerring zwischen der Türkei und Lesbos zu sprengen."

Melanie schaute Nick an, als sähe sie ihn zum ersten Mal. „Zu sprengen? Aber ... ich dachte ... du sagtest ..."

„Ich habe nichts gesagt", unterbrach er sie. „Ich habe dich deinen Vermutungen überlassen. Das war besser so, und es war nötig."

Einen Moment saß Melanie regungslos da und versuchte ihre Gedanken zu ordnen. „Nick, ich verstehe nicht ganz ... heißt das, du bist Polizist?"

Bei dieser Vorstellung musste Nick lachen. Ein Teil seiner Erregung fiel von ihm ab. „Nein, Kleines, aber lassen wir das. Es ist unwichtig."

Melanie runzelte die Stirn. „Ein Spitzel?"

Wut und Furcht verflogen. Nick nahm Melanies Gesicht behutsam zwischen seine Hände. Sie war so süß, so lieb ... „Melanie, du siehst das zu romantisch. Ich bin ein Mann, der herumreist und Anweisungen befolgt. Damit musst du dich zufriedengeben. Mehr kann ich dir nicht sagen."

„Die erste Nacht am Strand …" Langsam fügten sich die Teile des Puzzles zu einem Bild zusammen. „Du hast auf den Boss der Schmugglerorganisation gewartet. Das war der Mann, dem Stephanos gefolgt ist."

Nick ließ die Hände sinken. Melanie zweifelte keine Sekunde an dem, was er gesagt hatte. Sie schien schon vergessen zu haben, dass er getötet hatte. Wenn sie es ihm so einfach machte, warum fiel es ihm dann so schwer, die Sache hinter sich zu bringen?

„Ich durfte nicht gesehen werden. Mir war bekannt, dass er diesen Strand auf dem Weg zu Stevos' Haus überqueren würde. Stevos wurde eliminiert, weil ihm bekannt war, was ich noch herausfinden muss, nämlich die Funktion des Mannes innerhalb der Organisation. Ich vermute, Stevos versuchte ihn zu erpressen. Das war sein Todesurteil, er wurde liquidiert."

„Wer ist es, Nick?"

„Nein." Nicks Gesichtsausdruck war hart und undurchdringlich. „Selbst wenn ich es wüsste, würde ich es dir nicht sagen, Melanie. Du darfst nichts über diesen Mann wissen, sonst bist du deines Lebens nicht mehr sicher." Er blickte Melanie finster an. „Ich war einmal bereit, dich zu benutzen, denn meine Organisation ist an deiner Sprachkenntnis interessiert. Aber ich bin ein Egoist. Du wirst nicht in diese Dinge hineingezogen werden." Das klang endgültig und etwas ärgerlich. „Ich habe meinen Partnern gesagt, du seist nicht interessiert."

„War das nicht etwas voreilig?", fragte Melanie. „Ich bin in der Lage, meine Entscheidungen selbst zu treffen."

„Du brauchst keine zu treffen", entgegnete Nick ruhig. „Sobald ich den Namen des Anführers kenne, ist mein Job beendet. Athen wird dann ohne mich auskommen müssen."

„Das bedeutet, du wirst nicht mehr …" Melanie machte eine vage Handbewegung, weil sie nicht wusste, wie sie seine Arbeit bezeichnen sollte. „Du wirst mit diesen Dingen aufhören?"

„Ja.“ Nick blickte übers Meer hinaus. „Ich war schon viel zu lange dabei.“

„Wann hast du diesen Entschluss gefasst?“

Als ich zum ersten Mal mit dir geschlafen habe, hätte er fast geantwortet. Aber das stimmte nicht ganz. Da war noch etwas, das er Melanie sagen musste.

„An dem Tag, als ich mit Iona die Bootsfahrt gemacht habe“, antwortete Nick. Er wandte sich zu Melanie um und bezweifelte, dass sie ihm verzeihen würde. „Iona steckt in der Sache drin, Melanie. Sehr tief.“

„In der Schmugglerorganisation?“

„Ja. Ein Teil meiner Aufgabe bestand darin, Informationen aus ihr herauszuholen. Ich habe sie mit auf die Jacht genommen in der festen Absicht, sie zum Reden zu bewegen. Sie wollte Sex, das wusste ich.“ Da Melanie schwieg und ihn auch nicht ansah, sprach Nick weiter. „Iona stand unter Druck. Ich brauchte nur etwas nachzuhelfen. Deshalb hat man versucht, sie umzubringen.“

„Umbringen?“ Melanie versuchte gelassen zu bleiben und das Gehörte erst einmal zu verarbeiten. „Captain Tripolos sagte doch, es sei versuchter Selbstmord gewesen.“

„An Selbstmord hat Iona nicht im Traum gedacht.“

„Nein“, sagte Melanie langsam, „da hast du recht.“

„Wäre mir mehr Zeit mit ihr geblieben, hätte ich alles aus ihr herausgeholt, was ich wissen will.“

„Der arme Alex. Wenn er erfährt, worauf Iona sich eingelassen hat, bricht er zusammen. Und Dorian …“ Melanie musste an sein versteinertes Gesicht denken und hörte ihn sagen: „… so schön, so verloren …“ Vielleicht hatte Dorian etwas geahnt.

„Kannst du nichts tun?“ Melanie schaute Nick an, und diesmal lag Vertrauen in ihrem Blick. „Weiß die Polizei davon? Tripolos?“

„Tripolos weiß eine Menge und vermutet noch mehr.“ Nick nahm Melanies Hand. „Ich arbeite nicht direkt mit der Polizei zusammen. Das verzögert die Dinge nur. Tripolos“, fügte er lächelnd hinzu, „verdächtigt mich des Mordes, des versuchten Mordes, und sieht mich in der Rolle des maskierten Schmugglers. Letzte Nacht hätte ich ihm etwas bieten können.“

„Dir macht deine Arbeit Spaß, oder?“ Melanie sah die Abenteuerlust in seinen Augen leuchten. „Warum willst du aufhören?“

Nick wurde wieder ernst. „Ich habe dir gesagt, was ich mit Iona vorhatte. Es wäre nicht das erste Mal gewesen. Sex ist in diesem Fall Mittel zum Zweck, und der Zweck heiligt die Mittel. Das ist eine Tatsache.“ Er sah, dass Melanie zu Boden blickte. „Iona hatte zu viel Champagner getrunken, aber es hätte sich eine nächste Gelegenheit ergeben. Von diesem Tag an kam ich mir vor wie ein Schuft …“ Er hob Melanies Kinn an. „Dir gegenüber, Melanie.“

Melanie blickte Nick forschend an. In seinen Augen entdeckte sie etwas, das sie bisher erst einmal gesehen hatte: Reue und die Bitte um Verständnis. Sie schlang die Arme um seinen Nacken und küsste ihn. Nicht nur seinen Kuss fühlte sie, sondern auch die Welle der Erleichterung, die ihn durchflutete.

„Melanie …“ Er drückte sie wieder in den Sand. „Wenn ich die Uhr zurückdrehen und die vergangene Woche noch einmal leben könnte …“ Er vergrub das Gesicht in ihrem Haar. „Ich würde wahrscheinlich alles noch einmal genauso machen.“

„Du hast eine seltsame Art, dich zu entschuldigen, Nick.“

Nicks Hände glitten über Melanies Körper. Die Berührung erregte sie beide. „Die Sache wird vermutlich morgen Nacht abgeschlossen sein, dann bin ich frei. Lass uns zusammen für ein paar Tage fortgehen. Irgendwohin.“

„Morgen?“ Melanie versuchte seiner Rede zu folgen, obwohl ihr Körper etwas ganz anderes wollte. „Warum morgen?“

„Weil ich gestern Nacht den Stein ins Rollen gebracht habe. Den Verlust einer Schiffsladung Stoff wird dieser Typ nicht ohne Weiteres hinnehmen, wie ich ihn kenne.“

„Du hast sie in deinen Besitz gebracht?“

Nick zog Melanie ins Wasser. Sein Blut hatte sich schon wieder in Feuer verwandelt, als er das Mondlicht silbern über ihre Haut fließen sah. „Ja“, sagte er. „Es war ein Kinderspiel.“

Als Melanie bis zur Taille im Wasser stand, zog er sie zu sich heran. Wieder erforschte er ihren Körper mit den Händen. „Stephanos und ich haben die Transaktion ein paar Mal aus sicherer

Entfernung beobachtet." Sein Mund strich über ihre Lippen und dann zu ihrem Hals hinunter. „Auch an dem Abend, als ich dich zu meinem Entsetzen am Strand entdeckte. So, und was unsere freien Tage angeht …"

„Was hast du morgen Nacht vor?" Melanie zog sich aus der Reichweite seiner Hände zurück. Angst hatte sie beschlichen. „Nick, was geschieht morgen?"

„Ich erwarte noch abschließende Informationen aus Athen. Wenn sie mir vorliegen, weiß ich, wie ich vorgehen muss. Auf jeden Fall werde ich hier sein, wenn das Boot morgen Nacht mit der nächsten Ladung eintrifft."

„Aber doch nicht allein?" Melanie fasste Nick bei den Schultern. „Dieser Mann ist gefährlich, Nick."

Nick rieb seine Nase an Melanies. „Du sorgst dich doch nicht etwa um mich, Kleines?"

„Mach dich nicht lustig über mich."

Nick hörte die Besorgnis in Melanies Stimme. „Spätestens morgen Abend werde ich Tripolos informieren", beruhigte er sie. „Wenn alles glattgeht, werde ich ihn selbst informieren." Er lächelte auf Melanies ängstliches Gesicht hinunter. „Er kann dann das offizielle Lob für alle Verhaftungen einheimsen, die er daraufhin vornehmen kann."

„Das ist nicht fair!", rief Melanie. „Du hast Kopf und Kragen riskiert, Nick. Warum solltest du nicht …"

„Still, Melanie. Wie soll ich eine Frau lieben, die unausgesetzt auf mich einredet?"

„Nicholas, ich versuche zu verstehen, aber warum sagst du nicht, was …"

„Eins kann ich dir mit letzter Bestimmtheit sagen", fiel Nick ihr ins Wort. „Von dem Augenblick an, als ich dich auf diesem verdammten Kliff sitzen sah, habe ich dich begehrt, und bis jetzt hat sich das nicht geändert. Du gehörst mir, Darling, für immer."

Nick küsste Melanie, und für sie beide gab es nichts anderes mehr.

11. KAPITEL

Melanie musste lachen, als sie sich in die nassen Jeans zwängte. „Du hast mich so wütend gemacht, dass ich Hals über Kopf ins Wasser gerannt bin."

Nick mühte sich mit seinen eigenen Jeans ab. „Das ging mir nicht anders."

Melanie drehte sich zu ihm um. Mit nacktem Oberkörper stand er da und versuchte den Sand aus seinem Hemd zu schütteln.

Ihre Augen blitzten mutwillig auf. „So?", fragte sie, ging auf ihn zu und schlang die Arme um seinen Hals. „Und warum? Aus Eifersucht auf den Mann in meinem Leben, der überhaupt nicht existiert?"

„Nein", log Nick und lächelte unbekümmert. Er schlang sein Hemd um Melanies Taille und zog sie zu sich heran. „Wieso sollte mich das interessieren?"

„Hm." Melanie biss Nick sanft in die Unterlippe. „Möchtest du vielleicht gern etwas über Jack hören?"

„Den Teufel möchte ich!", murmelte er, ehe er seinen Mund auf Melanies presste. Sie brachte das Kunststück fertig, ihn zu küssen und dabei zu lachen.

„Hexe!", schimpfte Nick leise. Er küsste sie ungestüm, und schließlich wurde aus ihrem Gelächter ein Seufzer. „Willst du mich um den Verstand bringen?"

„Ich will dich", sagte Melanie leise und lehnte den Kopf an seine Schulter.

Nick legte seine starken Arme fest und besitzergreifend um Melanie, aber er wusste, dass Stärke allein nicht ausreichte, um sie an sich zu binden. „Du bist Dynamit ... Das wusste ich schon, als ich dich zum ersten Mal in den Armen hielt."

Lachend warf Melanie den Kopf in den Nacken. „Als du mich das erste Mal im Arm hattest, hast du mich verflucht."

„Das tue ich immer noch." Aber Nicks Kuss sagte etwas ganz anderes.

„Ich wünschte, diese Nacht würde nie enden." Melanie

schmiegte sich mit hämmerndem Herzen an ihn. „Ich wünschte, die Sonne würde nie wieder aufgehen."

Nick barg das Gesicht in ihrem Haar. Schuldgefühle quälten ihn. Vom ersten Augenblick an hatte er Melanie nur Furcht und Schrecken gebracht. Auch seine Liebe würde das nicht ändern. Er durfte ihr nicht sagen, dass er sie liebte. Täte er es, würde sie vielleicht von ihm verlangen, sich aus seiner Verantwortung zu stehlen und seiner erst halb erledigten Aufgabe den Rücken zuzukehren. Nick wusste schon jetzt, dass er ihr diese Bitte erfüllen und dann alle Achtung vor sich selbst verlieren würde.

„So etwas darfst du dir nicht wünschen, Melanie", sagte er. „Die Sonne wird morgen Abend untergehen. Und wenn sie wieder aufgeht, haben wir Zeit für uns, viel Zeit."

Melanie musste ihm vertrauen, musste glauben, dass ihm nichts geschehen konnte und dass die Gefahr, mit der er lebte, in nicht einmal vierundzwanzig Stunden vorüber sein würde.

„Komm jetzt mit." Melanie hob den Kopf und lächelte Nick an. Ihre Ängste und Befürchtungen konnten ihm nichts nützen. „Bring mich ins Bett, Nick."

„Verführerische Nixe!" Nick neigte sich zu ihr und küsste ihre Wange mit unendlicher Zärtlichkeit. „Aber du schläfst ja schon im Stehen ein. Es kommen noch andere Nächte. Ich bringe dich jetzt zum Haus." Er drehte sich um und drängte zu dem Steilpfad.

„Vielleicht fällt es dir schwerer, als du denkst, mich allein zu lassen", bemerkte Melanie mit einem Lächeln.

Nick legte den Arm um ihre Schultern und lachte leise. „Leicht fällt es mir bestimmt nicht, aber ..." Unvermittelt hob er den Kopf wie ein Tier, das eine Witterung aufnimmt. Sein Blick schweifte über den Fuß der Klippen.

„Nick, was ..."

Nick presste die Hand auf Melanies Mund und zog sie in den Schatten der Zypressen. Ihr Herz pochte so heftig wie beim ersten Mal, aber diesmal wehrte sie sich nicht.

„Still! Kein Wort!", flüsterte Nick. Er nahm die Hand von ihrem Mund und schob Melanie mit dem Rücken gegen einen Baumstamm. „Keinen Ton, Melanie!"

Melanie nickte, aber Nick sah es nicht. Sein Blick war auf die Klippen gerichtet. Er wartete. Dann hörte er es, der Kiel des Bootes schrammte über den Fels. Nick strengte seine Augen an und entdeckte schließlich den schwarzen Schatten.

Es ist so weit, dachte Nick und beobachtete den Mann, der sich eilig über das Gestein bewegte. Du wirst nichts finden, sagte er im Stillen zu der dunklen Gestalt. Und diesmal entkommst du mir nicht!

Geräuschlos bewegte sich Nick zu Melanie zurück. „Lauf zur Villa und bleib dort. Rühr dich unter keinen Umständen aus dem Haus!"

„Was hast du gesehen? Was hast du vor?", wollte Melanie wissen.

„Tu, was ich dir sage." Nick nahm Melanie beim Arm und zog sie zu dem Pfad. „Beeil dich. Ich kann jetzt keine Zeit verschwenden, sonst verliere ich ihn."

Ihn? Melanie schluckte ihre Angst hinunter. „Ich komme mit!"

„Bist du verrückt?" Ungeduldig zerrte Nick sie weiter. „Geh ins Haus, wir sehen uns morgen."

„Nein." Melanie befreite sich aus seinem Griff. „Ich sagte, ich komme mit. Du kannst mich nicht daran hindern."

Hoch aufgerichtet stand sie vor ihm. In ihren Augen las Nick sowohl Furcht als auch Entschlossenheit. Er stieß einen leisen Fluch aus. In jeder Sekunde, die er hier vertrödelte, entfernte sich der Mann weiter. „Ich habe keine Zeit, jetzt …"

„Dann verschwende sie nicht", sagte Melanie ruhig. „Ich komme mit."

„Gut, dann komm." Nick drehte sich um. Auf den Klippen hält sie es barfuß keine zehn Minuten aus, dachte er. In zehn Minuten humpelt sie zur Villa zurück. Schnell ging er auf die Klippen zu, ohne auf Melanie zu warten. Sie biss die Zähne zusammen und lief hinter ihm her.

Nick kümmerte sich nicht um sie. Er warf einen Blick auf den Himmel und wünschte, die Nacht wäre nicht so klar. Ein paar Wolken vor dem Mond, und er könnte riskieren, sich näher an den Mann heranzubewegen, den er verfolgte. Ein paar Steine lösten sich unter seinen Füßen und rollten hinab. Nick schaute sich um und stellte überrascht fest, dass Melanie mit ihm Schritt hielt.

Dieses verrückte Geschöpf! Insgeheim musste er sie widerstrebend bewundern. Wortlos streckte er ihr die Hand hin und zog sie zu sich herauf. „Du bist wahnsinnig“, zischte er. Am liebsten hätte er sie jetzt durchgeschüttelt. Oder geküsst. „Gehst du jetzt endlich zurück? Du bist barfuß.“

„Du auch.“

Nick fluchte leise vor sich hin und ging weiter. Er konnte es nicht riskieren, den etwas bequemeren, offenen und mondbeschienenen Pfad zu benutzen. Im Moment sah er den Mann zwar nicht, wusste aber, wohin er ging.

Melanies weiche Fußsohlen schrammten über das raue Gestein, aber sie gab keinen Laut von sich, sondern kletterte eisern weiter. Es war ihr egal, ob sie sich die Füße zerschnitt oder nicht, sie wollte Nick nicht allein lassen.

Auf einem kleinen Felsvorsprung blieb Nick stehen und überlegte. Wäre er allein und bewaffnet, hätte er gewagt, auf dem schmalen Pfad weiterzugehen. Der Mann war weit genug entfernt, selbst wenn er sich umdrehte, würde er in der Dunkelheit nichts erkennen. Aber er war nicht allein, und er hatte keine Waffe. Es war zu riskant.

„Hör zu“, flüsterte er und packte Melanie bei den Schultern in der Hoffnung, ihr Furcht einflößen zu können. „Der Mann ist ein Killer, und er ist garantiert bewaffnet. Wenn er merkt, dass sich die Ware nicht dort befindet, wo sie sein sollte, wird ihm klar, dass er gejagt wird. Geh zur Villa zurück.“

„Soll ich die Polizei anrufen?“, fragte Melanie äußerlich ruhig, obwohl Nick ihr sehr wohl Angst gemacht hatte.

„Nein!“, antwortete Nick scharf, aber es klang nicht lauter als ein Atemzug. „Ich will mich nicht um die Chance bringen, selbst zu sehen, wer er ist.“ Fast bittend schaute er Melanie an. „Melanie, ich habe keine Waffe. Wenn er …“

„Ich bleibe bei dir, Nick. Du verschwendest mit deinem Gerede nur Zeit.“

Nick stieß noch einmal einen leisen Fluch aus. „In Ordnung", sagte er dann. „Aber wenn du nicht genau das tust, was ich dir sage, dann schlage ich dich bewusstlos und verstaue dich für eine ganze Weile hinter einem Felsen."

Melanie bezweifelte es nicht. Sie hob ihr Kinn. „Gehen wir."

Behände zog sich Nick an dem Felsvorsprung hoch und stand dann auf dem Pfad. Ehe er sich bücken und Melanie heraufhelfen konnte, kniete sie schon neben ihm auf dem harten Boden. Von so einer Frau konnte man nur träumen, dachte er: stark, schön, loyal. Er packte sie bei der Hand und rannte mit ihr den Pfad entlang, um die Zeit wieder aufzuholen, die er mit seinen Vorhaltungen vergeudet hatte. Nach einer Wegstrecke, die ihm lang genug erschien, verließen sie den Pfad und bewegten sich wieder zwischen den Felsen weiter.

„Du weißt offenbar, wohin er geht", flüsterte Melanie atemlos. „Wohin?"

„Zu einer kleinen Berghöhle bei Stevos' Haus. Dort will er die Beute der letzten Nacht abholen. Er wird sie nicht vorfinden. Und dann wird er ins Schwitzen geraten, und zwar gehörig. So, still jetzt."

Die Schönheit der klaren Mondnacht wurde Melanie bewusst. Der Himmel schien aus Samt gemacht und mit unzähligen Diamanten besetzt. Sogar das niedrige harte Strauchwerk, das vereinzelt aus dem Gestein herauswuchs, sah jetzt weich und durchsichtig aus. In der Feme rauschte leise das Meer. Ein Eulenruf störte kaum die Stille. Wenn ich mich jetzt bücke und genau hinsehe, dachte Melanie, finde ich hier bestimmt winzige blaue Blümchen.

„Wir sind da. Warte hier." Nick zog Melanie hinter einen Felsblock und drückte sie zu Boden.

„Nein, ich ..."

„Keine Widerrede", schnitt er ihr das Wort ab. „Ohne dich komme ich schneller voran. Verhalte dich absolut still!"

Ehe sie etwas sagen konnte, war Nick schon unterwegs. Auf Händen und Knien kroch er voran. Melanie schaute ihm nach, bis er außer Sicht war. Dann konnte sie nur noch beten.

Nick bewegte sich jetzt schneller vorwärts. Nach seinen Berechnungen musste er den Weg seines Opfers kreuzen. Eigentlich hätte er sich dieses Vergnügen erst morgen Nacht leisten dürfen, aber der Gedanke, schon heute zu erfahren, wer der Mann war, stellte eine zu große Versuchung dar.

Nahe beim Haus des Ermordeten versteckte Nick sich hinter Felsen und Buschwerk. Er sah, dass man hier den Boden bearbeitet hatte, um einen Gemüsegarten anzulegen, aber die Erde auf dem Gestein hatte nichts hergegeben. Nick dachte an die Frau, die manchmal mit Stevos geschlafen und seine Hemden gewaschen hatte. Was mochte aus ihr geworden sein?

Er hörte das Boot auf die Klippen auflaufen, kroch weiter zum Eingang der Höhle und wartete. Der Mann bewegte sich sicher in ihrem Inneren umher. Dann hallte ein wilder Fluch durch die Höhle. Nick lächelte grimmig.

Nun denkst du an Verrat, rief er dem Mann im Stillen zu. Wie schmeckt dir das?

Das Geräusch der Bewegungen innerhalb der Höhle wurde lauter. Nick lächelte zufrieden. Jetzt suchte der Mann nach Anzeichen dafür, dass jemand seine Ware hier gefunden und gestohlen hatte. Noch wusste er nicht, dass hier kein Dieb gewesen war, sondern dass man ihm die Beute direkt unter der Nase weggeschnappt hatte.

Der Mann kam aus der Höhle heraus. Er war ganz in Schwarz und trug noch eine Kapuzenmaske. Nimm sie ab, befahl ihm Nick im Stillen. Ich will dein Gesicht sehen.

Die dunkle Gestalt stand im Schatten des Höhleneingangs. Die Haltung des Mannes ließ seine Wut erkennen. Er wandte den Kopf, als suche er etwas – oder jemanden.

Beide hörten das Geräusch im selben Augenblick. Lose Steine rollten, Büsche raschelten. Um Himmels willen – Melanie! Nick schob sich halb aus seinem Versteck. Er sah, dass die schwarze Gestalt einen Revolver zog und in die Höhle zurücktrat.

Nick packte den Felsbrocken, hinter dem er sich versteckte, und bereitete sich auf den Angriff vor. Wenn er jetzt den Mann ansprang und dessen Überraschung ausnutzte, würde vielleicht genug Zeit bleiben, Melanie zu warnen, sodass sie flüchten konnte.

Furcht überkam ihn, aber nicht um sich selbst hatte Nick Angst, sondern um Melanie. Wenn sie nun nicht schnell genug rennen konnte? Das Buschwerk direkt über dem Pfad bewegte sich. Nick hielt die Luft an und verharrte sprungbereit.

Hinter dem Gebüsch erschien eine struppige Ziege, die offensichtlich vor Hunger nicht hatte schlafen können und nun auf der Suche nach Gras war.

Nick sank hinter dem Felsbrocken zu Boden. Dass er zitterte, brachte ihn in Wut. Obwohl Melanie völlig unschuldig war, verfluchte er sie in diesem Augenblick.

Der Mann in Schwarz fluchte ebenfalls. Er steckte seine Waffe zurück und schritt den Pfad entlang. Als er an Nicks Versteck vorbeikam, zog er die Kapuze vom Kopf.

Nick sah das Gesicht, die Augen und wusste alles.

Melanie kauerte hinter dem Felsblock, wo Nick sie verlassen hatte. Sie hatte die Arme um die hochgezogenen Knie geschlungen. Ihr war, als hätte sie schon eine Ewigkeit gewartet. Angestrengt lauschte sie auf die Geräusche der Nacht. Seit Nick fort war, klopfte ihr Herz wie verrückt vor Angst.

Melanie schwor sich, dass sie zum letzten Mal so dasaß und hilflos wartete. Sie war den Tränen nahe. Wenn etwas geschähe … Sie führte den Gedankengang nicht zu Ende. Nick würde schon nichts geschehen. Er musste jeden Moment wieder auftauchen. Aber die Minuten flossen dahin.

Als es dann so weit war, hätte Melanie fast aufgeschrien. Sie hatte Nick nicht herankommen hören. Er duckte sich neben sie. Melanie ließ sich ohne ein Wort einfach in seine Arme fallen.

„Er ist verschwunden“, sagte Nick.

Die Erinnerung an die kritischen Sekunden überfielen ihn. Er presste Melanie an sich und küsste sie, als wäre es das letzte Mal. Alle Furcht fiel von ihr ab, bis nichts mehr blieb als die Liebe.

„Oh Nick, ich hatte solche Angst um dich! Was ist passiert?“

„Er war nicht besonders erfreut.“ Nick zog Melanie hoch. „Ganz und gar nicht. Morgen wird er auf dem Boot sein.“

„Hast du erkannt, wer es …"

„Keine Fragen!" Er brachte sie mit einem Kuss zum Schweigen. Melanie blieb stumm, aber sie hatte den Eindruck, als begänne das Abenteuer für ihn jetzt erst. „Ich möchte dich nicht wieder anlügen müssen", erklärte Nick lachend und schob Melanie auf den mondbeschienenen Pfad. „Und jetzt, mein halsstarriger, tapferer Engel, bringe ich dich nach Hause. Morgen, wenn du nicht mehr auf deinen zerschundenen Füßen stehen kannst, wirst du mich verfluchen."

Nick will mir nicht mehr sagen, dachte Melanie. Vielleicht ist es besser so. „Bleib heute Nacht bei mir." Sie lächelte ihn an. „Und wenn es nur für eine Stunde ist. Dann werde ich dich nicht verfluchen."

Nick lachte und strich über Melanies Haar. „Welcher Mann könnte einer solchen Versuchung widerstehen?"

Melanie erwachte von dem leisen Klopfen an ihrer Tür. Zena, das kleine Dienstmädchen, trat ein.

„Verzeihung, Miss, ein Anruf aus Athen."

„Vielen Dank, Zena. Ich komme sofort." Rasch stand Melanie auf, band sich im Laufen ihren Morgenmantel zu und eilte ans Telefon. „Hallo?"

„Melanie! Habe ich dich jetzt etwa geweckt? Es ist schon nach zehn!"

„Liz?" Melanie versuchte einen klaren Kopf zu bekommen. Der Tag hatte schon gedämmert, als sie eingeschlafen war.

„Natürlich. Kennst du denn sonst noch jemanden in Athen?"

„Ich bin noch ein bisschen verschlafen", gestand Melanie und lächelte leise in Erinnerung an die Nacht. „Ich habe bei Mondschein gebadet. Es war herrlich."

„Wunderbar, du bist also bester Dinge", stellte Liz fest, „aber darüber reden wir später. Melanie, es tut mir leid, aber ich muss noch bis morgen hier bleiben. Die Ärzte sind zuversichtlich, aber Iona liegt noch immer im Koma. Ich kann es Alex nicht zumuten, mit seiner Familie und dem ganzen Drum und Dran allein fertig werden zu müssen."

„Mach dir meinetwegen keine Gedanken. Liz, ihr beide tut mir ehrlich leid." Melanie musste an Ionas Beteiligung am Schmuggel denken. „Wie trägt es Alex?", fragte sie mitfühlend. „Er wirkte so verzweifelt, als er hier abreiste."

„Für ihn wäre es einfacher, wenn die Familie nicht ständig Erklärungen erwartete. Oh Melanie, es ist schrecklich!" Die Stimme klang, als kämpfe Liz mit Tränen. „Wenn Iona stirbt ... ihre Mutter würde nie darüber hinwegkommen. Und Selbstmord, das macht alles nur noch schlimmer."

Melanie schluckte hinunter, was ihr auf der Zunge lag. Nick hatte ihr vertraut, und sie durfte nicht einmal Liz sagen, was sie von ihm erfahren hatte. „Du sagtest doch vorhin, die Ärzte hätten Hoffnungen."

„Ja, ihr Kreislauf hat sich stabilisiert, aber ..."

„Wie geht es Dorian, Liz? Hat er sich gefasst?"

„Kaum." Liz seufzte. „Es ist mir unbegreiflich, dass ich nicht schon früher gemerkt habe, was er für Iona empfindet. Er ist kaum von ihrem Bett gewichen. Hätte Alex ihn dort nicht weggescheucht, hätte er vermutlich auf dem Stuhl in ihrem Krankenzimmer übernachtet, statt nach Hause zu gehen. Aber er scheint auch zu Hause nicht zur Ruhe zu kommen – so, wie er heute Morgen aussieht."

„Bitte grüß ihn von mir, ja? Und Alex natürlich auch." Melanie seufzte bekümmert. „Liz, ich fühle mich so nutzlos." Sie dachte an Schmuggel und Mord und schloss die Augen. „Ich wünschte, ich könnte etwas für euch tun."

„Sei einfach da, wenn wir wiederkommen." Liz' Stimme klang nicht mehr so angespannt, aber Melanie wusste, wie viel Mühle es sie kostete. „Erhol dich am Strand und such dir einen Ziegenhirten. Wenn du noch mal nächtliche Streifzüge unternimmst, hast du dann wenigstens Gesellschaft."

Als Melanie schwieg, fragte Liz langsam: „Oder hattest du in der Nacht beim Baden Gesellschaft? Einen Ziegenhirten – oder vielleicht einen Schriftsteller?"

„Weder noch."

„Dann muss es Nick sein", folgerte Liz. „Man stelle sich vor, ich musste ihn nur einmal zum Dinner einladen."

Melanie lächelte schwach. „Ich weiß überhaupt nicht, wovon du sprichst." Das Leben ist überall, erinnerte sie sich, man muss es nur zu finden wissen.

„Na schön, darüber unterhalten wir uns morgen. Amüsier dich gut. Meine Telefonnummer hast du, falls du mich brauchst. Ach ja, und wo wir unseren Wein aufbewahren, weißt du ja auch", setzte Liz hinzu, und diesmal klang es wirklich fröhlich. „Wenn du dir einen gemütlichen Abend machen willst, bedien dich ruhig."

„Ich weiß das zu würdigen, Liz, aber …"

„Und sorg dich nicht um uns. Es wird schon alles wieder gut. Da bin ich ganz sicher. Bestell bitte einen schönen Gruß an Nick."

„Mach ich", sagte Melanie zu ihrem eigenen Erstaunen.

„Das freut mich. Also bis morgen."

Lächelnd legte Melanie den Hörer auf.

„Nach ein paar Gläsern Ouzo", schloss Stephanos und strich seinen Schnurrbart, „wurde Michalis etwas gesprächiger. Ich erfuhr, dass unser Mann in der letzten Februar- und in der zweiten Märzwoche auf dem Fischerboot gewesen war. Diese beiden Daten schließen weder die Nacht ein, in der wir Melanie James trafen, noch die, in der du ihm die Ladung weggeschnappt hast."

Nick blätterte durch die Berichte auf seinem Schreibtisch. „Und von Ende Februar bis zur ersten Aprilwoche war der andere in Rom. Das würde ihn auch ohne meinen Glückstreffer letzte Nacht aus dem Kreis der Verdächtigen ausschließen. Nach dem Anruf eben aus Athen würde ich sagen, bin ich sicher, er hat mit der Sache nichts zu tun. Also wissen wir jetzt, dass unser Mann allein arbeitet, und können zuschlagen."

„Was hat Athen gesagt?", wollte Stephanos wissen.

„Dass die Ermittlungen bezüglich des anderen abgeschlossen sind. Er ist sauber: Buchführung, Aufzeichnungen, Telefongespräche, Korrespondenz – alles in Ordnung. Und wir hier wissen, dass er zur Zeit der ‚Fischzüge' nicht auf der Insel war." Nick lehnte sich in seinem Sessel zurück. „Da unser Mann den Verlust der Ware entdeckt hat, wird er zweifellos heute Nacht auf dem Boot sein. Er wird es nicht zulassen, dass ihm noch eine Ladung durch die Lappen geht.“ Nick tippte auf die über seinen Schreibtisch verstreuten Papiere. „Da ich jetzt alle benötigten Informationen besitze, wollen wir Athen nicht länger warten lassen. Heute Nacht schlagen wir zu.“

„Du bist gestern Nacht sehr spät nach Hause gekommen“, bemerkte Stephanos und zog eine alte Tabakspfeife hervor. „Kontrollierst du mich, Stephanos? Ich bin keine zwölf, falls du es nicht bemerkt haben solltest.“

„Du bist heute Morgen strahlender Laune.“ Stephanos drückte den Tabak in seiner Pfeife fest. „Das war schon lange nicht mehr der Fall.“

„Du wirst entschieden zu naseweis auf deine alten Tage, Stephanos.“ Nick riss ein Streichholz an und hielt es über Stephanos’ Pfeife.

„Ich bin noch nicht alt genug, um nicht an dem zufriedenen Gesichtsausdruck eines Mannes zu erkennen, dass er eine höchst angenehme Nacht verbracht hat.“ Stephanos sog an seiner Pfeife. „Sie ist schön. Und sehr sexy.“

Nick zündete sich eine Zigarette an und lächelte. „Das erwähntest du bereits. Ich habe es auch bemerkt. Aber sag mal, Stephanos, seit wann sehen Männer deines Alters sich nach hübschen Mädchen um?“

Stephanos lachte. „Vor schönen Frauen sind nur die Toten sicher, und tot bin ich noch lange nicht.“

Nick lächelte ihn an. „Finger weg, alter Freund! Sie gehört mir.“

„Sie liebt dich.“

Nicks Hand mit der Zigarette erstarrte auf halbem Weg zu seinen Lippen. Sein Lächeln verschwand. Er warf Stephanos einen unheilvollen Blick zu, den der alte Mann mit einem breiten Grinsen quittierte. „Wie kommst du darauf?“

„Weil es stimmt. Ich habe es gesehen.“ Er zog genüsslich an seiner Pfeife. „Es gibt aber Leute, die sehen nicht, was vor ihrer Nase steht. Wie lange ist sie übrigens noch allein?“

Nick rief sich innerlich zur Ordnung. Er betrachtete die Papiere auf seinem Tisch. „Weiß ich nicht genau. Noch einen oder zwei Tage oder so, je nach Ionas Zustand. Sie liebt mich …", murmelte er und schaute Stephanos wieder an.

Dass Melanie sich von ihm angezogen fühlte, dass sie ihn mochte, vielleicht zu sehr mochte, das war ihm klar. Aber Liebe … diese Möglichkeit hatte er bisher nicht in Betracht ziehen wollen.

„Heute Nacht ist sie allein", fuhr Stephanos unbeirrt fort und freute sich über Nicks ratlosen Gesichtsausdruck. „Es wäre nicht gut für sie, wenn sie wieder auf die Idee käme, herumzuspazieren." Er rauchte einen Augenblick schweigend weiter. „Falls etwas schiefgeht, wäre es dir sicher lieber, wenn du sie hinter verriegelten Türen wüsstest."

„Ich habe schon mit ihr gesprochen. Sie ist einsichtig genug und gibt auf sich Acht." Nick schüttelte den Kopf, als würde das seine Gedanken in die Reihe bringen. Gerade heute brauchte er einen klaren Kopf. „Es ist Zeit, Kommissar Tripolos einzuweihen. Ruf in Mytilini an."

Melanie genoss ein spätes Frühstück auf der Terrasse und spielte mit der Idee, an den Strand hinunterzugehen. Vielleicht kommt er auch, dachte sie. Ich könnte ihn ja anrufen und fragen. Sie entschied sich dagegen, weil sie sich an das erinnerte, was er ihr gesagt hatte. Wenn die heutige Nacht für ihn wirklich so wichtig war, dann musste sie ihn in Ruhe lassen. Wüsste ich nur mehr, dachte sie. Was mag er nur vorhaben? Falls ihm nun etwas zustößt … Melanie wünschte, es wäre schon morgen.

„Ma'am?" Zena hatte Melanie nur ganz leise angeredet. Dennoch fuhr Melanie zusammen. „Captain Tripolos möchte Sie sprechen."

„Was?" Furcht stieg in Melanie auf. Wenn Nick schon mit Tripolos gesprochen hätte, würde er jetzt sicher nicht zu ihr kommen. Vielleicht war Nick noch nicht so weit. Was konnte Tripolos von ihr wollen?

„Sagen Sie ihm, ich sei nicht im Haus", entschied sie schnell. „Erzählen Sie ihm, ich sei am Strand oder im Dorf."

„Ja, Ma'am." Das Mädchen nahm den Befehl ohne jede Frage entgegen und sah Melanie nach, die von der Terrasse schlich.

Zum zweiten Mal stieg Melanie den steilen Klippenpfad hoch. Diesmal hatte sie ein Ziel. Bei der ersten Biegung sah sie Tripolos' Wagen unten vor dem Eingang zur Villa parken. Sie beschleunigte den Schritt und rannte, bis sie sicher war, außer Sicht zu sein.

Melanie blieb aber nicht unbeobachtet. Noch ehe sie auf der obersten Treppenstufe war, kam Nick ihr entgegen.

„Hallo! Du musst ja in blendender Verfassung sein, wenn du in solchem Tempo den Berg hinaufrennst."

„Sehr komisch!", keuchte Melanie und lief in Nicks Arme.

„Hast du es nicht mehr ohne mich ausgehalten, oder ist was passiert?" Nick drückte Melanie an sich und hielt sie dann wieder etwas von sich entfernt, damit er in ihr Gesicht sehen konnte. Es war von der Anstrengung gerötet, sah aber nicht ängstlich aus.

„Tripolos ist in der Villa." Melanie drückte die Hand auf ihr Herz und versuchte wieder zu Atem zu kommen. „Ich habe mich schnell verdrückt, weil ich nicht wusste, was ich ihm sagen sollte. Nick, ich muss mich einen Moment setzen. Der Pfad geht steil bergauf."

Nick blickte ihr noch immer prüfend ins Gesicht. Melanie legte den Kopf schief und musterte Nick ihrerseits. Sie strich sich das Haar aus dem Gesicht. „Was ist, warum schaust du mich so an?"

„Ich versuche zu sehen, was vor meiner Nase steht."

Melanie musste lachen. „Vor deiner Nase stehe ich, du Dummkopf. Aber ich werde gleich vor deiner Nase liegen, wenn ich mich nicht bald setzen kann."

Plötzlich lächelte Nick strahlend und hob Melanie hoch. Sie schlang die Arme um seinen Nacken und fühlte im nächsten Moment seinen Mund auf ihrem.

„Was tust du?", fragte sie, nachdem sie wieder sprechen konnte.

„Ich nehme mir, was mir gehört."

Er küsste sie wieder. Langsam, ohne jede Hast drang seine Zunge zwischen ihre Lippen. Sie tastete, kostete und liebkoste, bis Nick das leise Beben spürte, das Melanie durchlief.

Wenn alles vorbei war, das versprach er sich, würde er sie wieder so küssen. Aber erst musste die Arbeit dieser Nacht getan werden. Für einen Augenblick wurde Nicks Kuss drängender. Das Verlangen erhitzte sein Blut, aber er bezähmte es.

„Der Captain wollte dich also sprechen.“ Nick trug Melanie in sein Haus. „Ein zäher Bursche.“

Melanie musste sich erst einmal von dem Kuss erholen. Sie atmete tief durch. „Du wolltest heute mit ihm reden, aber ich wusste nicht, ob du das inzwischen getan hast und ob dir die nötigen Informationen schon vorliegen. Außerdem gestehe ich zu meiner Schande, dass ich ein Feigling bin. Ich wollte dem Mann nicht gegenübertreten.“

„Du hast mehr Mut als mancher Mann.“ Nick legte seine Wange an ihre. Melanie fragte sich, was jetzt wohl in seinem Kopf vorging. „Ich habe in Mytilini angerufen und eine Nachricht für Tripolos hinterlassen“, fuhr Nick fort. „Nach unserem Gespräch sollte er eigentlich jedes Interesse an dir verlieren.“

„Das würde mich aber ungeheuer betrüben“, erklärte Melanie. Nick küsste sie noch einmal. „Würdest du mich bitte auf die Füße stellen? So kann ich nicht vernünftig mit dir reden.“

„Umso besser.“ Nick behielt Melanie auf seinen Armen und ging mit ihr in den Salon. „Stephanos, ich glaube, Melanie braucht eine Erfrischung. Sie hat einen anstrengenden Marsch hinter sich. Würdest du dich darum kümmern?“

„Nein, danke, ich brauche nichts.“ Ein wenig verlegen blickte Melanie Stephanos an. Als dieser den Raum verließ, wandte sie sich Nick zu. „Wenn du weißt, wer der Mann mit der Maske ist, kannst du es nicht einfach Tripolos sagen und den Burschen hinter Schloss und Riegel bringen lassen?“

„So einfach ist das nicht. Wir möchten ihn fassen, wenn die Ware in seinem Besitz ist. Und dann muss auch noch das Versteck in den Bergen ausgehoben werden, wo er den Stoff lagert, ehe er ihn weiterleitet. Das kann dann Tripolos machen.“

„Nicholas, was willst du tun?“

„Was getan werden muss.“

„Nicholas …“

„Melanie“, unterbrach er sie. Er stellte sie auf die Füße und legte die Hände auf ihre Schultern. „Die Einzelheiten brauchen dich wirklich nicht zu interessieren. Lass mich die Sache zu Ende führen, ohne dich hineinzuziehen.“

Nick beugte sich zu Melanie und küsste sie mit ungewohnter Zärtlichkeit. Er zog sie zu sich heran, aber so behutsam, als hielte er eine zerbrechliche Kostbarkeit in den Händen. Melanie hatte Mühe, nicht dahinzuschmelzen.

„Du hast ein Talent, im passenden Moment das Thema zu wechseln“, bemerkte sie.

„Ab morgen wird es für mich nur noch ein einziges Thema geben!“

„Ich bitte tausendmal um Vergebung.“ Stephanos erschien im Türrahmen.

Nick schaute ungehalten auf. „Verschwinde, Mann!“

„Aber Nicholas!“ Melanie befreite sich aus seiner Umarmung, schüttelte den Kopf und schaute ihn tadelnd an. „Ist er immer so ungezogen, Stephanos?“

„Leider ja. Seit er nicht mehr am Daumen lutscht …“

„Stephanos!“, rief Nick drohend, aber Melanie brach in lautes Gelächter aus und drückte Nick einen Kuss auf den Mund.

„Captain Tripolos möchte ein paar Minuten Ihrer kostbaren Zeit in Anspruch nehmen, Sir“, verkündete Stephanos mit gespielter Unterwürfigkeit und grinste unverschämt.

„Lass mir einen Moment Zeit. Dann schicke ihn herein und bring mir die Akten von meinem Schreibtisch.“

„Nick, ich bleibe bei dir. Ich werde mich nicht einmischen.“

„Nein.“ Die Ablehnung kam kurz und knapp. Nick sah Melanies verletzten Gesichtsausdruck und seufzte. „Melanie, das kann ich nicht erlauben, selbst wenn ich es wollte. Du musst davon verschont bleiben. Das ist mir sehr wichtig.“

„Ich lasse mich aber von dir nicht rauswerfen“, brauste Melanie auf.

„Ich stehe nicht unter Druck wie in der letzten Nacht, Melanie“, erklärte Nick kühl, „und ich werde dich sehr wohl rauswerfen.“

„Ich gehe aber nicht.“

„Du tust, was ich dir sage.“ Nicks Miene verfinsterte sich. Zorn blitzte in seinen Augen auf, verschwand aber im nächsten Moment wieder. Er lachte auf. „Du kannst einen zur Verzweiflung bringen. Wenn ich jetzt Zeit hätte, würde ich dich übers Knie legen. Aber da ich in Eile bin, bitte ich dich, oben zu warten.“ Er küsste sie schnell.

„Nun, wenn du mich bittest …“

„Mr. Gregoras – ah, Miss James!“ Tripolos betrat den Salon. „Das trifft sich ausgezeichnet. Ich wollte sowieso Miss James in der Villa Theocharis aufsuchen, als mich Ihre Nachricht erreichte.“

„Miss James wollte gerade gehen“, sagte Nick. „Ich bin sicher, ihre Anwesenheit erübrigt sich. Adontis aus Athen hat mich gebeten, Sie über eine bestimmte Angelegenheit zu informieren.“

„Adontis?“, fragte Tripolos. Überraschung und Interesse malten sich auf seinem Gesicht. „Sie kennen Adontis’ Organisation?“

„Natürlich“, erwiderte Nick gelassen. „Ich arbeite seit Jahren mit ihm zusammen.“

„Ich verstehe.“ Tripolos schaute Nick nachdenklich an. „Und Miss James?“

„Miss James hat einen unglücklichen Zeitpunkt für ihren Urlaub auf Lesbos gewählt.“ Nick ergriff Melanies Arm. „Wenn Sie mich entschuldigen wollen, ich begleite die Dame hinaus. Vielleicht möchten Sie einen Drink?“ Nick deutete auf die Bar und zog Melanie dann in die Halle hinaus.

„Der Name, den du eben nanntest, schien Tripolos mächtig beeindruckt zu haben.“

„Vergiss den Namen“, befahl Nick kurz. „Du hast ihn nie gehört. Ich möchte nur wissen, womit ich mir dein Vertrauen verdient habe“, sagte Nick plötzlich. „Ich habe dir immer nur wehgetan. Das kann ich im ganzen Leben nicht wiedergutmachen.“

„Nick …"

„Nein." Er schüttelte den Kopf und fuhr sich dann durchs Haar, vielleicht aus Nervosität oder Frustration. „Jetzt haben wir keine Zeit. Stephanos wird dich nach oben bringen."

„Sofort", hörte Melanie Stephanos' Stimme hinter sich. Der alte Mann reichte Nick einen Aktenordner und wandte sich dann zur Treppe. „Bitte, Ma'am."

Da Nick schon in den Salon zurückgekehrt war, folgte Melanie Stephanos schweigend. Nick hatte ihr versprochen, später nachzukommen. Im Moment konnte sie nicht mehr verlangen.

Stephanos führte sie in einen kleinen Salon neben dem Schlafzimmer. „Machen Sie es sich bequem", sagte er. „Ich bringe Ihnen Kaffee."

„Nein, vielen Dank, Stephanos." Sie schaute ihn an, und zum zweiten Mal sah Stephanos ihr Herz in ihren Augen. „Nick wird alles heil überstehen, ja?"

Stephanos strahlte über das ganze Gesicht. „Was dachten Sie denn?", gab er zurück, ehe er die Tür hinter sich schloss.

12. KAPITEL

Nach der ersten halben Stunde gelangte Melanie zu der Ansicht, es gäbe nichts Schlimmeres als das Warten, besonders, wenn man nicht zum Stillsitzen geschaffen war.

Der kleine Salon war mit zierlichen Möbeln aus edlen polierten Hölzern eingerichtet, die im Nachmittagslicht glänzten. Der Raum war angefüllt mit kleinen Kostbarkeiten.

Melanie setzte sich und betrachtete finster eine kleine Schäferin aus Meißner Porzellan. Zu einem anderen Zeitpunkt hätte sie wohl die fließenden, anmutigen Linien und die zarte Zerbrechlichkeit der Figur bewundert. Jetzt kam Melanie bei ihrem Anblick nur der Gedanke, dass sie selbst im Moment von keinem größeren praktischen Nutzen war als diese Porzellanfigur. Sie kam sich vor, als wäre sie selbst in ein Regal gestellt worden.

Lächerlich, dass Nick pausenlos versuchte, sie vor irgendetwas zu bewahren. Hatte Liz nicht das gleiche Wort im Zusammenhang mit Alex gebraucht? Melanie seufzte und stand wieder auf. Ich bin nicht aus Glas und keine alte Jungfer, die gleich in Ohnmacht fällt, dachte sie, ehe ihr einfiel, dass sie ja sehr wohl in Ohnmacht gefallen war, und zwar in Nicks Armen. Sie lächelte schwach und trat ans Fenster.

Nick sollte wissen, dass sie mit allem fertig wurde und sich vor nichts fürchtete, jetzt, da sie zusammen waren.

Gezeigt hatte sie es ihm auf jede nur erdenkliche Weise, aber gesagt hatte sie es ihm noch nicht.

Konnte sie es ihm denn sagen? Melanie ließ sich in einen anderen Sessel sinken. Wenn ein Mann zehn Jahre seines Lebens nur seinen eigenen Regeln gefolgt war, Gefahren getrotzt und Abenteuer gesucht hatte, wollte er sich dann überhaupt an eine Frau binden und die Verantwortung übernehmen, die Liebe erforderte?

Dass sie Nick nicht gleichgültig war, wusste Melanie. Vielleicht empfand er mehr für sie, als ihm recht war. Und dass er sie mehr als je ein Mann zuvor begehrte, daran bestand auch kein Zweifel. Aber wirklich lieben würde ein Mann wie Nick nicht so leicht.

Nein, Melanie wollte ihn mit ihren eigenen Empfindungen jetzt nicht belasten. Für ihn wäre es schon eine Belastung, wenn sie ihm ihre Liebe ganz selbstlos schenkte. Im Augenblick hatte er andere Sorgen. Melanie wollte ihm ihre Liebe nur weiterhin zeigen und ihm vertrauen.

Allerdings schien ihn selbst das schon aus dem Gleichgewicht zu bringen. Anscheinend konnte er nicht glauben, dass ihm jemand trotz seiner Vergangenheit vertraute. Wäre ihm vielleicht wohler gewesen, wenn Melanie sich von ihm abgewandt hätte, nachdem er ihr alles über sich erzählt hatte? Vermutlich hätte er ihre Ablehnung besser begriffen als ihr Verständnis.

Nun, er wird sich daran gewöhnen müssen, dachte Melanie. Ich werde ihm einen möglichen Rückzug jedenfalls nicht leicht machen. Sie stand wieder auf und trat erneut zum Fenster. Von hier oben aus hatte sie einen ganz anderen Ausblick als von ihrem Schlafzimmerfenster. Irgendwie wirkte alles von hier aus gefährlicher. Die Felsen erschienen schroffer, das Meer düsterer. Aber das passte gut zu dem Mann, an den sie ihr Herz verloren hatte.

Dieses Zimmer hatte keinen Balkon, und da Melanie sich plötzlich nach Luft und Sonne sehnte, durchquerte sie das angrenzende Schlafzimmer und öffnete dort die Glastüren. Sofort hörte sie die Brandung rauschen. Sie lachte glücklich und lehnte sich über das Balkongitter.

Oh, sie könnte sehr gut mit der Herausforderung eines solchen Anblicks leben. Er würde sie nie langweilen. Sie könnte beobachten, wie die Farben des Meeres mit denen des Himmels wechselten, könnte den Möwen nachschauen, und sie könnte auf die Villa Theocharis hinunterblicken und ihre vornehme Eleganz bewundern. Melanie selbst aber würde die rauen grauen Mauern und die atemberaubende Höhe vorziehen.

Sie warf den Kopf zurück und wünschte sich ein Unwetter. Donner, Blitz und Sturm. Gab es einen Ort auf der Welt, wo man sich solcher Urgewalten besser erfreuen konnte als hier? Sie lachte wieder und schaute den Himmel herausfordernd an.

„Mein Gott, wie schön du bist."

Melanies Augen leuchteten, als sie sich umdrehte. Nick lehnte in der offenen Balkontür und betrachtete sie. Sein Gesichtsausdruck war unbewegt, aber Melanie spürte die unter seiner ruhigen Oberfläche brodelnde Leidenschaft.

Sie lehnte sich an das Balkongitter zurück. Der Wind spielte mit ihrem Haar. In ihren Augen spiegelte sich die Farbe des Himmels. Melanie fühlte plötzlich die Macht, die sie besaß. „Du begehrst mich. Das sehe ich. Komm her und zeige es mir."

Es schmerzt, dachte Nick. Ehe ihm Melanie begegnet war, hatte er nie gewusst, dass Verlangen schmerzen konnte. Vielleicht tat es nur weh, wenn man wirklich liebte. In der vergangenen Nacht war jeder Höhepunkt ein wilder Sturm für ihn gewesen. Diesmal, schwor er sich, zeige ich ihr eine andere Art von Liebe.

Langsam trat Nick auf Melanie zu. Er nahm ihre Hände und presste den Mund in die Innenflächen. Als er zu ihr aufschaute, sah er, dass ihre Lippen vor Überraschung halb geöffnet waren. Eine neue Empfindung regte sich in ihm – Liebe, Schuldgefühle und das Bedürfnis, sie zu schützen.

„Habe ich dir bisher so wenig Zärtlichkeit gezeigt, Melanie?", fragte er leise.

„Nick …" Melanie konnte nur seinen Namen flüstern. Ihr Blut pulsierte heiß, und ihr Herz zerschmolz.

„Habe ich keine liebevollen Worte für dich gefunden?" Er nahm ihre Hände und küsste jeden einzelnen Finger. Melanie bewegte sich nicht. Sie schaute Nick nur an. „Und trotzdem kommst du zu mir. Ich stehe in deiner Schuld. Welchen Preis verlangst du?"

„Nein, Nick, ich …" Melanie schüttelte den Kopf, weil sie nicht weitersprechen konnte. Dass dieser Mann so behutsam, so sanft sein konnte, vermochte sie kaum zu fassen.

„Du hast mich aufgefordert, dir zu zeigen, wie ich dich begehre." Nick legte die Hände an Melanies Gesicht, als wäre es so zerbrechlich wie die Meißner Porzellanfigur. Dann berührten seine Lippen fast andächtig ihren Mund. „Komm, ich zeige es dir."

Nick hob Melanie auf die Arme, aber nicht so schwungvoll wie beim letzten Mal, sondern sanft und behutsam. „Jetzt …“ Vorsichtig legte er sie auf das Bett. „Bei Tageslicht, in meinem Bett.“

Wieder nahm Nick Melanies Hand. Er küsste die Innenseite und strich dann mit den Lippen zum Handgelenk, wo ihr Puls pochte. Während der ganzen Zeit wandte er den Blick nicht von ihrem Gesicht. Melanie konnte Nick nur verwirrt und verwundert anschauen.

Wie jung sie aussieht, dachte Nick und küsste ihre Finger. Und wie zerbrechlich. Jetzt ist sie keine Hexe mehr, auch keine Göttin, sondern nur eine Frau. Und sie gehört mir.

Melanies Augen verschleierten sich. Ihr Atem ging schneller. Ich habe ihr das Feuer und den Sturm gezeigt, dachte Nick, aber nie die Liebe.

Er neigte sich zu ihr hinunter und biss zärtlich in ihre Lippen. Mit den Händen berührte er ihr Haar.

Melanie fühlte sich schwerelos, als schwebe sie durch einen Traum. Nick schloss ihre Lider mit zarten Küssen. Dann glitten seine Lippen weich und warm über ihre Stirn, ihre Schläfen, die Wangen. Er flüsterte Liebesworte, die Melanie zu hypnotisieren schienen. Gern hätte sie Nick dicht zu sich herangezogen, aber ihre Arme waren so schwer, dass sie sie nicht bewegen konnte.

Jetzt glitten seine Lippen über ihr Haar, er bedeckte ihr Gesicht, ihren Hals mit zärtlichen Küssen. Diese Küsse waren wie ein Flüstern, und sein Flüstern war wie berauschender Wein. Nicks Zärtlichkeit wirkte wie eine Droge auf sie.

Fast ohne Melanie zu berühren, knöpfte Nick ihre Bluse auf und streifte sie ihr ab. Wieder beugte er sich über sie, und obwohl er fühlte, wie sich ihre Brüste gegen seinen Oberkörper pressten, berührte er sie nicht, sondern küsste Melanie nur auf die Schulter.

Melanie hielt die Augen geschlossen. Nick hätte sie immer nur anschauen mögen. Er schob die Hände in ihr Haar und küsste ihren Mund. Deutlich spürte er Melanies Hingabe und ihre Sehnsucht nach ihm.

Langsam und gefühlvoll strichen seine Lippen über Melanies Haut, bis sie ihre Brüste erreichten. Melanie wand sich unter ihm, als wolle sie aus einem Traum erwachen. Nick setzte sein Liebesspiel sehr langsam, sehr zärtlich fort und liebkoste sie mit Worten und unendlich sanften Küssen.

Sie fühlte, wie seine starken Hände über ihren Körper glitten. Die Berührung war so leicht wie ein Windhauch. Behutsam öffnete er den Reißverschluss ihrer Jeans, zitternd vor Erregung. Ungeduldig wollte sie Nick helfen, aber er zog die Jeans langsam hinab und bedeckte die entblößte Haut mit Küssen.

Nick liebkoste sie mit Lippen und Händen. Ihr Körper bebte unter diesen Zärtlichkeiten, und ihr Verlangen besiegte ihren Verstand.

„Nick", hauchte Melanie. „Komm …"

„Du hast dir die Füße auf den Klippen zerschrammt", flüsterte er und drückte die Lippen auf ihre Fußsohlen. „Es ist eine Sünde, so schöne Haut zu zerkratzen, mein Liebes." Als er wieder zu ihr aufschaute, blickte er in Melanies Augen, in denen die Leidenschaft glühte.

„Wie ich mir gewünscht habe, dich so zu sehen!" Seine Stimme klang heiser. „Im hellen Sonnenlicht, dein Haar auf meinem Kopfkissen ausgebreitet, dein herrlicher Körper …" Während er sprach, wanderte sein Mund langsam zu ihren Lippen zurück. Die Begierde drängte ihn, aber er gab ihr nicht nach und beherrschte sich.

Die Kraft war in Melanies Arme zurückgekehrt. Sie umarmte Nick. Mit jeder Faser ihres Körpers fühlte und begehrte sie ihn. Beide schienen nur noch ein einziges Wesen zu sein.

„Du hast gefragt, wie ich dich begehre", flüsterte Nick und drang in sie ein. „Schau mich jetzt an und sieh selbst."

Nick hielt Melanie umarmt. Sanft streichelte er ihren Rücken. Melanie schmiegte sich dicht an ihn, als müsste sie das Wunder der Liebe festhalten. Wie hätte sie ahnen können, dass dieser Mann so zärtlich sein konnte? Und wie hätte sie vorhersagen können, dass diese Zärtlichkeit sie so tief bewegen würde? Tränen traten in ihre Augen. Sie presste die Lippen an Nicks Hals.

„Du hast mir das Gefühl gegeben, schön zu sein", flüsterte sie.

„Du bist wunderschön." Nick lächelte zu ihr hinunter. „Und müde." Er strich mit dem Finger über die dunklen Schatten unter ihren Augen. „Du musst schlafen, Melanie. Ich will nicht, dass du krank wirst."

„Ich werde nicht krank." Melanie schmiegte sich noch dichter an Nick und kuschelte sich in seine Armbeuge. „Zeit zum Schlafen ist später noch. Du hast gesagt, wir gehen für ein paar Tage von hier fort."

Nick wickelte eine Strähne ihres Haars um seinen Finger und schaute zur Zimmerdecke hoch. Ein paar Tage waren ihm nicht genug, und davor lag noch immer die Arbeit dieser Nacht. „Wohin möchtest du fahren?"

Melanie dachte an ihre Träume von Venedig und die Champs Elysées. Sie seufzte und schloss die Augen wieder. „Irgendwohin. Hierhin." Sie lachte und berührte seine Herzgegend. „Wo immer es schlägt. Ich habe die Absicht, dich den größten Teil der Zeit im Bett zu behalten."

„Nein, wirklich?" Nick zupfte an Melanies Strähne und lächelte. „Ich könnte auf die Idee kommen, du hättest nur für meinen Körper Interesse."

Melanie strich mit den Händen über Nicks Schultern und fühlte die festen Muskeln. „Muskeln wie Stahl …" Sie unterbrach sich, als sie eine Narbe auf seiner Brust entdeckte. Sie runzelte die Stirn. „Wo hast du die her?"

Nick hob den Kopf und schaute an sich hinunter. „Ach, das … Ein Kratzer, sonst nichts", sagte er unbekümmert.

Eine Schussnarbe, erkannte Melanie mit einem Mal. Sofort spiegelten sich Angst und Schrecken in ihren Augen. Nick bemerkte es und küsste sie.

„Melanie …"

„Bitte, nicht." Melanie barg das Gesicht wieder an seiner Schulter. „Sag nichts. Lass mir nur eine Minute Zeit."

Melanie hatte es vergessen. Die Zärtlichkeiten, die sanften Liebkosungen hatten alles Hässliche aus ihren Gedanken vertrieben. Es war so einfach gewesen, so zu tun, als gäbe es keine Gefahr, keine Bedrohungen. So tun, als ob ... das war etwas für Kinder. Nick hatte aber kein Kind im Arm. Wenn ich ihm schon nichts anderes geben kann, dachte Melanie, so muss ich ihm das geben, was ich noch besitze: Stärke.

Sie drückte die Lippen auf seine Brust und schmiegte sich dann wieder in seinen Arm. „Ist das Gespräch mit Tripolos nach deinen Wünschen verlaufen?", fragte sie.

Sie hat Mut, dachte Nick. Er nahm Melanies Hand in seine. „Er ist zufrieden mit den Informationen, die ich ihm gegeben habe. Ein kluger Mann trotz seiner schwerfälligen Technik."

„Ja. Als ich ihn zuerst sah, musste ich an einen Bluthund denken."

Nick lachte leise. „Eine zutreffende Beschreibung." Er drehte sich ein wenig herum und angelte auf dem Tisch neben dem Bett nach einer Zigarette. „Er ist einer der wenigen Polizisten, mit denen ich zusammenarbeiten könnte."

„Warum hast du ..." Melanie sprach nicht weiter, als sie Nicks schwarze Zigarette sah. „Das habe ich vergessen", sagte sie mehr zu sich. „Wie konnte ich das nur vergessen."

Nick blies den Rauch aus. „Vergessen? Was?"

„Die Zigarette." Melanie setzte sich auf und strich ihr zerzaustes Haar zurück. „Den Zigarettenrest, den ich im Sand in der Nähe der Leiche gesehen habe."

Nick schaute Melanie fragend an. „Ich verstehe nicht, worauf du hinaus willst."

„Der Zigarettenstummel war noch frisch und von der Sorte, die du auch rauchst." Melanie machte eine ärgerliche Handbewegung. „Das hätte ich schon längst erwähnen müssen, aber jetzt spielt es ja keine Rolle mehr. Du weißt ja, wer Stevos umgebracht hat und wer der Boss der Schmugglerorganisation ist."

„Das habe ich nie behauptet."

„Das brauchtest du auch nicht." Melanie war zu böse auf sich selbst, um Nicks nachdenklichen Blick zu bemerken.

„Warum brauchte ich das nicht?"

„Hättest du ihn nicht erkannt, hättest du es mir gesagt. Da du mir aber keine Fragen beantworten wolltest, wusste ich, dass du sein Gesicht gesehen hattest."

Nick schüttelte den Kopf. Gegen seinen Willen musste er lächeln. „Ich bin nur froh, dass du mir nicht schon früher im Verlauf meiner Karriere über den Weg gelaufen bist. Du hättest mich im Nu überholt. Aber um darauf zurückzukommen – ich habe den Zigarettenstummel auch gesehen."

„Das hätte ich mir denken können", murmelte Melanie.

„Und ich versichere dir, Tripolos ist er auch nicht entgangen", bemerkte Nick lächelnd.

„Diese verdammte Zigarette hat mich fast wahnsinnig gemacht", gab Melanie zu. „Zeitweilig habe ich jeden verdächtigt, den ich kannte, Dorian, Alex, Iona und sogar Liz und Andrew. Ich habe mich furchtbar damit herumgequält."

„Und ich war nicht auf deiner Liste?"

„Nein. Ich sagte dir schon, warum."

„Ja", entgegnete Nick leise, „und zwar im Zuge eines recht eigenartigen Kompliments, das ich nicht vergessen habe. Melanie, ich hätte dich schon früher in meine Arbeit einweihen sollen. Dann hättest du besser geschlafen."

Melanie stützte sich ein wenig auf und küsste Nick. „Zerbrich dir nicht immerzu den Kopf über meinen Schlaf. Langsam habe ich den Eindruck, ich sehe wie ein müdes altes Weib aus."

Nick legte die Hand um ihren Nacken. „Und wenn ich dir jetzt sage, dass das auch stimmt, wirst du dann schlafen?"

„Nein. Dann knall ich dir eine."

„So. Na, dann lüge ich lieber und mache dir was vor."

Seine Strafe erhielt Nick trotzdem. Melanie verpasste ihm einen Rippenstoß.

„Ah, du willst die harte Tour, ja?" Nick drückte die Zigarette aus und warf sich über Melanie. Sie wehrte sich einen Moment und blieb dann still liegen und schaute zu ihm auf.

„Weißt du eigentlich, wie oft du mich auf diese Weise schon gefangen gehalten hast?", fragte sie.

„Nein. Wie oft?"

„Weiß ich nicht so genau." Langsam zog ein Lächeln über Melanies Gesicht. „Aber ich glaube, es fängt an, mir Spaß zu machen."

„Vielleicht kann ich noch mehr zu deinem Spaß beitragen." Nick erstickte Melanies Lachen mit einem Kuss.

Diesmal liebte Nick Melanie nicht sanft und zärtlich. Melanie überließ sich seiner Leidenschaft. Die Angst, dass dies für sie beide das letzte Mal sein könnte, steigerte ihr Verlangen nur noch mehr. Sie gab sich Nick nicht nur hin, sie drängte ihn, trieb ihn voran und setzte ihn in Brand.

Hatten seine Hände vorhin sanft gestreichelt, so packten sie jetzt zu. War sein Kuss vorhin zärtlich gewesen, so verzehrte er sie jetzt. Melanie warf sich ohne Zögern in die Flammen seiner Liebe. Ihre Küsse waren genauso heiß wie die seinen, und ihre Hände schienen Nick gleichzeitig zu berühren und zu erregen. Sie schmiegte sich fest an Nick, und im nächsten Moment entzog sie sich ihm wieder. Damit trieb sie ihn fast zum Wahnsinn. Sie hörte seinen rauen Atem, spürte, wie seine Muskeln unter ihren Berührungen bebten. Nick presste die Lippen auf Melanies Mund. Sie bog sich ihm entgegen. Sie wusste, er war ihr verfallen, sie hatte Macht über ihn und konnte ihn dazu bringen, ihr zu geben, was sie haben wollte. Sie vergrub die Finger in seinem Haar und drängte ihn, sie zum Gipfel der Empfindungen zu führen. Aber schon als sie den Höhepunkt erreicht hatte, hungerte sie nach dem nächsten. Nick gab ihr, was sie begehrte. Und als er in sie eindrang, hörte für sie die Welt auf zu existieren.

Sehr viel später, als die Zeit knapp wurde, küsste Nick Melanie zärtlich.

„Du gehst", sagte sie und rang den Wunsch nieder, sich an ihm festzuklammern.

„Bald. Ich werde dich in die Villa zurückbringen." Er setzte sich auf und zog Melanie ebenfalls hoch. „Du wirst im Haus bleiben. Verschließ die Türen und sag den Hausangestellten, sie sollen niemanden hereinlassen. Niemanden!"

Melanie wollte Nick das versprechen, aber die Worte kamen ihr nicht über die Lippen. „Wenn es vorüber ist, sehe ich dich dann?"

Nick lächelte und strich Melanie das Haar aus dem Gesicht. „Ich nehme doch an, dass ich mit den Weinranken vor deinem Fenster wieder zurechtkomme."

„Ich bleibe wach und lass dich zur Vordertür herein", versprach sie.

„Aber Aphrodite!" Nick drückte ihr einen Kuss ins Handgelenk. „Wo bleibt da die Romantik?"

„Ach, Nick!" Melanie warf ihm die Arme um den Nacken und hielt ihn ganz fest. „Ich habe mir so fest vorgenommen, es nicht zu sagen, aber ich sage es doch: Sei vorsichtig!" Damit Nick ihre Tränen nicht sah, verbarg sie das Gesicht an seiner Brust. „Bitte, sei vorsichtig. Ich habe so schreckliche Angst um dich."

„Nicht doch." Nick fühlte ihre Tränen auf seiner Haut. Er drückte Melanie fester an sich. „Nicht weinen, Darling … bitte!"

„Entschuldige." Melanie versuchte sich zusammenzunehmen. „Ich bin nicht gerade eine große Hilfe für dich."

Nick hielt Melanie ein wenig von sich ab und schaute in ihre tränenerfüllten Augen. „Melanie, bitte mich nicht, hierzubleiben."

„Nein." Sie musste schlucken. „Das tue ich nicht. Und bitte du mich nicht, mir keine Sorgen zu machen."

„Es ist das letzte Mal", sagte er entschlossen.

Melanie schauderte, aber sie hielt seinem Blick stand. „Ja, ich weiß."

„Du brauchst nur auf mich zu warten." Nick zog Melanie wieder an seine Brust „Warte auf mich." Er küsste Melanie auf die Schläfe. „Wir werden ein Glas Champagner trinken, ehe ich dich in die Villa zurückbringe, okay? Wir wollen auf morgen anstoßen."

„Ja." Melanie lächelte, und ihre Augen lächelten fast mit. „Ich trinke mit dir auf morgen."

„Ruh dich einen Moment aus." Nick küsste sie noch einmal und drückte sie dann in die Kissen zurück. „Ich hole den Champagner."

Melanie wartete, bis sich die Tür hinter Nick geschlossen hatte. Dann vergrub sie das Gesicht im Kopfkissen.

13. KAPITEL

Es war dunkel, als Melanie erwachte. Im ersten Moment wusste sie nicht, wo sie sich befand. Das Zimmer schien nur aus Schatten und Stille zu bestehen. Eine weiche Decke lag über sie ausgebreitet. Unter dieser Decke war sie nackt.

Nick! dachte Melanie entsetzt. Sie war eingeschlafen, und er hatte sie verlassen. Sie setzte sich auf und zog die Knie vor der Brust hoch. Wie hatte sie nur die letzten gemeinsamen Minuten mit Schlaf vergeuden können? Wie lange hatte sie überhaupt geschlafen? Und wie lange war Nick schon fort?

Sie schaltete die Lampe neben dem Bett ein. Das Licht nahm ihr etwas von ihrer Angst, aber dann sah sie den Zettel, der an der Lampe lehnte. Melanie starrte auf die energische Handschrift. „Schlaf weiter“, war alles, was da stand.

Das sieht ihm ähnlich, dachte sie und musste fast lachen. Sie hielt den Zettel in der Hand, als könnte sie damit auch Nick festhalten, und stand auf, um sich anzuziehen. Es dauerte nicht lange, bis sie merkte, dass ihre Kleider verschwunden waren.

„Dieser Schuft!“, sagte Melanie laut. Die liebevollen Gedanken an ihn waren verflogen. Nick wollte also sichergehen, dass sie brav hier im Zimmer blieb. Wohin sollte ich denn seiner Meinung nach gehen? fragte sie sich. Ich weiß doch überhaupt nicht, wo er ist … und was er tut, setzte sie im Stillen hinzu.

Also warten. Melanie fror plötzlich und wickelte sich die Bettdecke um den Körper. Die Zeit verging im Schneckentempo. Melanie nahm ihre Wanderung durchs Zimmer wieder auf, setzte sich, ging wieder hin und her. Der Morgen war noch ein paar Stunden entfernt. Am Morgen würde das Warten vorbei sein. Für alle.

Bis dahin halte ich nicht durch, dachte Melanie. Ich muss aber durchhalten, war ihr nächster Gedanke. Kam Nick denn gar nicht mehr zurück? Wollte es denn nicht endlich Morgen werden?

Wütend schüttelte Melanie die Bettdecke ab. Na schön, warten muss ich also, sagte sie sich und trat an Nicks Kleiderschrank, aber kein Mensch kann mich zwingen, nackt zu warten.

Nick bewegte die verspannten Schultermuskeln und versuchte den Wunsch nach einer Zigarette zu unterdrücken. Selbst die kleinste Flamme wäre jetzt zu gefährlich. Mondlicht durchflutete die Höhle. Hin und wieder war ein Flüstern hinter den Felsen zu hören – nicht von Geistern, sondern von Männern in Uniform. Nick hob das Fernglas und schaute zum wiederholten Mal übers Meer hinaus.

„Schon was zu sehen?" Tripolos hockte hinter einem Gesteinsblock und schien sich bemerkenswert wohlzufühlen. Er steckte sich ein Pfefferminz in den Mund. Nick schüttelte nur den Kopf und gab das Glas an Stephanos weiter.

„Eine halbe Stunde", erklärte Stephanos und kaute auf seiner erloschenen Pfeife herum. „Der Wind trägt das Motorengeräusch heran."

„Ich höre nichts." Tripolos schaute ihn zweifelnd an.

Nick lachte leise. Er spürte die wohlbekannte Erregung wachsen. „Stephanos hört, was andere nicht hören. Sagen Sie nur Ihren Leuten, sie sollen sich bereithalten."

„Meine Männer sind bereit." Tripolos schaute Nick von der Seite her an. „Die Arbeit macht Ihnen Spaß, Gregoras."

„Manchmal schon." Nick lächelte. „Und diesmal ganz gewiss."

„Bald ist alles vorbei", bemerkte Stephanos.

Nick wandte den Kopf und blickte dem alten Mann in die Augen. Er wusste, dass Stephanos nicht nur diese Nacht meinte. Nick hatte Stephanos nichts davon gesagt, aber er wusste es. „Ja", erwiderte Nick nur und schaute dann wieder über das Wasser.

Hoffentlich schlief Melanie noch. Wie schön und wie erschöpft sie ausgesehen hatte, als er ins Schlafzimmer zurückkehrte. Ihre Wangen waren feucht gewesen. Herrgott, er konnte sie nicht weinen sehen. Aber dass sie eingeschlafen war, erleichterte ihn. So brauchte er ihr beim Abschied nicht in die Augen zu sehen.

In meinem Haus ist sie sicherer als in der Villa, dachte er. Wenn er Glück hatte, schlief sie noch bei seiner Rückkehr. Dann wären ihr die Stunden des Wartens und der Sorge erspart geblieben. Einer Eingebung folgend, hatte er ihre Kleider versteckt. Selbst Melanie würde nicht splitternackt spazieren gehen wollen.

Nick musste wieder lächeln, als er sich vorstellte, wie sie auf ihn schimpfen würde, wenn sie aufwachte und nach ihren Kleidern suchte. Er sah sie richtig vor sich, wie sie wütend mitten in seinem Zimmer stand, nichts als das Mondlicht auf ihrer Haut.

Nick hob das Fernglas und blickte übers Wasser. „Sie kommen", stieß er leise hervor.

Im Mondlicht war das Boot nur eine dunkle Silhouette. Zwölf Männer hockten hinter Klippen und Gesträuch und sahen ihm entgegen. Es kam geräuschlos und nur durch Ruderkraft getrieben.

Beim Festmachen fielen kaum Worte. Die Stille und die Bewegungen der Mannschaft signalisierten Furcht. Die Erregung in Nick wuchs, obwohl sein Gesicht ruhig und undurchdringlich blieb. Er ist da, dachte er. Und wir haben ihn.

Die Crew verließ das Boot. Eine maskierte Gestalt trat auf sie zu. Auf Nicks Zeichen durchflutete Scheinwerferlicht die Höhle. Die Schatten wurden zu Männern.

„Keine Bewegung!", rief Tripolos scharf. „Das Boot wird beschlagnahmt und auf Konterbande untersucht. Lassen Sie die Waffen fallen und ergeben Sie sich."

Plötzlich hallten Rufe und Schritte durch die stille Grotte. Flüchtende und Verfolger, Geräusche und Licht bildeten ein chaotisches Durcheinander. Schüsse peitschten auf. Männer schrien vor Schmerz und Wut.

Die Schmuggler kämpften mit den Händen und mit Messern. Der Kampf war verbissen, aber er konnte nicht lange dauern.

Der Maskierte löste sich aus dem Gewirr und lief aus der Höhle. Nick stieß einen Fluch aus und raste hinterher. Im Laufen steckte er seine Waffe in den Gürtel zurück.

Nach ein paar Schritten stieß er mit einer stämmigen Gestalt zusammen, ein Mann, der ebenfalls flüchten wollte. Beide verfluchten sich gegenseitig.

Jeder von ihnen wusste, dass er nur weiterkommen würde, wenn er den anderen aus dem Weg schaffte.

Ineinander verschlungen rollten sie über den abfallenden Felsboden aus dem Lichtkreis heraus. Ein Messer blitzte auf. Nick packte die Hand seines Gegners, ehe das Messer seinen Hals treffen konnte.

Schüsse peitschten durch die Stille. Melanie sprang aus dem Sessel auf. Hatte sie es wirklich gehört oder nur fantasiert? Ihr Herz pochte heftig. Waren sie denn so nahe? Sie starrte in die Dunkelheit. Ein weiterer Schuss fiel. Die Felsen warfen das Echo zurück. Melanie erstarrte vor Furcht.

Nick ist nichts passiert, redete sie sich ein. Gleich kommt er wieder, und dann ist alles vorbei. Ihm kann nichts geschehen.

Noch ehe sie diesen Satz zu Ende gedacht hatte, rannte sie schon aus dem Haus. Nicks Jeans hingen ihr lose um die Hüften.

Einzig logisch erschien ihr, zum Strand hinunterzulaufen. Gleich würde sie Nick treffen. Jeden Moment musste er ihr entgegenkommen. Dann konnte sie sich überzeugen, dass es ihm gut ging.

Melanie rannte den felsigen Pfad entlang. Ihr Keuchen und ihre Schritte auf dem harten Boden waren die einzigen Laute. Fast wünschte sie sich, sie würde noch einen Schuss hören. Dann könnte sie die Richtung besser bestimmen und Nick schneller finden.

Als sie den Strandpfad erreichte, sah sie ihn unten über den Sand eilen. Melanie atmete auf und raste die Stufen hinunter.

Er lief weiter, ohne ihr Kommen zu bemerken. Melanie wollte ihn rufen, aber sein Name blieb ihr im Hals stecken. Sie starrte den Mann mit der Kapuzenmaske an.

Das war nicht Nick. Das waren nicht seine Bewegungen, sein Gang. Nick hatte keinen Grund, sein Gesicht zu verhüllen. Melanie hatte ihre Überlegungen noch nicht zu Ende gebracht, als sich der Mann die Kapuze vom Kopf zog. Das Mondlicht fiel auf goldblondes Haar.

Großer Gott, war sie wirklich so dumm, das nicht eher erkannt zu haben? Diese unheimlich ruhigen Augen – hatten sie jemals Empfindungen gespiegelt? Melanie machte einen Schritt rückwärts und suchte verzweifelt nach einem Versteck. Aber jetzt drehte er sich um. Sein Gesicht wurde hart, als er sie sah.

„Melanie? Was machst du hier?"

„Ich … ich wollte spazieren gehen." Hoffentlich klang es gelassen und überzeugend genug! „Es ist eine so schöne Nacht. Eigentlich schon fast Morgen." Als er auf sie zukam, musste sie ihre plötzlich trockenen Lippen befeuchten. Rasch sprach sie weiter. „Ich habe nicht erwartet, dir hier zu begegnen. Ich dachte …"

„Du dachtest, ich sei in Athen", beendete Dorian den Satz lächelnd. „Aber wie du siehst, bin ich hier. Und ich fürchte, du hättest mich besser nicht hier gesehen."

Er hob die Kapuze hoch, ließ den Stoff einen Moment herabbaumeln und warf ihn dann in den Sand.

„Bedauerlich!" Dorians Lächeln verschwand. „Aber du kannst mir noch immer von Nutzen sein. Eine amerikanische Geisel", sagte er nachdenklich und betrachtete Melanies Gesicht. „Und eine weibliche noch dazu." Er packte sie am Arm und zog sie über den Sand.

Melanie wehrte sich gegen seinen Griff. „Ich werde nicht mit dir gehen."

„Du hast keine andere Wahl." Dorian klopfte auf das Messer an seinem Gürtel. „Oder willst du enden wie Stevos?"

Melanie stolperte über den Strand. Dorian sagte es ganz gelassen. Er kannte weder Liebe noch Hass, und dennoch war dieser Mann gefährlich wie ein wildes Tier auf der Flucht.

„Du wolltest Iona umbringen."

„Iona wurde lästig. Sie war nicht nur versessen auf Geld, sondern auch auf mich. Sie dachte, sie könnte mich zur Heirat erpressen." Dorian lachte kurz auf. „Ich brauchte ihr das Heroin nur anzubieten. Allerdings dachte ich, die Dosis, die ich ihr gab, wäre hoch genug."

Melanie tat, als wäre sie gestolpert, und fiel auf Hände und Knie. „Ja, und du hättest ihr den Rest gegeben, wäre ich nicht vorher hinzugekommen."

„Du hast die Angewohnheit, zur falschen Zeit am falschen Ort zu erscheinen." Grob zog Dorian Melanie hoch. „Während der letzten Tage musste ich den besorgten Geliebten spielen. Immer dieses Hin und Her zwischen Athen und Lesbos ... wirklich ärgerlich. Wenn man mich nur einen Moment mit Iona allein gelassen hätte ..." Er hob die Schultern, als wären ihm Leben oder Tod eines Menschen gleichgültig. „Aber so wird sie es überleben und reden. Also musste ich handeln."

„Du hast die letzte Sendung verloren", stieß Melanie hervor. Sie wollte Dorian unbedingt aufhalten. Wenn er mit ihr die Strandstufen hochstieg, wenn er sie erst einmal oben zwischen den Felsen in der Dunkelheit hatte ...

Dorian erstarrte und drehte sich zu Melanie um. „Woher weißt du das?"

„Ich habe geholfen, sie zu stehlen", sagte sie einer Eingebung folgend. „Das Versteck dort oben in der Höhle ..."

Weiter kam sie nicht. Dorian packte sie am Hals. „Du also! Die Ware ist mein Eigentum! Wo ist sie?"

Melanie schüttelte den Kopf.

„Wo?" Dorian drückte fester zu.

Melanie starrte in sein schönes mondbeschienenes Gesicht, das Gesicht eines griechischen Gottes. Götter sind blutrünstig. Hatte sie das nicht schon einmal gedacht? Melanie legte die Hand an Dorians Handgelenk, als gäbe sie auf und wollte seine Frage beantworten. Seine Finger lösten sich ein wenig.

Im nächsten Moment schlug Dorian Melanie mit dem Handrücken ins Gesicht. Sie fiel in den Sand. Dorians Augen waren ruhig und leer, als er auf sie hinunterblickte. „Du wirst es mir sagen. Du wirst darum betteln, mir alles sagen zu dürfen. Wir haben Zeit, wenn wir erst einmal die Insel verlassen haben."

„Nichts werde ich sagen!" Melanie hörte ihr Blut in den Ohren rauschen. Vorsichtig bewegte sie sich von Dorian fort. „Die

Polizei weiß, wer du bist! Und es gibt kein Mauseloch, in dem du dich verkriechen könntest."

Dorian packte Melanie grob am Arm und zerrte sie hoch. „Wenn du lebensmüde bist … das kannst du …"

Plötzlich war Melanie frei – so überraschend, dass sie wieder auf die Knie fiel. Dorian stolperte rückwärts und ging auch zu Boden.

„Nick!" Dorian wischte sich das Blut vom Mund. Er blickte in Nicks Gesicht. „Welch Überraschung!" Sein Blick richtete sich jetzt auf den Revolver in Nicks Hand. „Und was für eine!"

„Nick!" Melanie rappelte sich auf und war mit einem Schritt bei ihm. Nick schaute sie nicht an. Sie griff nach seinem Arm, der sich eisenhart anfühlte. „Nick, ich dachte … ich fürchtete, du könntest tot sein."

„Aufstehen!", befahl Nick Dorian mit einer Bewegung seines Revolvers. „Oder soll ich Sie im Liegen erschießen?"

„Ist dir nichts passiert?" Melanie schüttelte Nicks Arm. Warum gab er ihr nicht wenigstens ein beruhigendes Zeichen? Sein Gesicht zeigte den gleichen kalten Ausdruck, den sie schon einmal bei ihm gesehen hatte. „Als ich die Schüsse hörte …"

„Ich wurde aufgehalten." Nick schob Melanie zur Seite. Sein Blick war auf Dorian gerichtet. „Werfen Sie die Waffe weg. Dort hinüber." Nick machte eine entsprechende Kopfbewegung. „Fassen Sie sie nur mit zwei Fingern an. Eine falsche Bewegung, und es war Ihre letzte."

Dorian zog seinen Revolver langsam aus dem Gürtel und warf ihn fort. „Ich gebe zu, damit hatte ich nicht gerechnet. Dass Sie es waren, der mich seit Monaten jagt – Kompliment!"

„Es war mir ein Vergnügen."

„Und ich hätte geschworen, nichts würde Sie interessieren außer Antiquitäten und Geld. Ihre harten Geschäftsmethoden habe ich zwar von jeher bewundert, aber von Ihrem eigentlichen Geschäft hatte ich keine Ahnung. Sie – ein Polizist?"

Nick bedachte ihn mit einem leichten Lächeln. „Ich antworte nur einem einzigen Mann", erklärte er ruhig. „Adontis." Dass die Furcht in Dorians Augen aufblitzte, bereitete ihm Genugtuung. „Sie und ich hätten die Sache übrigens schon eher hinter uns bringen können. Beispielsweise letzte Nacht."

Dorians Gesichtsausdruck war wieder unbewegt. „Letzte Nacht?"

„Dachten Sie etwa, Sie wären wirklich nur von einer Ziege beobachtet worden?", fragte Nick mit einem spöttischen Lachen.

„Nein." Dorian nickte kurz. „Ich habe den Braten gerochen. Dumm von mir, dass ich dem nicht nachgegangen bin."

„Sie sind leichtsinnig geworden, Dorian. Auf der letzten Fahrt habe ich Ihren Platz eingenommen und Ihre Männer in Angst und Schrecken versetzt."

„Sie also", flüsterte Dorian.

„Ein guter Fang", bestätigte Nick. „Das meinen jedenfalls die Kollegen in Athen. Eigentlich hätte die Sache für Sie schon zu diesem Zeitpunkt erledigt sein können, aber ich wartete, bis ich sicher war, dass Alex nichts damit zu tun hatte."

„Alex?" Dorian lachte verächtlich auf. „Alex hätte nie den Nerv für so etwas. Er denkt nur an seine Frau, seine Schiffe und seine Ehre." Dorian musterte Nick. „Aber Sie habe ich anscheinend falsch beurteilt. Ich hielt Sie für einen reichen, ziemlich einseitigen Narren, für ein kleines Ärgernis vielleicht, was Ihren Trip mit Iona anging, aber dennoch keines zweiten Gedankens wert. Zu Ihrem Täuschungsmanöver muss ich Ihnen gratulieren und ...", Dorian blickte zu Melanie hinüber, „... zu Ihrem Geschmack auch."

„*Efcharistó*", bedankte sich Nick spöttisch.

Zu ihrem Entsetzen sah Melanie, dass Nick seine Waffe zu Dorians auf den Boden warf. Die beiden Revolver lagen jetzt nebeneinander auf dem Sand.

„Ich habe die Pflicht, Sie Captain Tripolos und den Behörden auszuliefern." Ruhig und sehr langsam zog Nick sein Messer hervor. „Aber zuvor wird es mir ein Vergnügen sein, Ihnen zu zeigen, was mit Leuten passiert, die Hand an meine Frau legen."

„Nein, Nick! Nicht!" Melanie wollte Nick in den Arm fallen, aber er hielt sie mit einem kurzen Befehl auf.

„Geh in die Villa und bleib dort!"

„Warum?“, mischte sich Dorian lächelnd ein. „Lassen Sie sie ruhig hier. Mich stört sie nicht.“ Mit einer fast eleganten Geste zog er ebenfalls ein Messer. „Sie ist ein verlockender Preis für den Sieger.“

„Geh!“, befahl Nick noch einmal. Er packte sein Messer fester.

Melanie deutete die Bewegung richtig. „Nick, das darfst du nicht! Er hat mich nicht verletzt.“

„Er hat sein Zeichen in deinem Gesicht zurückgelassen“, erwiderte Nick leise. „Aus dem Weg, Melanie!“

Melanie stolperte zurück.

Die beiden Männer duckten sich und umkreisten einander. Melanie sah die Messer im Mondlicht aufblitzen.

Dorian stieß zuerst zu. Melanie presste die Hand auf den Mund und erstickte ihren Aufschrei.

Dies war kein Abenteuerfilm – es war Wirklichkeit! Da gab es keine Anmut der Bewegungen, kein abenteuerliches, kühnes Lachen begleitete die Ausfälle und Paraden. Beide Männer waren zum Äußersten entschlossen. Im Mondlicht sahen sie geisterhaft blass aus. Melanie hörte nur ihr Keuchen, das Rauschen der Brandung und das Zischen der Messer.

Nick trieb Dorian zur Wasserlinie hin und damit fort von Melanie. Er spürte einen wilden Zorn in sich, ließ sich durch seine Emotionen aber nicht von seinem Kampf ablenken. Dorian focht eiskalt. Sein leeres Herz war sein bester Helfer.

„Melanie wird mir gehören, noch ehe die Nacht vorüber ist“, sagte Dorian und verzog spöttisch die Lippen, als er die nackte Wut in Nicks Augen erkannte.

Auf Nicks Ärmel breitete sich ein dunkler Fleck aus. Melanie hätte vor Entsetzen aufgeschrien, aber ihr fehlte der Atem. Die Geschwindigkeit, mit der die beiden Männer kämpften, betäubte sie. Im einen Augenblick umkreisten sie einander, im nächsten waren sie ineinander verschlungen. Sie rollten sich im Sand, ein verworrenes Knäuel aus Gliedern und Messern. Melanie hörte sie keuchen und fluchen.

Plötzlich war Dorian über Nick. Erstarrt sah Melanie, wie er sein Messer hob und zustach. Es traf in den Sand, dicht neben

Nicks Kopf. Ohne nachzudenken, ließ sich Melanie auf die am Boden liegenden Revolver fallen.

Die Waffe glitt ihr aus der Hand. Melanie biss die Zähne zusammen und hob sie wieder auf. Sie kniete sich hin und zielte auf die ineinander verschlungenen Körper. Ganz bewusst zwang sie sich dazu, sich auf das vorzubereiten, was sie immer verabscheut hatte. Sie war bereit zu töten.

Ein Schrei zerriss die Stille der Nacht. Melanie wusste nicht, wer ihn ausgestoßen hatte. Sie packte den Revolver mit beiden Händen. Einer der beiden lebte. Noch immer hörte sie Atemzüge, aber nur die eines Einzigen. Falls Dorian es sein sollte, der sich erhob, das schwor sie sich und Nick, dann würde sie abdrücken.

Ein Schatten erhob sich. Melanie presste die Lippen aufeinander. Ihr Finger am Abzug zitterte.

„Leg das verdammte Ding weg, Melanie, ehe du mich umbringst."

„Nick!" Der Revolver fiel Melanie aus der Hand.

Nick kam heran. Er humpelte. „Was wolltest du mit der Waffe?" Er zog sie auf die Füße. Melanies Hände zitterten. „Du hättest niemals abgedrückt."

Melanie schaute Nick in die Augen. „Doch, dazu war ich entschlossen."

Nick sah sie einen Moment an und erkannte, dass sie die Wahrheit sagte. Er zog Melanie an sich. „Warum bist du nicht zu Hause geblieben? Ich wollte dir den Schock ersparen."

„Ich konnte nicht im Haus bleiben, jedenfalls nicht, nachdem ich die Schüsse gehört hatte."

„Ach so, du hast die Schüsse gehört und bist Hals über Kopf losgerannt!"

„Natürlich. Was sonst?"

Nick lag ein Fluch auf den Lippen. Er verschluckte ihn. „Und meine Jeans hast du auch geklaut." Nein, jetzt konnte er nicht mit ihr böse sein, nicht solange sie wie Espenlaub zitterte. Er strich ihr übers Haar. Aber später sollte sie …

„Hast du meine etwa nicht geklaut?" Ob Melanie lachte oder ob sie schluchzte, konnte Nick nicht feststellen. „Ich dachte …"

Plötzlich fühlte sie etwas Warmes, Klebriges an ihrer Hand … Blut! „Oh Gott, Nick, du bist verletzt!"

„Halb so schlimm. Ich …"

„Verdammt, musst du immer knallhart und stur sein? Du blutest, Mann!"

Nick lachte und drückte Melanie fest an sich. „Ich bin weder knallhart noch stur, Kleines. Wenn es dich glücklich macht, kannst du nachher den Kratzer verpflastern. Jetzt brauche ich eine andere Medizin." Er küsste sie, ehe sie etwas sagen konnte.

Melanie packte Nick beim Hemd und legte alle ihre Gefühle in diesen Kuss. Furcht und Schrecken verließen sie und damit auch der letzte Rest ihrer Kraft. Ihre Knie wurden weich. Sie musste sich an Nick lehnen.

„Ich glaube, ich brauche sehr viel Pflege", flüsterte Nick an Melanies Mund. „Vielleicht bin ich doch schwerer verletzt, als ich dachte. Nein, nicht doch …" Nick hielt Melanie ein wenig von sich ab, als er ihre Tränen an seiner Wange fühlte. „Melanie, nicht weinen. Das ist das Einzige, was ich heute Nacht nicht mehr ertragen kann."

„Ich weine nicht", behauptete Melanie, während ihr die Tränen über die Wangen rollten. „Überhaupt nicht! Du darfst nur nicht aufhören, mich zu küssen."

Sie presste die Lippen auf seine, und die Tränen trockneten …

„Nun, Mr. Gregoras, offenbar haben Sie Dorian Zoulas doch noch erwischt!"

Ohne Melanie loszulassen, blickte Nick über ihren Kopf hinweg zu Tripolos hinüber. „Haben Ihre Leute die Crew?"

„Ja." Tripolos untersuchte den Toten kurz. Er sah den gebrochenen Arm und die Stichwunde, kommentierte es aber nicht. Er winkte nur einen seiner Leute heran. „Ihr Mann kümmert sich um den Abtransport der Crew." Tripolos blickte Nick bedeutungsvoll an. „Es scheint, Sie hatten ein wenig Ärger hier." Er schaute zu den am Boden liegenden Waffen hinunter und zog seine eigenen Schlüsse. „Bedauerlich, dass er nicht mehr vor Gericht gebracht werden kann."

„Sehr bedauerlich", stimmte Nick zu.

„Sie haben Ihre Waffe fallen lassen, um ihn festzuhalten, wie ich sehe."

„So wird es gewesen sein."

Tripolos bückte sich ächzend, hob den Revolver auf und gab ihn Nick. „Ihr Job ist beendet." Er verbeugte sich. „Gute Arbeit, Mr. Gregoras." Er lächelte sanft. „Respekt!"

„Danke. Ich bringe Miss James jetzt nach Hause. Sie können mich, wenn nötig, morgen erreichen. Gute Nacht, Captain."

„Gute Nacht", sagte Tripolos leise und schaute ihnen nach.

Melanie legte den Kopf an Nicks Schulter, während sie den Pfad zum Kliff hinaufgingen. Erst vor wenigen Minuten hatte sie alles getan, um nicht hier hochgeschleppt zu werden, aber jetzt erschienen ihr die Stufen wie der Weg in eine neue Zukunft.

„Sieh mal, die Sterne verblassen schon." Sie seufzte. Angst, Aufregung, Zweifel – alles hatte sich aufgelöst. „Ich habe das Gefühl, als hätte ich auf diesen Sonnenaufgang mein Leben lang gewartet."

„Ich habe mir sagen lassen, du willst nach Venedig und mit einer Gondel fahren."

Melanie blickte erstaunt auf. Dann lachte sie. „Das hat dir Andrew erzählt."

„Er erwähnte auch Cornwall und die Champs Elysées."

„Und wie man ein Netz einholt, musst du jetzt auch lernen", fügte Melanie hinzu.

„Ich bin nicht leicht zu ertragen, Melanie." Am Fuß der Treppe blieb Nick stehen und drehte Melanie zu sich um. Er suchte nach Worten. „Das Schlimmste weißt du. Ich bin herrisch, ungeduldig und jähzornig. Je nach Laune bin ich ungenießbar."

Melanie tat, als gähnte sie gelangweilt. „Ich wäre die Letzte, die dir da widerspricht."

Nick schaute Melanie an. Hoch aufgerichtet stand sie da, seine Jeans rutschten halb über ihre Hüften, und sein Oberhemd bauschte sich viel zu weit um ihre Schultern und verbarg ihre kleinen, festen Brüste und die Taille, die er fast mit einer Hand umspannen konnte. Richtig oder nicht – er konnte nicht mehr ohne sie leben.

„Melanie …“

„Ja, Nick?“ Melanie kämpfte mit ihrer Müdigkeit, lächelte aber tapfer. „Was ist?“

Im Augenblick konnte er sie nur anschauen. Sein Blick war dunkel, eindringlich und ein wenig ratlos.

„Dein Arm“, begann sie und streckte die Hand nach ihm aus.

„Nein, zum Teufel!“ Er packte sie bei den Schultern. „Um meinen Arm handelt es sich jetzt nicht.“ Er presste seine Lippen auf ihre. Jetzt brauchte er ihren Duft, ihre Liebe. Als er den Kopf wieder hob, wurden seine Hände sanfter, aber seine Augen glühten.

Melanie lachte leise und schüttelte den Kopf. „Nick, wir sollten jetzt nach Hause gehen, und dann kümmere ich mich um deinen Arm, damit …“

„Mein Arm ist unwichtig, Melanie.“

„Nicht für mich.“

„Melanie!“ Nick hielt sie fest, ehe sie die Treppe hochsteigen konnte. „Ich werde ein schwieriger und entnervender Ehemann sein, aber langweilen wirst du dich bestimmt nicht.“ Er nahm ihre Hand und küsste sie so zärtlich, wie er es auf seinem Balkon getan hatte. „Ich liebe dich genug, um dich auf deine Berge steigen zu lassen, genug, um mit dir hinaufzusteigen, wenn du willst.“

Melanie war nicht mehr müde. Sie öffnete den Mund, brachte aber vor Ergriffenheit nichts heraus.

„Himmel, Melanie, schau mich nicht so an!“ Nicks Stimme klang zornig. „Sag schon Ja, in Gottes Namen!“

Er ließ Melanies Hände los und packte ihre Schultern. Melanie fürchtete, dass er sie wieder schütteln würde. Aber in seinen Augen sah sie mehr als Ungeduld und Wildheit. Sie sah die Zweifel, die Angst, die Erschöpfung. Wie sie diesen Mann liebte!

„Muss ich das erst sagen?“, fragte sie leise.

„Nein.“ Nick packte sie fester. „Du hast mir mein Herz weggenommen. Meinst du, mit dieser Beute lasse ich dich davonkommen?“

Melanie hob die Hand, berührte Nicks Wange und strich mit dem Finger über seine angespannten Kinnmuskeln. „Dachtest du, ich würde meine Berge ohne dich besteigen?“ Sie schmiegte sich an ihn und fühlte seine Erleichterung. „Komm, lass uns nach Hause gehen.“

– ENDE –

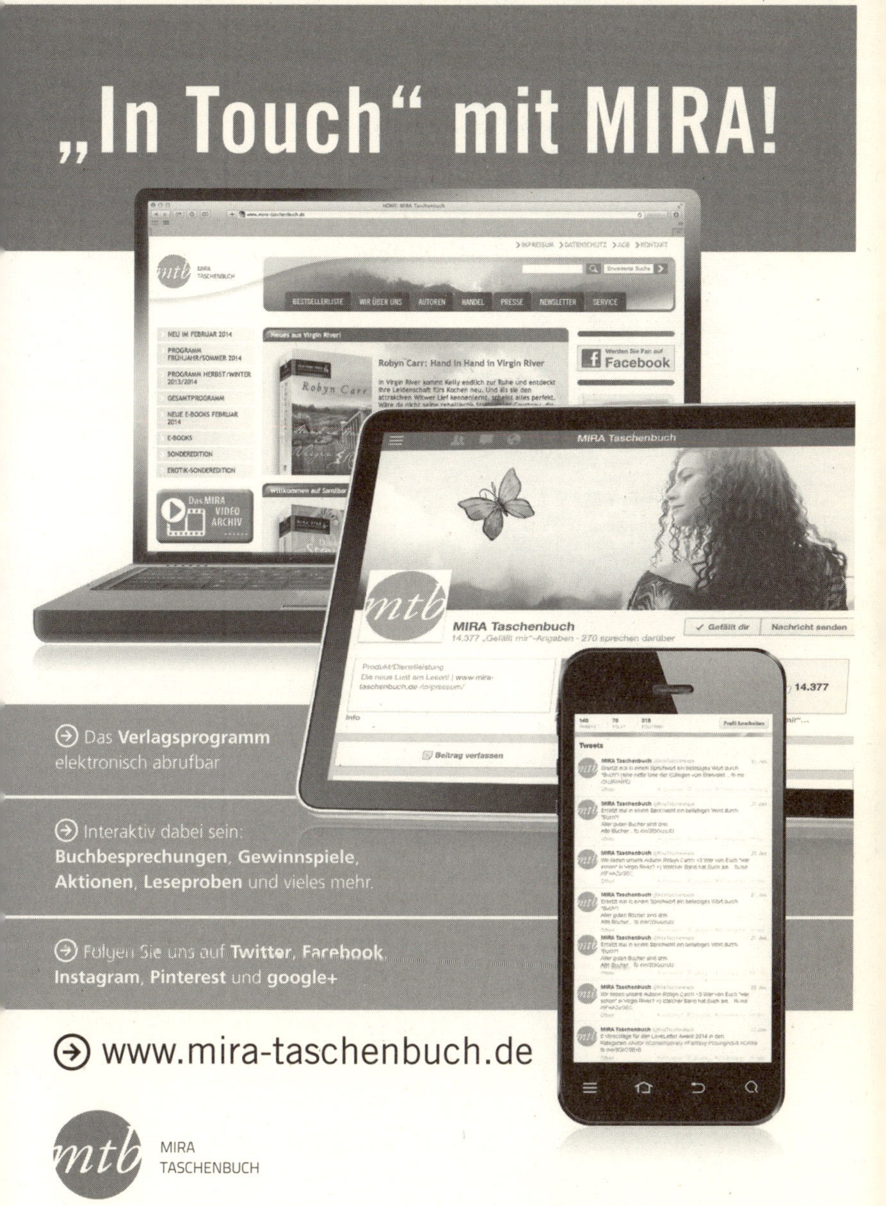
„In Touch“ mit MIRA!
Das Verlagsprogramm elektronisch abrufbar
Interaktiv dabei sein: Buchbesprechungen, Gewinnspiele, Aktionen, Leseproben und vieles mehr.
Folgen Sie uns auf Twitter, Facebook, Instagram, Pinterest und google+
www.mira-taschenbuch.de
mtb MIRA TASCHENBUCH

Susan Wiggs

Mit dir für immer

Hell leuchten die Sterne über dem Willow Lake – doch Mason Bellamy hat keinen Blick dafür. Als Mann, der die Großstadt, die Frauen und das Abenteuer liebt, erträgt er die Idylle seiner alten Heimat nur schwer. Für ihn steht fest: Sobald er eine Pflegerin für seine kranke Mutter gefunden hat, kehrt er Willow Lake den Rücken …

Band-Nr. 25892
ISBN: 978-3-95649-259-4
eBook: 978-3-95649-507-6
304 Seiten, 9,99 € (D)

Susan Wiggs

Der Duft von Apfelblüten

Barfuß und mit einem Glas Wein in der Hand streift Tess über die Wiesen von Bella Vista. Tief in ihrem Herzen hat sie sich immer gewünscht, an einem solchen Ort zu leben …

Band-Nr. 25741
ISBN: 978-3-95649-003-3
eBook: 978-3-95649-307-2
448 Seiten, 9,99 € (D)

Susan Wiggs

Der Geschmack von wildem Honig

Der Duft von frischen Kräutern, köchelnden Soßen und frisch gebackenem Brot gehört zu Bella Vista wie die Apfelhaine und Lavendelfelder. Kein Ort ist Isabel lieber als dieser. Früher träumte sie davon, die Welt zu entdecken und sich kulinarisch inspirieren zu lassen. Doch irgendwo auf dem Weg hat sie ihre Abenteuerlust verloren …

Band-Nr. 25810
ISBN: 978-3-95649-101-6
eBook: 978-3-95649-392-8
448 Seiten, 9,99 € (D)

Band-Nr. 25912

9,99 € (D)

ISBN: 978-3-95649-281-5

576 Seiten

Susan Andersen
Reine Kuss-Sache

Mr. Perfect gibt es nicht:

Jane braucht keinen Prinzen! Sie hat alles unter Kontrolle: ihre Haare, ihren Job und die Umbauarbeiten an der Villa, die sie mit ihren besten Freundinnen Ava und Poppy geerbt hat. Bis Devlin Kavanagh in ihr Leben tritt – und sie völlig aus dem Gleichgewicht bringt. Besser einen Bogen um den heißen Playboy machen, sagt sich Jane. Aber als in ihr Haus eingebrochen wird, ist sie auf Devlins Hilfe angewiesen!

Rosarot in Seattle:

Sie liebt Männer in Uniformen! Und Jason de Sanges ist ein echtes Prachtexemplar. Der Anblick des Cops treibt den Puls der frechen Poppy in die Höhe und weckt in ihr den Wunsch rosarote Herzen an eine Wand zu sprühen. Obwohl sie findet, dass er zu den drei verurteilten jugendlichen Sprayern, die sie zusammen betreuen, ein wenig streng ist. Überhaupt scheint Jason alles viel zu ernst zu nehmen. Doch sie wird ihm den grimmigen Zug um den Mund schon wegküssen …